La Louve des mers

CLAUDINE DOUVILLE

La Louve des mers

Roman

Libre Expression
Une compagnie de Quebecor Media

Catalogage avant publication de Bibliothèque et Archives nationales du Québec et Bibliothèque et Archives Canada

Douville, Claudine
La louve des mers
ISBN 978-2-7648-0417-9
I. Titre.
PS8607.O982L68 2008 C843'.6 C2008-940295-2
PS9607.O982L68 2008

Édition : Johanne Guay
Révision linguistique : Alexie Doucet
Correction d'épreuves : Emmanuel Dalmenesche
Couverture : Marike Paradis
Infographie et mise en pages : Axel Pérez de León
Photo de l'auteure : Robert Etcheverry

Cet ouvrage est une œuvre de fiction : toute ressemblance avec des personnes ou des faits réels n'est que pure coïncidence.

Remerciements
Les Éditions Libre Expression reconnaissent l'aide financière du gouvernement du Canada par l'entremise du Programme d'aide au développement de l'industrie de l'édition (PADIÉ) pour ses activités d'édition. Nous remercions le Conseil des Arts du Canada et la Société de développement des entreprises culturelles du Québec (SODEC) du soutien accordé à notre programme de publication. Gouvernement du Québec – Programme de crédit d'impôt pour l'édition de livres – gestion SODEC.

Les Éditions Libre Expression
Groupe Librex inc.
Une compagnie de Quebecor Media
La Tourelle
1055, boul. René-Lévesque Est
Bureau 800
Montréal (Québec) H2L 4S5
Tél. : 514 849-5259
Téléc. : 514 849-1388

Dépôt légal – Bibliothèque et Archives nationales du Québec et Bibliothèque et Archives Canada, 2008

ISBN : 978-2-7648-0417-9

Distribution au Canada
Messageries ADP
2315, rue de la Province
Longueuil (Québec) J4G 1G4
Téléphone : 450 640-1234
Sans frais : 1 800 771-3022

Diffusion hors Canada
Interforum

Aux deux femmes de ma vie, ma mère Simone
et ma sœur Guilaine. Je vous aime.
Et à Sylvie R. bien sûr,
sans qui rien de tout cela ne serait arrivé.

PREMIÈRE PARTIE

Chapitre 1

Le port de La Rochelle grouillait d'activité. Alors que, à bord du *Lady Belle*, on se préparait à jeter l'ancre dans la baie, l'entrée du port étant trop étroite pour les grandes vergues des navires marchands, Sean Galligan s'était appuyé au bastingage du bateau et regardait d'un œil intéressé les manœuvres des navires tout autour. Le *Lady Belle* se faufilait avec une étonnante souplesse entre les autres bateaux déjà à l'arrêt et s'approcha doucement de son lieu d'ancrage. Des matelots couraient sur le pont et plusieurs d'entre eux s'affairaient autour des marchandises à transférer sur les barges qui les amèneraient vers le quai, opération qui retardait le contact espéré de Galligan avec la terre ferme. La matinée était belle en ce jour de juin 1683, et le soleil donnait à la scène un air joyeux. Les goélands sillonnaient le ciel, l'œil attentif, cherchant toute trace de nourriture ou de détritus qui pourrait calmer leur insatiable appétit.

De nombreux marchands attendaient sur le quai le déchargement des cargaisons des navires ancrés, et quelques femmes discutaient fermement près du bateau de pêcheurs qui venait tout juste d'accoster, les filets débordant de poissons. Galligan put se faufiler sur la première barge et se retrouva coincé entre des barils de whisky écossais et d'immenses caisses destinées aux notables de la ville. Il perdit l'équilibre lorsque la barge cogna durement le quai, ce qui valut à celui qui la manœuvrait une bordée d'injures de la part du quartier-maître qui l'accompagnait. Indifférent à la dispute, Galligan s'empressa de monter à l'échelle et finalement mit pour la première fois le pied en sol français.

Il s'élança avec délice sur cette terre battue, plancher solide qui ne se dérobait pas sous ses pieds et qui le laissait déambuler à sa guise et non au gré des humeurs de la mer. Jamais il n'avait pensé apprécier autant le crissement du sable et des cailloux sous ses bottes.

La traversée de l'Irlande à La Rochelle lui avait paru longue, et il n'était décidément pas fait pour la vie en haute mer. Il aimait cent fois mieux les terres de sa ferme d'élevage. Au spectacle des moutons des vagues, il préférait, et de beaucoup, celui des siens broutant paisiblement leur pâturage !

C'était pour affaires que Galligan s'était lancé dans cette aventure. Il croyait fermement qu'il pourrait établir une liaison commerciale intéressante entre lui et les commerçants français, et venait offrir aux marchands de tissu de la région quelques échantillons de la laine de ses moutons, la plus belle de toute l'Irlande, affirmait-il. De plus, cette fin de XVIIe siècle lui paraissait particulièrement propice à l'essai de nouvelles approches, même si les perpétuels conflits entre la France et l'Angleterre rendaient parfois le commerce maritime un peu risqué.

Il y avait une bonne entente entre l'Écosse, l'Irlande et la France, renforcée par le rôle que celle-ci avait joué dans la tentative de remettre sur le trône d'Angleterre Jacques II, plus ouvert à la France et aux autres pays du Royaume-Uni que Guillaume III, surnommé Guillaume d'Orange. La tentative avait échoué et Guillaume d'Orange était toujours au pouvoir, tandis que Jacques II s'était réfugié en France. Mais dans ce conflit, la France, l'Irlande et l'Écosse avaient tissé des liens plus étroits, et même si la course[1] profitait aux coffres de leur État, jamais un navire de l'un de ces trois pays n'en aurait attaqué un autre. Ce n'était pas suffisant pour garantir la sécurité aux marchands sur les mers, mais c'était toujours ça de pris.

---

1. Course : opération d'un navire corsaire *(NdA)*.

Ayant toujours eu la curiosité des choses, Galligan avait appris quelques rudiments de français. S'il était loin de pouvoir se lancer dans une grande discussion philosophique, il pouvait se débrouiller dans une conversation simple et était convaincu de pouvoir vanter avec justesse les mérites de sa laine. Déambulant au hasard des rues qui bordaient le port, il poussa la porte d'une auberge, le Faisan doré, pour aller y manger un morceau. Après toutes ces journées à s'alimenter du bout des lèvres, à une table où les assiettes dansaient au rythme des vagues et où son estomac en battait la cadence, il avait envie d'un bon repas.

Choisissant une table placée près de la vitrine, il s'installa et héla l'aubergiste.

— Apportez-moi un pot de café et un bon *breakfast,* demanda-t-il. Quelque chose de solide, je suis très faim, ajouta-il avec un sourire.

Passant un coup de torchon sur la table, l'aubergiste lui répondit :

— Sans problème, monsieur. Vous venez d'arriver, à ce que je vois. L'air du grand large, ça ouvre l'appétit. Laissez-moi dix minutes et vous aurez un petit déjeuner dont vous me direz des nouvelles.

Et là-dessus, il fila rapidement à la cuisine, pressé de donner satisfaction à son client.

Dans un grand nuage odorant, le café arriva sur la table. S'en servant une tasse fumante, Galligan le savoura les yeux mi-clos, renfoncé dans son siège. C'était un homme de haute stature, au regard paisible et aux bras puissants. Ses cheveux bruns avaient des reflets roux dans le soleil de juin et ses yeux gris-bleu détaillaient avec intérêt la pièce où il se trouvait. Sa tasse disparaissait presque entre ses mains, de larges mains rudes habituées au travail, mais qui pouvaient aussi se faire toutes douces pour aider une brebis à agneler.

— Et voilà, monsieur !

L'aubergiste le sortit de ses pensées en déposant devant lui un petit déjeuner copieux, fait de quelques œufs, de deux épaisses tranches de lard, d'une petite miche de pain noir et d'un morceau de fromage de chèvre.

— Si vous avez besoin d'autre chose, vous n'avez qu'à m'appeler, dit le petit homme grassouillet en s'éloignant vers la cuisine.

Galligan mangeait avec appétit quand une jeune femme entra d'un pas ferme dans l'auberge. Elle semblait bien connaître les lieux puisqu'elle se dirigea sans hésiter vers la cuisine, appelant d'une voix claire :

— Maître Léonard ! Maître Léonard !

— Oui, oui, répondit celui-ci, affairé auprès de ses fourneaux.

Puis il apparut en essuyant ses mains sur son tablier.

— Ah, c'est toi, Marianne. Que puis-je faire pour toi ?

— J'arrive de chez le boucher, je voulais lui acheter un gigot d'agneau, mais il m'a dit que vous lui avez tout pris ce matin. Je voulais le préparer pour l'anniversaire de mon père, que je fête ce soir. J'ai pensé venir vous voir, peut-être accepteriez-vous de m'en vendre un si vous n'êtes pas trop à court ? demanda-t-elle, pleine d'espoir.

Maître Léonard se gratta la tête, les sourcils froncés, broussailleux témoins de son embarras.

— Ben, c'est que l'agneau est au menu de ce soir, et peut-être y aura-t-il beaucoup de monde, un bateau marchand est arrivé ce matin. Même que j'ai déjà un client, ajouta-t-il en pointant Galligan du menton.

Tandis que Marianne tournait la tête vers lui, Galligan s'empressa de remettre le nez dans son assiette, lui qui n'avait pas quitté la jeune fille des yeux depuis qu'elle était entrée dans l'auberge.

Mais déjà elle se désintéressait de ce client attablé devant son petit déjeuner.

— S'il vous plaît, maître Léonard. Tenez, pour votre peine, je vous inviterai à la fête ! dit-elle en riant.

Il n'avait d'ailleurs jamais été question qu'il n'y assiste pas.

— Marianne, Marianne, comment faire pour te résister ? Soit ! Mais je ne veux rien, s'empressa-t-il d'ajouter alors que la jeune femme tirait une aumônière de sa poche. Disons que ce sera ma contribution à la fête et mon cadeau d'anniversaire à ton père, qui est un homme que j'estime bien.

— Oh, je vous adore ! lui répondit Marianne en se jetant à son cou.

Et elle lui plaqua un baiser sonore sur la joue.

— Ça va, ça va ! fit-il en se dégageant, légèrement embarrassé. Pas d'épanchements devant la clientèle…

Marianne éclata de rire et, s'empressant vers la porte, précisa :

— Alors je vous attends ce soir vers sept heures, merci encore !

L'instant d'après, elle avait disparu.

⚓

Après avoir terminé son repas, Galligan paya l'aubergiste et retourna au bateau chercher ses échantillons de laine. Il était temps de se remettre au travail et de commencer sa tournée des marchands de tissu.

Dans les trois premières boutiques qu'il visita, on démontra un intérêt poli mais sans plus. Il réussit néanmoins à arracher un bon de commande à un gros homme ronchonneur, lui promettant un prix dérisoire si cette commande était suivie de plusieurs autres.

La matinée passa rapidement et Galligan, qui avait retrouvé son bel appétit depuis qu'il était sur le plancher des vaches, sentait poindre à nouveau une petite faim. *Une dernière visite*, se dit-il, *et je retourne à cette auberge sympathique.*

Il s'arrêta devant la vitrine d'une boutique fort accueillante, toute pimpante avec ses volets verts et son bac à fleurs regorgeant de marguerites naines. Sur la vitrine, on avait peint à la main « Verger et fille, tissus ».

« Et fille » ? remarqua-t-il en lui-même, pensant voir une faute d'orthographe, *je croyais que ça s'écrivait avec un seul « l » et un « s » à la fin.*

Il poussa la porte, qui fit sonner une clochette au-dessus de sa tête. Il n'y avait personne derrière le comptoir. Galligan en profita pour étudier les lieux et tout de suite l'intérieur du magasin lui plut. Les étagères disposées sur les murs regorgeaient d'étoffes de toutes sortes. Les tissus les plus précieux étaient placés dans une armoire vitrée dont le chêne ouvragé des portes ajoutait à l'exotisme de la marchandise. On avait aussi suspendu au plafond quelques tapisseries délicatement travaillées et deux tapis dont l'origine orientale ne faisait aucun doute. Absorbé dans son étude des lieux, Galligan n'avait pas entendu venir la jeune femme qui s'adressa à lui.

— Bonjour, puis-je vous aider ?

Se retournant brusquement, il eut la surprise de se retrouver face à la jeune fille qu'il avait vue à l'auberge, celle que maître Léonard avait appelée Marianne. Si, de loin, il avait été charmé par son allure, il en perdit ses moyens lorsqu'elle fut devant lui. Elle le regardait, légèrement intriguée par ce géant embarrassé. Un léger sourire flottait sur ses lèvres pleines, et dans son regard noisette on pouvait lire un certain amusement. Loin d'être coquette, Marianne était néanmoins consciente de l'effet qu'elle produisait sur les hommes. Sa silhouette élancée aux courbes flatteuses lui avait valu bien des sifflements admiratifs dans les rues. Ses cheveux brun clair étaient noués par un simple ruban sur sa nuque, et quelques mèches rebelles s'en échappaient. Sean Galligan tomba, à cet instant précis, éperdument amoureux.

— Monsieur ? dit à nouveau Marianne.

— Je... je voudrais voir le boutique patron, réussit-il à articuler.

— Mon père n'est pas là pour l'instant, mais comme nous sommes associés, peut-être pourrais-je vous être utile ?

Galligan comprit tout à coup le « et fille » de la devanture. Retrouvant progressivement son aplomb, il lui expliqua le but de sa visite. Ils s'installèrent au comptoir, où il déballa ses échantillons de laine et vanta avec tant d'emphase son produit que la jeune fille partit d'un grand éclat de rire.

— Diantre, monsieur ! On dirait que ces moutons sont vos enfants et que vous me montrez là le résultat de leur travail.

— C'est un peu ça, miss, et je assure vous que *nowhere* ailleurs dans le monde vous ne trouverez plus belle laine que *that one*. D'ailleurs, *if I may*, j'aime vous offrir quelque chose.

Il fouilla dans le fond de son sac et en tira un magnifique châle de laine d'agneau.

— Ce serait grand honneur pour moi si vous acceptez ce petit cadeau…

Marianne rougit à la fois de plaisir et de confusion. La grande simplicité de cet homme la touchait.

— Monsieur, c'est une pièce superbe, vous pourriez en tirer un bon prix…

— Mais il vous va si bien, insista-t-il en le lui passant autour des épaules.

L'instant avait quelque chose de magique et ce fut au tour de Marianne d'être à court de mots. Son père la tira d'embarras en choisissant ce moment pour revenir à la boutique. C'était un homme plutôt petit et, si sa fille le dépassait de quelques pouces, il arrivait à peine à la poitrine du géant Galligan. Mais nullement troublé par cette différence de taille, dont il avait l'habitude, il compensait ces pouces manquants par une assurance et un aplomb qui désarmaient parfois.

— Ah ça, ma fille, on a de la visite ! lâcha-t-il en entrant dans la pièce.

— Père, s'empressa de dire Marianne pour cacher son trouble, laissez-moi vous présenter monsieur… et elle s'aperçut qu'elle ne connaissait même pas son nom.

— Sean Galligan, enchaîna ce dernier en s'inclinant. Je suis marchand de laine et je étais en train de montrer mes échantillons à votre fille.

— Plus que des échantillons, me semble-t-il, répliqua M. Verger en tâtant le châle que Marianne avait sur les épaules, mais c'est bien là de la belle laine. Passez à l'arrière-boutique, nous allons discuter affaires.

Marianne accompagna les deux hommes, mais dut revenir dans le magasin pour servir quelques clients. Elle se trompa deux fois en calculant le nombre de pieds que Mme Beaudouin demandait, gâcha la bordure d'un tissu en le coupant tout de travers, tendue qu'elle était à tenter de saisir des bribes de la conversation des deux hommes dans l'arrière-boutique. Elle les entendait discuter sans comprendre ce qu'ils disaient et c'était très agaçant de ne pas savoir pourquoi ils éclataient de rire à tout bout de champ ! Puis ils revinrent dans la boutique.

— Marché conclu, donc ! dit le père de Marianne en serrant la main de Galligan. Je réserve votre production de laine de cette année, et si les affaires vont comme je l'espère, vous deviendrez mon fournisseur exclusif.

Galligan était enchanté. Il avait réussi en une seule matinée à atteindre le but de son voyage. *Et peut-être même plus*, songea-t-il en contemplant Marianne.

— Je retourne au bateau, pour voir que la cargaison que j'apporte vous sera livrée au plus tard demain, dit-il à M. Verger. Je suis certain que nous pourrons entendre nous à vermeille.

— À merveille, corrigea Marianne en éclatant de rire.

Les deux hommes se serrèrent la main et Galligan se retourna vers Marianne, sous les yeux de son père qui ne perdait rien de la scène.

— Miss, j'espère que nous aurons l'occasion de revoir nous bientôt...

Marianne rougit légèrement sous ce regard bleu qui l'enveloppait tout entière.

— Bien sûr ! Ce sera un plaisir... s'entendit-elle répondre.

Sean Galligan sortit de la boutique. Il était à peine au bout de la rue que Marianne criait à son père :

— Je vais chercher du pain !

Et sans entendre ses protestations – il en avait rapporté le matin même –, elle s'élança dehors. Galligan était déjà loin, marchant d'un pas rapide à longues foulées. Marianne dut courir pour le rattraper.

— Monsieur Galligan ! Monsieur Galligan !

Surpris de s'entendre interpellé dans une ville où il n'était pas connu, Galligan se retourna et vit Marianne accourir vers lui, les cheveux répandus sur le châle qu'elle avait toujours à ses épaules. Elle tenait à la main le ruban qui avait glissé de ses cheveux dans sa course. Légèrement essoufflée, elle s'excusa.

— Pardonnez-moi de vous courir après comme cela mais j'ai pensé que, puisque vous êtes seul dans une ville inconnue et que vous allez maintenant faire affaire avec nous, vous aimeriez peut-être venir à la petite fête que j'ai organisée pour l'anniversaire de mon père ce soir, défila-t-elle d'un seul trait. Je suis certaine que ça lui ferait plaisir de vous y voir… et à moi aussi, ajouta-t-elle.

Galligan sourit de toutes ses dents.

— Ce serait pour moi un vrai plaisir, répondit-il. À sept heures ?

— Comment le savez-vous ? s'étonna-t-elle.

En riant, il enchaîna :

— J'ai entendu vous le dire à l'auberge, et je même savoir qu'il y aura du gigot d'agneau au menu.

Ce fut au tour de Marianne de rire.

— Alors, c'est d'accord. À ce soir !

Et elle repartit en courant.

⚓

Il restait à peine quelques traces de soleil dans le ciel quand Galligan se présenta chez les Verger. Pressentant que sa vie allait prendre un cours nouveau, il savourait la fraîcheur de la soirée naissante et prenait bien son temps, attentif aux sons et aux odeurs qui tapissaient la ville. Lui qui n'avait jamais aimé que la campagne et ses verts pâturages, il appréciait aujourd'hui l'agitation citadine, la découvrant même pleine de charme. Il prenait plaisir à entendre les discussions autour de lui et la langue française sonnait ce soir-là comme un poème à ses oreilles.

Arrivé devant la boutique, il entendit des rires et de la musique venant de l'arrière-cour. M. Verger et sa fille habitaient une jolie maison attenante à la boutique, dont Galligan trouva l'entrée sans peine. On avait dressé quelques tables dans le jardin et déjà quelques invités trinquaient à la santé du fêté. Ce fut ce dernier qui aperçut Galligan.

— Ah ça, pour une surprise ! Monsieur Galligan, venez vite me rejoindre, s'écria M. Verger, sincèrement content d'avoir reconnu l'Irlandais. Marianne, cria-t-il, sers à boire à notre invité !

Marianne apparut portant entre ses mains un cabaret chargé de pots à bière. Elle était vêtue d'une simple robe blanche, cintrée à la taille et au corsage légèrement échancré. Des manches bouffantes lui arrivaient aux coudes, laissant voir ses bras fins, délicatement hâlés par le soleil de La Rochelle.

Galligan s'approcha d'elle et lui retira le plateau des mains.

— Permettre-moi de vous aider…

— Monsieur Galligan, quel plaisir de vous voir ! Laissez-moi vous présenter à tout le monde.

Et Marianne le prit par le bras, faisant la tournée des amis de son père, qui s'empressèrent de vider le cabaret de pots à bière du garçon de table improvisé. Galligan reconnut maître Léonard. Les deux hommes se serrèrent la main, contents de se rencontrer à nouveau.

— Alors on découvre les charmes du pays, lui dit le sympathique aubergiste avec un clin d'œil.

— Maître Léonard, voulez-vous bien vous taire ! protesta Marianne, emmenant Galligan plus loin.

La jeune fille installa l'Irlandais à la droite de son père à la table. Le dîner se passa agréablement, les histoires fusant d'un côté et de l'autre. Le vin arrosait généreusement ces propos qui se faisaient maintenant joyeusement égrillards, mais plus proches de la drôlerie que du mauvais goût.

Galligan était charmé par ces gens simples qui lui offraient si spontanément leur amitié. Tourné vers M. Verger, avec qui il était en grande conversation, il avait toujours Marianne dans son champ de vision, elle qui était assise à la gauche de son père. Il ne pouvait s'empêcher de glisser sans cesse son regard vers elle, ce que ne manqua pas de remarquer M. Verger.

— Elle est bien jolie, ma Marianne, n'est-ce pas ? s'extasia-t-il sans attendre de réponse. Le vrai portrait de sa mère. Ah ! Si elle était encore avec nous, celle-là…

— Que lui est-il arrivé ? ne put s'empêcher de demander Galligan.

M. Verger devint subitement triste, les nombreuses coupes de vin qu'il avait bues exacerbant ses émotions.

— Une mauvaise grippe l'a emportée il y a dix ans. Elle m'a laissé seul avec Marianne. Mais il n'y a pas une journée qui passe sans que je la regrette encore, dit-il écrasant une larme furtive au coin de l'œil.

Galligan ne savait trop quoi ajouter, un peu mal à l'aise devant l'émotion de son hôte. Voulant faire diversion, il se souvint qu'il lui avait apporté un cadeau.

— Mister Verger, je oublier, j'ai petit quelque chose pour vous.

Il sortit de sa poche un paquet soigneusement ficelé et le remit au père de Marianne.

— Ah ça, merci bien ! Qu'est-ce que c'est ? dit ce dernier en défaisant l'emballage. Eh bien, Galligan, vous connaissez tous mes vices ! s'exclama-t-il, heureux de découvrir une superbe pipe en écume de mer que Galligan avait achetée dans une boutique du port. Merci mille fois ! ajouta-t-il en lui assénant dans le dos une claque d'une surprenante vigueur pour un homme de sa taille. Laissez-moi aller la montrer à Gontran, c'est un grand amateur de pipes.

Tandis qu'il se levait pour se rendre à l'autre bout du jardin, les musiciens reprirent leurs instruments après avoir fait une petite pause pour se nourrir eux aussi. La musique joyeuse, entraînante, poussa la plupart des invités à se lever pour faire une farandole. Emportée par la vague, Marianne accrocha au passage Galligan, qui n'eut d'autre choix que de suivre le mouvement. Il régnait un bel esprit sur la fête, et tous les invités avaient à cœur de bien s'amuser. Cet enthousiasme était contagieux et bientôt Galligan se sentit à son tour envahi par l'euphorie. Il y avait quelque chose de féerique dans l'air de cette soirée.

Le rythme de la musique changeant, la farandole se défit, cédant la place aux couples qui sautaient maintenant sur les accords d'un rigaudon endiablé. On dansait avec l'un et l'autre, et Galligan eut le plaisir de faire quelques pas avec la plupart des dames présentes, grosses ou petites, jeunes ou d'âge respectable. Mais son regard cherchait sans cesse Marianne. Elle était à ses yeux, et à ceux de bien d'autres, la plus belle de toute la fête. Son charme agissait sur chacun des invités.

Jamais encore Galligan n'avait senti pareil attrait pour une femme. Jusqu'alors, sa vie s'était déroulée paisiblement à la ferme, en compagnie de son frère avec qui il élevait un vaste troupeau de moutons. Mais aujourd'hui, la ferme irlandaise lui paraissait très loin et sa vie ne semblait tenir qu'à ce moment présent. Troublé, Galligan se demandait par quelle magie Marianne avait effacé d'un seul regard tout son passé…

La jeune femme venait justement vers lui, les joues rosies par la danse et l'œil pétillant de gaieté.

— Alors, vous ne vous ennuyez pas trop ? lui demanda-t-elle.

— Votre père est très sympathique et cet endroit *is charming*, répondit Galligan.

Ce n'était pas du tout ce qu'il aurait voulu lui dire, mais il n'avait jamais été très adroit pour exprimer ses sentiments. Marianne restait là et semblait attendre quelque chose, mais les mots qui se bousculaient dans sa tête à lui ne parvenaient pas à trouver le chemin de ses lèvres.

Gauchement, Galligan lui dit :

— Votre robe est bien jolie…

— Merci, répondit simplement Marianne.

Puis lui prenant la main, elle lui dit : « Venez, je vais vous servir à boire. »

Galligan se laissa entraîner de bonne grâce, maudissant son manque d'expérience avec les femmes. Mais alors qu'ils se dirigeaient vers la cuisine, marchant un peu à l'écart des invités, Marianne trébucha sur une pierre et Galligan la rattrapa au vol, lui évitant de s'étaler de tout son long sur le sentier. Dans son geste, il avait ramené la jeune femme sur sa poitrine et l'y maintint serrée quelques instants. Leurs regards se croisèrent, et cédant à une impulsion plus forte que sa raison, Galligan l'embrassa.

— Je croyais que vous ne vous décideriez jamais, lui souffla doucement Marianne lorsqu'ils se séparèrent.

— Et moi, j'étais peur d'être refusé…

Comme pour le rassurer, la jeune femme lui mit les bras autour du cou et prit l'initiative du second baiser. Puis, se dégageant doucement, elle murmura :

— N'allions-nous pas boire quelque chose ?

Heureux, libérés de cette tension qui les empesait, ils repartirent en courant vers la cuisine. Le reste de la soirée se déroula comme dans un rêve. Galligan avait l'impression d'être enfin arrivé au port et sentait confusément que plus jamais il ne quitterait le sol français.

Lorsque enfin les derniers invités s'en retournèrent chez eux, Galligan alla retrouver le père de Marianne et lui demanda solennellement la main de sa fille. Il se montra particulièrement éloquent pour l'occasion, plaidant avec fougue sa candidature à titre de mari, même si les deux jeunes gens se connaissaient depuis à peine quelques heures.

M. Verger se montra ému, mais nullement surpris. Il les avait bien vus rester près l'un de l'autre toute la soirée, et l'ardeur des regards qu'ils échangeaient ne trompait personne. M. Verger savait jauger les hommes, et Galligan lui apparaissait comme une personne droite, franche, digne de confiance et à qui il confierait volontiers la vie de sa fille. Galligan l'ayant rassuré sur le seul point qui aurait pu apporter une ombre au tableau – il n'emmènerait pas Marianne vivre dans sa lointaine Irlande –, ils passèrent le reste de la nuit à parler d'avenir.

Marianne et son mari s'installeraient dans la maison de M. Verger. Elle était bien assez grande pour réserver suffisamment d'intimité au jeune couple. Depuis un certain temps déjà, M. Verger songeait à la retraite et, avec Marianne et Galligan, la relève était assurée. Mais ce dernier ne mettait pas pour autant ses projets de négoce de côté. Il ferait affaire avec son frère, qui ne demanderait pas mieux que de diriger à lui seul la ferme d'élevage en Irlande. Galligan ne voulait même pas retourner chez lui pour régler les détails. Il était pressé de commencer sa nouvelle vie et de s'établir aux côtés de Marianne.

⚓

Les jours qui suivirent furent bien remplis. Le *Lady Belle* appareillant pour l'Irlande, Galligan chargea un messager d'apporter à son frère les papiers lui cédant sa part de l'élevage et les instructions pour entamer l'exportation de la laine. De plus, avec la première cargaison, Galligan lui demandait d'envoyer par un courrier sûr l'essentiel de ses biens et la petite fortune qu'il avait amassée au fil des ans.

La noce fut fixée pour la fin juillet. Entre-temps, Galligan logait au Faisan doré, où maître Léonard lui avait promis la chambre la plus agréable. Il semblait bien que toute la ville soit au courant du mariage de Marianne. Ni elle ni Galligan ne pouvaient faire un pas dans les rues sans être arrêtés par des personnes de leur connaissance. Marianne et son père étant très populaires dans ce quartier de la ville, les gens manifestaient ouvertement leur plaisir à l'annonce de la nouvelle. Les préparatifs allaient bon train et finalement le grand jour arriva.

Il faisait un soleil éclatant et un vent chaud balayait la place de l'Église. Marianne, radieuse dans sa robe blanche bordée de dentelle anglaise, montait les marches du parvis au bras de son père. Toutes les personnes qu'elle connaissait et aimait étaient là, témoins de son immense bonheur. Galligan l'attendait près de la nef, portant avec fierté son habit neuf, taillé dans le plus beau tissu de la boutique de son futur beau-père, flanqué de maître Léonard, l'aubergiste, comme garçon d'honneur.

Ce fut une cérémonie simple et touchante, au terme de laquelle tous les invités se retrouvèrent chez les Verger-Galligan pour fêter jusqu'au lendemain matin. Lorsque Sean Galligan prit sa jeune femme dans ses bras pour l'emmener jusqu'à leur chambre, il pensa que jamais il n'aurait cru pouvoir être si heureux.

Chapitre 2

Sean et Marianne s'installèrent dans un bonheur tranquille. M. Verger se retira graduellement du commerce, laissant de plus en plus de place à son gendre, et put consacrer plus de temps à son autre grande passion, la pêche.

Le fait de vivre ainsi près de la mer avait quelque chose de magique, et tant Marianne que son père adoraient aller se promener sur le port et contempler des heures durant les eaux changeantes de l'océan. Pour eux, il n'y avait pas de plus beau spectacle qu'un lever de soleil sur la mer. La lumière crue du matin semblait percer le secret des êtres et des choses avant qu'ils n'aient le temps de refermer leur carapace pour faire face à leur combat quotidien. Et le soir, la mer devenait sombre, mystérieuse. L'amie complice se transformait en une créature énigmatique, presque effrayante, chargée de secrets insondables. Mais là où elle était à son mieux, c'était lorsqu'elle était en colère, faisant étalage de sa force et de sa puissance, laissant ses vagues charger la côte et ses rochers, victimes immolées par les crêtes écumeuses qui, au fil des siècles, s'effaçaient doucement devant l'acharnement de cette voisine à l'humeur changeante. La mer rappelait alors aux hommes qui lui avaient lié leur destin qu'elle restait la grande prêtresse de leur vie. Marianne avait bien tenté de communiquer sa passion à son mari, mais il était un peu récalcitrant. Il avait toujours vécu dans les terres, et son premier contact avec l'océan avait été sa traversée houleuse vers la France, dont il gardait un souvenir plutôt nauséeux.

Mais pour Marianne, la mer agissait comme un aimant. Quand elle apprit qu'elle était enceinte, elle alla fréquemment se reposer sur une petite plage non loin du port, où elle se laissait bercer par le bruit des vagues venant mourir sur le sable. Lorsque son bébé était particulièrement agité, elle allait nager dans une petite crique tranquille, et il lui semblait que l'enfant s'apaisait tout de suite. Galligan l'accompagnait parfois, se contentant de lire à l'ombre d'une dune. Il regardait sa femme, si belle dans l'éclat de sa grossesse, et se sentait submergé par une vague de bonheur si intense que les larmes lui piquaient les yeux.

Alors que son neuvième mois était largement entamé, Marianne ressentit les premières douleurs de l'accouchement lors d'une de ses promenades sur la plage. Cette fois-ci, plongée dans ses pensées, elle ne s'était pas aperçue qu'elle avait marché beaucoup plus loin qu'à l'habitude. Le sable durci de la plage à la marée basse lui offrait un chemin agréable, qu'elle avait emprunté sans réfléchir, marchant au gré de la découverte des petits trésors que la mer avait laissés en se retirant. Une multitude de conques s'étaient enfoncées dans le sable, recrachant des tortillons de sable mouillé qui marquaient curieusement l'ouverture qu'elles s'étaient faite dans la plage. Des petits crabes couraient çà et là, pressés de se rendre on ne sait où, et quelques étoiles de mer, minuscules bijoux colorés, s'attachaient à des cailloux. Rompue à la marche par ses sorties quotidiennes, Marianne avait bien fait une demi-lieue quand une crampe subite lui vrilla le ventre.

Cela la prit par surprise. La douleur vive au creux de ses reins s'en fut rapidement, et Marianne crut qu'elle s'était trompée. Mais quelques instants plus tard, la douleur réapparut, un peu plus forte que la précédente. Bien qu'elle se fût préparée ardemment à l'approche du grand jour, Marianne était un peu affolée par l'intensité de ses contractions. On lui avait toujours dit que, pour un premier bébé, le travail était long et qu'on avait le temps d'apprivoiser la douleur. Il semblait bien que le scénario serait différent dans son cas.

La contraction suivante la jeta à genoux sur le sable. Puis les contractions se rapprochèrent. Respirant à fond pour tenter de contrôler son corps et les battements désordonnés de son cœur, Marianne regagna un coin ombragé de la plage. Galligan ne l'avait pas suivie ce jour-là, occupé à recevoir des clients. Il lui avait dit qu'il la rejoindrait plus tard, et elle se mit à prier pour que ce fût le plus tôt possible. Mais aurait-il l'idée de se rendre si loin ? Réticent à la voir s'éloigner ce matin-là, il avait bien tenté de la convaincre de rester à la maison, mais la journée était si belle que Marianne n'avait pu résister à la tentation d'aller faire un tour, un tout petit tour avait-elle dit.

La sueur perlait à son front. La contraction suivante la coupa en deux et elle ne put retenir un cri auquel seules les mouettes répondirent. Elle était à moitié assise, appuyée sur la dune quand elle sentit soudain un liquide chaud lui couler entre les jambes. Ses eaux étaient rompues, l'arrivée du bébé était imminente et elle était là, seule sur la plage ! Mais elle n'eut pas le temps de s'abandonner au désespoir, les contractions se succédaient maintenant presque sans interruption, et son ventre tendu à l'extrême lui faisait très mal. Elle ressentit alors une irrésistible envie de pousser. Ne sachant comment s'aider, elle retenait plutôt ce bébé qui manifestait si impérieusement son désir de naître.

Dans son délire, Marianne crut entendre son nom perçant la panique qui peu à peu s'emparait d'elle. La voix inquiète de son mari flottait au-dessus des cris des mouettes.

— Marianne ! Marianne ! où es-tu ?

Ce fut un hurlement qui répondit à Galligan, venu à la recherche de sa femme. Il n'eut aucune peine à la trouver et un seul regard lui permit de comprendre la situation.

— Sean ! Sean ! Je vais mourir, ça fait trop mal !

Tentant de garder son calme pour ne pas affoler encore plus la jeune femme, Galligan tomba à genoux et, d'une main leste, lui retira ses jupes qu'il étala sur le sable en la recouchant dessus.

— Non, ça va bien aller, tu y es presque. Voilà ! Pousse, pousse de toutes tes forces.

Galligan avait assisté à la naissance de plusieurs agneaux sur ses terres, et cette expérience sommaire lui servait aujourd'hui. Un peu comme il le faisait avec ses brebis pour les calmer, il passa sa large main sur les cheveux moites de Marianne. Son autre main tâtant son ventre, il sentit venir la contraction suivante.

— Maintenant, vas-y ! Pousse mon amour, pousse... le bébé est là, je vois sa tête !

Marianne retomba épuisée sur la dune mais se releva aussitôt, commandée par une autre contraction. Sous la poussée suivante, la tête du bébé sortit. Marianne reprit son souffle et, alors qu'elle faisait un dernier effort, Sean Galligan reçut sa fille dans ses mains.

Les sourcils froncés et les poings serrés, le bébé se mit à hurler, comme pour protester contre le manque de décorum à sa naissance. À l'aide d'un canif qu'il portait toujours sur lui, Galligan coupa le cordon ombilical, et un lacet de sa bottine lui permit d'en nouer l'extrémité. Ému, il serra le bébé contre lui. Marianne, épuisée, regardait son époux qui pleurait, quand il se pencha vers elle et lui remit le petit paquet gigotant dans les bras. Elle s'empressa d'emmailloter l'enfant dans le châle que Sean lui avait donné lors de leur première rencontre. Alors qu'elle serrait le bébé contre son cœur, la petite fille tourna la tête vers sa poitrine, cherchant instinctivement le sein maternel. À travers ses larmes, Galligan réussit à articuler :

— Elle a faim... ce sera une fille décidée, celle-là !

Et se penchant vers les deux femmes de sa vie, il ajouta :

— Merci, mon amour. Toi et cette jeune demoiselle, vous êtes toute ma vie.

Marianne pâlit, sentant venir une autre contraction.

— Sean, ce n'est pas fini... est-ce qu'il y en a un autre ?

— Non, c'est normal, ce sont les suites qui doivent être expulsées.

Et de ses mains douces, il lui massa le ventre pour l'aider à terminer le travail, émerveillé une fois de plus devant la complexité de la nature et la force de la vie. Ensuite, il prit sa femme et sa fille dans ses bras et, chargé de ce précieux fardeau, s'en alla tranquillement vers la maison. C'était le plus beau cadeau de premier anniversaire de mariage que sa femme pouvait lui donner.

⚓

Pour Galligan, il fut tout naturel de baptiser sa fille Marie, en l'honneur de sa mère. C'était un bébé vigoureux qui faisait la joie de ses parents et la fierté de son grand-père. L'enfant était curieuse de tout, ouvrant grand ses yeux, gris-bleu comme ceux de son père, au monde qui l'entourait. Le jour de son baptême fut le prétexte d'une grande fête, à laquelle une centaine de personnes furent invitées. L'histoire de la naissance de Marie était entrée dans la légende, et la participation de Galligan à la venue au monde de sa fille avait encore accru son prestige auprès de ces bonnes gens. Le fait qu'elle soit née au bord de la mer était vu comme un présage. Marianne l'appelait sa petite sirène, et aussitôt qu'elle fut remise sur pied, elle reprit ses promenades sur la plage, toujours accompagnée de son bébé, qui apprit à s'endormir bercé par la mélodie des vagues et du vent.

Le temps s'écoula comme un chapelet de jours heureux, même si un événement triste venait parfois assombrir ce ciel sans nuage. Ce fut ainsi que M. Verger s'éteignit doucement un matin de septembre 1686. Il n'avait jamais été malade, mais son temps était venu et il partait l'âme en paix. Il savait que personne au monde ne veillerait mieux que Galligan sur sa fille et sa petite-fille, et il ferma les yeux sur ce monde pour aller retrouver sa femme qui, comme il l'avait toujours dit, devait lui avoir gardé sa place au paradis. Le décès de son père attrista Marianne, mais la vie était plus forte que tout et la poussa en avant malgré elle. Marie avait deux ans quand Marianne découvrit qu'elle était enceinte de nouveau.

⚓

Depuis la mort de M. Verger, « Verger et fille » était devenu « Galligan et fille », une façon de saluer l'entrée de Marie dans le monde, et sous la main habile de Sean, la boutique avait pris beaucoup d'expansion, se spécialisant surtout dans l'importation de laine. On venait l'acheter d'aussi loin que Marseille, et Galligan approvisionnait maintenant de nombreuses boutiques avec la laine des moutons de son frère. Lui et Marianne formaient un couple uni, et la petite Marie grandissait entourée d'amour. La langue déjà bien affûtée pour ses deux ans, elle menait son père par le bout du nez et savait instinctivement comment repousser les limites qu'on tentait de lui imposer.

Mais ce bonheur idyllique bascula soudainement un matin de novembre. Alors que Marianne était allée acheter du poisson aux pêcheurs qui venaient d'entrer au port, elle n'avait pu résister à l'idée de descendre sur les quais. Elle aimait y respirer l'air de la mer auquel se mêlait l'odeur du varech. Elle aimait regarder l'agitation sur les quais, les pêcheurs rentrer leurs filets, les bateaux descendre leurs voiles.

Elle était rendue au bout du quai quand un grand vent s'éleva soudain. Du coup les vagues s'enflèrent, bousculant les barques amarrées au quai. Marianne fit demi-tour, mais dans sa hâte se prit le pied dans un cordage et glissa sur le bois mouillé. Battant des bras, elle tenta de se raccrocher à un quelconque appui, mais rien n'empêcha sa chute vers les eaux maintenant déchaînées. Personne n'avait été témoin de son plongeon, tous les marins ayant les yeux tournés vers leur barque malmenée par les flots.

Marianne n'eut pas le temps de s'affoler puisqu'elle s'assomma sur le quai en tombant. La mer rejeta son corps sur la plage quelques heures plus tard.

⚓

Sean Galligan crut devenir fou de douleur. La perte de Marianne le plongea dans un désespoir terrible et il voulut mourir lui aussi.

Et quand il pensait au bébé qui n'aurait jamais la chance de naître, sa tristesse devenait sans fin.

Galligan s'enivra durant trois jours, pendant lesquels une voisine secourable prit soin de Marie. Toute la communauté compatissait au malheur qui accablait Galligan, et le soutien de ses amis lui fut précieux. Marianne fut enterrée lors d'une cérémonie empreinte d'émotion. Lorsque Galligan retourna à la maison en compagnie de sa fille de deux ans et demi, son seul bonheur à présent, il jura qu'elle resterait loin de la mer. En lui volant ce qu'il avait de plus cher au monde, l'océan était devenu son ennemi.

Chapitre 3

La vie devait suivre son cours pour Galligan, bien qu'elle n'eût plus aucun sens pour lui à présent. Le temps, insensible au malheur de l'Irlandais, continuait de s'écouler comme si de rien n'était, transformant les jours en semaines et les semaines en mois, qui devinrent des années. Il avait bien songé à retourner dans son pays, mais les bases de son commerce étaient solidement établies en France, et ç'aurait été plus difficile encore de recommencer à zéro là-bas. Son frère menait très bien l'élevage de troupeau, et peut-être verrait-il même d'un mauvais œil le retour du frère prodigue…

De plus, il ne souhaitait pas quitter la maison où il avait vécu si heureux avec Marianne. Ici au moins, il retrouvait son souvenir dans chacun des objets qui l'entouraient et, en fermant les yeux et en se concentrant très fort, il parvenait même à sentir son parfum flotter dans la chambre. Et il y avait Marie : il ne souhaitait pas la déraciner. Perdre sa mère à un âge si tendre était déjà un grand malheur ; il ne voulait pas que, en plus, elle ait à s'habituer à une nouvelle maison, à un nouveau pays, à une nouvelle langue, bien qu'il eût pris soin qu'elle parlât l'anglais, un anglais coloré du solide accent de son père.

La petite fille grandissait et, même si elle avait le regard gris-bleu de Sean, elle ressemblait de plus en plus à Marianne. Ses cheveux châtains lui retombaient sur les épaules, et son menton volontaire se relevait souvent pour défier les gens qui contrecarraient ses idées. Pas encore très grande, elle aurait certainement supporté quelques livres de plus sur son corps nerveux.

Quelque temps après la mort de son épouse, Galligan avait embauché une femme du voisinage, Marguerite Duguay, pour l'aider à prendre soin de la petite. La Duguay était vieille fille. Issue d'une famille de onze enfants, elle avait toujours pris soin de ses frères et sœurs, et n'avait jamais éprouvé le besoin de fonder elle-même une famille. Maintenant que tous étaient casés et que ses parents avaient rejoint leurs ancêtres, elle était entièrement libre de son temps, et la proposition de Galligan arrivait juste à point. D'ailleurs, elle s'attacha très rapidement à Marie, qui le lui rendait bien. Marguerite continuait d'habiter chez elle, même si elle arrivait chez les Galligan très tôt le matin et n'en repartait bien souvent qu'à la nuit tombée.

Pour Galligan, la présence de Marguerite était un réel soulagement. Il faisait ce qu'il pouvait pour élever de son mieux la fillette, mais se sentait parfois malhabile avec elle. La laissant faire à peu près tout ce qu'elle voulait, il demeurait cependant inflexible sur un point : il lui était interdit de s'approcher du port, et encore plus d'aller à la plage. Parfois Marie se rebiffait devant une telle manifestation d'autorité, comprenant mal pourquoi son père était si intransigeant sur ce point alors qu'il était si tolérant sur d'autres. Lorsqu'elle lui posait la question, il devenait évasif et changeait rapidement de sujet, ce qui bien sûr était loin de satisfaire l'enfant.

De sa mère, elle se rappelait fort peu. Il y avait maintenant sept ans qu'elle était morte et Galligan ne lui en parlait pas souvent, sauf lorsqu'il buvait un peu trop et qu'il se mettait à pleurer. Alors, il la serrait très fort dans ses bras, l'appelait indifféremment Marie ou Marianne et lui disait que sa mère avait certainement été la meilleure femme de toute la France, non, de toute la Terre. Marie détestait ces moments d'effusions larmoyantes auxquelles elle ne comprenait pas grand-chose. Et lorsqu'une journée débutait de cette façon, généralement le dimanche quand il n'ouvrait pas boutique, elle en profitait pour s'esquiver discrètement. Elle savait qu'il ne se rendrait pas compte de son absence si elle revenait avant qu'il ait eu le temps de dessoûler, ce qui voulait dire à la tombée de la nuit, et encore… Et comme Marguerite était en congé les dimanches, Marie avait la bride sur le cou…

Un dimanche de juillet 1694, Marie avait trouvé son père roupillant dans le jardin, une bouteille d'eau-de-vie à ses côtés. Elle le contempla quelques instants, partagée entre le dégoût qu'elle avait pour la boisson et l'amour qu'elle ressentait pour lui. Il était le seul qui comptât dans sa vie, avec Marguerite bien sûr. Tout ce qu'elle avait, tout ce qu'elle connaissait venait de lui. Même s'il était souvent taciturne, même s'il exprimait avec difficulté ses sentiments, elle savait qu'il l'aimait profondément et que tant qu'il serait là, il ne pourrait jamais rien lui arriver de mauvais.

C'était probablement parce qu'il était son seul repère dans la vie que Marie haïssait tant ces moments de faiblesse où il trouvait refuge dans l'alcool. Elle en venait presque à détester aussi sa mère, la tenant pour responsable du chagrin dans lequel basculait son père. Elle n'avait pas le droit de l'avoir abandonné ainsi. Marie n'avait jamais su que sa mère était morte noyée et encore moins qu'elle avait failli avoir un petit frère ou une petite sœur. On lui avait toujours dit que le bon Dieu était venu la chercher parce qu'il avait besoin d'un ange de plus au paradis, et que sa mère veillait maintenant sur elle de là-haut. C'était là un langage bien abstrait pour l'enfant et, au fond d'elle-même, elle en voulait beaucoup à Dieu. Qu'avait-il à faire d'un ange de plus, alors qu'il en avait déjà toute une armée à ses côtés ? Elle le savait parce que c'était peint sur un tableau à l'église.

Marie alla chercher un chapeau de paille dans la maison et le plaça sur la tête de son père pour le protéger du soleil. Puis elle sortit du jardin par la porte de côté et ferma soigneusement la grille derrière elle. Humant avec délice l'air parfumé de la matinée, elle mit résolument le cap vers la plage…

C'était son secret, un secret qu'elle n'avait partagé avec personne puisqu'elle n'avait pas vraiment d'amis. Pas même Marguerite, sa grande confidente, n'était au courant. D'ailleurs elle n'aurait pas manqué de désapprouver que la fillette désobéisse à son père. Chaque fois qu'elle le pouvait, Marie s'échappait vers la mer; elle pouvait rester des heures à contempler le jeu des vagues, les mouettes et les goélands virevoltant au-dessus de l'océan, le sable se creusant de sillons sous le passage de l'eau.

Elle cherchait des coquillages et s'inventait des trésors fabuleux. Elle se racontait des histoires où elle était une belle princesse, qu'un prince venait enlever sur son bateau pour cingler l'océan vers des contrées lointaines. Elle escaladait les dunes de sable, explorait les rochers torturés par la mer, se fascinait pour les petits poissons et les minuscules crustacés restés prisonniers des flaques d'eau à marée basse. Elle passait là des heures ensorcelantes, oubliant la raison qui lui permettait d'être là. Elle se sentait en parfaite harmonie avec cette nature sauvage, qui l'avait vue naître dans ses bras. Mais ça, Marie l'ignorait.

Ce jour-là, elle était occupée à ramasser des morceaux de bois rejetés par la mer afin de jeter les bases d'un refuge pour naufragés, quand elle s'entendit interpeller...

— Salut !

Surprise, elle se retourna. Jamais encore elle n'avait eu à partager son coin de plage avec qui que ce soit. C'était un garçon, peut-être un petit peu plus vieux qu'elle, qui la regardait. La dépassant de quelques pouces, il avait les cheveux brun foncé et les yeux d'un vert lumineux. La culotte roulée jusqu'à la mi-mollet, il allait pieds nus. Sa chemise devait être quelque part sur la plage ou ailleurs parce que, pour l'instant, il était torse nu. Interloquée par cette visite impromptue, Marie resta sans voix.

— Salut, répéta le jeune garçon, comment t'appelles-tu ? Moi, c'est Étienne Beauval. Tu viens souvent ici ?

— Ici, c'est chez moi ! répondit Marie avec un peu de hauteur, c'est ma plage ! Toi, qu'est-ce que tu fais ici ?

— Calme-toi ! s'exclama Étienne en riant. Je viens souvent par ici, moi, et je ne t'ai encore jamais vue.

Marie lui tourna le dos, un peu choquée d'être dérangée dans ses activités, qu'elle voulait garder secrètes.

— Qu'est-ce que tu fais ? reprit le jeune garçon, en regardant par-dessus l'épaule de Marie. Pourquoi tout ce vieux bois ?

Poussant une mèche de cheveux qui lui tombait dans les yeux, Marie se retourna à nouveau en soupirant.

— Laisse-moi tranquille, tu ne vois pas que je suis occupée ?

— Mais si tu ne sais pas quoi faire avec ce bois, insista Étienne, on pourrait peut-être construire un radeau.

— Un radeau ? Pour quoi faire ?

— Mais pour aller sur l'eau, pardi ! On pourrait explorer la crique un peu plus loin, on pourrait jouer aux corsaires et aux pirates. Ce serait notre bateau à nous.

Marie esquissa un sourire, l'idée lui plaisait bien. Et puis Étienne aussi lui plaisait bien. Son regard franc éclairait son visage bronzé et peut-être avait-elle devant elle ce qui pouvait ressembler à un ami.

— Peut-être… hésitait-elle toujours.

Mais finalement elle céda devant l'enthousiasme du jeune garçon. Marie avait toujours eu beaucoup d'imagination, et il semblait bien qu'Étienne n'en manquait pas lui non plus.

Ils s'affairèrent à ramasser le plus de bois possible sur la plage. Quand Étienne estima qu'ils en avaient assez, ils se mirent à chercher tout ce qui pourrait leur être utile pour calfeutrer les ouvertures qu'il y aurait entre les vieilles planches lorsqu'elles seraient assemblées.

— Demain, j'apporterai de la corde, comme ça on pourra lier ensemble les morceaux de bois, et ce sera plus facile pour terminer le travail.

— Et tu crois que ça flottera ?

— Pour sûr que ça flottera. Ce sera même le meilleur radeau jamais bâti à La Rochelle !

Le soleil avait maintenant largement dépassé le zénith, et Marie s'aperçut qu'elle avait faim. Les heures avaient filé si rapidement ! Alors qu'elle était tiraillée entre les cris de son ventre et son désir de rester sur la plage pour continuer la tâche qu'ils avaient commencée, Étienne sembla deviner ses pensées.

— J'ai faim, pas toi ? Je me suis apporté un casse-croûte. Si tu veux, on le partage.

Orgueilleuse, Marie faillit refuser. Mais le plaisir d'être là au bord de la mer, avec ce garçon qui la faisait rire et qui l'étonnait, l'emporta.

Alors qu'ils avaient la bouche pleine de pain et de fromage, Étienne lui fit remarquer :

— Finalement, tu ne m'as jamais dit ton nom.

— Marie.

C'est ainsi que naquit une belle amitié qui allait faire vivre à Marie le plus beaux de tous ses étés. Les deux enfants continuèrent de travailler à leur radeau une partie de l'après-midi, puis ils s'en retournèrent chez eux, non sans se donner rendez-vous le lendemain. Marie trouverait bien un prétexte pour s'éloigner de la maison. Ce ne devrait pas être difficile parce que le lundi son père recevait ses fournisseurs et il était généralement très occupé. Peut-être ne se rendrait-il même pas compte de son absence. Quant à Marguerite, elle trouverait bien quoi lui dire.

⚓

Marie retrouva Étienne ce jour-là et les jours suivants. L'école avait fermé ses portes pour l'été, et ils avaient tout le temps devant eux. Pour son père, elle s'était inventé une amie qui vivait au bord de la colline et cela semblait suffire. Marguerite se montra un peu plus difficile à convaincre, mais Marie lui donna tellement de détails sur sa nouvelle amie et sa famille qu'elle se montra finalement enchantée que l'enfant se soit enfin fait une copine. Quant à Étienne, il était entièrement libre de son temps. Orphelin depuis plusieurs années, il était laissé à lui-même chez la tante qui l'hébergeait.

Après quelques jours de travail, le radeau put être mis à la mer. Étienne entra dans l'eau jusqu'à la taille et se hissa sur l'esquif, d'abord précautionneusement, puis voyant que le radeau supportait son poids, il monta dessus avec assurance.

— Hourra ! Ça marche ! Il tient l'eau !

Il esquissa un pas de danse et fit de grands signes à Marie, qui était restée sur la plage.

— Viens, Marie, viens, il est assez solide pour nous deux !

Mais soudainement devenue grave, la fillette secouait la tête.

— Non ! Je t'attends ici.

Étienne n'allait pas se contenter d'une aussi piètre réponse. Sautant à bas du radeau, il tira l'embarcation par son amarre et regagna la plage.

— Qu'est-ce qui se passe, Marie ? On devait explorer la crique avec notre radeau. On devait aller faire des combats en mer. Pourquoi tu ne veux plus ?

Butée, la fillette éluda la question.

— Laisse-moi tranquille.

— Ah ça, non ! répliqua-t-il, les poings sur les hanches. On n'a pas fait tout ce travail pour que ça se termine comme ça. Si tu ne voulais pas de ce radeau, il fallait le dire avant. Je veux savoir pourquoi tu dis non maintenant, et je t'avertis, ç'a besoin d'être une sacrée bonne raison !

Un peu secouée par l'éclat du garçonnet, Marie perdit de son assurance. Et ne trouvant rien d'autre à dire, elle finit par avouer :

— Je ne sais pas nager…

Étienne éclata de rire.

— C'est rien que ça ? C'est ça qui te chicotte ? Ma pauvre Marie, si tu me l'avais dit avant, on aurait commencé par ça. Je vais te montrer, moi, et tu verras qu'en bien peu de temps tu voudras aller rendre visite aux Anglais à la nage !

Marie avait rougi. Elle regardait maintenant son ami avec timidité, une attitude peu fréquente chez elle.

— Tu crois que je saurais ?

— Et comment ! Il n'y a que les roches qui ne savent pas nager ! Et qui plus est, tu vas adorer ça !

⚓

Étienne avait raison, Marie adorait ça. Elle apprit à nager bien rapidement, seulement vêtue d'une camisole et d'une courte culotte qui ne cachaient pas grand-chose lorsque l'eau les collait à sa peau. Mais les deux enfants s'ébattaient dans l'eau en toute innocence et la pudeur n'avait absolument rien à faire dans leurs jeux.

Le radeau devint une source de plaisirs intarissable. Ils étaient parfois des explorateurs à la recherche de nouvelles terres, parfois des naufragés qui allaient s'échouer sur une île déserte, ou encore des pirates en quête d'un trésor mystérieux. Le frêle esquif résistait bien aux assauts des enfants qui lui faisaient la vie dure. Malgré son jeune âge, Étienne avait fait preuve de beaucoup de talent dans la construction du radeau et démontrait même de bonnes aptitudes à la navigation.

Quant à Marie, sa passion pour la mer grandissait de jour en jour. À présent, elle profitait même du plus petit instant de liberté pour aller au port voir les voiles claquer au vent. Au détour d'une course chez le boulanger, elle allait écouter les marins chanter en travaillant sur leur bateau et se prenait à rêver d'aventures sur mer elle aussi. Elle aimait l'atmosphère du port, elle était fascinée par les grands navires auréolés de gloire et de mystère ancrés plus loin dans la rade, derrière les deux tours qui montaient la garde. Lorsqu'elle voyait l'équipage d'un bateau marcher dans les rues de La Rochelle, elle leur emboîtait le pas, tentant d'entendre un peu de ce qu'ils se racontaient.

Marie avait bien essayé de parler à son père de sa nouvelle passion, mais il ne voulut rien entendre. Pire, il entra dans une colère terrible et Marie préféra sagement changer de sujet. C'est ainsi qu'elle se créa un monde bien à elle, un monde qui, par ses interdits, prit de plus en plus de place dans sa vie.

Un jour, les deux enfants se rendirent compte qu'ils n'étaient pas les seuls à fréquenter ce bout de plage qui constituait leur royaume. Arrivés tôt un matin, ils eurent la surprise d'y voir une vieille femme qui ramassait quelques fagots de bois sur la plage, du bois très sec qui brûle bien. Surpris, les deux enfants se cachèrent et suivirent la vieille dans ses déplacements.

Outre le bois qu'elle amassait et enroulait dans un châle qu'elle portait ensuite sur son dos, ils la virent récolter des morceaux d'algues séchés, qu'elle gardait dans une petite besace suspendue à son épaule. Elle semblait savoir fort bien ce qu'elle cherchait, puisque tout ne prenait pas le chemin de son sac. Elle regardait les algues, les tâtait entre ses doigts effilés, les sentait, puis parfois en mâchouillait même un petit coin du bout des lèvres. Si cela ne faisait pas son affaire, elle rejetait le morceau et allait un peu plus loin.

Intrigués par le manège de la vieille femme, Étienne et Marie la suivirent un bon moment avant de se lasser et de la laisser à sa cueillette. Quelques jours plus tard, ils la virent à nouveau. Cette fois-là, elle devint pour eux, dans leur imagination féconde, une terrible sorcière qui devait vivre dans une sombre grotte et cherchait sur la plage des ingrédients pour ses potions magiques. Ils la voyaient remuant avec un grand bâton quelque sombre mixture fumante dans une épaisse marmite en fonte. Ils se mirent eux aussi à ramasser des choses intéressantes sur la plage pour faire leurs propres potions afin de s'immuniser contre les sorts que la sorcière pourrait leur jeter. Mais leur enthousiasme n'allait tout de même pas jusqu'à boire le fruit de leur labeur.

Finalement, la vieille femme finit par faire partie du décor. Ils la voyaient souvent, mais n'osaient pas l'approcher. Elle leur faisait tout de même un peu peur avec ses allures étranges. Un jour, ils découvrirent même où elle vivait. Elle habitait une cabane grossière un peu retirée de la plage. Bien que très rudimentaire, la maisonnette paraissait assez solide, faite de planches de bois disparates et de pierres des champs assemblées avec du mortier. Une petite cheminée crevait le toit, et les deux fenêtres minuscules devaient apporter fort peu de lumière à l'intérieur.

Cette journée-là, la vieille femme les surprit à observer sa maison de loin. Elle s'approcha d'eux sans bruit et leur dit doucement :

— Vous cherchez quelque chose, les enfants ?

Étienne et Marie sursautèrent, se retournèrent et restèrent cloués sur place. La vieille femme rit doucement, un rire très agréable et non pas cet horrible bruit de crécelle qu'ils avaient imaginé. Ses cheveux gris devaient bien lui arriver à la taille lorsqu'ils étaient dénoués, mais pour l'heure elle les avait tressés en deux nattes lâches, retenues par un simple bout de ficelle. Ce qui frappait dans son visage sillonné de profondes rides, témoins de son âge et des rigueurs qu'elle avait affrontées, c'étaient ses yeux couleur de lavande, des yeux mystérieux, insondables, mais qui semblaient percer les secrets des êtres sur lesquels ils se posaient.

— Voyons, ne prenez pas cet air-là, je ne vous mangerai pas ! J'ai déjà eu ma part de crapauds et de lézards pour la journée, dit-elle en leur faisant un clin d'œil. Je vous vois souvent par ici, vous aimez cette plage, n'est-ce pas ?

Les deux enfants restaient muets, toujours trop saisis pour répondre. Finalement la femme reprit :

— Vous savez, j'ai même un nom. Je m'appelle Sarah.

— Moi, c'est Marie, répondit cette dernière, finalement sortie de son mutisme, et lui c'est Étienne.

— À la bonne heure, vous savez parler ! Maintenant qu'on se connaît, on pourrait peut-être se dire bonjour quand on se rencontrera, et vous n'aurez plus besoin de vous cacher lorsque je serai sur la plage.

— Vous le saviez ? fit Étienne, les yeux ronds.

— Une sorcière sait toujours tout ! répondit malicieusement Sarah avant de leur tourner dos. À la prochaine, donc.

Lorsque la vieille femme se fut éloignée, Marie dit à Étienne :

— Elle a l'air gentille finalement…

— Ouais, répondit seulement le jeune garçon, un peu honteux d'avoir laissé transparaître sa peur devant une vieille femme si inoffensive.

À partir de ce jour-là, la sorcière fut absente de leurs jeux. Ils y gagnèrent une amie avec qui ils s'asseyaient parfois quelques instants sur un rocher, se laissant envoûter par les histoires fantastiques qu'elle leur racontait. Sarah finit par faire partie des trésors secrets de « leur » plage.

Chapitre 4

Marie grandissait, elle allait bientôt fêter ses quatorze ans et Galligan l'initiait aux secrets du métier. Il lui montrait comment tenir la boutique, comment passer les commandes et s'assurer que les clients étaient bien servis. Il lui apprenait comment reconnaître un tissu de qualité, en qui faire confiance et de qui se méfier.

La jeune fille était brillante et apprenait vite. Les affaires de la boutique ne la passionnaient pas vraiment, mais elle était si désireuse de plaire à son père qu'elle portait grande attention à son enseignement. Marguerite était toujours là, présence aussi fidèle que rassurante, et Marie lui avait souvent demandé, toute petite, pourquoi elle n'épousait pas son père. Marguerite répondait alors en riant :

— Aucune femme au monde ne remplacera jamais ta mère dans le cœur de ton père, jeune dame, surtout pas moi, avec mon visage ingrat et mes allures rustaudes.

Marie ne partageait pas les vues de Marguerite, mais il semblait bien que l'arrangement selon lequel ils vivaient satisfaisait tout le monde. D'ailleurs, jamais Marie n'avait vu son père s'intéresser à aucune femme. Il semblait bien qu'il avait enterré une tranche entière de son être avec le corps de Marianne.

⚓

Galligan donnait de plus en plus de place à Marie dans les affaires de la boutique, ce qui privait la jeune fille de beaucoup de temps libre. Ses escapades au bord de la mer étaient maintenant plus rares, et bien des fois elle ratait ses rendez-vous avec Étienne. Celui-ci commençait d'ailleurs à s'en plaindre. Il était maintenant âgé de seize ans, et leurs occupations s'étaient transformées au fil des ans. S'ils ne jouaient plus aux pirates, ils aimaient rester assis sur la plage ou dans un coin du port où ils se retrouvaient parfois pour simplement parler. Ils se racontaient ce qu'ils feraient dans la vie. Pour Marie, l'avenir semblait intimement lié à la boutique. Étienne lui, continuait de rêver d'aventures. Il espérait s'engager dans la marine du roi et courir les mers au nom de la France. Marie ne pouvait s'empêcher de l'envier un peu. Ah ! Que n'était-elle un garçon pour pouvoir s'embarquer sur ces navires magiques !

Plus sa fille prenait de la place dans la boutique, plus Galligan s'en effaçait. Il semblait perdre goût aux affaires, au profit de la boisson. Ses libations ne se limitaient plus au dimanche, et plus d'une fois Marie dut ouvrir elle-même la boutique le matin, son père cuvant encore le vin ingurgité la veille. Cette situation attristait beaucoup Marie et, n'eût été le secours de Marguerite, elle aurait eu beaucoup de difficulté à y faire face. Dans ces moments-là, la brave femme s'efforçait de dédramatiser la chose et épaulait l'adolescente dans ses tâches marchandes.

Cela fit de Marie une commerçante aguerrie. Bientôt, Galligan ne s'en remit plus qu'à elle pour les décisions importantes. Et les fournisseurs, qui dans les premiers temps eurent quelques difficultés à traiter avec une si jeune femme, durent bientôt s'incliner devant ses connaissances et son sens du négoce.

⚓

Les saisons s'enchaînèrent les unes aux autres, et bientôt Marie eut presque dix-neuf ans. Elle était devenue une jeune femme à la beauté réservée. Assez grande, elle avait une démarche souple qui faisait tourner bien des têtes lorsqu'elle déambulait dans le port. Si son sourire pouvait être avenant, elle savait arrêter d'un seul regard les propos d'un marin un peu trop audacieux.

Ses cheveux tombaient en cascade sur son dos, éclairés par les rayons du soleil.

Marie n'avait rien perdu de sa passion pour la mer. Désormais libre de son temps, pour autant que les affaires le lui permettaient, elle n'avait plus à se cacher pour aller à la plage et elle en profitait pour nager de temps en temps. L'exercice lui faisait du bien et lui permettait d'évacuer la tension qu'elle ne pouvait s'empêcher d'accumuler à la maison.

Elle se rendait souvent au port pour simplement s'enivrer de l'atmosphère parfois fébrile, parfois tranquille qui y régnait. Les grands corsaires la captivaient. Pourvus des meilleurs bateaux qu'offrait la marine au début du XVIIIe siècle, ils parcouraient la mer en temps de guerre et arraisonnaient les bateaux d'origine étrangère pour s'emparer de leurs marchandises. Ils apportaient ainsi un revenu substantiel à l'État, non sans avoir prélevé eux-mêmes une large part des bénéfices. Ils naviguaient sous bannière française, et leurs exploits étaient célébrés dans tous les ports. Certains corsaires arboraient leurs propres couleurs, comme ceux de Saint-Malo qui naviguaient avec un pavillon bleu croisé de blanc, aux armes de la ville.

Les corsaires n'étaient ni plus ni moins que des pirates légaux, encouragés même par le gouvernement, qui leur délivrait une lettre de marque leur permettant d'agir en toute autorité sur quelque mer que ce soit. Les capitaines et les équipages, comptant bien souvent une centaine d'hommes ou même plus, travaillaient pour les armateurs qui les engageaient. Parfois l'armateur n'était nul autre que le roi lui-même.

Un jour, un de ces bateaux corsaires s'était arrêté quelque temps à La Rochelle afin de réparer des avaries subies lors de son dernier combat. *L'Orgueil de France* était un magnifique trois mâts de trois cent cinquante tonnes, au profil gréé en carré. Il était armé de quarante-six canons, et son équipage pouvait compter jusqu'à cent quatre-vingt-quinze hommes : aussi les marchands, aubergistes et autres commerçants, ainsi que de nombreuses filles du port, étaient-ils très heureux lorsqu'ils voyaient la silhouette de la frégate royale mouiller l'ancre au port de La Rochelle.

La frégate était commandée par un capitaine sur qui circulaient toutes sortes d'histoires. On le disait cruel et sans pitié pour ses ennemis, mais très juste envers son équipage, qui lui était fidèle jusqu'à la mort. Certains lui prêtaient une grande moralité, tandis que d'autres affirmaient qu'il n'avait aucune conscience. Ses méthodes expéditives étaient parfois mises en doute, mais il rapportait un tel butin de chacune de ses campagnes que les autorités de la marine fermaient complaisamment les yeux sur ses incartades.

Son physique avantageux avait aussi contribué à en faire un personnage de légende auprès des femmes. Il était très grand, blond, avait des yeux bleus perçants et un sourire qui savait être dévastateur. Ses conquêtes ne se comptaient plus dans chacun des ports du pays, et plus d'un mari se serait réjoui à l'annonce de la perte de son navire en mer, corps et biens.

Marek était un héros, mais un héros qui naviguait en eaux troubles. Il était aussi très riche, ce qui s'expliquait par ses prises de butin gigantesques. Par la loi, les deux tiers du butin revenaient aux armateurs, tandis que l'équipage gardait le reste, mais Marek avait toujours su négocier des contrats lui rapportant beaucoup plus que son dû. Étant donné le succès qu'il rencontrait, ses employeurs avaient toujours consenti à satisfaire ses exigences. Depuis bientôt quatre ans, Marek travaillait exclusivement pour le roi.

⚓

Marie se préoccupait beaucoup pour son père. Résolument alcoolique, il était de plus en plus absent de la boutique, et les affaires commençaient à s'en ressentir. Si plusieurs fournisseurs traitaient avec Marie avec plaisir, quelques autres préférèrent faire affaire ailleurs.

L'inventaire commençait à baisser et, plus grave, les commandes ne rentraient pas. Afin de ne pas avoir à emprunter pour renouveler certaines fournitures, Marie vendit à l'avance une cargaison de laine qui devait arriver par bateau la semaine suivante. Parce qu'il avait confiance en elle, le client, M. Salvas, accepta de payer sur-le-champ, sensible aussi aux difficultés, passagères espérait Marie, que traversait la boutique.

Marguerite était toujours restée auprès d'elle, bien que Marie n'eût plus besoin de gouvernante depuis belle lurette. Les années avaient ajouté quelques rondeurs aux hanches de la brave femme, qui habitait maintenant chez les Galligan. Elle avait fini par vendre sa maison et s'était installée au grenier, spécialement aménagé pour elle. Elle tenait la maison, cuisinait pour Galligan et sa fille, et s'assurait que Sean regagne son lit lorsqu'il avait trop bu. Au fond d'elle-même, elle plaignait cet homme que le destin avait brisé, mais elle plaignait encore plus Marie de ne pas avoir pu vivre une adolescence normale, prise trop jeune par ses responsabilités envers son père.

Étienne avait fini par s'engager dans la marine, comme il l'avait toujours rêvé, et ses voyages le tenaient de longs mois loin de La Rochelle. Lui aussi avait changé. Il était devenu un fort bel homme, grand, musclé, les cheveux toujours en bataille, mais son regard n'avait rien perdu de son éclat.

Chaque fois que son navire s'ancrait à La Rochelle, il allait voir Marie à la boutique et l'emmenait parfois prendre une bouchée au Faisan doré, que tenait encore maître Léonard, malgré ses soixante-dix ans bien sonnés. Marguerite appréciait ce jeune homme au regard droit et au sourire franc.

— Ce serait un bon parti pour toi, avait-elle coutume de dire à Marie.

Mais celle-ci répondait toujours en riant :

— Étienne ? Avant que celui-là ne s'attache à une femme, les poules auront des dents. De toute façon, je le connais trop, j'aurais l'impression d'épouser mon frère. Et puis, moi, m'amouracher de quelqu'un qui pourrait partir un jour, non merci !

— Pourtant, j'ai bien vu comment il te regarde lorsque tu ne le vois pas, et je parierais quelques sous que tu es loin de lui être indifférente.

— J'espère bien que je ne lui suis pas indifférente ! Je l'aime beaucoup, Étienne, seulement il n'y a pas de place pour deux passions dans sa vie, et la mer a déjà rempli tout son cœur. Quelle femme irait naviguer dans ces eaux-là ? Garde tes sous, Marguerite, ce serait un pari bien inutile que celui-là.

Marie appréciait quand même beaucoup les visites qu'Étienne lui rendait à l'improviste et profitait toujours de ses allées au port pour s'enquérir de l'endroit où était son bateau.

Juillet était revenu, un juillet gris et froid. Un mardi matin pluvieux, Marie se leva de bonne heure. Descendant en hâte à la cuisine, elle y trouva Marguerite déjà affairée devant les fourneaux. En entendant la jeune fille entrer dans la pièce, Marguerite se retourna.

— Déjà ! Pourquoi si tôt ?

— La cargaison de laine que j'ai vendue à M. Salvas doit arriver ces jours-ci. Elle est déjà un peu en retard. Peut-être le bateau arrivera-t-il ce matin. Je veux être là quand ils le déchargeront pour m'assurer que tout ira bien. C'est une laine d'agneau particulièrement délicate qui doit arriver et, avec ce temps, s'il fallait que l'on mouille un ballot, la laine serait perdue. Je n'ose même pas penser ce qui arriverait, ce serait catastrophique, jamais je ne pourrais rembourser M. Salvas.

— Prends quand même le temps de manger quelque chose.

— Un café seulement, je mangerai un morceau plus tard. Père est encore couché ?

— Il est bien tôt, ma petite, pour sûr qu'il dort encore. Mais laisse-le, ça lui fera du bien.

Marie se rembrunit.

— Il a encore bu ?

— Je ne sais pas, il est rentré très tard, répondit évasivement Marguerite.

Achevant son café, Marie se leva et prit une cape grise suspendue à un crochet près de la porte de la cuisine. Regardant par la fenêtre, elle maugréa :

— Quel fichu temps ! Il fallait que ça tombe aujourd'hui précisément.

Elle mit la cape sur ses épaules et cacha ses cheveux sous le capuchon.

— Essaie de ne pas trop te mouiller tout de même, lui recommanda Marguerite, tu pourrais prendre froid.

— Ne t'en fais pas, répondit Marie en l'embrassant sur la joue. Je serai bientôt de retour.

Marie poussa la porte et se retrouva dans le jardin, fouettée par la pluie et le vent. Hâtant le pas, elle s'en allait vers le port, évitant du mieux qu'elle pouvait les flaques d'eau éparpillées dans la rue. Malgré ses précautions, elle mouilla rapidement ses chaussures et, en moins de temps qu'il ne faut pour le dire, elle eut les pieds trempés.

Quand elle arriva enfin au port, elle était mouillée de la tête aux pieds. La pluie ne s'était pas arrêtée et, au contraire, semblait même avoir redoublé d'ardeur. Pestant encore une fois contre le mauvais sort, Marie remarqua qu'il régnait une agitation un peu inhabituelle sur les quais. Elle s'approcha de l'attroupement et vit une barque de pêcheurs qui, semblait-il, venait tout juste d'arriver. Le capitaine de la barque était monté sur le quai et gesticulait en parlant. Il était très difficile d'entendre quoi que ce soit, tout le monde parlait en même temps et le sifflement du vent couvrait les voix.

— Qu'est-ce qui se passe ? tenta de s'informer Marie.

Mais la cohue était trop grande et personne ne portait attention à elle. De plus, il lui fallait hurler pour tenter de se faire entendre. Marie se faufila entre les hommes et s'approcha du capitaine. Celui-ci racontait quelque chose avec force et gestes.

— … une bataille terrible ! Finalement le grand mât s'est effondré et…

— De quoi parle-t-il ? demanda Marie à son voisin.

— Il semblerait qu'un bateau ait été attaqué par des pirates non loin de la côte.

— Par des pirates ? Sait-on de quel bateau il s'agit ?

— Le capitaine du bateau de pêcheurs qui a vu l'abordage n'est certain de rien, ni de l'identité du bateau pirate, ni de celle de sa victime. Déjà la mer était grosse, ça rendait l'observation malaisée et, comme il ne voulait pas attirer l'attention sur lui, il s'est bien gardé de s'approcher, préférant regagner le port au plus vite.

Marie était inquiète. Et s'il s'agissait du bateau qu'elle attendait ? Le *Green Clover*, un riche bateau marchand, pouvait exciter la convoitise des pirates, ce que Marie avait toujours redouté. Le sauf-conduit avec lequel il naviguait le mettait à l'abri de bien des ennuis, mais aucun document au monde, aussi officiel soit-il, ne pouvait protéger un navire de la cupidité des pirates. Il fallait absolument qu'elle parle au capitaine du bateau de pêcheurs. Mais le bonhomme avait disparu. Il ne restait plus autour d'elle que quelques curieux qui, s'ils discutaient tous très savamment de l'affaire, n'en savaient pas plus qu'elle sur le sujet.

La pluie continuait de s'abattre avec force et rage. Marie avait froid et alla trouver refuge dans une auberge du port, le Marin accueillant. Malgré l'heure matinale, il y avait de nombreux clients dans l'établissement, pour la plupart des pêcheurs venus manger un morceau avant de prendre la mer ou au retour d'une nuit de travail. L'aubergiste et quelques filles de tables s'affairaient à servir cette clientèle bruyante, et un bon feu ronflait dans l'âtre. Alors qu'elle ôtait sa cape complètement trempée et l'accrochait dans l'entrée, Marie savoura la douce chaleur qui régnait dans la vaste pièce.

Elle vit quelques hommes attablés dans un coin, buvant de larges rasades de bière. Tout en tordant ses cheveux mouillés, Marie s'approcha d'eux.

— Excusez le dérangement, messieurs, mais pourrais-je vous poser quelques questions ?

Un bonhomme à la barbe hirsute et au bonnet rouge lui jeta un regard intéressé par-dessus sa coupe à boire.

— Tout ce que tu voudras, ma belle ! Et si tu veux savoir comment ça se passe avec un homme de ma trempe, je n'ai rien contre, dit-il avec un clin d'œil égrillard.

— Ménage tes propos, Vartan, j'te gage qu'elle est pucelle ! répliqua en riant un de ses compagnons.

— Par le diable et ses deux cornes, je ne demande qu'à être ton maître, ma douce ! enchaîna le dénommé Vartan.

En tout autre temps, Marie leur aurait cloué le bec d'une réplique bien sentie, mais elle ne releva pas les railleries dont elle était l'objet, concentrant plutôt son attention sur ce qui la préoccupait.

— On m'a dit qu'un bateau marchand avait été attaqué à quelques lieues d'ici. En savez-vous quelque chose ?

Vartan souleva les épaules dans un geste de dénégation.

— Ma foi, ma belle, j'aurais bien voulu satisfaire ton cœur, mais je n'ai pas pris la mer depuis deux jours. Je me suis concentré sur des choses plus importantes, s'esclaffa-t-il en remplissant sa coupe à nouveau.

Marie ne doutait pas que ce fût vrai. L'homme était passablement éméché et devait avoir passé là de nombreuses heures, sinon toute la nuit. D'ailleurs, elle aurait dû y penser avant de s'approcher de cette table. Boire de la bière à une heure si matinale témoignait d'une grande expérience en la matière. Mais loin de se décourager, Marie s'adressa aux autres hommes autour de la table.

— Et vous, messieurs, il n'y a rien que vous sachiez qui puisse m'aider ?

— Non, la pucelle, rien qu'on sache de ce côté-là. Par contre, j'ai ici un beau gros secret que je voudrais bien partager avec toi, dit un autre en se tapant la ceinture.

Et toute la tablée d'éclater d'un rire gras. Voyant qu'elle ne pourrait rien tirer de cette bande d'ivrognes, Marie tourna les talons et fit quelques pas, quand elle entendit qu'on l'appelait.

— Mademoiselle, mademoiselle !

Cherchant des yeux qui l'interpellait, elle vit un jeune homme debout à une table, qui lui faisait signe. Un peu méfiante – allait-elle subir les quolibets d'une autre personne ? –, Marie s'approcha du jeune homme.

— J'ai entendu votre conversation avec ces imbéciles, dit-il. Moi, j'étais sur le bateau pêcheur qui a vu l'incident.

Marie s'approcha encore plus.

— Avez-vous une idée de quel navire il s'agissait ?

— C'était un grand trois-mâts avec beaucoup de canons, à ce que j'ai pu voir. Et je sais qu'ils ont amoché sérieusement le navire marchand parce qu'on a vu que de grands dommages ont été faits à sa voilure et peut-être même à sa coque. Mais je n'ai pu reconnaître le pavillon du grand bateau. Peut-être était-ce Charles Vane, le célèbre pirate dont on dit avoir vu le navire dans les parages dernièrement.

— Je ne parle pas du pirate, répliqua Marie, mais de l'autre bateau.

— Ah celui-là ! s'étonna le jeune homme. Pour ce qu'il en reste à cette heure… Je pense qu'il s'agissait d'un navire étranger, anglais peut-être. Maudits Anglais, ils n'auront eu que ce qu'ils méritent, fit-il en crachant par terre.

— Aurait-il pu s'agir d'un autre bateau ? Irlandais par exemple ?

Le garçon réfléchit quelques instants.

— C'est possible, mais je ne pourrais pas en jurer. On ne voyait pas très bien, ajouta-t-il comme pour s'excuser…

— Bien, dit Marie dans un soupir, je te remercie de ces informations.

— À vot'service ! répondit le jeune homme se rasseyant à table, où son petit déjeuner avait quelque peu refroidi.

N'ayant plus rien à faire dans l'auberge, Marie regagna la sortie et ramassa sa cape au passage. Le vêtement était encore trempé, mais Marie le passa quand même sur ses épaules. Bien que l'averse eût diminué d'intensité, la pluie continuait de tomber.

Elle sortit dans la rue et, ne sachant que faire, retourna vers les quais.

Un autre bateau faisait son entrée dans le port. Peut-être serait-il porteur de nouvelles fraîches ? Marie décida de l'attendre. C'était encore un pêcheur qui rentrait, les filets chargés de poissons. Beaucoup plus petits que les navires marchands, les bateaux de pêche pouvaient entrer dans le port jusqu'au quai. Marie regarda avec intérêt les manœuvres d'accostage et, quand le bateau fut amarré, elle se rapprocha un peu.

Des monceaux de poissons étaient entassés sur le pont. Les pêcheurs travaillaient fort pour les mettre dans de grands bacs avant de les monter sur le quai. Il semblait que la pêche avait été bonne, ce qui arrivait souvent par temps sombre et pluvieux. Mais quelque chose attira l'attention de la jeune femme sur le pont. Un morceau de bois, auquel pendaient quelques bouts de câbles et une large pièce de tissu, gisait au milieu des poissons. Il semblait bien que cela avait été tiré de la mer en même temps que le produit de la pêche. Marie se rapprocha tentant d'y voir plus clair.

— Eh là, la belle ! Pas trop près tout de même, tu pourrais tomber à l'eau.

Marie se retourna vers le marin qui l'avait interpellée.

— Peux-tu me dire ce que vous ramenez là ? dit-elle en pointant du doigt le morceau de bois qui l'intriguait.

— Ah ça ! C'est un morceau de mât qui s'est pris dans nos filets. Il y a un bateau qui a eu quelques difficultés par ici, je pense. Il a dû couler parce qu'on n'en a pas vu trace.

— Le tissu qui est accroché au mât, est-ce que c'est son pavillon ?

— Possible, je ne suis pas allé voir de près. Mais attends, ta curiosité va être satisfaite, dit-il en voyant que les derniers bacs de poissons étaient remontés sur le quai, et le morceau de mât avec.

Le cœur battant, avertie par un pressentiment, Marie s'approcha au moment même où un moussaillon étirait le pavillon pour mieux le voir.

Le souffle lui manqua soudainement. C'était le pavillon au trèfle vert du *Green Clover*.

Chapitre 5

Marie était catastrophée. Ce simple bout de tissu venait de confirmer ses pires craintes. Le *Green Clover* ayant été attaqué, la cargaison de laine était irrémédiablement perdue. Marie ne pourrait rembourser M. Salvas, l'argent ayant déjà été dépensé pour calmer les créanciers les plus pressants et pour reconstituer un peu le stock. Où pourrait-elle trouver une telle quantité d'argent ?

Elle retourna vers la maison, insensible maintenant à la pluie qui s'était transformée en crachin gras. Elle fit des détours par les rues, sans se rendre compte que ce n'était plus seulement la pluie qui mouillait ses joues. Elle ne savait plus que faire et pensait bien avoir épuisé toutes ses ressources. Il fallait qu'elle parle de tout cela avec son père, qu'elle avait tenu à l'écart des problèmes de la boutique, pensant bien qu'il ne s'agissait que d'une mauvaise passe et que tout reviendrait à la normale bientôt.

Lorsqu'elle arriva devant chez elle, la pluie avait cessé. Elle s'arrêta quelques instants, contemplant la façade de la boutique aux volets verts. *La boîte à fleurs aurait besoin d'un petit coup de peinture,* songea-t-elle, *et ce ne serait pas une mauvaise idée que de changer les rideaux.* Mais à quoi bon penser à tout cela si l'avenir même du commerce devait se jouer dans les prochains jours.

Marie contourna la boutique et passa par le jardin pour entrer dans la maison. La pluie avait fait ressortir les odeurs de la verdure, et si elle n'avait pas été aussi plongée dans ses sombres pensées, elle n'aurait pas manqué de remarquer que les oiseaux s'installaient à nouveau dans les branches des arbres pour encourager le soleil à montrer le bout du nez.

En entrant dans la cuisine, la jeune femme vit que Marguerite lui avait laissé de quoi manger sur la table, mais elle était bien loin d'avoir faim. Elle monta plutôt à sa chambre pour passer des vêtements secs et réfléchir plus posément. Prenant une épaisse serviette dans la lingerie, elle entra dans sa chambre et entreprit de se déshabiller. Elle était vraiment trempée. Elle enleva tous ses vêtements et se frictionna avec la serviette pour se réchauffer. Dehors, les nuages avaient maintenant cédé la place au soleil et des rayons entraient par la fenêtre, frappant son lit. Elle s'y allongea quelques instants et s'abandonna au plaisir de sentir la douce chaleur du soleil sur sa peau. Fermant les yeux, Marie essaya de se libérer de la tension qui s'était abattue sur elle depuis sa funeste découverte.

Elle s'assoupit quelques instants ; lorsqu'elle ouvrit les yeux, le soleil était plus fort. Marie n'entendait aucun bruit dans la maison, ce qui voulait dire que son père dormait encore ou qu'il était déjà sorti retrouver ses compagnons de beuverie. La jeune femme s'assit au bord de son lit. Elle jeta un regard autour d'elle, contemplant cette chambre qui avait été son royaume d'enfant, son refuge d'adolescente. Elle en aimait tous les recoins, son lit qui la berçait dans ses rêves, la commode sur laquelle reposaient tous ses trésors, coquillages et cailloux polis par la mer, et surtout le petit bureau où elle aimait écrire et parfois dessiner. Dans cette chambre, elle se sentait à l'abri de tout, et il lui semblait que ses problèmes ne pourraient jamais la rattraper si elle restait immobile et se fondait dans le décor. La tentation de se recoucher était forte, mais Marie se secoua et alla décrocher quelques vêtements dans la penderie.

Elle passa une légère culotte de coton bordée de dentelle au-dessus du genou, un petit luxe que la boutique lui avait toujours permis et dont elle ne pouvait plus se passer à présent. Elle enfila une camisole assortie, largement décolletée, sur laquelle elle mit une chemise de lin crème, lacée sur la poitrine. Elle aimait particulièrement cette chemise échancrée qui la laissait respirer à son aise. Puis, elle passa une jupe verte légère qui lui tombait à la cheville. Elle ramassa une paire de sandales qui traînaient dans un coin et sortit de sa chambre.

Descendant prestement l'escalier, elle décida d'aller faire un tour sur la plage. C'est toujours là qu'elle allait pour réfléchir à son aise. Bien souvent, le chant de la mer calmait ses angoisses et lui éclaircissait l'esprit. En sortant de la maison, Marie se cogna contre Marguerite, qui entrait les bras chargés de victuailles, un gros bouquet de fleurs à la main.

— Eh bien, mam'zelle, tu sembles bien pressée… Mais est-ce que ça va ? s'inquiéta Marguerite devant l'air abattu de Marie.

— Marguerite, c'est la catastrophe ! soupira la jeune femme. Le bateau que j'attendais a été coulé avec toute sa cargaison. Je n'ai pas un sou pour rembourser M. Salvas, et ce sera impossible d'avoir à nouveau de la laine d'agneau avant au moins six mois !

— Ma pauvre enfant ! s'exclama Marguerite en posant ses paquets par terre. Tu avais bien besoin de ça !

Elle prit les mains de la jeune femme.

— Essaie de ne pas trop t'en faire, il y a une solution à chaque problème. Ton père pourra peut-être t'aider.

Mais à peine avait-elle laissé échapper ces mots qu'elle se mordait les lèvres. Marie remarqua tout de suite sa réaction.

— Père est encore sorti, pas vrai ?

— Il ne doit pas être loin : si tu veux, je vais voir si je peux le trouver.

— Non laisse, j'essaierai de lui parler plus tard. Je vais plutôt aller faire un tour à la plage. J'ai besoin de me détendre et finalement il fait beau, dit-elle en se dégageant les mains.

— Mais attends, tu ne vas pas partir comme ça le jour de ton anniversaire ! répliqua Marguerite en lui mettant le bouquet de roses entre les bras.

Marie se figea. C'était aujourd'hui son dix-neuvième anniversaire et elle l'avait complètement oublié.

Elle embrassa Marguerite sur la joue.

— Ne t'en fais pas, comme tu dis si bien, on trouvera sûrement la solution à tout cela. Et merci pour les fleurs. Mets-les dans un vase, je reviendrai bientôt.

Et sur ces paroles trahissant un optimisme qu'elle était bien loin de ressentir, elle ramassa une pomme dans l'un des sacs de Marguerite et s'en alla vers la plage.

Marguerite resta quelques instants dans le jardin, regardant la jeune femme marcher d'un pas lourd. *C'est bien injuste,* pensait-elle, *que Marie ait autant de problèmes.* La jeune femme avait eu à faire face aux responsabilités de la vie beaucoup trop tôt et elle n'avait absolument pas besoin de ce nouveau coup du sort. Elle savait que Marie était forte, mais craignait tout de même qu'elle ne se laisse abattre. Qu'adviendrait-il alors du commerce ? de la boutique ? Qu'adviendrait-il de Sean Galligan si Marie n'avait plus les reins assez solides pour s'occuper de lui ? Poussant un profond soupir qui en disait long sur son état d'âme, Marguerite ramassa ses cabas et entra dans la cuisine.

⚓

Marie avait parcouru la demi-lieue qui séparait sa maison de « sa » plage sans presque s'en rendre compte. Perdue dans ses pensées, elle jonglait avec les chiffres dans sa tête, pensait aux transformations qu'elle pourrait apporter à la boutique pour accroître sa clientèle. Elle marchait d'un bon pas, quand enfin elle reconnut son coin à quelques pas d'elle. Sa marche l'avait fatiguée et lui avait ouvert l'appétit. Elle alla s'asseoir à l'ombre de la dune, ôta ses sandales et mangea sa pomme.

Marie était là depuis déjà un bon petit moment quand il lui sembla entendre des bruits venant d'un peu plus loin sur la plage. Elle fronça les sourcils. Il était inhabituel qu'il y eût du mouvement à cet endroit. Sans trop savoir pourquoi, par pressentiment peut-être, Marie avança précautionneusement le long de la dune, jusqu'à la crique où elle avait si souvent joué avec Étienne dans son enfance.

Elle étouffa un cri de surprise. Un superbe trois-mâts, une frégate pour autant qu'elle pouvait juger, avait jeté l'ancre dans la crique et y avait abaissé ses voiles. De toute évidence, le navire avait choisi d'y faire escale, mais pour quelles raisons ? L'achalandage dans la rade n'était pas tel qu'il justifie de mouiller ailleurs. Marie contempla le bateau, majestueux avec ses mâts pointant vers le ciel, impressionnant même dépouillé de sa voilure. Mais sous quel pavillon naviguait-il ? Le navire semblait étrangement familier à Marie. Peut-être même l'avait-elle déjà vu à La Rochelle.

Elle décida d'essayer d'en savoir un peu plus long, et sa curiosité lui fit oublier quelques instants les soucis qui l'accablaient. En s'approchant doucement dans les hautes herbes qui bordaient la plage, Marie tenta de distinguer quelques détails qui lui permettraient d'identifier le bateau. Elle avait une excellente mémoire et était certaine de l'avoir déjà vu, ce vaisseau. Mais son pavillon était invisible. Contre toute règle, on l'avait descendu de son mât, et elle était trop loin pour lire le nom du bateau à l'avant de la coque. Qui plus est, une bâche jetée négligemment sur le bastingage cachait une partie des lettres de cuivre épelant le nom du bâtiment.

Marie s'approcha davantage, soucieuse de ne pas se faire voir de l'équipage puisqu'elle ne savait toujours pas à qui elle avait affaire. Elle remarqua un mouvement sur le bâbord. Des hommes jetaient des espèces de gros sacs à la mer, sacs qui étaient recueillis par d'autres hommes à bord d'une chaloupe. Ces derniers chargeaient les paquets dans leur embarcation et, lorsque la chaloupe fut pleine, ils se mirent à ramer en direction de la plage.

Ils venaient droit vers Marie, mais elle ne bougea pas d'un poil, bien protégée par les herbes touffues et surtout bien décidée à percer à jour leur curieux manège. Ils étaient maintenant plus près, cinq solides gaillards qui souquaient ferme. Marie porta son attention sur ce qu'ils transportaient, de gros ballots détrempés par leur bref séjour dans l'eau, enveloppés grossièrement dans un épais papier qui se défaisait sous l'action de l'eau.

Lorsque la chaloupe racla le sable, les hommes mirent pied à l'eau et tirèrent l'embarcation jusque sur la plage. Sortant les ballots de la chaloupe, ils se mirent à les rouler sur le sol. C'est alors que la ficelle qui retenait l'un d'eux se cassa, libérant le contenu du paquet. Marie étouffa un cri de surprise en reconnaissant un rouleau de laine d'agneau, la précieuse cargaison qu'elle croyait perdue en mer !

Maîtrisant à grand-peine sa colère, Marie vit que les hommes se dirigeaient vers d'autres marins, qui devaient être là depuis un petit moment déjà. Ces derniers avaient creusé un énorme trou un peu plus haut sur la plage, et il était manifeste que les nouveaux arrivants amenaient là leur cargaison pour l'y enterrer. Des larmes de rage brouillaient la vue de Marie, qui était bien déterminée à en savoir plus long, mais sans compromettre sa sécurité. Qui étaient ces hommes, par quel miracle avaient-ils en leur possession sa cargaison ? Pourquoi gaspiller ainsi une marchandise de si bonne qualité ? L'avenir du commerce de son père était compromis et... quel gâchis !

Se rapprochant encore, à la limite du possible, Marie tenta de saisir quelques bribes de la conversation des marins pour éclaircir ce mystère.

— Est-ce que ce sera suffisant ? demanda l'un des hommes.

— Oui, je pense bien. La laine se tassera sous le poids du sable. Personne ne trouvera ça ici. D'ailleurs, qui aurait idée de venir chercher de la laine dans le coin ?

— Moi, je pense que le capitaine est trop prudent. On aurait dû jeter tout ça dans un champ ou à la mer, dit un gros homme en s'essuyant le front.

— C'est ce qui aurait dû être fait si l'imbécile de Lampron avait accompli son travail comme il se doit. On ne se fendrait pas le cul à creuser ici aujourd'hui s'il n'avait « oublié » cette cargaison de laine dans la cale. Oublié, mon œil, il devait être soûl comme d'habitude et n'a pas vu ces ballots dans un coin. Quand on les a retrouvés, il était trop tard pour les jeter à la mer, on approchait de la côte et le risque était trop grand que les courants les emportent jusqu'aux alentours de la ville. Tu connais la règle : pas de traces.

— On aurait pu les lester…

— Le capitaine en a décidé autrement.

— Ouais, n'empêche que…

— Ça fera ! le coupa un marin à l'air menaçant, l'allure amplifiée par un bandeau qui lui couvrait l'œil droit et deux ou trois dents manquantes qui n'ajoutaient rien à l'amabilité de son sourire grimaçant. On était tous d'accord lorsque le capitaine nous a proposé ces opérations clandestines. On garde les pièces d'or et tout ce qui peut être facilement liquidé, bijoux, orfèvrerie, argenterie, et on se débarrasse du reste. On ne conserve rien qui puisse trahir la provenance de la marchandise.

— Et ce coup-ci, ça valait la peine, rigolait un autre. Il y avait beaucoup d'argent à bord de ce bateau irlandais.

— Ouais ! jubila le borgne en crachant. Et comme personne ne sera au courant de cette opération à part nous, tout ira dans nos poches.

— Et avec le pavillon pirate qu'on arbore dans ces cas-là, personne ne pensera jamais à nous. Brillant, le capitaine ! rigola un autre.

Quelques hommes prirent des pelles et se mirent à jeter du sable sur les ballots poussés au fond du trou.

Marie avait peine à mettre de l'ordre dans ses idées. Qui étaient-ils ? De quel capitaine parlaient-ils. En tout cas, c'étaient des Français. Elle avait été pillée par ses compatriotes ! Un grand coup de vent s'éleva sur la plage et fit voler le chapeau d'un des marins. Celui-ci s'élança à la poursuite de son couvre-chef en pestant, tandis que la rafale, soufflant encore un peu plus fort, souleva quelques instants la bâche qui recouvrait le nom du bateau. Ce fut bref, mais suffisant pour que Marie puisse lire l'inscription. Il s'agissait du corsaire du roi, l'*Orgueil de France*.

Chapitre 6

Marie était stupéfaite par les révélations qu'elle venait d'entendre. Ainsi donc Marek, le grand héros blond du roi n'était rien d'autre qu'un vulgaire voleur. Il ne valait guère mieux que les pirates qu'il croisait sur sa route. Il volait son roi, sa patrie, utilisait les biens de la France à son profit personnel. Le *Green Clover* était irlandais, et si les bateaux commerçants de la verte nation pouvaient à juste titre craindre les navires anglais, ils ne devaient cependant entretenir aucune méfiance à l'endroit de la flotte française !

Marie imaginait déjà la commotion que cela causerait si ça venait à se savoir. Que ferait le roi s'il se rendait compte que l'un de ses plus grands corsaires lui cachait une partie de ses activités. Et jusqu'où cela pouvait-il aller ? L'appât du gain pouvait-il pousser Marek à vendre des secrets à l'ennemi ou à organiser, de concert avec lui, des activités lucratives sur la côte française ? Le cerveau de Marie était en ébullition alors qu'elle pensait à toutes les répercussions de sa découverte. Elle était tellement absorbée par ses pensées qu'elle relâcha un peu son attention et n'entendit pas s'approcher le marin qui était parti en quête de son chapeau. L'homme avait vu Marie, et il avait compris qu'elle devait être là depuis un petit moment déjà.

Il contourna la jeune femme, qui observait toujours les hommes sur la plage et, arrivant par-derrière elle, il l'empoigna brusquement, lui arrachant un cri de surprise. Marie tenta de se retourner mais la poigne de l'homme était solide. Il lui enserra les deux poignets derrière le dos et, d'un coup de genou au creux de ses reins, la maintint plaquée au sol. Marie se débattait comme une furie et l'individu avait fort à faire pour la garder immobile.

Le bruit de leur lutte attira l'attention de ses compagnons qui travaillaient toujours à enfouir les ballots de laine. Relevant la tête, les hommes virent que leur compagnon luttait ferme et semblait débordé.

— Hardi les gars, à la rescousse ! cria le borgne en s'élançant vers le haut de la dune, suivi des autres marins.

— Mais regardez-moi ça ! C'est cette crevette qui te donne du trouble, Malouf ? s'esclaffa l'un des hommes, le premier arrivé sur la scène.

Rapidement, Marie fut encerclée et complètement immobilisée. Ils la retournèrent sans ménagement sur le dos, et l'un deux l'assit brutalement en la tirant par les cheveux.

— Qu'est-ce que tu fais là, ma belle ? On écoute en douce maintenant ? Tu sais que ce n'est pas très bien élevé... dit-il d'une voix mielleuse.

Marie détourna la tête avec dégoût, l'haleine de cet homme empestait.

— Ah, on joue la mijaurée ? Tu ne sais pas ce que tu perds. Attends voir !

Il lui prit la tête entre les deux mains et l'embrassa goulûment sous les cris d'encouragement de ses compagnons. Lorsqu'il la lâcha, Marie suffoquait. Tentant de reprendre son souffle, elle cracha au visage de son agresseur, les deux bras toujours maintenus derrière elle.

— Oh ! Oh ! Elle a du cran, la pucelle ! T'embrasserais peut-être pas bien, Malouf ? railla un des hommes.

— Sale garce ! s'exclama l'interpellé.

Il gifla Marie à toute volée.

— Je vais t'apprendre, moi, à être polie...

— Bon, ça va ! Ça va ! décréta le borgne, qui semblait avoir un certain ascendant sur ces hommes. Agrippant Malouf par l'épaule, il le tassa derrière lui.

— Maintenant, mignonne, tu vas nous dire ce que tu fais ici.

Son unique œil détaillait Marie avec attention et, si elle sentait qu'il serait difficile de mentir à cet homme, elle savait aussi qu'il lui fallait taire le fruit de ses découvertes. De plus, sa joue rudement giflée la chauffait, et qui sait jusqu'où iraient ces hommes si elle tentait de se défendre. Elle joua plutôt l'innocente.

— Mais rien, monsieur, pleurnicha-t-elle, je suis venue faire un tour sur la plage, puis je me suis endormie dans les herbes pour ne me réveiller que quand ce rustre m'a sauté dessus, dit-elle en pointant du menton l'homme au chapeau.

— Menteuse ! cracha celui-ci. Elle écoutait tout ce qu'on disait, elle était loin de dormir, la gueuse !

— C'est lui qui ment ! s'écria Marie.

Et profitant de ce que les hommes avaient quelque peu relâché leur étreinte, elle se dégagea et fit une dérisoire tentative de fuite, non pas commandée par la raison mais plutôt par l'instinct.

— Hé là ! Tu restes avec nous, la fille, on n'en a pas fini avec toi ! grogna le borgne en l'agrippant par la cheville.

Il la tira brusquement au centre du cercle formé par les hommes.

— Si tu n'as rien à cacher, pourquoi t'enfuir ? dit-il, l'œil mauvais.

Furieuse, Marie se mura dans un silence buté.

— Qu'est-ce qu'on fait d'elle, Gensac ?

— On va le savoir bientôt, répondit celui qui avait découvert Marie, le regard tourné vers le large. Le capitaine arrive.

Tous regardèrent dans la même direction que le gros bonhomme et virent leur capitaine à bord d'une chaloupe se diriger vers eux en compagnie de deux hommes. Il était probable que, lorsque Marek s'était rendu compte que ses hommes avaient déserté leur poste, il avait décidé de venir voir ce qui se passait.

Marie sentit la tension s'abattre sur le groupe. Il était évident que l'équipage craignait son maître et restait sur ses gardes. Lorsque la barque eut touché la plage, les marins qui entouraient

Marie la soulevèrent brusquement et l'emmenèrent vers leur capitaine.

— Capitaine, cria le borgne Gensac, voyez ce qu'on a trouvé !

Marchant à grands pas vers eux, Marek fronça les sourcils. De haute stature, l'homme était bien tel qu'on le décrivait. Les cheveux blonds, qui fonçaient un peu à la racine, étaient coupés très court, ce qui était inhabituel pour un corsaire. Il avait les yeux très bleus, mais d'un bleu glacial, transperçant. Sa mâchoire carrée révélait un tempérament volontaire et ses lèvres avaient un pli dur. On l'imaginait mal susurrant des frivolités. Il était fait pour commander, mais surtout pour être obéi. Sa chemise s'ouvrait sur un torse dur aux muscles bien découpés. C'était un bel homme, mais à la beauté arrogante, inquiétante.

— Ah ça par exemple ! Vous courez les jupons plutôt que de travailler ?

Sa voix était à son image, coupante, tranchante. Lorsqu'il parlait, on avait l'impression qu'il engageait le combat.

— Non pas, capitaine, reprit Gensac, décidément le porte-parole du groupe. Cette fille a surpris les gars en train de travailler et devait certainement être là depuis un bon moment. Elle les a entendus parler, et qui sait ce qu'elle a découvert.

Marek se tourna vers Marie, qui pour la première fois eut peur en voyant la froide détermination de cet homme. Puis elle sentit sa colère revenir et, au mépris de toute prudence, laissa ses sentiments la submerger. C'était lui le responsable de ses malheurs. Par sa cupidité, il avait gâché sa vie et celle de son père. C'était injuste qu'il s'en tire si bien, auréolé de gloire en plus, et qu'elle doive payer le restant de ses jours pour quelque chose dont elle n'était pas responsable. Oubliant toute retenue, Marie éclata.

— Espèce de porc ! C'est ainsi que vous trahissez la confiance du peuple et du roi ! En attaquant d'honnêtes marchands qui font affaire avec vos compatriotes. Des marchands venant de nations amies qui ne devraient rien avoir à craindre de la France. Mais ça, vous le savez, et voilà pourquoi vous vous cachez sous le pavillon pirate. De quel droit portez-vous les couleurs de la France ? Gardez donc le *Jolly Roger*[2], il vous va si bien. Vous ne valez guère mieux que ces racailles qui écument les mers. Vous êtes pire même car eux, ils ont au moins le courage d'agir sans mascarade !

La colère avait coloré les joues de Marie et la rage allumait ses yeux gris-bleu, qui soutenaient maintenant sans sourciller le regard du corsaire. Marek ne pourrait permettre à la jeune femme de s'en tirer ainsi. D'abord, il était évident qu'elle en savait beaucoup plus qu'elle n'aurait dû. Ce n'était pas tant l'algarade dont il avait été l'objet qui le préoccupait que le fait que la jeune femme savait maintenant ce qui était arrivé au *Green Clover*. Mais ne résistant pas à la tentation de lui clore le bec, il reprit, en la vrillant de son regard :

— Et qui te dit, la belle, que le roi lui-même n'est pas au courant ? L'État a besoin d'argent ces temps-ci, la guerre de succession d'Espagne coûte cher, et si tous les bateaux riches se munissent de sauf-conduits… eh bien, il faut trouver autre chose !

Un peu secouée par cette révélation, Marie le cacha du mieux qu'elle put. Se pouvait-il que le bon, le grand Louis XIV soit au courant de cette infamie, et même l'approuve ? Elle ne pouvait le croire. Il devait s'agir là d'une machination de Marek. Mais il avait semé un doute dans son esprit. Et si c'était vrai ? Le roi volerait-il ceux qui soutenaient l'économie de la France ? Mais Marie se rendait aussi compte que plus elle en savait, plus il serait difficile pour Marek de la laisser repartir. Qu'adviendrait-il d'elle ?

Comme s'il avait lu dans ses pensées, Marek s'approcha d'elle, une lueur nouvelle dans les yeux. Marie n'aimait pas du tout ce qu'elle y lisait. Il poussa une mèche de cheveux qui retombait sur la joue de la jeune femme.

---

2. Pavillon pirate à la tête de mort *(NdA)*.

— Dommage, la belle, que ton destin ait croisé le nôtre aujourd'hui. Ce n'est pas ton jour de chance. En d'autres temps, notre rencontre aurait pu être des plus agréables... Mais comme toutes les femmes, tu es trop curieuse, et cette fois-ci, ça t'aura perdue. Mais je suis bon prince, je vais quand même te faire un cadeau avant que tu ne meures.

Marie le vit avec effroi sortir une dague de sa ceinture. Savourant visiblement l'effet qu'il produisait sur elle, Marek approcha la lame du visage de Marie, en appuya doucement la pointe sur son menton, puis il la descendit le long de son cou, sur sa poitrine jusqu'au dernier maillon du lacet de sa blouse. Il tira alors la lame d'un coup sec et coupa le lacet qui retenait les pans de son corsage. Marie comprit brusquement ce qui l'attendait.

— Non ! hurla-t-elle. Espèce de mécréant ! Ne posez pas vos sales pattes sur moi !

Sa fureur sembla plaire à Marek.

— Attends un peu, dit-il en déchirant le tissu de son autre main, tu ne diras plus non tantôt.

Marie tenta de se débattre, mais les marins, ravis du spectacle qui s'annonçait, la maintenaient ferme et la firent tomber sur le sable.

Marek avait laissé choir sa dague et, penché sur elle, il déchirait maintenant sa fine camisole, révélant ainsi ses seins parfaits, qu'il empoigna sans aucune douceur. Lui écartant les jambes de ses bottes, il lui saisit la jupe à la ceinture et tira. Le tissu résista quelques instants, mais finalement céda sous la main puissante de l'homme. Marie était aveuglée par des larmes de rage et de dépit. Mais elle était complètement à sa merci, des tas de mains la maintenaient plaquée au sol, les bras immobiles et les jambes écartées. Marek se releva à demi.

— Je vais vous monter, les gars, comment on rend une femme heureuse... C'est peut-être la première fois, ma belle, dit-il à Marie, autant que tu aimes ça.

Ses gestes, qui avaient été si violents jusqu'à présent, se firent caressants tout à coup. Il ne restait plus à Marie que sa culotte, sa jupe et sa blouse étant répandues autour d'elle comme la corolle d'une fleur effeuillée.

Alors que d'une main Marek caressait le cou et l'épaule de Marie, de l'autre il remontait doucement le long de son mollet, s'attardait sur le genou, effleurait la cuisse. Il se pencha sur un sein blanc, le humant quelques instants avant de le lécher doucement. Pendant ce temps l'autre main continuait sa progression et, cette fois, plutôt que de déchirer le fin tissu de la culotte, s'attardait à en dénouer le nœud qui le retenait.

Marie tentait de faire le vide en elle, de se détacher de la scène qu'elle vivait contre son gré. Elle fermait les yeux très fort pour ne pas voir les visages lubriques penchés sur elle. Marek continuait son manège. Le fin cordon ne retenait plus rien et la main de Marek se glissa à l'intérieur de sa culotte. Ses doigts effleurèrent d'abord à peine l'intimité de la jeune femme, qui se raidit sous l'attouchement. Puis la main revint, plus insistante cette fois-ci, et alla chercher la peau satinée au pli de sa cuisse.

Marek rendit ses attouchements plus précis, dans une caresse délibérément lente. Pleine de confusion, Marie, ressentit un léger trouble l'envahir, une chaleur inconnue s'installer au creux de ses reins. Marek était loin d'être un novice en la matière et il connaissait les subtilités du corps féminin. Pendant qu'il continuait à embrasser ses seins l'un après l'autre, il accentuait le rythme de sa main. Malgré elle, Marie se mit à rouler les hanches, imperceptiblement d'abord, puis plus franchement. À son grand désarroi, une onde d'un plaisir encore inconnu semblait prendre racine au plus profond de son être, et subitement elle oubliait tout pour ne plus vivre que pour cette sensation qui allait en s'amplifiant.

Elle entendit vaguement quelques rires gras autour d'elle, mais ne distingua pas ce qui se disait. Un gémissement lui échappa. Marie était faite pour l'amour et le corsaire le lui révélait de la façon la plus vile qui soit. Elle tenta vainement de refermer ses jambes, mais les genoux de Marek les maintenaient écartées. Alors qu'elle entrouvrait les lèvres pour avaler un peu d'air, le corsaire en profita pour les écraser sous sa bouche et se mit à l'embrasser avidement. Marie résistait du mieux qu'elle pouvait, mais rien ne pouvait empêcher Marek de fouiller de sa langue la bouche fraîche de la jeune femme. Voulait-elle détourner la tête ? Deux ou trois mains se portaient volontaires pour la garder bien en place.

Les caresses de Marek étaient maintenant très précises, et il jouait du corps de Marie, tendu à l'extrême, comme un violoniste de l'archet. Arrivée au bout de sa résistance, au bout de sa pudeur, elle explosa soudainement sous les doigts habiles du corsaire. Pour le corsaire, habitué à dominer et à gagner ses combats contre cette amante capricieuse qu'était la mer, vaincre la résistance d'une femme à peine sortie de l'adolescence était un jeu d'enfant. Ses nombreuses conquêtes partout dans le monde étaient pour lui autant de trophées à sa gloire personnelle. Dans son délire, Marie sentit vaguement qu'il s'éloignait quelque peu d'elle et qu'on lui retirait son dernier vêtement. Puis une douleur fulgurante lui fit ouvrir les yeux. Marek était maintenant sur elle et l'avait pénétrée d'un coup de reins puissant, à la recherche de son plaisir à lui.

Marie était maintenant bien loin des caresses douces de tout à l'heure et sentait qu'elle était déchirée au plus profond d'elle. Elle sentait aussi que par cette déchirure s'échappait son âme, son innocence, sa pureté. Elle se mordait les lèvres pour ne pas le supplier de cesser, puisqu'elle savait bien que ce serait inutile. Elle ne lui donnerait pas le plaisir de la voir brisée. Mais Marek avait calmé son emportement et, se redressant sur ses coudes, la regarda dans ses yeux et lui dit : « Ça fait mal, ma douce ? Attends, on va arranger ça ! » Ses mouvements se firent plus lents. Il attendit patiemment que la jeune femme réagisse et, quand il jugea le moment venu, il accéléra le va-et-vient de ses hanches jusqu'à ce qu'il sente que Marie se tende à nouveau sous lui, unie avec lui dans un plaisir fugace.

Marek se retira enfin, laissant la jeune fille ouverte aux yeux de ses hommes, blessée plus profondément qu'elle ne l'aurait cru possible. Elle lui en voulait terriblement, jamais elle ne l'aurait assez d'une vie, si on la lui laissait, pour lui faire payer ce qu'il venait de lui faire subir. Elle lui en voulait de l'avoir fait gémir malgré elle, de l'avoir emmenée dans un plaisir où elle ne l'avait pas convié. Elle lui en voulait enfin de cette jouissance ressentie à son corps défendant, de lui avoir montré qu'elle n'était qu'un instrument entre ses bras et que, malgré toute la répulsion qu'il lui inspirait, il avait pu la faire vibrer de la sorte.

Le corsaire se rhabilla et, en fermant la boucle de sa ceinture, lui jeta :

— Alors, c'était pas si mal, n'est-ce pas ? Je pense que tu as apprécié. Maintenant les gars, dit-il en se retournant vers ses hommes, elle est à vous. Usez-en comme vous voulez, puis tuez-la !

Sans même jeter un regard à la jeune fille étendue, écartelée à ses pieds, Marek tourna les talons et, suivi de deux de ses hommes, il regagna sa chaloupe pour remonter sur l'*Orgueil de France*.

Désespérée, Marie vit les hommes de Marek se jeter avidement sur elle. La jeune femme, qui n'était pas au bout de son supplice, subit avec horreur un premier assaut, puis un deuxième et un troisième. Là, elle perdit le compte parce qu'elle tomba dans une bienheureuse inconscience. Lorsque le dernier marin eut assouvi son ignoble instinct, Marie ne donnait plus aucun signe de vie.

— Est-ce que je lui tranche la gorge ? demanda Malouf à Gensac.

— Pour quoi faire ? répondit celui-ci. Elle est déjà morte. Épargne le fil de ta lame, et partons d'ici.

Les hommes de Marek s'assurèrent que la cargaison de laine était bien enfouie sous le sable et que nulle trace n'en paraissait. Puis ils s'en retournèrent eux aussi vers le grand vaisseau.

Chapitre 7

Les nuages revinrent peu à peu sur la côte charentaise, embrumant le soleil dont le règne fut plutôt bref ce jour-là. La journée s'étira un peu, puis perdit sa lutte avec l'obscurité qui finalement jeta un voile sur les événements. Le corps de Marie était resté exactement à la place où ses assaillants l'avaient laissé. Quelques mouettes étaient venues monter la garde auprès d'elle, puis étaient reparties dans leur quête éternelle. Les heures passèrent et timidement la lune risqua un œil sur la plage et se cacha aussitôt, comme honteuse de la scène qu'elle découvrait.

La nuit finit par s'installer, plus épaisse que jamais. Puis, entre le vent qui s'était mis à souffler et les nuages qui accentuaient leur course vers la mer, une silhouette se dessina au loin sur la dune, ombre noire dans l'obscurité, portant une lanterne qui l'éclairait à peine.

Cette lanterne oscillait ici et là, tantôt disparaissant dans le renflement des dunes, tantôt refaisant surface sur la plage pour remonter aussitôt vers les rochers. Quelqu'un était à la recherche de quelque chose. Ses pas le rapprochèrent immanquablement de l'endroit où gisait Marie. Il n'y était pas encore, mais cela ne saurait tarder. Puis la lumière jetée par la lanterne accrocha un pan de la jupe déchirée de Marie et remonta lentement sur le corps dénudé et meurtri de la jeune femme. La personne, un homme, jeta un cri étouffé et s'agenouilla précipitamment auprès d'elle.

Étienne posa sa lanterne sur le sable et souleva délicatement la tête de la jeune femme. Repoussant les mèches de cheveux qui étaient collées aux joues de Marie, il l'appela doucement.

— Marie, Marie… Marie, je suis là ! C'est moi, Étienne.

Soudain, terriblement inquiet, le jeune homme posa son oreille sur la poitrine de son amie, cherchant à entendre les battements de son cœur. Il lui sembla bien percevoir quelque chose, comme un bruit très ténu, le battement d'un cœur blessé qui hésitait entre la vie et la mort. Mais peut-être n'était-ce que le simple écho de ses propres battements désordonnés qui se répercutait sur les rochers de la plage.

Étienne retira précipitamment sa veste pour en couvrir Marie, dont la peau glacée avait des reflets bleuâtres. Il réfléchissait à toute allure. En voyant l'état de la jeune femme, il n'avait aucun mal à deviner ce qui lui était arrivé, mais il n'avait aucune idée de l'identité de l'assaillant.

Étienne était rentré au port en soirée, bénéficiant d'une permission d'une semaine. Sa première visite avait été pour Marie. Il avait trouvé une Marguerite en larmes dans la maison des Galligan. La pauvre femme était entourée de quelques voisines attentives et tordait entre ses mains un mouchoir trempé de larmes, rendu informe par la douleur de sa propriétaire.

Étienne avait eu quelques difficultés à comprendre le drame qui se jouait là, le récit de Marguerite étant constamment entrecoupé de sanglots et de lamentations. Ce fut finalement l'épouse du boulanger, Madeleine Tomassin, une femme solide à la tête froide venue épauler Marguerite dans son désespoir, qui put le mettre au courant des événements de la journée. Elle lui raconta que Marie avait découvert le pillage du *Green Clover* par des pirates, puis, complètement abattue, elle était partie vers la plage. Les heures avaient passé et Marguerite, qui ne voyait pas Marie revenir, avait commencé à s'inquiéter. Son inquiétude avait augmenté au fur et à mesure que la soirée avançait et qu'elle restait sans nouvelles. C'est à ce moment que Sean Galligan était rentré à la maison, plus soûl que jamais.

Marguerite était bien décidée à taire son inquiétude devant le père de Marie, mais malgré les vapeurs d'alcool dans lesquelles il nageait, il se rendit compte que quelque chose ne tournait pas rond. Il n'eut aucun mal à faire parler Marguerite, retrouvant même dans la circonstance un peu de son ascendant d'antan. Il se mit à tourner en rond dans la cuisine, maudissant son attitude des derniers mois, voire des dernières années, qui avait laissé une charge si lourde sur les épaules de la jeune femme. Il était bien décidé à changer désormais. Il cesserait de boire et apporterait à sa fille le soutien qu'il aurait toujours dû lui donner. L'avenir serait différent, avait-il promis à Marguerite, il redeviendrait l'homme qu'il avait été. Mais pour l'instant, il fallait retrouver Marie.

D'un pas incertain, il était allé chercher une lanterne et avait déclaré qu'il allait à la recherche de sa fille. Marguerite avait bien tenté bien de l'en dissuader, lui disant que ce serait mieux qu'il reste à la maison, que des voisins pourraient partir à la recherche de la jeune femme, mais Galligan n'avait rien voulu entendre. C'était sa fille, disait-il, et c'était son devoir de la retrouver lui-même. Puis, sans que Marguerite ait pu intervenir, et malgré son état d'ébriété avancé, Galligan était sorti de la maison et avait disparu dans la nuit.

On venait tout juste de dire à Marguerite qu'on avait retrouvé le corps de Galligan dans les eaux près du port, poursuivait la Tomassin dans son récit. Quelqu'un avait entendu un homme crier « Marianne ! » à maintes reprises, et lorsque cette personne s'était avancée pour voir de quoi il retournait, elle avait vu un homme massif hurler sur le quai tout en avançant d'une démarche vacillante. Puis l'homme avait fait un faux pas et était tombé à la mer. Le témoin de la scène n'avait pu intervenir à temps, l'obscurité étant trop épaisse pour distinguer quoi que ce soit, et, le temps qu'arrivent d'autres secours, Galligan s'était noyé. Son corps était toujours au port. La mer avait une fois de plus pris son tribut. Le dernier mot qu'avait prononcé Galligan sur cette terre avait été celui de sa femme bien-aimée, qu'il n'avait jamais cessé de chercher.

Atterré par ce qu'il venait d'apprendre, Étienne avait vainement tenté de trouver quelques paroles de consolation pour Marguerite, puis il pensa à l'urgence de la situation. Où était Marie ? Il lui fallait la retrouver et lui annoncer lui-même la terrible nouvelle. Il ne doutait pas que ce serait un choc épouvantable pour la jeune femme. Malgré la déchéance dans laquelle était tombé son père, Marie lui était très attachée. Et c'est ainsi qu'il était parti à sa recherche et que ses pas l'avaient amené jusqu'au corps de Marie, inanimée entre ses bras.

Étienne s'affolait. Il était tenté de secouer Marie pour la faire réagir, de la serrer jusqu'à l'étouffer afin de faire passer un peu de sa propre vie en elle. Et s'il était trop tard ? Si, déjà, il ne serrait plus qu'une écorce vide contre lui ? Ses yeux se brouillèrent de larmes contenues. Non ! ce n'était pas possible. Il ne fallait pas que ça se termine ainsi.

Prenant plusieurs grandes respirations, Étienne tenta de réfléchir plus froidement. Il fallait tout d'abord mettre la jeune femme à l'abri. Parcourir la demi-lieue qui le séparait de la maison de Marie était impensable, même s'il avait laissé plus loin sur la plage un cheval emprunté au forgeron. S'il subsistait un fil ténu qui la raccrochait à la vie, il risquerait fort de se rompre en chemin. Étienne avait l'impression d'avoir entre les mains une porcelaine précieuse fêlée qui pouvait éclater à tout moment.

C'est alors qu'il pensa à Sarah, la vieille dame de la plage. Même s'ils s'étaient vus de moins en moins souvent, Étienne et Marie avaient toujours gardé contact avec elle. Malgré son âge avancé, elle continuait de vivre seule dans sa cabane rustique et de ramasser herbes et algues sur la plage. Au fil des années, ils s'étaient aperçus que des gens venaient consulter la vieille d'un peu partout au pays, parfois pour se faire dire la bonne aventure, parfois pour lui demander un élixir d'amour qui ensorcellerait l'être aimé, mais aussi pour tenter de guérir d'une maladie tenace ou pour replacer un membre brisé. Peut-être Sarah saurait-elle ce qu'il fallait faire pour Marie.

Étienne enveloppa du mieux qu'il put la jeune femme dans ses vêtements déchirés et ferma sur elle sa veste chaude. Sa lanterne s'était éteinte, et comme elle était maintenant inutile, il la laissa sur la plage. Il prit Marie dans ses bras et, avec toute la douceur du monde, se mit à remonter la dune. Il était facile pour Étienne de retrouver le chemin de la cabane de Sarah. Il aurait pu tracer les yeux fermés le sentier qui l'y menait, tellement il avait parcouru ce paysage dans sa jeunesse. Mais l'obscurité épaisse l'empêchait de voir les obstacles sous ses pas, et il trébucha plus d'une fois. Ses hautes bottes s'enfonçaient dans le sable et rendaient sa marche malaisée. Comme pour lui venir en aide, la lune se découvrit partiellement, éclairant d'une lueur blafarde les renflements du sentier. Étienne ressentait un fort sentiment d'irréalité. Il avait l'impression que ce n'était pas lui, mais un autre qui marchait là dans ce paysage devenu soudainement si lugubre.

Au détour d'une dernière dune, Étienne reconnut la maison de Sarah. Même si tout était parfaitement obscur à cette heure tardive, il savait que la vieille femme était là puisque des rubans de fumée sortaient de la cheminée de la cabane, bousculés immédiatement par le vent qui les éparpillait dans la nuit. Sans lâcher Marie, Étienne cria à la porte :

— Sarah ! Sarah ! Ouvrez-moi ! C'est moi, Étienne Beauval ! Sarah, faites vite, c'est urgent !

Remontant un genou pour soutenir les reins de Marie et ainsi se dégager une main, il allait cogner du poing à la porte quand il entendit le verrou grincer.

Sarah n'était pas peureuse. Toutes ces années à vivre seule lui avaient donné beaucoup d'assurance, et sa vague réputation de sorcière la protégeait. C'était plutôt les autres qui la craignaient, si bien qu'on ne l'avait jamais ennuyée de quelque façon que ce soit. De plus, les visites nocturnes ne la surprenaient plus. Combien de fois avait-on demandé son aide pour soigner un homme blessé dans une rixe quelconque ou assister une femme dont l'enfant se présentait mal à l'accouchement.

Elle ouvrit donc la porte en grand, laissant entrer le jeune homme et son précieux fardeau. On n'aurait jamais dit qu'Étienne venait de tirer la vieille femme du lit, elle était vêtue comme il l'avait toujours connue, c'est-à-dire d'une chemise blanche sans col, boutonnée devant, par-dessus laquelle elle avait passé un lainage gris et un châle de la même couleur, le tout surmontant une jupe brune aux larges poches, qui étaient bien souvent encombrées de toutes sortes de choses. Mais peut-être Sarah ne dormait-elle jamais...

Reconnaissant tout de suite les deux jeunes gens et voyant que la situation était pressante, Sarah ne se perdit pas en questions inutiles.

— Viens la poser là, dit-elle simplement en désignant une haute table matelassée dans un coin de l'unique pièce de la maison.

Avec précaution, Étienne déposa Marie à l'endroit indiqué sans que celle-ci donne signe de vie. Sarah le repoussa doucement mais fermement.

— Laisse-moi faire.

Docile, il s'écarta et alla se placer aux pieds de la jeune femme. Sarah alluma quelques bougies, qu'elle disposa sur des tablettes au-dessus de la table, et une douce lumière se répandit dans la pièce, s'attardant sur le corps de la jeune femme étendue, qui parut en cet instant plus fragile que jamais. Avec des gestes doux, Sarah commença à examiner Marie.

Elle chercha d'abord à entendre le battement de son cœur, ce qui parut durer une éternité à Étienne. Puis n'en pouvant plus, il risqua :

— Est-elle...

— Chut, fit Sarah. Puis relevant la tête, elle dit simplement : « Elle vit. »

Rassuré, Étienne la laissa continuer sans plus l'interrompre.

Sarah revint à la tête, palpant le crâne de la jeune femme à la recherche d'une éventuelle plaie ou fracture. Rassurée de ce côté-là, elle souleva les paupières de la jeune femme pour se rendre compte que ses pupilles étaient dilatées mais réagissaient à la lumière. L'examen de la mâchoire ne révélant rien, Sarah fit glisser ses mains sur les épaules de Marie, puis sur son thorax. Elle nota de nombreuses meurtrissures sur les seins et ce qui lui semblait bien être une morsure. Faisant voler ses doigts sur les côtes de la blessée, elle découvrit que l'une d'elles était fracturée.

Ses bras et ses mains étaient intacts, bien que complètement glacés, comme le reste de son corps d'ailleurs. Sarah remarqua aussi quelques ecchymoses sur le ventre de Marie et des griffures sur ses hanches. Lui écartant doucement les jambes, elle vit que de nombreuses traces de sang séché maculaient l'intérieur de ses cuisses. Approchant une chandelle afin de mieux y voir, Sarah s'aperçut que l'entrée du vagin de la jeune femme était complètement déchirée. Étienne étouffa un cri derrière elle.

— Le salaud ! Le salaud ! Si jamais je trouve le porc qui a fait ça…

— Ce n'est pas un spectacle pour toi, lui dit Sarah sans se retourner, va plutôt faire du feu dans la cheminée, ta jeune amie a besoin de chaleur.

Étienne obéit sans broncher, bouleversé par le spectacle qu'il venait de voir et au fond un peu content de pouvoir s'éloigner de cette table. Lui qui avait participé à maints combats en haute mer, lui qui pouvait trancher la gorge d'un ennemi sans fléchir, il supportait difficilement de voir l'état dans lequel se trouvait la jeune femme.

Recouvrant le haut du corps de Marie avec une couverture chaude, Sarah fit bouillir de l'eau dans une marmite au-dessus du feu qu'Étienne venait de ranimer dans la cheminée. Elle y jeta quelques mesures d'une poudre blanche et retira la marmite alors que l'eau commençait juste à frémir, la remplaçant immédiatement par une autre, qui lui servirait plus tard. Utilisant quelques douces éponges de mer, Sarah lava les cuisses souillées de Marie. Avec précaution, elle nettoya la cruelle blessure qui avait ravagé l'intimité de la jeune femme et, lorsque toute trace eut disparu, elle put enfin procéder à un examen plus approfondi. Ce qu'il révéla soulagea quelque peu la brave femme, c'était moins grave qu'elle ne l'avait craint.

Les mécréants, car ils devaient bien être plusieurs, Sarah s'en rendait maintenant compte, avaient si bien labouré les chairs tendres de la jeune femme qu'ils l'avaient déchirée en maints endroits. Et si l'enflure rendait le spectacle pas bien joli à voir, Sarah était certaine que, après quelques jours de ses bons soins, il n'en paraîtrait plus rien. Elle profita de l'inconscience de la jeune femme pour recoudre de ses mains habiles les déchirures externes avec un fil de soie et prépara une pommade pour prévenir tout risque d'infection.

Satisfaite de son travail, elle s'attarda alors à la côte cassée, appliquant là aussi un onguent dont l'action bénéfique avait la vertu d'activer la calcification de l'os brisé. Puis elle apposa un bandage serré autour de la poitrine de la jeune femme. Toutes les autres meurtrissures du corps de Marie reçurent une attention particulière, certaines furent baignées avec de l'eau saline, d'autres recouvertes de pommades et les plus bénignes, laissées simplement à l'air libre. La jeunesse et la vigueur de la jeune femme devraient être suffisantes pour les guérir.

Sarah voulait maintenant sortir Marie de son inconscience, bien qu'elle se doutât que le retour à la réalité allait être bien pénible pour la blessée. Mais il n'était pas bon que la jeune femme reste inconsciente si longtemps, et il était maintenant urgent de la ramener dans le monde des vivants. Versant dans une tasse un peu d'eau bouillante de la seconde marmite qui était toujours sur le feu, Sarah y jeta cette fois-ci un curieux mélange d'herbes qui aussitôt se mirent à répandre une odeur âcre dans la pièce. Elle approcha cette tasse de Marie et, lui soulevant légèrement la tête, lui fit respirer les vapeurs qui émanaient du mélange. La réaction de la jeune femme ne se fit pas attendre. Elle gémit doucement et tenta inconsciemment de détourner le visage des vapeurs qui l'incommodaient. Sarah insista, faisant respirer à nouveau la jeune femme au-dessus de son étrange mixture. Cette fois-ci, Marie toussa, ce qui lui arracha aussitôt un cri de douleur.

Elle entrouvrit les yeux, laissant filtrer un regard trouble entre ses paupières. Étienne se rapprocha.

— Marie, Marie, c'est moi, Marie parle-moi, je t'en prie…

— Elle ne t'entend pas, lui dit Sarah, elle ne veut pas encore revenir dans la réalité. Elle n'est pas prête à l'affronter.

Sarah avait recouché Marie, qui gémissait maintenant sans arrêt.

— Son corps n'est plus glacé, nota Sarah, mais elle n'est pas encore tirée d'affaire. La fièvre ne devrait pas tarder à arriver et les prochains jours seront cruciaux. Je crois que je ferais mieux de la garder ici.

Sarah ouvrit une armoire de cèdre placée près de la porte et en tira trois flacons. Du premier, elle versa quelques gouttes dans une petite coupe de grès et les glissa entre les lèvres de la jeune femme. Celle-ci en avala un peu mais en recracha la majeure partie.

— Ça ne fait rien, je lui en redonnerai plus tard, ça devrait aider à contrôler la fièvre, dit Sarah en reposant le flacon.

Le deuxième flacon était en réalité une petite bouteille brune contenant une pâte épaisse, qu'elle délaya dans un peu d'eau. Une fois que le mélange eut la consistance désirée, elle en remplit une petite cuillère de bois et demanda l'aide d'Étienne.

— Tu vas la soulever un peu, fais bien attention à sa côte brisée, et tiens-lui la tête droite. Elle doit absolument avaler ce que je vais lui donner.

— Qu'est-ce que c'est ? demanda le jeune homme, intrigué.

Sans le regarder, Sarah lui répondit :

— Il ne faudrait pas que, en plus de l'outrage subi aujourd'hui, elle en garde un souvenir pour la vie. Mieux vaux prévenir…

Le jeune homme rougit violemment et serra les mâchoires. On pouvait deviner, à la veine saillante qui battait sur sa tempe, l'effort qu'il faisait pour contenir sa colère. Que jamais il ne retrouve le ou les responsables…

Ce ne fut pas facile de faire avaler à la jeune fille la pâte collante qu'on lui introduisait entre les dents. Mais patiemment,

Sarah s'assura qu'il ne restait plus rien dans la cuillère et dit simplement :

— Voilà, on peut être tranquilles de ce côté-là. Elle aura peut-être quelques crampes au ventre, mais ce n'est rien à côté de ce qui aurait pu lui arriver.

Puis la vieille femme versa dans une autre coupe une large rasade du contenu du dernier flacon, qui se révéla être un vin épicé.

— Voilà pour toi ! dit-elle en donnant la coupe à Étienne. Tu sembles en avoir bien besoin, je ne veux pas avoir à te réanimer toi aussi. Maintenant, ajouta-t-elle en s'asseyant pour la première fois depuis qu'Étienne avait frappé à sa porte avec Marie dans les bras, si tu me racontais ce qui s'est passé.

Le jeune homme vida d'un trait la coupe. La vieille femme s'empressa de la lui remplir à nouveau. Il s'assit à ses pieds sur un tabouret de bois et lui raconta tout ce qu'il savait. Il lui dit comment il était arrivé chez Marie, dans quel état il avait trouvé la gouvernante, l'inquiétude pour Marie disparue, la tragédie de la mort de Galligan, sa recherche éperdue de la jeune femme, comment il l'avait retrouvée sur la plage et était finalement apparu devant sa porte.

Sarah avait écouté Étienne gravement, sans l'interrompre. Le jeune homme tentait maintenant d'étouffer quelques bâillements et ses paupières se faisaient très lourdes. Le calmant que Sarah avait mis dans le vin qu'il avait bu produisait son effet. Le conduisant à une paillasse étendue dans un coin, Sarah lui dit :

— Maintenant, tu vas dormir pour refaire tes forces et on reparlera de tout cela demain.

Trop las pour discuter, Étienne tomba lourdement sur la paillasse et s'enfonça immédiatement dans un sommeil profond. Sarah regagna le chevet de Marie, qui délirait maintenant, prononçant quelques mots sans suite. La jeune femme était bouillante et son corps meurtri était torturé par une forte fièvre. Sarah bassina les tempes, le visage et le cou de Marie et la fit boire à nouveau de l'élixir du premier flacon. Sa patiente avala quelques gorgées, puis se tendit à nouveau, reprise par le délire.

— Non... non... rek... non...

Puis elle retomba dans un sommeil agité qui s'apaisa peu à peu grâce à la potion qu'elle venait d'avaler. Sarah s'installa dans un fauteuil bas à ses côtés, bien décidée à la veiller toute la nuit.

Chapitre 8

Lorsque Étienne ouvrit les yeux, il se demanda l'espace d'un instant ce qu'il faisait là, couché à même le sol sur une paillasse rudimentaire dans une cabane inconnue. Puis le souvenir des événements de la veille lui revint d'un seul coup. Il sauta vivement sur ses pieds et voulu s'approcher de Marie. Mais comme par magie, Sarah apparut devant lui, lui bloquant le passage. Appuyant une main ferme sur son épaule, elle repoussa Étienne jusqu'à une table et le força à s'asseoir sur une chaise.

— Doucement, jeune homme, elle n'est pas encore tirée d'affaire et il faut surtout éviter de la troubler de quelque façon que ce soit.

— Comment va-t-elle ? demanda-t-il en se passant la main sur les yeux.

Il se sentait encore un peu vaseux, et les brumes du sommeil s'accrochaient à lui, l'empêchant de percevoir clairement les choses. Le vin que lui avait fait boire Sarah devait en être en partie responsable.

— Elle n'a pas passé une très bonne nuit, et malgré mes efforts je n'ai pas pu faire tomber la fièvre. Son esprit ne pourra pas supporter encore bien longtemps pareille fièvre, répondit Sarah, passablement préoccupée.

— Mais ne pouvez-vous rien faire ? s'alarma Étienne.

La vieille femme ne lui répondit pas, se contentant de découvrir le corps de la jeune femme et de la bassiner avec de l'eau froide provenant d'une cruche qu'elle allait remplir à une source non loin de là. Puis elle prépara un cataplasme d'argile mêlé d'algues fraîches et elle l'apposa sur la poitrine de Marie.

— Si tu crois en quelque chose, c'est le temps de prier, mon garçon.

Étienne était fou d'inquiétude. Marie semblait se débattre contre des démons qui auraient envahi son corps et son esprit, et il se sentait tellement impuissant. Elle s'était remise à délirer, enlignant des mots sans suite, tout son être se cabrant comme pour repousser un éventuel ennemi.

Le jeune homme pensa soudainement à Marguerite, à qui il avait promis de promptes nouvelles et qui devait être rongée d'inquiétude à l'heure qu'il était. Songeant aussi au cheval qu'il avait laissé près de la plage, Étienne se leva et, s'approchant de Sarah, qui montait toujours la garde près de la jeune fille, lui dit :

— Sarah, il faut que je parte quelques heures. Trop de bouleversements sont survenus depuis hier, et je dois porter secours à Marguerite, qui aime Marie comme si c'était sa propre fille. Je fais un saut là-bas pour lui donner des nouvelles et je reviens dès que possible.

La vieille femme se tourna vers lui. Son regard lavande l'enveloppa tout entier et c'est d'une voix douce qu'elle répondit :

— Va, Étienne, va, mon garçon, tu as déjà beaucoup fait pour elle. Sois cependant prudent dans ce que tu diras, il n'y a aucun motif de nous réjouir pour l'instant, et je préférerais continuer de la soigner dans le calme et la tranquillité. Lorsque sera venu le moment où elle pourra à nouveau affronter le monde, je le ferai savoir, mais jusque-là, qu'on respecte son isolement, promets-le-moi.

— Mais Sarah, protesta Étienne, pourquoi me dites-vous tout cela ? Avant que la nuit ne soit tombée, je serai revenu.

— On ne sait jamais ce qu'on découvrira au détour d'un chemin, mon garçon, répliqua Sarah, soudain mystérieuse. Va et sois tranquille, je veillerai bien sur ton amie.

Étienne voulut ajouter quelque chose mais se ravisa et sortit de la cabane, bien décidé à revenir le plus tôt possible. Il n'avait fait que quelques pas à l'extérieur que, aussitôt, il poussait la porte à nouveau et s'approchait à grands pas de Marie, qui semblait un peu plus calme. Il la regarda quelques instants puis, les yeux embués de larmes, il l'embrassa doucement sur les lèvres.

— Attends-moi, Marie, murmura-t-il, tout ira bien, tu verras…

Puis il partit pour de bon.

À sa grande surprise et à son grand soulagement, Étienne retrouva le cheval du forgeron à l'endroit même où il l'avait laissé. Il faut dire que la brave bête avait passé l'âge des folles galopades et, si elle pouvait encore abattre de bonnes journées de travail, elle préférait de loin brouter tranquillement l'herbe sous ses pieds plutôt que d'aller voir celle du voisin. Enfourchant le cheval, Étienne reprit le chemin de la ville, poussant du mieux qu'il pouvait le percheron insensible à ses talonnades. Le jeune homme n'eut d'autre choix que d'aller au rythme de la bête, et la matinée était déjà fort avancée lorsqu'il arriva devant la maison des Galligan.

Étienne attacha le cheval à la clôture qui bordait le jardin de la maison de Marie et, contournant le magasin qui était fermé, il entra directement dans la cuisine. Il fut surpris de n'y rencontrer personne, mais il y avait de nombreuses tasses vides et une vague odeur de café flottait dans la pièce, témoignant d'une longue nuit de veille.

— Marguerite ! Marguerite ! cria Étienne. Où êtes-vous ?

Des pas rapides se firent entendre, venant du salon. Étienne alla à leur rencontre et fut à peine surpris de reconnaître Madeleine Tomassin, qui, à en juger par sa mine fripée, venait d'être tirée du sommeil.

— Chut ! Malheureux, fit-elle sévèrement. Elle dort, la Marguerite, et cela n'aura pas été sans mal. Tous ces événements l'ont brisée, et elle a bien besoin de ces quelques heures de sommeil. Alors, quelles nouvelles ? demanda-t-elle, se souvenant brusquement qu'Étienne était parti à la recherche de Marie.

Étienne hésita quelques instants, puis voyant l'air affolé de la brave femme, il s'empressa de la rassurer.

— J'ai retrouvé Marie, elle est vivante. Seulement elle est… blessée. Je l'ai laissée entre bonnes mains, et elle ne saurait être mieux soignée qu'à l'endroit où elle est.

Un pas pesant se fit entendre dans l'escalier. Marguerite ne devait dormir que d'un œil, guettant de tout son être le retour d'Étienne. La femme replète apparut, monument d'inquiétude et d'anxiété, le visage ravagé par une nuit d'angoisse. Des mèches folles s'échappaient de son chignon, qu'elle n'avait pas pris la peine de refaire, et une salve de questions assaillit Étienne.

— Blessée, Marie ? Comment ça ? dit-elle en descendant les marches. Qu'est-ce qu'elle a ? Où est-elle ?

Étienne sentit bien que la partie se jouerait plus serrée avec Marguerite et qu'elle ne se contenterait pas de demi-réponses. Mais le jeune homme pâlit soudainement et, étourdi, dut prendre appui sur le mur. Les deux femmes se précipitèrent sur lui, pourtant il les repoussa doucement d'une main redevenue ferme.

— Pardonnez-moi cet instant de faiblesse, je n'ai rien mangé depuis hier, et je crois que les effets s'en font sentir maintenant.

Poussant un léger cri à l'unisson, les deux femmes le traînèrent dans la cuisine, l'assirent sur une chaise et, pendant que l'une préparait du café, l'autre faisait frire des œufs et un morceau de lard qu'elle allait accompagner d'une épaisse tranche de pain et de beurre frais. Marguerite s'efforçait de se concentrer sur ses tâches ménagères, ne voulant pas bousculer le jeune homme dans son récit. Mais il était évident qu'elle était dévorée par l'inquiétude et la curiosité.

Lorsque l'assiette fut déposée devant lui, Étienne avait déjà avalé deux tasses de café. Il mangea avec appétit, s'apercevant qu'il était réellement affamé, puis, quand la dernière croûte de pain eut essuyé toute trace de nourriture dans son assiette, il se servit une autre tasse de café, s'appuya sur le dossier de sa chaise et s'apprêta à répondre aux questions des deux femmes. Marguerite ne pouvait se contenir plus longtemps.

— Dis-moi tout, où est-elle et dans quel état ?

Étienne ne voulait pas révéler à la gouvernante ce qui était réellement arrivé à Marie. Elle avait eu sa part d'émotions pour l'instant, et il valait mieux pour quelques jours encore, à tout le moins jusqu'à ce que Marie soit vraiment tirée d'affaire, maquiller la réalité.

— Je l'ai trouvée inanimée sur la plage. La mer était grosse, et elle a dû vouloir nager malgré ça. Bien qu'elle soit bonne nageuse, les vagues ont dû la projeter contre un rocher et la rejeter sur la plage, elle a eu beaucoup de chance.

— Mais où l'as-tu laissée ?

Ça, c'était un peu délicat. Sarah n'avait pas bonne réputation à la ville et, lorsqu'ils étaient enfants, on les avait mis bien des fois en garde contre « la vieille femme aux doigts crochus, qui faisait bouillir les petits enfants dans une grande marmite ». Étienne et Marie avaient toujours beaucoup ri de cela mais, malgré toutes les années, c'était demeuré leur secret.

Cependant, Étienne savait pertinemment que, s'il révélait où se trouvait actuellement la jeune fille, rien au monde ne pourrait empêcher Marguerite d'y aller tambour battant. Et il savait aussi que ce serait loin de plaire à Sarah, qui veillait avec un soin jaloux sur la jeune femme, et que la rencontre entre ces deux personnalités si opposées risquerait d'être orageuse. Aussi y alla-t-il prudemment.

— Je l'ai laissée entre de très bonnes mains, Marguerite, lui dit-il en la regardant droit dans les yeux. Si je ne vous en révèle pas plus, c'est que j'ai promis le secret à la personne qui en prend soin. C'est une personne très sainte, qui a fait le vœu de solitude et qui a quand même accueilli Marie dans son asile, voyant qu'elle avait besoin d'aide et qu'il était de son devoir de chrétien de la secourir. Marie n'est pas encore en état d'être déplacée et elle a besoin de repos pour quelques jours encore.

— Mais qu'est-ce qu'elle a ? insista Marguerite.

— Quelques contusions, un peu de fièvre, une côte cassée.

Étienne minimisait volontairement l'état de santé de la jeune femme, voulant surtout tranquilliser Marguerite, ce à quoi il parvint à demi.

— Mais rassurez-vous, ajouta-t-il, la personne qui veille sur elle a de solides connaissances médicales, et Marie ne pourrait être mieux traitée ailleurs.

À peine convaincue et un peu jalouse du fait qu'une autre qu'elle soignait Marie, Marguerite grommela : « Il faudra nous présenter cette sainte, qu'on aille lui faire nos dévotions… » Mais elle ajouta aussitôt :

— Sait-elle pour son père ?

— Non, répondit tristement Étienne, ce n'était pas le moment de le lui annoncer.

— Et quand reviendra-t-elle de…, commença Marguerite quand on frappa fortement à la porte. Allons donc, qu'est-ce encore, pas une autre mauvaise nouvelle ?

Marguerite se leva lourdement et alla ouvrir. Étienne et Madeleine lui emboîtèrent le pas.

Le jeune homme fut surpris de reconnaître dans l'embrasure de la porte un enseigne de son vaisseau.

— Kérouac ? Qu'est-ce que tu fais ici ? s'étonna Étienne.

— Mon lieutenant, répondit celui-ci en saluant, je vous cherchais partout dans la ville. Toutes les permissions ont été annulées, le bateau doit lever l'ancre dans deux heures. Il semblerait que des mouvements importants de la flotte anglaise aient été perçus au large de l'Espagne et, par ordre du roi, on doit se rendre sur place immédiatement.

Étienne pâlit. Cet ordre ne pouvait plus mal arriver. Il avait promis à Sarah d'être de retour avant la tombée de la nuit, mais il ne pouvait ignorer l'ordre d'embarquer puisqu'on savait maintenant où il était. Il serait considéré comme un déserteur s'il n'obéissait pas, et la corde récompensait les déserteurs… Il se souvint du regard étrange de Sarah, lorsqu'il avait quitté sa cabane, et la phrase énigmatique qu'elle lui avait alors lancée : « On ne sait jamais ce qu'on découvrira au détour d'un chemin » lui revint brusquement en mémoire. Savait-elle vraiment déchiffrer l'avenir ?

Étienne n'avait pas le choix, il lui fallait obéir aux ordres.

— Je vais passer chez moi prendre mes affaires et je serai au port dans une heure. Dis au capitaine que je ne manquerai pas à l'appel.

L'enseigne le salua d'un claquement sec des talons, fit volte-face et se dirigea vers le port d'un pas rapide. Étienne se retourna ensuite vers Marguerite.

— Marguerite, vous avez entendu, je dois vous laisser. Croyez-le, ce n'est pas de gaieté de cœur.

— Mais... et Marie, me diras-tu enfin où elle est ?

— J'ai promis le secret, et je vous assure qu'elle ne pourrait être plus en sécurité que là où elle est. Dès qu'elle sera remise, vous la verrez arriver sur le pas de votre porte. Et ce jour-là, je vous en prie, dit-il en prenant les mains de la gouvernante entre les siennes, dites-lui combien je suis désolé de n'avoir pu être à ses côtés tout le temps de sa convalescence, dites-lui que durant tout ce voyage elle sera ma principale préoccupation et que j'anticipe déjà le moment où je reviendrai dans ce port pour prendre de ses nouvelles. Dites-lui...

Se ravisant, Étienne serra Marguerite à l'étouffer sur son cœur et, avant qu'elle ne puisse ajouter un mot, sortit dans la rue en courant. Madeleine regardait le jeune homme courir à grandes enjambées et dit simplement : « Si celui-là n'est pas amoureux, je veux bien manger mon chapeau ! » Tristement, Marguerite referma la porte. Elle sentait bien qu'elle n'était pas au bout de ses soucis.

⚓

Marie avait passé une journée à l'image de sa nuit, agitée. Sarah désespérait de voir la fièvre enfin quitter le corps de la jeune femme, mais il semblait que celle-ci n'avait pas la volonté de se battre, élément essentiel à sa guérison. Les tourments dans lesquels l'avaient plongée ses assaillants l'enveloppaient tout entière, et son esprit semblait enfoncé dans le souvenir des événements qui lui collaient encore à la peau.

Puis soudainement, aussi brusquement que la fièvre était montée, elle tomba. Sarah était sortie quelques instants renouveler sa provision d'eau de source et, quand elle entra dans sa cabane, elle trouva Marie immobile. D'abord craignant le pire, elle s'approcha rapidement de la jeune femme, mais constata avec soulagement qu'elle avait les yeux ouverts et respirait doucement.

Ne voulant pas la brusquer, Sarah lui prit simplement la main en respectant son silence. Marie eut un vif mouvement de recul, c'était comme si on l'avait touchée avec un fer chaud. Sarah eut la vision fugace d'un oiseau blessé qu'elle avait un jour recueilli. Son aile était brisée et le pauvre volatile s'affolait à l'approche de la main pourtant secourable qui s'avançait vers lui. À force de patience et de douceur, la vieille femme avait réussi à gagner sa confiance et à le soigner, et au bout de quelques jours l'oiseau venait manger dans sa main. Sarah murmura doucement :

— Pauvre enfant, que t'est-il arrivé ? Ne crains rien, tu es ici en sécurité, je prendrai bien soin de toi.

Reconnaissant la voix de sa vieille amie, Marie se calma, mais resta plongée dans son mutisme. Pensant qu'elle devait avoir faim, Sarah lui prépara un peu de pain trempé dans du lait chaud, que la jeune femme avala goulûment. Sarah sourit, c'était bon signe. Si l'appétit lui revenait, Marie reprendrait rapidement des forces et la guérison de son corps serait plus aisée. Quant à celle de son âme…

Comme épuisée par l'effort qu'elle venait de fournir, Marie s'étendit sur sa couche et s'endormit, paisiblement cette fois. Rassurée sur l'état de sa jeune amie, la fièvre ayant définitivement disparu, Sarah s'octroya la permission de prendre elle aussi un peu de repos. La vieille femme alla s'étendre sur la paillasse qu'avait occupée Étienne la nuit précédente, c'était en fait ce qui lui servait de lit, et ne tarda pas à s'endormir à son tour.

Quelques timides rayons de soleil se glissaient à travers les minces fenêtres de la maisonnette et s'amusèrent à chatouiller la joue ridée de la vieille femme. Celle-ci ouvrit les yeux et, ramassant ses cheveux défaits, elle s'assit sur la paillasse, un peu confuse d'avoir dormi si longtemps. Son cœur manqua un battement quand, cherchant Marie des yeux, elle s'aperçut que la jeune femme avait disparu. Se levant en hâte, Sarah rajusta ses vêtements tout en regagnant la porte, qui était restée entrouverte.

Elle fit quelques pas en direction de la plage et poussa un soupir de soulagement en voyant Marie debout immobile, le regard tourné vers la mer. La jeune fille ne semblait ni triste, ni ravagée, ni soucieuse, elle semblait simplement… absente. Elle tenait serrée autour d'elle la veste d'Étienne, et sa jupe déchirée pendait à sa taille. Sarah alla la rejoindre et jugeant que la matinée était un peu fraîche pour que Marie se tienne ainsi au grand vent marin, elle la prit par les épaules et la ramena doucement vers la maison. Elle fut un peu surprise de sa docilité quand Marie ne lui opposa aucune résistance. Une fois à l'intérieur, Sarah la mena à une chaise et fit chauffer de l'eau pour lui préparer une tisane. Ce faisant, elle tenta d'engager un dialogue anodin.

— Comment te sens-tu, ce matin ?

Le regard de Marie restait vague et rien en elle n'indiquait qu'elle eût seulement entendu la question. Sarah continua son monologue comme si de rien n'était, se disant que son babillage parviendrait peut-être à sortir la jeune femme de l'isolement dans lequel elle s'était enfermée.

— La journée promet d'être belle. Si tu veux m'accompagner, nous pourrions peut-être aller faire un tour au jardin. Tu ne savais pas que je cultivais un petit jardin ? Mais de quoi pensestu donc que je me nourris ? Je ne vais pas bien souvent à la ville faire des emplettes. Il faut dire que mon jardin n'est pas tout près d'ici, le sable n'est pas vraiment propice à la culture. Je l'ai planté dans un endroit secret que je partagerai avec toi si tu le veux bien. Nous irons tout à l'heure.

La tisane prête, Sarah en servit une tasse bouillante à Marie, accompagnée d'une épaisse tartine recouverte d'une bonne couche de confiture. Curieusement, la jeune femme avala le tout rapidement, avec appétit, et mangea avec le même enthousiasme la deuxième portion que Sarah lui offrit. Ramassant les reliefs de leur repas, Sarah pensa à Étienne, s'étonnant à peine du fait que le jeune homme ne soit pas encore revenu. Sa longue expérience de la vie lui avait appris que l'homme était bien rarement maître des événements et qu'une foule de choses pouvaient venir contrecarrer un plan que l'on croyait pourtant à l'abri de tout. Elle savait qu'Étienne était sincère quand il lui avait dit qu'il serait de retour le soir même, mais elle savait aussi que, s'il n'avait pas tenu parole, c'était pour une bonne raison. De toute façon, d'ici quelques jours, elle pourrait peut-être laisser Marie seule à la cabane, et elle irait alors au-devant des nouvelles.

La jeune femme suivit docilement Sarah jusqu'à son jardin, ce qui représentait tout de même une bonne marche de près d'une heure, et sembla goûter la tranquillité de l'espace de verdure cultivé par Sarah. Le retour à la maison se fit aisément, et c'est sans problème que Marie trouva le sommeil au terme de cette journée somme toute bien remplie.

Une autre journée passa ainsi, puis une deuxième et, enfin, cela fit une semaine qu'Étienne avait amené Marie à Sarah. Si la jeune femme était presque complètement remise de ses blessures corporelles, seule sa côte blessée tarderait un peu à guérir, elle n'avait toujours pas parlé. Sarah ne la pressait pas, elle savait que cela se produirait quand Marie serait prête. Elle ne voulait surtout pas la bousculer, sentant instinctivement que lorsque Marie se mettrait à parler, il faudrait que Marie elle-même soit prête à entendre ce qu'elle avait à dire.

À la faveur d'une brève excursion en ville, Sarah savait maintenant qu'Étienne avait dû s'embarquer précipitamment sur son navire ; ce serait donc à elle d'annoncer à la jeune femme le décès de son père. Là non plus, il ne fallait pas se presser. Qui savait l'étendue du choc que ça allait lui causer. Mais une autre semaine passa sans que l'état de la jeune femme s'améliore. Sarah sentait qu'elle devait maintenant tout mettre en œuvre pour sortir Marie de l'état léthargique dans lequel elle s'était enfoncée, sinon elle risquait d'y rester très longtemps.

Un soir, alors qu'un bon feu brûlait dans l'âtre, Sarah décida de tenter le tout pour le tout. Profitant d'un moment où la jeune femme était très calme, encore plus qu'à son habitude, Sarah vint s'asseoir auprès d'elle et prit sa main entre les siennes. Marie n'opposa aucune résistance et semblait parfaitement détachée des événements de ce monde. Rien ne la touchait plus, rien ne perçait son isolement. Il lui fallait un autre choc pour la faire réagir, et Sarah n'avait plus le choix, elle allait provoquer ce choc.

— Marie, lui dit-elle de sa voix douce qui surprenait toujours un peu, une voix qui aurait été faite pour chanter des berceuses à des hordes d'enfants, Marie, il te faudra être courageuse, j'ai une triste nouvelle à t'apprendre. Tu te souviens du soir où tu es arrivée chez moi ? Il faisait très sombre, il y avait du vent, des nuages. On y voyait à peine. Tu avais disparu de chez toi depuis déjà de longues heures. Les tiens étaient inquiets, ils voulaient savoir où tu étais.

Sarah parlait lentement, voulant s'assurer que les mots trouvaient leur chemin dans l'esprit torturé de la jeune femme. Elle voulait que Marie fixe la scène dans sa tête et comprenne le sens de la terrible révélation qu'elle allait lui faire. Mais pour l'heure, rien ne montrait que Marie portât un quelconque intérêt au discours de la vieille femme.

— Ta gouvernante, Marguerite, était désespérée. Elle s'inquiétait beaucoup pour toi. C'est alors que ton père est arrivé. Lui aussi s'est inquiété, son amour pour toi est si grand. Au mépris de toute prudence, il s'est lancé à ta recherche, mais finalement c'est plutôt ta mère qu'il aura trouvée au bout de sa course. Il a fait une chute au port et s'est noyé. Il fallait que tu le saches, Marie, voilà presque trois semaines que ton père est mort. Peut-être serait-il à présent temps de donner de tes nouvelles à Marguerite, qui doit être désespérée à cette heure-ci.

Rien n'indiquait dans le visage de Marie qu'elle avait compris le triste discours de son amie. Elle n'avait pas bougé d'un poil, mais il semblait à Sarah – peut-être n'était-ce là que le fruit de son imagination – que la main de la jeune femme avait frémi imperceptiblement dans la sienne à l'évocation de la mort de son père. Elle insista un peu.

— Marie… Marie, as-tu bien compris ce que je t'ai dit ?

Mais seuls le silence et le regard détaché de la jeune femme lui répondirent. Soupirant légèrement, Sarah se releva, ferma les volets et verrouilla la porte de la maisonnette pour la nuit.

L'obscurité était complète quand quelque chose tira Sarah de son sommeil. Il lui fallut quelques secondes avant de savoir d'où venait le bruit étrange qui l'avait réveillée. Mais aussitôt qu'elle l'eut compris, Sarah sauta sur ses pieds aussi rapidement que le lui permettaient ses vieux os de soixante-dix ans. Marie pleurait ! Enfin, quelque chose avait rompu l'isolement dans lequel elle s'était cantonnée. Ce qu'elle lui avait dit dans la soirée devait y être pour quelque chose. Sarah déplorait beaucoup le côté tragique de ce qu'elle avait eu à révéler à la jeune femme, mais si l'effet produit devait la ramener complètement dans le monde des vivants, elle ne regrettait nullement de l'avoir fait.

Serrant son châle gris autour d'elle, elle s'approcha de Marie, qui s'était recroquevillée en chien de fusil sur sa couche, et lui posa doucement la main sur l'épaule. À ce contact, la jeune femme se retourna et se jeta dans les bras de Sarah, ses pleurs redoublant d'ardeur.

— Sarah, Sarah, sanglotait-elle, qu'en est-il de ma vie ? Il ne me reste plus rien. Je n'ai plus de père, je n'ai plus de commerce, je n'ai plus de dignité, je suis souillée jusqu'au plus profond de mon âme…

La vieille femme se contenta de la bercer dans ses bras en lui chuchotant quelques paroles apaisantes. Il était bon que Marie pleure enfin et qu'elle libère cette tension emmagasinée malgré elle. Le désespoir de la jeune femme semblait sans fin, et elle pleura toute la nuit, jusqu'à ce que l'aube apporte une lumière blafarde dans la pièce et un éclairage nouveau sur la vie.

Marie pleura encore longtemps, puis progressivement ses sanglots se calmèrent et elle put enfin sécher ses yeux gonflés et rougis par la peine. Elle se sentait un peu mieux, comme allégée d'un grand poids, cependant elle pressentait bien que plus rien ne serait jamais pareil. Quelque chose s'était brisé en elle. La cicatrisation viendrait, mais elle n'en laisserait pas moins une marque indélébile, qui lui rappellerait à jamais les événements qu'elle avait vécus.

Après avoir pleuré, Marie parla. Sarah était une confidente idéale, se contentant d'écouter sans émettre d'opinion, se gardant de tout commentaire. Marie lui dit tout, tout ce qu'elle avait appris, tout ce qu'elle avait subi. Elle lui raconta comment elle avait découvert les activités illicites de Marek, le corsaire du roi, comment on lui avait mis la main dessus, ce que Marek lui avait fait et la honte qu'elle avait ressentie en réagissant malgré elle aux premières caresses du corsaire, l'ignoble assaut des autres marins et le trou noir dans lequel elle avait sombré, lui évitant ainsi d'être le témoin du viol de son corps et de son âme.

Ensuite, Sarah prit le relais. À son tour, elle raconta à Marie comment celle-ci était arrivée jusque chez elle, le rôle qu'avait joué Étienne, les nouvelles qu'il lui avait données, sa préoccupation constante à son endroit, le pourquoi de son absence. Plus une seule fois Marie ne versa une larme. Ses yeux étaient restés secs et son regard gris-bleu avait acquis une dureté qu'il n'avait pas la veille. Lentement, elle se blindait le cœur et l'âme, bien décidée à ce que personne ne l'atteigne plus désormais.

— Et maintenant, demanda Sarah, que vas-tu faire ? Il faudrait peut-être penser à aller voir Marguerite, qui doit se faire bien du souci.

— Non. Non, il est trop tôt. Je ne veux pas retourner là-bas, je ne veux pas avoir à mentir. Et d'ailleurs, que me reste-il de cette vie ? Rien n'est plus pareil maintenant. S'il te plaît, permets-moi de rester encore un peu ici, le temps de mettre de l'ordre dans mes idées.

— Reste autant que tu voudras. Je te demande juste une chose : sois attentive à ceux qui t'aiment.

— Ne t'en fais pas, d'ici quelque temps, je serai fixée sur ce que je veux faire.

À partir de ce moment-là, Marie sortit beaucoup, se refaisant des forces au grand air de la mer. Elle marchait des heures durant et rentrait le soir épuisée. Le mois d'août y passa et septembre s'entamait, raccourcissant le cours des journées et peignant çà et là une touche dorée à la cime des arbres. Elle tentait de ne plus penser à ce qu'elle avait subi mais c'était difficile, et plus le temps passait, plus elle se sentait assoiffée de vengeance. Elle savait qu'elle n'aurait de répit tant qu'elle ne verrait cet homme, Marek, ramper à ses pieds. Elle le tenait pour responsable de la mort de son père. Si elle était revenue à temps ce soir-là, jamais il ne serait parti à sa recherche et il vivrait encore aujourd'hui.

Marie savait aussi que pour elle la vie passée était bel et bien terminée. Elle ne pouvait retourner à la boutique, elle ne se sentait pas la force de faire face aux problèmes financiers qui l'y attendaient. Elle voulait tourner la page et définitivement. Alors qu'elle était assise sur un rocher qui avait été témoin de ses ébats d'enfant sur la plage avec Étienne, dans une autre vie qui lui semblait aussi brumeuse qu'un rêve, Marie vit son destin se dessiner nettement devant elle. La réponse qu'elle cherchait, c'était la mer qui la lui donnait. Et ce fut comme si la vie revenait en elle, comme si le sang figé dans ses veines s'était remis à circuler et l'irradiait maintenant d'une énergie nouvelle.

Marie s'avança vers les vagues qui vinrent mourir à ses pieds. Elle se pencha, comme pour recueillir cet hommage de la mer, son regard gris-bleu tirant son essence de la vaste étendue d'eau qui s'inclinait à ses pieds. Marie décida de s'en faire une alliée, une amie, une complice dans l'accomplissement de sa vengeance. Elle allait battre Marek sur son propre terrain, mais avec ses armes à elle. L'armée ne lui ouvrait aucune porte, les corsaires n'avaient plus sa confiance, il ne lui restait plus qu'un choix : elle allait prendre la mer, mais elle serait une pirate.

⚓

Lorsque Marie poussa la porte de la cabane de Sarah à la brunante, la vieille femme s'aperçut aussitôt qu'un changement était survenu chez sa pensionnaire. Elle semblait animée d'une flamme nouvelle et ses gestes étaient plus précis, plus secs. Elle se mouvait même différemment, comme si chacun de ses pas la rapprochait d'un but qu'elle s'était fixé, mais qu'elle était seule à connaître.

— Sarah, lança-t-elle sans préambule, il faut que je te parle. Je ne peux rester ici plus longtemps. Je vais partir demain.

Laissant les feuilles sèches qu'elle était en train de trier, Sarah leva les yeux sur la jeune femme et soupira légèrement. Elle se doutait bien que Marie ne resterait pas indéfiniment avec elle, mais elle s'était habituée à sa présence et sa maisonnette semblerait bien vide sans elle.

— Tu te sens prête à retourner chez toi ?

— Non, Sarah. Je te l'ai dit, cette vie-là est finie pour moi. Je m'en vais à Saint-Malo apprendre le métier de la mer.

Marie leva la main pour stopper les protestations de la vieille femme qu'elle sentait venir.

— Attends. Je dois d'abord t'avertir que rien de ce que tu pourras me dire ne me fera changer d'idée. La vie sur la terre ferme ne me convient pas pour l'instant, je veux parcourir les mers, voir le monde et peut-être même revenir au commerce, mais d'une autre façon. À Saint-Malo, les occasions seront plus grandes pour moi, et personne ne me connaît là-bas, ce qui me convient parfaitement. Je pars seule mais ça ne me fait pas peur, rien ne pourrait être pire que ce que j'ai vécu. Je vais te demander un seul service : aller remettre à Marguerite une lettre que je lui écrirai. Tu attendras trois jours avant de la lui donner, afin de me laisser le temps de faire du chemin et ainsi lui ôter toute envie de lancer quelqu'un à ma recherche.

— Et Étienne ?

— Quoi, Étienne ? Il a repris la mer, on ne sait quand il reviendra et je n'ai aucune raison de l'attendre. Étienne fait partie de mon passé, et ce passé, je le laisse derrière moi. Peut-être nos routes se croiseront-elles à nouveau, mais j'en doute.

En prononçant ces dernières paroles, Marie avait détourné les yeux. Sarah avait eu le temps de voir un voile de tristesse tomber sur le regard de la jeune femme. La blessure était profonde, encore fraîche, et Marie se défendait du mieux qu'elle pouvait des attaques de ses souvenirs, confondant dans un tout la mort de son père, l'agression dont elle avait été victime et le rôle qu'Étienne avait joué dans l'épisode. Sarah avait appris beaucoup de choses dans la vie et elle savait bien que, quoi qu'elle dise, rien ne pourrait faire changer Marie d'idée. Il fallait qu'elle panse elle-même ses blessures de la façon qu'elle voulait, quitte à y laisser encore quelques plumes.

De son côté, Marie avait caché bien des choses à sa vieille amie. C'était inutile d'en dire plus, inutile de lui raconter les chemins qu'elle comptait emprunter pour arriver à ses fins. Un jour peut-être, lorsque Marie serait à nouveau en paix avec elle-même, elle reviendrait ici et lui raconterait tout. Mais les dangers étaient si nombreux sur la route qu'elle se dessinait qu'elle-même hésitait à les évoquer. Brisant le silence qui s'était installé, lourd des réflexions personnelles des deux femmes, Sarah dit :

— Je ne tenterai pas de te retenir, ni de forcer tes confidences, Mais je veux que tu saches que si tu as besoin de moi, je serai toujours là. Et il n'est pas dit que tu partiras à Saint-Malo à pied. J'ai un peu d'argent ici et je n'en ai pas besoin. Tu vas me faire le plaisir de le prendre pour t'acheter un cheval. Une fois rendue là-bas, tu pourras toujours le revendre si tu n'en as plus usage, et l'argent que tu en tireras t'aidera à vivre les premiers temps.

Par orgueil, Marie fut tentée de refuser, mais voyant à quel point Sarah était sincère dans son offre, et songeant aussi qu'un cheval lui serait d'un grand secours, elle accepta, émue de la générosité de son amie.

— Merci, Sarah, j'accepte à une condition : un jour, je te rembourserai.

— Considère ça comme un cadeau, mais si ça te soulage de penser que tu me le remettras un jour, à ta guise.

Sarah se leva.

— En attendant, il faudrait bien qu'on mange un morceau. Si tu écrivais ta lettre pendant ce temps ?

⚓

Le lendemain matin, alors que le soleil libérait ses premiers rayons de la journée qui s'annonçait belle, Marie embrassa avec émotion Sarah, qui la regarda partir. La jeune femme avait tenu à s'habiller à la garçonne pour voyager. Ce serait plus pratique, estimait-elle, et ça pourrait peut-être même la mettre à l'abri de certains dangers de la route. Elle portait une culotte de grosse toile brune et une ample chemise de coton, qui dissimulait ses formes douces. Ses cheveux étaient ramassés dans un chapeau de feutre mou et de hautes bottes de cuir complétaient son ensemble.

Marie allait marcher jusqu'aux abords de La Rochelle, où elle comptait bien se trouver un cheval, puis partirait sans tarder pour Saint-Malo. Longtemps elle se retourna sur la route, faisant de grands signes de la main à Sarah, qui était restée sur le pas de la maison. Elle y voyait à peine et attribuait au soleil qui l'aveuglait les larmes qui lui coulaient des yeux.

⚓

D'autres larmes coulèrent trois jours plus tard, laissant des taches d'encre délayées sur une feuille. Marguerite était assise dans le jardin de la maison des Galligan et venait de terminer la lecture d'une lettre que la vieille femme étrange de la plage lui avait remise sans lui dire un mot. À peine Marguerite avait-elle eu le temps de décacheter l'enveloppe que la vieille avait disparu, emportant avec elle les réponses aux multiples questions qu'elle aurait voulu lui poser. Le cœur battant, elle avait commencé la lecture de la lettre.

Très chère Marguerite,

Lorsque tu liras cette lettre, je serai déjà loin. Avant toute chose, je te demande une faveur : ne lance personne à ma recherche, ce serait inutile. Je vais mon chemin, je suis la route que je me suis tracée et, si le destin le veut bien, un jour nous nous reverrons.

Je veux d'abord te rassurer sur mon état de santé. J'ai passé un dur moment, mais maintenant je vais très bien. Je ne veux pas expliquer ici pourquoi je ne reviens pas à la maison, sache seulement que la vie à La Rochelle n'avait plus rien à m'offrir sinon ton affection ce qui, j'en conviens tout de même, est déjà beaucoup.

Je ne veux pas que tu t'inquiètes pour moi. Si je le peux, je te donnerai des nouvelles de temps à autre. Il y a tant de choses que je voudrais te dire, mais je ne m'en sens pas encore la force. Père me manque beaucoup, et je crois que je préfère emporter son souvenir vivant avec moi que de revoir les endroits où il a vécu, vides de sa présence.

Je te confie la maison, je te donne la boutique et son contenu. Vends tout pour payer les dettes, et si tu peux en tirer un léger profit, tant mieux, il est à toi. Pardonne-moi de te laisser avec tant de problèmes sur les bras, mais je suis certaine qu'avec l'aide de ton amie Madeleine Tomassin tu t'en sortiras très bien.

Ne doute pas de mon amour pour toi, tu es maintenant tout ce que j'ai au monde avec peut-être Sarah, qui a été plus qu'une amie pour moi. On se reverra, j'en suis certaine.

Prends bien soin de toi,

Ta Marie.

DEUXIÈME PARTIE

Chapitre 9

Il fallut deux semaines à Marie pour parcourir la distance entre La Rochelle et Saint-Malo. Elle avait dormi dans des refuges au bord de la route et s'était nourrie frugalement, soucieuse de ne pas trop dépenser l'argent de la modeste bourse que Sarah avait tenu à lui remettre. Chargée légèrement, Marie avait pour tout bagage un sac qu'elle portait en bandoulière et dans lequel elle avait mis quelques vêtements de rechange, une paire de sandales pour plus de confort quand elle retirait ses bottes et une pochette en peau de porc, dans laquelle Sarah avait pris soin de mettre généreusement quelques herbes et mixtures de sa fabrication, au cas où la jeune femme se blesserait ou tomberait malade.

Lorsque Saint-Malo se profila devant elle, Marie stoppa sa monture et goûta le spectacle. Dans le soleil agonisant de fin d'après-midi, les murs de la ville se découpaient sur un ciel dont les nuances allaient du doré au rouge éclatant, fières silhouettes érigées par l'homme pour se protéger de ses semblables. Quelques fermiers rentraient doucement vers la ville, menant leur charrette pleine du produit de leur récolte de la journée, qu'ils allaient proposer aux marchands de Saint-Malo le lendemain. Ici et là, quelques volutes de fumée s'échappaient des cheminées des chaumières, s'étirant comme des oriflammes marquant le combat mené aux fraîches soirées d'octobre 1704.

Son regard se porta un peu plus loin, vers le port accroché aux flancs de la ville. Quelques grands vaisseaux y étaient ancrés, la voilure au repos. Ces majestueux seigneurs de la mer reprenaient leur souffle dans le calme du crépuscule, et seules quelques lanternes allumées çà et là à leur dunette rappelaient que des hommes y préparaient des plans, traçaient des routes, calculaient des cargaisons. Marie sentit les battements de son cœur s'accélérer. C'était ici qu'allait se jouer son destin, à partir de cette ville fière, dont l'histoire était reliée à celle des grands marins comme Pierre Moreau, Jean Doublet, Alain Porée, Jean Bart le Dunkerquois, et Duguay-Trouin, le jeune corsaire dont les exploits enflammaient l'imagination populaire. Marie souhaitait de tout cœur se faire engager sur l'un de ces bateaux et partir en mer le plus vite possible. Ce ne serait pas facile, mais, comme avait l'habitude de lui dire son père, une fois qu'on était arrivé à la rivière, il fallait chercher le pont.

Talonnant son cheval, Marie s'avança lentement vers la ville. Lorsqu'elle passa les lourdes portes ouvertes devant elle, elle imagina sans peine le grand livre de sa vie tourner une page et ouvrir un nouveau chapitre.

⚓

Pressée de trouver une chambre où loger avant de chercher un engagement, Marie déambula au hasard des rues, à la recherche d'un coin sympathique. Une petite affiche attira son attention : « Chambre à louer. » La maison de pierre grise, reliée à une taverne d'un côté et à une autre maison de l'autre, ne payait pas de mine avec son carreau cassé et l'un de ses volets retenu à la fenêtre par une unique penture. Mais Marie se dit que ce genre de logis devait certainement convenir à ses moyens. Après avoir attaché son cheval à un poteau, elle poussa la porte d'entrée.

L'intérieur tenait les promesses de la façade. Le plancher était sale et il devait y avoir belle lurette qu'il n'avait pas senti la caresse d'une serpillière, ni même d'un balai, si on en jugeait par les moutons de poussière qui s'accumulaient dans les coins. Une clochette avait fait entendre un son aigrelet quand Marie était entrée, et une grosse femme à l'allure aussi peu avenante que les locaux qu'elle occupait répondit à l'appel. Les cheveux gras retenus sur le haut de sa tête par un ruban qui avait connu des jours meilleurs, elle arriva en s'essuyant les mains sur un tablier si sale qu'on avait l'impression que les mains s'y graissaient plutôt que de s'y sécher.

– Ouais ! C'est pourquoi ? dit-elle d'un ton rogue.

Marie hésita l'espace d'un instant. Puis, raffermissant une volonté qu'elle sentait fléchir, elle répondit d'une voix qu'elle souhaitait assurée :

– Je viens pour la chambre…

– La chambre ? À l'heure ou à la journée ?

Un peu surprise par la question, Marie ne sut d'abord quoi répondre. Regardant plus attentivement autour d'elle, elle vit quelques femmes au maquillage criard assises dans un coin de ce que l'on devait pompeusement appeler « salon », une petite pièce séparée de l'entrée par deux portes vitrées, ouvertes pour l'instant. Deux causeuses et deux fauteuils défraîchis composaient le mobilier de la place, disposés autour de l'âtre qui n'avait pas été nettoyé depuis longtemps mais qui réussissait miraculeusement à évacuer la fumée dégagée par un feu agonisant. Les trois femmes présentes étaient en grande conversation et leur tenue de dentelles fripées, étalant généreusement à la vue de tous l'essentiel de leurs charmes, ne laissait aucun doute quant à la façon dont elles occupaient leur temps. Se pouvait-il que cette imposante matrone la confonde avec ces femmes de petite vertu ?

Marie réfléchissait à toute vitesse. Elle était bien tentée de tourner immédiatement les talons et d'aller tenter sa chance ailleurs. Cependant, étant donné sa situation à proximité du port, nombre de marins devaient passer par cette maison ; c'était peut-être pour elle la meilleure façon de s'informer si quelque bateau n'était pas à la recherche de nouveaux membres d'équipage. Prenant une grande inspiration, elle répondit enfin :

– À la journée, mais je ne sais combien de temps je resterai.

Rotant bruyamment, la grosse femme passa derrière un comptoir d'aussi piteuse mine que le reste de la maison.

— Ce sera vingt sous par jour, tu m'en paies trois d'avance. Si tu amènes des clients, tu me donnes dix sous supplémentaires par tête. Mais, crut-elle bon d'ajouter, ça me surprendrait que tu aies beaucoup de succès par ici. Nos gars aiment les femmes plus rondes. Remarque que tu plairas peut-être à ceux qui ont des goûts particuliers… Tu as presque l'air d'un jeune garçon avec tes vieilles culottes.

Marie ne répondit rien et se contenta de payer ce qu'on lui demandait. Il faudrait qu'elle trouve bien vite du travail parce que le contenu de sa bourse diminuait rapidement. La vente de son cheval devrait lui permettre de tenir quelque temps encore. La grosse femme lui tendit une clé ternie.

— Tu as la chambre quatorze, deuxième étage, à gauche.

Puis se désintéressant de sa cliente, elle retourna d'où elle venait, de la cuisine peut-être, empruntant un couloir obscur qui menait vers l'arrière de la maison. Marie hésitait. Allait-elle monter tout de suite porter son maigre bagage dans sa chambre, ou partir à la recherche d'un endroit où l'on serait intéressé par son cheval ? Elle décida de monter à sa chambre, histoire de se rafraîchir un peu.

L'escalier craquait sous ses pas et elle n'osait se tenir à la rampe, imaginant toutes les mains douteuses qui avaient dû y traîner. Alors qu'elle allait atteindre le palier, la sonnette se fit entendre derrière elle. Marie ne put résister à la curiosité et se retourna pour voir qui venait d'entrer dans un endroit si peu avenant. Deux marins bruyants se tenaient par l'épaule et passèrent la porte en esquissant quelques pas de danse.

— Salut, les filles ! Soyez heureuses, votre journée est faite, nous voilà ! rugit l'un d'eux. Ne vous bousculez pas à la porte, il y en aura pour tout le monde.

— Tiens, une nouvelle ? dit l'autre en levant les yeux vers l'endroit où était Marie, un peu abritée par la pénombre du haut de l'escalier. Une nouvelle ou un nouveau ? ajouta-t-il en plissant les yeux.

Marie n'attendit pas qu'il la détaille de plus près et détala vers sa chambre. Le premier marin éclata de rire.

— Tu lui as fait peur, Thouin. Allez, viens, ce n'est pas poli de faire attendre les dames.

Et les deux hommes disparurent dans le salon.

⚓

Pendant un moment, Marie avait craint qu'ils ne l'eussent suivie. Elle s'était cachée dans un renfoncement du couloir, ne voulant pas qu'ils découvrent le numéro de la chambre qu'elle allait occuper. Puis, assurée du fait qu'ils étaient maintenant entièrement absorbés par leurs joyeuses retrouvailles, elle les entendait dans le salon, elle se mit à lire les numéros des chambres sur les portes jusqu'à ce qu'elle arrive au quatorze.

La serrure, qui aurait eu besoin d'être copieusement huilée, grinça sous l'action de la clé et Marie se retrouva dans la pièce. Les rideaux étaient tirés, on n'y distinguait pas grand-chose. Marie s'avança vers la fenêtre, trébuchant au passage sur l'une des pattes du lit. Ouvrant les rideaux poussiéreux, elle dégagea une fenêtre dont l'épaisse couche de saleté laissait difficilement filtrer la lumière dans la pièce. Avec un bout de sa manche, où une tache de plus ou de moins ne ferait pas grande différence, elle essuya un petit coin de la fenêtre et regarda dehors. La fenêtre donnait sur la rue, juste au-dessus de la porte par laquelle elle était entrée.

Son regard glissa jusqu'au poteau où elle avait attaché son cheval, et c'est avec effarement qu'elle vit deux garnements achever de le détacher, l'enfourcher à toute vitesse et détaler rapidement vers le cœur de la ville. Tout s'était passé si vite que Marie n'avait pas eu le temps de réagir. Déjà il était trop tard, les gamins avaient tourné le coin de la rue et, seule dans cette ville inconnue, Marie se sentit complètement démunie.

Catastrophée, elle s'assit sur le lit en tentant de mettre de l'ordre dans ses idées. Elle maudissait son étourderie. Elle n'était plus dans les rues tranquilles de La Rochelle, où tout le monde se connaissait et veillait sur le bien du voisin. La cruelle réalité de la grande ville inconnue lui éclatait en plein visage. Ici, elle ne pourrait sous aucun prétexte faire confiance à qui que ce soit. Mais la disparition de son cheval lui montrait encore plus clairement la précarité de sa situation. Refusant de s'abandonner au découragement, et encore moins aux larmes, Marie décida d'aller immédiatement sonder le terrain au port avant que l'obscurité ne soit complète.

Elle se rafraîchit rapidement le visage, essuya les traces de poussière que la route y avait laissées. Brossant sommairement son épaisse chevelure, Marie la noua simplement d'un ruban de velours noir sur sa nuque. Elle quitta avec plaisir sa culotte pour enfiler une jupe large qui laissait enfin respirer ses jambes. Sans prendre la peine de mettre un chapeau, elle glissa une cape sur ses épaules et sortit précipitamment de sa chambre, dévalant les escaliers dans la crainte d'être remarquée des deux marins de tout à l'heure. Mais ses craintes furent vaines puisqu'elle ne rencontra âme qui vive dans l'entrée de l'auberge. Les portes vitrées du petit salon avaient été refermées, et malgré tout Marie entendait les rires s'en échapper. Sans s'attarder, elle ouvrit la porte et sortit dans la rue.

L'air piquant de la soirée lui fit du bien. Tentée un instant de se lancer à la recherche de son cheval, elle repoussa bien vite cette idée. D'abord, où chercher ? Puis comment prouver que la bête lui appartenait bel et bien ? Elle avait ce cheval depuis trop peu de temps pour qu'il eût développé un certain attachement envers elle au point de la reconnaître. Ce serait sa parole contre celle du nouvel acquéreur ou des voleurs, si elle les retrouvait. Dans cette ville où personne ne la connaissait, l'issue de la rencontre ne faisait aucun doute. Elle s'orienta donc vers le port pour faire un peu de repérage. Elle verrait sur place les possibilités qui pourraient s'offrir à elle.

Au détour d'une rue au pavé inégal, elle vit soudain le port de Saint-Malo s'étaler devant elle. Grisée, Marie ferma les yeux un instant et huma l'air chargé de l'odeur des quais, avec celle de la mer en toile de fond. En un éclair, elle se revit chez elle, déambulant entre les cordages amassés le long des quais de La Rochelle, le long des façades des commerces qui longeaient le port. Elle pouvait presque entendre les voiles des bateaux claquer au vent et vit se détacher très nettement dans sa pensée le mât brisé du *Green Clover*, empêtré dans un filet de pêcheur. Cette image la ramena brusquement à la réalité, lui rappelant froidement pourquoi elle était ici. Chassant la vague de sentimentalisme qui s'était emparée d'elle, elle s'avança d'un pas résolu vers les bateaux amarrés.

Marie était un peu indécise, elle ne savait trop à qui s'adresser ni comment s'y prendre. Son hésitation devait être apparente, et un marin crasseux l'interpella.

— Eh, la fille ! Tu cherches ton amoureux ? Un autre qui t'a fait de belles promesses qu'il n'a pas tenues ? Viens, je vais te consoler, moi.

Lui adressant une moue dédaigneuse, Marie poursuivit son chemin, tentant d'assurer son pas le mieux qu'elle pouvait. Il y avait, amarré un peu plus loin, un superbe bateau qui attirait son attention. Avec ses cuivres bien astiqués, ses voiles en panne, il flottait mollement au gré des vagues, empreint d'une majesté tranquille que soulignait son nom : *Imperator*. Marie s'approcha du bateau et, avisant un mousse qui venait de descendre de sa passerelle, elle le héla au passage.

— Eh, toi ! Peux-tu me dire à qui appartient ce bateau ?

Le gamin arrêta sa course pour se tourner vers cette fille qui s'adressait à lui.

— Ce bateau ? Il est à monseigneur de... Mais pourquoi veux-tu savoir ça ? demanda-t-il, soudain soupçonneux.

Négligeant la question, Marie répondit par une autre.

— Sais-tu si on embauche ?

— Embaucher qui ?

— A-t-on besoin de personnel à bord du navire ? Je ne sais pas moi, un mousse, un cuistot, une vigie...

— Tu connais quelqu'un ? s'enquit le gamin, méfiant.

Marie commençait à s'impatienter devant cet interrogatoire et cette mauvaise volonté à lui répondre. Elle n'était pas ici pour tergiverser avec un mousse crasseux qui semblait s'investir d'une importance qu'il n'avait pas...

— Que t'importe au nom de qui je parle, dit-elle, sentant la moutarde lui monter au nez. Et puis, si tu ne veux pas me répondre, ça te regarde, j'irai chercher mon information ailleurs.

Sur ces paroles, Marie contourna le garçon et s'avança vers la passerelle du bateau.

— Si j'étais toi, je n'irais pas ! lui cria le garçon.

— Ah ? Et pourquoi ?

— On n'embauche pas de femmes sur ce bateau, déclara-t-il avec emphase, la moue dédaigneuse. Les seules qui franchissent cette passerelle sont celles qui viennent amuser les officiers lorsque nous touchons le port. Si c'est ce qui t'intéresse, vas-y. Après tout, tu n'es pas mal roulée, tu aurais facilement des clients !

Marie rougit à l'allusion directe du gamin. En quelques heures, c'était la deuxième fois qu'on la confondait avec une femme de petite vertu. Il faut dire que son apparence ne payait pas de mine et qu'elle était loin d'afficher toute sa distinction naturelle. Mais les paroles du garçon lui faisaient brusquement prendre conscience d'une chose : il serait en effet surprenant que l'on engage une femme sur un navire. Dans sa hâte, elle avait négligé ce fait, pourtant d'importance. Outre la commotion qu'une femme, jolie par surcroît, pouvait causer au sein d'une population d'hommes, les superstitions avaient aussi la vie dure à bord des bateaux. Et les marins croyaient dur comme fer que la présence d'une femme sur un navire portait malheur. Marie avait entendu suffisamment de conversations dans le port de La Rochelle pour être convaincue du sérieux que prêtait l'équipage à ce genre de sornettes. Mais devant le regard bleu du gamin qui la dévisageait avec insistance, Marie se reprit rapidement :

— Qu'est-ce que tu vas chercher là ? Bien entendu que je ne me cherche pas de travail sur un vaisseau. D'ailleurs, qu'aurais-je à y faire, la vie en mer n'est pas faite pour une femme. C'est pour mon frère que je m'informais. Il voudrait s'embarquer le plus vite possible…

— Dans ce cas, qu'il vienne lui-même, répondit le mousse en lui tournant le dos.

Il devait considérer qu'il avait déjà perdu assez de temps avec cette fille. Marie resta quelques instants pensive au bout du quai. Déjà, dans sa tête ingénieuse, elle échafaudait un plan. Puis un mince sourire étira ses lèvres et, l'air soudain très décidé, elle rebroussa chemin.

⚓

Saint-Malo se préparait maintenant pour la nuit, la noirceur tombait plus rapidement à cause d'une épaisse couche de nuages qui s'était progressivement étendue sur le ciel. Il n'aurait pas été étonnant qu'un orage éclate au cours des prochaines heures. On allumait peu à peu quelques lampadaires le long des rues sombres, et ils diffusaient une chaude clarté aux vieux murs qui les entouraient. La plupart des commerces avaient fermé leurs portes, et Marie hâta le pas, espérant arriver avant la fermeture de la boulangerie installée près de l'auberge où elle avait sa chambre. Elle avait faim et savait par expérience qu'elle pensait moins bien lorsque son estomac criait famine. Un bout de pain et du fromage feraient l'affaire, d'autant plus que c'était à peu près tout ce que sa bourse pouvait lui permettre.

En sortant d'une rue étroite, Marie entendit un cheval hennir. Poussée par une curiosité plus forte qu'elle, elle s'avança doucement vers l'endroit d'où venait le bruit. Une petite ruelle sombre s'enfonçait dans le coude de la rue et, si elle ne voyait toujours rien, Marie entendait les sabots du cheval racler le sol. Avec maintes précautions, frôlant les murs pour ne pas être vue, elle se rapprocha d'une petite cour intérieure vaguement éclairée par une lanterne fixée à un poteau. Marie étouffa un cri : c'était son cheval qui était attaché là, Marie le reconnaissait bien à l'étoile blanche qui ornait son front. Il grattait doucement le sol aux côtés d'une jument à la robe plus claire. Sa selle toute simple avait été remplacée par une autre plus luxueuse.

Entendant des voix venir de l'intérieur d'un vieux hangar, Marie se colla vivement à la paroi de pierre de l'édifice qu'elle longeait. Les battements de son cœur s'étaient accélérés. Que devait-elle faire ? Laisser la bête là et passer son chemin ou tenter de reprendre ce qui, après tout, lui appartenait ? Alors qu'elle se questionnait sur la marche à suivre, une brusque flambée de colère l'anima, aussi imprévisible que bienfaisante. Qu'avait-elle à hésiter ? C'était son bien, et elle avait un impérieux besoin des profits qu'il devait lui rapporter. Mais sentant intuitivement que ce serait inutile d'aller faire valoir son bon droit à l'individu qui s'était approprié son cheval, Marie jugea qu'il fallait agir de la même façon qu'on l'avait fait à son endroit. Elle volerait tout simplement à nouveau ce cheval. D'ailleurs, ça ne devait pas être très difficile. Si l'on entendait des voix à l'intérieur du hangar, trois semblait-il, personne ne paraissait monter la garde.

Contournant un amoncellement de déchets, Marie s'avança le long du mur, s'efforçant d'être aussi silencieuse que possible. Toute concentrée vers son objectif, elle retint un cri à grand-peine lorsqu'un gros rat lui frôla la jambe. Elle s'arrêta quelques instants en fermant les yeux pour respirer profondément. Son cœur cognait si fort qu'elle avait l'impression qu'on allait l'entendre dans la ruelle. Et comme si le ciel n'attendait que ce moment pour se joindre à la fête, un violent coup de tonnerre déchira l'air pesant de la ville, et l'éclair qui suivit lança le signal pour que des torrents d'eau bousculés par quelques rafales de vent viennent fouetter le visage de la jeune femme.

Les chevaux étaient devenus un peu plus nerveux avec l'orage, et Marie dut les calmer en leur parlant à voix basse et en leur flattant doucement les naseaux. Elle se mit à détacher les rênes de son cheval, nouées à un anneau vissé au mur. Ce n'était pas facile, le nœud s'était resserré sous les coups de tête qu'avait donnés l'animal à chaque éclair, et la pluie rendait le cuir plus difficile à manier. De plus, l'air froid de la nuit lui avait engourdi les doigts, diminuant ainsi de beaucoup la précision de ses gestes. Alors qu'elle y était presque, Marie vit un rai de lumière s'étaler brusquement sur le pavé et entendit avec effroi des voix dominer le déluge.

— C'est entendu ! On se revoit donc demain, à la première heure.

Deux hommes sortirent du hangar et, relevant leur col pour se protéger de la pluie, avancèrent à grands pas, droit vers Marie. Celle-ci était prise au piège. Elle se sentait aussi visible sur ce mur qu'un papillon épinglé à la planche d'un collectionneur. Elle rageait, maudissant le sort qui semblait s'acharner sur elle. Alors que ses mains gelées avaient finalement eu raison du dernier nœud qui retenait la bride du cheval à l'anneau de fer, toute fuite discrète devenait impossible. Tentant le tout pour le tout, elle plaça un pied dans l'étrier et allait lancer l'autre jambe par-dessus la selle quand une main solide lui empoigna la cheville.

— Ah ça, alors ! On veut me voler mon cheval ?

Des larmes de rage embrouillèrent la vue de Marie. Son esprit de combativité refaisait surface en une grande vague qui la submergea. Elle se retourna d'un bloc, fulminant de colère :

— Ce n'est pas votre cheval, c'est le mien ! cracha-t-elle. Il m'appartient et c'est à moi qu'on l'a volé aujourd'hui. Je ne fais que reprendre mon bien.

L'homme ne lui avait toujours pas lâché la cheville.

— Ça par exemple, c'est une jeune fille, notre voleur ? Et pourquoi devrais-je te croire ? J'ai acheté cette bête à un honnête marchand aujourd'hui, et comme c'était le seul disponible, il me l'a vendu à prix d'or.

Marie ricana :

— La belle affaire, en effet ! Il a fait un bien grand profit, votre marchand.

Et à sa grande honte, à bout d'arguments, Marie fondit en larmes. Épuisée par son long voyage sur les routes du pays, par le manque de sommeil et d'un bon repas, elle sentait sa façade s'écrouler. Se laissant glisser à terre, l'homme lui avait enfin lâché la cheville, Marie lui fit face :

— Quoi que je vous dise, vous ne me croirez pas. Gardez-le donc, mon cheval !

Dans l'ombre de la ruelle, elle peinait à distinguer les traits de l'homme qui lui faisait face. Elle le sentit hésiter, touché peut-être par la détresse qu'elle affichait. Pendant tout ce temps, son compagnon était resté en retrait, prêt à intervenir si les choses s'envenimaient. Il devait cependant calculer que les risques n'étaient pas grands avec cette frêle jeune fille...

— Ton histoire n'est pas convaincante, reprit son interlocuteur, et je n'ai nulle intention de te rendre cette bête, dont j'ai encore besoin. Mais, ajouta-t-il en portant la main à sa bourse, voici tout de même quelques pièces pour que tu puisses manger un morceau, tu sembles en avoir bien besoin.

Un regain de fierté fouetta Marie.

— Gardez votre sale argent, je n'en ai pas besoin !

Elle sentit plus qu'elle ne vit un sourire ironique étirer les lèvres de l'homme.

— Ah bon... j'aurais pourtant cru... Quelqu'un prêt à risquer le cachot pour voler un cheval ne doit pas être si au-dessus de ses affaires. Enfin, fais à ta tête ! Viens, Saint-Yves, on retourne à l'*Imperator*, lança-t-il à son compagnon en se hissant sur le cheval.

À ces mots, Marie se redressa, subitement intéressée :

— Vous travaillez sur ce bateau ? ne put-elle s'empêcher de demander.

L'homme se retourna sur sa selle :

— Aurais-tu l'intention de le voler lui aussi ?

Marie rougit sous l'allusion, heureusement camouflée par la pénombre. Néanmoins, elle s'efforça de continuer.

— Non pas, monsieur, répondit-elle, soudainement très déférente. Comme vous sembliez disposé à m'aider il y a un instant avec quelques pièces, peut-être consentiriez-vous à le faire autrement ?

— Que veux-tu ? Sois plus claire, je suis pressé ! répondit-il avec une pointe d'impatience dans la voix.

— Je cherche… mon frère se cherche un emploi à bord d'un navire, il serait prêt à faire n'importe quoi et à partir n'importe quand. Si vous avez une quelconque influence sur les gens qui embauchent, peut-être pourriez-vous faire quelque chose pour lui ?

À ces mots les deux hommes partirent d'un grand éclat de rire.

— Si j'ai une certaine influence… Bon, dis à ton frère de se présenter au bateau demain matin à l'aube. Qu'il dise que c'est Chamberlain qui l'envoie.

Et sans même attendre que Marie le remercie, il lança : « Viens, Saint-Yves », et piqua son cheval, le cheval de Marie, qui partit au galop. Quelques instants après, les deux hommes avaient tourné le coin et disparu.

Marie resta immobile quelques instants, inconsciente de la pluie qui était en train de la tremper jusqu'aux os. Elle se ressaisit, pensant que ce n'était vraiment pas le temps d'attraper une pneumonie. Elle resserra les pans de sa cape et se mit à marcher d'un bon pas en direction de la « pension ». L'air frais stimulait ses pensées, et elle s'étonnait de la tournure des événements. Comme la vie était curieuse ! Elle semblait ne refermer une porte que pour mieux en ouvrir une autre. Le chemin de la mer lui était maintenant grand ouvert. Bien sûr, il restait quelques détails à régler, comme l'aspect physique de son « frère ». Mais elle remettait ce détail à plus tard. La fatigue de la journée venait de lui tomber subitement dessus, et elle n'aspirait plus qu'à une chose : se coucher sur un lit, aussi crasseux fût-il…

Chapitre 10

C'est un jeune homme à l'allure délurée qui se présenta sur le quai très tôt le lendemain matin. Portant une chemise de toile ivoire sous un justaucorps défraîchi, une culotte grise dont les rebords effilochés se cachaient dans des bottes fatiguées et un bonnet rouge brique enfoncé jusqu'aux yeux, il s'avança d'un pas décidé sur la passerelle qui reliait l'*Imperator* au quai, un sac de toile accroché à son épaule. Il ne put aller bien loin. Avant même que sa botte ne foule le pont, une sentinelle lui barrait la route.

— Holà, mon garçon ! Où penses-tu aller comme ça ?

L'homme était costaud, mais nullement menaçant. Il émanait de lui une force qui, plus que n'importe quelle arme, devait impressionner ses adversaires. Il se tenait devant le jeune visiteur les bras croisés, posant sur lui un regard pour l'instant bienveillant mais qui, on le sentait, pouvait s'obscurcir aisément. Redressant le menton, le jeune homme ne manquait pas de fierté lui non plus, le visiteur toisa du regard celui qui lui barrait la route.

— Je viens chercher du travail, répondit-il avec une certaine hauteur. On m'a dit de me présenter à bonne heure ce matin, qu'il y aurait quelque chose pour moi.

La voix haut perchée du môme trahissait son jeune âge, et sa stature menue ne le prédisposait nullement pour les gros travaux… Le garde éclata de rire.

— Pour venir à bonne heure, on peut dire que tu l'as fait. Le soleil est à peine levé ! Mais j'ai bien peur de te décevoir, mon garçon ! Nous allons appareiller aujourd'hui et l'équipage est complet. D'ailleurs, je ne vois pas très bien ce que tu pourrais faire sur un bateau comme le nôtre, on n'a pas besoin de rats supplémentaires.

Trouvant sa blague à son goût, il partit d'un grand éclat de rire en se tapant sur la cuisse. Mais le jeune homme ne l'entendait pas de cette oreille.

— Je n'ai nullement l'intention de quitter ce navire, on m'a promis du travail et j'en aurai.

Et pour montrer le sérieux de ses propos, il esquiva la sentinelle et s'avança d'un pas décidé vers l'entrepont. Mais il avait à peine fait quelques pas qu'une main solide lui agrippa l'épaule, faisant basculer son sac sur le pont.

— Un instant, moustique ! Quand je dis qu'on ne passe pas, c'est qu'on ne passe pas ! Et tu vas quitter immédiatement ce bateau de ton plein gré, sinon c'est moi qui t'en débarquerai cul par-dessus tête !

Le garde avait perdu toute amabilité et adoptait maintenant un ton menaçant. Tentant vainement de se dégager, le jeune homme grimaça. Un étau de fer lui broyait les os et il valait mieux argumenter que d'employer la force !

— Monsieur, dit-il avec toute l'assurance dont il était capable, un certain Chamberlain m'a dit de me présenter ici ce matin, et qu'on me donnerait du travail. En fait, c'est à ma sœur qu'il a fait cette recommandation, aussi vous serais-je obligé de m'annoncer à ce monsieur...

La colère du garde se transforma en fou rire.

— M. de Chamberlain, vraiment ? Si tu penses que l'armateur de ce bateau aurait du temps à perdre avec un insecte de ton espèce... Ta sœur, n'est-ce pas ? Tu sais, les promesses qu'un homme peut faire à une fille qui l'a satisfait ne valent pas grand-chose. Allez, ouste ! Va-t'en avant que je ne me fâche pour de bon !

L'obstination du bonhomme à ne rien comprendre commençait aussi à échauffer Marie. Elle voyait tout de même dans cet échange virulent un point positif. Même s'il s'était moqué de son gabarit, pas un seul instant le garde n'avait soupçonné qu'il avait une jeune fille devant lui. De plus, elle était fixée sur l'identité de son interlocuteur de la veille. Elle comprenait maintenant pourquoi sa remarque sur l'influence qu'il pouvait avoir sur ce bateau l'avait tant amusé. Mais il n'était pas question de laisser tomber et de se faire éconduire par l'homme de main qui lui barrait la route.

— Je ne partirai pas ! gronda-t-elle, pas avant de l'avoir vu, et si vous me bousculez, je hurlerai si fort qu'il viendra lui-même sur le pont.

Suffoqué par tant d'impudence, le mastodonte eut une lueur mauvaise dans les yeux.

— Tu n'auras pas le temps de crier, mon beau...

Alors qu'il levait un poing gigantesque dans le dessein très net de le lui flanquer entre les deux yeux, Marie se pencha avec vivacité et mordit au sang la main qui retenait toujours son poignet. Étouffant un juron, l'homme retira vivement sa main et trébucha sur le sac de Marie. Il s'étala de tout son long et devint écarlate de colère. Marie était en mauvaise posture, passer outre le garde enragé semblait maintenant très difficile. Il s'était relevé avec une rapidité étonnante pour un homme de sa corpulence et fondait maintenant sur elle comme un aigle ayant enfin repéré une souris.

C'est alors qu'un cri jaillit du gaillard d'avant. Un homme sortait du poste d'équipage en enfilant une veste et s'avançait vers les deux belligérants.

— Qu'est-ce qui se passe, Lecornu ? Qui est ce gamin qui est en train de réveiller tout le bateau ?

La voix autoritaire avait suspendu le geste du garde qui s'apprêtait à empoigner Marie par son justaucorps.

— Désolé de vous avoir dérangé, capitaine, je voulais simplement empêcher ce moustique de monter à bord.

Il n'y avait plus aucune trace de menace dans l'attitude du garde, qui filait soudain tout doux, dominé par le regard impérieux de l'homme qui lui faisait maintenant face.

— Un moustique qui aura quand même réussi à te piquer, ironisa le capitaine en voyant la trace de sang sur la main de sa sentinelle.

On sentait à sa voix qu'il était habitué de mener des hommes et de s'en faire obéir. Il se tourna vers Marie :

— Que viens-tu faire ici ? Qu'est-ce que tu cherches sur ce navire ?

Bien que la pluie et l'obscurité n'aient pas permis à Marie de détailler les deux hommes rencontrés la veille, elle fut certaine de reconnaître celui qui s'était tenu derrière Chamberlain, celui qu'on avait appelé Saint-Yves. Il n'avait pas placé un mot, aussi n'est-ce pas à sa voix mais plutôt à son attitude qu'elle l'identifia. Moins costaud que le garde du bateau, il était tout de même assez grand. Ses cheveux bruns coupés court dégageaient un visage aux traits durs, souligné par une barbe très courte. Une cicatrice lui barrait le sourcil gauche, témoin de l'une des nombreuses bagarres qu'il avait dû avoir dans sa vie. Enfin, unique signe de coquetterie chez cet homme au regard tranchant, il portait une boucle d'oreille en argent à l'oreille gauche, une boucle d'oreille en forme de lézard.

La voix impérieuse tira Marie de son examen.

— Alors ? J'attends.

— M. de Chamberlain m'a... a dit à ma sœur de me présenter ici ce matin, que j'aurais peut-être du travail sur le bateau. Elle m'a aussi parlé d'un homme qui l'accompagnait au moment où elle l'a rencontré, peut-être était-ce vous ?

Le regard de Saint-Yves se fit plus aigu, et les battements de cœur de Marie s'accélérèrent. Allait-il découvrir la supercherie ?

— Oui, je me souviens. Je n'ai pas bien vu ta sœur, mais tu n'es pas beaucoup plus costaud qu'elle...

— Nous sommes jumeaux, s'empressa de répondre la jeune fille.

— Ouais... peut-être... Bon, si le commandant t'a dit de venir ici, c'est qu'il a eu pitié de ta sœur, qui apparemment s'était fait jouer un mauvais tour. Qu'est-ce que tu sais faire ?

Marie fut un peu embêtée. Son expérience des bateaux se limitait à ses promenades en radeau avec Étienne et à ce qu'elle avait appris en observant la vie sur les navires ancrés au port de La Rochelle. Mais elle voulait par-dessus tout se joindre à l'équipage de l'*Imperator*, et elle n'en était plus à un mensonge près. Aussi fut-ce d'une voix convaincante qu'elle entreprit son plaidoyer.

— J'ai déjà été matelot sur un bateau marchand à La Rochelle, capitaine, mais le bateau a été attaqué par des pirates et on l'a mis au sec pour les prochains mois. Je me retrouve donc sans travail, et ce que je veux, c'est reprendre la mer. J'ai beaucoup de bonne volonté, je sais lire et écrire, et j'apprends vite. Je ne suis peut-être pas très lourd ni costaud, mais je peux certainement vous être utile. Le travail ne me fait pas peur et j'ai beaucoup d'endurance, je…

— Ça va, ça va, la coupa Saint-Yves, amusé par tant de véhémence, on te trouvera quelque chose à faire. Un mousse de plus pourrait nous rendre service. De toute façon, le commandant n'a qu'une parole. Va chercher tes affaires, nous appareillons cet après-midi.

— Tout ce que j'ai, je le porte sur moi. J'ai déjà fait mes adieux à ma sœur ce matin, aussi suis-je prêt à travailler dès maintenant.

— Dans ce cas… Lecornu, montre-lui où est le poste d'équipage et donne-lui un hamac. Puis, confie-le à Dubousquet, il travaillera sous ses ordres.

Au regard noir que lui lança Lecornu, Marie sut qu'elle ne s'était pas fait un ami. Mais c'était bien le dernier de ses soucis pour l'instant !

⚓

Le poste d'équipage était situé deux étages plus bas. La pièce sombre et exiguë était meublée très sommairement. Une douzaine de hamacs étaient enroulés le long des parois du bateau et quelques petits meubles grossiers, composés de deux tiroirs où les hommes d'équipage pouvaient laisser leurs effets personnels, étaient alignés sur le côté.

Une table solide avec une chaise étaient placées dans un coin, et un homme y était assis, concentré sur une feuille de papier qui semblait requérir toute son attention.

— Holà, Dubousquet ! Je t'amène un nouvel apprenti. Je ne sais pas trop ce que tu pourras en faire, mais il paraîtrait que le grand patron lui a promis du travail ici. M'est avis qu'il va t'apporter des embêtements plus qu'autre chose...

Le dénommé Dubousquet se retourna sur sa chaise. Âgé d'une cinquantaine d'années, c'était l'un des doyens du bateau. Ses cheveux gris traînaient en longues pointes sur sa nuque, et son nez pointu soutenait une paire de lunettes en demi-lune.

— Bon, j'ai rien à faire ici, et moins je serai en sa présence, mieux ce sera.

Lecornu sortit en laissant la porte ouverte derrière lui. Un maigre filet de lumière réussissait à percer la crasse qui obscurcissait l'unique hublot de la pièce. Marie se demanda ce que pouvait bien voir le bonhomme sur ses papiers dans une telle pénombre. Le silence s'épaississait, alors Marie décida de le rompre.

— On m'a dit que je travaillerai sous vos ordres, qu'est-ce que j'aurai à faire ?

— Ah ça, mon gars, ça reste à voir ! Tout d'abord, tu as bien un nom ?

Marie avait soigneusement pensé à sa nouvelle identité, de même qu'elle n'avait négligé aucun détail de sa nouvelle apparence. Elle avait sacrifié ses beaux cheveux pour une coupe grossière qui cadrait avec le caractère du gamin déluré qu'elle allait incarner. Sa jeunesse justifiait qu'elle n'ait aucun poil au menton, et, pour plus de commodité, elle s'était fait un personnage sans famille ni attache, sinon cette sœur qui allait mystérieusement disparaître de sa vie, ce qui au fond était la stricte réalité. Mais un sursaut de sentimentalisme lui avait fait adopter le patronyme de celle qui l'avait pratiquement élevée, Marguerite Duguay.

— Duguay, Marc Duguay, monsieur. Je viens de Brest. Ma sœur et moi avons perdu nos parents quand nous étions très jeunes, elle vient de se marier et moi j'ai décidé de faire ma vie en mer. J'ai déjà travaillé sur un ou deux bateaux comme mousse et je veux tout apprendre de la navigation. Comme je n'ai ni le nom ni la fortune pour aller dans les écoles du roi, j'apprends en travaillant.

Pendant cette présentation, Dubousquet s'était approché de Marie. Il avait reposé ses lunettes sur la table et la détaillait maintenant attentivement.

— Ouais, t'es pas très costaud. Enfin, tu travailleras comme mousse, à l'entretien du pont pour commencer. On verra ensuite où on pourra t'employer.

Il désigna un hamac dans le coin de la pièce.

— Tiens, tu t'installeras là. Va chercher tes affaires, les hommes sont à la veille de rentrer de leur permission et on devrait appareiller dans le milieu de l'après-midi, aussitôt que la marée sera favorable.

— Je n'ai que ce que contient ce sac, monsieur, et je n'ai plus rien à faire à terre.

— Dans ce cas, va te promener sur le bateau, va voir sur le pont si j'y suis, mais dégage ! J'ai du travail, dit Dubousquet en retournant à sa table et remettant ses lunettes sur son nez.

Ne sachant trop que faire, Marie décida de remonter sur le pont, le temps de voir l'équipage reprendre place sur le navire. Elle allait passer le pas de la porte quand Dubousquet la rappela :

— Hé, Duguay !

— Monsieur ?

— Cesse de m'appeler « monsieur », tu me diras « chef » comme tout le monde !

— Bien, mons… euh, chef…

Mais Dubousquet s'était déjà retourné et apparemment ne se souciait plus de son nouveau mousse.

⚓

Marie remonta sur le pont, ne sachant trop où diriger ses pas. Elle voulait surtout éviter de se retrouver face à face avec Lecornu, qui ne semblait pas avoir apprécié leur rencontre. Elle sentait que, sous son apparence tranquille, cet homme devait cacher un tempérament violent; étant donné sa carrure, ses colères ne devaient pas être belles à voir. Elle alla s'accouder au bastingage, le regard perdu vers le large, et pensa à ce que serait la vie à bord de ce navire. Elle était là pour apprendre la vie de marin. Elle voulait en connaître tous les aspects et espérait bien se mêler à l'équipage pour en tirer le plus d'enseignement possible. Le plus important, et le plus difficile, allait être de préserver son identité. Elle n'osait penser à ce qui pourrait arriver si on venait à découvrir qu'elle était une femme. Elle avait vu ce dont un groupe de marins lubriques et déchaînés était capable et, même si elle ne se retrouvait pas au milieu d'une troupe de pirates, elle se doutait bien que ses futurs compagnons ne prendraient pas de gants blancs s'ils venaient à découvrir ses formes féminines sous ses habits grossiers.

Quelques cris suivis d'une engueulade lui firent tourner la tête. Les hommes de l'équipage commençaient à rentrer au bateau. Un premier groupe de cinq marins se bousculait sur la passerelle. L'espace d'un instant, Marie craignit que l'un d'entre eux ne se retrouve à l'eau.

— Eh Tennier, encore soûl ?

— Si tu me laisses passer, y aura pas de casse ! répliqua l'interpellé.

— Il est pas soûl, dit un autre, il a les jambes molles ! Il a trop baisé !

— Bande de jaloux ! C'est pas ma faute si je plais aux femmes, moi. C'est pas le cas de tout le monde ici.

— À qui tu penses en disant ça ?

Marie ne put entendre la réponse, les hommes ayant disparu dans l'entrepont, probablement pour regagner la batterie et y déposer les achats qu'ils avaient faits à terre. Deux matelots s'amenaient maintenant, encombrés de cages de bois dans lesquelles s'affolaient une douzaine de pigeons, malmenés par les secousses de la promenade. Puis passa un gros homme à l'air arrogant, qui traînait dans son sillage un petit personnage au teint pâle, chargé d'une mallette de cuir noir. Subitement, elle se sentit plus nerveuse, le premier face à face avec ses compagnons lui faisait un peu peur. Si elle avait réussi à abuser Lecornu, Saint-Yves et Dubousquet, passerait-elle le test auprès de ces hommes qu'elle côtoierait quotidiennement ?

Et tout à coup, le pont s'anima, les hommes arrivaient par grandes vagues et, en moins d'une heure, tout l'équipage avait rejoint le bateau.

Saint-Yves fit son apparition sur le pont et commença à lancer des ordres. Le cœur de Marie s'accéléra, on allait appareiller… Mais elle ne savait trop quelle contenance prendre ni que faire. Son inexpérience flagrante sur un bateau lui sautait aux yeux, et pour un peu, elle allait se mettre à regretter de s'être lancée dans pareille aventure. C'est alors que Dubousquet apparut devant elle, l'air courroucé.

— Alors, matelot, on se croit en vacances ? Allez au travail ! Ce n'est pas le temps d'admirer le paysage.

Voyant que Marie ne se précipitait pas au travail comme il venait de le lui suggérer, il hurla :

— J'ai dit au travail ! Veux-tu commencer ta carrière sur l'*Imperator* dans la cale avec les rats ?

Le cerveau de Marie fonctionnait à toute allure, elle allait se jeter sur une serpillière, faute de mieux, pour astiquer le pont, quand un mousse la héla au passage.

— Eh toi ! Viens m'aider à enrouler les cordages !

C'était un jeune garçon d'une quinzaine d'années. Son épaisse tignasse rousse tenait à peine dans un bonnet de laine rayé, et les nombreuses taches de rousseur qui lui égayaient le visage lui donnaient un air rieur que ne démentaient pas ses yeux plissés. D'emblée, Marie le trouva sympathique. S'approchant du gamin, elle empoigna une lourde corde de chanvre emmêlée et essaya maladroitement de l'enrouler sur elle-même. Le garçon la regardait du coin de l'œil. Puis poussant un soupir, il lui arracha la corde des mains.

— Non ! C'est pas comme ça !

Et habilement, il lui fit une démonstration sur la façon d'enrouler une amarre.

— M'est avis que tu ne sais pas grand-chose d'un bateau, poursuivit-il en continuant son travail.

Marie ne répondant pas. il leva les yeux vers elle :

— J'ai fait comme toi, j'ai aussi dit que je savais tout du travail sur un grand vaisseau pour qu'on m'engage... et j'ai appris en regardant les autres ! Là, je me débrouille pas trop mal. Même que c'est moi qui suis maintenant responsable de tous les câbles du bateau et de leur entretien, ajouta-t-il non sans une petite pointe de fierté. Si tu veux, je t'aiderai. De toute façon, Dubousquet m'a promis qu'on me donnerait de l'aide. À propos, je m'appelle Mathieu, et toi ?

— Mar... c !

Décidément, il faudrait qu'elle s'habitue à sa nouvelle identité. C'était la deuxième fois qu'elle avait été sur le point de se trahir. Mais déjà Mathieu l'amenait plus loin sur le bateau, où les amarres étaient jetées à la va-vite, au fur et à mesure qu'on libérait le bateau de son port d'attache. Il fallait dégager le pont au plus vite pour ne pas nuire au travail de l'équipage navigant.

La matinée passa rapidement et, lorsqu'une partie de l'équipage s'arrêta pour manger à midi, la côte n'était déjà plus qu'une vague tache à l'horizon. Marie se sentit envahie d'un sentiment indescriptible. Le cœur lui battait follement dans la poitrine et elle réalisait soudainement l'ampleur de l'entreprise dans laquelle elle s'était si étourdiment jetée. Elle regarda ses mains, couvertes d'ampoules et de meurtrissures... Aurait-elle la force de répondre aux exigences du travail en mer ? Saurait-elle abuser un homme perspicace, qui connaissait mieux que personne la nature humaine ? Déjà, le capitaine Saint-Yves lui avait jeté des regards curieux au cours de la matinée et, s'il ne l'avait pas encore approchée, elle sentait qu'elle aurait une bonne conversation avec lui au cours des heures qui suivraient.

L'après-midi s'enchaîna au repos du midi. Marie apprit à briquer le pont jusqu'à ce qu'il étincelle. Mathieu se révéla un allié indispensable et agréable, qui dispensait son enseignement avec bonne humeur et… discrétion. Il lui avait raconté qu'il s'était enfui de chez lui à l'âge de quatorze ans, préférant les aléas de la mer à l'avenir monastique que lui avait réservé son père, un homme sévère et bigot. Marie n'avait pu s'empêcher de rire en imaginant ce garçon enjoué sous les habits d'un moine. L'abbaye y aurait certainement perdu de sa tranquillité !

Tout l'équipage se retrouva dans la grande salle qui servait de réfectoire pour le repas du soir. Là encore, Marie s'accrocha à son guide, intimidée par la proximité de ces hommes bourrus qui avaient pour coutume de se moquer des jeunes recrues. Elle se retrouva coincée en bout de table entre Mathieu et un autre mousse au visage chafouin.

— Tasse-toi un peu, Grincheux, fais de la place ! lui dit Mathieu en le bousculant sur le banc.

L'interpellé se glissa légèrement sur sa gauche, non sans avoir jeté un regard mauvais à Mathieu.

— Méfie-toi de celui-là ! chuchota le jeune garçon à Marie, c'est un hypocrite qui ne reculerait devant rien pour pouvoir plaire au capitaine.

Deux cuistots s'approchaient avec une lourde marmite entre les mains. Malgré le tangage du bateau, ils ne perdirent pas une seule goutte de la soupe chaude qui fumait dans le récipient et qui, au grand étonnement de Marie, répandait une odeur agréable dans la salle. Une journée de travail au grand air de la mer lui avait ouvert l'appétit, et elle avala de bon cœur cette soupe aux pois qu'on leur servait accompagnée d'un solide morceau de pain.

— Ici on mange bien, lui disait Mathieu la bouche pleine. Le travail est dur, les maîtres sont exigeants, mais ils pensent que pour que l'équipage soit efficace, il faut qu'il ait le ventre plein ! Des hommes qui ont faim ne font que du trouble.

Marie était bien d'accord là-dessus et se promit de retenir ce principe le jour où elle aurait son bateau. Le repas fini, les hommes qui n'étaient pas du quart de travail avaient quartier libre. Certains montèrent sur le pont pour profiter de la douce fraîcheur de la nuit et fumer une pipe en se racontant des histoires. D'autres, épuisés par leurs libations de la veille, regagnèrent directement leur quartier. Marie fut bien tentée de faire comme eux, mais Mathieu la tira par la manche.

— Viens voir sur le pont, je te parie que tu n'as jamais vu autant d'étoiles de ta vie.

Marie le suivit, lui disant que ce ne serait que pour quelques instants, qu'elle était fourbue de fatigue. Mais sitôt qu'elle fut à l'air libre, elle se sentit enveloppée par la magie de la nuit. La lune n'était pas encore levée et une obscurité d'encre régnait indifféremment sur le ciel et la mer. Quelques reflets argentés donnaient de la vie aux vagues qui léchaient mollement la coque du navire, et l'océan semblait somnoler. Elle leva les yeux vers le ciel et eut le souffle coupé devant la multitude d'étoiles qui parsemaient le velours noir de la nuit. Les constellations semblaient noyées par les millions de petites étoiles qui pouvaient enfin briller dans cette obscurité parfaite. Jamais la voie lactée n'avait été aussi blanche, et Marie se sentit toute petite devant une telle immensité... Mathieu la tira de sa rêverie.

— Je savais que tu trouverais ça beau ! Moi aussi, ça m'a impressionné la première fois que j'ai vu ce spectacle. À terre, ce n'est pas pareil. Je ne sais pas pourquoi, on ne voit jamais autant d'étoiles... Et on peut apprendre à se diriger avec elles. Regarde le capitaine, il est là-haut sur la dunette et il étudie les étoiles. Chaque fois que nous aurons une nuit sans nuages, tu le verras là. C'est sa grande passion.

Saint-Yves était là en effet, observant avec une lunette le monde mystérieux des étoiles. Il semblait regarder quelque chose de précis parce que son objectif ne se promenait pas dans le ciel mais restait toujours fixé au même endroit.

— Il vérifie ainsi notre route...

Marie prit soudain conscience qu'elle ne savait pas vers où naviguait le bateau. En fait, elle en savait très peu sur les activités du navire sur lequel elle s'était engagée. Toute à sa préoccupation de partir et de mystifier ses employeurs, elle avait oublié de s'enquérir de la destination du bateau marchand et de la cargaison qu'il allait y chercher.

— Mathieu, sais-tu où on va ?

Le mousse partit à rire :

— Ah ça, toi, tu ne cesseras de m'étonner ! On s'en va au Maroc chercher des épices et d'autres denrées exotiques. Il arrive que M. de Chamberlain remplisse aussi d'autres commandes spéciales pour des clients particuliers, mais on revient toujours les cales pleines... si on ne rencontre pas de pirates ou de corsaires anglais.

— Est-ce que l'*Imperator* s'est souvent fait attaquer ?

— Deux ou trois fois, dit négligemment le gamin, mais on est bien armés et on sait se battre, alors les pirates minables se tiennent à l'écart.

— T'as entendu parler de Marek, le corsaire ?

— Bien sûr ! répondit Mathieu. Quel marin que celui-là ! Il nous est déjà venu en aide un jour que notre gouvernail avait été abîmé dans une tempête et que nous dérivions vers des récifs très dangereux. Sans lui, nous aurions peut-être coulé. Quel beau navire il pilote ! L'*Orgueil de France* est certainement le plus grand navire de toutes les mers !

Marie était bien loin de partager l'enthousiasme de son jeune ami et elle serra les dents pour ne pas laisser échapper ce qu'elle pensait vraiment de celui qui était son ennemi juré. Mathieu n'aurait pas compris et elle ne voulait pas ternir leur camaraderie. D'ailleurs, elle était très fatiguée : étouffant un bâillement, elle manifesta son intention de regagner son hamac. Mathieu convint que la journée, qui avait débuté aux petites heures, avait été bien remplie et qu'un peu de repos lui ferait le plus grand bien à lui aussi.

Ils descendirent à leur salle – tous les mousses partageaient le même espace – où déjà deux ou trois autres ronflaient. Marie retira ses bottes et ses vêtements, ne gardant sur elle que sa culotte et sa chemise. Tirant avec précaution la pochette de Sarah de ses affaires, elle en sortit un petit pot rempli d'un baume qu'elle étala sur ses mains meurtries. Demain, elle serait prête à affronter la journée en haute mer. Quelques instants plus tard, bercée par les ronflements de ses compagnons, elle s'endormit.

Chapitre 11

Il lui semblait qu'elle venait à peine de fermer les paupières lorsqu'on la secoua brusquement.

— Allez, réveille-toi ! disait une voix qu'elle ne reconnaissait pas. Ouvre les yeux, bon Dieu ! Il faut que tu sois levé avant que Dubousquet ne s'amène, sinon il piquera une colère terrible !

Peu à peu, les brumes qui enveloppaient son cerveau s'évaporèrent, et la mémoire lui revint d'un seul coup ! Si la main qui la malmenait glissait un peu plus bas que son épaule, son propriétaire aurait une sérieuse surprise ! Sortant la tête de la couverture où elle s'était enfouie, Marie dit à Mathieu :

— Ça va, ça va, j'ai compris… J'arrive…

Et s'isolant tant bien que mal dans la pénombre de la cabine, utilisant la couverture comme un paravent, elle se banda les seins bien serré afin qu'ils ne révèlent aucune forme sous la toile grossière de sa chemise. Puis elle enfila sa culotte et son justaucorps. Elle sauta vivement de son hamac et se retrouva nez à nez avec un Mathieu qui la regardait goguenard.

— Ah ça, que de précautions pour t'habiller ! Serais-tu fait différemment de nous ? T'en a des choses à apprendre sur la vie en mer, toi ! Et laisse-moi te dire qu'ici on ne fait pas de façons pour s'habiller ou se laver. On est entre hommes, quoi !

Marie baragouina quelque chose d'inintelligible en passant devant Mathieu. Il haussa les épaules et lui emboîta le pas. Intérieurement, Marie maudissait son manque de précautions. Il lui faudrait être beaucoup plus prudente, sinon elle ne tiendrait pas le coup. En sortant de la cabine, ils heurtèrent Dubousquet, qui les interpella aussitôt.

— Holà, vous autres ! Je voulais vous parler. La journée a été fort chargée hier, dit-il en s'adressant à Marie, et je n'ai pas pu m'occuper de toi. Aujourd'hui tu iras à...

— Chef, le coupa hardiment Mathieu, vous m'aviez promis un peu d'aide, pourquoi ne laisseriez-vous pas ce garçon travailler avec moi ? Déjà hier, on a fait équipe ensemble et ça marche bien. On a même fait plus de travail que prévu, dit-il dans l'espoir de le convaincre.

Dubousquet n'hésita pas longtemps. En fait, la proposition de Mathieu le libérait même un peu. Il ne savait trop que faire de ce mousse, qui était arrivé comme un cheveu sur la soupe. Encore heureux qu'il eût un hamac pour lui.

— Chef, aujourd'hui on va commencer à nettoyer les canons, poursuivit Mathieu. Il y en a quarante-deux, c'est un gros travail ! Et ils doivent être en ordre, on ne sait jamais ce qu'il peut arriver. Un homme de plus sur cette tâche, ce ne serait pas de trop. Je lui montrerai comment faire...

— C'est bon, c'est bon ! Prends-le sous ta charge, mais que je ne vous voie pas flâner tous les deux, sinon ce sera dix coups de fouet chacun !

— Merci, chef ! dit Mathieu en entraînant Marie dans son sillage.

Cette question réglée, Marie se sentit soulagée d'un grand poids. Sa place sur le bateau lui apparaissait maintenant plus clairement, il lui suffisait de tenir très serré le rôle qu'elle s'était tracé, d'ouvrir grand les yeux et les oreilles, et d'apprendre la vie d'un bateau. Mathieu l'entraîna sur le deuxième pont, où se trouvaient vingt-quatre des quarante-deux canons qui défendaient l'*Imperator*. Les autres étaient au troisième pont. Pour un navire de huit cent cinquante tonneaux, c'était beaucoup de canons, mais le propriétaire du bâtiment, M. de Chamberlain, l'avait voulu ainsi. Les richesses qu'il transportait dans la cale à ses retours de voyage le justifiaient d'ailleurs. On était au plus fort de la course et il fallait se protéger à la fois des pirates et des corsaires anglais, hollandais ou même espagnols, qui voulaient s'enrichir à ses dépens.

Marie n'avait pas encore vu l'armateur depuis qu'ils avaient quitté le port de Saint-Malo. Quant à Saint-Yves, elle n'avait pas eu beaucoup affaire à lui. Comme elle faisait partie des moins gradés de l'équipage, elle relevait plutôt du commandement de Dubousquet, qui n'hésitait pas à houspiller ses mousses pour passer sur leur dos sa soif de pouvoir. Il criait constamment, donnait ordres et contrordres pour le plaisir de la chose, et il n'était pas rare qu'un mousse reçoive une claque derrière les oreilles ou, pire, des coups de pied dans les reins. Pourtant, lorsqu'il se trouvait en face du capitaine Saint-Yves, il se faisait tout sucre et tout miel, et ce n'était que : « Oui, mon capitaine, bien, mon capitaine, certainement mon capitaine… »

Marie aurait juré avoir vu plus d'une fois une lueur de dégoût passer dans les yeux de Saint-Yves lorsqu'il avait ce subalterne devant lui. Elle se méfiait de Dubousquet, qui semblait prêt à tout pour bien paraître face à ses supérieurs. Marie et son jeune compagnon, ainsi que trois autres mousses, s'employèrent à nettoyer les canons du bateau. Il fallait déplacer les lourdes pièces d'artillerie, s'assurer qu'elles resteraient bien ancrées au sol durant l'opération, puis ramoner l'intérieur du canon afin qu'il n'y reste aucune trace de poudre ou de suie. Une fois l'intérieur bien nettoyé, il fallait en briquer l'extérieur et frotter le métal noir jusqu'à ce qu'il brille. Encore une fois, les mains de Maries étaient soumises à rude épreuve. À ce rythme-là, l'onguent que lui avait donné Sarah risquait de ne pas faire long feu…

Lorsque arriva le moment de se restaurer, ils avaient à peine eu le temps de nettoyer cinq des quarante-deux pièces d'artillerie et Marie était déjà épuisée. Elle avala en vitesse son déjeuner pour essayer de se ménager quelques instants de repos avant de se remettre à la tâche. Quelques poches vides étaient entassées dans un coin, et Marie s'y laissa tomber lourdement. À peine sa tête avait-elle touché la toile rugueuse qu'elle s'endormit.

Elle avait l'impression d'avoir à peine fermé les yeux lorsqu'une douleur lancinante dans les côtes la réveilla. Se redressant péniblement, elle vit à quelques pouces de son nez le visage congestionné de Dubousquet, qui semblait sur le point d'avoir une attaque d'apoplexie. Une violente gifle acheva de la réveiller.

— Debout, paresseux ! Qu'est-ce que tu crois ? Que tu fais une promenade ? Je vais t'apprendre à dormir lorsque tu es sous mes ordres !

Agrippant Marie par l'oreille, il la lança sur la paroi du navire où elle tomba à moitié assommée. Étourdie par le choc, elle vit avec effroi Dubousquet s'emparer d'un fouet qu'il portait à la ceinture et lever le bras vers elle. Se protégeant la tête du mieux qu'elle put, elle reçut le coup sur les avant-bras, le fouet déchirant l'étoffe de sa chemise et mordant la chair tendre de ses bras. Serrant les dents, son tortionnaire n'aurait quand même pas le plaisir de l'entendre se plaindre, Marie se préparait pour le second coup quand une voix sèche retentit dans la salle des canons.

— Dubousquet ! Ça suffit !

À travers les larmes de douleur qui lui piquaient les yeux malgré elle, Marie vit la silhouette de Saint-Yves se profiler. Surpris, Dubousquet se retourna et se redressa en reconnaissant le capitaine.

— Capitaine, j'ai surpris ce paresseux à dormir plutôt qu'à travailler. Si les mousses se mettent à piquer des roupillons pendant les quarts de travail, ils se croiront tout permis. Mieux vaut les mâter tout de suite afin qu'ils ne prennent pas de mauvaises habitudes.

— Je pense que ce gamin a compris, Dubousquet. Si tu l'abîmes trop, il ne servira plus à rien ensuite. Et tu as la main leste sur le fouet, je n'aime pas beaucoup ça. Tu y prends trop de plaisir.

Marie s'était tenue à l'écart de cet échange, se relevant péniblement. En entendant Dubousquet crier, Mathieu était accouru et, pour l'instant, se penchait sur les blessures de Marie. Saint-Yves se tourna vers elle :

— Quant à toi, moussaillon, je veux te voir sur le gaillard à la fin du quart. Et pour l'heure, dit-il en se retournant vers Dubousquet, laisse-le tranquille.

Dubousquet lança un regard mauvais à la jeune femme et tourna les talons. Préoccupé, Mathieu regardait les morsures du fouet sur les avant-bras de Marie.

— C'est pas joli, ça ! Faudrait y voir. Avec toute la saleté qu'il y a ici, ça risque de s'infecter.

— J'ai ce qu'il faut à mon hamac, lui répondit Marie, donne-moi quelques minutes et je reviens.

— Prends le temps qu'il te faudra…

⚓

Arrivée à la salle des mousses, Marie put laisser couler les larmes de rage, et de douleur faut-il avouer, qu'elle contenait bravement devant ses compagnons. Mais cet instant de faiblesse fut court. Elle fouilla dans le tiroir où elle avait entreposé ses quelques possessions et trouva dans le précieux nécessaire préparé par Sarah ce qu'il fallait pour panser ses blessures.

L'idéal eût été de se faire un pansement imbibé d'une infusion d'achillée millefeuille, souveraine pour les plaies vives, mais Marie n'était pas organisée pour faire bouillir de l'eau, aussi dut-elle se contenter de la fameuse pommade de Sarah, faite de saindoux et d'un mélange d'herbes protégeant contre les infections. Elle prit ensuite un pansement de toile fine, qu'elle enroula savamment autour de ses bras blessés, et sentit avec soulagement la douleur s'apaiser. Elle bénit la clairvoyance de Sarah, qui avait insisté pour que la jeune fille trimballe avec elle cette trousse qui s'était révélée de premier secours jusqu'ici.

À peine avait-elle achevé de se soigner qu'elle entendit la cloche sonner la fin du quart. Se souvenant de l'ordre que lui avait donné Saint-Yves, elle se hâta vers le gaillard, peu désireuse d'incommoder aussi le capitaine à son endroit.

Saint-Yves était installé face à la mer, regardant l'horizon avec une lunette d'approche. Marie se plaça derrière lui, les jambes écartées et les mains jointes dans le dos.

— Capitaine...

Plongé dans son observation, Saint-Yves ne réagit pas. Marie se demanda même s'il l'avait entendue... Elle était là depuis cinq bonnes minutes, ne sachant trop quelle contenance prendre et sentant les regards de l'équipage vissés sur son dos, quand finalement il ferma sa lunette et se retourna vers elle. On devinait sous sa veste un corps ferme aux muscles durs, rompu au dur travail d'un bateau. Il s'était gagné le respect de ses hommes par l'exemple et n'hésitait pas à se retrousser les manches lorsque la situation l'exigeait. Pour l'instant ses yeux bruns détaillaient Marie, qui ne bronchait pas sous l'examen.

— Alors, moussaillon, à peine vingt-quatre heures sur notre bateau que déjà tu indisposes ton chef ?

— Capitaine, je n'ai rien fait pour le braver, seulement il nous fait travailler dur, je sais que je suis là pour ça, mais j'ai à peine pris quelques instants de repos... Cela a pourtant suffi à le mettre hors de lui. Je pense qu'il n'attendait que ce moment, peut-être est-ce une façon chez lui d'assurer son autorité sur les gens...

— Dis donc, tu as la langue bien pendue pour quelqu'un qui a été pris en faute. Si tous les hommes de ce bateau se mettaient à faire un petit roupillon quand ça leur chante, on n'en sortirait plus ! Ce n'est pas un centre de repos ici !

— Je sais, on me l'a fait savoir, dit Marie en grimaçant.

— Pour ça, il n'a pas hésité à y mettre la dose, répondit Saint-Yves en s'avançant vers elle.

Une bosse ornait le haut de son front et promettait de donner de la couleur à son visage au cours des prochaines heures.

N'ayant pas eu le temps d'y poser un emplâtre, Marie avait négligé d'en contrôler l'enflure.

— Et montre-moi tes bras, exigea Saint-Yves.

Un marin malade était un marin inutile, aussi veillait-il toujours à ce que ses hommes reçoivent les soins nécessaires. Découvrant les bandages impeccables qui pansaient ses bras, il haussa les sourcils.

— Qui t'a soigné ? demanda-t-il.

— Moi-même, répondit Marie en levant le menton, je ne savais pas que je pouvais compter sur quelqu'un d'autre.

— Eh bien, il semble que la riposte soit un trait familial. Déjà ta sœur, qui a convaincu M. de Chamberlain de t'engager sur ce bateau, semblait y montrer quelques prédispositions. Bon, je n'ai plus de temps à perdre. Fais ton travail et que je n'entende plus parler de toi. Si on devait se plaindre à nouveau de ton attitude, sache que ce serait moi qui te ferais fouetter, mais cette fois-ci devant tout l'équipage, attaché au grand mât.

— Mais, capitaine…

— Ça suffit, moussaillon ! Apprends à te taire et à obéir aux ordres ! Sinon, tu trouveras le voyage bien long.

Saint-Yves se détourna, montrant que l'entretien était bel et bien terminé. Réprimant un soupir, Marie s'en alla retrouver ses compagnons.

⚓

Les jours suivants furent un peu plus calmes. Marie s'intégrait à la routine du bateau et s'appliquait à ne tisser de liens avec personne sauf Mathieu. Elle appréciait la vive intelligence du garçon et le questionnait constamment sur toutes les manœuvres. Sa science ne cessait de la surprendre. Comme elle s'en étonnait ouvertement un jour, il lui répondit qu'il voulait devenir pilote, et qu'il était important pour lui de tout connaître du maniement d'un navire. Il avait même certaines connaissances sur les principes de la marine, avouait-il avec fierté. Il pouvait calculer la route du bateau, se servir du compas et même pointer des cartes. Chaque année, alors que l'on mettait l'*Imperator* en carénage, opération qui consistait à nettoyer et à réparer à sec la coque du bateau, Mathieu en profitait pour parfaire ses connaissances auprès d'un commandant à la retraite qui s'était pris d'affection pour le gamin. C'est ainsi que, s'il n'avait pas espoir d'être un jour officier rouge de la marine, ce corps n'étant pas accessible aux roturiers, Mathieu escomptait porter l'uniforme des officiers bleus, ce qui lui permettrait tout de même de piloter un vaisseau.

Les journées se transformèrent en semaines et Marie essayait de se fondre dans l'équipage sans faire de vague, mais ce n'était pas toujours facile de tenir sa langue et sa place. Tout comme Dubousquet, Lecornu ne manquait pas une occasion de la houspiller, toujours amer du souvenir de la morsure de leur première rencontre, et l'équipage, suivant une tradition bien établie envers les mousses qui en étaient à leurs premières armes sur un bateau, en avait fait son souffre-douleur. Il suffisait que Marie passe sur le pont avec un baquet rempli d'eau pour qu'on étende aimablement le pied devant elle. Si elle ne gardait pas les yeux fixés sur sa ration de nourriture, elle risquait bien d'y voir nager une mouche ou, pire encore, un petit rat, comme ce fut le cas une fois. Et combien de fois eut-elle à nettoyer ses bottes après qu'un marin eut jugé bon de s'y soulager... Sans Mathieu, qui lui recommandait fortement la patience, Marie eût éclaté plus d'une fois, et qui sait comment cela aurait dégénéré.

Mais à sa grande surprise, préserver son identité masculine fut beaucoup moins compliqué qu'elle ne l'avait cru. Si les hommes et les femmes portaient indifféremment les cheveux longs, leur habillement était un élément important de la différenciation des sexes. Comme Marie arborait un uniforme masculin, grossier par surcroît, il ne venait à l'esprit de personne de mettre en doute son sexe. Elle dormait désormais tout habillée, ne retirant que dans la noirceur la plus totale la bande qui lui enserrait les seins afin de respirer un peu, et avait résolu de se laver le moins possible.

C'était certes inconfortable pour une jeune femme aimant la propreté, mais cela avait au moins comme propriété de tenir ses compagnons loin d'elle. Les jours de grande chaleur, elle avait peine à s'endurer elle-même ! Même Mathieu, qui pourtant l'aimait bien, ne pouvait s'empêcher de lui recommander un peu de toilette à l'occasion.

Leur route leur faisait fuir l'hiver qui s'était installé en France. On avait fêté la Noël en terre française en faisant une escale de deux semaines au port de Toulon, puis le bateau avait pris une route qui l'écartait des côtes portugaises et espagnoles, faisant délibérément un détour pour éviter les rencontres inutiles. Les rayons du soleil étaient de plus en plus chauds au fur et à mesure qu'ils descendaient vers le sud. Le Maroc était encore à quelques semaines de navigation quand un incident sortit Marie de l'ombre malgré elle. Alors qu'elle était occupée à briquer le pont avec du sable et que le navire avançait paisiblement sur les eaux sans fin de l'océan, un grand bruit suivi d'un hurlement vint percer le clapotis des vagues sur la coque.

Un cordage de la voile du mat d'artimon, usé par le sel de mer et la pression du vent, s'était rompu et détaché de la vergue sèche pour retomber sur le pont, entraînant avec lui ferrures et poulies. Le quartier-maître s'était trouvé malencontreusement dans sa trajectoire. Il avait reçu comme un boulet de canon les pièces de métal qui lui avaient ouvert la cuisse sous l'impact. Les aurait-il reçus sur la tête qu'il en serait mort sur le coup. Mais son sort ne semblait pas réglé pour autant. Devant les autres hommes pétrifiés, le marin se vidait de son sang en hurlant.

Marie arriva sur la scène comme tout le monde et entendit Saint-Yves qui hurlait à son tour.

— Allez chercher le chirurgien ! Vite, cet homme va mourir devant nous !

— Il cuve son rhum dans sa cabine, répondit un marin, il dort trop dur : on pourra pas le réveiller…

Comme personne ne semblait réagir, Marie, incapable de laisser quelqu'un mourir sous ses yeux, se fraya un chemin jusqu'au blessé. Tirant le foulard qu'elle avait pour habitude de se nouer autour du cou, elle s'approcha du blessé, qui s'était évanoui, et lui garrotta rapidement la jambe.

— Donnez-moi une autre pièce d'étoffe, demanda-t-elle à la ronde.

Du coup, loin de contester l'autorité dont elle s'était investie, on offrit à Marie une dizaine de foulards semblables au sien. Leur propreté était douteuse, mais l'important pour l'instant était de stopper l'hémorragie. Elle en fit un tampon serré, qu'elle appliqua directement sur la blessure, y appuyant de toutes ses forces. Le sang cessa immédiatement de jaillir de la cuisse blessée. Pour autant que Marie pouvait en juger, l'artère avait été sectionnée par le tranchant de la poulie, il faudrait recoudre et espérer que l'homme n'ait pas trop perdu de sang.

Cherchant du regard Saint-Yves, elle lui dit :

— Cet homme a besoin de soins plus poussés, il faut l'amener à l'intérieur, mais si je relâche la pression sur sa cuisse, il continuera à se vider de son sang.

— Peux-tu faire le nécessaire pour le sauver ? demanda-t-il.

— Je pourrais essayer de recoudre le vaisseau ouvert, mais pour cela il me faudrait des instruments que je n'ai pas. Votre chirurgien, lui, les possède sûrement…

Les ordres se distribuèrent rapidement. Un brancard de fortune fut aménagé avec deux rames et un filet. On y plaça le blessé ainsi que Marie, toujours à cheval sur ses jambes, appuyant de toutes ses forces sur la blessure. Ses bras commençaient à se fatiguer et la sueur perlait à son front. La descente dans la salle d'équipage ne fut pas facile, bien qu'on eût emprunté l'escalier de l'état-major pour y parvenir, plutôt que l'échelle double de l'équipage.

Une fois sur place, Saint-Yves évacua les hommes, n'en gardant que trois pour épauler Marie. Un matelot était allé chercher le nécessaire du chirurgien qui consistait en une pochette de toile enroulée sur elle-même et dans laquelle on retrouvait deux petits couteaux bien affûtés, une aiguille et du fil de soie, une cuillère tire-balle et un écarteur de métal. Marie grimaça : rien pour nettoyer les instruments ni pour conjurer l'infection qui risquait de suivre l'intervention. Se tournant vers Mathieu qui était resté auprès d'elle et que le capitaine n'avait pas renvoyé, elle lui dit :

— Va me chercher la pochette de cuir qui est dans mon hamac, mais fais vite sinon cet homme n'en a plus pour longtemps. Quant à vous, ordonna-t-elle à un autre homme, allez me chercher de l'eau bouillante.

Le cerveau de Marie fonctionnait à toute allure. Elle tentait de se rappeler l'enseignement de Sarah. Les gestes de la vieille femme lui revenaient en mémoire, et elle bénit le jour où Sarah lui avait fait recoudre l'abdomen déchiré d'une chèvre blessée. Entre la chèvre et le marin, il y avait bien quelques différences, mais l'expérience lui servirait certainement.

Tout essoufflé, Mathieu réapparut. Marie lui montra comment appuyer sur la blessure ouverte et lui céda la place. L'eau demandée fumait dans une marmite de fonte. Marie en versa quelques tasses dans un récipient où elle jeta une poignée de feuilles et de fleurs séchées d'achillée millefeuille. Elle plongea ensuite dans la marmite les instruments dont elle allait se servir afin de les nettoyer, ainsi que le fil de soie dont elle avait coupé une bonne longueur.

Elle enleva le tampon, que Mathieu maintenait toujours de main ferme. L'hémorragie avait considérablement ralenti sous la pression, mais menaçait de reprendre à tout moment. Il ne fallait pas perdre de temps. Après avoir enfilé l'aiguille d'une main adroite, Marie utilisa l'écarteur pour bien dégager l'artère sectionnée. L'homme était toujours évanoui, ce qui lui facilitait la tâche, mais par mesure de précaution deux marins le maintenaient solidement.

Très concentrée, Marie s'affairait dans le silence le plus total. On aurait entendu une mouche voler. L'artère fut recousue rapidement, puis Marie resserra les muscles et les chairs et les recousit également. Quand ce fut terminé, elle coupa quelques bandes de la toile de sa trousse et les trempa dans la décoction qu'elle avait préparée. Elle plaça la compresse sur la cuisse du blessé, puis lui fit un pansement bien serré pour compléter son traitement. Elle était épuisée et se laissa tomber lourdement sur une chaise.

— Voilà, j'ai fait ce que j'ai pu. Maintenant il ne reste qu'à espérer que la blessure ne s'infecte pas, je ne peux rien faire de plus.

Les hommes la regardaient avec un respect nouveau. Ce jeune garçon n'avait pas retenu leur attention jusqu'à maintenant, si ce n'est que pour être la cible de leurs quolibets. Mais là, il venait d'opérer un miracle sous leurs yeux. Obéissant aux ordres de Saint-Yves, ils emportèrent le blessé dans la cabine des sous-officiers.

Le capitaine considéra pensivement Marie quelques instants, mais elle était trop fatiguée pour répondre à son regard interrogateur.

— Viens avec moi, tu as bien besoin d'un rhum pour te remonter.

— Je n'ai pas l'habitude de l'alcool, capitaine.

— Qu'à cela ne tienne, il ne te sera que de meilleur secours. Tu as besoin d'un remontant, sinon c'est toi qu'il faudra réanimer.

Marie était effectivement très pâle et sentait que ses jambes la soutenaient à peine. Ses mains, si fermes tout à l'heure, étaient maintenant moites et tremblantes. Elle se releva donc et suivit Saint-Yves.

Il l'amena jusqu'au gaillard, où il la fit pénétrer dans le salon du commandant. Saint-Yves avait l'habitude d'y rencontrer M. de Chamberlain ou les officiers du bateau. Une large table était placée sous l'ouverture de la fenêtre et quelques cartes marines y étaient étalées. Une armoire en acajou ainsi que plusieurs lourdes chaises vissées au sol constituaient le mobilier, et des torchères de cuivre ornaient les murs de la cabine. Une cloison épaisse séparait un petit bureau du reste de l'espace. Un tableau y était suspendu, élément discordant dans cette pièce sévère et sans attrait. Marie fut intriguée, mais trop lasse pour se poser des questions. Pour l'instant, l'endroit était désert.

Vaguement intimidée, Marie s'assit sur l'une des chaises et prit le verre que lui tendait Saint-Yves. Sa main avait repris de sa fermeté et peu à peu elle se calmait. Saint-Yves rompit le silence.

— Tu ne cesseras de m'étonner, toi, où as-tu appris à recoudre les gens ?

Déformant à peine la vérité, Marie répondit :

— Après la mort de mes parents, j'ai été élevé par une vieille femme qui était un peu sorcière. Elle connaissait tout de la médecine des plantes et de l'anatomie humaine. Je l'ai parfois un peu aidée dans les secours qu'elle donnait aux villageois et je n'ai pas tout oublié.

— Eh bien, ton intervention a certainement été bénéfique aujourd'hui. Sans toi, Legoff serait certainement en train de trinquer avec ses ancêtres à l'heure qu'il est.

Ils furent interrompus par l'arrivée soudaine d'un homme de forte corpulence. Ses cheveux gris ondulés étaient retenus sur la nuque par une boucle de velours bleu et sa tenue était beaucoup plus soignée que celle des autres membres de l'équipage, y compris les officiers. Marie eut l'impression que cette silhouette lui était familière. Lui jetant un regard bref, l'homme s'adressa à Saint-Yves :

— Que se passe-t-il, Saint-Yves ? J'étais à faire ma comptabilité dans ma cabine quand j'ai entendu des cris et des hurlements sur le pont. Qu'est-ce qui a causé toute cette agitation ?

En peu de mots, tout habitué qu'il était de donner des rapports, Saint-Yves mit le nouvel arrivé au courant de la situation et l'informa du rôle que Marie y avait joué. L'homme se tourna vers elle.

— Je ne t'ai jamais vu sur ce bateau, tu es nouveau, non ?

— Monsieur de Chamberlain, il s'agit du frère de la jeune femme que nous avions rencontrée à Saint-Malo...

La lumière se fit dans le cerveau de Marie. C'était l'armateur du bateau, celui qui avait acheté son cheval à Saint-Malo. Bien que ce fût très sombre ce soir-là, Marie tremblait que l'homme ne la reconnaisse, d'autant plus qu'il la détaillait avec insistance.

— J'ai bonne mémoire des visages, dit-il, et je dois reconnaître que tu ressembles étonnamment à ta sœur.

— Nous sommes jumeaux ! s'empressa de répondre Marie.

— Enfin, peu importe. Si ce moussaillon est si habile à réparer les hommes, dit-il en s'adressant à Saint-Yves, donne-le en assistant à Legault, le chirurgien. On pourra peut-être en sauver quelques-uns de ses œuvres.

— J'y avais pensé, monsieur, répondit Saint-Yves, et c'est pourquoi j'avais amené Duguay ici, afin de le lui proposer.

— Depuis quand demandes-tu l'avis de l'un de mes hommes ? Il n'a qu'à se plier à ce qu'on lui demande, et si ça ne fait pas l'affaire, qu'il regagne la côte à la nage. Bon, assez perdu de temps avec toi. Débarrasse !

Se tournant vers son capitaine, il poursuivit :

— Saint-Yves, il faut qu'on parle de chiffres. Le gain est pas mal ce mois-ci, mais inférieur à ce que j'estimais. Notre prochaine escale devra être plus fructueuse...

Marie n'entendit pas le reste, elle était déjà sortie sur la dunette, humant avec délice l'air piquant de la matinée, déjà bien avancée. De plus, elle était contente de ne plus se trouver en présence de l'armateur. Il y avait quelque chose d'indéfinissable dans le regard de cet homme qui la mettait mal à l'aise. Mais ce n'était pas là son problème, se dit-elle en haussant les épaules. En fait, elle avait fort peu affaire à lui. Et elle descendit l'escalier qui la menait sur le pont.

Chapitre 12

De ce jour, Marie acquit un respect nouveau de la part de l'équipage. Finis les tracasseries et les mauvais traitements dont elle était l'objet, finies les blagues douteuses qui ne visaient qu'à l'humilier. En sauvant leur quartier-maître d'une mort certaine, Marie avait gagné ses galons au sein de l'équipage et la tension qui caractérisait chacune de ses journées passées sur le navire se relâcha. Elle put enfin goûter à la vie en mer comme elle le souhaitait. Sa passion, qui jusque-là n'avait été nourrie que de rêves et de récits, se trouvait maintenant alimentée par l'expérience. Jamais dans sa vie elle ne s'était sentie aussi bien que là, en plein milieu de l'océan. Cette nature sauvage, changeante, tantôt câline et langoureuse, tantôt agressive et mordante, lui ressemblait. Elle reconnaissait le tumulte de ses émotions dans la tempête qui malmenait le bateau. Elle aimait le goût salé que laissaient les embruns sur ses lèvres boursouflées d'avoir trop embrassé l'écume de la mer. Elle aimait sentir le vent du large dans ses cheveux, sur son front, sur sa peau. Elle marchait d'un pied ferme sur le pont, malgré le tango incessant qu'il dansait avec les vagues. Elle n'était jamais effrayée par le tonnerre et, n'eût été la consigne qui la reléguait à la batterie lorsqu'ils essuyaient un gros grain, elle serait restée là, sur le pont, à regarder la mer se déchaîner. Marie était du bois dont on fait les marins.

Désormais, il n'y avait plus qu'une seule ombre au tableau. Comme on avait apprécié ses talents de secouriste, Marie avait été attachée au service du chirurgien de bord, Philémon Legault. Il ne fallut pas longtemps à Marie pour s'apercevoir que le personnage avait une forte inclination envers les jeunes garçons. D'ailleurs, quelques marins bien intentionnés (c'était nouveau) l'en avaient avertie :

— Avec lui, ne te fais pas surprendre dans un bain... tu auras de l'aide pour te frotter le dos !

— Ne le laisse pas trop longtemps derrière toi, un accident est si vite arrivé !

— Et s'il te dit que tu as la fièvre et qu'il veut t'examiner, méfie-toi, c'est plutôt lui qui a le feu au cul !

Forte de tous ces avertissements, Marie prenait bien garde de se retrouver le moins possible en tête à tête avec Legault. D'ailleurs, si d'aventure il s'était mis à la tâter avec trop d'enthousiasme, il aurait eu la surprise de sa vie !

Marie put également observer plus à son aise les relations entre l'équipage et l'état-major du bateau. Si, comme elle avait cru le percevoir à prime abord, Saint-Yves était un capitaine respecté de ses hommes, Chamberlain était pour sa part méprisé par l'équipage. Patron sanguinaire et sans scrupules, il semblait prendre un malin plaisir à faire fouetter ses hommes à la moindre broutille. Et il n'était pas rare qu'il donnât lui-même le châtiment, y prenant un plaisir évident. S'il nourrissait bien ses hommes, ce n'était pas par grandeur d'âme, mais plutôt parce qu'il savait qu'un équipage affaibli était plus exposé à la maladie, et la maladie en mer, ça coûtait très cher. De plus, il fallait que ses hommes soient forts pour pouvoir repousser les éventuelles attaques des corsaires anglais ou hollandais, ou des pirates.

Mais jusque-là, le voyage de l'*Imperator* avait été très tranquille sur ce plan. Ayant entendu maints récits de combats en mer, Marie avait été sur le qui-vive les premières semaines, certaine de voir des dizaines de bateaux fondre sur eux comme un aigle sur sa proie. Comme elle s'en était étonnée auprès de Mathieu, la réponse s'était faite tout évidente :

— Un bateau vide n'intéresse personne. Attends un peu que l'on revienne du Maroc les cales pleines. Tu auras alors l'occasion de te battre, ne t'inquiète pas !

Pourtant le surlendemain, la vigie cria : « Voile à tribord ! » Saint-Yves et son second, un Norvégien du nom de Pierson, dirigèrent leur lunette vers le bateau annoncé. Marie, qui était occupée à astiquer des sabres d'abordage sur le pont, vit Saint-Yves donner un ordre bref à Pierson, qui disparut aussitôt dans l'entrepont menant à la cabine de l'armateur. Quelques instants plus tard, tous trois étaient sur la dunette, regardant avec intérêt, mais sans l'ombre d'une crainte, la voile grossir à l'horizon.

Puis Saint-Yves cria quelques ordres et les hommes mirent immédiatement les voiles en panne. De toute évidence, on voulait rencontrer ce bateau. Le navire visiteur fit la même manœuvre et descendit une chaloupe à la mer. Marie y aperçut trois hommes. Toujours aucun signe d'hostilité. Marie comprit pourquoi quand elle vit que le navire battait pavillon français. D'ailleurs, elle pensait l'avoir déjà vu. S'approchant du bastingage, comme une bonne partie de l'équipage, qui s'étaient amassés là en curieux, elle reconnut soudain la silhouette se dressant dans la chaloupe qui approchait. Les poings serrés à s'en faire blanchir les jointures, la mâchoire crispée et le cœur battant, Marie regardait Marek s'approcher de l'*Imperator*.

⚓

Le sang battait à ses tempes et un goût de bile lui monta à la bouche. Elle n'aurait jamais cru revoir le corsaire si vite et dans de telles circonstances. Mais en même temps, sa venue à bord l'intriguait. Prenant soin de bien se dissimuler au cœur de l'équipage, Marie tenta de se rapprocher. Saint-Yves avait replié sa lunette et s'amenait avec Chamberlain. Une échelle d'abordage avait été lancée par-dessus bord et déjà on voyait le haut du chapeau de Marek poindre au-dessus du bastingage. Il enjamba souplement le rebord, suivi de deux de ses hommes.

Marie détailla attentivement celui qui l'avait un jour condamnée à mort. Bien sanglé dans des culottes blanches qui se perdaient dans de hautes bottes noires, le tout surmonté d'une chemise à large échancrure sur laquelle il avait passé une veste de velours bleu, le corsaire dégageait une impression de force que ne démentait pas son regard bleu d'acier. On ne pouvait s'empêcher de penser qu'il avait fière allure et, au pli dur de sa bouche, qu'il devait aussi se doubler d'un adversaire redoutable.

Les salutations entre le corsaire, le capitaine et l'armateur furent brèves. Jetant un regard sur la troupe de badauds qui les entouraient, Marek dit :

— Eh bien, Saint-Yves, où recrutez-vous donc vos hommes ? On dirait une volée de pies à l'affût de commérages. Il n'y a donc rien à faire à bord de ce bateau ?

Saint-Yves serra les dents à cette remarque. On devinait qu'il n'appréciait pas plus qu'il ne le fallait la présence du corsaire à bord et qu'entre les deux hommes ce n'était pas l'harmonie profonde. Avant qu'il ait pu riposter, Chamberlain avait déjà giflé un moussaillon qui se trouvait malencontreusement à la portée de sa main.

— Allez, ouste ! Au travail ! Ce n'est pas avec des tire-au-flanc comme vous que l'*Orgueil de France* rapporte les plus belles prises au roi... Mais si vous voulez faire une démonstration de chant, bien attachés au grand mât avec mon fouet qui battra la mesure, restez ici...

Marie vit le visage sombre de Saint-Yves s'obscurcir encore plus. Il avait la teinte grise que prend la mer à la veille d'une tempête. Elle le sentit tendu à l'extrême. Visiblement, l'homme se faisait violence et réussit à ne rien dire. Devant le ressentiment évident qu'il éprouvait pour le corsaire, Marie sentit une bouffée de sympathie pour lui. Cependant l'avertissement de l'armateur avait eu son effet et tout l'équipage s'était soudainement trouvé fort occupé.

Marie fit comme les autres mais frottait ses sabres d'abordage d'un air très distrait. Elle avait la tête ailleurs, plus précisément dans le salon du commandant, où la délégation de l'*Orgueil de France* devait se retrouver à présent. Elle aurait payé fort cher pour savoir ce qui s'y racontait... Enfin, n'y tenant plus, elle trouva un prétexte pour quitter le pont et s'en aller vers les entrailles du bateau.

Elle descendit par l'escalier de l'état-major, qui menait sur l'entrepont juste sous le gaillard. Le salon du commandant était à quelques pieds au-dessus d'elle. Elle cherchait fébrilement un moyen de se rapprocher pour tenter d'entendre la conversation. Son instinct lui disait qu'un détail lui échappait, quelque chose dont elle aurait dû se souvenir et qui lui serait d'un précieux secours pour l'instant… peut-être une ouverture sur cet entrepont. Regardant autour d'elle, elle se mit à ouvrir les portes. Rien. Que des placards où étaient entassés pêle-mêle des serpillières et des balais. Découragée, Marie allait abandonner quand, en refermant une porte, elle crut entrevoir un rai de lumière filtrer tout en haut d'un cagibi. C'était un peu étrange pour l'endroit, suffisamment pour qu'elle rouvre précipitamment la porte et y jette un coup d'œil plus poussé.

Qu'est-ce qu'il y a de différent entre ce placard et les autres ? se demanda-t-elle en y pénétrant. Elle tira la porte derrière elle de peur d'être vue par quelqu'un qui aurait la mauvaise idée de passer par là. La porte fermée, elle distinguait mieux le trait de lumière blafarde qui éclairait furtivement les planches, comme s'il était soucieux de ne pas se faire remarquer. Le plafond de ce cagibi était beaucoup plus haut que celui des autres, et l'éclairage devait venir d'une pièce adjacente tout en haut. Marie eut un sursaut de dégoût quand une toile d'araignée s'accrocha à son front et, dans son mouvement de recul, son pied heurta un morceau de bois appuyé contre la paroi. Appliquée à rester aussi silencieuse que possible, la jeune femme tâcha d'identifier en le tâtant l'objet qu'elle venait de rencontrer. Elle réprima une exclamation quand elle se rendit compte qu'elle avait sous la main une échelle. Se contorsionnant de son mieux pour la faire passer devant elle, elle parvint à l'appuyer sur les planches que la lumière semblait désigner d'une flèche. L'échelle n'était pas très haute, à peine cinq échelons, mais ce fut suffisant pour amener Marie à la hauteur de la fente dans la paroi. Elle y risqua un œil prudent… et la surprise la fit presque dégringoler de son perchoir ! Elle se trouvait tout juste derrière Chamberlain, assis dans un fauteuil auquel faisaient face Marek et son second. À la droite de l'armateur, elle devinait la présence de Saint-Yves, qui semblait bien être la quatrième personne dans le salon.

Les quatre hommes semblaient prendre part à une conversation animée, mais Marie, qui en percevait le murmure, ne pouvait en déchiffrer les paroles. En appuyant l'oreille directement sur la fente du bois, elle entendait la conversation plus clairement. Elle allait devoir choisir entre voir ou entendre.

— Ainsi donc, vous m'apportez mon dû, ma commission devrais-je dire, disait Chamberlain. L'opération a donc été fructueuse.

— Certes oui, répondit Marek, et au-delà de mes espérances. Encore une fois, Chamberlain, vos renseignements se sont révélés exacts. Si ce pigeon voyageur ne m'avait apporté votre message m'informant de la cargaison réelle de ce bateau, jamais je ne m'y serais attaqué. Qui aurait pu croire que dans sa cale il transportait tant de richesses ? D'où tenez-vous donc vos informations ?

— Ah ça, l'ami, ça restera mon secret ! Vous comprendrez que je me dois de préserver mes sources. Qui sait si un jour vous n'auriez pas idée de sauter par-dessus moi ?

Marek éclata de rire.

— Vous avez vu pleuvoir, cher ami. Mais comment pourrai-je me passer d'un allié aussi précieux que vous ? J'ai plutôt l'impression que notre collaboration ne fait que commencer. Avec votre perspicacité et ma force de frappe, c'est la fortune qui nous attend.

Marie était perplexe. De quoi donc parlaient ces hommes ? Ils semblaient bien se connaître, faire des affaires ensemble. Mais pourquoi ce rendez-vous au milieu de la mer ? Et comment connaissaient-ils si précisément leur position à un jour donné pour s'y retrouver comme s'il s'était agi d'aller se rencontrer à une quelconque taverne ? Les pigeons voyageurs devaient y être pour quelque chose. Marie se souvenait d'avoir vu deux matelots en embarquer quelques-uns en cage lorsqu'ils étaient à Saint-Malo. Mais la navigation étant ce qu'elle était, le rendez-vous avait dû être planifié longtemps d'avance. Marek poursuivait.

— Voici donc la part qui vous revient. Tel que convenu, vous trouverez là la moitié de ce que les Irlandais envoyaient à Louis XIV, en remboursement d'une vieille dette. Et j'ai bien l'impression qu'ils y avaient ajouté les intérêts !

Marie entendit Chamberlain tasser sa chaise et claquer la langue.

— Peste ! C'est là bien joli, monsieur. Vraiment, notre association me comble d'aise !

Marie ne put résister à la tentation de jeter un coup d'œil… Marek tenait devant lui un coffre joliment ciselé, ouvert sur un amoncellement de pièces d'or, plus qu'elle n'en avait jamais vu dans sa vie entière ! Même la carrure corpulente de Chamberlain, qui pourtant lui cachait à moitié la vue, ne parvenait pas à faire écran au miroitement des pièces dans le soleil qui entrait à larges flots par le hublot. Mais elle n'était pas au bout de ses surprises.

— Qui aurait pensé, gouailla Marek, qu'un bateau marchand, en apparence si anodin, recelait un tel trésor ? Vraiment, Chamberlain, si ce n'avait été de vous, j'aurais certes laissé passer son chemin au *Green Clover*. Qu'avais-je à faire de marchandise textile et de ballots de laine ?

Marie étouffa un cri de sa main et son geste la déséquilibra. Instinctivement, elle tenta de se raccrocher devant elle et, de ce fait, racla des ongles les planches de la paroi. Elle avait évité la chute, mais le grattement avait été entendu.

— Qu'est-ce que c'est ? dit Chamberlain en se retournant.

Marie se plaqua sur le mur opposé, faisant un angle aigu audessus du vide. De sa position, elle ne pouvait ni voir ni entendre ce qui se passait dans le salon.

Saint-Yves s'était approché.

— Le bruit venait d'ici, dit-il, et il n'y a rien derrière ce mur. Ce devait être une souris qui passait par là.

Mais déjà Chamberlain s'était désintéressé de l'interruption, tandis que Marek continuait à fixer le mur comme s'il avait pu voir au travers.

— Allons, messires, trinquons à ce nouveau succès et aux richesses qui nous attendent, dit Chamberlain en versant de larges rasades de rhum dans des coupes d'étain.

Marek restait tendu.

— Vos hommes sont sûrs, Chamberlain ? Il n'y a personne qui ne puisse nous entendre ici ? En tant que corsaire du roi, je serais en très fâcheuse position si nos affaires venaient à se découvrir.

Le regard de l'armateur devint aussi dur et tranchant que l'un des sabres d'abordage de son bateau.

— Si l'un de ces chiens qui font avancer mon bateau venait à apprendre quoi que ce soit, il ne vivrait pas assez longtemps pour aller le répéter à quiconque…

Rassuré sur ce point, Marek s'empara de la coupe qui était devant lui et la vida d'un trait.

⚓

Marie n'avait pu entendre la suite de la conversation. Outre le fait qu'elle tentait de rester le plus possible éloignée de la paroi qui la séparait du bureau tout en conservant un équilibre fort précaire, les battements désordonnés de son cœur faisaient un tel bruit à ses oreilles qu'il lui semblait que l'équipage en entier devait les entendre.

Elle savait donc maintenant ce qui s'était passé, pourquoi l'innocent bateau marchand irlandais, en apparence du moins, avait été l'objet de la convoitise de Marek. Mais s'il trimballait une telle fortune à bord, n'aurait-il pas dû être mieux défendu ? Il faut dire que l'*Orgueil de France* était l'un des navires les mieux armés du royaume, et que le corsaire était à la tête d'une troupe aguerrie et rompue aux attaques de vaisseaux ennemis. Les nombreuses prises qui avaient fait sa réputation en étaient les meilleurs témoins.

Mais avant de pousser plus loin sa réflexion, il lui fallait quitter son perchoir et regagner son poste, où son absence devait commencer à se faire remarquer. Elle sortit sans encombre du placard et tâcha tant bien que mal de secouer la poussière qui s'attachait à ses vêtements. Elle n'eut pas à se cacher au moindre regard, le bateau semblait être curieusement désert. Elle en eut soudain l'explication lorsque, en arrivant sur le pont principal, elle vit l'équipage au complet rassemblé dans un garde-à-vous un peu malhabile, mais plein de bonnes intentions. Marie se faufila le plus discrètement possible auprès de Mathieu, mais sans pouvoir échapper au regard courroucé de Dubousquet.

— Où étais-tu ? murmura Mathieu entre ses dents. Chamberlain voulait que tout l'équipage soit sur le pont pour saluer le départ de son visiteur. Et Dubousquet s'est rendu compte que tu n'étais pas là, j'espère pour toi que tu auras une bonne explication à lui donner.

Marie grimaça.

— Je ne me sentais pas bien et j'ai dû aller en hâte aux poulaines.

— Il t'en a fallu du temps...

Marek, suivi de ses deux hommes, s'apprêtait à quitter le bateau. Il se tourna vers Chamberlain et dit d'une voix forte, de façon à être entendu de tout le monde :

— Au nom du roi, je vous salue, monsieur. La France a besoin de bons serviteurs comme vous. Par vos affaires, vous contribuez à la bonne réputation commerciale du royaume et mettez ce pays sur la voie du progrès. Sachez, monsieur, que vous pourrez toujours compter sur mon assistance et sur celle de mon équipage, et que ce sera toujours un honneur pour moi que de croiser votre chemin.

— Tu parles, grinça Marie, quelle comédie !

— Qu'est-ce que tu dis ? demanda Mathieu.

— Non rien, laisse...

Des vivats saluaient la déclaration du corsaire et Marie n'entendit pas la réplique de l'armateur. Elle vit seulement que

Saint-Yves s'était tenu à l'écart de ces civilités, le visage fermé et les deux mains jointes derrière lui. Sitôt que la chaloupe du corsaire eut atteint son navire, Chamberlain retourna à grandes enjambées vers ses quartiers, laissant l'équipage aux mains de son capitaine, qui les renvoya illico au travail.

Chapitre 13

Depuis la visite de Marek, survenue deux jours plus tôt, Marie encaissait le choc des révélations qu'elle avait surprises. Apprendre que son père avait en fait été la victime innocente de la cupidité d'un des hommes les plus admirés du royaume et de l'armateur pour lequel elle travaillait l'avait plongée dans une espèce de morosité teintée de fatalisme, dont elle avait peine à se sortir. Même Mathieu s'était inquiété du mutisme de son compagnon, auprès de qui son babillage ne trouvait plus écho.

— Mais qu'est-ce qui t'arrive ? On dirait que plus rien ne t'intéresse. Tu es toujours à rêver à Dieu sait quoi. Chose certaine, ça ne doit pas être bien drôle, tu as le visage aussi gris qu'un ciel de novembre.

Et Marie ne répondait pas, perdue dans les méandres de ses pensées, qui la menaient bien loin de ses compagnons, vers les soleils d'une vie disparue où elle avait perdu famille, innocence et foyer. Elle ne réagissait même plus aux réprimandes de Dubousquet, qui ne se gênait pas pour la harceler. Mécontent des faveurs que le nouveau statut d'aide-chirurgien avait données à son mousse, il se reprenait chaque fois que ce dernier était sous ses ordres, pour lui donner les tâches les plus désagréables à faire et le houspiller quand il était à portée de voix. Quant à lever la main sur lui, ce n'était pas l'envie qui lui manquait, mais il n'osait pas ; les hommes de l'équipage étaient soudainement devenus très protecteurs envers ce jeune mousse aux mains agiles, qui savait recoudre une blessure en laissant tout au plus une petite cicatrice. Cela les changeait des balafres tortueuses de Legault, qui avaient jusqu'à ce jour modifié passablement la physionomie de plus d'un d'entre eux.

Marie était comme tétanisée. Que pourrait-elle faire, elle, si faible et si seule, pour se venger de ces hommes puissants qui n'avaient qu'à lever le petit doigt pour qu'une armée de mercenaires leur obéisse ?

— Je ne te reconnais plus, poursuivait Mathieu, toi, toujours si curieux, si avide de tout connaître, voilà que tu es silencieux et morose : c'est à peine si tu me réponds quand je te parle.

Marie poussa un soupir et, afin de se soustraire aux questions de son ami, elle marmonna quelque chose au sujet de cordages à vérifier et s'en alla plus loin sur le pont. Haussant les épaules, Mathieu renonça à la suivre et retourna à ses occupations.

⚓

On approchait maintenant des côtes du Maroc. On allait bientôt voir se profiler la terre à l'horizon. Mais le vent s'était fait paresseux, et les voiles pendaient mollement à leur mât. La mer avait pris une couleur jaunâtre qui n'annonçait rien de bon. La nuit tombait rapidement, alors que le soleil était caché depuis belle lurette derrière un édredon de nuages menaçants. Son quart de travail fini, Marie alla dérouler son hamac pour la nuit. Épuisée par les émotions des derniers jours, elle ne tarda pas à s'enfoncer dans un sommeil profond.

À peine quelques instants plus tard, lui sembla-t-il, elle fut réveillée par des cris et un branle-bas inhabituel. Tous les hommes se jetaient au bas de leur hamac, pressés par les cris hystériques de Dubousquet.

— Tout le monde sur le pont ! Chacun à son poste ! C'est l'état d'urgence !

Encore tout ensommeillée, Marie fit comme tout le monde, sauta dans sa culotte et ses bottes. Le bateau était secoué durement et les hommes gardaient difficilement leur équilibre. Dehors, c'était le chaos. Le pont était balayé par de grandes giclées d'eau et les voiles claquaient durement, malmenées sur leurs deux surfaces à la fois par un vent tourbillonnant et vicieux. Plusieurs étais s'étaient rompus du mât de misaine et sifflaient dangereusement au-dessus de la tête des hommes. Saint-Yves tentait d'être partout à la fois, mais ses ordres se perdaient dans la bourrasque.

L'homme de barre tentait tant bien que mal de tenir la roue, et ses efforts consistaient plus à éviter que le bateau ne vire sur lui-même qu'à maintenir un cap quelconque. En situation de tempête, chacun avait un rôle bien défini à tenir sur le bateau, et celui de Marie et de quelques autres mousses était de tenter d'arrimer tout ce qui risquait de passer par-dessus bord, ou de tout simplement lancer dans les écoutilles les plus petits objets. Les déplacements sur le pont étaient plutôt malaisés, le plancher était glissant et l'eau salée piquait les yeux. Puis soudain, le tonnerre éclata, venant se joindre à la fête. Les voiles avaient été ramenées et le bateau semblait nu, dépouillé de ses atours. Ses mâts pointaient vers le ciel comme de longs doigts maigres qui tentaient de s'accrocher aux nuages. Les éclairs baignaient la scène d'une lumière irréelle, figeant les gestes dans un éclat blafard, noyé aussitôt par les tonnes d'eau qui s'abattaient sur l'*Imperator*.

Dans un fracas lugubre, le grand mât reçut une décharge du ciel en plein cœur et, dans un gémissement qui pétrifia tous les hommes, amorça sa chute vers le pont. Il resta suspendu à une dizaine de toises de hauteur, retenu par l'étai de grand mât de hune qui le reliait au mât de misaine, encore debout. Mais à chaque secousse du bateau, il oscillait dangereusement, comme une épée suspendue au-dessus des têtes, menaçant de trancher des vies à chaque instant.

Comme chacun des hommes, dont la survie était liée à celle du bateau, Marie courait partout sur le pont en tentant d'épauler le navire dans sa lutte contre les éléments déchaînés. Mais ses efforts étaient dérisoires, et elle assistait impuissante à l'enchaînement des événements. Le bateau tanguait fortement sous l'assaut des vagues de plus en plus hautes, et les hommes devaient s'accrocher à n'importe quoi, ce qui leur tombait sous la main, pour éviter d'être emportés par une vague. D'ailleurs, il restait bien peu de membres de l'équipage sur le pont. Sauf ceux qui étaient essentiels au maniement du bateau, la plupart avaient trouvé refuge dans l'entrepont ou avaient regagné la batterie en espérant que la tempête se calme.

Marie s'apprêtait à faire comme eux. Ses forces s'épuisaient à lutter contre la mer et le vent, unis dans une sarabande infernale où les hommes et les bateaux n'étaient que des jouets. Alors qu'elle marchait péniblement vers l'escalier qui menait à l'entrepont, en s'accrochant au bastingage, une vague monumentale s'abattit sur le pont et lui fit lâcher prise. Emportée par l'eau, aveuglée par le sel, elle perdit pied et se mit à glisser, incapable de stopper sa chute. Ses ongles griffaient en vain le bois, ses bras s'écorchaient sur le bastingage, et elle sentit avec terreur que ses pieds ne rencontraient plus que le vide, elle allait passer par-dessus bord ! Déjà ses jambes battaient l'air, et ses contorsions pour lutter contre la glissade ne faisaient qu'accélérer sa chute vers la mer. Elle pensait que tout était perdu quand elle sentit une poigne solide se refermer autour de son poignet et la tirer vers le pont. Ses écorchures brûlaient sous la pression des doigts de fer qui l'enserraient, mais cette douleur signifiait la vie. Son sauveur l'attira jusqu'au mât de misaine, où elle put prendre appui et, essuyant l'eau qui ruisselait dans ses yeux, elle leva le visage vers lui. Immédiatement elle reconnut Saint-Yves, tout aussi trempé qu'elle. Sa chemise en lambeaux témoignait du travail acharné qu'il faisait sur son navire en péril. Marie ouvrit la bouche pour le remercier quand elle remarqua qu'il la regardait avec stupéfaction.

D'abord surprise, elle ne tarda pas à comprendre. Lorsqu'on l'avait tirée de son sommeil, elle avait à peine pris le temps d'enfiler une culotte et ses bottes, laissant sa large chemise blanche flotter sur ses hanches, sans les habituels bandeaux et camisoles qu'elle portait dessous. Et maintenant, dégoulinante d'eau, cette chemise lui collait à la peau et ne cachait plus rien de ses formes féminines. Un instant, leurs regards se croisèrent mais, à ce moment précis, un cri retentit sur le pont : « Un homme à la mer ! »

— Toi, reste ici, lâcha Saint-Yves en courant vers l'endroit d'où provenait le cri.

Un instant figée, Marie se ressaisit rapidement. Elle alla se mettre à l'abri, près de l'entrée qui menait à l'escalier de l'état-major, calée contre un coffre de bois où l'on entassait du matériel d'urgence. Il lui fallait réfléchir à la situation. Son esprit enfiévré, encore secoué par la grande frayeur qu'elle venait de vivre, avait du mal à se concentrer sur le problème.

Pelotonnée dans un recoin, elle enserra ses genoux de ses bras et y posa la tête, s'accordant quelques instants de repos. Saint-Yves savait maintenant qu'elle était une femme : sa double vie à bord devenait impossible. Il lui faudrait répondre à une multitude de questions, elle serait confrontée à Chamberlain, on pourrait même la considérer comme passager clandestin et la mettre aux fers ou, pire encore, la livrer aux hommes de l'équipage ou à l'armateur. À cette seule pensée, elle eut une nausée. Plutôt mourir que de revivre la scène de la plage ou sentir les doigts gras de Chamberlain sur sa peau. Elle avait toujours su qu'elle jouait avec le feu en montant sur ce bateau, mais tout allait si bien qu'elle avait baissé sa garde. La situation d'urgence qui l'avait tirée hors de son hamac expliquait qu'elle ait oublié de prendre les précautions les plus élémentaires pour sauvegarder son identité, mais elle s'en voulait terriblement d'avoir été si négligente. Il lui fallait maintenant se ressaisir et décider de ce qu'elle ferait.

La tempête semblait se calmer. Le vent soufflait encore avec rage, mais l'orage paraissait s'éloigner. Les éclairs se distançaient du tonnerre, et plus rares étaient les vagues qui baignaient le pont. On y voyait très peu d'hommes, mais on pouvait penser que lorsque la mer serait redevenue calme, tous travailleraient d'arrache-pied à remettre le navire en état de regagner la terre ferme, où l'on pourrait procéder aux réparations importantes qu'il nécessitait.

L'idéal aurait été de fuir, et c'était chose possible car la terre n'était pas loin. Il lui suffirait de se faire un radeau de fortune avec quelques bouées et une toile : les quelques milles qui la séparaient de la côte ne l'effrayaient pas car elle était bonne nageuse. Son esprit fatigué lui envoyait par séquences rapides les événements qu'elle avait vécus au cours des derniers jours, comme s'il y avait là un message qu'elle devait déchiffrer. Elle revit Marek, arrogant dans le soleil, le placard sombre d'où elle avait surpris les révélations concernant le *Green Clover,* l'or miroitant dans le coffre... Elle redressa soudainement la tête. L'or ! Mais bien sûr ! C'était la clé de son problème ! Cet or lui appartenait en partie, il provenait du bateau qui portait en lui tant d'espoir pour sa famille, il lui revenait donc de droit. Si elle pouvait mettre la main dessus et s'enfuir, elle pourrait construire le bateau de ses rêves et sillonner à son tour la mer, à rechercher vengeance et fortune.

Une porte battait derrière elle comme un signal, comme un appel. Personne ne s'était approché d'elle, chacun ayant beaucoup mieux à faire. Tous les membres de l'état-major étaient occupés, et il y avait fort à parier que le salon du commandant était désert. Marie prit une grande inspiration et se faufila à l'intérieur.

Ayant déjà parcouru ce chemin avec Saint-Yves, elle n'eut aucun problème à retrouver la porte du salon. La poignée résista à sa pression, et Marie dut se rendre à l'évidence, elle était verrouillée. N'ayant aucune expérience des serrures, elle ne pensa même pas à tenter de la faire jouer. En observant la porte de près, elle vit que l'humidité en avait fait travailler le cadre, et son doigt perçut un léger espace au niveau de la poignée. Elle ressortit par où elle était entrée et se glissa jusqu'au coffre d'urgence. Il n'était pas cadenassé, prêt à servir rapidement en toute situation. Pour elle, il s'agissait bien d'une situation d'urgence. Tâtant dans le fourbi de lanternes, de filets, de perches et d'autres objets dont elle se demandait bien l'utilité, elle trouva enfin ce qu'elle cherchait : un solide pied-de-biche. Tenant la barre de fer dans ses mains, elle retourna vers le salon du commandant, toujours sans rencontrer âme qui vive.

Elle poussa l'extrémité du pied-de-biche dans l'interstice qu'elle avait décelé et de toutes ses forces exerça une pression sur le levier. Un léger craquement se fit entendre. Elle poussa un peu plus loin la barre dans le nouvel espace qu'elle s'était aménagé et appuya encore fortement. Les mois de travail sur le bateau lui avaient donné de la force, et le bois craqua à nouveau. Repositionnant son pied-de-biche, elle ne voulait pas simplement ébrécher la porte, elle l'enfonça encore plus profondément au niveau de la serrure. Puis elle se recula légèrement et donna un solide coup de pied sur la barre, qui arracha dans un craquement sec une grande latte de bois de la porte, laissant une partie de la serrure à nu. Marie reprit l'outil, puis s'acharna sur le mécanisme, qui ne résista pas longtemps aux assauts de la barre de fer. Subitement, la porte s'ouvrit devant elle.

Elle était venue ici guidée par une sorte d'intuition. En fait, rien ne garantissait que le coffre plein d'or se trouve toujours dans cette pièce, mais c'était la seule chance qu'elle avait. Elle pouvait encore profiter de quelques minutes, une heure peut-être, de calme relatif pendant que tout l'équipage s'efforçait de maintenir le navire à flot.

Marie eut tôt fait de faire le tour du mobilier, rien ne ressemblait de près ou de loin à un coffre. La table était comme toujours encombrée de cartes et d'instruments de mesure pour la navigation ainsi que de quelques pochettes de cuir remplies de tabac à priser. Délaissant la table, elle s'attaqua à l'armoire d'acajou. Elle était fermée à clé, mais en passant la main sur le haut du meuble, Marie y découvrit la clé, simplement posée là sans précaution. Cela n'augurait rien de bon, mais par acquit de conscience elle fit jouer la serrure et ouvrit l'armoire. La porte grinça un peu sur ses charnières, un autre effet de l'humidité, et Marie découvrit une série de livres de bord reliés de cuir bourgogne. Ils étaient datés, les plus vieux remontant à dix ans. La jeune femme ne put s'empêcher de prendre le plus récent d'entre eux et d'en ouvrir les pages au hasard. Elle ne tarda pas à comprendre qu'elle avait sous les yeux un relevé de tous les bateaux que l'*Imperator* avait croisés.

« … vu le *Mercure*, navire marchand de quatre-vingt-dix tonneaux, de Marseille. Cargaison intéressante de pièces d'orfèvrerie et de cuir fin. Grandes possibilités de profit. Messager envoyé à M. de OdF. »

« M », ce ne pouvait être que Marek, alors que l'abréviation « OdF » signifiait sûrement l'*Orgueil de France*. Et sous ces lignes, on avait ajouté à la main : « Bateau arraisonné le 13 mars. Rencontre le 30, profit net, cinquante mille louis. »

Marie était ébahie. Ainsi Chamberlain et Marek ne se contentaient pas des navires étrangers, ils assaillaient aussi leurs compatriotes. Et comme le bateau du corsaire était connu de tous, aucun maquillage ne pourrait jamais transformer totalement ce bateau aux yeux des Français ; il ne devait donc pas laisser de témoins derrière lui. Ainsi, ses mains, et celles de Chamberlain, baignaient dans le sang français…

Elle aurait bien aimé poursuivre sa lecture et trouver les lignes qui parlaient du *Green Clover*, mais le temps pressait et elle n'avait aucune envie d'être découverte. Elle aurait aussi aimé emporter avec elle ce livre dont les écrits pourraient certainement lui être fort utiles un jour, mais comme sa fuite allait inévitablement passer par un séjour dans l'eau, il deviendrait inutilisable. Mieux valait le laisser là et tenter éventuellement de le reprendre à une autre occasion. Elle referma avec soin l'armoire, replaçant la clé à l'endroit où elle l'avait trouvée.

Son regard fit désespérément le tour de la pièce quand il s'arrêta au mur derrière lequel elle avait entendu la conversation entre l'armateur et son complice. Bien que juchée au dernier échelon de l'échelle dans l'étroit passage qu'elle avait découvert où sa tête effleurait le plafond, Marie s'apercevait maintenant qu'elle n'était arrivée qu'à la hauteur du dossier des chaises de la pièce où elle se trouvait. Qu'y avait-il donc au-dessus qui l'avait empêchée de monter plus haut ? Ses yeux se posèrent sur la toile, dont la présence l'avait surprise lors de sa première visite dans ce salon. C'était une huile représentant une gardeuse d'oies et ses volailles près d'une petite mare. La naïveté de l'œuvre étonnait dans cet univers d'hommes, et elle se demandait bien ce qui avait poussé Chamberlain à la placer là dans cette pièce. D'autant plus que le cadre n'était pas très grand, en rapport avec les œuvres prisées de l'époque.

Fronçant les sourcils, Marie s'en approcha. Passant le doigt sur le cadre de la toile, elle vit que celle-ci ne bougeait pas d'un pouce. Regardant de plus près, elle nota qu'elle était solidement fixée aux quatre coins. Cherchant avec quoi la déplacer, elle pensa au pied-de-biche qui lui avait ouvert la porte du salon. Cela ferait l'affaire, et tant pis s'il s'agissait là d'une première œuvre d'un grand maître. Elle eut beaucoup moins de difficulté à arracher la toile qu'à défoncer la porte, et elle sentit que ses efforts allaient être récompensés quand elle découvrit une porte coulissante, fermée elle aussi à clé. Là encore, le pied-de-biche fit merveille. Elle aurait certainement été capable de faire jouer le loquet de la serrure si elle en avait pris le temps. C'était d'ailleurs étonnant de trouver un mécanisme aussi élémentaire dans un tel endroit. Finalement la porte glissa, et Marie étouffa un cri en voyant le coffre convoité. Elle l'ouvrit fébrilement et les pièces d'or brillèrent tranquillement, comme éclairées de l'intérieur. Mais le coffre était lourd, et il était impensable de songer à s'évader en trimballant un tel poids. Elle se souvint brusquement des pochettes de tabac. Retournant à la table, elle les vida de leur contenu, il y en avait cinq, et les remplit rapidement de pièces d'or. Elle les attacha à sa ceinture et les passa à l'intérieur de sa culotte. Constatant qu'il restait encore des pièces au fond du coffre, elle les glissa dans ses bottes. Ce ne serait pas l'idéal pour marcher, mais dans l'eau elle ne verrait pas la différence. Il lui fallait maintenant sortir au plus vite du salon et chercher un moyen de quitter le bateau.

⚓

Lorsqu'elle ressortit sur le pont, elle le trouva étrangement calme et vide. La mer s'était apaisée et le vent était tombé aussi brusquement qu'il s'était levé. Cette tranquillité n'allait pas la servir, il était plus difficile de passer inaperçu dans de telles conditions que dans la fébrilité des manœuvres d'urgence. Et à cette heure-ci, Saint-Yves devait parcourir le bateau à sa recherche. Voulant éviter le plus possible de faire des rencontres non désirées, Marie se glissa dans une écoutille qui lui permit de rejoindre le premier pont sans être vue. Elle voulait aller jusqu'au troisième pont, plus près du niveau de la mer, d'où elle espérait se faufiler par un sabord et nager jusqu'à la côte. L'entreprise était périlleuse, elle le savait bien, mais avait-elle le choix ? Le vol qu'elle avait commis la mettait au pied du mur ; son seul salut se trouvait dans la fuite. Si le fait qu'on eût découvert qu'elle était une femme la plaçait déjà dans une situation délicate, qu'en serait-il si on la trouvait les poches pleines d'or ? Ce serait la pendaison au grand mât à coup sûr... peut-être après avoir été servie en pâture à l'équipage... Encore une fois, à cette idée, elle ne put réprimer un frisson d'horreur.

Jusque-là, la chance l'avait servie, elle n'avait pas rencontré âme qui vive. Alors qu'elle s'approchait de l'escalier qui descendait plus profondément dans les entrailles du navire, elle faillit se heurter à trois hommes munis d'une lanterne qui montaient les escaliers. Précipitamment, elle se retrancha derrière le coin du mur, bénéficiant là de la protection de la pénombre.

— Chose certaine, il n'a pas pu se cacher dans la cale, à moins qu'il n'aime la compagnie des rats et que l'humidité ne le dérange pas. On aura beaucoup d'eau à écoper si on ne veut pas qu'elle atteigne les vivres.

— Ouais, mais il faut continuer à chercher, j'ai rarement vu le capitaine aussi furieux. Le bateau a été rudement secoué et il veut malgré tout qu'on lâche tout pour retrouver ce morpion...

— Dommage quand même, j'aimais autant avoir affaire à lui qu'à Legault. Mais là, à voir la fureur du capitaine, je doute qu'il puisse jamais soigner quiconque après lui être passé entre les mains.

— Et vous avez entendu la rumeur, il paraît qu'il a volé la solde des gars… Petite ordure, il s'est bien gagné notre confiance.

Marie ne put en entendre plus parce que les hommes avaient obliqué vers elle. Le cœur battant, elle fit marche arrière le plus doucement possible, évitant de faire tinter les pièces dans ses bottes. Voilà, on était donc à sa recherche, et le meilleur moyen de s'assurer que tous les hommes la chercheraient avec ardeur, c'était bien sûr de leur faire croire qu'elle était partie avec la part qui leur revenait. Saint-Yves avait dû inventer cette fable pour motiver les hommes, et Marie ne pouvait s'empêcher de sourire en se disant que finalement il n'était pas loin de la vérité.

Marie connaissait le ventre du bateau comme le fond de sa poche. Elle se glissa sans bruit jusqu'à un petit escalier de service qui menait directement à la cale. De là, elle pourrait regagner un autre escalier qui la ramènerait vers le troisième pont, prenant ainsi les hommes à revers. L'escalier était étroit et glissant. La moisissure s'accrochait aux marches parce qu'il était très peu employé. Marie l'avait découvert un jour au hasard de ses promenades, mais jamais encore elle n'avait eu à l'utiliser.

Elle se retrouva rapidement dans la cale, où l'atmosphère humide était étouffante. Elle devait la traverser au complet, afin de regagner l'escalier qui la ramènerait vers ce qu'elle espérait être la liberté. Ses pieds clapotant dans une eau saumâtre, Marie enjambait tant bien que mal les varangues du fond de cale. L'espace n'était pas vide comme elle l'aurait cru, mais plutôt entrecoupé de poutres de supports et de cloisons sur lesquelles étaient entassés des sacs de ce qui avait dû être des victuailles sèches comme des pois et des lentilles. Des sacs de biscuits y étaient aussi entreposés. Marie eut une moue de dégoût en se souvenant de ce que lui avait un jour raconté le cuistot à leur sujet.

« Quand les biscuits sont entreposés dans la cale, avait-il dit, il n'est pas rare qu'ils soient envahis par les asticots. Pour les chasser, on a une méthode infaillible. Il suffit de poser un poisson sur le dessus d'un sac de biscuits ouvert, et les asticots, attirés par l'odeur, recouvrent le poisson. On n'a plus qu'à le jeter à la mer et à recommencer si un seul traitement n'a pas suffi. » De ce jour, Marie n'avait plus jamais touché à un biscuit, trouvant toujours sans peine quelqu'un qui s'offrait pour le manger…

L'obscurité presque totale ne facilitait pas les déplacements de la jeune femme. Elle avançait prudemment, en évitant le plus possible de faire du bruit, juste au cas où quelqu'un aurait l'idée de revenir dans la cale. Mais elle eut grand-peine à retenir un cri quand elle trébucha sur quelque chose de chaud et de mou, et que ce quelque chose lui répondit par un grognement. Elle se retrouva à quatre pattes, effleurant de sa main un rat qui s'enfuit en poussant de petits cris.

— Fais attention où tu mets les pieds ! entendit-elle dire. Tu vois bien que je ne peux pas me tasser.

La voix grave était teintée d'un fort accent. Marie se retourna et devina plus qu'elle ne vit une silhouette noire enchaînée à une cloison. À en juger par l'ombre qui se détachait du bois gris, ce devait être un homme de forte corpulence, et les maillons des chaînes qu'il avait aux poignets et aux pieds témoignaient ardemment de sa force. Marie eut instinctivement un geste de recul. L'homme se mit à rire, ses dents luisant étrangement dans la pénombre.

— Pardieu ! mon gars, je vois bien mal ce que je pourrais te faire arrangé comme je suis ! Mais toi, qu'est-ce que tu fais ici ? Attends, ne serais-tu pas le moussaillon qu'on recherche ? Celui pour qui on a fouillé la cale de fond en comble ?

Comme Marie restait muette, le géant reprit :

— Ben ça alors ! Qu'est-ce que tu comptes faire ? Tu ne peux pas te cacher éternellement sur un bateau, tôt ou tard, on te trouvera bien. Et là, mon cher, je ne donne pas gros de ta peau ! Ma situation te fera envie, si tu veux savoir ce que j'en pense. Paraît que tu es parti avec la solde des gars… C'est pas une façon de se faire des amis !

— Vous en savez pas mal pour un prisonnier enchaîné, ne put s'empêcher de répliquer Marie.

— Ah ça ! Il suffit d'écouter. J'ai les chaînes aux pieds et aux poings, pas dans les oreilles.

Marie allait tourner le dos à cet inconnu bavard quand elle vit des lumières percer l'obscurité près de l'escalier d'où elle venait. Trois ou quatre lanternes se balançaient et progressaient dans sa direction. Affolée, elle chercha autour d'elle un endroit où se cacher, quand le prisonnier reprit d'une voix étouffée :

— Écoute, mon gars, tu es mal pris. Pour adoucir quelque peu mon séjour dans ce bateau, il suffit que je beugle par tous les diables que tu es ici. Mais j'ai idée que tu as un plan derrière la tête, même si je ne sais trop comment tu penses pouvoir t'échapper. Je vais faire un marché avec toi : t'es pas bien gros, tu peux facilement te cacher derrière moi. Assis comme je suis, je te ferai un bon écran. Ils n'auront pas idée de te chercher là. En échange, tu m'amènes avec toi. Et qui sait, je te serai peut-être utile. Je n'ai pas idée à quelle distance on est de la côte, mais à deux on a peut-être plus de chance d'y arriver. Et ma force peut te servir…

Marie n'eut pas beaucoup de temps pour jauger la proposition, les hommes approchaient rapidement d'elle. Ils ne l'avaient pas encore vue, mais ça n'allait pas tarder.

— Marché conclu ! lui dit Marie. Mais gare à toi si tu me mens…

C'était là bien présomptueux de sa part, mais son salut dépendait de l'habileté de cet homme à jouer la comédie.

Chapitre 14

Marie n'eut aucune difficulté à se glisser derrière l'homme, mais l'odeur qu'il dégageait n'avait rien pour rendre confortable sa position. Il se cala sur elle, et elle disparut complètement derrière les larges épaules du prisonnier. Il était temps. Ses poursuivants arrivaient, baignant tous les recoins de la cale de la lumière tremblotante de leur lanterne. Arrivés près de l'homme enchaîné, l'un d'entre eux ne put s'empêcher de lui décocher un coup de pied sur les jambes.

— Toujours là, toi, dit-il en crachant par terre, ratant de peu la culotte déjà maculée de l'homme. Y a pas à dire, y en a qui se la coulent douce !

Marie reconnut la voix aigrelette de celui qu'on avait surnommé Grincheux et se rappela sans aucun effort les regards mauvais qu'il lui lançait à chaque fois qu'ils se croisaient. Ce serait pour lui certainement un plaisir féroce que de la débusquer... Elle étouffa un soupir de soulagement lorsque, enfin, lui et son acolyte s'éloignèrent. Marie et son protecteur attendirent encore quelques instants, s'assurant que la cale était vide à nouveau.

Puis elle se glissa hors de sa cachette.

— Et maintenant, mon garçon, à toi de tenir parole.

La jeune femme chercha autour d'elle quelque chose qui lui permettrait de briser les chaînes du prisonnier. Bien sûr, il n'y avait rien tout près de lui. On avait pris soin d'écarter de l'homme tout objet dont il aurait pu se servir, même si ses chaînes ne devaient théoriquement lui permettre aucun mouvement. Il semblait que l'on respectait au plus haut point la force du prisonnier.

— Il n'y a rien ici qui puisse nous être utile, dit-elle, je vais aller chercher plus loin.

Levant une main pour faire taire les protestations qu'elle sentait venir, elle ajouta :

— Vous pouvez avoir confiance en moi, je n'ai qu'une seule parole.

Elle ne fut pas partie bien longtemps. Elle revint avec un crochet entre les mains. Il y avait, dans un réduit de la cale, un filet qui gisait emmêlé sur le sol…

— On va essayer avec ça, ça devrait faire l'affaire.

S'attaquant au bracelet du poignet droit, Marie essaya de crocheter la serrure. Mais c'était difficile. Le mécanisme n'avait pas été huilé depuis longtemps et la pointe du crochet était un peu large pour l'ouverture. Elle glissa soudainement contre le métal et érafla la peau de l'homme. Celui-ci serra les dents, mais ne laissa échapper aucune plainte.

— Désolée !

Marie s'acharna sur la serrure et, finalement, la pointe du crochet pénétra dans l'ouverture. Marie essaya alors de le faire pivoter et encore une fois l'opération fut très difficile. Ses mains meurtries la faisaient souffrir, et elle avait beau y mettre toute sa force, rien ne bougeait. Découragée, elle se laissa aller sur la cloison, histoire de reprendre son souffle et de détendre les muscles de ses bras.

— Ça ne fonctionnera pas ainsi ! lui dit l'homme de sa voix basse. Tu as peut-être bien de la bonne volonté, mais vu ta grosseur, bien peu de force. Va plutôt chercher quelque chose que l'on pourrait entrer dans l'ouverture du crochet et qui te servirait de levier.

L'idée était bonne et Marie partit en quête d'un bâton assez fort pour faire pivoter le crochet. Il y avait un amas de ferraille dans un coin et, parmi nombre d'objets inutiles, Marie découvrit la garde d'une épée avec un petit bout de lame émoussée, qui avait dû être brisée dans une bataille. Elle avait la taille parfaite. Elle n'eut aucune peine à entrer le bout de la lame dans le crochet et commença à la tourner pour faire sauter la serrure, en espérant très fort qu'elle ne se brise pas plus. Le mécanisme était peut-être vieux et mal entretenu, mais il était très solide. Le bracelet de fer entailla le poignet de l'homme, et le sang se mit à couler. Marie stoppa net ses efforts.

— Je vais vous blesser...

— Ne t'occupe pas de ça ! l'entendit-elle répondre. À quoi me sert d'être en bonne condition, attaché à un mur en attendant pire ? Je préfère me promener dans la nature avec quelques éraflures. Allez, continue, tu y es presque !

Marie serra les dents, et finalement la serrure céda. Le bracelet s'ouvrit dans un claquement et l'homme poussa un grognement de satisfaction. Sa main droite libérée, il put aider Marie à détacher son poignet gauche, puis, libre maintenant de ses deux bras, il vint facilement à bout de ses attaches aux pieds.

Rapidement, comme si ça ne faisait pas des heures sinon des jours qu'il était enchaîné là, il sauta sur ses pieds et serra Marie dans ses bras dans une accolade à étouffer un bœuf.

— Je suis libre ! Merci, mon garçon ! Mais vite, il faut sortir d'ici. Sais-tu où nous sommes ?

— Le bateau est en panne pour l'instant. On vient d'essuyer une violente tempête, même ici vous avez dû vous en rendre compte, et il y a quelques dommages urgents à réparer. Mais la côte marocaine est en vue.

— Parfait, si leur temps est occupé à réparer, ils en auront moins pour nous rechercher. Il faut sauter à la flotte et s'organiser pour regagner la côte.

— J'avais pensé me glisser par un des sabords et nager jusque-là. C'est impossible de prendre une embarcation, elles doivent être surveillées.

— Tout juste, alors ne perdons pas de temps !

L'un derrière l'autre, ils se hâtèrent vers l'escalier qui allait les ramener vers le troisième pont. La chance était avec eux, ils n'y rencontrèrent personne. Les sabords étaient fermés, et les canons, reculés, laissaient ainsi libre accès au panneau. Le compagnon de Marie n'eut aucune difficulté à faire glisser le loquet de bois qui maintenait le volet refermé, et subitement l'air marin leur gifla le visage.

L'homme respira avec délice.

– L'air de la liberté. Dieu que ça sent bon ! Tu sais nager, j'imagine ? dit-il en se tournant vers Marie.

Et comme si sa réponse allait de soi, il enchaîna :

– On va quand même prendre ceci, ça ne pourra pas nuire.

Il avait ramassé une bouée qui semblait les attendre à côté des pièces d'artillerie.

– Maintenant, mon gars, retiens ton souffle, c'est le moment ou jamais !

Marie se hissa dans l'ouverture et, sans même regarder vers le bas, se jeta à l'eau. Son compagnon lui laissa le temps d'atteindre l'eau et se jeta à la mer à son tour.

Chapitre 15

L'eau froide saisit Marie brutalement. Étourdie par l'impact, elle se mit à nager pour monter à la surface, mais ses vêtements entravaient ses mouvements et le poids des bourses à sa taille la lestait beaucoup plus qu'elle ne l'avait imaginé. Malgré ses efforts, elle restait sous l'eau et l'air commençait à lui manquer cruellement. Alors qu'elle pensait bien que ses poumons allaient exploser, elle sentit une main ferme l'agripper et quelques instants plus tard elle avait la tête hors de l'eau. Crachant et toussant, elle se raccrocha à la bouée qui était apparue devant elle et, lorsque enfin elle ouvrit les yeux, ce fut pour apercevoir la mine réjouie de son compagnon d'aventure improvisé.

— Eh bien, moustique, on a failli y rester ! Tu vois bien que tu avais raison de m'emmener avec toi. Maintenant, il s'agit de ne pas flâner ici. On peut encore nous voir du bateau, et il faut profiter de l'obscurité pour tenter de rejoindre la côte. Sais-tu à peu près où nous sommes ?

Pointant du menton les lumières qui vacillaient au loin, Marie dit :

— Je n'en sais pas beaucoup plus que ce que je vous ai dit tantôt, ce devrait être la côte du Maroc. On devait y rentrer au port ces jours-ci.

S'assurant qu'elle était bien accrochée à la bouée, l'homme s'était mis à nager avec ses jambes, geste que la jeune femme imita aussitôt.

— Le Maroc, répondit-il. Quand nous serons plus près, ce sera bien le diable si je ne peux reconnaître de quel port il s'agit.

J'ai traîné ma bosse un certain temps par ici, et Chamberlain y avait quelques projets pour moi.

Il partit alors d'un grand éclat de rire :

— J'aimerais bien voir sa tête quand il verra que j'ai pris la poudre d'escampette !

Marie resta muette. Pour l'instant, la présence de cet homme lui était très utile, il l'avait même probablement sauvée de la noyade. Mais elle ne savait absolument rien de lui. Pourquoi était-il enchaîné à la cale ? En tant que mousse, elle ne s'était pas beaucoup mêlée au reste de l'équipage et, même si la tête de cet homme lui disait quelque chose, elle était incapable de se rappeler avec précision qui il était. Que faisait-il vraiment à bord de l'*Imperator* ? Était-ce un tueur ? un voleur ? Que ferait-il s'il s'apercevait qu'elle était une femme, par surcroît les poches sonnantes de pièces d'or ? Mais pour l'instant, il lui importait peu de savoir qui il était, son destin était étroitement lié au sien, du moins jusqu'à ce qu'ils rejoignent la terre ferme.

Ils continuèrent leur progression en silence, attentifs à préserver leurs forces. L'océan n'était pas encore calmé et les vagues gardaient la tête haute, dédaigneuses des efforts des nageurs de fortune. Marie se sentait engourdie par l'eau froide et ses lèvres bleutées s'étiraient sur ses dents qui claquaient. Elle avait de plus en plus de difficulté à s'accrocher à la bouée, et une irrésistible envie de dormir s'empara d'elle. Son compagnon la secoua rudement.

— Allez, que diable, un peu de nerf ! On n'y est pas encore, petit. Courage, la terre n'est plus très loin !

Mais Marie, transie et épuisée, ne pouvait réagir aux exhortations de son compagnon. Son cerveau semblait travailler au ralenti et était incapable de transmettre un quelconque ordre à ses muscles figés par la mer glaciale. Déjà, la température de son corps avait chuté de quelques degrés, et la crête des vagues accrochées aux rayons de la lune s'était transformée en fantômes grimaçants devant ses yeux, messagers d'un au-delà qu'elle verrait peut-être bien plus tôt qu'elle ne l'avait pensé. Sentant que tout était perdu, elle sombra dans une complète inconscience, avant de couler.

L'homme sentit que son compagnon glissait de la bouée. Il eut à peine le temps de l'accrocher par le haut de sa chemise pour éviter qu'il ne lui file sous le bras. Il n'aurait pu laisser la bouée pour plonger à sa rescousse, parce qu'elle serait partie à la dérive et c'eût été alors la mort certaine pour les deux. Il aurait aussi pu laisser couler son compagnon, sa course s'en serait trouvée facilitée. Mais sa conscience lui interdisait un tel geste. Il se sentait tout de même redevable à ce moucheron qui l'avait sorti de la cale du bateau. Pestant contre le peu de résistance de son compagnon, il manœuvra pour le hisser sur son dos. D'une seule main, il se passa les deux bras de celui qu'il croyait être un gamin autour du cou et, avec un large mouchoir qu'il avait dans ses poches, attacha les poignets du garçon devant lui afin d'éviter qu'il ne glisse. Puis, se réinstallant sur la bouée, il se remit à battre des jambes avec force.

Quelqu'un la giflait avec vigueur. Les joues en feu, Marie ouvrit péniblement les yeux. Une ombre se profilait dans l'obscurité au-dessus d'elle et, à en juger par la silhouette qui s'y découpait, ce devait être quelqu'un de belle taille. Et, comme une nouvelle gifle, la mémoire lui revint d'un seul coup. La poursuite sur le bateau, l'évasion par la mer, la lutte contre les vagues, puis… un grand trou noir. La voix rugueuse d'un homme la ramena sur terre.

— Eh ben… vous m'avez fait peur ! Je pensais bien que je ne réussirais jamais à vous réveiller…

Ce vouvoiement inattendu surprit Marie, malgré le nuage de brume qui l'entourait encore. Elle tenta de se redresser sur un coude, mais ne réussit qu'à s'arracher une grimace de douleur. Son corps pesait comme du plomb et ses membres encore engourdis lui refusaient tout service.

— Où sommes-nous ? réussit-elle à balbutier.

— Sur une plage aux abords du port de Casablanca. Et mieux vaut ne pas y moisir trop longtemps si on tient à notre peau. C'est toujours risqué de se promener par ici la nuit. On n'y fait pas que des rencontres galantes, dit-il avec un petit rire grinçant. Allez, venez, poursuivit-il en la soulevant comme si elle était une plume, on va tâcher de trouver un endroit où se sécher et se réchauffer.

Encore trop faible pour protester, Marie se laissa porter par son curieux compagnon. Puis son cœur se pinça à la pensée des bourses qui pendaient à sa ceinture. Discrètement, elle se passa une main sur les hanches et retint un soupir de soulagement en sentant que les pochettes y étaient encore accrochées et pleines de leur butin. Après quelques détours dans les rues sombres de la partie de la ville qui donnait sur le port, l'homme s'immobilisa devant une petite auberge accueillante. Une lampe brûlait à l'entrée, mais la porte extérieure était verrouillée. Posant Marie par terre, il frappa vigoureusement à la porte.

Personne ne répondait. Marie en profita pour s'enquérir de l'identité de son compagnon.

— Vous avez bien un nom ?

— Legoff. Julien Legoff. Je suis breton, ajouta-t-il avec une pointe de fierté.

Marie fronça les sourcils. Ce nom lui rappelait décidément quelque chose.

— Holà, l'aubergiste ! Ouvre ! T'as des clients à la porte. Dépêche-toi, on est transis !

Après quelques instants durant lesquels Legoff fit un tapage de tous les diables, on entendit le verrou glisser derrière la porte. Elle s'ouvrit sur un homme énorme à l'œil mauvais. Visiblement tiré de son sommeil, il ne semblait pas apprécier du tout cette visite inopinée.

— Allez-vous cesser ce tapage ! grogna-t-il avec, ce qui surprit hautement Marie, le plus pur accent marseillais. Vous allez réveiller tous mes clients. Je tiens à ma réputation !

Legoff était devenu tout miel soudainement.

— Pardonnez le dérangement, mais on a besoin d'un bon lit chaud et de vêtements secs. Nous avons fait naufrage au large de Casablanca et sommes sans nouvelles de l'équipage. Ma jeune maîtresse va attraper la crève si vous ne nous venez pas en aide tout de suite.

Marie était stupéfaite par ce qu'elle entendait, mais n'osait pas ouvrir la bouche de peur de nuire au conte que son compagnon était en train d'élaborer. Il avait bien sûr découvert que dessous ses habits se cachait une femme, ce qui expliquait son changement d'attitude et pourquoi il voulait lui être d'un secours appréciable. Décidément, elle commençait à louer le ciel de l'avoir mis sur son chemin.

En maugréant, l'aubergiste leur ouvrit un passage. Legoff poussa Marie devant lui et, la tenant par les épaules, l'amena jusque devant l'âtre, où un bon feu flambait. Il approcha une chaise et sans plus de cérémonies y installa la jeune femme qui n'avait pas encore dit un mot. Ses dents claquaient toujours et sa peau n'avait pas perdu sa vilaine teinte bleutée. Toujours grommelant, l'aubergiste posa sa lanterne sur la lourde table qui trônait dans la salle à manger et fit chauffer un peu de vin sucré pour Marie. Legoff avait trouvé une couverture de laine, qu'il s'était empressé de poser sur les épaules de la jeune femme. Peu à peu, la chaleur fit son effet et Marie commença à se détendre. Un irrésistible besoin de sommeil s'empara d'elle.

— Alors, l'aubergiste, tu as des chambres pour nous ?

— Ben, c'est presque complet. Un détachement de la marine s'est amené sans crier gare cet après-midi, et ils ont pris presque toutes mes chambres. Il m'en reste une toute petite à l'étage, mais il n'y a qu'un seul lit et très étroit en plus.

— Bon. Ça devrait faire l'affaire pour cette jeune dame qui a besoin de repos. Quant à moi, j'irai dormir aux écuries. Les chevaux s'accommoderont sûrement de ma présence.

— Les chevaux et quelques soldats. Il y en a quelques-uns qui ont dû faire comme toi, faute de place.

— Tant qu'ils ne ronflent pas trop !

Sans lui laisser le temps de protester, Legoff souleva Marie dans ses bras et suivit l'aubergiste jusqu'à une chambre effectivement exiguë, percée d'une petite fenêtre voilée d'un simple bout d'étoffe. Malgré ses apparences, le lit était moelleux, et Marie s'y coucha avec délice. L'aubergiste lui donna une tunique, qu'il avait prise dans une armoire au passage.

— Avant de vous endormir, quittez vos vêtements mouillés et passez ça, ce sera meilleur pour votre santé. Laissons-la et suis-moi, poursuivit-il s'adressant maintenant à Legoff. Tu as besoin de vêtements secs, toi aussi. Voyons si je trouve quelque chose à ta taille.

Puis Marie n'entendit plus rien, la porte se refermant sur les deux hommes, une porte qui se rouvrit aussitôt, laissant passer la tête ébouriffée de Legoff.

— Et vous, vous avez bien un nom vous aussi ?

Elle sourit malgré sa fatigue devant l'absurdité de la situation.

— Moi, c'est Marie...

— Charmant, dit-il en sortant, pour de bon cette fois.

Marie quitta ses vêtements mouillés et se glissa entre les draps râpeux sans prendre la peine d'enfiler la tunique généreusement prêtée par l'aubergiste. Elle poussa un profond soupir et ferma les yeux avec plaisir.

Chapitre 16

Malgré la fatigue engendrée par leur équipée de la veille, Julien Legoff s'était levé à bonne heure et avait regagné la salle à manger de l'auberge. Il faut dire que le va-et-vient dans l'écurie ne favorisait guère le sommeil. Les soldats de la marine étaient en réalité plus nombreux que ne l'avait dit l'aubergiste, et un détachement local de la cavalerie les y avait rejoints, tôt à l'aurore, ce qui avait ajouté au brouhaha.

Legoff s'était donc installé dans un petit recoin tranquille de la salle à manger et sirotait un bon café fumant qu'une fille de table aux hanches rondes et invitantes lui avait apporté. Legoff l'avait suivi des yeux en se disant que l'aubergiste avait fait le bon choix en employant du personnel français plutôt que des Marocaines qui, si on leur permettait de travailler à l'auberge, étaient si bien cachées sous leurs vêtements qu'un homme aurait pu travailler à leur place sans qu'on s'en rende compte.

Un officier de la marine fit alors son entrée dans la salle. De bonne taille, les cheveux foncés et les yeux verts, il dégageait une assurance qui ne devait pas se démentir sur le pont. Le teint hâlé par le vent marin, il semblait pour l'instant plus préoccupé de prendre un bon petit déjeuner que de tracer un plan de navigation. À peine se fut-il assis à quelques tables de Legoff que l'aubergiste s'empressait autour de lui.

— Bonjour, capitaine, vous avez bien dormi ? s'enquit-il avec beaucoup d'affabilité.

— Oui, merci ! Alors, tu m'apportes ce qu'il y a de meilleur dans ta cuisine, j'ai très faim et fort à faire aujourd'hui.

— Tout de suite, capitaine, tout de suite, vous ne serez pas déçu.

Et l'aubergiste alla lancer quelques ordres dans la cuisine. Legoff détaillait avec intérêt cet homme qui avait suscité tant de déférence de la part de l'aubergiste. Il ne resta d'ailleurs pas seul longtemps, un homme vint le rejoindre, moins galonné que le capitaine mais assez proche de lui pour le tutoyer.

— Quelqu'un demande à te voir. Il dit que c'est urgent. Un riche marchand à ce qu'il paraît et qui vient tout juste d'entrer au port.

— Il t'a donné son nom ?

La voix de l'officier était basse, calme, mais on devinait à ses inflexions qu'elle pouvait être aussi tranchante que du silex.

— De Chamberlain qu'il a dit.

À ces mots, Legoff s'enfonça un peu plus dans la demi-obscurité que lui procurait le petit coin discret où était située sa table.

Que diable Chamberlain venait-il faire ici ? Quoique, en y pensant bien, il s'en doutait un peu. Il se fit aussi petit que le lui permettait son corps encombrant, très intéressé à ramasser quelques bribes de la conversation qui allait suivre.

— De Chamberlain ? Vraiment ? Ainsi ses affaires l'ont emmené par ici... C'est qu'il doit y avoir de l'or à ramasser quelque part. Jamais je n'ai connu d'être plus fourbe et intéressé que lui.

Voilà une description qui convenait bien à Legoff, qui du coup ressentit une bouffée de sympathie pour l'officier qui l'avait énoncée.

— Bien, dit l'officier en poussant un soupir, fais-le entrer...

Quelques instants plus tard, Chamberlain passait le pas de la porte. Un peu surpris, Legoff constata que le fidèle Saint-Yves n'était pas avec lui. Après un échange de poignées de mains, Chamberlain s'assit face à l'officier, mais dos à Legoff, ce qui lui coupait une partie de la conversation.

— Eh bien, Chamberlain, amorça l'officier, qu'est-ce qui vous amène dans ces eaux ?

La réponse de l'armateur fut tout à fait inaudible pour Legoff. Il avait beau tendre l'oreille, qu'il avait pourtant fine, il lui était impossible de capter quoi que ce soit. L'aubergiste devait lui apporter un secours inattendu. Les bras chargés d'un lourd cabaret couvert de victuailles, il n'aurait jamais permis à l'un de ses employés de servir cet hôte, il le déposa sur la table au milieu des deux hommes, obligeant Chamberlain à s'ouvrir un peu sur sa droite. Legoff le voyait maintenant de profil et les sons portaient beaucoup mieux jusqu'à lui.

— Voyant que vous aviez de la visite, je me suis permis d'ajouter un couvert, dit l'aubergiste plein de déférence.

Seul un léger froncement de sourcils sembla indiquer que l'officier n'était pas très heureux d'avoir à partager sa table avec l'armateur, mais sa parfaite éducation le fit approuver la démarche de l'aubergiste.

— M. de Chamberlain est mon invité…

— Invitation que j'accepte avec joie, capitaine, d'autant plus que les émotions des dernières heures m'ont ouvert l'appétit.

Les hommes restèrent silencieux quelques instants, faisant honneur au repas devant eux. C'était un astucieux mélange de ce que l'officier aimait trouver à sa table en France : pain, fromage, tranches de lard, un luxe dans cette région où le porc était interdit, ainsi que des fruits exotiques du Maroc : oranges, papayes, mangues et autres délices. Le café était très fort et laissait une épaisse trace de marc au fond de la tasse. Alors qu'ils se resservaient une seconde tasse, Chamberlain s'essuya la bouche et réamorça la conversation.

— Il est arrivé un incident fâcheux à bord de mon vaisseau hier, et je souhaiterais que vous m'apportiez votre concours pour arrêter les coupables.

Semblant à peine intéressé, le capitaine répondit :

— Ah oui ? Une avarie ou une mutinerie ? Il n'y aurait rien d'étonnant à cela avec la réputation que l'on vous prête.

— Capitaine, sur un bateau, les hommes sont comme des bêtes. Si on ne les mate pas, on perd le contrôle et dans un espace aussi restreint, avec une telle promiscuité, on court droit à la catastrophe. J'aime mieux avoir une réputation de dur à cuire et avoir un bateau qui rapporte des profits, qu'être un champion des bonnes manières qui fera à peine ses frais à la fin de l'année ! Mais je ne vous ai pas cherché pour discuter avec vous de ma façon de commander mes hommes.

— Alors venons-en au fait, Chamberlain, j'ai une journée très chargée qui m'attend.

L'homme semblait mécontent, l'officier était moins sympathique à sa cause qu'il ne l'aurait souhaité.

— Hier en fin de soirée, nous avons été surpris par la tempête, alors que la terre était en vue. Le bateau a subi quelques dommages, il a été démâté par la foudre et on a dû colmater en catastrophe une voie d'eau. Profitant du chaos qui régnait sur le bateau, un jeune mousse, Marc Duguay, qui était à mon service depuis notre dernière escale en France, en a profité pour voler l'or destiné à payer l'équipage et s'enfuir. Qui sait comment il aura découvert où était caché cet or, mais il a réussi à s'en emparer et à quitter le bateau. Un prisonnier mis aux fers à la cale a aussi disparu. Je l'avais fait enchaîner là pour le remettre aux autorités à mon retour en France, parce qu'il a tué un marin à mon bord. Probablement qu'ils se sont acoquinés.

— Eh bien, c'est une vraie passoire que votre navire !

Chamberlain rougit :

— Capitaine, ce sont là des circonstances exceptionnelles, et le mousse dont je vous parle devait être l'instrument de conspirateurs de l'extérieur. Il n'aurait pas été si facile de tromper la vigilance des gardes de mon bateau si le coup n'avait pas été monté dans les moindres détails.

— Jusqu'à prévoir une tempête ?

— Capitaine, qui soutenez-vous ? explosa Chamberlain. Les honnêtes marchands comme moi qui sont fidèles au roi et qui apportent plus que leur contribution à la gloire commerciale de la France, ou les mécréants qui profitent de leur travail ? Je vous parle d'un vol crapuleux et d'un meurtrier qui prend le large, et tout ce que vous m'apportez, ce sont vos sarcasmes. Je demande l'assistance de l'armée pour retrouver ces malfaiteurs. Il est évident qu'ils ont mis pied à terre par ici, et en agissant vite vous pourrez les retrouver.

L'officier poussa un soupir. Il était visiblement partagé entre l'antipathie que lui inspirait son interlocuteur et le devoir qui l'obligeait à lui porter assistance. Représentant du roi, il devait venir en aide à tout sujet français qui la lui demandait en terre étrangère. S'ils avaient été en France, il aurait référé le cas à la police civile, mais ici il était le seul recours de l'armateur.

— Soit ! Vous allez me donner une description précise des gens que l'on doit rechercher. Mais je ne vous les remettrai pas lorsque nous aurons mis la main sur eux. Il appartiendra à la justice de les juger. Cependant, dit-il en levant la main pour calmer les protestations qui s'annonçaient, il est bien entendu que nous ferons un interrogatoire serré pour tenter de découvrir ce qu'il sera advenu de votre butin.

— Voilà qui me satisfait, capitaine ! Quand les recherches pourront-elles commencer ?

— À l'instant même, répondit l'officier en se levant. Allons retrouver mes lieutenants, à qui vous décrirez vos malfaiteurs.

Legoff était resté parfaitement immobile tout au long de cette conversation dont il n'avait pas perdu un mot. Les questions se pressaient dans sa tête, puisqu'il n'avait pas encore eu l'occasion d'avoir une bonne conversation avec Marie. Et de s'entendre décrire comme un vulgaire meurtrier par Chamberlain avait fait bouillir son sang breton. Ah ! Que n'aurait-il souhaité se lever et mettre son poing sur la table voisine avant de le flanquer entre les deux yeux de l'armateur !

Comme si elle avait attendu cet instant précis, Marie descendait les escaliers. Legoff esquissa un mouvement dans sa direction, mais se reprit aussitôt. Si Chamberlain le trouvait là, à quelques pas de lui, ils étaient cuits tous les deux. Il espéra très fort que Marie jette un coup d'œil dans la salle et le repère afin qu'il puisse lui faire signe. La jeune femme laissa effectivement son regard errer au-dessus des têtes des occupants de la salle à manger. Mais ce n'est pas sur lui que ses yeux gris-bleu s'accrochèrent, ce fut sur le capitaine, qu'elle apercevait de profil. Legoff la vit pâlir et porter la main à la bouche comme pour étouffer un cri. L'officier tourna à ce moment la tête en direction de l'escalier où était la jeune fille. Voyant la forme pâle se détacher dans la pénombre, il fronça les sourcils, comme s'il cherchait quelque chose dans sa mémoire. Marie semblait pétrifiée, mais retrouvant ses esprits, elle tourna vivement sur ses talons et disparut à nouveau à l'étage. Legoff vit que le regard du capitaine restait fixé sur l'escalier, et il eut même l'impression qu'il allait se lancer derrière la jeune fille, mais il fut ramené à la réalité par Chamberlain.

— Alors, capitaine, vos lieutenants ?

Comme émergeant d'un songe, presque étonné de voir le gros homme à ses côtés, la brume s'estompa peu à peu du regard du capitaine qui sembla reprendre pied sur terre.

— Allons-y de ce pas, dit-il en se dégageant de la table. Mais vous-même, pourquoi n'êtes-vous pas accompagné du capitaine de l'*Imperator* ? N'est-il pas de son devoir de vous assister dans votre démarche ?

Legoff vit la mâchoire de Chamberlain se durcir mais ne put entendre la réponse qu'il donna à l'officier, celle-ci étant couverte par l'entrée bruyante d'un groupe de marins.

Étienne Beauval haussa un sourcil devant ce que venait de lui dire l'armateur, mais il ne dit rien. Les deux hommes se dirigèrent vers la porte de l'auberge.

Chapitre 17

Legoff attendit quelques instants, histoire d'être certain que les deux hommes ne reviendraient pas sur leurs pas. Puis, apportant avec lui une brioche et une tasse de café tiède, il monta à l'étage. Il frappa à la porte de la chambre de Marie et, n'obtenant aucune réponse, l'entrebâilla. La jeune femme était bien là, montée sur un tabouret pour regarder par l'ouverture qui servait de fenêtre à sa chambre.

— Eh bien, jeune fille ! lança Legoff tout en refermant la porte derrière lui.

De surprise, Marie faillit bien tomber de son perchoir.

— Dieu du ciel, vous m'avez fait peur ! Pourquoi ne pas frapper avant d'entrer ?

— Mais c'est ce que j'ai fait, apparemment vous ne m'avez pas entendu, dit-il en posant le café et la brioche sur la table de chevet. Qui est cet officier qui semble tant vous troubler ?

— Quel officier ? fit Marie, jouant les innocentes tout en descendant du tabouret.

Legoff poussa un soupir, s'installa sur l'unique chaise bancale de la pièce et répondit :

— Jeune dame, je crois qu'il est temps que nous ayons une bonne conversation, vous et moi. Je veux bien vous aider, encore faudrait-il me faire confiance.

À ces mots, Marie se redressa :

— Dois-je vous rappeler que c'est vous qui avez demandé mon aide à bord du bateau ?

— Puis-je aussi vous rappeler que si je n'avais pas été là, vous serviriez de pâture aux poissons à l'heure actuelle ?

— Très bien ! Nous avons été très utiles l'un à l'autre. Alors brisons là, messire, et prenons chacun notre chemin.

Le visage de Legoff s'empourpra.

— Par Dieu, que vous avez la tête dure, mam'zelle ! Je ne fais pas ici votre procès, je ne mendie pas vos faveurs, je veux simplement vous offrir une main amie parce qu'il me semble que vous en avez grand besoin et que je n'ai pas l'habitude de laisser des jeunes femmes en détresse sur mon chemin. Vous êtes dans de sales draps, et si vous ne prenez pas quelques précautions, après ce que j'ai appris ici en bas ce matin, le prochain pas que vous ferez hors de cette chambre risque fort de vous conduire tout droit aux cachots du roi. Et ce que j'ai entendu dire sur les prisons royales par ici n'a rien d'invitant…

D'abord hermétique aux paroles de Legoff, la curiosité de Marie s'alluma lorsqu'il fit allusion à la conversation qu'il avait entendue, bien qu'elle n'eût aucune idée de ce dont il s'agissait.

— Mais de quoi parlez-vous donc ? Et qui pourrait m'en vouloir ?

— Chamberlain, bien sûr !

— Un mousse de moins sur son bateau, ça ne fera pas grande différence.

— Le mousse, non, mais la somme qu'il s'est mise dans les poches, si. Écoutez, on va cesser de jouer à cache-cache, voulez-vous. Asseyez-vous là et écoutez ce que j'ai à vous dire. Ensuite, vous me raconterez votre histoire et nous verrons ce que nous pouvons faire.

Ouvrant d'abord la bouche pour protester, Marie se ravisa. Peut-être devrait-elle en effet écouter ce que cet homme avait à lui dire ? Jusqu'à présent, il lui avait été d'un précieux secours, et elle devait bien convenir que pas une fois il n'avait essayé d'abuser d'elle. Et qui sait ce qu'il avait entendu dans la salle à manger. La vue d'Étienne l'avait tellement secouée qu'elle avait à peine remarqué la présence de Chamberlain à ses côtés. Et maintenant qu'elle y repensait, elle se demandait en effet ce que le gros homme avait bien pu dire à l'officier du roi.

— Allez, asseyez-vous sur le lit et écoutez-moi, reprit Legoff. Et profitez-en pour prendre ce café avant qu'il ne soit définitivement froid.

Marie observa attentivement son compagnon d'aventure. Il remplissait la chaise de bois sur laquelle il était assis, et on pouvait craindre qu'elle ne cède sous son poids à n'importe quel instant. Non pas que Julien Legoff fût gros, mais il était très costaud. Ses larges mains lui rappelaient un peu celles de son père : on reconnaissait là les mains d'un homme à qui le travail dur ne fait pas peur. Son regard était franc et on se demandait à quoi ses yeux bruns, si doux pour l'instant, pouvaient ressembler lorsqu'il était en colère. Ses cheveux roux, qui lui faisaient comme un curieux oriflamme autour de la tête, étaient broussailleux et difficilement retenus par un simple lacet sur la nuque. Quel âge pouvait-il avoir ? se demandait Marie. Trente-cinq ans ? Quarante ans ? Cinquante ans ? Plus ? Difficile de distinguer, parmi les rides de son visage, celles qu'il fallait mettre sur le compte de la vie en haute mer et celles qui étaient dues à l'âge… Il n'avait pas quitté ses vêtements pour la nuit. En voyant sa chemise déchirée sur son torse puissant et ses culottes crottées qui devaient tenir debout toutes seules, Marie se dit que de nouveaux vêtements seraient certes bienvenus pour eux deux.

Finalement convaincue, Marie s'assit sur le bord de son lit. Et lorsqu'elle mordit dans sa brioche, elle se rendit compte qu'elle mourait de faim. Legoff se mit alors à lui raconter tout ce qu'il avait entendu dans la salle à manger, ne ménageant aucun détail. Lorsqu'il eut terminé son récit, quelques questions restaient à débattre.

— Alors, dit Legoff en cherchant des yeux quelque chose à boire, vous reconnaîtrez que pour moi il y a quand même quelques zones d'ombre. Êtes-vous décidée à me faire confiance et à me dire ce qui vous a amenée ici ? Que s'est-il réellement passé sur le bateau, et d'abord, qu'y faisiez-vous ? Est-ce vrai que vous avez volé la solde de ces pauvres bougres ? Enfin, pensez à tout cela quelques minutes, je reviens dans un instant. Si je ne bois pas quelque chose tout de suite, je vais tomber en poussière à vos pieds !

Legoff sortit et Marie en profita pour mettre de l'ordre dans ses idées. Ainsi Chamberlain avait demandé l'aide de l'armée… et d'Étienne. La somme qu'elle avait prise sans se donner la peine de compter devait être encore plus importante qu'elle ne le croyait. Mais on cherchait encore un jeune homme, ce qui voulait dire que Saint-Yves n'avait rien dit de sa véritable identité. Il y avait certainement un élément de réponse dans son expulsion du bateau. Chamberlain avait dû le congédier sans même lui donner la chance de parler. Marie savait qu'il pouvait être très impulsif sous l'effet de la colère, et Saint-Yves devait avoir choisi de garder ses renseignements pour lui, par esprit de vengeance.

Chamberlain racontait partout qu'elle s'était enfuie avec la paye de ses hommes. Comme ça, il était certain que son voleur s'attirerait la réprobation de tout le monde, il n'allait certes pas avouer la source véritable de cet or. Mais qu'en était-il des accusations de meurtre portées à l'encontre de Legoff ? Marie pouvait penser que c'était aussi une fable montée par Chamberlain, mais où était la vérité ? Et que faisait le Breton enchaîné à la cale ? Marie ressassait tout cela dans sa tête, mais la question principale demeurait. Devait-elle ou non lui faire confiance ? Il lui fallait reconnaître qu'elle était dans une fâcheuse posture et que l'aide de ce compagnon, qui s'était révélé précieux jusqu'à maintenant, pourrait lui être nécessaire à nouveau. C'est à ce moment que Legoff entra dans la chambre, après avoir frappé un petit coup discret à la porte. Il avait les mains chargées d'un lourd plateau débordant de victuailles. La brioche n'avait en rien calmé la faim de la jeune femme, et sentant avec délectation l'odeur du café chaud, Marie sourit à Legoff. Elle allait lui faire confiance et tout lui raconter.

Le plateau était vide depuis belle lurette lorsque Marie acheva son récit. Elle n'avait rien omis, si ce n'était le triste épisode du viol sur la plage, qu'elle voulait effacer de sa mémoire. Elle lui avait raconté sa vie avec son père et la déchéance de celui-ci après la mort de sa mère, les problèmes de la boutique qu'elle devait régler, la cargaison perdue, sa découverte des trafics de Marek, comment elle s'était embarquée sur l'*Imperator* sous une fausse identité, puis elle enchaîna rapidement sur la visite du corsaire du roi à bord du bateau et la conversation qu'elle avait surprise dans la cabine du commandant. À mesure qu'elle progressait dans son récit, elle s'enflammait. Ses joues pâles reprenaient des couleurs, et la détermination éclairait à nouveau ses yeux. Elle redevenait la combattante qui avait tout bravé pour se faufiler au travers d'un équipage formé d'une centaine d'hommes.

La suite des événements lui fut facile à décrire, d'ailleurs Legoff en connaissait lui-même une partie. Mais il s'étonnait du courage de la jeune femme et de l'incroyable audace dont elle avait fait preuve.

— Voilà, conclut-elle dans un soupir, je crois que je vous ai tout dit.

— Pas tout à fait, répondit le géant, vous avez oublié un épisode.

Et se levant, il entreprit de défaire la boucle de sa ceinture. Marie se recula sur le lit, son cœur se mettant à battre la chamade. Ça n'allait pas recommencer ! Faudrait-il toujours qu'elle soit confrontée au désir bestial des hommes ? Elle qui croyait pouvoir avoir confiance en cet homme ! Mais rapidement, Legoff avait baissé sa culotte jusqu'aux genoux et montrait à la jeune femme une fine cicatrice rose qui lui barrait la cuisse.

— Vous n'avez pas raconté que c'est probablement grâce à vous que je suis encore en vie…

Encore sous le choc, Marie mit quelques instants à comprendre.

— Vous ne vous souvenez pas ? reprit-il doucement. La poulie qui m'a ouvert la cuisse… Je serais mort au bout de mon sang si vous n'étiez pas intervenue ce jour-là. Je trouvais que le moussaillon avait des doigts de fée, je sais maintenant pourquoi !

Soulagée, Marie leva les yeux vers lui alors qu'il rajustait sa culotte.

– C'était donc vous le quartier-maître blessé ! Et c'est pour ça que votre nom et votre visage me disaient quelque chose... J'avoue que le souvenir que je garde de cette journée est un peu flou. On m'a fait boire du rhum par après, et cela a quelque peu entaché mes souvenirs. Mais comment êtes-vous passé de quartier-maître respecté à criminel recherché pour meurtre ?

– Ah ça, je le dois aux bons offices de M. de Chamberlain. Vous avez dû comprendre qu'il avait la main un peu leste sur son personnel, de même que Dubousquet dont vous avez, je crois, goûté à la médecine.

À ce souvenir, Marie grimaça un sourire.

– Médecine amère en tout cas !

– Un jour, Dubousquet avait bu et s'était mis en frais de corriger un de mes hommes. Chamberlain passait par là, et entendant la bastonnade, s'est amené et a demandé à Dubousquet ce qui se passait. Comme on lui répondait que le marin en question avait été surpris en train de voler, ce qui était faux, je peux le jurer sur la tête de ma défunte mère, Chamberlain a vu rouge. Cet homme a un tel appétit de richesse qu'il ne peut supporter l'idée que quelqu'un prétende à l'un de ses biens. Il a donc arraché la verge des mains de Dubousquet et s'est mis à frapper le marin à son tour. Et là, il a complètement perdu le contrôle de soi. Le pauvre gisait par terre, le sang coulant d'une oreille, et Chamberlain frappait toujours. C'est là que je suis intervenu. Le raisonner aurait été vain. J'ai dû le frapper pour qu'il laisse le marin tranquille, et je lui ai ouvert l'œil. Mais pour mon homme, il était trop tard. Il est mort dans les instants qui suivirent. Je crois que j'aurais pu tuer Chamberlain pour ce qu'il avait fait. C'était un brave type qui gisait à nos pieds. Il y a une veuve et cinq enfants qui vont pleurer bien longtemps ce bon mari et cet excellent père. Mais se rendant compte de la mort du marin, Chamberlain a voulu s'en décharger sur mon dos. Il a tout de suite hurlé à sa garde personnelle de s'emparer de moi et de me mettre à la cale pour meurtre. Dubousquet n'allait bien sûr rien dire pour prendre ma défense, et lutter ne m'aurait servi à rien, sinon à me priver des surprises que le hasard allait me réserver pour améliorer mon sort… comme votre apparition, entre autres. Chamberlain a d'abord eu l'intention de me faire pendre au grand mât pour l'exemple, mais a ensuite changé d'idée : il estimait que je pouvais avoir une bonne valeur sur le marché des esclaves.

— C'est donc comme ça qu'il a eu ce superbe œil au beurre noir. Quand je l'ai soigné, il m'a dit qu'il avait perdu pied et qu'il s'était frappé sur une écoutille… Je n'ai rien vu de tout cela parce que, encore une fois, je récurais les canons. Mais maintenant vous êtes recherché pour meurtre par la marine royale.

— Eh oui… de ce côté, il semble que nous sommes dans le même bateau. La marine royale vous recherche également… mais pas sous ces traits. Et puisqu'on parle de la marine royale… tout à l'heure, j'ai eu l'impression que vous connaissiez le bel officier avec qui Chamberlain conversait. Parce que je vous ai vue dans l'escalier, et je vous ai également vue remonter aussi vite !

Marie rougit soudain à l'évocation d'Étienne.

— J'aurais à répondre à trop de questions s'il me voyait ici. Et il fait partie d'une autre vie pour moi. Mais maintenant, il me recherche sans le savoir, alors aussi bien l'éviter…

— C'est un ancien amoureux ?

— Si vous avez quelque peu d'amitié pour moi, Julien, n'insistez pas, je vous en prie. Étienne fait partie d'une vie sur laquelle j'ai définitivement tourné la page, et nos chemins vont désormais à l'opposé l'un de l'autre.

— Si le filet se resserre, il faudra pourtant que j'en sache plus un jour.

Mais devant le regard noir que lui jeta la jeune femme, il se ravisa.

— Bon, ça va ! Il faut maintenant décider de ce qu'on va faire. Lorsque vous avez manigancé tout ça, vous deviez avoir une petite idée derrière la tête.

Une fois de plus, Marie jaugea l'homme qui était assis devant elle. Elle sentait bien qu'elle était à la croisée des chemins. Elle pouvait tout laisser tomber, courir après Étienne, tout lui raconter et le laisser décider de son sort. Mais même s'il prêtait une oreille amie à son histoire, il y avait peu à parier que sa parole tienne la route contre celle d'un homme de l'envergure de Marek ou de la puissance de Chamberlain. Si elle décidait de continuer son chemin et d'enfin construire le bateau de ses rêves, et elle en avait maintenant les moyens, pour s'enrichir sur la mer et un jour écraser Marek, le destin lui tendait peut-être une perche en envoyant Julien Legoff à ses côtés. Lui aussi était maintenant considéré comme un hors-la-loi, et sa tête allait être mise à prix sous peu. Le genre de vie que Marie avait à lui offrir pourrait bien lui convenir. À condition, bien sûr, qu'il n'y ait aucune ambiguïté dans leur relation.

Marie Galligan prit une profonde inspiration et vit très bien la voie qui se traçait devant elle. Elle se leva du lit où elle était restée assise tout ce temps, fit quelques pas dans la petite chambre, puis se tourna face au géant roux, qui ne l'avait pas quittée des yeux.

— Il est clair, Julien Legoff, que je n'ai rien fait au hasard. Les événements ont bien sûr précipité les choses, il y a eu des imprévus, et au bout du compte j'approche de mon but plus tôt que prévu. Je vais retourner en France et y faire construire un bateau, que je vais armer pour la chasse en mer. Je vais recruter un équipage et avec lui j'arriverai à mes fins...

— Mais il vous sera pratiquement impossible d'obtenir une lettre de marque du roi. N'oubliez pas que votre situation est pour le moins nébuleuse et qu'on pourrait fort bien vous demander d'où vous vient l'or qui vous aura servi à faire construire votre navire.

— Qui parle d'une lettre de marque ? répliqua Marie. Je ne veux être au service de personne, sinon de moi-même. De toute façon, même les « honnêtes » corsaires font ce que bon leur semble, alors pourquoi s'empêtrer dans une légalité douteuse ?

— C'est de piraterie que vous parlez, jeune dame !

— Tout juste, Legoff ! Le mot vous effraierait-il ? Quelle est la différence entre les barbaresques qui règnent sur la Méditerranée et Marek qui s'emplit les poches sur le dos des marchands des nations amies ? Eux, ils ont au moins l'excuse d'obéir à leurs règles et à leur propre code d'honneur. J'ai décidé de faire ma propre loi, et les hommes qui me suivront devront s'y soumettre. Et lorsque le moment sera venu, lorsque je serai prête et assez forte pour l'écraser, je retrouverai bien Marek au bout de mon chemin.

— Vous rendez-vous compte qu'ainsi vous vous promettez à une vie de fuite éternelle, vous aurez tout le monde à vos trousses, la marine royale, les corsaires et même les marchands, de mieux en mieux armés, qui bien souvent voyagent maintenant regroupés.

— Je dois tout de même ça à Chamberlain. Les mois à bord de son navire m'auront donné un précieux entraînement, et si je ne peux encore mener un navire moi-même, je saurai trouver les hommes qu'il faut pour m'épauler.

— Encore faudra-t-il que vous puissiez leur faire confiance.

— Je saurai bien voir, le moment venu.

— Et moi, dans tout ça ?

Marie planta son regard gris-bleu dans les yeux bruns de Legoff.

— Vous n'êtes lié à moi d'aucune façon. Je vous ai aidé sur le bateau, vous m'avez rendu la pareille en me sauvant de la noyade. Nous sommes quittes, alors si vous le souhaitez brisons là.

— Vous n'avez que ces mots à la bouche ! Et si je décidais de vous suivre ? Votre entreprise me paraît risquée, mais elle le sera encore plus si vous partez seule. Bien que vous n'en n'ayez jamais parlé, vous trimbalez une jolie somme à la ceinture et cela pourrait inciter la convoitise de bien des hommes en chemin. Pas juste votre bourse, d'ailleurs !

— Je saurai bien me défendre, répliqua Marie en levant le menton.

Legoff sourit.

— Malgré tout votre courage et toute votre témérité, vous êtes bien naïve, jeune femme. Je n'ai rien ni personne qui ne m'appelle dans la vie. J'en ai aussi à découdre avec Chamberlain et votre Marek n'a rien de très sympathique. Je connais la mer comme pas un et je pourrais assurer votre protection sur la route. Alors, si vous voulez de moi comme garde du corps, comme conseiller et peut-être même comme ami, faisons route ensemble, du moins jusqu'en France. Là, je considérerai que ma dette envers vous sera payée. Si Chamberlain avait réussi à me vendre comme esclave là où il le souhaitait, la mort au bout du grand mât m'aurait semblé être une partie de plaisir par rapport au sort qui m'aurait attendu dans l'esclavage.

Marie ne voulait pas le montrer mais, au fond, elle était bien contente de ne pas avoir à se séparer de Legoff. Les chemins sur lesquels elle allait se lancer lui faisaient peur, bien qu'elle n'osât se l'avouer, et la France était encore si loin !

Elle lui sourit timidement.

— Dans ce cas, c'est parfait ! Faisons route ensemble et considérez que je vous engage. Je vous paierai pour vos services.

Legoff se leva à son tour de sa chaise, la dominant de toute sa hauteur.

— Pas question de cela, madame ! Laissez-moi m'acquitter honorablement de ma dette. Cependant, je vous laisserai bien volontiers payer les frais du voyage, grimaça-t-il, je n'ai pas eu le temps d'aller chercher mes affaires avant de quitter le bateau…

Marie éclata de rire, laissant en même temps échapper un peu de la pression qui l'étouffait depuis plusieurs jours.

— Pour cela, Julien, pas de problème ! J'ai de quoi entretenir un régiment !

Legoff rit à son tour.

— Bon, c'est bien beau tout cela, mais il faut maintenant décider de ce que nous allons faire.

Il était clair qu'ils ne pouvaient s'éterniser dans cette ville. Ils décidèrent donc de quitter l'auberge le matin même, en payant leur hébergement et la nourriture qu'ils y avaient pris pour ne pas attirer l'attention sur eux. C'est Legoff qui se chargerait de régler la note, pour pousser le plus loin possible le rôle de serviteur et de maîtresse qu'ils avaient joué à l'arrivée. D'ailleurs, il fut décidé que c'est ainsi qu'ils poursuivraient leur route pour l'instant. Marie serait une dame en voyage, venue rendre visite à une cousine nouvellement installée au Maroc, et qui s'en retournait maintenant vers la France. L'histoire du naufrage que Legoff avait racontée à leur arrivée serait difficile à justifier, mais il espérait que l'aubergiste, tout occupé qu'il était avec sa nombreuse clientèle, ne s'en souviendrait tout simplement pas.

Lorsqu'il se présenta au comptoir, Legoff joua de chance. Le Marseillais était sorti au marché faire les emplettes pour le repas du soir, et c'est un jeune commis qui était là, visiblement peu au courant de l'histoire inventée par Legoff. Tout en acquittant leur dû, il s'informa auprès du jeune homme d'un endroit où il pourrait se procurer des chevaux ainsi que des armes. Puis il alla rejoindre Marie, qui l'attendait à l'extérieur de l'auberge, à l'ombre. La jeune femme avait revêtu ses habits masculins, n'en n'ayant pas d'autres à sa disposition. Elle pouvait difficilement se promener dans les rues vêtue de la mince tunique que lui avait prêtée l'aubergiste. Legoff grimaça.

— Je pense qu'il serait urgent de vous trouver des vêtements de dame. N'oublions pas que c'est un jeune garçon vous ressemblant à s'y méprendre qui est recherché.

— Oui, je sais, mais pour l'instant je n'avais pas le choix. Et puisqu'on parle de vêtements, quelques nouveaux habits ne vous feraient pas de mal à vous non plus, répondit-elle en regardant les culottes déchirées et la chemise sans boutons de Legoff. Il va vous falloir tenir votre rang d'employé de bonne maison.

— Dans ce cas, ne perdons pas de temps !

Ils quittèrent l'enceinte de l'auberge et se dirigèrent vers la rue commerciale que leur avait désignée le commis.

Le soleil inondait littéralement Casablanca. La blancheur des maisons éblouissait Marie, qui commençait à transpirer dans la chaleur du midi. Comme s'il connaissait la ville par cœur, Legoff emprunta une petite ruelle ombragée, où quelques enfants en guenilles jouaient avec des cailloux. Ils parlaient dans une langue étrange, comme crachée, que Marie ne comprenait pas du tout.

— Mais quelle langue parlent-ils donc ? s'enquit-elle.

— L'arabe. Dans certains milieux ici, on parle le français, mais c'est réservé à l'élite et aux commerçants. Le peuple parle arabe. Plus au nord du pays, on peut retrouver aussi de l'espagnol. Mais ça, vous pourrez vous-même le constater puisque nous irons dans cette direction.

Marie ne répondit rien. Pour l'instant, il semblait tout naturel que Legoff prît les décisions pour eux deux : après tout, c'était lui qui avait l'expérience du voyage, lui qui connaissait le mieux ces contrées étranges. Mais elle se promit que, de retour en France, elle reprendrait à nouveau les rênes de son destin.

En sortant de la ruelle, ils débouchèrent sur la place du marché. L'agitation surprit quelque peu la jeune femme. Des étalages colorés de fruits et de légumes, abrités sous des toiles tendues entre des piquets de bois, longeaient la rue réduite à un simple passage, où les gens devaient jouer des hanches pour s'éviter. Les marchands criaient à tue-tête pour attirer l'attention de la clientèle, leur offrant une orange à tâter ou une aubergine à soupeser.

Marie dut céder le passage à un jeune garçon qui passait avec son âne chargé de fagots, suivi de deux ou trois gamins d'à peine cinq ans. Riant à perdre haleine, les mioches lançaient des cailloux à l'animal, qui restait imperturbable sous l'assaut. Cela leur valait par contre les foudres de quelques femmes faisant leurs achats, sur qui lesdits cailloux allaient parfois terminer leur trajectoire. Legoff paraissait savoir où il allait, fendant la foule avec assurance, contournant les étals de fruits et de noix, passant derrière le poissonnier et sa marchandise odorante, enjambant sans vergogne les poches de graines destinées à la semence ou à la consommation, mais toujours en gardant un œil sur Marie, pour s'assurer que la jeune femme était derrière lui.

Alors qu'ils passaient devant une maison blanchie à la chaux, comme toutes les autres, Legoff s'arrêta brusquement, si bien que Marie alla se cogner le nez contre son dos robuste.

— Pardon ! dit-il en se retournant, mais un peu plus et je passais tout droit.

— Mais qu'est-ce que... commença Marie.

— Suivez-moi ! répliqua Legoff sans prêter l'oreille à ses protestations.

Ils entrèrent dans la pénombre de la demeure. Ses yeux habitués à l'éclatante lumière de la rue, Marie ne distingua tout d'abord rien de l'endroit où elle était. Puis peu à peu, les choses semblèrent émerger doucement de l'ombre. Elle reconnut aisément ce qui avait peuplé son enfance, des étagères débordant de rouleaux d'étoffes sagement repliées sur elles-mêmes, n'attendant qu'un coup de ciseau habile pour prendre vie sous les formes les plus diverses. Avec un brin de nostalgie, Marie tendit la main et passa les doigts sur un rouleau de soie moirée, sensible à la douceur de l'étoffe. Elle était perdue dans ses pensées et dans ses souvenirs quand une voix nasillarde la fit sursauter. Un petit homme à la barbe hirsute s'était adressé à elle dans cette langue inconnue. Attendant visiblement une réponse, il la vrillait de ses yeux ronds comme des petites billes cachées sous d'épais sourcils broussailleux. Deux autres mots claquèrent comme des coups de fouet. Legoff, qui était resté en retrait, éclata de rire.

— Il veut savoir pourquoi un gamin de votre espèce s'intéresse à cette soie réservée à la princesse Sayahla.

En entendant le Breton, le petit homme se retourna vivement et lança une exclamation, d'un ton qui semblait lui venir du fond de la gorge.

Legoff répondit de la même façon, et ce fut au tour du petit homme de partir à rire, mais d'un rire de crécelle qui contrastait avec le rire profond de Legoff.

— Mister Legoff, dit-il avec un accent râpeux, qu'est-ce qui vous amène par ici ?

— Les affaires, Mohammed, les affaires.

Il fit quelques pas en direction de Marie et lui prit la main.

— D'abord, ce gamin est en fait ma jeune sœur, et l'histoire que j'aurais à te raconter est trop longue pour qu'on s'y mette. Nous avons très peu de temps devant nous et un urgent besoin de vêtements.

Plissant ses yeux pour mieux observer Marie, qui avait peine à cacher sa stupeur, le marchand reprit :

— Votre jeune sœur, vraiment ? Pourtant elle n'a rien de vos cheveux roux…

— Il n'y a que moi sur dix enfants qui sois comme ça dans la famille, répliqua Legoff. Mais que t'importe, s'impatienta-t-il, peux-tu oui ou non nous vêtir rapidement ?

— Si vous vous habillez comme des gens décents, oui. S'il vous faut des habits à l'européenne, cela prendra quelques jours.

— Nous sommes pressés, répliqua Legoff. Donne-nous ce que tu as, mais surtout pas des tenues d'apparat. Je veux des vêtements de voyage qui seront confortables à cheval.

— Pressé de partir, Mister Legoff ? Est-ce que le père de votre… sœur vous courrait après ?

Legoff rit à nouveau.

— Tu as la langue trop bien pendue, Mohammed, et une imagination beaucoup trop fertile. C'est très mauvais pour les affaires. Alors, tu peux nous satisfaire ou non ?

— Vous avez de quoi payer ?

— Bien sûr, espèce d'avare !

— Même ce que vous me devez ?

— Moi, je te dois quelque chose ? fit Legoff, jouant la carte de l'innocence.

— Ce merveilleux tissu venu d'Orient que vous m'avez volé pour une autre de vos… sœurs.

— Pas volé ! Acheté à crédit. Si tu fais vite, dit-il en jetant un bref regard à Marie, qui n'avait toujours pas bronché, je réglerai toute ma note.

— Alors attendez-moi ici, je reviens.

Il avait à peine disparu derrière le rideau de l'arrière-boutique, qu'il revenait aussitôt.

— Et la jeune dame, on l'habille en garçon ou en femme ?

Marie ouvrit la bouche pour répondre, mais ce fut encore une fois Legoff qui le fit à sa place.

— En femme, bien sûr. Et avec un grand voile à part ça.

Cette réplique lui valut un regard courroucé de la part de Marie et un regard entendu de la part du petit homme.

— Je reviens dans quelques minutes.

Et il disparut enfin dans son arrière-boutique.

— Mais qu'est-ce que c'est que tout ce cirque ? s'emporta Marie à voix basse. D'abord, vous parlez l'arabe ?

— Oh, quelques mots seulement. Lors d'un précédent voyage, le bateau sur lequel je naviguais a dû rester au mouillage dans le port pendant deux ou trois mois, pour des questions de douanes ou de taxes, je ne sais trop. Alors ça m'a donné le temps de traîner un peu par ici, d'apprendre quelques mots…

— Et de faire quelques connaissances à ce que j'ai compris, riposta Marie. Qu'est-ce que cette question de dettes ? C'est avec mon argent que vous avez l'intention de la rembourser ?

— Si ça ne vous ennuie pas trop, lui répondit Legoff le plus simplement du monde. Ça nous assurerait un meilleur service de la part de Mohammed.

Marie ne put rien répondre parce que, justement, Mohammed revenait dans la pièce, les bras chargés de vêtements. Il était suivi par une femme encore plus petite que lui, si c'était possible, et dont on ne voyait que les yeux entre les replis d'une étoffe blanche qui l'enveloppait des pieds à la tête. Marie la regarda, horrifiée.

— Vous n'avez quand même pas l'intention de m'attifer comme ça !

— Toutes les femmes décentes devraient être habillées ainsi, répondit le Marocain. Et en plus, dans votre situation, c'est bien pratique pour vous cacher.

— Mais je vais étouffer là-dessous !

— Bien sûr que non ! s'offusqua le marchand. Je n'ai ici que de l'étoffe de qualité qui laisse très bien respirer. Et maintenant, assez parlé, femme ! Laissez-nous décider de ce qui est bien pour vous.

Insultée, Marie allait répliquer avec quelques grossièretés de son vocabulaire bien fourni dans ce domaine, grâce à ses mois de travail sur le bateau. Mais Legoff désamorça la situation en partant à rire :

— Pardieu ! Mohammed, tu ne t'es pas fait là une amie ! N'oublie pas que, chez nous, les femmes sont traitées différemment.

— Qui voudrait de l'amitié d'une femme ? riposta le petit homme brun. Et n'oubliez pas que vous êtes chez nous. Mais assez perdu de temps.

Se retournant vers Marie, il lui dit :

— Madame, suivez ma sœur… ma véritable sœur, ajouta-t-il à l'intention de Legoff, elle va vous habiller. Quant à vous, Mister, je crois que j'ai ici ce qu'il vous faut.

Encore furieuse, Marie hésitait à suivre la femme qui lui faisait signe. Legoff lui fit un clin d'œil en haussant les épaules, l'enjoignant silencieusement de faire contre mauvaise fortune bon cœur. N'ayant pas vraiment le choix, Marie céda en maugréant et emboîta le pas à la Marocaine.

⚓

Vêtu d'une ample tunique blanche qui retombait sur un pantalon légèrement bouffant, Legoff revint dans la boutique environ une demi-heure plus tard. La sœur du marchand était assise dans un coin sur un gros coussin, penchée sur ses mains, qu'elle observait avec la plus grande attention. Il s'approcha d'elle :

— Où est la jeune femme qui était avec vous ?

Comme il n'obtenait aucune réponse, il fit une autre tentative :

— Comprenez-vous le français ? Où est ma sœur ?

Finalement, la femme leva les yeux vers lui. Il fut étonné de voir qu'elle avait les yeux gris-bleu, fait plutôt rare pour une Marocaine. Son étonnement fut encore plus grand quand il l'entendit rire.

— Mais c'est moi, Julien ! Vous ne m'avez pas reconnue ? Finalement, je vais penser que cet accoutrement a du bon.

— Ben ça alors ! Si ce n'était de vos yeux, on jurerait que vous êtes du pays ! Mais pour que le déguisement soit parfait, il vous faudra apprendre à tenir votre langue, ajouta-t-il malicieusement.

— Je dois dire que vous faites illusion vous aussi… si ce n'était de votre chevelure flamboyante…

Sur ces entrefaites, Mohammed entra avec un turban entre les mains.

— Avec ceci, il n'y aura aucun problème.

— Parfait ! acquiesça Legoff, tout en ajustant le couvre-chef sur sa tête. De quoi ai-je l'air ? demanda-t-il en se retournant vers Marie.

— D'un Viking égaré, mais à part ça, c'est pas mal…

— Disons que ça ira pour nos besoins. Maintenant, si vous pouviez me donner un peu de monnaie pour que je paie notre bonhomme… à moins que l'on ne veuille avoir aussi sa nombreuse famille sur le dos, mais ça augmenterait le groupe de nos poursuivants.

Marie se retourna pour fouiller sous ses jupes et trouver la ceinture où elle avait attaché les bourses de cuir. Elle avait profité des quelques instants où elle était seule pour mettre les pochettes de cuir en sécurité à l'intérieur d'un bandeau qu'elle portait serré à la taille et qui ne se voyait pas sous ses vêtements amples. Ce n'était pas le summum du confort, mais ça ferait l'affaire. Elle avait cependant gardé une pochette plus accessible pour subvenir à leurs besoins quotidiens. Tendant une pièce d'or à Legoff, elle lui dit :

— Laissez-lui le tout. Mieux vaut bien le payer et s'en faire un allié.

— Bien pensé, jeune dame ! répondit Legoff en disparaissant dans l'arrière-boutique.

Quelques instants plus tard, il était de retour.

— Venez, allons maintenant trouver des montures et disparaissons de cette ville au plus tôt.

Retournant dans la rue, Marie fut une fois de plus éblouie par la clarté du soleil qui se réverbérait sur la blancheur des maisons. Legoff la tira par le poignet.

— C'est par ici. Mohammed m'a parlé d'un cousin qui vendait de bons chevaux.

— Décidément, c'est un homme plein de ressources.

— Qui a plutôt une grande famille...

Après plusieurs détours dans les rues achalandées de Casablanca, ils débouchèrent sur une place publique un peu plus vaste au centre de laquelle il y avait une fontaine où des femmes venaient remplir des cruches d'eau.

Désignant une ruelle à gauche d'une mosquée, Legoff dit à Marie :

— Le cousin de Mohammed habite par là, derrière cette mosquée. Vous allez m'attendre ici parce qu'on ne comprendrait pas pourquoi j'amène avec moi une femme pour acheter des chevaux. Les chevaux, c'est une affaire d'hommes.

— Décidément, j'ai hâte de sortir de ce pays.

— Bah, détendez-vous pendant ce temps, mais pas d'imprudence !

Et Legoff se dirigea à grandes enjambées vers la ruelle.

Marie alla s'asseoir au bord de la fontaine, observant les allées et venues des femmes chargées de fagots de bois, de paniers de provisions ou qui venaient faire le plein d'eau. Elles semblaient toutes très affairées, traînant bien souvent derrière elles quelques rejetons qui leur donnaient du fil à retordre. Les hommes qui fréquentaient la place entraient à la mosquée ou jasaient en petits groupes, cherchant l'ombre des oliviers qui bordaient la place, le tout dans l'oisiveté la plus complète.

L'attention de Marie fut détournée par un soldat, visiblement de la marine française, qui tentait tant bien que mal de placarder une affiche sur un mur. Curieuse, Marie se rapprocha et soudain son cœur manqua un battement. Elle avait sous les yeux un avis de recherche rédigé en arabe, en espagnol et, en petites lettres, en français, avis qui la décrivait, elle, sous les traits de Marc Duguay, ainsi que Julien Legoff, dont les caractéristiques étaient beaucoup plus reconnaissables. Une récompense était promise à celui qui donnerait des informations à leur sujet ou, encore mieux, les remettrait entre les mains de l'armée.

Tentant de conserver son calme, Marie n'eut qu'une pensée : retrouver Legoff et fuir aussitôt. Elle se dirigea vers l'endroit où son compagnon avait disparu, mais dans son affolement, prit la ruelle à la droite de la mosquée. Contournant l'édifice, elle longea un lavoir public où plusieurs femmes frottaient avec ardeur des vêtements sur des pierres, puis s'engouffra sous un porche, pensant trouver là l'écurie du cousin de Mohammed. Mais quelle ne fut pas sa surprise de se retrouver subitement en plein cœur d'un détachement de la marine qui, semblait-il, y avait là ses quartiers généraux. À son arrivée intempestive, quelques hommes levèrent la tête, ce qui l'arrêta net. Intérieurement, elle maudit son étourderie. Que n'était-elle restée bien sagement à sa place comme Legoff le lui avait dit !

Affolée, elle vit un soldat s'approcher, pendant que deux ou trois autres lançaient des blagues qu'elle n'arrivait pas à saisir tant son cœur battait fort à ses oreilles. Tournant vivement les talons, elle s'élança pour sortir de la cour et percuta de plein fouet un officier qui entrait à ce moment précis. Elle tomba à genoux sous le choc et sentit deux mains solides qui la remettaient sur ses pieds.

— Vous n'avez pas de mal, madame ?

La voix était chaude et attentionnée. Alors qu'elle relevait la tête vers son vis-à-vis, Marie sentit avec terreur son voile glisser de son visage. Elle s'était empêtrée dans ses nombreuses jupes et avait mis le pied sur une extrémité du tissu : elle était en train de perdre la voilure qui lui entourait la tête. Et son cœur, déjà durement éprouvé, se figea quand elle reconnut Étienne !

Le temps sembla se suspendre quelques instants. Les secondes qui s'écoulèrent lui parurent des heures. Toute la gamme des émotions passa dans les yeux du jeune homme : la stupéfaction d'abord, la surprise ensuite, puis la joie, la curiosité et enfin l'étonnement.

Marie ne pouvait détacher son regard de son visage. Ses traits s'étaient affirmés au cours de la dernière année. S'il avait toujours les mêmes yeux verts, son regard brillait maintenant différemment. Était-ce la surprise, l'émotion de revoir Marie qui le transformait ? La jeune fille se troubla sous ses yeux, qui la détaillaient avidement. Les cheveux foncés d'Étienne brillaient au soleil, atteignant tout juste le col de son uniforme. Sa mâchoire carrée se desserra lentement, et un lent sourire envahit son visage pour s'étirer sur des dents d'une blancheur éclatante. Ses mains étaient brûlantes sur ses épaules. Personne dans la cour ne bougeait, tous étaient conscients que quelque chose de spécial se passait sous leurs yeux.

Le cœur battant la chamade, Marie revit les jours heureux de son enfance avec Étienne. Elle le revoyait quand, adolescents, ils marchaient sur la plage en parlant de la vie et de leurs projets, elle se rappelait leurs jeux innocents, leurs longues baignades dans les eaux froides de La Rochelle. Mais c'était un homme différent qu'elle avait maintenant devant elle, un homme que la vie avait façonné, à qui les responsabilités avaient donné une autorité toute naturelle qui rayonnait aujourd'hui autour de sa personne, un homme infiniment plus troublant que dans ses souvenirs…

Desserrant son étreinte de l'épaule droite de la jeune femme, Étienne lui caressa doucement la joue, comme pour s'assurer que ce n'était pas un mirage qu'il avait devant lui. Fermant les yeux, Marie goûtait la douceur de cette main, une main large, forte, sur laquelle elle sentait qu'il devait être bon s'appuyer. Se pouvait-il que son compagnon d'enfance, presque son frère, la bouleverse à ce point ?

— Marie… dit Étienne d'une voix rauque.

Le son de sa voix ramena la jeune femme à la réalité. Elle reprit conscience de sa situation, de l'endroit où elle était et du fait qu'elle ne pouvait prendre le risque de se confier à Étienne. Le jeune homme avait relâché la main de son épaule et, vive comme l'éclair, Marie voulut s'échapper. Mais dans un geste brusque, en tournant sur ses talons, elle sentit la pochette libre se détacher de sa ceinture. Elle tomba aux pieds d'Étienne, le sceau de l'*Imperator* bien en vue. Alors que le jeune homme se baissait pour la ramasser, Marie le prit de vitesse et s'en empara, laissant tomber quelques pièces du même mouvement.

— Qu'est-ce que… ? commença-t-il d'une voix étonnée.

Laissant là les pièces que le jeune homme ne devrait pas tarder à identifier, Marie releva voile et jupes et s'enfuit à toutes jambes. Déjà Étienne s'était relevé ; la confusion se lisait sur son visage. Les sourcils froncés, il cria : « Marie, attends ! » Mais la jeune femme avait déjà tourné le coin de la rue, détalait le long du lavoir et débouchait sur la place publique. Étienne s'était retourné vers ses hommes, qui ne comprenaient pas trop bien ce qui se passait, et leur lança un ordre bref.

— Rattrapez-la !

Ils se lancèrent à la poursuite de la jeune femme alors qu'Étienne restait figé dans la cour, une poignée de louis d'or à la main.

⚓

La première chose que vit Marie en arrivant sur la grande place, ce fut Legoff, qui la cherchait, tenant les rênes de deux chevaux de la main droite. Elle fonça sur lui.

— Vite en selle ! Il faut déguerpir tout de suite !

Alors qu'il ouvrait la bouche pour lui poser une question, les soldats jaillirent de la ruelle, comme en réponse à son interrogation muette. Empoignant la jeune femme par la taille, il la hissa aisément sur un magnifique cheval arabe noir aux pattes fines et enfourcha lui-même un pur-sang bai. Talonnant son cheval, il lança simplement à Marie : « J'espère que vous savez monter ! » Et laissant là les soldats à pied, ils poussèrent leur monture au galop, effrayant au passage quelques oies qui avaient eu la malencontreuse idée de passer par là.

Pour éviter que la foule, qui se faisait plus dense en cette fin de matinée, ne ralentisse leur course, Legoff se glissa dans un dédale de petites ruelles, dont la dernière déboucha soudainement sur une avenue plus large qui sortait de la ville. Sans hésitation, il l'emprunta en poussant son cheval au maximum, satisfait de voir que Marie ne semblait avoir aucune difficulté à le suivre.

À cette heure, l'achalandage était surtout concentré à l'intérieur de la ville, et ils purent s'éloigner de l'agglomération sans difficulté. Les soldats devaient les chercher dans la ville, mais Legoff craignait d'être repéré dans ce paysage plutôt plat. Il commença à ralentir l'allure quand, contournant une colline, ils débouchèrent sur une petite vallée qui les mettait temporairement à l'abri. Voyant qu'un ruisseau coupait la vallée, Legoff s'en approcha et, cherchant le refuge d'un buisson, y mena les chevaux pour qu'ils puissent se désaltérer. Marie et Legoff mirent pied à terre.

La jeune femme se laissa tomber sur l'herbe verte, à l'ombre de deux oliviers, et là seulement, commença à reprendre son souffle. Étrillant les montures en sueur avec une poignée d'herbe sèche, le Breton restait silencieux. Après quelques instants, lorsque son cœur eut repris un rythme normal et que sa respiration s'y accorda, Marie rompit le silence qui s'épaississait.

— J'ai vu Étienne. Il m'a reconnue mais... pire, j'ai laissé échapper à ses pieds l'une des bourses frappée de la marque de l'*Imperator*. J'ai pu la reprendre, mais il l'a bien vue, et quelques pièces en sont tombées. À présent, il a une bonne idée de qui il recherche, dit-elle tristement.

Julien Legoff avait suspendu son geste, écoutant le récit succinct de la jeune femme. Une foule de questions lui venaient aux lèvres, mais il se gardait bien de les poser. Sa patience fut récompensée. Marie s'appuya sur le tronc rugueux d'un arbre et raconta à son nouvel ami son enfance et son adolescence partagées avec Étienne. Elle lui dit avoir quitté précipitamment La Rochelle sans avoir eu l'occasion de le revoir, mais resta évasive sur les raisons de sa fuite. Elle se garda toutefois d'ajouter à la fin de son récit le trouble qui s'était emparé d'elle lorsque, plus tôt, dans la cour où étaient amassés les soldats du roi, ses yeux avaient rencontré ceux de l'officier et que sa caresse lui avait enflammé les sangs.

— Maintenant, conclut Legoff, votre Étienne n'aura de cesse de vous retrouver. Pour éclaircir l'histoire des bourses d'abord, puis pour revoir la femme qu'il estimait avoir perdue…

— Mais je ne suis rien pour lui, se défendit Marie, rien qu'une amie d'enfance pour qui il a peut-être eu un peu d'affection…

À ces mots, Legoff fit entendre son rire profond.

— Peut-être savez-vous travailler côte à côte avec des hordes de marins grossiers, et même les rafistoler à l'occasion, mais vous en connaissez bien peu sur les hommes. J'ai idée que votre bel ami va nous rendre la vie difficile ces jours-ci. Et comme ça ne me dit rien de finir mes jours condamné pour un meurtre que je n'ai pas commis, je crois qu'il serait plus sage de mettre le plus de distance entre lui, ses charmants amis et nous… à moins que vous ne souhaitiez qu'il vous rattrape ? ajouta-t-il le sourcil levé.

À ces mots, Marie se redressa comme si une abeille l'avait piquée.

— Comment pouvez-vous croire ? Allez, assez perdu de temps, en selle !

Elle arracha les rênes de son cheval des mains de Legoff et, aussi prestement que le lui permettaient ses jambes douloureuses, elle sauta en selle. Un sourire flottant au coin des lèvres, Legoff l'imita et passa devant elle pour la guider sur les routes du Maroc qu'il connaissait si bien.

Chapitre 18

Ils galopèrent ainsi toute la journée, quittant la côte atlantique pour s'enfoncer légèrement dans les terres. Marie ne se souvenait pas d'être montée si longtemps à cheval, même au plus fort de sa cavalcade entre La Rochelle et Saint-Malo. Quand enfin Legoff décida qu'ils pouvaient mettre pied à terre, le soleil n'était plus qu'un vague souvenir sur les quelques nuages qui s'attardaient dans le ciel. Ils étaient dans un coin perdu, et aucune habitation, et encore moins une auberge, ne semblait se profiler aux alentours.

— Bientôt il fera trop noir pour qu'on continue. Mieux vaut établir un campement ici. Ce serait risqué de faire un feu, alors on va tenter de s'abriter du mieux qu'on peut.

Il s'approcha de son cheval et en décrocha la sacoche.

— Heureusement, j'ai ici de quoi nous nourrir pour ce soir. Demain, on se ravitaillera sur le chemin. J'ai aussi une couverture qui devrait vous protéger du froid.

— Vous avez pensé à tout ! soupira Marie en se laissant tomber sur l'herbe moelleuse.

La conversation fut limitée ce soir-là, et les deux fugitifs dormirent rapidement d'un sommeil de plomb.

Au matin, ils reprirent la route et parcoururent encore une fois une grande distance, s'arrêtant à peine pour manger une bouchée et refaire leurs provisions. Ils passèrent une autre nuit à la belle étoile et, à la fin de la journée du lendemain, ils arrivèrent finalement dans un village. Fourbue, Marie jeta un regard autour d'elle. On ne pouvait décemment qualifier de village l'endroit où ils étaient. Une dizaine de maisons à peine étaient groupées autour d'une petite place, où étaient attachés quelques chevaux qui mâchouillaient distraitement un peu de foin. Des enfants couraient partout, prenant un malin plaisir à se chamailler. Mais la joyeuse turbulence prit fin quand le plus petit d'entre eux trébucha sur une pierre et, voyant le sang couler de son genou écorché, se mit à pleurer de tout son cœur. Comme si elle avait guetté cet instant, cachée derrière la porte de sa maison, sa mère s'élança vers lui et, tout en le ramassant, distribua quelques claques aux aînés pour faire bonne mesure.

Toute occupée à observer la scène, Marie ne s'était pas aperçue que Legoff avait disparu. Tournant sur elle-même à la recherche du Breton, elle ne vit que deux hommes appuyés sur le mur d'une autre maison, qui la regardaient avec insistance. Un peu mal à l'aise, la jeune femme se chercha une contenance en tentant de replacer le voile convenablement sur sa tête. Elle avait décidément beaucoup de difficulté avec ce genre d'habillement. Elle en venait à regretter ses habits masculins, beaucoup plus confortables et surtout plus pratiques dans les déplacements. Après ce qui lui parut être une éternité, Legoff revint.

— Où étiez-vous allé ? Je commençais à être inquiète seule ici.

— Vous devrez apprendre à avoir confiance en moi, jeune dame. Je suis allé trouver quelqu'un qui pourrait nous aider. Maintenant que votre ami a certainement mis ses troupes à nos trousses, les terres marocaines sont devenues un peu étroites pour nous. Cette nuit, nous traverserons vers l'Espagne.

Un peu désorientée, Marie répondit :

— La mer n'est donc pas loin ?

Legoff éclata de rire.

— Franchement, pour un marin, il vous faudra développer un peu plus votre instinct ! Ne sentez-vous donc rien ? N'entendez-vous donc rien ?

Relevant la tête dans la brise du crépuscule, Marie constata que, toute à sa fatigue, elle avait beaucoup relâché son sens de l'observation. L'air charriait des odeurs d'iode et d'eau salée, et en tendant l'oreille, on pouvait entendre le clapotis des vagues sur ce qui devait être des galets. Et tout à coup, entre les arbres, elle put entrevoir un reflet violacé du ciel se refléter sur l'eau.

— Mais depuis le temps que l'on galope à l'est de l'océan Atlantique, il ne peut nous avoir rattrapés par ici ?

— Mais non, ma belle ! Ce n'est pas le froid Atlantique qui est ici mais l'une des plus belles mers au monde, la Méditerranée.

— Oh, je veux la voir !

— Soyez patiente, vous y naviguerez toute la nuit. Pour l'instant, il est plus urgent de vous restaurer et de prendre du repos. Les prochaines heures seront dures et il vous faudra être d'attaque.

Sur ces paroles, Legoff avait empoigné les rênes du cheval de Marie et l'entraînait vers une maison située un peu en retrait.

— De quoi vivent tous ces gens ?

— Oh, de la pêche principalement. Ils n'ont pas de grands besoins. Mais la situation particulière de leur village fait qu'ils ont développé un commerce hors du commun. Ils aident, moyennant rétribution bien sûr, les gens qui doivent passer en Espagne avec… disons… discrétion. Dans le détroit de Gibraltar, la mer est souvent agitée, il y a beaucoup de récifs, et bien des malheureux ayant tenté la traversée par eux-mêmes y ont trouvé la mort. Ici, les hommes du village connaissent parfaitement les courants capricieux, et mieux vaut faire équipe avec eux, même s'ils demandent un peu cher.

— Quand partons-nous ?

— Dans quelques heures, lorsque l'obscurité sera complète.

Ils étaient arrivés devant une maison à l'entrée si basse que Legoff dut presque se plier en deux pour y pénétrer. Un feu brûlait dans l'âtre, où une marmite était suspendue, répandant une odeur agréable dans l'habitation. Marie avait très faim. Deux hommes étaient assis à la table. Sans dire un mot, l'un d'entre eux désigna de la tête deux chaises à Legoff et Marie. Puis se levant, il tira deux plats creux d'une armoire et les remplit de la mixture qui mijotait dans la marmite. Il déposa les plats devant les voyageurs et poussa devant eux un panier de pain. Se servant du pain comme d'un ustensile, Legoff attaqua avec appétit la nourriture.

D'abord hésitante, Marie décida de ne plus résister aux cris de son estomac et suivant l'exemple de Legoff, elle déchira un morceau de pain de la miche et le trempa dans ce qui se révéla un excellent ragoût. Perdant rapidement sa réserve, elle utilisa finalement ses doigts pour aller chercher les morceaux de viande au fond du plat. Lorsqu'il ne resta plus de pain, elle but la sauce à même le bol. Un filet en coulait sur son menton, et elle sursauta quand le deuxième homme, qui l'avait observée jusque-là avec attention, se leva pour l'essuyer d'un pouce crasseux. Marie eut un mouvement de recul en remarquant les yeux étrangement brillants de l'homme.

— *¡Dejala! Esta conmigo,* jeta Legoff.

— *Esta bien, esta bien, no queria que se ensuciara. Unos ojos tan bonitos no van con una cara sucia.*

La voix de l'homme était basse, rauque, évoquant un tas de cailloux qui s'entrechoquaient.

— *Deja sus ojos te digo, esta conmigo ¿no comprendes?*

— *¡Manuel, sientate!* [3]

La voix de l'autre homme venait de claquer comme un fouet. L'Espagnol recula un peu à regret, non sans jeter à Marie des regards appuyés.

Marie allait de surprise en surprise.

— Qu'est-ce que ça signifie ? Quelle langue parlez-vous maintenant ?

Modestement Legoff répondit :

— L'espagnol. J'ai un peu appris à le parler lors d'un voyage.

---

3. — Laisse-la, elle est avec moi.
— Ça va, ça va ! Je ne voulais pas qu'elle se salisse. De si beaux yeux ne vont pas avec un visage sale.
— Laisse ses yeux, je te dis, elle est avec moi. Tu ne comprends pas ?
— Manuel, assieds-toi !

— Un peu ? J'ai l'impression que c'est pas mal plus que ça… Mais nous sommes toujours en terre marocaine, non ?

— Ici la frontière humaine est un peu floue. La côte semble être hors frontière, et c'est un peuple dont les origines sont très mélangées qui y vit.

Ils furent alors interrompus par des bruits de galopade. Au jugé, une dizaine de cavaliers venaient d'envahir la place et stoppaient leur monture. Pendant que l'Espagnol rabroué était allé se rasseoir à l'autre bout de la grande table, l'homme qui l'avait interpellé s'était approché de la fenêtre. Sans se retourner, il dit quelque chose à Legoff.

— Qu'est-ce qu'il dit ? demanda Marie.

— Je pense que votre copain est bien décidé à vous retrouver. Il y a ici un détachement de l'armée qui semble être à la recherche de quelque chose ou de quelqu'un. Miguel va aller voir de quoi il retourne.

— On peut avoir confiance en lui ? Il y a peut-être une récompense sur nos têtes…

— Le prix qu'il nous fait payer est certainement plus que ce qu'il pourrait gagner en dénonçant deux fuyards…

Marie haussa un sourcil. Ignorante jusque-là de l'entente conclue entre Legoff et le passeur, elle commençait à s'inquiéter pour le contenu de sa bourse. Après tout, elle avait un bateau à construire. Mais déjà l'Espagnol était sorti. Il revint quelques instants plus tard. S'adressant à Legoff, il parla rapidement en espagnol. Même si elle ne comprenait rien de ce qu'il disait, Marie sentait l'urgence dans le ton de sa voix. Les phrases étaient brèves, le ton coupant. L'homme ne semblait pas être de ceux qui s'encombraient de propos inutiles. Le Breton se tourna alors vers Marie.

— Les soldats sont à la recherche d'une femme habillée en Arabe, montée sur un cheval noir. Elle pourrait être accompagnée d'un homme qui me ressemble étrangement… et il semblerait que le capitaine du détachement en fait une affaire personnelle, alors les soldats vont mettre beaucoup de cœur à la recherche.

Les informations qu'ils ont soutirées sur la route les ont conduits jusqu'ici... il faut se cacher.

Un autre éclat de voix ramena Miguel à la fenêtre :

— *Encontraron sus caballos. ¡Salganse por atrás! Nos vemos en el muelle.*

— Ils ont trouvé nos chevaux. Vite, il faut sortir ! On ira retrouver Miguel et Manuel au quai.

Le cœur battant, Marie suivit Legoff qui l'entraînait par-derrière, pestant contre le costume qui la trahissait trop bien. Elle enleva néanmoins le voile qui lui emprisonnait la tête, trop voyant et encombrant à son goût. Que n'aurait-elle pas donné pour retrouver sa culotte de matelot, bien mieux adaptée pour l'action ! Ils se faufilèrent par une petite fenêtre carrée ouverte dans le mur de pierre et n'eurent pas à sauter de bien haut puisque, à cet endroit, la maison était enfoncée dans la colline qui montait derrière. Pliés en deux, ils s'empressèrent de regagner le fourré qui s'épaississait à quelques pas de là. Tapis dans l'ombre, ils purent voir les silhouettes des soldats s'agiter sur la place. Ils entraient dans les maisons et en ressortaient de longs instants plus tard. Leurs recherches étaient visiblement méticuleuses.

— Nous devons tenter de regagner le quai, chuchota Legoff. Il faut contourner le village pour passer en face. Nous avons tout au plus une demi-heure pour nous y rendre. Après quoi, il faudra attendre demain pour embarquer, question de marée.

Ils se mirent à progresser lentement, attentifs à ne faire aucun bruit qui pourrait attirer l'attention dans leur direction. Ils avaient à peine fait quelques pas que Marie trébuchait, empêtrée dans sa longue jupe. Sans dire un mot, Legoff se retourna, empoigna un coutelas qu'il portait à la ceinture et déchira la jupe de Marie à la hauteur de ses genoux.

— C'est peut-être moins décent mais ce sera plus pratique, grommela-t-il.

Ils étaient arrivés à la pointe du village et devant eux s'étendait un petit espace sablonneux à peine taché d'herbes sèches.

Comble de malchance, la lune s'était levée et baignait les environs d'une lumière blanche à laquelle il était difficile d'échapper.

— Roulez-vous dans la poussière pour éteindre la blancheur de vos vêtements. Nous devrons passer l'un après l'autre. Le mieux serait de nous rencontrer au quai. Regardez ! Une fois ce passage franchi, passez derrière les oliviers que vous voyez là-bas, vous trouverez alors un sentier qui vous mènera jusqu'au quai. Laissez-moi y aller en premier, attendez environ cinq minutes, puis allez-y à votre tour. Ça ira ?

— Bien sûr que ça ira, grogna la jeune femme, qui était demeurée coite jusque-là.

Legoff lui pressa la main, puis, aussi silencieux et souple qu'un chat, il s'élança. Il eut tôt fait de regagner la relative sécurité des oliviers, si bien que Marie se demanda si le danger n'était pas un peu exagéré. Elle eut bien du mal à refréner son impatience et à respecter les cinq minutes données en consigne.

Elle ne voulait surtout pas penser à ce qui l'avait mise dans cette situation. Sa rencontre fortuite avec Étienne, il y avait près de trois jours même si ça lui paraissait des siècles, l'avait bouleversée plus qu'elle ne voulait se l'avouer. La vue du jeune homme avait fait renaître en elle la nostalgie de son passé, qu'elle pensait pourtant avoir bel et bien enterré. Et son regard... Elle s'était sentie aspirée dans les yeux verts qui la dévisageaient. Elle avait laissé un quasi-frère à La Rochelle, et elle avait eu devant elle un tout autre homme en qui il ne subsistait aucune trace d'adolescence. Il n'y avait rien de juvénile dans cette mâchoire carrée, dans ces épaules taillées à la serpe et dans cette musculature nerveuse, que l'on devinait sous l'habit. Elle pouvait encore sentir l'empreinte de ses mains sur ses épaules. Juste à évoquer ces souvenirs, son pouls s'accélérait.

Noyée dans ses pensées, Marie avait un peu perdu la notion du temps. Se rendant soudain compte que Legoff devait déjà être rendu et peut-être même commençait à s'inquiéter, la jeune femme voulut faire vite. Elle s'élança sur la courte piste et la traversa aussi rapidement qu'elle le put. Soulagée d'avoir franchi le passage en pleine lumière, Marie ralentit et relâcha un peu son attention. Elle ne vit pas la branche qui levait ses doigts vers elle comme pour tenter de l'agripper. Marie la percuta de plein fouet et s'égratigna douloureusement la jambe. Mais le pire fut le craquement sec qui suivit l'impact. Avec horreur, Marie crut l'entendre se répercuter jusqu'à l'autre côté de la Méditerranée. Rampant vers l'ombre des oliviers, elle se tapit derrière un rocher pour observer la scène derrière elle. Tout était aussi silencieux et immobile qu'avant son passage en catastrophe. Comprimant les battements affolés de son cœur et s'efforçant de modérer sa respiration, elle s'obligea à rester là, même si la fuite lui semblait plus tentante, pour s'assurer que personne ne l'avait vue. Se retournant sur sa droite, elle pouvait voir le début du sentier dont lui avait parlé Legoff. Elle décida d'aller rejoindre le petit chemin un peu plus bas, l'ouverture qu'elle voyait était trop à découvert pour elle. Elle ne pouvait se permettre un faux-pas de plus.

Arrachant un pan de sa jupe déjà sérieusement abîmée, elle entreprit de nettoyer l'égratignure à sa jambe. Du sang mêlé de sable tachait son mollet. Un peu d'eau salée de la mer et il n'y paraîtrait presque plus rien. Se relevant, la jeune femme s'enfonça un peu plus dans les oliviers, dérogeant légèrement du plan tracé par Legoff. Mais c'était plus prudent, estimait-elle. Là où elle passait, l'ombre était plus épaisse et, de ce fait, la cachait beaucoup mieux aux regards indésirables. Certaine d'avoir trompé la vigilance de ses éventuels poursuivants, Marie marchait avec plus d'assurance, pressée de regagner le quai où l'attendait la barque promise.

Elle n'avait absolument pas senti venir l'homme qui la surprit par-derrière. Plaquant une main sur sa bouche, il la saisit à la taille et la souleva de terre. Se débattant furieusement, Marie lui mordit la main et l'agresseur relâcha son emprise. Elle en profita pour lui décocher un coup de coude dans les côtes et se dégagea. L'homme étouffa un juron derrière elle et se relança à sa poursuite. En deux pas, il l'avait rattrapée et cette fois-ci la plaquait au sol sans ménagement. Marie retint un cri, elle ne voulait pas ameuter tous les soldats et se demandait bien pourquoi d'ailleurs son assaillant ne l'avait pas fait.

— Non mais, vas-tu te tenir tranquille ! grogna l'homme d'une voix qu'elle sembla reconnaître.

Alors qu'il la retournait aussi facilement que si elle avait été une enfant de dix ans, Marie se retrouva face à face avec Étienne, écrasée par son poids, qui la maintenait au sol.

— Je pense que tu me dois quelques explications, dit-il toujours à voix basse. Qu'est-ce qui peut bien t'amener par ici ? Qu'as-tu à voir avec ce fourbe de Chamberlain ? Que fait l'argent de l'*Imperator* entre tes mains, et pourquoi suis-je obligé de lancer mes soldats à tes trousses comme derrière une voleuse… à moins que ce ne soit ce que tu sois devenue ?

Il y avait une teinte de mépris dans sa voix et Marie, toujours muette, sentit ses yeux s'emplir de larmes. Dans le jeu de la lune sur sa joue, Étienne vit aussi les yeux de la jeune femme devenir plus brillants, et son cœur s'émut. Qui savait ce qu'elle avait vécu pour se retrouver là. Que s'était-il passé depuis qu'il l'avait laissée aux mains de Sarah, il y avait de ça une éternité ?

Relâchant quelque peu son étreinte, il essuya les larmes silencieuses qui roulaient sur le visage de Marie, traçant des sillons dans la poussière collée à ses joues.

— Marie, Marie, je suis sûr qu'il y a une explication à tout cela, si seulement tu voulais bien me parler et me faire confiance…

Marie se sentait prisonnière, prisonnière de l'étau d'Étienne, prisonnière de son destin qui l'avait amenée jusque-là. Que pouvait-elle lui dire qui trouverait grâce à ses yeux, sinon à la justice du roi ? L'homme qu'elle avait volé était puissant à la cour, celui qu'elle voulait dénoncer avait les faveurs du souverain. Qui la croirait, elle, fille d'un obscur marchand de tissu, ivrogne notoire en plus ? Et si Étienne s'acharnait à la défendre, il aurait encore plus à perdre qu'elle. En quittant le bateau les poches pleines d'or, elle avait scellé son destin et savait qu'elle devrait l'assumer tous les jours de sa vie. Lisant toute la peine du monde dans les yeux de la jeune femme, Étienne sentit un irrépressible besoin de la protéger, de la défendre contre le sort qui semblait si bien s'acharner sur elle. Incapable de maîtriser l'émotion qui montait en lui, il se pencha et embrassa Marie.

Effleurant d'abord à peine ses lèvres, son baiser se fit rapidement plus gourmand. D'abord surprise, Marie avait voulu détourner la tête, mais la main, qui quelques instants auparavant essuyait les larmes sur sa joue, était maintenant plongée dans ses cheveux, à moitié dans une caresse, à moitié dans une étreinte qui l'empêchait de bouger. Et Marie comprit aussi qu'elle avait désespérément soif de ce baiser. Elle y répondit avec réserve d'abord, puis avec fougue. Leurs langues emmêlées se disaient tout ce qu'ils avaient tu au cours des années, leurs lèvres s'écrasaient, s'ouvraient se refermaient sur leur peau, un peu comme on se désaltère à une fontaine par journée de grande chaleur. Le goût salé des larmes de Marie parut divin au jeune homme qui voulait lui en ôter l'amertume. Ce qui semblait être un baiser sans fin, une communion totale entre deux êtres soumis aux caprices du destin s'arrêta brusquement. Marie entendit un choc, puis soudain se retrouva à l'air frais, sans la chaleur d'Étienne sur son corps. Sa peau moite se hérissa sous la brise fraîche ; reprenant peu à peu ses esprits, elle se redressa. Étienne gisait sur le côté et, le surplombant de toute sa grandeur, Manuel tenait un gourdin dans la main.

Marie comprit aussitôt la scène. Parti à sa recherche, l'Espagnol l'avait vue terrassée par un soldat et l'en avait tout simplement dégagée. L'agrippant par le poignet, il la remit sur ses pieds et la poussa dans le dos, lui indiquant de la main la direction du sentier qui menait au quai. Marie était comme pétrifiée sur place. Décidément, tout allait un peu trop vite pour elle. Mais aussi confuses que pouvaient être ses pensées, elle comprit tout de même que l'intervention intempestive du passeur lui permettait une sortie, sinon élégante, du moins libre de toute explication. De quelques paroles gutturales, Manuel la pressait de s'avancer. Marie vit avec inquiétude un filet de sang couler le long de l'oreille de l'officier, toujours inanimé au sol. Déchirant un autre morceau de sa jupe, qui à ce train-là allait être réduite à sa plus stricte expression, elle banda rapidement la blessure de son ami. Ainsi saurait-il au moins à son réveil qu'elle s'était tout de même souciée de lui...

Voyant que ses paroles restaient sans effet, Manuel la bouscula brusquement pour la remettre en marche. Réprimant un soupir, Marie se retourna et fit quelques pas. Mue par un pressentiment, elle regarda derrière elle si l'homme la suivait et vit avec horreur une lame briller dans un éclair de lune.

— Non ! hurla-t-elle en se jetant sur le bras levé de l'Espagnol, comme il s'apprêtait à trancher la gorge de l'officier.

Le mouvement déjà amorcé lui effleura l'intérieur du bras, d'où le sang se mit à couler. Malgré tout, Marie ne lâcha pas prise et, surpris par l'attaque soudaine de la jeune femme, l'Espagnol perdit l'équilibre et tomba à la renverse. Le cri de Marie avait attiré l'attention des soldats qui poursuivaient leurs recherches, et les deux belligérants ne tardèrent pas à entendre des pas venir dans leur direction. D'un commun accord, ils sautèrent sur leurs pieds et, toute précaution étant maintenant devenue inutile, coururent vers le sentier où ils s'engouffrèrent dans les fourrés.

Dévalant la petite colline aussi vite qu'ils le pouvaient, ils débouchèrent sur le quai où Legoff faisait les cent pas. Miguel était déjà dans la barque, installé au gouvernail. Aussitôt qu'il les vit approcher, il cria quelque chose à Legoff et celui-ci tourna la tête dans leur direction. Se précipitant au-devant de Marie, il souleva la jeune femme dans ses bras.

— Dieu du ciel que j'ai eu peur ! Je vous croyais perdue. Je voulais aller vous chercher, mais Miguel m'a convaincu de laisser partir Manuel à ma place. Mais vous êtes blessée ! s'exclama-t-il en voyant le sang couler à son bras.

— Ce n'est rien. Vite, il faut partir. Dans quelques instants, tout le détachement de la marine sera ici.

Manuel avait déjà sauté dans le bateau et s'était installé aux rames pendant que Miguel détachait les amarres. Vivement,

Legoff transporta la jeune femme dans la barque. À peine étaient-ils assis sur les bancs que Manuel commença à ramer. À mesure que l'on s'éloignait du bord, les vagues devenaient plus hautes et, voyant que l'on ne progressait pas assez vite, Legoff s'installa derrière le rameur, empoigna une deuxième paire de rames et se mit à tirer sur l'eau lui aussi.

Marie pressait sur sa poitrine le bras qui élançait. S'attaquant cette fois-ci à son jupon, elle en arracha un morceau, le trempa dans l'eau et le plaça sur sa blessure. L'eau salée la fit grimacer et le sang se remit à couler au contact de l'eau. Elle banda alors son bras bien serré, puis nettoya son égratignure à la jambe.

Le rivage s'éloignait rapidement maintenant, et au loin elle put voir un groupe de cinq ou six hommes débouler sur le quai. Mais ils étaient trop loin, et les soldats à pied ne pouvaient rien contre eux. Leur tournant définitivement le dos, Marie se cala au fond de la barque, son regard se portant vers l'Espagne.

Chapitre 19

Les deux hommes souquaient ferme pour faire avancer la barque. Les vagues étaient fortes et faisaient travailler dur les rameurs. Lorsqu'ils se furent éloignés de la côte, Miguel lâcha le gouvernail pour prendre un mât dissimulé sous les bancs. Aidé de Manuel, il le planta au centre de l'embarcation dans un socle prévu à cet effet. Puis il arrima le mât avec des étais reliés aux rebords de l'embarcation. Lorsque le tout fut fixé bien solidement, il déploya une petite voile cachée à l'avant du bateau et la fixa sur le mât.

La voile se tendit immédiatement dans un bruit sec et la barque bondit sous la poussée du vent. Miguel s'empressa de reprendre le gouvernail tandis que les deux rameurs replaçaient à l'intérieur du bateau leurs rames désormais inutiles. Legoff trempa ses mains douloureuses dans l'eau fraîche de la mer, grimaçant légèrement quand l'eau salée pénétra les ampoules crevées qu'il avait aux paumes. Personne ne parlait, goûtant la paix relative après les heures d'angoisse. Ils profitaient de cette parenthèse dans le temps, sachant très bien que, de l'autre côté de cette mer d'encre, plus d'un péril les attendaient. Pour Marie et Legoff qui bien sûr auraient à traverser une Espagne infestée de brigands qui n'attendaient que l'occasion de détrousser les voyageurs, mais aussi pour Miguel et Manuel, dont les fonctions de passeurs n'étaient pas très bien vues des autorités espagnoles. On pouvait soit les fusiller sur place, soit les enfermer dans un cachot d'où ils ne risqueraient pas de sortir avant bien longtemps. Ils sombreraient dans l'oubli et, le jour où on les libérerait, leur esprit se serait, lui, évadé depuis longtemps. Perdus dans leurs pensées, les voyageurs semblaient pour l'instant curieusement détachés du monde qui les entourait. Malgré l'inconfort de l'embarcation, Marie, épuisée par une journée d'émotions diverses, céda au roulis des vagues et, toute résistance vaincue, s'abandonna au sommeil alors que flottait encore sur ses lèvres la douceur du baiser d'Étienne.

Legoff la secouait doucement.

— Marie, chuchotait-il, Marie, réveillez-vous mais gardez les yeux fermés. Faites comme si vous dormiez encore mais écoutez-moi attentivement.

Le premier réflexe de la jeune femme fut de se redresser, mais la main ferme de Legoff la maintint appuyée au fond de l'embarcation.

— Restez tranquille, continuait Legoff, d'une voix si basse que Marie devait tendre l'oreille pour l'entendre.

Parfaitement réveillée maintenant, elle était en alerte, attentive à ce que le Breton lui disait.

— Il semblerait que nos amis aient un autre plan pour nous. Alors qu'ils me croyaient endormi, j'ai surpris une conversation entre eux. Ils ne nous amènent pas à Tarifa comme convenu, mais plutôt à Gibraltar, où sont cantonnées les troupes anglaises. Lorsqu'ils ont vu que la marine française nous poursuivait, ils ont conclu que les Anglais se feraient un plaisir de nous accueillir et de nous garder en monnaie d'échange. La guerre de la succession d'Espagne coûte cher, tant en argent qu'en hommes, et tout est bon pour aller récupérer des prisonniers faits par les Français. Ils vont tout simplement nous vendre à l'ennemi, ce qui veut dire de l'argent sonnant et trébuchant dans les poches de nos passeurs, sans compter que pour eux c'est aussi une façon d'être dans les bonnes grâces des Anglais. Ce ne serait pas la première fois qu'ils feraient ça si j'ai bien compris.

La respiration de Marie s'accéléra. Tomber aux mains des Anglais, cela voulait dire se retrouver à plus ou moins brève échéance dans les geôles du roi. Et cela mettait fin à tous ses projets d'avenir… sans compter que cela mettrait aussi probablement fin à son avenir tout court. Mais Legoff continuait.

— D'après mes calculs, nous aurions dû arriver à Tarifa il y a au moins une heure, ce qui veut dire que Gibraltar n'est plus très loin. Peut-être pour ne pas éveiller nos soupçons sur leur nouveau cap, ils ont ramené la voile depuis une demi-heure et laissent le courant nous déporter tranquillement vers leur nouvelle destination. Deux solutions s'offrent à nous. Attendre d'arriver à la terre ferme et, là, se battre pour s'enfuir, ou engager le combat ici et tenter de s'approprier le bateau. On pourrait toujours essayer de rétablir le cap et tenter d'éviter le port de Gibraltar. Même si elle est très hasardeuse, je préfère de loin la deuxième solution, qui a au moins le mérite d'éviter les renforts inattendus. Mais il faudrait alors que nous agissions en même temps pour bénéficier du meilleur effet de surprise.

— Là-dessus, j'ai une petite idée, dit doucement Marie. Préparez-vous à réagir et laissez-moi faire.

La jeune femme fit mine de sortir d'un profond sommeil. Se penchant sur le rebord du bateau, elle trempa sa main dans la mer et se passa de l'eau sur le visage. Son manège n'avait pas échappé à Manuel, et Marie, consciente du regard fiévreux qui la suivait, en profita pour relever subtilement ce qui restait de sa courte jupe. À la vue des cuisses nacrées de la jeune femme, Manuel émit ce qui ressemblait vaguement à un grognement. Marie se retourna et, arquant le dos contre l'un des bancs de la barque, s'étira comme une chatte, laissant filtrer un regard prometteur vers l'Espagnol, qui ne la quittait pas des yeux. Comme elle lui lançait un sourire provocateur, Manuel s'enhardit. Laissant Miguel manœuvrer la barque, il se rapprocha de la jeune femme et tendit la main vers sa poitrine, bien dessinée sous le vêtement qui lui collait à la peau. Marie dut réprimer un mouvement de répulsion. S'obligeant à jouer son rôle jusqu'au bout, elle jeta les bras autour du cou de l'Espagnol, qui dès lors se déchaîna. Il n'avait pas assez de deux mains pour tâter le corps de la jeune femme qui enfiévrait ses sens depuis tant d'heures déjà. Sa bouche se promenait sur sa gorge, son cou, ses mains palpaient ses cuisses et déjà remontaient sous sa jupe, cherchant la chaleur de son intimité. Marie était au bord de la nausée. *Vite, Julien*, pensait-elle, *agissez avant que je n'explose !*

Comme s'il avait lu dans ses pensées, Legoff asséna à ce moment précis un solide coup de rame derrière la nuque de l'Espagnol, qui tomba aussitôt inerte sur Marie. Puis il se retourna vivement pour faire face à Miguel, que ce remue-ménage avait finalement alerté. Les deux hommes s'empoignèrent, faisant tanguer dangereusement la barque. Là, le combat était moins facile. Legoff ne bénéficiait plus de l'effet de surprise et Miguel était costaud. Trébuchant contre les bancs, les deux hommes tombèrent au fond de la barque, bras et jambes emmêlés, chacun cherchant à éborgner l'autre ou, mieux, à tout simplement l'étrangler.

Marie avait fini par se libérer du poids mort de son assaillant, et cherchait comment elle pouvait aider le Breton. Voyant un bout de cordage traîner au fond de l'embarcation, elle rampa derrière les deux hommes, prenant bien soin de ne pas prendre une volée au passage. Alors que Miguel réussissait à se maintenir au-dessus de Legoff et qu'il commençait à lui serrer le cou, Marie, qu'il n'avait pas vue, lui passa rapidement la corde autour du cou et à son tour se mit à serrer. De surprise d'abord, puis par instinct de survie, l'Espagnol relâcha son emprise sur le Breton pour passer les mains sur sa propre gorge et tenter de se libérer de l'étau qui le menaçait. Il avait les yeux exorbités et ses lèvres bleuissaient, mais dans sa fureur Marie ne relâchait pas son étreinte. Ce fut Legoff qui l'arrêta.

— Marie, vous allez le tuer.

Ces mots ramenèrent la jeune femme à la raison. Malgré toute sa haine, elle ne voulait pas avoir la mort de l'Espagnol sur la conscience. Lorsqu'elle laissa tomber ses mains endolories, Miguel s'abattit devant Legoff comme une poupée de chiffon.

— Est-il… ? commença Marie, n'osant pas terminer sa phrase.

— Non, répondit son compagnon, mais il était temps que vous le relâchiez. Qui aurait cru qu'une aussi frêle jeune femme ait autant de force ? poursuivit-il avec une lueur amusée dans le regard.

— Quelques mois de durs travaux sur un bateau donneraient de la force à un vieillard sénile, répliqua Marie.

Puis les deux compagnons s'affairèrent à ligoter et à bâillonner leurs prisonniers. Quand ce fut terminé, Legoff examina les alentours. On voyait au loin quelques lumières ténues se balancer dans le vent, perçant la nuit d'encre.

— Ce sont là les frégates anglaises, dit Legoff. Au jugé, il doit bien y en avoir une dizaine. Ils savaient bien où ils nous emmenaient, ces brigands. Maintenant, il nous faudra souquer ferme parce que le courant nous emmène droit vers eux, et si nous ne voulons pas être entre leurs mains d'ici une demi-heure, nous devons changer de cap maintenant. Je vais hisser la voile, poursuivit-il en se retournant vers Marie, pendant ce temps prenez le gouvernail et maintenez-le complètement à gauche, le temps que je vous relève.

La jeune femme ne discuta pas. Le Breton savait ce qu'il faisait, et de toute façon, la connaissance que Marie avait de la mer et de la navigation était encore trop sommaire pour qu'elle ose émettre une opinion contraire à la sienne.

À nouveau la voile fut hissée, et à nouveau la barque fit un saut en avant.

Legoff reprit le gouvernail des mains de la jeune femme, qui avait bien du mal à maintenir le cap, les vagues se faisant de plus en plus fortes à l'approche de la côte. Elle s'installa au centre du bateau, sans oser regarder du côté des hommes toujours inconscients. Le souvenir des mains de Manuel sur elle lui ramenait un goût de bile dans la bouche. Bien qu'elle datât maintenant de plusieurs mois, en fait près d'un an, son aventure sur la plage de La Rochelle était encore très vive dans sa mémoire.

Ils naviguèrent ainsi, silencieux, pendant près d'un quart d'heure. Puis, comme ils étaient maintenant très près de la rive, Legoff ramena la voile, pour plus de discrétion d'abord, et pour une manœuvre plus aisée du bateau.

Les vagues claquaient furieusement contre la frêle embarcation. Il devenait de plus en plus évident que l'accostage serait très difficile. Des rochers aux dents acérées ne venaient pas arranger les choses. Sentinelles menaçantes de la plage de sable qui miroitait doucement comme une invitation dans la noirceur, ils défiaient le courage des marins qui osaient s'en approcher. Legoff s'amena auprès de Marie.

— Je crains qu'il ne soit pas possible d'aller plus près avec l'embarcation sans risquer d'entrer en collision avec les rochers. Je ne connais pas les fonds ici, et il vaudrait mieux ne pas se risquer. J'ai bien peur qu'on doive prendre un autre bain ensemble...

Marie hocha la tête. Depuis un certain temps déjà, elle tentait de maintenir son équilibre dans la barque qui la secouait comme un prunier.

Legoff poursuivit, haussant la voix parce que le bruit du ressac des vagues se faisait de plus en plus fort.

— Nous allons nous laisser glisser à l'eau, de l'autre côté de la barque, pour qu'elle nous serve d'écran et pour éviter qu'elle nous arrive derrière la tête.

— Que ferons-nous d'eux ? demanda Marie en désignant les deux Espagnols de la tête.

— Ils seront toujours une menace pour nous si nous les laissons vivants.

— Non ! Laissons-leur quand même une chance. C'est tout de même grâce à eux que nous avons échappé à l'armée française.

Marie, qui était prête à tuer l'un d'eux dans la bagarre précédente, répugnait maintenant à avoir leur mort sur la conscience. C'était une chose que de tuer un homme dans le feu de l'action, c'en était une autre de le faire de sang-froid.

Legoff regarda les deux hommes.

— J'ai l'impression qu'ils en ont encore pour un petit moment à dormir. Nous allons simplement les laisser dans la barque, et advienne que pourra.

— Il faudrait couper leurs liens, sinon ils n'auront aucune chance.

Legoff secoua la tête.

— C'est là prendre un bien grand risque. Ils pourraient se diriger très rapidement vers les Anglais…

— Les chances qu'ils y arrivent sont bien minimes… et les nôtres d'atteindre la plage aussi, si nous ne cessons de discuter, coupa la jeune femme.

En effet, ils approchaient très rapidement des rochers. Le moment de sauter à l'eau était venu, sinon ils iraient s'empaler directement sur les pics terrifiants qui sortaient de l'eau. Comme pour les bousculer un peu plus, un vent violent se leva brusquement, faisant basculer les deux compagnons cul par-dessus tête. Se relevant vivement, Legoff coupa d'abord d'un geste les liens des Espagnols puis agrippa la jeune femme sans plus de cérémonie et la fit passer par-dessus bord.

— Vite, à l'eau !

Avant qu'elle n'ait pu émettre un seul son de protestation, Marie se retrouva dans l'eau froide jusqu'aux oreilles. Une grande gorgée d'eau étouffa le cri qu'elle allait pousser, et elle employa les minutes suivantes à tenter de maintenir un cap raisonnable dans l'eau qui bouillonnait autour d'elle. Elle réussit à s'éloigner de la barque et essaya de s'orienter. De la crête d'une vague, elle put voir de quel côté était la plage. N'ayant aucune idée de l'endroit où pouvait se trouver Legoff à ce moment – il avait certainement lui aussi quitté le bateau –, Marie se mit à nager en direction de la terre ferme.

Les courants sous-marins étaient très forts et risquaient de l'emporter à tout moment. Alors qu'elle cherchait un moyen pour passer le barrage de récifs, elle sentit un objet lui heurter l'épaule. Tentant de voir quelque chose malgré l'eau qui l'aveuglait, elle étendit une main et sentit la surface rugueuse d'un morceau de bois qui flottait. Il s'agissait probablement du débris d'une embarcation qui avait manqué de chance. Marie se retourna et réussit à l'agripper et à s'y accrocher. Tout son corps la faisait souffrir, particulièrement sa coupure au bras, qui s'était rouverte et qui piquait dans l'eau salée.

Reprenant son souffle, à demi couchée sur le morceau de bois, elle tenta tant bien que mal de se diriger avec ses jambes. Après ce qui lui sembla une éternité, elle se retrouva, sans trop savoir comment, derrière la barrière des rochers. Un grondement soudain la fit se retourner, et elle vit une vague gigantesque s'abattre sur elle. Le choc lui fit perdre sa bouée de fortune ; elle se mit à culbuter dans la mer furieuse, perdant toute notion de l'espace. Tourbillonnant toujours, Marie sentit que ses poumons allaient éclater si elle ne parvenait pas à respirer dans les secondes qui suivaient. Puis, aussi soudainement que c'était apparu, cela cessa. Marie roula à l'air libre jusque sur le sable, une vague paresseuse venant maintenant lui caresser les mollets. Toussant et crachant, la jeune femme s'assit, pressant contre sa poitrine son bras blessé. Elle avait peine à croire qu'elle s'en était sortie. Puis le souvenir de Legoff lui revint tout à coup. S'obligeant à se relever, Marie partit à sa recherche.

Elle scruta l'obscurité qui commençait à pâlir mais ne vit rien. De plus en plus inquiète, elle poussa ses recherches un peu plus loin sur la plage. Elle repéra, à moitié immergée dans l'eau, une forme qu'elle prit d'abord pour un rocher. En s'approchant, elle comprit qu'il s'agissait du Breton évanoui, le visage dans l'eau. Affolée, Marie usa de toutes ses forces pour retourner le géant. Il semblait mal en point et Marie n'était pas du tout certaine qu'il respirait. Terrifiée à l'idée de rester seule sur cette terre hostile, Marie tenta de le tirer sur la plage. Tant qu'il y eut un peu d'eau pour le porter, elle put progresser de quelques pas. Mais ensuite, elle fut incapable de le bouger.

Marie se mit à lui parler en le giflant.

— Julien ! Julien ! Parlez-moi, je vous en prie. Dites-moi quelque chose.

Il était toujours sans réaction. Marie vit avec horreur une grosse bosse sur le haut de son crâne.

— Mon Dieu, Julien, vous ne pouvez pas être mort.

Elle se sentait dépourvue. Aucune des herbes ou des pommades de Sarah, qu'elle n'avait d'ailleurs plus, n'aurait pu lui être d'un quelconque secours en pareille situation. Puis elle se souvint d'une manipulation qu'avait faite la vieille femme lorsqu'un chaton était tombé dans le baril qui servait à recueillir l'eau de pluie. Il y était resté quelques minutes et, quand Sarah l'avait aperçu et qu'elle l'avait sorti par la peau du cou, il ne respirait plus. Avec un roseau qu'elle avait glissé délicatement dans la gorge du chaton, en lui pinçant les narines, elle lui avait insufflé de l'air dans les poumons jusqu'à ce qu'il revienne à la vie.

Marie n'avait pas de roseau, mais approchant sa bouche de celle de Legoff, elle répéta les gestes qu'elle avait vu faire par Sarah. Elle lui soufflait de l'air dans les poumons, puis lui comprimait la poitrine pour stimuler la respiration. Comme il ne se passait rien, elle appuya un peu plus fort sur sa bouche, empêchant l'air d'en sortir, et lui pinça les narines. Elle faisait ça depuis un petit bout de temps déjà. Alors qu'elle allait perdre espoir, elle crut entendre un léger râle.

Redoublant d'efforts, Marie mit tout son cœur dans la manœuvre… pour se sentir brutalement repoussée sur le côté quelques instants plus tard. Vomissant de grands jets d'eau salée, Legoff revenait à la vie.

Chapitre 20

Legoff avait une belle bosse au-dessus de l'oreille. Il était encore étourdi et chaque vague qui venait mourir sur la plage faisait écho dans sa tête.

— Eh bien, je pense que je suis passé bien près de m'en aller avec la Grande Faucheuse cette fois ! murmura Legoff encore sonné.

Marie lui passa une main fraîche sur le front.

— Chut, reposez-vous. Vous m'avez fait bien peur. J'ai cru vous avoir perdu.

Legoff prit la main de la jeune femme dans la sienne et en baisa légèrement la paume.

— Pas question de rester là à ne rien faire, jeune dame ! Si jamais le Ciel a été bon avec vos amis espagnols, à l'heure qu'il est, ils doivent avoir alerté toute la flotte anglaise, qui ne tardera pas à se mettre à nos trousses. Il faut se lever et gagner l'intérieur des terres au plus vite. Nous y trouverons une relative sécurité.

Joignant le geste à la parole, il étira sa grande carcasse, mais fut aussitôt pris d'un violent étourdissement. Marie s'empressa de le rattraper, titubant sous le poids très respectable du Breton.

— Vous voyez bien que vous présumez de vos forces, le semonça-t-elle. Mais vous avez raison, on ne devrait pas rester sur la plage.

Ils se dirigèrent lentement vers l'intérieur de la plage, qui n'était pas très large à cet endroit. Des herbes clairsemées la bordaient mais, à mesure qu'ils progressaient, la végétation devenait plus dense. Ils atteignirent un vague sentier qu'ils traversèrent pour regagner un petit bosquet touffu. Marie jugea que c'était là un endroit très raisonnable pour prendre quelque repos. Le bosquet était assez dense pour les cacher de la vue de quiconque risquerait de suivre le sentier. Écartant les branches souples des arbustes qui le composaient, Marie se rendit compte que, en plus de les cacher, l'endroit les abritait aussi du vent. Grelottante dans ses habits trempés, elle apprécia de ne plus sentir le souffle de la mer lui mordre les épaules. Quant à Legoff, il ne posa aucune question et n'émit aucun commentaire. Il se laissa tomber sur le sol et s'endormit presque aussitôt. Marie se lova contre lui, à la manière d'un jeune chiot cherchant de la chaleur, et ne tarda pas elle aussi à sombrer dans un sommeil lourd, pour une fois sans rêve.

La première chose qu'elle sentit à son réveil fut la chaleur d'un rayon de soleil sur sa joue. Mais ce n'était pas là ce qui l'avait tirée du sommeil. Quelque chose comme un bruit… qui se répéta à l'instant même. C'était une galopade et, au jugé, il devait y avoir une dizaine de chevaux. Risquant un œil prudent au-dessus de Legoff qui dormait toujours, Marie écarta quelques branches pour les relâcher aussitôt !

C'était des soldats anglais qui battaient la campagne, mais ce qui avait terrifié Marie, c'était la présence de Miguel et de Manuel à leurs côtés. Ils étaient à leur recherche, cela ne faisait aucun doute. Marie se jura de faire davantage confiance à Legoff à l'avenir et de taire ses scrupules. Il était évident qu'aucune reconnaissance n'animait ces hommes et que, dans la situation inverse, ils n'auraient certes pas hésité à se débarrasser de quiconque s'interposerait devant eux. Le temps n'était pas aux regrets, mais une fois de plus à l'action. Marie secoua son compagnon, qui s'obstinait à dormir.

— Julien, Julien, réveillez-vous !

Grommelant quelques paroles inaudibles, Legoff fit un vague geste de la main et se remit à ronfler de plus belle.

— Julien, je vous en prie, il faut fuir. Les Anglais sont là !

Les mots de Marie finirent par trouver un chemin dans l'inconscient de Legoff. Le Breton grogna, puis se releva péniblement.

— Qu'est-ce que vous dites ? Quels Anglais ? demanda-t-il en se passant la main sur les yeux

— Vous souvenez-vous, Julien, de ce qui nous est arrivé hier ? s'inquiéta Marie. Savez-vous qui je suis ?

— Bien sûr que je sais qui vous êtes ! Une jeune femme qui collectionne les ennuis comme d'autres les coquillages, répondit-il avec humeur.

Mais Legoff semblait avoir repris ses esprits. Écartant précautionneusement les branches du bosquet, il vit une route déserte s'étendre devant lui. La poussière s'élevait dans la lumière naissante du petit matin.

— Où sont-ils, ces Anglais ?

— Il y en avait au moins une dizaine, sinon plus, expliqua Marie. Et les deux Espagnols étaient avec eux.

— Bon, voilà qui ne va pas nous faciliter la tâche. Mieux vaut ne pas moisir ici.

Legoff entreprit de se remettre sur ses pieds, mais à peine fut-il debout qu'il fut pris de vertige et qu'il dut s'appuyer sur Marie.

Alarmée, la jeune femme força son ami à s'asseoir.

— Seigneur, c'est votre tête qui vous fait souffrir, n'est-ce pas ? Il ne faut pas que vous attrapiez la fièvre, je n'ai rien pour vous soigner… Et si vous aviez une fracture du crâne ?

— Tout doux, jeune dame, tout doux. La pierre qui réussira à me fracasser le crâne n'a pas encore poussé ! Ne craignez rien pour ma tête, elle est dure. C'est plutôt mon grand corps qui réclame de la nourriture.

— Mais oui, suis-je bête ! Moi aussi d'ailleurs je commence à avoir faim. Écoutez, vous allez rester sagement ici à vous reposer et moi je vais tenter de trouver quelque chose à nous mettre sous la dent.

— Il n'en est pas question ! protesta Legoff. Avec tous ces Anglais et autres bandits qui rôdent par ici, c'est beaucoup trop dangereux de vous promener seule.

— Et de quel secours me serez-vous ? ironisa Marie. Vous pouvez à peine tenir debout. Pour une fois, écoutez-moi. Je serai très prudente et je n'irai pas loin. Ce sera bien diable si je ne réussis pas à nous trouver quelques fruits ou au pire quelques racines à nous mettre sous la dent...

À cette idée, Legoff grimaça. La pensée de mâchouiller quelques tubercules amers ne lui plaisait pas beaucoup, et il doutait que ce fût suffisant pour lui redonner des forces. Mais il devait bien admettre qu'il n'était pas en position de discuter. Il était encore faible à cause de son aventure de la veille.

— Soit, mais ne tardez pas ! se résigna-t-il. Si dans une demi-heure vous n'êtes pas de retour, je me mettrai à beugler à tue-tête, même si je dois rameuter toute la cavalerie anglaise.

— C'est bien là la dernière chose que vous feriez, dit Marie en riant.

Et sur ce, elle disparut.

Legoff se recoucha, à la fois amusé et agacé par les bravades de la jeune femme. Mieux valait prendre tout le repos dont il était capable. Dieu seul savait dans quelles aventures elle allait à nouveau l'entraîner...

Chapitre 21

Marie n'eut à se cacher de personne. Exception faite du détachement militaire qui l'avait affolée quelques minutes auparavant, les routes étaient désertes à cette heure matinale. Par contre, il n'était pas question de se risquer à entrer dans un village, sa tenue n'aurait pas manqué de la faire remarquer. Il faudrait bien s'y résoudre tôt ou tard, justement, pour aller chercher de nouveaux vêtements et peut-être deux montures, mais elle ne voulait pas tenter le sort alors qu'elle était seule. Mieux valait attendre que Legoff soit bien remis.

Elle monta aux abords de la route et jeta un regard aux alentours. Il y avait la mer d'un côté, une mer qui miroitait doucement dans le soleil levant. Marie, habituée aux eaux grises et agitées de l'Atlantique, s'émerveilla devant l'étendue turquoise qui s'étirait sous ses yeux. Les récifs qui leur avaient causé tant de problèmes la veille semblaient bien inoffensifs maintenant. Et autour d'eux, la mer était d'une transparence saisissante.

De l'autre côté de la route, il y avait un champ parsemé d'arbres rachitiques. Plus loin, la route rentrait à l'intérieur des terres et tournait derrière une colline. Rien à première vue qui pût apporter une solution au problème immédiat auquel elle avait à faire face. Marie décida de s'aventurer un peu plus sur cette route et d'aller voir ce qui se trouvait derrière la colline, à moins d'un quart de lieue de l'endroit où elle était.

Il n'était pas très aisé de marcher pieds nus sur la route caillouteuse, et la jeune femme ajouta mentalement une paire de chaussures à sa liste d'achats. Il lui sembla voir au loin un filet de fumée s'élever derrière la colline, et fumée voulait dire habitation, et habitation, nourriture. Comme la nature ne semblait pas disposée à lui fournir de quoi rassasier leurs estomacs, Marie estima que la seule solution possible serait de tenter de chaparder quelque chose autour... de ce qu'elle découvrirait. Tendue vers son objectif, elle n'entendit pas d'abord la faible plainte qui s'élevait du fossé bordant la route. Croyant que c'était le cri d'un oiseau, elle ne s'y attarda pas. Mais un deuxième gémissement la fit s'arrêter puis se retourner, l'oreille aux aguets.

Quelqu'un pleurait dans le fossé, à moins que ce ne soit un chat, dont les plaintes s'apparentent bien souvent aux sanglots d'un enfant. S'approchant avec précaution, Marie ne vit rien d'abord, puis un bout de tissu coloré, tranchant vivement sur les couleurs ternes de la terre sèche, attira son attention. Redoublant de prudence, Marie s'approcha et découvrit avec surprise un enfant de cinq ou six ans qui la regardait avec de grands yeux apeurés.

— Mais qu'est-ce que tu fais là ? demanda-t-elle doucement.

Le petit garçon terrifié tenta de s'éloigner d'elle en rampant à reculons. Mais il ne put aller bien loin et se retrouva adossé à la paroi du fossé. De grosses larmes se mirent à rouler sur ses joues maculées de terre. Il portait sur sa chemise rouge une veste sans manches qui devait être joliment brodée, mais dont les couleurs étaient assombries par la saleté. Sa culotte noire était coupée sous le genou, et l'enfant était aussi pieds nus. Marie lui tendit la main.

— N'aie pas peur ! dit-elle, tentant d'être persuasive. Je veux t'aider, je suis ton amie...

Se rapprochant toujours, elle réussit à lui poser la main sur la jambe et resta là quelques instants, sans cesser de lui parler doucement. Il était clair que l'enfant ne comprenait pas un mot de ce qu'elle lui disait, mais le son de sa voix devait lui plaire parce que, tranquillement, il se détendait.

— Tu dois être perdu pour te retrouver tout seul ici... T'es-tu fait mal ? s'inquiéta la jeune femme.

Palpant doucement les jambes de l'enfant, elle lui arracha un petit cri de douleur lorsqu'elle lui toucha la cheville gauche. Regardant de plus près, Marie constata que celle-ci était enflée et que, s'il n'y avait assurément pas de fracture, le gamin s'était fait une belle entorse, vraisemblablement en tombant dans le fossé.

— Eh bien, mon bonhomme, voilà donc le bobo ! Qu'est-ce qu'on va faire maintenant ? Je ne peux pas te laisser ici...

Marie réfléchissait. Il était impensable d'abandonner cet enfant à lui-même. Peut-être venait-il de la maison qu'elle avait aperçue, mais elle répugnait à aller s'y montrer ouvertement. Il était impossible maintenant d'aller fureter autour de cette maison à moins de laisser l'enfant seul, ce qu'elle ne voulait pas faire. Et elle se voyait mal, recherchée par un peu tout le monde, se promener sur les routes avec un enfant lui-même sûrement recherché par ses parents. Pourtant, la décision ne fut pas longue à prendre. Faisant fi de leurs estomacs en détresse, Marie allait amener le garçonnet avec elle. Il faudrait d'abord aller rejoindre Legoff, qui devait commencer à se faire du souci, puis aviser ensuite. Il suffisait maintenant de convaincre le bambin de la suivre...

— Il faudra me faire confiance, jeune homme, ensemble on va retrouver tes parents. Mais d'abord, il faut que tu viennes avec moi rejoindre un ami qui va nous aider. Je t'en prie, n'aie pas peur, nous ne te ferons aucun mal...

Instinctivement, l'enfant semblait avoir compris qu'il n'avait rien à craindre de cette femme à l'allure un peu étrange. Elle semblait d'ailleurs aussi mal en point que lui avec son bras égratigné, ses cheveux qui pendaient en touffes emmêlées autour de sa tête et ses vêtements déchirés qui tenaient encore ensemble par miracle. Et sans comprendre un traître mot de ce que la jeune femme lui dit, il lui passa les bras autour du cou lorsqu'elle s'approcha encore plus de lui.

Marie souleva le gamin dans ses bras et entreprit laborieusement de sortir du fossé. Elle refit en sens inverse le chemin qu'elle avait parcouru et chercha à localiser l'endroit où elle avait laissé Legoff. L'enfant commençait à peser lourd dans ses bras et la tête lui tournait un peu, à la fois à cause de l'effort, de la faim et de la fatigue. Elle trouva enfin Legoff, qui était redescendu sur la plage, et elle dut convenir qu'il semblait en bien meilleure forme que lorsqu'elle l'avait laissé.

— Ah ça, qu'est-ce que vous nous rapportez là ? s'exclama le Breton à la vue de Marie et de son chargement. Avez-vous décidé que nous deviendrions cannibales par hasard ? N'était-ce pas de la nourriture que vous deviez aller chercher ?

À la vue du géant roux, le gamin s'était encore plus collé contre Marie. Il semblait au bord des larmes.

— Ne parlez pas si fort, Julien, vous l'effrayez ! Je l'ai trouvé seul au bord de la route. Il s'est foulé la cheville, et franchement je ne pouvais pas le laisser là, à la merci du premier venu ou d'une bête sauvage.

— J'étais certain qu'avec vous on allait continuer d'aller au-devant des ennuis. Et si on trouve ses parents, comment leur expliquerez-vous que ce mioche se retrouve avec vous ? Que ferez-vous s'il se met à crier et à pleurer ?

Comme s'il n'attendait que ça, le garçonnet éclata en larmes.

— Bon voilà, c'est réussi ! dit Marie en fusillant Legoff du regard. N'aie pas peur, mon poussin, reprit-elle en serrant l'enfant dans ses bras, il n'est pas aussi méchant qu'il en a l'air. Si seulement tu pouvais me comprendre...

Un peu penaud, Legoff s'approcha de l'enfant craintif.

—*¿Cómo te llamas*[4]*?*

Le garçonnet parut surpris, mais ne dit pas un mot. Legoff insista.

— *No queria asustarte, quiero ser tu amigo. Yo me llamo Julien. ¿Y tú*[5]*?*

---

4. — Comment t'appelles-tu ?
5. — Je ne voulais pas t'effrayer, je veux être ton ami. Je m'appelle Julien. Et toi ?

Hésitant quelque peu, le gamin finit par desserrer les dents.

— Pablito.

— Bon, dit Legoff satisfait, notre jeune ami parle, c'est déjà quelque chose.

— Demandez-lui d'où il vient, suggéra Marie.

— *¿De dónde vienes? ¿Dónde estan tus papás ?*

Le gamin se remit à pleurer.

— *No sé. Me perdi. Y me lastime el pie. ¡Quiero ver a mi mamá !*

— Il dit qu'il s'est perdu, qu'il s'est fait mal au pied, expliqua Legoff, et qu'il voudrait bien voir sa mère. Il ne semble pas savoir où sont ses parents.

— Ça, on s'en doutait et ça ne nous avance pas beaucoup, répondit Marie. Bon, il ne nous reste plus qu'à nous mettre à leur recherche.

— À voir la façon dont il est habillé, je parierais deux semaines de dîners qu'il appartient à un groupe de gitans. Leur campement ne doit pas être bien loin. Vous n'avez rien vu autour ?

— Je ne suis pas allée assez loin, mais la route tournait vers l'intérieur des terres un peu plus loin et semblait s'enfoncer derrière une colline. Peut-être qu'ils sont par là…

— Fort probable, répondit Julien, mais avant de nous mettre à parcourir les routes et à aller affronter mille et un dangers, restaurons-nous !

Là-dessus Marie se mit à rougir.

— C'est que… je n'ai pas eu le temps de chercher… enfin je n'ai rien trouvé…

— … à nous mettre sous la dent, compléta pour elle un Legoff faussement courroucé. Mais imaginez-vous, jeune dame, que, pendant que vous jouiez les bonnes sœurs sur la route, moi je n'ai pas perdu mon temps.

Empoignant l'enfant qui avait maintenant décidé de lui accorder sa confiance, puisque le barbare parlait sa langue, Legoff mena la jeune femme curieuse derrière un rocher.

— Vous excuserez la rusticité des plats, mais j'ai égaré la clef du buffet.

Marie écarquilla les yeux en découvrant cinq ou six crabes qui achevaient de bouillir dans une vieille chaudière de fer-blanc cabossée qui devait traîner sur la plage depuis des lunes.

— J'espère que madame aime le crabe…

— Madame adore ! répondit Marie, sentant l'optimisme remonter en elle. Elle agrippa aussitôt une patte de crabe qui pendait hors du seau, mais la relâcha illico en se soufflant sur les doigts.

— Eh, attention, c'est chaud, prévint un peu tard Legoff.

Mais l'incident eut l'heureuse conséquence de faire rire Pablito, qui se dégelait de plus en plus auprès de ses nouveaux protecteurs. Legoff sortit deux crabes de la chaudière, en détacha les pattes et fendit les carapaces de quelques coups de pierre.

— Voilà, délectez-vous !

Marie et l'enfant, qui visiblement mourait de faim lui aussi, ne se firent pas prier et se jetèrent sur la nourriture.

— Eh là, doucement, protesta Legoff, ou je devrai retourner à la pêche…

⚓

Une fois qu'ils furent rassasiés, il devint plus facile à Marie et à son compagnon de planifier tranquillement ce qu'ils allaient faire. Ils décidèrent de regagner tout simplement la route et de tenter de soutirer quelques indications à Pablito afin de retrouver ses parents le plus vite possible. Il était fort probable qu'ils les rencontreraient sur la route ; à l'heure actuelle, ils devaient déjà être à sa recherche.

Marie examina la cheville de l'enfant. La foulure n'était pas sévère, mais assez cependant pour l'empêcher de marcher. Réquisitionnant un bout de la chemise de Legoff, sa propre garde-robe n'ayant plus grand-chose à offrir, elle lui fit un bandage serré à la cheville. Il était un peu tard pour tenter d'en contrôler l'enflure, mais au moins elle serait immobilisée. Puis, soulevant l'enfant au bout de ses bras, Legoff l'installa sur ses épaules et ils reprirent la route.

Comme l'avait dit Marie, celle-ci contournait une colline et s'enfonçait dans les terres. Ils étaient convaincus qu'ils n'auraient pas à aller très loin, un enfant de cinq ans ne pouvait couvrir une très grande distance seul à pied. Pablito leur avait parlé de maisons qui se déplacent et d'une rivière. Des roulottes, avait expliqué Legoff, et le campement devait être installé près d'un cours d'eau. Mais pour l'instant, rien n'indiquait qu'il pût y avoir un cours d'eau dans le coin.

Le soleil était maintenant haut dans le ciel et la chaleur commençait à monter du sol. Les cailloux de la route mordaient cruellement les pieds de Marie, qui encore une fois eût donné cher pour une bonne paire de chaussures. Legoff la tira de ses pensées.

— Je ne voudrais pas me mêler de ce qui ne me regarde pas, mais dites-moi, êtes-vous toujours aussi riche que vous l'étiez, ou votre fortune repose-t-elle maintenant au fond de la Méditerranée ?

Par réflexe, Marie porta pour la millionième fois la main à sa ceinture. Les bourses étaient toujours là, bien sanglées à sa taille. Elle s'était tellement habituée à leur présence qu'elle ne les sentait même plus.

— Vous savez, lui dit Legoff, qui avait surpris son geste, je crois que ce n'est pas très prudent que vous trimbaliez vous-même cette fortune sur vous. Je sais que vous êtes forte, continua-t-il prévenant toute protestation, mais il n'empêche que, si quelqu'un s'aperçoit que vous êtes chargée d'or, je ne donne pas cher de votre peau.

Legoff poursuivit sans se préoccuper de l'air buté de Marie.

— Si vous croyez que j'ai pu enfin gagner votre confiance, je pourrais vous servir de coffre-fort. Même ce mioche que j'ai sur les épaules pourrait se transformer en lion à la vue de pièces miroitantes. Et si on trouve le campement de sa famille, il y en aura plus d'un dont il faudra se méfier. Les gitans n'ont pas la réputation d'être très détachés des biens matériels.

Marie savait qu'il avait raison, mais elle ne l'aurait avoué pour rien au monde. D'ailleurs, elle devait convenir que, à la longue, l'or se faisait pesant à sa taille. Mais même s'il le lui avait déjà prouvé plusieurs fois, Legoff était-il entièrement digne de confiance ? Que se passerait-il s'il s'enfuyait avec sa fortune ? Et si elle la divisait entre elle et lui, le risque serait partagé. Comme s'il avait lu dans ses pensées, Legoff poursuivit son monologue.

— Vous pourriez au moins m'en confier une partie, ce serait moins lourd et moins apparent.

Marie n'avait toujours pas dit un mot. Soudain, elle s'arrêta sur la route et fit face à Legoff.

— Soit ! Je vais vous faire confiance. Mais si par malheur vous me trompez, je jure sur le repos de ma mère et de mon père que je vous traquerai, jusqu'au bout du monde s'il le faut, et que je vous tuerai.

Elle avait dit cela très calmement ; ses yeux d'acier étaient plantés dans ceux de Legoff, qui ne put réprimer un frisson. Bien que son premier mouvement eût été de rire du ton dramatique de la jeune femme, il le réprima bien vite. Quelque chose lui disait qu'elle était sérieuse et qu'elle n'était pas du genre à proférer des menaces à la légère.

— Je vous jure sur l'honneur, répondit-il sur le même ton, que jamais je ne ferai rien qui pourrait mettre en péril votre vie ou votre sécurité et que jamais je ne vous volerai.

Il tendit la main à la jeune femme, qui la serra, scellant là un pacte qui allait bien au-delà de ce qui avait été dit.

Pablito avait couché sa tête sur celle du géant roux et, Dieu sait comment, avait réussi à s'endormir. Marie profita de ce que leur unique témoin était au pays des songes pour détacher sa ceinture et la passer à Legoff. Si Marie faisait deux fois le tour de sa taille avec la bande de tissu dans laquelle étaient lovées les bourses, pour Legoff un seul suffit.

Ils avaient à peine complété leur manœuvre quand ils entendirent un cri. Une femme courait au-devant d'eux, dans un grand tourbillon de jupes colorées. Elle était suivie de trois hommes armés de coutelas qui avaient l'air plutôt menaçants. Au chahut que le groupe faisait, le petit garçon s'éveilla. À la vue de la femme, il s'écria : « *¡Mamà!* » et vivement il se laissa glisser le long du dos de Legoff. Il n'eut pas à éprouver sa cheville blessée parce que déjà la femme était sur lui. À peine quelques secondes plus tard, il était dans ses bras et elle le recueillit dans un torrent de rires et de pleurs entremêlés, tandis que, avant d'avoir pu réagir de quelque façon que ce fût, Legoff et Marie se retrouvèrent les mains dans le dos, un couteau à la gorge.

Pablito se mit alors à parler rapidement à sa mère, dans une langue que ne pouvait comprendre Legoff. Il pointait ses deux sauveurs du doigt, montrait son pied et parlait encore et encore. Ni Marie ni Legoff n'osaient faire un geste, laissant leur salut entre les mains de l'enfant qui venait tout juste de terminer son récit. La mère leva alors la tête dans leur direction et jeta un ordre aux hommes qui s'écartèrent aussitôt de Marie et de Legoff. Elle se redressa et vint se poster devant les deux compagnons.

— Je suis Zorita, et mon fils m'a raconté ce qui lui est arrivé, leur dit-elle, à leur plus grande surprise, dans un parfait français. Nous pensions qu'il avait été enlevé par une tribu rivale mais, encore une fois, c'est lui qui s'est trop éloigné malgré mon interdiction, dit-elle en le dardant du regard, et avec sa cheville foulée il ne pouvait revenir au campement. Je vous remercie de l'avoir aidé, poursuivit-elle gravement. Si l'autre tribu l'avait retrouvé, nous aurions été dans une position délicate. Le fils du chef des gitans est toujours une monnaie d'échange précieuse, ajouta-t-elle avec un brin d'orgueil dans la voix.

Marie comprenait maintenant l'attitude des hommes qui accompagnaient la femme du chef, et bénit intérieurement le changement d'attitude de l'enfant envers Legoff. Si celui-ci avait continué d'être terrifié par le Breton, qui sait ce qu'il aurait raconté à sa mère ! Pour l'instant Legoff, très digne, replaçait ses vêtements en lambeaux tout en jetant des regards pas très amènes sur les deux hommes qui l'avaient menacé.

— Il semble bien, reprit la gitane, que ce soit à votre tour d'avoir besoin d'aide. Je ne connais pas votre histoire, mais j'imagine que quelques vêtements et un peu de repos ne vous feraient pas de tort…

Et lançant un ordre à l'un des hommes, qui prit Pablito dans ses bras, elle se retourna sans se soucier du groupe qui, semblait-il, n'avait d'autre choix que de la suivre.

Marie observait la femme qui marchait devant elle. Elle portait deux ou trois jupes de couleurs vives, superposées l'une à l'autre, et une blouse ample dont les larges manches étaient resserrées aux coudes par un ruban rouge. Sa chevelure noire tombait jusqu'à la taille et était retenue sur la tête par un fichu de la même couleur noué sur la nuque. Les inévitables anneaux d'or pendaient à ses oreilles et oscillaient au rythme des pas décidés de leur propriétaire. Elle semblait être dans la jeune trentaine mais gardait une silhouette mince et alerte, et une peau tannée par la vie au grand air. Les hommes qui l'accompagnaient étaient aussi sombres de peau et de cheveux, sans avoir ce port de tête royal qui caractérisait la femme. Ils mettaient Marie mal à l'aise, d'autant plus qu'elle sentait leurs regards peser sur elle et qu'ils échangeaient des commentaires à voix basse entre eux.

Legoff, lui, évaluait leur situation. Il connaissait un peu les bandes de gitans et savait que leur vie était régie par un code d'honneur bien à eux. Ils respectaient leur loi, mais leur loi seule. Leur chef était tout-puissant, et personne n'aurait osé le défier. Dans la hiérarchie, la femme du chef ne venait pas très loin après, ce qui expliquait la déférence avec laquelle la mère de Pablito était traitée par les trois hommes qui l'accompagnaient. Or, ceux-ci n'inspiraient rien de bon au Breton. S'ils avaient une petite idée de la fortune qu'il portait sur lui, Marie et lui seraient dans une situation précaire. Il bénit le ciel que les événements se soient passés si vite et que leur tenue délabrée n'ait pas incité les gitans à la fouille.

Il voyait tout de même un certain avantage à leur situation. Par tradition, les gitans n'aimaient pas l'autorité et l'ordre établi, et n'entretenaient donc pas de bonnes relations avec l'armée. De plus, ils étaient en constant déplacement : s'ils allaient vers le nord et qu'ils les acceptaient comme invités de passage, cela pouvait constituer la couverture idéale. Legoff fit un sourire engageant à l'un de ces gitans, qui cracha par terre en lui rendant son regard. *Méfiance,* se dit Legoff, *méfiance !*

Ils marchèrent encore vingt minutes, puis bifurquèrent dans un sentier qui les mena vers un petit bois. Ils traversèrent ce bois et se retrouvèrent aux abords d'une rivière, certainement le cours d'eau dont avait parlé Pablito. Puis subitement le campement fut devant eux.

Il y régnait une joyeuse agitation. Au jugé, une vingtaine de roulottes étaient regroupées autour d'une place centrale, où un grand feu brûlait en permanence. Des cris de joie fusèrent lorsque quatre ou cinq enfants, crasseux à souhait, virent leur compagnon rescapé. Tout ce brouhaha fit sortir de la plus grande roulotte un homme à la chevelure noire striée de gris et à large moustache. Pablito se tut et se terra un peu plus dans les bras du gitan qui le portait. Le silence s'était fait dans le groupe. L'homme s'approcha et, d'un seul regard, intima au porteur du bambin l'ordre de le poser par terre. Apeuré, Pablito se tenait tant bien que mal sur une jambe, incapable qu'il était de se porter sur sa cheville blessée. L'homme, visiblement son père, lui inspirait le plus grand respect et pour l'instant beaucoup de crainte aussi. Marie, comme tout le monde, retenait son souffle.

Le chef dit au bambin quelque chose que Marie bien sûr ne comprit pas. Retenant bravement ses larmes, le petit garçon se retourna et baissa sa culotte. Son père se pencha et lui donna une grande claque sonore. Pablito remonta sa culotte, se retourna et sauta dans les bras de son père, qui à présent, lui souriait de toutes ses dents. La foule qui s'était assemblée poussa un hourra et tout le monde se mit à rire et à parler en même temps. Marie était éberluée par ce cérémonial mais comprit que, de cette façon, l'honneur de tout le monde était sauf ! Puis la femme emmena son mari rencontrer les deux sauveurs de son fils.

— Zurka, je te présente... au fait, je ne connais pas vos noms...

— Julien Legoff, se présenta le Breton en prenant les devants. Et voici ma jeune sœur, Marie.

La jeune sœur en question se contenta de sourire en faisant un petit salut de la tête.

— Ils ont aidé notre fils et semblent avoir besoin d'être aidés eux aussi, dit tout simplement la femme.

Marie ne savait quelle contenance prendre. Devait-elle se montrer hautaine, déférente, exigeante, soumise ? Elle opta finalement pour la simplicité.

— Il était normal pour nous de venir en aide à un jeune enfant, dit-elle. Nous n'aurions pas pu, en toute bonne conscience, le laisser là et passer notre chemin. Mais nous l'avons fait sans rien attendre en retour et ne voulons surtout pas nous imposer à vous.

Zurka sourit de toutes ses dents, qu'il avait très blanches et, prenant Legoff par les épaules, lui dit :

— Considérez-vous comme mes invités. Je vais vous faire donner une roulotte pour vous et votre sœur. Ce soir, nous ferons un banquet, et vous me conterez votre histoire.

Tout en parlant, ils avaient traversé le campement pour arriver devant une petite roulotte un peu à l'écart. Zurka ouvrit la porte et d'un geste de la main les invita à rentrer.

— Vous vous installerez ici.

La roulotte était sombre et d'une propreté plutôt douteuse, mais la fatigue de Marie et de Legoff était telle qu'ils n'allaient pas se formaliser pour si peu. En fait, la seule chose qui accrocha l'œil de Marie fut la paillasse étendue dans un coin.

— À qui appartient cette roulotte ? demanda Marie en voyant quelques vêtements épars qui traînaient sur le plancher.

— À personne, répondit Zurka. Quelques-uns de mes hommes l'occupent à l'occasion, mais c'est sans importance. Ils se relogeront ailleurs le temps qu'il faudra ou ils dormiront à la belle étoile.

— Mais, insista Marie, ne s'offusqueront-ils pas que nous les jetions à la porte en quelque sorte ?

— Peu importe, répondit Zurka un peu sèchement, ils feront ce que je leur dis.

Legoff cru bon d'intervenir.

— C'est très bien, et ma sœur et moi acceptons avec gratitude, dit-il en serrant imperceptiblement l'épaule de Marie en signe d'avertissement, nous avons besoin de repos et je pense que nous allons dormir un peu avant le banquet de ce soir.

— À plus tard donc, conclut Zurka en fermant la porte.

Marie et Legoff se retrouvèrent dans la pénombre ; la jeune femme s'empressa d'aller ouvrir les volets.

— Renouvelons l'air de cet endroit, dit-elle pendant que Legoff jetait son dévolu sur une autre balle de foin crevée que l'on avait étalée près de la porte.

— Renouvelez tout ce que vous voulez, répliqua-t-il en étouffant un bâillement, mais ce que je vais renouveler pour l'instant, c'est ma provision de sommeil, ajouta-t-il en s'écrasant sur son tas de foin.

Et sur ces paroles pleines de sagesse, il s'endormit aussitôt. Marie regarda avec envie son compagnon de voyage dormir si rapidement. Ressentant elle aussi une grande fatigue, elle s'allongea sur sa paillasse. Les yeux grands ouverts, Marie se mit à fixer le plafond de la roulotte sans le voir. Cette halte était certes la bienvenue, mais elle recelait elle aussi sa part d'inconnu.

Chapitre 22

Marie rêvait qu'elle était sur la plage à La Rochelle. Il ventait beaucoup et un épais brouillard noyait la côte. Tout le village était au port, attendant un bateau qui n'arrivait pas. Des mères éperdues criaient le nom de leurs fils, des fiancées attendaient leurs promis, c'était la confusion la plus totale. Puis une corne de brume retentit, faisant stopper immédiatement toute conversation. Une voile qui claquait lui répondait sinistrement. Le bruit devenait de plus en plus insistant, plus présent. Le claquement de la voile s'était transformé en un grondement sinistre, entre le bruit du tonnerre et le fracas de la vague qui déferle…

Marie s'éveilla et revint lentement à la réalité. Mais le bruit se faisait toujours entendre. Il lui fallut quelques instants avant de comprendre que c'était les ronflements de Legoff qui l'avaient tirée du sommeil. Bien réveillée à présent, elle écoutait avec un certain amusement le grondement qui trahissait le sommeil profond de son compagnon de voyage. Cependant, elle savait bien que toute tentative de sa part de retrouver le sien serait inutile.

Un rayon de lune entrait par la fenêtre et, au-delà des ronflements de Legoff, elle crut entendre de la musique. Elle décida donc de se lever et trouva près de la porte quelques vêtements qui avaient été posés là à son intention. Bénissant l'âme charitable qui avait eu cette délicate pensée, elle se débarrassa avec joie de ses vêtements en lambeaux et revêtit les jupes colorées et la chemise à larges manches qui étaient juste à sa taille. Puis elle sortit sans bruit, bien qu'elle pressentît qu'il eût fallu bien plus qu'un grincement de porte pour tirer Legoff de son sommeil.

L'air frais de la nuit acheva de bien la réveiller. Respirant profondément, elle avança dans l'herbe humide et se dirigea vers les lueurs dansantes d'un feu de camp. Une bonne partie de la tribu semblait s'être assemblée autour du feu. Une femme accompagnait de son tambourin la musique rythmée d'un guitariste et d'un violoniste, mais ce qui accrocha plutôt Marie fut l'odeur appétissante de la viande grillée. Son estomac s'éveillait tranquillement lui aussi. Intimidée, la jeune femme n'osait trop s'approcher du groupe et serait très certainement restée là à se dessécher et à mourir de faim si Pablito ne l'avait vue et n'était accouru en boitillant vers elle, tout en lançant de grands cris.

— Eh bien, il semble que tu ailles mieux ! dit-elle en recevant l'enfant dans ses bras.

Pablito lui parlait très vite et Marie ne comprenait rien à ce qu'il disait. Il la tirait par la main et paraissait bien décidé à l'emmener vers un groupe de gitans assis sous un arbre. Marie sentait que tous les regards étaient dirigés vers elle et cherchait tant bien que mal à dissimuler son embarras. Elle reconnut avec soulagement la mère de Pablito qui lui faisait de grands signes.

— Viens t'asseoir ici, dit-elle à Marie en désignant un talus de la main. Tu dois mourir de faim, les hommes apportent la viande.

Sur les entrefaites, une demi-douzaine de gitans arrivèrent avec de larges plaques chargées de poulets rôtis, de quartiers de bœuf odorants et d'agneau grillé à souhait. Marie en eut immédiatement l'eau à la bouche. Avec enthousiasme, les gitans s'emparèrent d'assiettes de bois empilées près du feu et se servirent dans l'anarchie la plus totale. Marie mit à profit ce tohu-bohu pour se joindre sans gêne au joyeux festin.

L'étrangère perdit de son intérêt aux yeux des autres, occupés maintenant à se repaître en se léchant les doigts. Les conversations allaient bon train et, comme Marie n'y comprenait rien, elle s'appliquait plutôt à manger avec application la viande parfumée qui, de toute évidence, avait dû mariner toute la journée.

Quelqu'un passa et lui tendit une coupe en fer-blanc remplie de vin, qu'elle accepta avec empressement.

Le ventre plein, Marie s'adossa à un arbre et sirota avec délice le vin légèrement acidulé, qui lui montait un peu à la tête. Après des semaines d'agitation, elle goûtait pleinement ces instants de relative sérénité. La lune peignait tranquillement des ombres sur le sol, et les chants gitans lui parvenaient étouffés par sa rêverie. Une voix grave la tira subitement de son isolement.

— Je vous dois des remerciements…

Marie leva les yeux vers la silhouette qui se dressait à ses côtés. Un homme, à en juger par la voix, et assez grand, à voir son ombre qui s'étirait jusqu'à ses pieds. Marie amorça un mouvement pour se redresser, mais l'inconnu l'arrêta aussitôt.

— Je vous en prie, restez assise. Vous sembliez tellement bien, perdue dans vos rêves. Permettez plutôt que je m'assoie quelques instants près de vous.

Avant qu'elle ait dit un mot, l'homme s'était déjà installé à ses côtés, un gobelet de vin à la main lui aussi. Marie l'observa avec une attention mêlée de curiosité. Même assis, il la dépassait d'une bonne tête. Il avait le teint cuivré des gitans, et ses cheveux très noirs devaient flotter sur ses épaules lorsqu'ils étaient détachés. Pour l'instant, un nœud de cuir les retenait sur la nuque. Ses yeux, d'un noir intense eux aussi, soutenaient sans sourciller l'inspection dont il était l'objet. Le nez droit, la mâchoire volontaire ombrée d'une barbe de deux jours, il y avait chez lui une distinction naturelle qu'on ne retrouvait pas chez les hommes qui avaient accompagné Zorita. À la cour du roi, cet homme aurait fait un malheur auprès des femmes. Un sourire éclaira soudainement son visage, s'ouvrant sur des dents dont la blancheur contrastait avec éclat dans son visage bronzé. Il devait avoir entre vingt-cinq et trente ans.

— Je suis Stevo, le frère de Pablito. Je voulais vous remercier pour ce que vous avez fait pour lui. C'est un enfant terriblement attachant mais un peu trop aventurier, ce qui le met parfois dans des situations dangereuses. Et dans ce cas-ci, c'est toute la tribu qui aurait pu payer si un autre que vous l'avait rencontré.

Marie était un peu confuse. Comment cet homme pouvait-il être le frère du petit bonhomme de six ans ramassé au bord du chemin ? Zorita était beaucoup trop jeune pour avoir un fils tel que lui. Comme s'il avait lu dans ses pensées, Stevo poursuivit :

— En fait, Pablito est mon demi-frère. Ma mère est morte lorsque j'avais quinze ans, et Zorita a épousé mon père cinq ans plus tard. Nous avons de bonnes relations, sans plus. Mais j'aime bien ce petit bonhomme, ajouta-t-il en cherchant l'enfant du regard, et ça m'attristerait beaucoup s'il devait lui arriver un malheur.

— Vous savez, dit finalement Marie en s'adressant à lui pour la première fois, je n'ai rien fait d'extraordinaire. Il m'aurait été impossible de laisser un enfant mal pris sur la route.

— Quoi qu'il en soit, merci encore ! Je vous sers un peu de vin ? lui demanda-t-il en s'apercevant que le gobelet de la jeune femme était vide.

Marie acquiesça et quelques instants plus tard, le jeune homme était de retour avec deux coupes remplies à ras bord. Tout naturellement il reprit sa place auprès d'elle, et la conversation s'engagea comme s'ils se connaissaient depuis des années. Il lui parla de sa vie de bohème, des villes qu'il avait traversées, de la liberté qu'il ressentait à vivre ainsi sans port d'attache. De son côté, Marie lui raconta sa passion pour la mer, lui parla de son autre vie à La Rochelle, mais évita précautionneusement d'évoquer son présent de fugitive. Plus tard peut-être, si la confiance venait…

Devant eux, les femmes s'étaient mises à danser autour du feu, accompagnant de leurs corps souples la musique langoureuse des gitans. C'était un spectacle fascinant, les jupes colorées ondoyaient autour des hanches des femmes, se soulevant de temps à autre pour dévoiler des jupons enrubannés et des jambes bronzées. Il y avait quelque chose de sauvage et d'attirant dans leur danse, qui devenait un appel à l'amour et à la séduction.

Zorita entra dans la danse à son tour. Ses cheveux dénoués lui tombaient à la taille ; à la lueur du feu, on aurait dit une masse vivante. Zorita chantait d'une étrange voix gutturale quelque triste histoire d'amour qui ne pouvait que mal finir. Sa danse lascive était troublante et envoûtante, les mains qu'elle agitait au-dessus de sa tête étaient parfois douceur, parfois agressivité. Il émanait quelque chose de dangereux de cette femme, et Marie percevait l'ardeur animale qui s'en dégageait, incapable de détacher les yeux de cette silhouette mouvante devant elle. Stevo mit fin au charme en se levant et en s'étirant voluptueusement.

— Ouf, j'ai besoin de bouger. Qu'est-ce que vous diriez de marcher un peu ? dit-il en lui tendant une main qui ne souffrirait aucun refus.

Aidée de Stevo, qui la tira vers lui sans aucun effort, Marie se leva et lui emboîta le pas vers le bois. Elle ne vit ni ne sentit le regard de Zorita vissé sur leurs deux silhouettes alors qu'ils s'éloignaient.

⚓

Ils marchèrent à pas lents sur un sentier éclairé par la lumière apaisante de la lune. Les criquets chantaient dans la nuit chaude et les rares étoiles qui rivalisaient avec l'astre nocturne saluaient leur victoire en scintillant. Marie était toujours pieds nus. Son compagnon également, mais il avait une plus grande habitude de la marche sans souliers et était beaucoup plus à l'aise qu'elle sur le sentier caillouteux. Après qu'elle eut trébuché à quelques reprises, il lui prit tout naturellement la main pour l'aider et ne la relâcha plus par la suite. Marie ne la retira pas, elle se sentait en confiance et en sécurité pour la première fois depuis bien longtemps. Personne ne la pourchassait, personne ne la connaissait, et il lui semblait même que, au cœur de cette tribu, dans l'épaisseur de ces bois, aucun de ses démons ne parviendrait à la rattraper.

Ils marchèrent en silence pendant quelque temps, un silence qu'ils appréciaient après la musique, les chants du camp et leur conversation à bâtons rompus. Une certaine intimité semblait se tisser entre eux. Au bout du sentier, ils se retrouvèrent devant un petit lac. Pas un souffle de vent ne l'agitait et sa surface reflétait à la fois la lumière de la lune et les ombres du bois qui le bordaient. Détachant sa main de celle de Stevo, Marie s'avança vers l'eau et, soulevant ses jupes à deux mains, entra dans l'onde fraîche.

— Ah, ce que ça fait du bien ! s'exclama-t-elle en brisant leur silence. J'avais les pieds en feu !

Elle s'avança un peu plus dans l'eau.

— Tu devrais te tremper les orteils toi aussi, ajouta-t-elle en poursuivant avec le tutoiement qu'ils avaient adopté un peu plus tôt.

— Non merci ! dit-il en souriant, je suis très bien ici.

Et comme pour ajouter du poids à ses paroles, il s'assit dans l'herbe et s'étira les jambes.

— Mais l'eau n'est pas froide, regarde !

Et là-dessus, elle se mit à asperger Stevo avec vigueur. Il bondit comme un chat et, sans hésiter un instant, entra dans le lac à son tour. Loin de se contenter d'arroser la jeune femme, il la poussa carrément dans l'eau.

Avant de comprendre ce qui lui arrivait, Marie se retrouva la tête sous l'eau. La poigne solide de Stevo l'en ressortit aussitôt.

— Excuse-moi ! lui dit-il, faussement navré, je ne pensais pas t'avoir poussé si fort.

Toussant et crachant, Marie se releva, empêtrée dans ses vêtements mouillés. Stevo riait à gorge déployée. Profitant d'un moment d'inattention de son agresseur, elle le poussa de toutes ses forces, et ce fut au tour de Stevo de goûter à la fraîcheur de l'eau du lac.

— Alors voilà ! dit-elle en souriant de toutes ses dents, maintenant nous sommes à égalité.

— C'est quand même toi qui as commencé… grogna-t-il pour la forme.

Marie revint sur la rive et enleva sa jupe, rendue très lourde par l'eau, mais garda néanmoins son jupon. Retournant sur ses pas, elle passa devant Stevo.

— Tant qu'à être mouillés, on nage un peu ? lui dit-elle.

Et sur ces mots elle se jeta dans l'eau et se mit à nager avec délice, bien qu'un peu empêtrée par les vêtements qu'elle portait. Il semblait bien qu'elle était destinée à nager encapuchonnée de la tête aux pieds !

Stevo enleva sa chemise détrempée, hésita quelques instants les pouces passés autour de sa culotte coupée au mollet, mais finalement décida de la garder et d'épargner ainsi la pudeur de la jeune femme. Il ne voulait pas bousculer les choses. Marie lui semblait fort intéressante, mais il voulait la laisser venir à lui… *Chaque chose en son temps !* pensait-il. Bien qu'excellente nageuse, elle eut une pensée fugitive pour les cours qu'Étienne lui avait prodigués, il y avait des siècles, à La Rochelle, Marie ne voulait pas s'aventurer trop loin sur le lac.

Elle s'en était retournée vers la rive, juste à temps pour voir Stevo passer sa chemise par-dessus sa tête et s'avancer vers elle dans l'eau. Marie retint son souffle. Éclairé par la lune, le jeune homme était tout simplement magnifique. Son corps élancé luisait doucement dans la lumière blanche qui découpait des ombres autour de ses pectoraux. Une touffe de poils s'étalait sur sa poitrine et se perdait sur un ventre plat qui semblait aussi dur que du roc. Pas une once de gras sur ce corps parfait, mais des muscles allongés, qui laissaient supposer un homme prompt à la détente et redoutable dans une bagarre. Et sa beauté féline devait soulever bien des passions.

Ils nagèrent quelque temps, savourant la fraîcheur de l'eau et la tranquillité de la nuit. Puis, sans échanger un mot, ils regagnèrent la rive. Marie tordit ses cheveux pour en retirer l'excédent d'eau. Alors que leurs pieds foulaient l'herbe qui bordait le lac, la jeune femme sentit sur elle le regard de Stevo. Ses yeux noirs la détaillaient ouvertement et sa mâchoire se crispa légèrement. Marie, troublée par ce regard de braise, s'aperçut que sa chemise lui collait à la peau, n'offrant qu'un bien mince écran pour voiler sa poitrine.

Une chaleur subite lui monta aux joues et, se détournant pudiquement, elle voulut décoller le vêtement malicieux de ses seins. Stevo stoppa son mouvement en l'agrippant par l'épaule.

— Laisse ! lui dit-il d'une voix un peu rauque. Il n'y a rien là qui ne soit naturel. Nos gitanes n'ont pas cette pudeur niaise des gadjé...

— Des gadjé... ?

— Tout ce qui n'est pas gitan...

Mais la bouffée de chaleur passée, Marie sentit un frisson lui parcourir l'échine et referma ses bras sur elle, tant pour se protéger du froid que de... elle n'aurait su dire de quoi en cet instant précis.

— Regagnons le camp, gadji, dit Stevo rompant le charme de l'instant, en lui posant sur les épaules sa propre chemise, qui était à peu près sèche, ou nous allons tous deux attraper la fièvre...

Marie ne chercha pas à s'interroger sur la nature de la fièvre en question mais suivit silencieusement son compagnon, qui gardait une distance respectueuse entre eux.

Le feu de camp flambait toujours et, même si les gitans étaient maintenant moins nombreux, quelques groupes s'attardaient ; ils accordèrent à peine un regard à Marie et Stevo, qui firent une entrée plutôt discrète. Pas assez cependant pour échapper aux foudres de Legoff, qui fondit sur eux.

— Ma foi, Marie, où avez-vous la tête. Voilà des heures que je me morfonds, vous imaginant blessée, morte ou enlevée ! Où étiez-vous passée ? Qu'est-ce qui vous a pris de disparaître comme ça sans m'avertir ?

La surprise et la virulence de l'attaque avaient laissé Marie bouche bée, dont le tempérament combatif reprit très vite le dessus.

— Julien, retenez-vous ! dit-elle sèchement, non sans remarquer les sourires narquois autour d'eux. Premièrement, je suis assez grande pour m'occuper de moi-même et, deuxièmement, je n'ai pas de comptes à vous rendre. S'il me plaît d'aller me promener dans les bois, j'irai et j'en reviendrai quand le cœur m'en dira. D'ailleurs, comment aurais-je pu vous avertir ? Vous dormiez à poings fermés et c'est encore beau qu'on ait pu jouer de la musique ici avec les ronflements qui sortaient de la roulotte. Maintenant laissez-moi passer, je suis transie et je veux me rapprocher du feu.

Serrant étroitement les pans de la chemise de Stevo autour d'elle, elle contourna Legoff resté à son tour sans voix. C'est alors qu'il remarqua Stevo et nota avec un froncement de sourcils sa tenue sommaire. Mais Stevo s'approcha de lui en souriant et en lui tendant la main.

— Vous êtes Julien Legoff, je présume, lui dit-il avec son plus beau sourire. Pablito m'a parlé de vous. Il a d'abord cru que vous étiez un diable sorti tout droit de l'enfer, mais finalement il a plutôt décidé que vous étiez le géant qui protège les lutins de la forêt. Merci pour l'aide que vous lui avez apportée. Mais je ne me suis pas présenté, je suis Stevo, le demi-frère de Pablito. La sécurité de ce petit démon me tient beaucoup à cœur. C'est pourquoi je comprends votre colère à l'égard de votre sœur, et j'en suis un peu responsable, je m'en excuse. Je ne pensais pas que notre petite promenade allait vous inquiéter. Ça ne se reproduira plus, soyez sans crainte.

Legoff avait d'abord grimacé sous la poignée de main puissante de Stevo, avant de tomber lui aussi sous le charme du gitan. Recouvrant enfin la parole, il poussa un soupir :

— Bon, ce n'est pas très grave après tout puisqu'elle est revenue saine et sauve… mais elle a l'air d'un chat mouillé et votre tenue est plutôt… légère, dit-il en fronçant les sourcils.

— Nous avons marché trop près de l'eau et Marie a glissé, expliqua candidement Stevo. Je me suis mouillé en l'aidant… D'ailleurs, je vais aller me changer si vous le permettez, conclut-il avec un petit salut de la tête.

Il passa devant Legoff et regagna sa roulotte.

Marie s'était approchée du feu et se séchait près des flammes. Ses cheveux moussaient autour de sa tête, agrippant çà et là les reflets dorés du bûcher. Bien qu'elle lui semblât perdue dans ses pensées, Legoff n'hésita pas un instant à la déranger :

— Quand même Marie, vous m'avez inquiété.

— Ne revenons pas là-dessus, voulez-vous, il me semble que le sujet est clos. Je n'ai rien fait de mal et refuse de me sentir coupable de quoi que ce soit.

— Bon ça va, n'en parlons plus, battit-il en retraite.

Il marqua un temps d'arrêt, puis reprit :

— J'ai discuté avec Zurka un bon moment. La tribu s'en va vers Zaragoza pour assister à un rassemblement annuel. Ils mettront donc le cap vers le nord après-demain. Zurka accepte de nous amener avec lui en reconnaissance de ce que nous avons fait pour son fils, et je pense que c'est là la meilleure nouvelle que nous ayons eue depuis longtemps. Nous pourrons nous confondre avec les gitans et ainsi échapper aux recherches sur les routes. Il nous faudra vivre comme des gitans et ne pas faire de vagues dans la tribu, ajouta-t-il avec un regard appuyé.

La jeune femme détourna les yeux.

— C'est peut-être une bonne idée, en effet, et ça ne nous fera pas de tort de nous laisser transporter un peu. D'autant plus que nous sommes au milieu de nulle part, sans montures, sans vivres et sans gîte…

— Vous ne devriez pas rester mouillée comme vous l'êtes, remarqua Legoff. La dernière chose dont nous avons besoin, c'est que vous attrapiez la crève.

— Là, vous avez raison, dit Marie en se levant. Je crois qu'on m'a laissé des vêtements de rechange. Et si vous m'attendez quelques minutes, je viendrai prendre un verre de vin avec vous, dit-elle en adoucissant le ton. Je me suis un peu emportée tout à l'heure, mais j'ai un peu les nerfs à vif.

— Allez vite vous sécher, je vous attends !

Marie emprunta le sentier menant à la roulotte qu'elle occupait avec Legoff. Quelques instants plus tard, elle était de retour, les cheveux enserrés dans un foulard qu'elle avait noué sur la nuque. Une veste de laine colorée tombait mollement sur une jupe de coton épais. Elle avait enfilé des bas de laine dans les sandales qu'on lui avait laissées avec les vêtements et se sentait déjà un peu réchauffée.

Legoff était assis près du feu, conversant avec Zurka. Dès qu'il vit Marie, il lui fit de grands signes.

— Venez vous joindre à nous !

Marie n'avait pas vraiment envie de compagnie, elle eût préféré se tenir à l'écart et goûter la chaleur du feu. Néanmoins, elle s'approcha des deux hommes. Legoff lui tendit un gobelet de vin, qu'elle accepta. Elle vit Zurka lever les yeux vers elle et, l'espace d'un instant, crut que c'était Stevo qui l'observait. La similitude de leurs regards était déconcertante. En voyant Zurka, il était facile d'imaginer ce que serait Stevo dans quelques années.

— Votre frère m'a raconté vos péripéties, enfin ce qu'il a bien voulu m'en dire, ajouta-t-il avec un sourire en coin. À ce que j'ai compris, vous avez besoin de voyager discrètement. Une jolie fille comme vous devrait être plus prudente dans ses rencontres. Vous avez été chanceuse cette fois-ci, mais la chance ne sera peut-être pas toujours au rendez-vous…

Interloquée, Marie ouvrit la bouche pour répliquer quand Legoff s'étouffa avec son vin. Zurka se tourna vers lui et lui asséna de grandes claques dans le dos.

— Voyons, mon ami, ne me dites pas que notre vin est trop fort pour vous…

Legoff avait eu le temps de jeter un regard appuyé à Marie, et elle comprit qu'il valait mieux se taire pour l'instant. Mais que diable pouvait-il avoir raconté à Zurka ? Legoff avait repris son souffle, somme toute assez rapidement pour un homme qui venait de frôler l'asphyxie. Marie s'assit auprès d'eux.

— Vous voyagez à longueur d'année comme ça, sans jamais vous établir nulle part ? demanda Marie au chef des gitans.

— Nous sommes un peu comme une troupe de comédiens qui se promène de ville en ville. Nous voyageons pour affaires, pour le commerce et pour le plaisir aussi. Nous n'aimons pas les frontières, et l'idée d'appartenir à un seul endroit nous déplaît. Nos enfants n'ont pas une vision étroite de la vie et s'attachent très peu aux choses, préférant donner leur affection aux gens. Les valeurs familiales sont très grandes et l'esprit du clan domine tout. La hiérarchie de notre société est très respectée et nos lois sont implacables.

Cette dernière phrase résonna dans l'air comme un avertissement.

— Dans ce cas-là, mieux vaut être ami des gitans, dit Marie avec un petit rire, secouant le léger malaise qui s'était emparé d'elle.

— Vous l'avez dit ! répliqua Zurka avec un grand sourire, un sourire si franc que Marie se demanda si elle ne devenait pas un peu trop méfiante. Et pour nos amis, il n'y a rien que nous ne ferions !

— Vous avez parlé de commerce, repris Legoff, quel genre de commerce pratiquez-vous ?

— Principalement des bijoux et des vêtements, commença Zurka, mais il y a aussi nos femmes qui savent dire la bonne aventure…

Marie se désintéressa de la conversation et s'adossa à un arbre. Elle sirotait à petites gorgées le vin épicé qui lui réchauffait les veines. Elle tressaillit légèrement en voyant Stevo revenir de sa roulotte, magnifique dans une chemise à large échancrure, les hanches serrées dans une culotte étroite.

Il semblait chercher quelqu'un du regard quand Zorita apparut. Prenant Stevo par la main, elle l'emmena vers un petit groupe de femmes, qui s'empressèrent de lui servir du vin et de lui apporter une assiette remplie de victuailles. Le jeune homme semblait réticent à se joindre au groupe, mais finalement Zorita sembla user d'arguments très convaincants. Marie soupira, un peu déçue sans trop savoir pourquoi, et termina d'une gorgée le vin qui restait au fond de son gobelet. Elle se leva ensuite et vacilla un peu, étourdie par la fatigue et l'alcool.

— Ça va ? s'inquiéta Legoff.

— Oui, je suis simplement fatiguée, je crois que je vais aller me coucher, dit Marie. Et saluant de la tête les deux hommes qui avaient repris leur conversation, elle se dirigea vers sa roulotte.

Alors que Marie allait quitter le cercle central pour s'engager sur le sentier menant à la roulotte, elle sentit que quelqu'un agrippait sa jupe. Elle baissa les yeux vers une vieille femme toute ridée affublée d'un fichu ridicule qui lui donnait des allures de gnome.

— Assieds-toi quelques instants avec moi, dit-elle d'une voix fêlée, laisse-moi te regarder un peu.

— Je suis très fatiguée, répondit Marie en tentant de se dégager, on pourrait se parler demain…

— À mon âge, demain risque de ne jamais arriver, rétorqua la vieille. Allez, viens près de moi, gadji…

À ce mot, Marie tressaillit. Finalement la curiosité l'emporta sur la fatigue. De plus, la vieille femme avait un je-ne-sais-quoi qui lui plaisait bien.

— Bon, mais je ne reste que quelques instants, dit-elle en s'asseyant auprès de la vieille femme.

La regardant de plus près, elle fut étonnée de la vivacité de ses yeux noirs. Peut-être avait-elle l'aspect d'une pomme ridée, mais l'esprit, lui, semblait intact.

— Vous semblez me connaître, dit Marie, et moi, à qui ai-je l'honneur ?

— Qui ne connaît pas celle qui a ramené le petit vaurien ? ricana la femme.

— Vous ne semblez pas l'aimer, pourtant c'est un enfant charmant.

— L'amour n'a rien à voir avec le fait que ce soit un vaurien, répliqua vivement la vieille. Et d'ailleurs je ne peux renier mon propre sang.

— Vous êtes…

— … la grand-mère de Pablito et la mère de Zurka, compléta la gitane. Et aussi la grand-mère de Stevo, ajouta-t-elle avec un clin d'œil.

Marie rougit bien involontairement dans la pénombre.

— Vous devez avoir un nom, demanda Marie.

— Farida. Mais donne-moi ta main qu'on fasse plus ample connaissance…

Un peu étonnée, Marie tendit la main vers la vieille femme, qui la lui empoigna vigoureusement en la tournant paume vers le ciel.

— Regardons un peu ce qui se cache ici… Je vois beaucoup d'amour autour de toi au début de ta vie… puis une période sombre et… un drame. Ensuite de l'eau, des tempêtes, des orages. Beaucoup de voyages, tu n'es pas née pour rester en place, dit-elle en la regardant fugacement. Le destin est dur avec toi, poursuivit Farida. Il te met à l'épreuve, et pourtant un jour tu connaîtras le bonheur et la paix. Mais il te faudra encore souffrir pour arriver jusque-là. Et les hommes… j'en vois plusieurs mais il en est un qui est toujours là et qui sera toujours là. Ici, ta ligne de l'amour hésite… Quelqu'un sur ta route tentera de te faire dévier du chemin qui t'est tracé. Tu seras confrontée à un choix. La ligne se creusera quand tu auras pris ta décision.

— Merci, dit Marie en tentant de retirer sa main.

Mais la vieille femme avait une poigne étonnante. Son apparente fragilité semblait cacher une force nerveuse bien réelle.

— Reste tranquille, vers quoi cours-tu toujours ? Qu'est-ce que tu fuis, jeune fille ? Il y a des dangers autour de toi, il y a de la protection aussi, mais tu la refuses bien souvent. Je vois des personnes importantes dans ton entourage, un ami fiable, une vieille femme sage, mais toujours revient cette silhouette qui te suit partout, sans même que tu en aies conscience…

Cette fois-ci, Marie parvint à retirer sa main des griffes de la vieille.

— Je vous remercie, mais je suis vraiment fatiguée. On se reparlera de tout ça un autre jour, dit-elle en s'enfuyant presque.

Elle était déjà éloignée de plusieurs pas quand elle entendit la vieille femme crier :

— Fais attention, un terrible danger te guette…

Marie courut jusqu'à la roulotte, sans trop comprendre ce qui pouvait la mettre dans un tel état. Puis, sans se donner la peine de se déshabiller, elle s'allongea sur la paille. Cette nuit-là, son sommeil fut agité et peuplé de rêves où se côtoyaient Legoff, Sarah, Marguerite, Étienne et Stevo…

Chapitre 23

Le soleil matinal entrait à flots par la petite fenêtre de la roulotte. Engourdie de sommeil, Marie chercha à s'enfouir plus profondément sous sa mince couverture de laine. Un léger raclement sur la porte parvint à percer le brouillard dans lequel elle baignait. Un peu confuse, elle entendit son nom une fois, deux fois. Se décidant à ouvrir les yeux, elle vit qu'un jour neuf s'était levé, mais il ne devait pas être bien vieux encore... Un coup d'œil du côté de Legoff lui apprit que le Breton dormait encore bien profondément.

À nouveau on l'appela. Cette fois-ci, bien éveillée, Marie décida en soupirant de repousser sa couverture et d'enfiler une paire de bottes. Le raclement sur la porte se faisait plus insistant. « Un moment, un moment ! » grogna-t-elle entre ses dents, alors qu'elle troquait la veste de laine pour sa chemise, maintenant sèche et plus confortable. Elle ouvrit silencieusement la porte et se glissa à l'extérieur. L'air frais et piquant du petit matin lui monta au nez et acheva de dissiper les dernières brumes qui enveloppaient son cerveau.

— Finalement ! On peut dire que tu dors dur, toi...

Levant les yeux vers son interlocuteur, Marie vit Stevo en selle sur un magnifique cheval noir et qui tenait par la bride un autre cheval sellé.

— Tu sais monter à cheval ? lui demanda-t-il. J'ai pensé à une petite excursion ce matin.

Tout à fait réveillée maintenant, Marie s'approcha du cheval, lui présentant la main pour qu'il la hume.

— Quel beau cheval ! dit-elle en contemplant l'animal à la robe alezane, sa crinière blonde frémissant légèrement dans la brise matinale.

— J'étais sûr qu'il te plairait, fit Stevo. Il est très doux et tu n'auras pas de problèmes avec lui.

— Mais je sais monter à cheval, répliqua Marie en mettant le pied à l'étrier.

Sa jupe, suffisamment large pour lui permettre de passer aisément une jambe par-dessus la croupe de l'animal, lui battait les mollets. Marie se félicita d'avoir opté pour les bottes au saut de ce qui lui servait de lit.

— Ça, je n'en ai jamais douté, répondit Stevo en riant.

— Mais où va-t-on ? demanda la jeune femme alors que Stevo les guidait vers la route.

— Demain on quitte ce campement, et bien qu'on sache vers où on va, je vais toujours faire un tour de reconnaissance avant que la caravane se mette en mouvement. Je cherche l'endroit idéal où s'arrêter pour camper en soirée. C'est généralement très utile et ça nous évite bien des tâtonnements inutiles, le soir venu.

— Et on doit couvrir beaucoup de chemin comme ça ?

— Environ dix lieues... alors tu me suis ?

Et il lança sa monture au galop.

Marie se laissa distancer quelque peu. Malgré sa grande taille, Stevo avait une aisance et une élégance remarquables en selle. Son cheval et lui semblaient de la même race et s'accordaient parfaitement au rythme des foulées. Cependant la jeune femme dut vite concentrer son attention sur sa propre monture, qui s'était mis en tête de rattraper le cheval de Stevo. Bien que son habileté à cheval se soit considérablement accrue au cours des derniers mois, Marie devait quand même se tenir solidement si elle ne voulait pas faire une sortie dépourvue de toute élégance.

Stevo avait légèrement ralenti l'allure de son cheval et décéléra tranquillement pour laisser la jeune femme arriver à sa hauteur.

— Pas mal pour une gadji ! la taquina-t-il.

— Mes étriers sont un peu longs, se plaignit la jeune femme. J'ai failli tomber.

— Laisse, je vais te les ajuster.

Stevo rapprocha sa monture de celle de Marie et, se penchant vers elle, chercha la sangle de l'étrier pour la raccourcir. Marie dut ramasser sa jupe afin de permettre un meilleur accès à Stevo. Une odeur légèrement musquée enveloppait le jeune homme, et elle observait les mains fines qui tiraient adroitement sur la sangle pour la raccourcir d'un cran. Stevo leva les yeux vers elle et, un instant, le regard noir et les yeux bleus se rencontrèrent. Subitement, Marie sentit un peu de rouge lui monter aux joues. Elle fut la première à rompre la magie du moment.

— Je… je crois que ça va comme ça, bafouilla-t-elle.

Stevo s'écarta brusquement.

— Alors poursuivons notre route.

Gardant leurs montures au pas, ils avalèrent une ou deux lieues en silence. Marie se détendait peu à peu. Le soleil, plus fort maintenant, lui chauffait agréablement les bras. La campagne verte s'étendait à perte de vue et, de temps à autre, on voyait un filet de fumée s'échapper de la cheminée d'une ferme isolée. Deux hirondelles passèrent en se chicanant devant Marie, leurs pépiements furieux allant se perdre dans le petit bosquet où elles s'étaient enfoncées.

Respirant à plein poumons, Marie se sentait parfaitement détendue, attentive au chant des oiseaux, au chuchotement du ruisseau qui longeait la route. La voix grave de Stevo fit subitement irruption dans cet environnement idyllique.

— N'as-tu pas faim ?

Avec une certaine surprise, Marie se rendit compte que, en effet, elle avait faim. N'ayant rien avalé depuis la veille, son estomac commençait à émettre quelques protestations. Levant un sourcil interrogateur vers Stevo, elle le vit sourire en tapant de la main sur une sacoche accrochée à sa selle.

— J'ai prévu un petit goûter. Si on s'arrêtait un instant ?

— Bonne idée, répondit la jeune femme, j'ai effectivement très faim !

Ils choisirent une petite clairière bordée de marguerites, descendirent de leur monture et attachèrent leurs chevaux à un saule.

Stevo étendit sur le sol une couverture colorée, il avait décidément pensé à tout, et étala les victuailles. Du pain, du fromage, un morceau de poulet, quelques oranges et une outre de vin.

— Du vin, s'étonna Marie, à cette heure-ci ?

— C'est tout ce que j'ai pu trouver, répondit Stevo un peu piteux. Le lait ne se serait pas conservé, et je ne voulais pas prendre le temps de faire un feu pour chauffer du café…

— De l'eau aurait fait l'affaire, répondit Marie. Dommage que le ruisseau ait disparu, on aurait pu aller en puiser là, ajouta-t-elle en arrachant un morceau à la miche de pain.

— Eh bien, tant pis ! répondit-il buvant un peu de vin directement de l'outre.

Marie sourit et mordit joyeusement dans son quignon de pain, l'accompagnant d'un généreux morceau de fromage. Se résignant finalement, elle fit passer sa bouchée avec un peu de vin. Le goût acidulé la fit d'abord grimacer, mais finalement l'aida à se détendre complètement.

Ils mangèrent quelque temps sans échanger un mot, et lorsqu'il ne resta plus rien des victuailles, Marie étira les bras en bâillant.

— Je dois dire que j'aurais bien dormi encore un peu ce matin… et toi, à quelle heure t'es-tu couché ? Tu n'es pas fatigué ?

— J'ai dormi quelques heures et ça m'a amplement suffi. Je n'ai pas besoin de beaucoup de sommeil. Repose-toi quelques instants avant qu'on ne reparte.

— Mais non, je peux repartir tout de suite, dit-elle en étouffant un autre bâillement.

Stevo la tira par les épaules et appuya la tête de la jeune femme sur sa jambe étendue.

— Ne discute pas ! Si tu t'endors en selle et que tu tombes, on sera bien plus mal pris. Mais ne t'en fais pas, je ne te laisse que quelques minutes, ajouta-t-il, coupant court aux protestations de la jeune femme.

Soupirant légèrement, Marie ferma les yeux, un peu engourdie par le vin et tomba dans une légère torpeur bienfaisante. Stevo jouait nonchalamment avec une mèche de ses cheveux, dont la teinte dorée s'était accentuée depuis sa vie en mer et sa quête sur les grandes routes inondées de soleil. Marie se laissait envahir par diverses sensations, et ce qu'elle ressentait en cet instant précis était bien près du bonheur.

Après ce qui ne lui sembla être que quelques secondes, Marie sentit Stevo la secouer légèrement.

— Allez, gadji, il est temps de reprendre la route si on veut revenir avant la noirceur…

Marie ouvrit les yeux pour voir le visage bronzé du gitan penché vers elle. Encore une fois, elle se sentit fondre sous le regard d'ébène, auquel se superposa fugitivement un regard vert brillant. Pourquoi la pensée d'Étienne venait-elle la troubler en cet instant précis ? Mais la présence du gitan balaya comme un vent d'avril l'image floue du capitaine et, d'une main solide, Stevo remit Marie sur ses pieds. La prenant par les épaules, il la guida vers son cheval, détacha les deux bêtes du petit saule et hissa Marie en selle, sa main s'attardant, un peu trop peut-être, sur la cuisse de la jeune femme.

D'un petit coup de talon, Marie dirigea son cheval vers la route, tandis que Stevo accrochait la sacoche à sa selle et venait la rejoindre.

— Il va falloir accélérer un peu, dit-il, tu as dormi trop longtemps !

— Mais j'ai à peine fermé les yeux ! protesta Marie.

— Eh bien, ce n'est pas que tu sois lourde, mais j'ai la jambe tout engourdie… la taquina-t-il. Allez, on pique un autre petit galop, dit-il en joignant le geste à la parole.

Du galop, ils passèrent ensuite au trot jusqu'à ce que les fesses de Marie n'en puissent plus. Il semblait que Stevo avait à cet égard une résistance à toute épreuve.

— Je pense que ce sera parfait ici pour le campement, estima Stevo tandis qu'ils s'engageaient dans un coude de la route. Allons voir si le terrain est propice aux roulottes.

Ils quittèrent la route et s'enfoncèrent dans les buissons, agréablement surpris de découvrir que ceux-ci cachaient une petite plaine bordée à l'ouest d'un boisé clairsemé.

— Je crois que nous avons trouvé, déclara Stevo en sortant une écharpe de sa sacoche.

— Que vas-tu faire avec ça ? demanda Marie.

— Je vais l'accrocher à un arbre pour être certain de retrouver l'endroit demain. Veux-tu mettre pied à terre et faire une pause ?

— Non, ça va comme ça. On peut rentrer dès maintenant, sinon Julien va encore s'inquiéter.

— Je ne voudrais pas risquer de l'incommoder une fois de plus, dit Stevo en souriant. Je n'aimerais pas le voir en colère !

— Il ne ferait pas de mal à une mouche.

— Sauf si cette mouche s'attaque à toi...

Ils reprirent la route et marchaient au pas en jasant de tout et de rien quand Marie s'interrompit en tendant l'oreille.

— Qu'est-ce qu'on entend ? Ça vient par ici...

Stevo mit sa main en visière et regarda au loin.

— C'est un groupe de cavaliers qui approche, une dizaine à ce que je peux voir, peut-être un détachement de l'armée.

Le cœur de Marie s'affola.

— Il ne faut pas rester ici, vite cachons-nous ! s'exclama-t-elle en regardant autour d'elle.

— Pourquoi ? Qu'est-ce qui se passe ? Pourquoi se cacher, on n'a rien fait de mal.

— Il ne faut pas qu'on me voie ! Vite, je t'en supplie, insista-t-elle, les larmes aux yeux.

Perplexe, Stevo céda tout de même aux suppliques de la jeune femme.

— Viens, suis-moi, dit-il en coupant vers les bois.

Les chevaux stimulés par leur cavalier réagirent avec vivacité et se lancèrent au galop dans la plaine à découvert, qui allait les mener vers la sécurité des bois. Alors qu'ils ralentissaient pour ne pas percuter les arbres qui se faisaient plus touffus, ils entendirent le détachement de l'armée passer sur la route. Éperdue, Marie stimula à nouveau sa monture, ignorant les cris de Stevo qui la pressait de ralentir.

Le bois n'était pas très épais, mais ils débouchèrent sur une pente assez abrupte qui menait à une clairière. Incapable de retenir le cheval affolé par sa nervosité, Marie s'engagea à pleine vitesse dans la pente parsemée de feuilles mortes. Ces feuilles rendaient le terrain glissant, et comme ils arrivaient au bas de la pente, le cheval de Marie trébucha sur les cailloux et plia subitement les antérieurs, faisant voler sa cavalière par-dessus sa tête. Marie atterrit plus loin, sa chute fut heureusement amortie par un buisson d'aubépine.

Un peu étourdie, elle resta sur place, coincée par les épines du buisson. Elle ne semblait pas sérieusement blessée, mais le décompte de ses écorchures serait long… Déjà Stevo accourait, mi-furieux, mi-préoccupé.

— Mais qu'est-ce qui t'a pris ? cria-t-il en mettant pied à terre.

Et sans prendre la peine d'attacher son cheval, il s'élança vers la jeune femme, qui tentait péniblement de se relever.

— Reste là, je vais t'aider. Où est ton cheval ?

La bête s'était éloignée mais Stevo la retrouva aisément, à demi cachée par un fourré. Le cheval tremblait encore de sa mésaventure. Stevo réussit à l'approcher en lui parlant doucement. Il vit que le cheval ne portait pas complètement sur son antérieur gauche.

— Bon, manquait plus que ça, maugréa-t-il. Allez, laisse-moi voir ton sabot.

Dans sa descente effrénée, mais plus vraisemblablement au moment de trébucher contre la pierre, le cheval avait perdu un fer, ce qui en soit n'était pas très grave. Sauf qu'en s'arrachant, le fer avait fissuré le sabot et rendait douloureux les pas de l'animal. Il n'y avait rien à faire sur place. Au campement, Stevo pourrait lui soigner le paturon blessé, mais pour l'instant il n'était pas question que le cheval porte une charge, si légère soit-elle.

Stevo revint vers Marie, qui avait recouvré tous ses esprits.

— Merci quand même pour le coup de main ! À ce que je vois, un cheval compte plus que moi ! siffla-t-elle entre ses dents, toujours prisonnière du buisson.

— J'ai bien vu que tu n'avais rien, répliqua Stevo encore un peu fâché. Assise au milieu des épines, tu ne risquais pas de t'enfuir cette fois.

Ce ne fut pas chose aisée que de sortir la jeune femme du piège où elle s'était elle-même jetée. Elle y gagna quelques égratignures de plus, et sa chemise fut plutôt malmenée dans la manœuvre. Mais au bout d'un petit moment, elle fut enfin libre.

— Il faudrait trouver un ruisseau pour nettoyer tes blessures. Mais qu'est-ce qui t'a pris de fuir comme ça ? Qui te poursuit ? Vas-tu enfin me dire ce qui te préoccupe ? dit le jeune homme en tournant Marie vers lui.

Marie le regarda de ses grands yeux, où se mêlaient le gris et le bleu. Comme elle aurait voulu lui faire confiance, comme elle aurait voulu s'épancher sur cette épaule, qu'elle devinait très hospitalière ! Mais de grands pans de son passé devaient rester cachés. Elle ne pouvait parler de ces pièces d'or qu'elle trimballait avec elle ni de ses projets d'avenir, qui allaient la mettre encore plus en marge de la société. Pour l'instant, elle soutenait sans sourciller le regard de Stevo, qui la détaillait avec acuité. Finalement, elle se décida à parler.

— Ils me poursuivent, avoua-t-elle, parce que j'ai enfreint une de leurs lois. Je t'en prie, ne me demande pas laquelle, ajouta-t-elle vivement. Je ne veux pas en dire plus pour ne pas te mettre toi-même dans une situation délicate. Si tu juges que je suis un danger pour la tribu, je resterai ici. Dis seulement à Julien où me trouver, et nous continuerons notre route seuls. Si tu as un peu d'estime pour moi, je t'en prie, ne m'en demande pas plus, insista Marie, le menton tremblant.

Stevo la regarda attentivement. Puis quelque chose dans sa frêle détermination l'émut. Il ne savait quel secret cachait cette femme, mais ce dont il était certain, c'est qu'il ne voulait qu'aucun malheur ne la touche. Et ses mains, comme si elles avaient agi seules, encadrèrent soudainement le visage de la jeune femme tendu vers lui. Ses lèvres s'approchèrent des siennes et il l'embrassa d'abord avec tendresse, puis les sensations qu'il avait enfouies précieusement au fond de lui ressurgirent. Il la revit au coin du feu, seule et effarouchée, il la revit sortant de l'eau, la chemise plaquée contre le corps, et tout à l'heure encore, endormie sur sa cuisse, si vulnérable malgré la force qu'elle tentait de démontrer.

Marie répondit à son baiser avec fougue, elle-même surprise de l'élan qu'elle y mettait. La bouche de Stevo était exigeante, gourmande, habile. Marie sentit ses genoux se dérober sous elle, mais les bras solides de Stevo la retenaient. Plus rien n'existait autour d'elle, que l'irrésistible réalité de ce baiser qui embrasait tout son être.

Lorsque enfin Stevo la lâcha, elle sembla tout à coup manquer d'air. Le monde, tantôt si vaste, lui paraissait maintenant trop petit. Un peu embarrassés par cette soudaine intimité, ils se regardèrent sans parler. Puis Stevo remit sa main sur la nuque de Marie, qui cette fois-ci se cabra. Le souffle un peu court, elle murmura :

— Je t'en prie, arrête ! Je suis très confuse, mais je ne suis pas prête à faire face à… je ne sais pas trop quoi. Tu m'attires beaucoup, mais tu me fais peur en même temps. Il me semble que le sol se dérobe sous mes pieds, et j'ignore jusqu'où tout ça pourrait m'entraîner.

— Pourquoi les gadjé sont-elles aussi compliquées face aux choses simples de la vie ? demanda-t-il doucement, sa main massant toujours la nuque de Marie. Si tu te voyais à l'instant même, tout ton corps réclame l'amour, il n'y a que ta tête qui ne le sent pas.

Il embrassait maintenant la tête de la jeune femme, à la racine des cheveux sur son front. Les images se bousculaient dans la mémoire de Marie, il y avait Marek, ses ignobles acolytes, mais aussi Étienne, dont le souvenir la hantait. Étienne, qui lui aussi l'avait embrassée, mais d'une manière différente. Et ce qu'elle avait ressenti à ce moment-là ne ressemblait en rien à ce qu'elle ressentait à l'instant présent. Stevo embrassait ses paupières, comme pour chasser les images qu'elles emprisonnaient, et Marie ne put rien faire pour empêcher le second baiser... mais le charme était rompu et Stevo le sentit.

— Je ne quémanderai pas tes baisers, gadji, j'attendrai que tu viennes vers moi. Les jeux de l'amour ne valent rien s'ils ne sont pas pleinement partagés. Mais ne me fais pas languir trop longtemps. Je sens en toi une telle force d'amour, et je veux être celui qui va te la révéler. Tu as peut-être vécu beaucoup d'aventures, mais je crois que les choses de l'amour te sont inconnues... ou presque. Laisse-moi être ton guide...

Troublée plus qu'elle ne voulait se l'avouer, Marie commença :

— Je...

— Non, ne dis rien ! répliqua Stevo en lui mettant deux doigts sur la bouche. Laissons naître le moment de lui-même. En attendant, reprenons le chemin du campement et cherchons un ruisseau pour te nettoyer.

Stevo alla récupérer les deux chevaux. Celui de Marie s'était calmé, mais restait frémissant. Stevo s'en approcha et le saisit par la bride, le cheval le suivit en boitillant. Stevo soupira.

— Impossible de mettre du poids sur le dos de ce cheval, il risquerait de se blesser plus encore. Tu monteras avec moi sur le mien.

Marie se sentait un peu honteuse. N'eût été son affolement, rien de cela ne serait arrivé. Maintenant en plus, ses écorchures lui brûlaient la peau.

— Je suis désolée, dit-elle, je ne sais pas ce qui m'a pris...

— Inutile de revenir là-dessus. Nous allons repartir à travers les champs. Ce sera un peu plus long mais ça nous évitera des rencontres... indésirables, à ce que j'ai pu comprendre.

Après avoir attaché le cheval de Marie à la selle du sien, Stevo empoigna la jeune femme par la taille et la souleva aisément pour la jucher sur son propre cheval. Puis il se mit lui-même en selle, Marie assise devant lui. L'étalon que montait Stevo ne parut pas même noter la différence de poids qu'il portait. Ils se mirent en marche, coupant à travers la plaine le chemin qu'ils avaient parcouru quelques heures auparavant.

Marie restait silencieuse, perdue dans ses pensées, qui déroulaient comme un kaléidoscope dans sa tête. Elle ne savait plus très bien où elle en était. Sa froide détermination, son désir de vengeance semblaient soudainement tiédir ou tout simplement s'occulter derrière autre chose, autre chose qu'elle n'arrivait pas à cerner. Et la présence de Stevo derrière elle ne l'aidait certainement pas à clarifier ses pensées. Elle sentait dans son dos la poitrine dure du jeune homme, et si elle n'osait s'y appuyer franchement, elle était très sensible à chaque cahot de la route qui la poussait vers lui. Enfermée dans le cercle de ses bras, elle se sentait hors d'atteinte... En fait, même si elle était réticente à se l'avouer, elle aurait voulu que le temps s'arrête et que cette promenade dure une éternité.

Stevo respectait son silence, et s'il goûtait lui aussi leur relative intimité, il gardait son cheval au pas, comme pour prolonger la promenade et retarder l'inévitable arrivée au campement. Il humait le parfum de la jeune femme et devait se retenir pour ne pas l'embrasser dans le cou ou tout simplement la renverser là dans l'herbe et la prendre parmi les marguerites. Mais cette fragilité qu'il avait perçue sous son apparente dureté lui disait que ce n'était pas la chose à faire. Cette jeune femme était une énigme dont il lui importait soudain de déchiffrer le code secret...

Le soleil était descendu à l'horizon, et il restait encore bien des lieues à parcourir. Marie avait mal au dos, à force de rester droite sur sa selle pour ne pas toucher Stevo derrière elle. Celui-ci s'en aperçut et, souriant malgré lui, il lui dit :

— Tu peux te laisser aller contre moi, gadji, je ne vais pas te manger…

Marie détestait être aussi transparente. Grommelant quelque chose entre ses dents, elle relâcha peu à peu la tension qui lui crispait les épaules. Alors que les ombres s'allongeaient sur le sol, ils arrivèrent à proximité d'un ruisseau qui chantonnait entre les joncs. Brisant le silence qui les enveloppait depuis un bon moment déjà, Stevo dit :

— Nous allons nous arrêter quelques instants pour laver tes écorchures avant qu'elles ne s'infectent. Puis nous reprendrons la route.

Marie descendit de cheval sans protester et se prêta de bonne grâce à la séance de nettoyage qui suivit. D'ailleurs, elle savait très bien que Stevo avait raison et qu'une blessure infectée pouvait entraîner bien des problèmes. Stevo lavait la jeune femme curieusement docile. Il tentait de faire abstraction de la peau satinée de ses bras, de l'eau qui suivait la courbe de son cou pour aller se perdre au creux de ses seins, de ses genoux écorchés qui laissaient entrevoir des cuisses fermes…

Sur un ton un peu plus bourru qu'il ne l'aurait souhaité, il lui dit qu'il était temps de se remettre en selle. La jeune femme ne s'en formalisa pas et parut à peine le remarquer. Le cheval se remit au pas et s'enfonça un peu plus dans les bois. Il faisait nuit lorsqu'ils atteignirent enfin le campement. Quelques gitans traînaient autour du feu et se levèrent à leur approche. Zurka était parmi eux et ses sourcils froncés n'annonçaient rien de bon. Pas plus d'ailleurs que la mine renfrognée de Julien, qui l'accompagnait.

— Qu'est-ce qui s'est passé ? demanda Zurka sans s'embarrasser de salutations. Tu disparais à l'aube sans avertir, et avec une gadji en plus. La nuit tombe, on est sans nouvelles, qu'est-ce que je suis censé penser ?

Stevo avait mis pied à terre et aidait Marie à descendre de selle. Une aide plutôt bienvenue d'ailleurs, toute courbaturée qu'elle était par cette journée à cheval.

— Tu sais que je vais toujours repérer le prochain campement, alors pourquoi me poses-tu la question ? riposta Stevo, gagné par la mauvaise humeur de son père.

— Sauf que ça ne t'a jamais pris plus que quelques heures… à moins que tu n'aies pensé nous faire parcourir la moitié du pays dans la même journée. Mais je peux comprendre que tu aies décidé de t'attarder un peu, ajouta-t-il en constatant les déchirures des vêtements de Marie, et en jetant un bref regard du côté de Julien qui fulminait.

— Non, vous ne comprenez pas, c'est de ma faute ! intervint Marie. J'ai… je suis tombée de mon cheval et il a perdu un fer. Nous avons dû revenir à deux sur le cheval de Stevo, et ça nous a pris beaucoup plus de temps.

— L'important, c'est que nous soyons de retour sains et saufs, dit à son tour Stevo, et je crois bien qu'après cette longue journée à cheval un peu de repos ne nous fera pas de tort.

— Disons que l'incident est clos et allons nous coucher, reprit Zurka. Demain nous partirons à l'aube.

Sur ce, chacun s'en fut vers sa roulotte. Au moment de se séparer, Stevo lança un regard appuyé à Marie, qui détourna rapidement les yeux. Tapie dans l'ombre, Zorita avait observé la scène sans intervenir. Si Marie avait pu apercevoir le regard assassin que la belle-mère de Stevo lui lança, elle aurait certes frissonné. De son côté, Julien la suivait et, s'il n'avait encore rien dit, la jeune femme devinait bien son humeur, juste à son pas saccadé. À peine avaient-ils fermé la porte de la roulotte que le Breton laissa éclater sa colère :

— Ah ça, vous avez décidé de m'achever ou quoi ? Je me suis morfondu toute la journée sur votre sort et, après avoir entendu le détachement de l'armée passer sur la route, je vous ai imaginée pendant des heures attachée au fond d'un cachot, malmenée, brutalisée, peut-être même violée ou, pourquoi pas, tuée. Et pendant ce temps, vous jouiez les beaux cœurs avec ce bellâtre gitan !

Marie ne put s'empêcher de sourire.

— Ma foi, Julien, vous êtes jaloux ! Et d'abord comment savez-vous que c'était un détachement de l'armée ? On ne voit pas la route d'ici.

— Ce sont des enfants qui nous l'ont rapporté, et je dois dire que je n'ai pas aimé la réaction de Zurka. Je ne suis pas certain que nous soyons en parfaite sécurité ici. S'il savait que les Anglais sont prêts à payer pour nous avoir, notre séjour parmi les gitans risquerait fort d'être écourté.

Pendant ce temps, la jeune femme s'était approchée de sa paillasse.

— Julien, je suis épuisée. Si on remettait à demain cette conversation ?

— Jamais le temps de parler sérieusement avec vous ! maugréa-t-il en allant néanmoins se coucher lui aussi.

Quelques instants plus tard, les respirations profondes de Marie et les ronflements de Legoff avaient envahi la roulotte. Ce furent les cris et les ordres lancés dans le campement au petit matin qui éveillèrent Marie.

Chapitre 24

La porte de la roulotte s'ouvrit et Legoff y passa la tête.

– Ah, vous êtes réveillée ! Dépêchez-vous si vous voulez manger un morceau, nous sommes sur le point de partir.

Marie se retourna avec humeur.

– Je n'ai pas faim et je ne me sens pas bien. Laissez-moi dormir.

– Vous n'êtes pas malade au moins ?

– Je veux être seule, fichez-moi la paix !

Un peu vexé, Legoff referma la porte. Quelques instants plus tard, la roulotte était secouée alors qu'on l'attachait aux chevaux de trait qui allaient la tirer vers sa prochaine destination. Marie se retourna sur sa couche. Les événements de la veille défilaient dans sa tête. Elle était plus troublée qu'elle ne voulait l'avouer par la présence de Stevo. Le charme animal qu'il dégageait l'attirait irrésistiblement et, plutôt que de risquer d'y succomber, elle avait décidé de rester en retrait et de l'éviter dans la mesure du possible. Pour aujourd'hui elle prétexterait un malaise, demain elle verrait bien…

La matinée semblait interminable. Julien n'était pas réapparu, vexé sans doute par l'accueil que lui avait réservé la jeune femme. Et la jeune femme en question était plutôt affamée. Elle risqua un œil par la fenêtre et ne vit pas grand-chose, sinon quelques gitans à cheval et le paysage qui défilait à une lenteur désespérante.

Au bout de plusieurs heures, alors que le soleil était en train de perdre sa bataille quotidienne avec la nuit, la caravane s'arrêta. Marie décida de mettre de côté son orgueil, l'appel du ventre était décidément trop fort ; après une toilette sommaire, elle sortit de sa roulotte. Chaque famille était rassemblée autour de sa roulotte et c'était manifestement l'heure du repas. Cherchant des yeux Legoff, Marie tomba sur Stevo, qui était assis près de Pablito et de Zorita. Mordant à belles dents dans une cuisse de poulet qui mit l'eau à la bouche de Marie, Stevo riait aux propos du bambin pendant que Zorita le couvait d'un regard qui n'avait rien de maternel.

Marie se détourna rapidement, ne voulant pas être remarquée par le beau gitan. Elle finit par repérer Julien qui était en grande conversation avec les deux gardes qui accompagnaient Zorita lors de leur rencontre sur la route.

— Tiens, on se réveille ? dit-il de façon moqueuse en apercevant la jeune femme à son tour.

— Où sommes-nous ? demanda Marie sans relever l'apostrophe de son compagnon. Avons-nous parcouru beaucoup de chemin ?

— Comment, sœurette, tu ne reconnais pas la place ? poursuivit-il, décidé à l'asticoter. N'est-ce pas l'endroit que tu avais trouvé pour qu'on y dresse le campement ? À moins que tes yeux n'aient été ailleurs, plus intéressés à détailler autre chose que le terrain…

Ne trouvant rien à répondre et n'étant pas d'humeur à faire une joute verbale, Marie préféra hausser les épaules et aller s'installer ailleurs… non sans avoir pris un peu de nourriture, qu'elle alla manger à l'écart. Appuyée contre un chêne, elle avala rapidement son repas en soupirant. Elle ferma les yeux quelques instants.

Comme à chaque fin de journée, les odeurs de la terre semblaient plus présentes dans l'air ambiant. Des parfums de jasmin mêlés à l'humidité du sous-bois se mariaient à la fraîcheur du serein qui tombait déjà sur l'herbe. Elle respira profondément ces odeurs, faisant glisser ses doigts dans le gazon humide. Les cigales chantaient doucement, la berçant dans ses pensées mélancoliques. Une main chaude vint recouvrir la sienne et s'en saisit avant qu'elle ne puisse la retirer.

— Que se passe-t-il ? Pourquoi me fuis-tu ? murmura une voix qu'elle reconnut à ses premières inflexions.

Ouvrant vivement les yeux, Marie se retrouva face à Stevo, qui la détaillait attentivement de ses yeux noirs. Elle voulait détourner le regard, mais se sentait clouée par celui du gitan. La main lui brûlait et, malgré son envie de fuir, elle se sentait pétrifiée, incapable de bouger. Toute la journée, elle avait tenté de l'oublier et était presque convaincue d'y être parvenue. Mais il suffisait qu'il la touche du bout des doigts pour que s'effrite toute cette armure, qu'elle s'était si difficilement bâtie.

Stevo s'était levé. Son regard restait vissé aux yeux de Marie et sa main n'avait pas lâché la sienne. Sans rien dire, ou peut-être avait-elle entendu « Viens… », il l'entraîna dans les bois où l'ombre gagnait du terrain.

Marie le suivit sans protester, anéantie par le combat solitaire qu'elle s'était imposé toute la journée. Marchant dans le sillage de Stevo, elle détaillait les muscles de son dos, qui jouaient sous sa chemise blanche. Une mèche de cheveux s'était détachée de sa queue de cheval et flottait derrière lui, comme un panache auquel se rallier. Si sa main droite tenait toujours la sienne, de l'autre il écartait les branches qui pouvaient entraver leur chemin et, alors que Marie se demandait jusqu'où ils iraient ainsi, il se retourna brusquement et la plaqua contre lui. Sa main, qui quelques instants plus tôt cassait les branches, lui caressa le visage et l'attira vers le sien. Marie aurait voulu se dégager, mais en même temps elle désirait désespérément le baiser qui allait suivre immanquablement. Et c'est avec cette même faim qu'elle y répondit.

Or, les choses prirent rapidement une autre tournure. Stevo avait eu lui aussi le temps de repenser à la scène de la veille, et chaque fois qu'il l'avait revécue en pensée, son désir pour Marie s'était amplifié. Malgré toutes ses bonnes résolutions de patience et de compréhension, l'attente lui semblait insupportable. Ses mains s'égaraient sur la poitrine de la jeune femme, déjà il lui faisait fléchir les genoux pour la renverser dans l'herbe. Il ne l'embrassait plus, il la dévorait, couvrant son visage et son cou de baisers voraces, léchant les lobes de ses oreilles avec avidité. Alors qu'ils tombaient sur l'herbe mousseuse, Stevo laissa son poids la clouer au sol et Marie sentit bien contre son corps le désir impétueux du gitan.

Son cœur battait à tout rompre. Elle se sentait envahie d'une sensation de chaleur qui l'irradiait des pieds à la tête, mais en même temps des scènes terribles lui revenaient en mémoire et l'empêchaient de se laisser aller. La peur prenait doucement le dessus et, devant le désir affamé de Stevo, elle se crispait. Le jeune homme le vit et changea subitement d'approche. Il prit une profonde respiration et s'obligea à refréner son ardeur.

— N'aie pas peur, gadji, lui dit-il doucement, je ne te ferai pas de mal…

Mais il savait qu'il s'était engagé sur un chemin où il ne pouvait plus et ne voulait plus reculer. Il lui fallait emmener Marie avec lui dans ces sentiers voluptueux. Il se laissa tomber sur le côté et entreprit de dévêtir Marie avec lenteur. Sa main effleura la pointe de ses seins dressés quand il souleva sa chemise et qu'il la lui retira. Marie frissonna, à la fois à cause de l'air frais et du désir qui lentement commençait aussi à la gagner. Puis la main de Stevo s'égara sur un genou et remonta lentement jusqu'à la cuisse. Sa peau était si douce ! Il lança ses doigts à la recherche de ce pli tendre qui le conduisait vers l'intimité de la jeune femme ; lorsqu'il y parvint, Marie laissa échapper un petit cri, tant de surprise que de plaisir.

Stevo l'embrassait passionnément et Marie répondait à ce baiser. Inconsciemment, elle ouvrit d'elle-même les jambes, arquant son corps à la rencontre du gitan. Celui-ci poussait son exploration plus loin, ses doigts habiles se perdaient maintenant dans la moiteur chaude du sexe de la jeune femme, et les odeurs qui s'en dégageaient lui montaient à la tête. Il laissa sa bouche pour embrasser ses seins et les lécher goulûment, puis son ventre et son nombril. Lorsqu'il enfouit la tête entre ses cuisses, Marie se cabra. Tout son être semblait concentré à ce point précis de son corps, une zone qu'elle croyait morte à jamais et qui se réveillait maintenant dans une symphonie de sensations plus délicieuses les unes que les autres. Puis le ciel éclata en quelques millions d'étoiles et Marie laissa échapper un cri rauque qui sembla sortir de ses entrailles. Elle saisit la tête du gitan à deux mains, le ramena vers elle et se mit à son tour à l'embrasser furieusement.

Maladroitement, elle tenta d'explorer le corps ferme du jeune homme, qui, ravi par ce changement d'attitude, s'efforça de lui faciliter la tâche. Il eut tôt fait de se dégager de ses vêtements et amena la main de Marie vers son sexe glorieusement dressé. La jeune femme fut d'abord surprise, puis prit plaisir à caresser cette chair chaude et tendue, si douce et si pulpeuse. Stevo se dégagea doucement. Il n'en pouvait plus, il allait éclater ! Tentant de se contenir de son mieux, il se plaça au-dessus de Marie et la pénétra doucement. Elle eut un mouvement instinctif de recul, mais se retrouva rapidement à l'unisson de son compagnon. Les hanches collées aux siennes, elle se laissa aller à la découverte de ce qu'on lui avait volé quelques mois plus tôt.

Elle atteignit le plaisir à nouveau, alors que Stevo lui-même laissait échapper un soupir d'exaltation et se tendait encore plus profondément en elle. Les cheveux plaqués par la sueur, le souffle court et le corps repus, ils restèrent pressés l'un sur l'autre de longs moments. Puis Stevo se dégagea.

Il resta ainsi, couché sur le dos, à ne rien dire en contemplant les étoiles qui scintillaient dans le ciel. Marie, de son côté, était perdue dans ses pensées. Était-ce ça, l'amour ? Cet amas de sensations tumultueuses qui occultaient ses pensées et sa volonté. Elle devait reconnaître qu'elle était loin de l'assaut de Marek et des siens puisque, à ce moment, elle avait voulu mourir, et que maintenant elle se sentait renaître. Stevo était un amant parfait. Elle revoyait en pensée chacun de ses gestes et bénissait l'obscurité qui cachait ses joues rosies par la gêne. En même temps, elle se demandait comment on pouvait ressentir de la gêne avec quelqu'un avec qui on venait de partager autant d'intimité. Les questions se bousculaient dans sa tête sans apporter aucune réponse. Stevo rompit le silence.

— Gadji, dit-il en se tournant vers elle, appuyé sur un coude, je ne sais trop quoi te dire, j'avais pensé t'attendre, te laisser venir vers moi, mais ce soir, en te voyant si belle et si seule à l'écart des autres, je n'ai eu qu'une pensée : te posséder tout entière.

Il se rapprocha sensiblement d'elle, écarta une mèche qui lui barrait le front. Il était si beau… la lune éclairait sa peau mate et faisait briller ses yeux. Ses cheveux maintenant complètement dénoués lui caressaient paresseusement les mâchoires et vinrent chatouiller le front de Marie lorsqu'il se pencha sur elle.

— Me pardonneras-tu, gadji ? murmura-t-il.

Il trouva sa réponse dans le baiser passionné qu'ils échangèrent, et déjà la main de Stevo chercha la poitrine de Marie, tendue dans l'attente de cette caresse. Mais Stevo n'était plus pressé. Du pouce, il se mit à jouer avec le mamelon de Marie, qui se durcit aussitôt. Lâchant la bouche avide de la jeune femme, il lécha à petits coups le bout du sein qui pointait vers lui, arrachant un gémissement à Marie, qui en voulait encore plus. Se rapprochant encore plus d'elle, Stevo inséra un genou entre les jambes de Marie, qui en profita pour l'agripper entre ses cuisses et se coller contre lui.

La jeune femme, loin de répondre passivement à ses avances, alla à sa rencontre, mordillant, embrassant et léchant à son tour. Stevo bascula sur son dos et installa la jeune femme sur lui. De ses mains puissantes, il lui agrippa les hanches et l'empala sur son membre, à nouveau dressé. Un peu maladroitement d'abord, puis avec plus d'assurance, Marie se mit à bouger sur le gitan, lui arrachant à son tour des gémissements de délice. Il haletait et son haleine chaude lui caressait les joues chaque fois que sa tête s'abaissait vers lui. Fermant les yeux comme pour mieux savourer l'instant, Stevo se mit à murmurer des mots qu'elle ne comprenait pas. Marie accéléra le mouvement de ses hanches et ressentit aussitôt une grande chaleur l'irradier. Alors qu'un spasme intense la faisait se cambrer sur le corps de Stevo, il poussa un cri et se tendit à son tour dans une extase qui lui sembla presque douloureuse. Puis Marie s'abattit sur lui, épuisée et frémissante.

Les bras de Stevo se refermèrent autour d'elle ; elle crut en cet instant précis que rien au monde ne pourrait l'atteindre, tant qu'elle resterait là, dans ses bras. Leurs cœurs affolés se calmèrent lentement, et ils se laissèrent gagner par une torpeur bienfaisante, qui les amena jusqu'au sommeil.

Une brise fraîche réveilla Marie, toujours enfouie dans les bras de Stevo. Le vent léger avait séché la sueur sur son corps et, n'eût été la chaleur du gitan, elle se serait certainement mise à frissonner. Stevo dormait toujours, nullement incommodé par sa couche inconfortable et encore moins, semblait-il, par le poids de la jeune femme abandonnée sur lui. Soupirant, Marie tenta de se dégager sans réveiller le jeune homme. Elle cueillit ses vêtements épars et s'approcha du lac pour se rafraîchir quelque peu. Elle ne souhaitait pas chasser l'odeur du gitan qui l'imprégnait, mais sentait le besoin d'enlever la sueur et les brindilles qui lui collaient à la peau. Une fois lavée et vêtue, elle se rapprocha de Stevo, qui s'éveillait tranquillement. Il ouvrit lentement les yeux, et Marie eut à nouveau l'envie folle de se jeter sur lui. Mais elle se retint, avec cette pudeur de femme civilisée qu'on avait malgré tout réussi à lui inculquer, pendant que son amant se redressait sur son séant, tout en cherchant ses vêtements des yeux.

— Il va bien falloir finir par retourner au campement, gadji, murmura-t-il. La nuit va bientôt faire place au jour. Bien que nous passions ici une autre journée, quelques heures de sommeil sur une paillasse ne nous feront certainement pas de tort.

Marie soupira. Elle savait bien qu'il avait raison mais, subitement, l'idée de se retrouver dans sa roulotte, avec les ronflements de Legoff en fond sonore, ne lui semblait pas très attrayante. Stevo s'était rapidement rhabillé, et Marie prit le chemin du sentier qui allait les ramener au campement. D'une main posée sur son épaule, Stevo la stoppa et la retourna vers lui pour l'embrasser une dernière fois.

— Ne crois pas que ce qui s'est passé ici soit sans importance pour moi, lui dit-il, les lèvres encore humides de leur chaud baiser. Je te veux près de moi aujourd'hui, la nuit prochaine et toutes les suivantes. Le fait que tu sois une gadji complique un peu les choses, mais je parlerai à mon père et nous trouverons bien un arrangement. Mais toi, poursuivit-il, veux-tu de moi ?

Marie ne savait plus que penser. Elle qui s'était tracé un destin si complexe, si semé d'embûches, elle était maintenant tentée de s'arrêter et de laisser cet homme qu'elle devinait solide la prendre en charge. Qu'il serait bon de se laisser protéger, de vivre au gré des voyages de la tribu, sans obligations réelles, sauf celles de se fondre à cette communauté autonome et d'y trouver une place bien à elle. Mais que pourrait-elle y faire ? Sa connaissance des herbes et de la médecine pourrait être utile, mais serait-ce suffisant pour qu'on l'accepte à part entière ? L'amour de Stevo constituerait-il un rempart efficace contre les haines et les envies qu'elle ne manquerait pas de soulever ? Et surtout, voulait-elle échanger sa liberté contre cette vie à l'ombre d'un homme ?

Stevo dut sentir le combat qui s'installait en elle. Il lui dit :

— La nuit a été fertile en émotions, gadji, repose-toi et demain nous parlerons de tout ça.

Et après un dernier baiser, ils reprirent la route du campement. Lorsqu'ils arrivèrent à la clairière, il n'y avait plus personne autour du feu, chacun ayant regagné sa roulotte pour la nuit. Marie et Stevo se séparèrent, et la jeune femme fut très heureuse de constater que Legoff dormait profondément lorsqu'elle rentra dans la roulotte. Elle n'aurait pas aimé avoir à répondre à ses questions embarrassantes, bien qu'elle ne doutât pas que cela devrait se produire dans quelques heures. Elle entra dans sa roulotte en rêvant déjà de Stevo. Un rideau frémit à la fenêtre de la roulotte de Zurka. Mais peut-être était-ce la brise légère de la nuit qui l'avait fait bouger...

Chapitre 25

Marie s'éveilla de fort bonne humeur ce matin-là. Le soleil déjà haut dans le ciel lui taquinait les joues en passant par la fenêtre, indiquant à la jeune femme que la matinée était déjà bien entamée. Marie sortit de la roulotte… et ne vit personne. Étonnée par le silence qui régnait, elle referma la porte de la roulotte et s'avança dans le pré, cherchant la trace d'une présence humaine. Elle n'avait fait que quelques pas quand une voix aigrelette la fit sursauter.

— Ils sont tous partis au village pour faire des affaires.

Marie se retourna et vit Farida, la grand-mère de Stevo, qui bourrait méticuleusement une pipe en terre cuite. La jeune femme aurait bien voulu trouver une échappatoire : la vieille femme la mettait mal à l'aise, peut-être par sa trop grande perspicacité. Mais elle ne savait que faire, et prendre la route du village eût été trop risqué pour elle. Elle dut céder à l'insistance de Farida, qui l'invitait à s'asseoir près d'elle.

— Viens égayer un peu ma journée, je suis bien seule aujourd'hui.

Tentant de masquer sa réticence, Marie s'assit. La vieille femme se mit à rire.

— Je ne vais pas te manger, tu sais, je veux juste parler avec toi quelques instants… et t'offrir un café. Tu n'as rien avalé ce matin et je suppose que tu dois être affamée, lui dit-elle en lui faisant un clin d'œil.

Marie se sentit rougir jusqu'à la racine des cheveux. Y avait-il une intention derrière les propos et l'attitude de Farida ? Mais l'odeur du café frais vint à bout de sa résistance, et c'est avec un certain enthousiasme qu'elle accepta la brioche que lui tendait la grand-mère de Stevo.

— Alors, lui demandait celle-ci, comment trouves-tu la vie chez les gitans ?

— Très agréable, répondit sincèrement la jeune femme. J'aime cette liberté d'aller sur les chemins, cette façon que vous avez de vous entraider, de vivre en communauté tout en préservant une certaine intimité. J'aime vos chants, votre joie de vivre, vos enfants qui ont la bride sur le cou. Oui, j'aime cette vie, ponctua-t-elle en prenant une bonne bouchée de sa brioche.

La vieille femme la regardait en tirant silencieusement sur sa pipe. Finalement, elle lui dit :

— Je crois que tu n'as pas encore tout découvert de nous. Sache que cette passion que tu vois dans les yeux de nos gens est aussi une arme à double tranchant. S'ils aiment avec passion, ils haïssent aussi avec autant de passion. Méfie-toi, jeune fille. J'ai vu dans ta main que le destin t'avait déjà malmenée malgré ton jeune âge, mais tu pourrais bien ne pas être au bout de tes peines.

Marie se sentit légèrement agacée. Même si Farida semblait sincère dans son désir de l'avertir de Dieu seul savait quoi, Marie lui en voulait de troubler les rares instants de tranquillité qu'elle arrivait difficilement à trouver. D'autant plus que, ces jours-ci, sa vie semblait vouloir prendre un cours qu'elle n'avait pas prévu, et elle était bien près de se sentir heureuse. Elle ne laisserait rien se mettre en travers de son éventuel bonheur, et surtout pas cette vieille femme que malgré tout elle ne parvenait pas à détester.

Farida dut sentir le changement d'humeur de la jeune femme. Laissant de côté sa pipe qui avait fini par s'éteindre, elle se leva péniblement.

— Bah ! Tu découvriras bien par toi-même, même si certaines expériences sont plus agréables que d'autres, dit-elle avec un petit sourire en coin. Mais laissons ça de côté et viens plutôt m'aider. Je vais regarder dans ces champs s'il y a quelque chose qui pourrait m'être utile.

Marie la suivit volontiers, heureuse de cette diversion et de cette occasion d'enfin avoir quelque chose à quoi s'occuper. Farida cherchait, tout comme le faisait Sarah, des herbes médicinales pour ses potions et des aromates pour la cuisine. Entre les deux femmes s'installa alors un dialogue de connaisseuses. Farida fut agréablement étonnée par la science de la jeune femme. De plus, cela leur permettait de parler à bâtons rompus. Marie apprit ainsi que toute la tribu, y compris Stevo insista Farida, était allée au village voisin pour vendre des tissus et des bijoux façonnés par les gitans et pour dire la bonne aventure, en fait pour renflouer les coffres. Julien avait tenu à les accompagner pour voir comment se déroulait cette opération commerciale. Ils seraient de retour vers la fin de l'après-midi, et certainement affamés après une journée de travail.

Leur cueillette complétée, Marie et Farida revinrent au campement, activèrent le feu qui somnolait dans le cercle de pierres, mirent un agneau à rôtir à la broche et firent quelques épaisses galettes de sarrasin. Ainsi tout serait prêt au retour des gitans. Marie les entendit avant de les voir. Leurs éclats de rire s'accordaient bien avec le pépiement des oiseaux qui revenaient des champs en grandes ramées dans les arbres. Ils étaient là tous ensemble, Zurka et Legoff ouvrant la marche, comme toujours en grande conversation. Mais Marie ne vit que la longue silhouette de Stevo qui dépassait au milieu du groupe. Elle dut se retenir pour ne pas courir à sa rencontre. Elle ne savait comment le gitan souhaitait traiter leur relation avec la tribu et préférait garder leur liaison secrète pour l'instant.

Stevo s'approcha d'elle mais bifurqua pour embrasser sa grand-mère sur le front, non sans avoir fait un clin d'œil à la jeune femme au passage.

— Alors, grand-mère, tu n'as pas trouvé la journée trop longue en compagnie de cette gadji, dit-il en souriant.

— Bien qu'elle ait tendance à dormir un peu trop le matin, mais parfois les nuits sont fatigantes, ajouta-t-elle avec un regard appuyé à son petit-fils, elle est assez vaillante au travail, et pas sotte en plus !

Encore une fois, Marie se sentit rougir et détourna la tête, faisant comme si elle n'avait pas entendu. Se pouvait-il que la vieille femme soit au courant de leur aventure nocturne ? Pourtant il n'y avait pas âme qui vive à leur retour.

— En tout cas, moi, je ne dors pas beaucoup, poursuivait Farida. Et tu connais ma passion pour les étoiles. J'en ai vu de très belles hier soir...

À ces mots, Stevo éclata de rire et serra contre lui la vieille gitane.

— Ris tant que tu voudras, grommela Farida, mais au moins sois prudent. Tu sais que ce genre d'alliance ne plaira pas à tout le monde.

— Tu t'inquiètes pour rien, grand-mère, dit-il en redevenant sérieux. Je saurai quoi faire en temps voulu.

Ils ne poursuivirent pas plus loin leur conversation parce que tout le monde s'approchait maintenant, les enfants en courant çà et là, les femmes pour mettre la main au repas et les hommes en discutant et en buvant un coup.

Stevo profita du brouhaha pour tirer Marie à l'écart d'une roulotte et l'embrassa longuement. La jeune femme sentit ses genoux fléchir et s'accrocha avec passion au cou du jeune homme.

— J'ai pensé à toi toute la journée ! lui murmura-t-il à l'oreille, et il me tardait de revenir au campement pour te retrouver. Mais pour l'instant gardons notre secret... et retrouvons-nous ce soir dans les bois.

À cette seule évocation, les joues de Marie s'enflammèrent. Elle allait ajouter quelque chose quand un léger baiser de Stevo lui scella les lèvres.

— Retournons maintenant avec les autres.

Stevo la devança de quelques pas, le temps que Marie remette un peu d'ordre dans ses cheveux. Puis elle retourna vers le groupe à son tour. Un peu à l'écart, Zorita la dévisageait avec, dans le regard, quelque chose qui ressemblait à de la haine.

⚓

La voyant arriver, Legoff s'avança vers elle.

— Eh bien, jeune fille, on ne se laisse plus voir ? J'ai l'impression que ça fait des jours que vous avez disparu.

Marie se sentit rougir, mais se reprit immédiatement et répliqua :

— Je n'étais pourtant pas bien loin, Julien, et nullement en danger.

— Ça, je n'en suis pas si sûr. En fait, je dirais qu'il est assez urgent qu'on se parle. J'ai l'impression que quelque chose m'échappe…

Marie ne se sentait pas prête à faire face à cette conversation, étant elle-même très confuse dans ses désirs et ses pensées. L'arrivée de Stevo dans sa vie n'était absolument pas prévue et elle sentait, à son grand désarroi, qu'elle s'attachait toujours un peu plus au jeune homme, ce qui ne serait pas sans causer un tas de problèmes, elle en était consciente. Mais pourquoi trancher aujourd'hui, alors qu'elle sentait encore sur ses lèvres le goût de celles du gitan ?

— Je suis un peu fatiguée Julien, dit-elle doucement, pourrions-nous remettre cette conversation à plus tard ?

— Marie, Marie ! Il faudra bien qu'on en parle un jour. Vous savez, dans une petite tribu comme celle-ci, tout se sait. Et il y a des règles très strictes, un code d'honneur rigide, et toute une mentalité qui peut être difficile à comprendre, mais qui régit les faits et gestes de la communauté, pour son propre bien et sa propre sécurité.

La belle humeur de Marie s'envola d'un seul coup et un voile de tristesse l'enveloppa soudain. Pourquoi fallait-il que la vie soit toujours si compliquée ? Tout était si simple quand elle était dans les bras de Stevo. N'y aurait-il de refuge pour elle que dans ces instants fugaces où elle faisait corps avec cet homme ? Hors de son étreinte rassurante, ne trouverait-elle que dangers, haine et complots ?

Legoff perçut bien le changement d'humeur de la jeune femme et passa un bras protecteur autour d'elle.

— Allons, Marie, parfois quand une porte se ferme quelque part, une fenêtre s'ouvre ailleurs. Ne soyez pas triste. Vous avez raison, profitons de ces instants et nous parlerons de tout ça plus tard, quand vous-même y verrez plus clair.

Ils furent interrompus par Zurka qui arrivait près d'eux, tendant un gobelet de vin à Legoff, avec qui il semblait décidément avoir de grandes affinités.

— Goûtez ça, mon ami ! Ça vient de ma réserve personnelle, j'aimerais que vous m'en donniez des nouvelles.

Et prenant Legoff par l'épaule, il l'attira un peu plus loin, en saluant brièvement et froidement, lui sembla-t-il, Marie de la tête.

Restée seule quelques instants, elle sentit une petite main qui tirait sur la sienne : c'était Pablito qui l'invitait à jouer à la balle. Marie accepta avec un sourire triste cette diversion et finit par céder aux éclats de rire du bambin. Ils jouaient depuis un petit moment quand Zorita arriva vers eux avec deux assiettes de nourriture.

— Vous n'avez pas vu le temps passer tous les deux, c'est le temps de manger un peu de ce que Marie a préparé avec Farida aujourd'hui. La journée a été longue, il faudra se reposer ce soir...

Remerciant Zorita de sa gentillesse, Marie s'assit dans l'herbe et se mit à manger avec appétit, accompagnée de Pablito qui babillait sans arrêt. Toute la plaine semblait envahie du joyeux bavardage des gitans. Quelques-uns avaient sorti une cithare, et leurs chants langoureux montaient doucement vers le ciel. Marie se laissait dériver au gré de la musique et de l'air frais de la soirée qui s'annonçait douce. Mais ce sentiment de bien-être fit bientôt place à une toute autre sensation. Tout à coup, la tête lui tournait et une sueur froide l'enveloppa tout entière. Elle voulut se relever mais ses jambes se dérobèrent sous elle, et elle retomba lourdement sur le sol. Son souffle était court et son malaise allait en s'accentuant.

Pablito comprit que quelque chose n'allait pas chez son amie. Il lui parlait, mais Marie n'arrivait pas à distinguer ce qu'il lui disait, elle n'entendait que des sons qui se confondaient avec la musique et le chant des grillons. D'ailleurs, elle avait l'impression que ces grillons chantaient de plus en plus fort et devenaient même assourdissants. Elle sentit confusément que quelqu'un se penchait sur elle et qu'on lui tapotait la joue. Puis on la souleva du sol… et elle sombra dans un trou noir.

⚓

Couchée dans sa roulotte, Marie délirait. Julien était à ses côtés, très inquiet. Une forte fièvre s'était emparée de la jeune femme, qui était maintenant baignée de sueur. Il lui bassinait les tempes ne sachant que faire d'autre, pestant en pensant qu'elle saurait exactement quoi faire dans une situation semblable. Mais il n'avait pas sa science des herbes et se sentait totalement démuni en cet instant.

Ce qui le troublait également, c'est que personne ne semblait disposé à l'aider… Lorsqu'il était rentré précipitamment dans la roulotte avec la jeune femme inerte dans ses bras, on lui avait à peine accordé un regard, et il lui avait même semblé qu'on détournait les yeux sur son passage. Zurka et Stevo n'étaient pas là, ils étaient partis faire une brève reconnaissance à cheval, malgré la noirceur qui tombait. Le camp allait être levé le lendemain.

Un autre fait troublait Legoff plus qu'il ne l'aurait voulu. Lors de leur passage au village dans la journée, il avait vu Zorita s'éclipser discrètement pour ne revenir qu'une heure plus tard, sans dire un mot à personne. Où était-elle allée ? Lorsqu'il le lui avait demandé, elle avait répondu qu'elle était allée lire l'avenir à une riche cliente qui demeurait en retrait du village. Mais quelque chose dans ses yeux disait au Breton qu'elle mentait. Qu'avait-elle à cacher ? Legoff se méfiait de cette femme à la beauté sauvage, en qui il soupçonnait un être impitoyable, capable de tout pour arriver à ses fins. La méfiance de Legoff s'était encore accentuée lorsqu'il avait vu du coin de l'œil un détachement de l'armée anglaise observer les gitans à distance. Et était-ce un effet de son imagination ? Il lui avait semblé que Zorita avait fait un bref salut de la tête aux soldats qui étaient restés à l'écart. Tout cela n'augurait rien de bon, mais pour l'instant, ce qui le préoccupait au plus haut point, c'était l'état de santé de Marie, qui était loin de s'améliorer.

La nuit enveloppait maintenant complètement la plaine, et l'obscurité était percée par une lune ronde qui baignait d'une lueur crue tout ce qu'elle touchait. Marie semblait encore plus fragile dans le rayon qui l'éclairait doucement. Ses lèvres étaient craquelées par la fièvre et ses mains s'agitaient convulsivement. Legoff entendit un petit bruit à la fenêtre arrière de la roulotte. Délaissant la jeune femme quelques instants, il s'approcha, intrigué. Enveloppée dans un châle noir, Farida était là, deux petites fioles à la main. Legoff ouvrit la fenêtre.

— Nous n'avons pas beaucoup de temps, lui dit la vieille gitane sans prendre la peine de le saluer. Marie est en danger, en grave danger. Je sais qui a tenté de l'empoisonner ce soir…

— L'empoisonner ? dit Legoff.

Puis il fronça les sourcils et sa mâchoire se crispa.

— Zorita ! lâcha-t-il.

— Chut, le coupa la vieille femme, pas de nom ! Ça ne changera rien. Il faut que vous partiez tout de suite. La vie serait impossible pour elle dans cette tribu. Si cette personne ne réussit pas aujourd'hui, elle tentera de se reprendre un autre jour, jusqu'à ce qu'elle parvienne à ses fins… et personne ne pourra l'en empêcher, elle est bien trop maligne. Voyez-vous, je l'ai toujours soupçonnée d'aimer un peu trop le fils aîné de son mari… et pour votre sœur, même l'amour de Stevo ne pourrait la protéger. De plus, je soupçonne la coupable d'être allée parler à des gens d'armes aujourd'hui, et je ne crois pas que ça soit très bon pour vous. Si elle l'a fait et que la tribu vient à le savoir, les jours qui viennent ne seront pas très confortables ici pour elle, mais cela ne change en rien votre situation. Il faut que vous partiez, et maintenant ! Donnez le contenu de cette fiole à Marie, poursuivit-elle, puis prenez les deux chevaux que j'ai sellés pour vous derrière la roulotte. D'ici une demi-heure, votre sœur devrait être très malade et vomir beaucoup, mais ensuite elle ira beaucoup mieux. Il faudra alors qu'elle dorme. Attachez-la sur son cheval et donnez-lui le contenu de cette deuxième fiole. Si elle réagit bien, elle devrait être remise d'ici deux jours. Faites-la manger légèrement au début, mais qu'elle boive beaucoup.

— Farida, je…

— Non, ne dites rien. J'aime bien cette jeune femme, qui a eu une vie si tourmentée. Elle n'est pas au bout de ses peines, mais son destin n'est pas ici avec nous. Restez auprès d'elle, elle aura bien besoin de vous… même si vous n'êtes pas réellement son frère…

Et laissant Legoff interloqué, Farida disparut dans la pénombre.

Chapitre 26

Marie dormait sur la selle, bien amarrée à son cheval. Ils avaient déjà mis beaucoup de distance entre eux et le camp gitan, et Legoff prévoyait d'arriver à Malaga vers midi. Le Breton avait suivi les instructions de Farida à la lettre et avait bien cru que la jeune femme rendrait l'âme lorsque l'émétique fit son effet. Elle était d'une blancheur verdâtre et ses cheveux collaient à son front moite. La vie semblait s'être retirée de ses veines et elle n'était plus qu'une poupée de chiffon dans les bras désespérés de Legoff. Tant bien que mal, presque à regret, il l'avait remise en selle, désireux de quitter au plus tôt ce pays de malheur.

Alors que la silhouette de Malaga se dessinait au loin, Julien sentit le besoin de prendre un peu de repos. Marie ne donnait aucun signe de vie ; n'eût été ce léger souffle qui lui soulevait les épaules de temps à autre, Legoff aurait été certain que la jeune femme était allée rejoindre ses parents dans l'au-delà. Une montagne se profilait sur la gauche de la route que suivait Legoff, et il savait que cette région était célèbre pour ses grottes. Avec un peu de chance, pensa-t-il, il pourrait y trouver un endroit discret pour cacher les chevaux et prendre du repos. Legoff avait toujours à l'esprit les soldats anglais qui rôdaient autour des gitans lorsqu'ils étaient au village, la veille ; il était prêt à jurer que Zorita n'était pas étrangère à leur présence. Que leur avait-elle dit ? Jusqu'où était-elle prête à aller pour se débarrasser d'une rivale ?

Julien n'était pas dupe, il avait bien perçu, d'une part, l'intérêt que suscitait Marie chez le fils de Zurka – c'eût été comme ignorer le soleil par jour de canicule –, d'autre part, la jalousie qui durcissait les traits de Zorita chaque fois qu'elle regardait Marie passer. Il savait bien que la jeune femme souffrirait lorsqu'elle se réveillerait enfin, mais mieux valait qu'elle souffre un peu et qu'elle reste en vie.

Pestant contre les femmes et le monde en général, le Breton mit enfin pied à terre en découvrant, cachée derrière un énorme chêne, l'entrée d'une grotte. Il attacha les chevaux à une branche de l'arbre, s'assura qu'ils étaient suffisamment loin de la route pour rester à l'abri de tout regard inquisiteur, détacha la jeune femme de son cheval et la porta vers la grotte. Celle-ci n'était pas très profonde, mais, de ce fait même, pas trop humide. En fait, la température à l'intérieur était juste parfaite pour une petite sieste. Après s'être assuré que Marie était installée bien confortablement, Legoff sombra d'un seul coup dans un sommeil sans rêve.

⚓

C'est certainement la faim qui le réveilla, et il lui fallut un petit moment pour rassembler ses esprits et se rappeler ce qu'il pouvait bien faire là, couché dans une grotte. Puis tout lui revint d'un coup. Il se redressa brusquement et heurta la tête contre le plafond, qui était trop bas pour sa grande carcasse. Pestant et jurant, il se frotta les yeux et chercha Marie du regard. Il ne la vit pas. Son cœur s'emballa d'un seul coup et il sortit précipitamment de la grotte. Dans l'état où elle se trouvait, elle ne pouvait être allée bien loin. Il la trouva effectivement très vite. Elle était adossée au vieux chêne, les yeux fermés et le visage tourné vers le soleil. Toujours très pâle, elle semblait quand même un peu moins mal en point.

— Marie, comment vous sentez-vous ?

La jeune femme ouvrit les yeux et tourna lentement la tête vers lui.

— Comme si une armée m'était passée sur le corps et que j'aurais eu le malheur d'y survivre… Pouvez-vous me dire ce que nous faisons ici ? Il me semble que j'en ai perdu de longs bouts.

— En tout cas, vous pourrez vous vanter de m'avoir flanqué une belle frousse, lui répondit Legoff en tentant bien inutilement d'avoir l'air courroucé.

S'il avait fallu que Marie n'en réchappe pas, il serait retourné lui-même au camp des gitans étrangler Zorita de ses propres mains. Et en quelques mots, il lui raconta ce qui s'était passé, l'intervention de Farida et leur fuite jusqu'à Malaga.

Lorsqu'il eut terminé son bref récit, Marie resta silencieuse. Les images se bousculaient dans sa tête… Stevo riant au feu de camp, Stevo sortant de l'eau, baigné par la lueur de la lune, Stevo chevauchant son étalon noir, Stevo la regardant de ses yeux brûlants, Stevo la couvrant de baisers passionnés et roulant avec elle dans l'herbe humide. Stevo, Stevo, Stevo, qu'elle ne reverrait plus, elle le savait, même si son cœur et ses tripes lui commandaient de tout laisser là et de galoper follement vers le beau gitan pour se jeter dans ses bras et oublier tout ce qui n'était pas lui. Mais cette fois-ci, c'était sa tête qui ordonnait, elle savait bien qu'elle devrait l'oublier et tourner la page d'un autre chapitre tourmenté de sa vie. Elle y aurait découvert l'amour, pour devoir peut-être l'oublier à jamais… Sa tête ne put empêcher ses yeux de laisser échapper une larme, qui coula lentement le long de sa joue. Ils n'avaient passé qu'une semaine au camp des gitans, mais pour Marie cette semaine équivalait à toute une vie.

Legoff s'était juré de ne pas laisser Marie sombrer dans la mélancolie. Il savait bien qu'il ne serait pas facile pour elle d'oublier ce gitan aux yeux de braise, mais il savait aussi que le seul remède pour elle se trouverait dans l'action. Il était donc bien déterminé à la pousser à la fuite, d'autant plus qu'ils ne pouvaient se permettre de traîner trop longtemps dans les environs. Plus vite ils auraient quitté l'Espagne, mieux ce serait pour eux. Il leur fallait entrer dans Malaga, aller au port et trouver un bateau qui pourrait les amener rapidement vers la France. Mais tout d'abord, ils devaient manger. Le Breton avait toujours soutenu que l'état du moral d'une personne était directement proportionnel à ce qu'elle avait dans l'estomac. Ils n'avaient rien avalé depuis la veille, ce n'était donc pas étonnant que le moral des troupes soit à la baisse !

— Marie, nous ne pouvons pas rester ici longtemps, lui dit-il avec sérieux. Partons pour Malaga et essayons de trouver une place à bord d'un bateau. Que diriez-vous de reprendre votre identité masculine quelque temps ? Ce serait plus facile de nous faire engager pour une traversée…

Même si la tête lui tournait encore, Marie estima que Legoff avait raison, et si elle devait aujourd'hui clore un chapitre de sa vie, mieux valait le faire tout de suite. Son humeur combative reprenait lentement le dessus. Elle se releva et marcha en titubant vers son cheval.

— Que faites-vous ? demanda Legoff.

— N'avez-vous pas dit que nous devrions partir ? Partons !

Et elle se mit en selle.

⚓

Il leur fallut environ une heure pour atteindre le cœur de Malaga. Marie allait maintenant beaucoup mieux et, même si elle n'avait pas encore l'estomac très solide, elle se dit qu'un peu de nourriture ne lui ferait pas de mal à elle aussi. Ils trouvèrent une auberge pas très loin du port. Comme ils s'en approchaient, une pensée frappa Marie de plein fouet.

— Julien ! s'écria-t-elle.

Alarmé, le Breton approcha son cheval de la jeune femme.

— Que se passe-t-il ? Vous vous sentez mal à nouveau ?

— L'or… ma fortune… tout est resté chez les gitans !

À ces mots, Legoff se mit à rire.

— Pensez-vous que j'aurais laissé à ce vieux filou de Zurka une aussi belle quantité d'or ? Ne craignez rien, tout est ici en sécurité, dit-il en tapant les sacoches accrochées à la selle de son cheval. J'ai bien laissé quelques pièces pour dédommager ces braves gens de notre passage chez eux, mais vous n'avez pas perdu grand-chose, la rassura-t-il.

Marie poussa un soupir de soulagement et elle se sentit rougir.

— Ah, Julien ! Que serais-je sans vous ? Comment pourrais-je vous revaloir tout ça un jour ?

— Qui parle de dette ? Et auriez-vous oublié que vous m'avez vous-même sorti d'un bien mauvais pas à deux reprises ? Mais laissons de côté toutes ces sornettes et allons manger !

Ils sautèrent à bas de leur cheval. Julien jeta les sacoches sur son épaule et ils entrèrent dans l'auberge.

Lorsqu'ils furent repus, la question de l'habillement de Marie refit surface. Ils convinrent que, en effet, une tenue masculine leur faciliterait les choses et que trouver du travail sur un navire serait la façon la plus discrète de quitter le pays. Prétextant faire des achats pour un frère jumeau absent, Marie s'habilla de pied en cap en jeune garçon et retrouva avec plaisir ces vêtements masculins qu'elle trouvait autrement plus commodes que les jupes de gitane qu'elle avait portées jusque-là, sans parler de l'impossible tunique marocaine. Legoff en avait aussi profité pour rafraîchir sa tenue, et c'est ainsi parés qu'ils s'en allèrent vers le port.

Les deux premiers navires où ils offrirent leurs services n'avaient pas d'emploi pour eux. L'équipage était complet et ils étaient d'ailleurs sur le point d'appareiller. Le troisième aurait bien embauché Legoff sur-le-champ mais ne voulait pas de Marie, qui avait repris son nom de Marc Duguay. Il n'était pas question, bien entendu, que Legoff et Marie se séparent. Un peu découragés, ils s'approchèrent du dernier bateau amarré au quai et s'engagèrent sur la passerelle.

Pendant que quelques mousses briquaient le pont, un homme scrutait à l'aide d'une lorgnette le phare qui se profilait à l'entrée de la rade. Legoff se racla la gorge pour attirer son attention.

— Pardon, monsieur, pourriez-vous m'accorder quelques minutes ?

Refermant sa lorgnette d'un coup sec, l'homme se retourna. Il était grand, au moins aussi costaud que Legoff, mais avait le ventre plus rebondi. Une moitié de son visage était dévorée par une barbe hirsute et l'autre, éclairée par de petits yeux bruns pétillants de malice, mais plus que tout il empestait le tabac, probablement à cause de la pipe, pour l'heure éteinte, qu'il mâchouillait entre ses dents.

L'homme et Legoff se dévisagèrent quelques instants et, semblant obéir à un obscur signal, ils poussèrent un rugissement en même temps et se jetèrent dans les bras l'un de l'autre en se donnant de grandes claques bruyantes dans le dos. Un peu éberlués, Marie et les mousses, qui avaient cessé leur travail pour mieux observer la scène, contemplèrent ces curieuses effusions, les yeux ronds.

– Ah ça alors, vieux brigand ! s'écriait Legoff. Qu'est-ce que tu fais sur ce bateau ?

– Et toi, filou de mes deux ? Je pensais que tu devais te balancer haut et court au mât d'un bateau, répondit l'autre, et te voilà ici ! Mais qu'est-ce que tu fous en Espagne ?

– Ah ça, mon vieux, c'est une longue histoire qui mériterait bien d'être racontée autour d'une bouteille de rhum. Et toi, que fais-tu sur ce bateau ? demanda-il à nouveau.

– Du commerce, Legoff, du commerce. Je suis devenu armateur, même si je ne suis pas encore assez riche pour m'acheter un bateau. J'ai loué celui-ci avec son équipage, une bande de vauriens qu'il faut avoir sans cesse à l'œil, et je suis venu charger des olives et des oranges. Si on fait assez vite pour éviter que la cargaison ne se gâte, je peux en tirer un bon prix. Aussi, ce ne sont pas les oranges ni les olives qui vont attirer les pirates dans le coin !

– Et où vas-tu comme ça ?

– À Marseille. Et si tout va bien, une semaine après mon arrivée, je devrais rembarquer pour la Tunisie. J'irai y chercher des dattes. Mais toi, où vas-tu ?

– Jacques Tadoussac, c'est le ciel qui t'envoie ! Je cherchais avec mon jeune compagnon ici présent un moyen de regagner la France à peu de frais, et Marseille ferait très bien l'affaire. Mais je ne veux pas être un resquilleur et profiter de ta réussite. Nous paierons notre passage par notre travail, si tu veux bien nous employer.

Tadoussac se mit à bourrer sa pipe en se mâchonnant la lèvre inférieure. Lorsqu'elle fut bien paquetée, il l'alluma en tirant voluptueusement sur le tuyau, pour recracher ensuite une fumée bleutée.

— Ouais ! Je t'ai dit que l'équipage avait besoin d'être surveillé, et je ne peux veiller à tout. Tu pourrais être l'homme de confiance qui me manque. Quant à ton jeune ami, il n'a pas l'air bien costaud…

— Non, c'est vrai, mais tu me rendrais service en l'embauchant, dit Legoff en attirant son ami un peu à l'écart.

Marie vit les deux hommes converser quelques instants et s'engouffrer ensuite dans la cabine du commandant, visiblement occupée par Tadoussac. Ne sachant trop que faire, Marie s'approcha du bastingage et regarda l'activité dans le port. Il semblait bien que leur problème de transport allait être résolu. Elle ne voulait pas trop penser aux derniers jours qu'elle venait de vivre. Stevo était encore là, si présent dans sa tête et dans sa chair qu'elle fondrait en larmes si elle l'évoquait avec trop d'insistance, ce qui paraîtrait très mal pour un jeune mousse sur un bateau. Elle tentait tant bien que mal de refaire cette carapace qu'elle s'était si soigneusement construite et que Stevo avait fait fondre par la chaleur de ses baisers. Elle sentait que, dès qu'elle s'éloignerait de la côte et de ses souvenirs, sa détermination referait surface, et ce détour dans son destin s'effacerait lentement.

Un détachement de l'armée anglaise la tira soudain de sa rêverie. Un officier et deux soldats à cheval marchaient dans le port, interrogeant les gens qu'ils rencontraient. L'officier mit pied à terre et monta sur la passerelle d'un bateau. Il n'y resta pas très longtemps, mais recommença son manège au bateau suivant, pendant que les soldats restaient sur le quai en tenant sa monture par la bride. D'un bateau à l'autre, il arriva enfin à l'*Espadon*, celui sur lequel se trouvaient Marie et Legoff. Marie vit l'officier qui s'apprêtait à monter à bord. Elle se cacha discrètement derrière une écoutille.

— Holà, du bateau ! cria l'officier avec autorité en mettant le pied sur le pont. Il y a quelqu'un ?

Marie le trouva immédiatement antipathique. Avec son visage marqué par la petite vérole, cet officier avait un air mauvais ; ses soldats devaient certainement passer de vilains quarts d'heure avec lui. Tadoussac sortit de la cabine et fronça les sourcils en voyant l'officier.

— Sergent, que puis-je faire pour vous ? demanda-t-il avec une fausse amabilité.

— Je chercher un homme et une femme qui être en fuite, dit l'officier dans un français aussi maltraité que son visage. Vous avoir vu eux ?

— Un homme et une femme ? Sérieusement, sergent ! Pensez-vous que je laisserais une femme monter à bord de mon navire ? Ça porte malchance, vous le savez bien. Et je ne suis ici que depuis deux jours. J'ai à peine eu le temps de mettre le pied sur la terre ferme avec tout le travail de la cargaison. Non, je n'ai pas vu vos oiseaux. Ils sont comment ?

— Lui être grand et elle petite.

— C'est pas très précis comme description ! Ce sont des Espagnols ou des Anglais ?

— Des Français. Dangereux.

— Bon, si je les vois, vos fuyards, je les attache. Maintenant, si vous voulez m'excuser, j'ai du travail.

L'officier claqua des talons, s'inclina légèrement et quitta le bateau.

Voyant Marie absorbée dans la contemplation du port, Tadoussac s'arrêta quelques instants et la regarda pensivement en se grattant la panse.

— Et toi, quel est ton nom, petit ? lui demanda-t-il brusquement.

— Marc, monsieur, marmonna Marie en lui jetant un bref regard sous son bonnet.

— Et qu'est-ce que tu fais avec Legoff ?

Marie ne savait que répondre, ne sachant pas ce que son compagnon avait pu lui raconter jusqu'à maintenant. Elle fut sauvée par Legoff lui-même, qui sortit de la cabine.

— Alors, Tadoussac, tu doutes de moi maintenant ? Laisse ce pauvre garçon tranquille, je t'ai déjà dit qu'il était un peu simplet. J'ai promis à sa mère mourante de le ramener chez une tante qui vit en France. Il travaillera dur pour payer son passage, tu verras. Il n'est peut-être pas très brillant, mais il a beaucoup de bonne volonté, sois sans crainte. Allez viens, mon ami, je n'ai pas fini mon histoire. Quant à toi, petit, ajouta-t-il en se tournant vers Marie, tu t'installeras avec les autres mousses dans l'entrepont. M. Tadoussac veut bien de nous sur son bateau, et nous lèverons l'ancre demain matin.

Marie, les joue empourprées, ne pouvait lâcher le juron qu'elle avait sur les lèvres. Et lorsqu'elle constata que Legoff semblait s'amuser ferme de la situation, sa rage intérieure augmenta d'un cran. Il pouvait bien rire, elle aurait sans aucun doute l'occasion de lui rendre la pareille. Et bras dessus, bras dessous, les deux hommes entrèrent à nouveau dans la cabine.

⚓

Marie reçut un accueil froid des autres membres de l'équipage, mais elle n'en avait cure : elle ne resterait pas longtemps parmi eux. Par contre, elle comprit très vite qu'on allait lui laisser les tâches les plus ingrates à faire sur le bateau. Déjà, la première journée, elle avait eu à démêler tous les cordages, à calfeutrer les fissures ouvertes entre les planches du pont et surtout à nettoyer les poulaines, ces ouvertures dans le pontage avant qui permettaient aux hommes de se soulager en mer…

Quand arriva enfin le soir, Marie était affamée. Le repas qu'on leur servit était simple mais délicieux : un bol de bouillon de poulet, suivi d'une épaisse tranche de jambon accompagnée d'un pain noir qui avait au moins le mérite d'être très nourrissant. Elle engloutit le tout en silence pendant que le reste de l'équipage, une vingtaine d'hommes dont l'âge variait de quinze à cinquante ans, jasait, rotait, crachait, riait et chahutait dans le désordre le plus parfait.

— Et toi, le moustique, qu'est-ce que tu as à raconter ? lui cria un bonhomme rubicond, dont le nez rouge annonçait un penchant marqué pour l'alcool.

Marie sursauta, tirée brusquement de ses pensées. Un bref regard sur le bonhomme lui indiqua que son intérêt pour elle n'était pas très sincère et qu'il ne cherchait qu'à s'amuser à ses dépens. Décidée à utiliser la couverture d'adolescent un peu demeuré que lui avait fortuitement donnée Legoff, elle s'enfonça un peu plus dans son siège, feignant une terreur qu'elle n'était en fait pas loin de ressentir.

— Ben quoi, tu réponds pas, le mousse ? As-tu échappé ta langue dans les poulaines ? Fallait pas y goûter, mon gars, c'était pas du chocolat !

Là-dessus, il éclata d'un rire gras, imité par tous les autres. Marie mordillait sa tasse en se demandant l'espace d'un instant quelle serait leur réaction s'ils venaient à découvrir qu'elle était une femme. Elle espérait de tout cœur ne jamais le savoir... Et le gros bonhomme insistait, la houspillant, la taquinant sans relâche. Jusqu'à ce qu'un matelot prît sa défense.

— Laisse-le tranquille, l'Ours, tu vois bien qu'il ne peut pas te répondre. D'ailleurs, tu lui fais peur et ça te donne quoi, dis-moi ?

— Toi, Garon, toujours à te mêler de ce qui te regarde pas. Est-ce que le gamin te tenterait ? T'as pas eu ta ration de femme encore ? Dépêche-toi, on part demain !

Marie en profita pour s'échapper discrètement et retrouva avec soulagement l'air piquant de la mer, même s'il s'y mêlait certaines odeurs moins avenantes du port. Le ciel avait pris une teinte de bleu cobalt, légèrement nuancé d'or derrière les montagnes, un moment magique où les étoiles s'allumaient tranquillement, peu pressées de prendre leur tour de veille sur la Terre.

Elle n'avait pas revu Legoff de la journée et lui en voulait un peu de l'avoir plantée là, au milieu de l'équipage, avec toutes les tâches déplaisantes qui lui étaient tombées dessus. Heureusement qu'elle s'était remise rapidement de son empoisonnement et que ses moments de faiblesse n'avaient pas duré ! Mais si elle se sentait fourbue, les bras lourds, et qu'elle aurait regagné avec plaisir son hamac, elle préférait attendre là que le reste de l'équipage soit couché et ronfle déjà avant d'entrer elle-même dans le quartier des mousses.

À ce moment, Legoff sortit de la cabine du capitaine et, avant de refermer la porte, cria derrière lui :

— Je vais aller avec le mioche chercher notre bagage. On se voit plus tard.

Passant près de Marie, il la prit par l'épaule et l'entraîna sur la passerelle. Lorsqu'ils furent sur la terre ferme, il la relâcha et son attitude changea du tout au tout.

— Alors, comment avez-vous passé la journée ? s'enquit-il obligeamment.

La frustration de Marie explosa.

— Beau moment pour vous en soucier ! Pendant que vous buviez du rhum avec votre vieux compagnon, je me tapais tout le travail sur le bateau. Regardez mes mains, elles sont couvertes d'ampoules. Et c'est sans compter toutes les moqueries que je dois supporter. « Un peu simplet », elle est bonne celle-là !

Legoff ne pouvait retenir un petit sourire en coin. Marie était drôle à voir, les joues rougies par l'indignation. Pour un peu, il lui serait sorti de la fumée des narines !

— Avouez tout de même que cela a fonctionné ! Il faut être très prudents.

Marie savait bien qu'il avait raison, même si elle répugnait à le reconnaître. Et finalement, ce n'était pas si mal pour elle d'être attachée à des tâches précises qui, si elles lui abîmaient les mains, avaient aussi le mérite d'engourdir son esprit. Leurs bagages se résumaient à bien peu de choses : quelques vêtements de rechange et les précieuses sacoches qui resteraient sous la garde vigilante de Julien. Marie s'était débarrassée de ses vêtements féminins pour ne rien traîner de compromettant avec elle. Et puis, ces vêtements gitans lui rappelaient des moments qu'elle s'efforçait d'oublier. Ils restèrent un instant à parler sur le pont et regagnèrent chacun leurs quartiers.

⚓

La traversée entre Malaga et Marseille ne devait pas être longue, cinq jours tout au plus. Marie s'efforçait de subir sans trop broncher les quolibets de l'équipage, auxquels il fallait ajouter les remontrances occasionnelles de Legoff, qui devait jouer son personnage de maître d'équipage sans éveiller de soupçons. La troisième journée de navigation vint cependant perturber ce précieux équilibre. Marie était encore à briquer le pont pour une énième fois quand un cri de la vigie retentit du haut de son nid d'aigle. « Navire à bâbord ! » Tous les hommes cessèrent instantanément leurs activités et se précipitèrent pour voir le navire annoncé, ce qui leur valut les réprimandes musclées de Legoff, qui les renvoya au travail.

Tadoussac s'approcha de Legoff, une lunette à la main, et se mit à observer le navire. Marie s'approcha discrètement du bastingage. Un grand navire de guerre, au mât duquel flottait le drapeau français, ramenait ses voiles et une chaloupe était mise à l'eau. Marie vit trois hommes y prendre place. L'une des silhouettes lui semblait familière. Marie se déplaça de façon à pouvoir lire le nom du bateau sur son flanc. Son cœur s'arrêta de battre quand elle lut *Le Gergovie*.

Elle savait maintenant qui se trouvait à bord du canot qui venait vers eux et se demandait bien comment elle ne l'avait pas reconnu plus tôt. Étienne Beauval arrivait, accompagné de l'un de ses lieutenants et d'un matelot qui ramait avec diligence. Lorsque le canot fut tout près, Tadoussac lança un ordre :

— Lâchez l'échelle de corde !

La première tête à apparaître au-dessus du bastingage fut celle d'Étienne. Il sauta souplement sur le pont, suivi de près de son second, un jeune homme d'allure aimable, légèrement plus petit que lui.

Le cœur de Marie s'affolait maintenant. Bien cachée derrière un tas de cordages, faisant mine de frotter le pont avec une brosse, elle ne perdait rien de la scène. Étienne était magnifique dans son uniforme de capitaine. Le teint hâlé que lui avait donné la mer faisait ressortir ses yeux verts, et c'est d'un pas ferme qu'il s'avança vers Tadoussac. Celui-ci se tenait bien droit, essayant tant bien que mal de retenir son gros ventre, qui débordait de sa culotte. Étienne le salua courtoisement et lui tendit la main :

— Bonjour, monsieur, lui dit-il, vous êtes le propriétaire de ce bateau ?

— Oui… ou plutôt non, répondit Tadoussac, quelque peu intimidé par la présence de l'officier sur son bateau. Je l'ai loué pour faire du commerce… légal en tout point de vue, s'empressa-t-il d'ajouter.

— Je n'en ai nul doute, répondit Étienne. Je me présente, Étienne Beauval, capitaine du *Gergovie*, de la marine du roi. Je patrouille la Méditerranée avec mes hommes depuis quelque temps pour m'assurer qu'on y navigue en toute sécurité. Il semblerait que les pirates barbaresques aient augmenté leurs activités ces dernières semaines, et je voulais savoir si vous aviez remarqué quoi que ce soit de suspect lors de vos derniers voyages.

— Ce sont là de bien mauvaises nouvelles que vous me donnez, mais heureusement pour moi et mon équipage, nous n'avons rien noté d'inquiétant au cours de notre traversée. Cependant, nous serons à présent plus vigilants.

— Êtes-vous bien armés ?

— Six canons, pas en très bon état, je dois dire, et quelques mousquets. Mes hommes ne sont pas vraiment entraînés au combat.

— Quelle est votre destination ?

— Marseille.

— Vous en êtes à trois jours de navigation, espérons que la chance sera de votre côté. Mais vous devriez dire au propriétaire de ce bateau de mieux l'armer s'il veut le garder intact. Malheureusement, il faut aujourd'hui être un peu guerrier pour faire du commerce. Je ne peux vous proposer ma protection, je dois rentrer en France, mais à La Rochelle. Nos chemins se séparent donc ici et, encore une fois, je vous incite à la prudence.

Durant tout ce dialogue, Marie n'avait pas détaché les yeux d'Étienne, impressionnée malgré elle de le voir dans l'exercice de ses fonctions. Elle était étonnée du respect qu'il imposait par sa seule présence, respect que l'on pouvait lire dans les traits bouffis de Tadoussac, qui, elle l'aurait bien juré, aurait vendu sa mère à cet instant précis pour fumer une bonne pipe... Les deux hommes se saluèrent et Étienne se retourna pour regagner son bateau.

Un bref instant, son regard croisa celui de Marie, qui se sentit clouée sur le pont. Elle lut un certain étonnement dans les yeux verts d'Étienne, puis le vit froncer les sourcils comme s'il cherchait à la reconnaître. Marie reprit ses esprits et se jeta à genoux sur le pont, briquant les lattes de bois avec une ardeur qui lui fit blanchir les jointures. Le second d'Étienne toussota légèrement et lui dit quelque chose que Marie ne put comprendre. Mais Étienne acquiesça et lui emboîta le pas. Quelques instants plus tard, il regagnait le *Gergovie*.

Un peu en retrait, Legoff, qui avait voulu éviter d'être présenté à Beauval, n'avait rien perdu de la scène. Ne pouvant aller parler en cet instant à Marie, il s'approcha de Tadoussac, qui fourrait sa pipe avec acharnement. Pendant que les deux hommes commentaient la visite du capitaine du *Gergovie*, Marie en profita pour s'éloigner discrètement. Elle s'approcha de la poupe du bateau et regarda Étienne, qui montait maintenant à bord de son navire. Que n'aurait-elle donné pour lui crier de revenir la chercher et trouver le refuge dans ses bras, oublier ce combat contre elle-même et la terre entière, et enfin aspirer à une vie paisible auprès de cet Étienne qui la bouleversait.

Elle avait cru mourir lorsqu'on l'avait arrachée à Stevo, mais elle découvrait aujourd'hui que le cœur peut revivre en s'abreuvant à d'autres sources. Étienne avait toujours fait partie de sa vie et elle sentait bien, aujourd'hui plus que jamais, qu'il en serait ainsi jusqu'à la fin de ses jours. Pourtant, elle savait aussi qu'il n'y avait aucun avenir possible pour eux. C'était peut-être en partie ce qui l'avait séduite chez Stevo, l'illusoire possibilité d'un futur commun. Le capitaine avait maintenant atteint le pont de son navire, et pendant que ses hommes remontaient l'échelle de corde, il s'accouda au bastingage et resta ainsi un long moment, son beau visage tourné vers le bateau où était Marie. Il ne pouvait voir la jeune femme cachée par la lanterne de poupe, mais elle avait l'impression qu'un fil invisible les reliait. Lorsque le navire d'Étienne ne fut plus qu'une tache vague sur les flots houleux, Marie s'arracha à la contemplation de la mer.

Chapitre 27

Ils étaient arrivés à Marseille au milieu de l'avant-midi et ils occupèrent les dernières heures à décharger la cargaison du bateau. La fin du voyage s'était déroulée sans anicroche, mais ce fut avec un réel soulagement que Marie vit le port de Marseille émerger de la côte.

Il y régnait une activité intense, et l'achalandage y était beaucoup plus lourd qu'à Saint-Malo ou même à La Rochelle. C'était aussi plus sale et beaucoup plus encombré. Des odeurs de poisson et d'eau croupie mêlées à des relents d'algues et d'air salin agressaient les narines qui finissaient pourtant par s'y faire au bout d'un certain temps. Des navires arborant les drapeaux les plus variés reprenaient leur souffle amarrés aux quais, n'attendant plus qu'on finisse de les charger pour reprendre la mer.

Ils se séparèrent hâtivement de Tadoussac, même si celui-ci aurait bien aimé garder Legoff à ses côtés. Mais il valait mieux en rester là, et surtout éviter que Tadoussac ne s'attardât trop à ce jeune protégé que le Breton tenait à remettre au plus vite à sa tante fictive. Lorsqu'ils eurent récupéré leur maigre bagage, ils s'enfoncèrent dans les rues de Marseille.

— Et maintenant ? dit Legoff pour briser le silence qui s'était installé depuis qu'ils avaient quitté le bateau.

— Trouvons d'abord une auberge où manger, puis nous discuterons, répondit fermement Marie.

La jeune femme avait retrouvé peu à peu son aplomb au cours du voyage. L'activité régnant dans la ville portuaire achevait de réanimer sa détermination et faisait remonter en elle la fièvre de l'action. Ils trouvèrent rapidement ce qu'ils cherchaient et, attablés devant un poulet rôti dans un coin discret d'une auberge, ils purent enfin parler sans contraintes.

— Je n'aurais jamais cru qu'enfin un jour nous retrouverions la France, soupira Marie. Il faut que je vous remercie, Julien, de toute cette aide que vous m'avez apportée. Sans vous, je serais morte cent fois et…

— … et sans vous, je trimerais quelque part comme esclave enchaîné de la tête aux pieds. Alors, nous sommes quittes, jeune fille.

— Justement, c'est ce dont je voulais vous parler. Vous vous êtes plus qu'acquitté de cette prétendue dette envers moi. Vous n'avez plus à me suivre, Julien.

Elle leva la main pour couper court aux protestations que s'apprêtait à lancer Legoff.

— Non, attendez, laissez-moi finir. Vous avez peut-être cru que mes plans avaient changé… ils ont bien failli en effet, mais il faut croire que je n'étais pas faite pour la vie de gitane. J'ai bien réfléchi au cours de ce voyage, et je suis plus déterminée que jamais : je veux retrouver Marek, ma haine pour lui est intacte, et je n'aurai de repos que lorsque je me serai vengée, dussé-je y laisser ma vie. De toute façon, il n'y aura pas de vie possible pour moi tant que je le saurai en liberté, profitant de ses combines et semant la désolation autour de lui, trichant et tuant au nom d'un roi, à son insu. Mais cette vie, poursuivit-elle, est une vie de fuite et de combats, une vie que vous ne méritez pas, Julien, parce que ce combat qui est le mien n'est pas le vôtre. Vous avez payé votre dette, vous êtes revenu dans votre pays. Repartez chez vous, fondez un foyer et soyez heureux. Je vous serai éternellement reconnaissante, mais nos destins doivent se séparer ici.

— Par tous les dieux, jeune fille, quand vous vous y mettez ! Il y a quand même une chose à laquelle vous n'avez pas pensé : je suis moi aussi recherché, et je suis moi aussi un hors-la-loi. Et ce combat que vous dites le vôtre ne concerne pas seulement Marek, mais aussi son acolyte Chamberlain, et souvenez-vous, il y a un petit différend entre lui et moi. Marie, il n'y a rien qui me retienne, rien qui m'attache ou me lie à quoi que ce soit. Laissez-moi être à vos côtés, vous aider si c'est possible, mais à tout le moins vous protéger… de vous-même si ce n'est des autres ! Mon expérience des hommes pourra vous être utile, et on verra bien ce que l'avenir nous réservera. Si vous voulez de moi, bien sûr, conclut-il se mettant la main sur le cœur en inclinant légèrement son torse puissant.

Marie était plus émue qu'elle ne voulait le laisser paraître. La fidélité de cet homme la touchait, et elle aurait été bien peinée de voir partir ce compagnon auquel elle s'était beaucoup attachée. Elle lui prit la main et dit simplement :

— Julien, je vous remercie, et c'est de grand cœur que j'accepte votre offre. Mais laissez-moi maintenant vous payer…

— D'accord pour le temps que nous passerons à terre, mais ensuite, si on parlait plutôt d'un partage des bénéfices ?

Surprise d'abord, Marie éclata de rire ensuite.

— Alors, vous y croyez à cette entreprise ! Parfait, scellons donc ce pacte ! Aubergiste ! cria-t-elle, apportez-nous une bouteille de votre meilleur vin.

Ils passèrent les heures suivantes à tirer des plans. Ils souhaitaient passer le moins de temps possible à Marseille, mais l'utiliser de façon efficace. La première tâche consistait à trouver un bateau. Il leur fallait quelque chose de solide, bien armé, rapide et surtout déjà construit. Ils ne pouvaient ni ne voulaient attendre la construction d'un navire, ce qui n'aurait pas manqué de prendre des mois, voire des années.

Outre la question du bateau, il y avait celui de l'équipage. Selon la taille du bateau, il faudrait un équipage de près de cent vingt hommes. Legoff s'occuperait du recrutement. Pour l'instant, ils habiteraient à l'auberge, mais aviseraient lorsque le bateau serait trouvé. Ils sauraient alors avec plus de précision combien de temps ils devraient rester à Marseille. L'été avait passé, et l'hiver se profilait déjà au-delà de l'automne qui s'amorçait. Il faudrait profiter de ces mois où la navigation était plus délicate, à moins qu'ils ne restent dans le sud, pour se préparer à reprendre la mer un jour.

Là-dessus, fourbus et grisés par les plans qu'ils venaient de tracer ainsi que par le vin de l'aubergiste, ils regagnèrent leurs chambres pour un repos bien mérité.

⚓

Le lendemain matin, ils partirent chacun de leur côté. D'une part, parce qu'ils voulaient éviter le plus possible d'être vus ensemble, même s'il était fort improbable que leur signalement se soit propagé jusqu'à Marseille, d'autre part, parce qu'ils pouvaient ainsi étendre leurs recherches plus rapidement. Marie avait repris une identité féminine, jugeant qu'il serait plus difficile de faire constamment illusion sur la terre ferme.

Ce fut elle qui joua de chance. En se promenant sur les quais et en laissant traîner une oreille intéressée, elle entendit parler d'un navire dont la construction avait été arrêtée faute de fonds de l'armateur. La construction était très avancée et le constructeur semblait disposé à laisser partir le bateau à condition qu'il couvre ses frais. Marie se mit à la recherche de Legoff, qu'elle retrouva fort tard en fin d'après-midi, riant et beuglant à la table d'une taverne obscure. Il semblait passablement éméché, tout comme ses compagnons d'ailleurs. La taverne était sombre, sentait la sueur et le rance, et Marie n'avait aucune envie d'y entrer et de s'exposer aux railleries qu'elle ne manquerait pas de susciter. Tentant vainement de se faire remarquer de Legoff, elle décida de l'attendre un peu plus loin et de le ramener à l'auberge pour le dessoûler aussitôt qu'il sortirait de là, afin de pouvoir poursuivre avec lui les recherches sur le navire qui l'intéressait.

Les derniers rayons du soleil s'étiraient paresseusement dans le ciel, donnant une touche dorée aux mâts des bateaux qui se balançaient dans le port. Les ombres se fondaient lentement sur le sol, disparaissant dans la noirceur qui s'emparait de la ville. Marie espérait que Legoff ne s'attarde pas trop, elle ne souhaitait pas s'éterniser autour des quais, qui perdaient toute leur innocence la nuit venue.

Elle faisait les cent pas non loin de l'entrée de la taverne, perdue dans ses pensées, et ne vit pas l'homme qui était étendu dans la rue, à moitié appuyé sur un lampadaire encore éteint à cette heure. Elle trébucha sur ses jambes, ce qui ne sembla pas le perturber outre mesure puisqu'il ronflait bruyamment, cuvant visiblement un vin qu'il avait courtisé avec enthousiasme.

Marie se retrouva à quatre pattes, s'écorchant méchamment la main et jurant entre ses dents. Furieuse, elle se releva en soufflant sur sa paume meurtrie pour en détacher le sable et les saletés qui s'y étaient accrochés, puis se retourna courroucée vers l'inconnu responsable de son malheur. Elle eut vite compris qu'il serait inutile de l'enguirlander et que, dans l'état où il était, même un seau d'eau froide aurait eu peu d'effet sur lui. Mais quelque chose chez l'homme lui parut vaguement familier. Elle s'approcha, plissant le nez devant l'odeur désagréable qu'il dégageait, et observa son visage avec attention.

Une barbe de plusieurs jours mangeait ses joues, et ses cheveux pendaient comme des algues mortes sur son visage gris. Il avait les yeux fermés, mais malgré tout on pouvait voir qu'ils étaient bouffis par de nombreuses journées de libations. Marie cherchait toujours à comprendre pourquoi cet homme ne lui semblait pas inconnu quand quelque chose de brillant à son oreille gauche attira son attention. Avec dédain, elle lui toucha la joue du bout des doigts pour lui tourner la tête et vit que c'était une boucle d'oreille qui, l'espace d'un instant, avait retenu un éclat de lumière, une boucle d'oreille en forme de lézard.

Elle se redressa vivement, portant la main à sa bouche. Un seul homme de sa connaissance portait un tel bijou… Saint-Yves, le capitaine de l'*Imperator*.

— Oui, c'est bien lui, dit une voix derrière elle en la faisant sursauter.

— Dieu du ciel, Julien, vous avez failli me faire mourir ! Mais, ajouta-t-elle d'un ton suspicieux, vous n'êtes pas soûl ?

Legoff partit à rire.

— Ainsi, vous ne venez pas d'arriver… Sachez, jeune dame, que jouer la comédie de l'ivrogne est parfois une façon très sûre de soutirer des informations à qui l'on veut, surtout si notre interlocuteur supporte mal l'alcool !

— Eh bien ! On peut dire que vous êtes fort talentueux… mais que pensez-vous de ma découverte ?

— Qui peut bien savoir ce qui l'a amené s'échoir ici et dans un tel état ? C'était un valeureux capitaine, qui était dur mais juste envers ses hommes, et qui avait une connaissance de la mer comme j'en ai rarement vu dans ma vie…

Marie se mordillait la lèvre tandis qu'une idée commençait à germer dans sa tête. Puis elle se retourna d'un coup sec.

— Julien, il faut le ramener avec nous à l'auberge. Pouvez-vous le transporter ?

— L'amener avec nous ? Quelle drôle d'idée ! Avez-vous oublié qu'il appartient à l'équipage de Chamberlain, et qu'il est à l'origine de votre fuite ?

— Qu'il *était* de l'équipage, devrait-on dire puisqu'on le retrouve dans le caniveau aujourd'hui. Vous avez raison quant à sa droiture. S'il était encore capitaine de bateau, il ne se serait pas laissé aller à se soûler à mort ainsi. Non, je vous en prie, ramenons-le avec nous. On ne peut le laisser ici, il se ferait tuer à coup sûr.

— Et depuis quand le sort du capitaine de l'*Imperator* vous importe-t-il ? grommela Legoff en soulevant toutefois le poids inerte de Saint-Yves comme s'il se fut agi d'un enfant.

Il faut dire que Saint-Yves avait beaucoup maigri, et s'il était toujours aussi grand, il n'était plus tellement lourd pour le puissant Breton.

Marie ouvrit la marche, pressée d'arriver maintenant à l'auberge, ce qu'elle voulait toutefois faire dans la plus grande discrétion. On ne savait quand même pas quel genre de relations Saint-Yves avait tissées à Marseille. Ils furent chanceux. Tout le personnel de l'auberge était occupé aux fourneaux, et les clients n'arrivaient pas encore pour le repas du soir. Ils purent donc regagner la chambre de Legoff sans que personne ne les vît entrer.

Legoff se déchargea de Saint-Yves sans trop de ménagements, mais cela n'eut aucun effet sur le capitaine encore profondément enfoncé dans son sommeil aviné. Legoff se tourna vers Marie.

— Et maintenant, si vous me disiez ce que vous avez en tête ?

— Tout d'abord, restaurons-nous. Vous me direz ce que vous avez appris à la taverne et je vous rendrai compte de mes recherches. Puis, je vous exposerai mon idée.

Jugeant que Saint-Yves en avait encore pour quelques heures à cuver son vin et qu'il ne risquait pas de se réveiller dans l'immédiat et d'ameuter toute l'auberge, ils descendirent à la salle à manger et s'attablèrent devant une pièce de bœuf en sauce aussi appétissante qu'odorante.

— Vous d'abord, dit Marie, après qu'ils eurent mangé en silence durant de longues minutes.

— Au début, je me suis promené un peu vainement, mais je voulais voir si ce port de Marseille était aussi achalandé qu'on le disait. Et ce que j'y ai vu m'a rassuré. Les bateaux arrivent de partout dans le monde et en repartent aussi vite, une fois leurs affaires conclues. Dans tout ce va-et-vient de drapeaux et de bannières différentes, ce n'est pas un navire de plus qui risquerait d'attirer l'attention. Et ce bateau, peut-être l'avons-nous trouvé…

— Un navire encore en construction, dont les travaux ont été arrêtés faute de capitaux de l'armateur ! l'interrompit Marie.

Legoff était étonné.

— Ah ça, on peut dire que vous n'avez pas perdu votre temps, vous non plus !

— Et je vous ferais remarquer que je n'ai pas eu à aller prendre un coup à la taverne pour découvrir cela !

— Mais ce que j'y ai appris, je doute cependant que vous le sachiez, ajouta Legoff tout en remplissant sa coupe d'étain de l'excellent vin rouge de l'aubergiste.

Il louait en son for intérieur le bon goût de cet homme en matière de vin, et surtout le fait qu'il mettait volontiers sa cave à la disposition de ses clients.

— Qu'y avez-vous appris, Julien ? Allez ne me faites pas languir ! Quelqu'un d'autre aurait-il des vues sur ce navire ?

— Effectivement... répondit le Breton en humant avec exaltation le vin très tannique qui lui chatouillait agréablement les narines. Je suis certain que ce vin a vieilli durant plusieurs années dans des fûts de chêne...

— Julien, je vous en prie, que m'importe le vin de cette auberge. Dites-moi, que savez-vous de ce navire ?

Jugeant qu'il avait assez taquiné la curiosité insatiable de la jeune femme, Legoff posa sa coupe sur la table, non sans en avoir savouré une large rasade auparavant, et s'appuyant sur ses coudes s'approcha de Marie.

— C'est un riche armateur qui l'a fait construire pour augmenter sa flotte de bateaux. C'est un navire puissant, avec certaines caractéristiques très innovatrices. Sa surface de voilure est impressionnante et lui donnera beaucoup de vitesse, un bateau qui pourra en distancer ou en rattraper plusieurs autres, ajouta-t-il, goguenard. Il faudra cependant des hommes habiles pour manier avec aisance les immenses voiles pendues à ses trois mâts. Sa puissance de feu est intéressante, il est muni de quarante canons, ce qui peut surprendre pour un simple bateau commerçant, mais vous en comprendrez le détail dans un instant. Ses cales sont larges et bien aménagées, mais surtout il est presque prêt. S'il est encore en cale sèche, toute sa structure de bois est complétée. Il ne reste qu'à travailler les cordages, les haubans et les filins, à installer les voiles et à compléter le goudronnage de la coque. Il y en a encore pour trois bons mois de travail, si le temps permet d'avancer à un bon rythme.

— Et on demande combien ?

— À ce que j'ai compris, l'armateur qui a lancé l'opération est momentanément à court de fonds. Il semblerait qu'il ait eu un curieux revers dernièrement, dit Legoff avec un étrange sourire sur les lèvres, et qu'il ait demandé au constructeur de patienter. Mais la patience n'est pas la principale vertu de notre homme, qui a soif d'argent frais, mais qui voudrait aussi voir ce navire quitter son chantier pour pouvoir se lancer dans un contrat beaucoup plus lucratif pour la marine royale. Alors il serait prêt à le vendre pour une somme bien inférieure à sa valeur réelle, à condition que le tout se règle rapidement et en espèces bien sonnantes.

— Mais comment expliquera-t-il cela à l'armateur qui avait commandé le bateau ?

— Ça, c'est son problème ! À ce que j'ai compris, il lui dira qu'un incendie s'est déclaré à bord et que le bateau a été totalement perdu. Il remboursera le marchand en partie sur ce qu'on lui paiera, tout en prélevant une généreuse portion pour son temps de location de l'espace sur ce chantier. Comme notre homme a des amitiés solides dans tous les coins malfamés des ports du monde, j'ai bien l'impression que cela en restera là. De toute façon, lorsqu'on fait affaire avec ce type de bonhomme, c'est le genre de risques que l'on prend...

— Et qui est cet armateur, le connaît-on ? s'enquit Marie.

— Et c'est là que ça devient intéressant, dit Legoff en buvant une longue gorgée de vin. C'est messire de Chamberlain !

À ces mots, Marie manqua s'étouffer, attirant quelque peu l'attention des clients dans la salle. Legoff éclata de rire.

— Je savais bien que ça vous ferait cet effet, dit-il, content de son coup.

Marie, qui avait repris son souffle, les yeux brillants, lui murmura :

— Imaginez ! Acheter le bateau de Chamberlain avec ses propres deniers ! Je ne pouvais rêver de meilleure vengeance. Il faut aller tout de suite voir ce bateau et s'entendre avec le constructeur.

— Si vous le permettez, nous remettrons ça à demain. Ce n'est pas cette nuit qu'il va promettre le navire à quelqu'un d'autre. Mais nous avons encore à discuter. Quelle idée avez-vous donc derrière la tête pour notre invité là-haut ?

— Ce bateau dont vous me parlez, Julien, nécessite un grand marin pour le mener. J'ai bien l'intention de prendre les décisions à bord, appuyée de votre amitié et de l'aide que vous avez bien voulu me consentir. Mais il nous faudra quelqu'un à la tête de l'équipage, quelqu'un qui saura se faire respecter des hommes que nous recruterons, mais aussi quelqu'un qui connaît toutes les subtilités de la navigation… et qui n'hésitera pas à emprunter le chemin que j'ai choisi. Et quelque chose me dit que si Saint-Yves s'est retrouvé ici, sans bateau et sans emploi semble-t-il, et à cause de Chamberlain, peut-être nous portera-t-il une réelle attention. Nous saurons son histoire lorsqu'il aura enfin cuvé son vin, mais je crois que l'idée de flouer Chamberlain devrait lui plaire.

Legoff était resté silencieux, tournant sa coupe vide entre les mains.

— J'ai eu l'occasion d'observer Saint-Yves à plusieurs reprises et de travailler sous ses ordres, comme vous le savez. Je vous ai déjà dit ce que je pensais de lui. Il faudra voir sa réaction lorsqu'il se réveillera, et surtout sa réaction en vous retrouvant… votre dernière rencontre a été plutôt orageuse…

— J'ai bien l'impression que la situation actuelle le fera me regarder avec d'autres yeux. Mais nous verrons ça le temps venu, Julien. Pour l'heure, j'irais bien me coucher, dit-elle en étouffant un bâillement. J'ai les jambes moulues par cette journée de marche à travers la ville, et je ne rêve qu'à m'étendre et dormir.

— Peut-être arriverez-vous à dormir vous, mais moi je crains que notre invité ne me berce de ses ronflements toute la nuit.

— Eh bien, vous saurez alors ce que j'ai souffert dans la roulotte des gitans !

— Moi ? Mais je ne ronfle pas du tout ! protesta-t-il en se levant pour suivre la jeune femme à l'étage.

⚓

Les craintes de Legoff ne furent pas justifiées. Il dormit à poings fermés, nullement ennuyé par les ronflements de Saint-Yves pour la bonne raison que celui-ci semblait enfoncé dans un sommeil si profond qu'il était même à douter qu'il en sortirait un jour...

Ce fut Legoff qui s'éveilla le premier, en fait quelques instants seulement avant que Saint-Yves ne commence à donner signe de vie. Ce dernier grogna quelque peu, puis ouvrit un œil courroucé en sentant les liens qui entravaient ses poignets. Legoff avait quand même cru bon de prendre quelques précautions avant de partager sa chambre avec l'ex-capitaine de l'*Imperator*. Et le fait de se retrouver en position de force devant celui qui l'avait fait attacher au haut mât du bateau ne lui déplaisait pas.

Saint-Yves ouvrit les yeux mais les referma aussitôt, la lumière se répercutant brutalement au fond de son crâne douloureux.

— Qu'est-ce que je fais ici ? réussit-il néanmoins à articuler.

Legoff prit bien son temps avant de répondre. Il s'habilla lentement et prit la peine de tenter de ramener ses cheveux en bataille en une queue de cheval plus ou moins réussie. D'instant en instant, le cerveau de Saint-Yves se remettait à fonctionner, mais il ne comprenait toujours pas comment il avait pu se retrouver dans la chambre de cet homme qu'il ne connaissait pas. Et encore moins pourquoi ses mains étaient entravées. Son existence n'avait pas toujours été bien nette ces derniers temps, et il devait avouer que ses souvenirs de la veille étaient un peu nébuleux... Devait-il de l'argent à cet homme ? Une dette de jeu qu'il n'aurait pas honorée ?

Avant qu'il ait pu échanger un mot avec son geôlier, qui s'habillait tranquillement devant lui, on frappa à la porte. Legoff ouvrit et une jeune femme entra dans la chambre.

— Bonjour, Julien, alors est-il...

Tournant les yeux vers Saint-Yves, elle s'interrompit aussitôt, voyant que l'ex-capitaine était bien réveillé et la regardait avec curiosité. Le visage de cette femme ne lui était pas inconnu, mais il ne pouvait se rappeler où il l'avait vue. Il était toujours dans la confusion la plus totale. La jeune femme s'approcha doucement de lui.

— Bonjour, Saint-Yves, le surprit-elle en l'appelant par son nom. Comment vous sentez-vous ?

L'interpellé cherchait toujours aussi furieusement à ouvrir un pan de sa mémoire qui l'éclairerait d'abord sur les événements de la veille, puis sur l'identité de ces deux personnages qui semblaient le connaître et qui lui étaient de moins en moins inconnus.

— Ça irait mieux si vous vouliez bien me détacher, grogna Saint-Yves, et si vous m'expliquiez ce qui se passe et ce que je fais ici.

Marie consulta Legoff du regard puis se tournant vers Saint-Yves, lui dit :

— Nous allons vous détacher. Vous n'êtes nullement prisonnier et à la limite nous aimerions que vous nous considériez comme des amis.

— Ça, maugréa Legoff, ça reste à voir…

— Julien, fit Marie tout en détachant les poignets de Saint-Yves, rappelez-vous que nous sommes dans une situation très différente de celle que nous avons connue sur le bateau.

À ces mots, le regard de Saint-Yves se fit plus perçant. Tout en se massant les poignets irrités par la corde, il fixa Legoff avec un peu plus d'attention.

— De quel bateau s'agit-il ? Mais, ne seriez-vous pas le quartier-maître qui a tué un des marins de l'*Imperator* ? Ne vous avait-on pas mis à la cale en attente de votre jugement ? Vous vous étiez échappé, c'est ma foi vrai ! En même temps que ce jeune mousse et une partie importante de la fortune de Chamberlain à bord du bateau… alors…

Son regard glissa de Legoff vers Marie, chez qui il retrouva subitement les traits du jeune mousse en question. On pouvait presque voir sur les traits de l'ex-capitaine de l'*Imperator* la situation s'éclaircir peu à peu dans sa tête. Se redressant tranquillement, il jaugea les deux personnes qui se trouvaient devant lui, toute vapeur d'alcool maintenant définitivement dissipée. Mais loin de faire un esclandre, loin de crier et de s'emporter, c'est d'une voix tranquille et assurée qu'il reprit :

— Et si vous m'expliquiez de quoi il retourne…

Devant un café bien fumant et un petit déjeuner copieux apporté à la chambre par l'aubergiste, ce qui devait achever de remettre Saint-Yves sur pied, Marie se mit en frais de lui raconter une partie de son histoire. Cela commença par La Rochelle et la cargaison de son père volée par Marek, puis elle parla de son enrôlement à bord de l'*Imperator*, de la découverte de la complicité entre le corsaire du roi et l'armateur du bateau, jusqu'à sa fuite éperdue lorsque son identité fut percée à jour par Saint-Yves. À cela, Legoff ajouta sa propre version de l'incident qui avait coûté la vie au marin, ce qui ne sembla pas surprendre Saint-Yves outre mesure.

— Je peux vous dire que vous avez été chanceuse de vous volatiliser ce soir-là, dit ce dernier en s'adressant à Marie. Lorsqu'il s'est aperçu de la disparition de son or, la fureur de Chamberlain était telle qu'il vous aurait certainement écorchée vive s'il vous avait eue sous la main… après vous avoir servie en pâture à ses hommes, bien sûr.

Marie, qui avait tu l'épisode pénible du viol à La Rochelle, réprima un frisson. Elle n'eut pas le loisir de s'attarder longtemps sur cette idée puisque Saint-Yves la relançait immédiatement.

— Et puis-je savoir ce que je viens faire là-dedans, et surtout ce que je fais ici, dans votre chambre ?

— Là, c'est à vous de nous éclairer, dit Legoff. Nous vous avons trouvé ivre mort et je crois qu'on aurait pu même oublier le mot « ivre » si cette jeune femme que voici n'avait insisté pour que nous vous ramenions ici. Que faisiez-vous donc là et dans un tel état ?

— Lorsque votre disparition a été constatée, Chamberlain est entré dans une colère noire. Tout le navire a été fouillé et nous avons abordé la côte le plus vite possible pour y poursuivre les recherches. Chamberlain a remué ciel et terre, allant jusqu'à chercher l'aide de la marine française cantonnée à Casablanca.

À ces mots, Marie ne put s'empêcher de lancer un regard furtif vers Legoff, qui pourtant ne souleva pas le fait.

— Mais même avant d'en arriver là, Chamberlain s'en est pris à moi, disant que tout ce qui arrivait était de ma faute, que j'avais mal surveillé l'équipage et mal fait mon travail. Qu'il ne pouvait plus avoir confiance en un homme qui s'était fait avoir par un simple mousse et qu'il me laissait là, sans un sou puisqu'il estimait que je devais rembourser une partie de ce qui avait été volé par ma faute. Il ne sait pas que vous êtes une femme, ajouta Saint-Yves en se tournant vers Marie. Je n'ai pas cru bon de lui donner ce détail, étant donné l'attitude qu'il avait prise avec moi.

— Donc, il recherche toujours un mousse et un quartier-maître, dit Legoff.

— Oui, et à ce que j'ai pu savoir la dernière fois que j'ai entendu parler de lui, ses affaires ne vont pas très bien. Il a un urgent besoin de se refaire et j'ai bien l'impression que ses activités avec Marek vont reprendre de plus belle.

— Vous ne semblez pas estimer beaucoup le corsaire, nota Marie.

— Je n'ai jamais aimé ce bonhomme, trop prétentieux et arrogant à mon goût. On ne peut nier sa connaissance de la navigation, mais j'avais quand même quelques réserves sur le personnage. Avec ce que vous m'avez appris aujourd'hui, je vois que mon flair ne m'avait pas trompé. Mais à nouveau, puis-je vous demander ce que je fais ici ?

Un silence flotta dans la pièce. Marie se demandait s'il était possible de se fier à cet homme qui, malgré sa maigreur et la crasse qui le recouvrait, avait quand même retrouvé beaucoup de sa prestance au cours des dernières heures, et tout lui dire sur ses projets.

Comme s'il avait lu le cours de ses pensées, Legoff lui dit :

— Je pense que l'on peut se fier à lui. Il a autant de raisons que nous de haïr Chamberlain.

Marie se décida donc.

— Notre fuite depuis Casablanca n'a pas été facile, et sans l'aide de Julien je ne serais certainement pas ici aujourd'hui. Mais le fait est que nous avons réussi à rallier Marseille avec l'essentiel de la cagnotte de Chamberlain. Nous sommes sur le point de l'investir dans l'achat d'un bateau, un bateau qui nous servira à sillonner les mers jusqu'à ce que nous puissions vaincre Marek et Chamberlain.

Saint-Yves siffla entre ses dents.

— Vaincre Marek, le corsaire favori du roi, et Chamberlain, l'armateur le plus puissant de la France, tous deux dans les bonnes grâces du roi. On ne peut pas dire que vous ne visiez pas haut, jeune dame.

— Le roi cessera de les aimer lorsqu'il sera convaincu de leur félonie, lança Marie sèchement. Ma vie n'aura un sens que lorsque je me serai vengée de ces deux hommes.

— Et puis-je savoir ce que je viens faire dans cette histoire ?

— Soyez le capitaine de ce bateau, soyez celui qui m'aidera à les vaincre. Me venger sera vous venger vous aussi.

— Et comment comptez-vous y arriver ?

Marie nota avec satisfaction que Saint-Yves n'avait pas refusé d'emblée. Elle laissa à Legoff le soin de parler du bateau qu'ils avaient en vue, ce qu'il fit sans rien cacher à Saint-Yves, ni sur les magnifiques possibilités du navire, ni sur sa provenance. Marie enchaîna.

— Le navire aura une double identité. Ce sera un navire marchand lorsque nous entrerons au port et un navire de guerre lorsque nous passerons à l'attaque. Il nous faudra roder l'équipage à la bataille, nous n'aurons donc pas d'autre choix que de nous faire la main sur d'autres bateaux… des bateaux ennemis uniquement. Pas question d'aborder des navires français ou amis. Le bateau devra pouvoir se transformer rapidement pour passer d'un état à l'autre, le nom, la proue, le pavillon, enfin tout ce qu'on pourra faire pour en préserver l'identité marchande le plus possible.

— Un bateau corsaire sans les lettres en fait, analysa Saint-Yves, donc un bateau pirate.

— Et si cela était, répliqua Marie en relevant le menton, qu'auriez-vous à y redire ?

Contre toute attente, Saint-Yves éclata de rire.

— Par Dieu ! On ne peut pas dire que vous manquiez de front, jeune demoiselle. Ça me console un peu de m'être fait avoir aussi facilement !

— Alors, vous acceptez ?

— Pas si vite, pas si vite, il y a quand même bien des détails à régler… Qui embauchera l'équipage ?

— Vous et moi, répondit Legoff.

— Qui commandera sur le bateau ?

— C'est moi qui tracerai les grandes lignes de notre action, répondit Marie. Où nous allons et quand nous y allons. C'est moi qui déciderai si nous attaquons ou non, c'est moi qui aurai le dernier mot sur tout ce qui se décidera sur le navire, mais tout se fera en consultation entre nous trois. Legoff s'occupera de l'administration du bateau, du partage du butin le cas échéant et de toutes les questions d'intendance. Vous aurez la responsabilité de l'équipage et le dernier mot sur qui il convient ou non d'embaucher, vous serez responsable de la discipline à bord, et aurez carte blanche quant à la gestion des hommes et, bien entendu, vous ferez naviguer le bateau.

— Je devrai donc me rapporter à vous ?

— En quelque sorte, répondit franchement Marie, mais je verrais plutôt cela comme un genre d'association. Nous resterons liés jusqu'à ce que notre but soit atteint et par la suite… on verra !

Saint-Yves se leva, dégourdissant ses longues jambes ankylosées. Passant devant un miroir accroché au mur, il sursauta à sa propre image.

— J'aurai bien besoin de prendre un bain et de me raser si je veux convaincre quelques hommes de faire route avec nous…

Marie lâcha un cri.

— Alors vous acceptez ! Vous ne le regretterez pas, Saint-Yves, dit-elle en se jetant spontanément à son cou.

— Eh là, doucement ! dit-il en tentant de garder son équilibre. Ce n'est pas là l'attitude bien nette d'un commandant de navire…

— Ah ça, faudra vous habituer, mon vieux ! soupira Legoff. Elle n'a pas fini de vous en faire voir et je sais de quoi je parle !

Marie se mit à rire, et subitement elle sentit en elle une poussée d'énergie qui, lui semblait-il, aurait pu lui faire soulever des montagnes. Que c'était bon de se sentir vivre à nouveau et surtout d'avoir un but, un vrai but sur lequel elle pouvait dorénavant se concentrer.

Le reste de la matinée passa à dresser des plans. Il fut décidé que Legoff et Saint-Yves iraient l'après-midi même prendre les ententes avec le constructeur du bateau et demander qu'y soient faites certaines modifications. Il faudrait aussi promettre une prime au constructeur s'il arrivait à livrer le navire plus tôt. Ils ne voulaient pas risquer que Chamberlain revienne et intervienne dans leur transaction.

Puis ce serait l'embauche de l'équipage. Il leur fallait trouver cent vingt hommes et le recrutement risquait d'être délicat. Saint-Yves ne voulait pas se retrouver avec des rufians non qualifiés pour la navigation, et un honnête marin ne serait peut-être pas très disposé pour une telle aventure. Par ailleurs, il était impensable d'embarquer des hommes sans leur avouer la vraie nature de l'entreprise. Et plus on approcherait de candidats, plus le secret, nécessaire dans ce cas, risquerait d'être ébruité.

— Plusieurs hommes de valeur ont été mis à pied par Chamberlain, dit Saint-Yves, et plusieurs d'entre eux traînent par ici. Ce sont des hommes sur qui je sais que je peux compter et qui ont de bonnes raisons d'en vouloir à notre ami. Je pourrais les contacter un à un, et ces mêmes hommes peuvent nous en amener d'autres.

— C'est une bonne idée, répondit Legoff, mais il nous faut un autre endroit qu'ici pour dresser notre quartier général. Un tel va-et-vient risquerait trop de retenir l'attention.

— En me promenant hier, dit Marie, j'ai vu une petite maison à louer pas très loin du port. Je pourrais peut-être aller me renseigner et la réserver pour quelques mois.

— Excellente idée, approuva Legoff. Alors partons tous à nos affaires, dès que nous aurons vêtu de neuf notre nouvel associé, ajouta-t-il en jeta un regard éloquent à Saint-Yves, et retrouvons-nous ici ce soir pour faire état de nos résultats.

⚓

Marie était assise à la table depuis un petit moment déjà, impatiente de communiquer à ses compagnons les résultats de ses démarches quand un homme s'approcha d'elle, vêtu d'une veste de cuir et d'une culotte noire ceinte dans ses hautes bottes. Les cheveux coupés court, il avait un collier de barbe taillé ras sur le menton… et la dévisageait effrontément.

— Puis-je m'asseoir ? demanda-t-il.

— Ces places sont prises, j'attends des amis, répondit Marie avec tout ce qu'elle avait de plus hautain dans la voix.

L'homme partit d'un grand rire.

— Ah ça, j'espère bien en faire partie ! dit-il en s'asseyant malgré tout.

Marie ouvrit de grands yeux.

— Saint-Yves ! Mais par Dieu, je ne vous aurais jamais reconnu !

— Il faut dire que j'étais en assez piteux état, admit-il, et ces vêtements que Legoff a bien voulu avancer sur ma solde arrivaient juste à point.

— Je dois convenir que vous avez choisi avec goût…

— Nous avons pensé que je devrais faire bonne impression sur les hommes que j'allais rencontrer. Ce sont peut-être des mécréants, mais il faut leur en mettre plein la vue pour s'assurer d'être respecté.

Sur ces entrefaites, Legoff arriva. Il était loin d'avoir l'allure de Saint-Yves, qu'il dévisagea goguenard.

— Bon, j'ai l'air de quoi à vos côtés maintenant ? Faudra que je me promène enrubanné moi aussi ?

— Enrubanné ! Vous m'insultez, Legoff. Il me semble que je suis bien loin de ces damoiseaux de la cour !

— Il faut avouer qu'un bain ne vous ferait pas trop de tort à vous non plus, Julien. Ça vous… détendrait.

— C'est ça, mettez-vous à deux maintenant ! répliqua-t-il, faussement insulté. Si je vous fais honte, je peux aller m'asseoir ailleurs.

L'arrivée de l'aubergiste avec un pichet de vin calma vite l'humeur du Breton.

— Ah, monsieur ! dit l'aubergiste, comme je sais que vous êtes un connaisseur, je vous ai apporté ce vin de ma réserve personnelle. Vous m'en donnerez des nouvelles.

Legoff ne se fit pas prier. Il s'en servit une généreuse quantité dans le gobelet d'étain qu'il tenait à la main. Humant le vin avec délice, il ferma les yeux pour mieux en apprécier les arômes subtils. Lorsqu'il en prit enfin une gorgée, il la fit rouler longuement dans sa bouche avant de finalement l'avaler. Il poussa alors un soupir de bien-être.

— Ah, maître Didier, vous savez comment traiter vos hôtes ! C'est le meilleur vin qu'il m'ait été donné de boire depuis au moins dix ans.

Didier frétillait d'aise.

— Je savais que vous l'apprécieriez ! Et attendez de voir la volaille que j'ai préparée pour le dîner, vous m'en donnerez des nouvelles, ajouta-t-il en retournant à ses fourneaux.

— Décidément, ça vous en fera des nouvelles à donner, taquina Marie.

— Que voulez-vous ! Je n'ai peut-être pas d'apparence mais j'inspire un respect naturel, jeune dame.

On aurait pu croire que Legoff avait été froissé par la conversation qui avait précédé l'arrivée de l'aubergiste, mais un clin d'œil bien placé venait certainement démentir la rigueur de ses propos.

— Alors où en sommes-nous ? enchaîna-t-il.

— Eh bien, dit Marie en jubilant, j'ai le plaisir de vous annoncer que c'est notre dernière nuit dans cette auberge. Dès demain, nous emménagerons dans la maison dont je vous parlais, non loin du port. Elle est suffisamment grande pour nous trois. Trois chambres, une cuisine avec de grands fourneaux et une salle de séjour où trône une immense table, parfaite pour y dresser tous les plans du monde.

— Parfait ! commenta Legoff. Est-ce que cela veut aussi dire que vous vous mettrez à faire la cuisine ?

Marie prit un air choqué.

— Jamais de la vie, que croyez-vous ! Ce que je ne vous ai pas dit, c'est qu'il y a également une espèce de gouvernante fournie avec la maison. Elle s'occupera des repas et du ménage de la maison. Elle habite près de là, nous n'aurons donc pas à la loger.

— Eh bien, il faut croire que vous avez pensé à tout, approuva Legoff.

— Et vous, de votre côté ?

— Nous avons rencontré le constructeur du bateau et conclu une entente, dit Legoff. Il s'est engagé à nous livrer le bateau dans quatre mois, c'est-à-dire au début du printemps. S'il devait nous le remettre un mois avant, il aurait droit à une solide prime. Nous lui avons donné un tiers du montant maintenant, il en aura une deuxième partie au début de mars et le reste à la livraison.

— Et le prix ?

— Très raisonnable. Mieux même que ce que je n'aurais cru.

— L'avez-vous visité ? s'enquit Marie.

— Non, nous ferons ça demain. J'irai avec Saint-Yves et nous verrons s'il y a des modifications à apporter au navire.

— De mon côté, dit Saint-Yves, je suis allé voir les quelques connaissances que je me suis faites dans les différentes tavernes, et j'ai laissé courir la rumeur que je cherchais à monter un équipage. Je vais y retourner dans deux ou trois jours voir un peu ce que cela a donné. Mais vu l'effervescence qu'il y a constamment dans le port de Marseille, je ne pense pas que ce sera difficile d'embaucher rapidement. Faudra seulement être vigilant et ne pas amener avec nous de la racaille qui ne pourrait qu'apporter des troubles sur le bateau.

Marie regardait Saint-Yves avec un mélange d'étonnement et d'admiration. On sentait dans cet homme une grande rigueur et une grande loyauté, elle en était certaine. Sa façon de s'exprimer dénotait aussi une certaine éducation, et intérieurement elle plaignit Chamberlain de s'en être fait un ennemi. Intuitivement, elle savait qu'elle venait de rencontrer une personne en qui elle pourrait avoir pleine confiance et remercia le Ciel de l'avoir mis sur son chemin. Elle avait Legoff, bien sûr, mais ses connaissances en navigation étaient loin d'égaler celles de Saint-Yves. L'expertise de celui-ci serait plus que précieuse au cours des prochains mois, voire des prochaines années.

Le repas qui s'ensuivit fut allègre, chacun étant porté par l'enthousiasme de se retrouver devant un projet commun sur le point de se réaliser. En cet instant précis, aucun d'entre eux ne s'attardait aux risques réels qu'ils auraient à affronter. Ils voyaient plutôt l'avenir s'éclairer devant eux, un avenir encore sombre pour tous les trois, il n'y avait pas si longtemps.

Chapitre 28

Les semaines qui suivirent furent remplies d'une grande effervescence. Comme ils avaient décidé que Marie resterait à l'écart des négociations avec le constructeur du bateau – ils ne voulaient pas trop attirer l'attention sur elle –, ce fut Legoff qui en suivit la progression pas à pas. Marie tentait de prévoir tout ce dont on aurait besoin à bord lorsqu'on appareillerait pour plusieurs mois. Il était entendu qu'il y aurait de nombreuses escales pour permettre le ravitaillement, et ces escales seraient nécessaires pour justifier la couverture « marchande » du bateau. Mais elles devraient être planifiées avec soin, la transformation du navire entre ses deux vocations ne devant rien laisser au hasard.

C'est en marchant au bord de la plage que Marie trouva le nom du bateau. Noyée dans les préparatifs, emportée par le tourbillon des obligations diverses, elle avait ressenti le besoin de faire une petite pause, de reprendre son souffle. Comme toujours, c'était la mer qui lui apportait l'apaisement nécessaire. Assise à la limite de l'eau, laissant complaisamment les vagues alanguies lécher sa jupe, elle tentait de faire le point.

Une foule d'émotions s'entrechoquaient dans sa tête et dans son cœur : un peu d'incrédulité devant l'imminence de l'accomplissement de son projet, un peu d'anxiété face à l'inconnu qui se profilait devant elle, mais aussi une grande fébrilité qu'elle contenait à grand peine.

Un mouvement sur sa droite attira son regard. Des oiseaux venaient de s'envoler dans un vacarme indigné, effrayés par quelque chose. Marie se redressa et s'avança en scrutant les herbes qui bordaient la plage. Un grand chien gris sortit brusquement du fourré clairsemé et, sentant la présence de Marie, s'arrêta net.

La jeune femme l'observa avec surprise. C'était un chien étrange. Il avait un port altier et ne semblait pas du tout impressionné par la présence de la jeune femme sur la plage. Il la fixait tranquillement de ses yeux dorés, qui contrastaient avec son pelage gris. Les oreilles dressées, les pattes tendues, on le sentait prêt à bondir au moindre danger. Il balançait sa queue touffue, marquant un rythme qu'il était seul à entendre. Marie retenait son souffle. Ce n'était pas un chien qu'elle avait devant elle, mais un loup.

Un loup seul, éloigné de sa meute, est très dangereux. Il pouvait être malade, affamé, effrayé, et dans tous les cas mieux valait l'éviter. Et pour se retrouver sur une plage aux abords de Marseille, il devait être perdu après avoir été mis au ban de sa meute. Marie s'accroupit doucement pour adopter une attitude moins provocante. Les narines du loup, ou plutôt de la louve remarqua-t-elle, frémissaient dans la brise marine. Puis de façon surprenante, la louve gratta le sol de sa patte, inclina la tête brièvement et, après ce bref salut, s'en retourna à l'intérieur des terres. Marie resta là quelques instants encore puis se redressa pensivement. À ces yeux, cette louve qui était venue là, présence aussi étrange qu'étonnante en ces lieux, lui apportait un message. Elle venait de lui faire un cadeau. Son navire s'appellerait la *Louve des mers*.

Le navire voguerait sous le nom de la *Perle des mers* lorsqu'il entrerait dans les ports pour y faire du commerce, pensait Marie en revenant à grands pas vers la maison, et sous celui de *Louve des mers* lorsqu'il attaquerait au large. Il battrait alors pavillon noir marqué d'une tête de louve blanche, tandis qu'un coquillage entrouvert serait son sceau de commerce. Ressentant une grande excitation, elle écartait inconsciemment tous les dangers qui ne manqueraient pas de se présenter, pour n'entrevoir que l'aventure qui se profilait pour les mois à venir avec, au bout, une vengeance bien orchestrée pour vaincre Marek et, par ricochet, Chamberlain.

La maison qu'elle avait louée n'était pas très loin du port, mais suffisamment à l'écart pour éviter que le va-et-vient des hommes qui venaient voir Saint-Yves pour l'embauche de l'équipage n'attire trop l'attention. Celui-ci choisissait ses hommes soigneusement, écartant sans hésiter ceux qui risquaient de lui donner des problèmes sur le bateau. Il voulait se monter un équipage d'hommes solides, mais qui devaient quand même avoir une morale assez souple, étant donné les défis qui les attendaient.

Chaque soir, dès que Germaine, la dame qui faisait l'entretien de la maison, était partie, ils se réunissaient autour de la cheminée et faisaient le point sur leurs dossiers respectifs. Ils taquinaient Marie sur le soin particulier qu'elle apportait à la planification des provisions, mais elle disait avoir bien retenu que le secret d'un équipage en bonne santé était étroitement lié à la qualité de la nourriture qu'il absorbait.

Le bateau était presque fini, et tous avaient hâte de reprendre la mer. Saint-Yves avait recruté cent dix hommes qui étaient prêts à s'embarquer n'importe quand. Les dernières modifications avaient été apportées au navire et les recommandations de Saint-Yves s'étaient avérées précieuses. Marie bénissait le Ciel, s'il avait quelque chose à y voir, de l'avoir mis sur sa route.

Ils avaient longuement discuté de leur port d'attache. Pour assurer une couverture plausible, Marie devait ouvrir une boutique, qu'elle fournirait en herbes, en huiles et en épices exotiques, achetées lors de ses voyages à travers le monde. Legoff aimait bien Marseille et en appréciait l'achalandage qui, selon lui, leur permettait de passer inaperçus. Saint-Yves hésitait. Il estimait que la Méditerranée offrait trop peu d'options si la situation venait à s'envenimer. Une fuite rapide pourrait virer à la catastrophe si on bloquait d'un côté le détroit de Gibraltar et de l'autre celui de Sicile. Il préférait de beaucoup un port d'attache sur l'océan Atlantique, Biarritz par exemple.

Ce fut au tour de Legoff de faire la grimace. Ce port français était trop près de la frontière espagnole, où ils n'avaient pas laissé que des amis. Il estimait plus prudent de mettre une certaine distance entre eux et l'Espagne. Marie trouva la solution. Depuis quelques instants déjà elle ne les écoutait plus, laissant son esprit vagabonder vers un port résolument français, où elle avait quelques solides attaches.

— Et si on allait à La Rochelle ?

Les deux hommes se tournèrent vers elle.

— La Rochelle, pourquoi La Rochelle ?

— D'abord, la ville est située sur la côte atlantique, et c'est ce que vous souhaitez, Saint-Yves. Puis c'est un grand port, il y a donc une belle agitation quotidienne qui devrait vous rassurer, Legoff. De plus, les bateaux sont ancrés à l'entrée de la baie et non au quai, ce qui nous permettrait de partir beaucoup plus vite si jamais le besoin se présentait. Et enfin je viens de là, j'y ai même encore une maison, alors ça ne surprendra personne que j'y ouvre une boutique… et je sais même qui pourrait s'en occuper, ajouta-t-elle en pensant à Marguerite.

— Et comment expliquerez-vous votre brusque retour au pays ? demanda Legoff.

— Je n'aurai rien à expliquer, je n'y ai plus de famille proprement dite, seulement des amies… qui me sont restées très chères, j'ose espérer. Mais je connais l'endroit comme le fond de ma poche, insista-t-elle, de plus en plus enthousiaste. Pas un recoin de la côte ne m'est inconnu et, de plus, l'île de Ré, qui n'est pas très loin, nous donne une option intéressante pour nous cacher en cas de danger. Et par là-bas, la mer est très navigable, le port est très bien situé, pas trop au sud, pas trop au nord…

Les deux hommes s'étaient jeté un coup d'œil et la laissaient parler, amusés par la fébrilité qui l'animait.

— Ben, je ne sais pas trop… commença Legoff.

— Ouais, c'est plutôt frais par là, poursuivit Saint-Yves.

— Mais qu'importe le temps qu'il y fait, répliqua Marie, si ce n'est qu'un port d'attache que nous cherchons !

Legoff se mit à rire :

— On vous taquine. L'idée est excellente, je n'avais pas pensé à La Rochelle, mais maintenant, plus j'y pense et mieux c'est. Et vous, Saint-Yves, qu'en pensez-vous ?

— La Rochelle offre effectivement tout ce que nous cherchons : une bonne couverture, une agitation qui garantit un certain anonymat, et de plus il y a d'excellents menuisiers qui travaillent à merveille les bateaux là-bas, s'il nous arrivait d'avoir besoin de quelques réparations.

— Ben voilà, c'est fait ! C'est là que nous irons ouvrir boutique dès que nous aurons quelque chose à y apporter.

Legoff redevint sérieux. Se rapprochant de la table, il y posa solidement les deux coudes et regarda Marie dans les yeux.

— Justement, jeune fille, peut-être est-il temps de parler réellement de ce que vous voulez faire. Nous sommes en train de monter un bateau qui sera assurément l'un des plus rapides et des mieux armés de sa catégorie, nous aurons une puissance de feu qui nous permettra de défier n'importe qui, Saint-Yves monte un équipage d'hommes aguerris, de solides marins qui n'auront pas peur d'aller au combat si on le leur demande, mais que leur demanderons-nous au juste ? Saint-Yves et moi avons roulé notre bosse suffisamment pour savoir que ce dans quoi vous voulez vous embarquer n'est pas sans risque. Nous vous suivons parce que nous aussi avons des comptes à régler avec ceux que vous avez l'intention de poursuivre, mais avant d'arriver jusqu'à eux, êtes-vous prête à verser le sang, à risquer votre vie et celle des hommes qui vont s'embarquer avec nous pour amasser des richesses ? Savez-vous bien ce qui vous attend ? Vous êtes jeune, Marie. Malgré tout ce que vous avez vécu et qui remplirait bien la vie d'une personne du double de votre âge, l'essentiel de la vôtre est devant, êtes-vous prête à la risquer ?

Marie regarda les deux hommes assis devant elle. Legoff avec sa tignasse en broussaille, les yeux animés d'une inquiétude sincère, presque paternelle, Legoff qui lui avait prouvé à maintes reprises qu'elle pouvait compter sur lui. À ses côtés, Saint-Yves, qui la détaillait avec moins de préoccupation, mais d'un regard net et franc. On pouvait voir la droiture de cet homme et deviner que malgré les chemins tortueux que la vie lui faisait prendre, il était guidé par des principes qu'il ne trahirait jamais.

Marie voulait aller de l'avant, mais elle ne voulait causer le malheur de personne, sinon celui de Marek et de Chamberlain. Elle irait juste avec les hommes qui la suivraient, et ceux qui s'embarqueraient avec elle auraient une part équitable de tout ce qu'ils pourraient amasser en chemin. Quant à Marie, elle ne voulait pas s'enrichir de la piraterie mais avait là-dessus une petite idée, qu'elle préféra garder pour elle pour l'instant. Aux yeux de tous et dans les faits, à cet égard, elle vivrait tout simplement de ce que sa boutique, alimentée par la *Perle des mers*, lui rapporterait le plus honnêtement du monde.

C'est donc d'une voix calme et assurée qu'elle fit part de ses intentions à ses partenaires, les laissant libres de briser là leur association ou de la poursuivre à leur convenance. Mais bien vite, elle constata que ni l'un ni l'autre ne mettaient en doute le sérieux de ses intentions : ils s'inquiétaient simplement de la voir foncer tête baissée dans une entreprise qui risquait d'être plus qu'hasardeuse...

— Messieurs, je prendrai comme une preuve d'amitié les mises en garde que vous m'apportez. Mais sachez que je n'ai jamais été si certaine de ce que je voulais qu'en cet instant précis. Il est bien vrai que la vie m'a bousculée ces derniers temps, mais elle m'a aussi appris à être forte et déterminée. Avec vous à mes côtés, ma détermination ne fait que se renforcer et je suis convaincue que, au bout de la route, nous trouverons le succès que nous cherchons.

Ils trinquèrent donc à leur association et au prochain baptême de la *Perle des mers* à vocation de louve. Le bateau devait être mis à l'eau au cours des prochains jours, l'équipage était maintenant complet, Marie avait acheté tout ce qu'il fallait pour les soutenir, et tout se présentait pour le mieux. L'aventure, la vraie, pouvait commencer.

Le lendemain, Marie se leva de bonne heure. Emmitouflée dans une grande cape de laine pour se protéger de l'air piquant du petit matin, elle partit vers la plage, pressée d'avoir un peu de solitude pour mettre de l'ordre dans ses pensées. Elle marchait depuis un petit moment déjà, sans porter grande attention aux vagues qui s'étiraient sur la plage, quand une forme dans les herbes hautes retint son attention. Était-ce la louve qui était revenue ? Curieuse, elle s'approcha avec précaution pour y découvrir un jeune homme, presque un gamin en fait. Vêtu de haillons plus que de vêtements, il était ramassé sur lui-même, comme pour tenter de se protéger du froid qui le faisait grelotter malgré lui. Il dormait, mais d'un sommeil troublé si on en jugeait par ses sourcils froncés. Le visage du garçon semblait familier à Marie, mais la crasse qui le recouvrait n'en rendait pas l'examen facile.

S'enhardissant, la jeune femme s'approcha un peu plus. Elle retint subitement un cri : c'était Mathieu, son compagnon de l'*Imperator,* qui gisait devant elle. Portant une main au front du gamin, elle découvrit avec terreur qu'il était dévoré par la fièvre. Qu'est-ce qui avait bien pu l'amener jusque-là ? Par quels détours la vie avait-elle pu rejeter ce jeune garçon sur la plage ? C'était comme si, au cours des derniers jours, son passé la rattrapait à grands pas.

Il était impensable de laisser Mathieu là, voué à une mort certaine si on ne lui prodiguait des soins immédiats. Mais Marie se sentait impuissante : d'un côté, il était bien trop lourd pour elle, et d'un autre, elle hésitait à le laisser là pendant qu'elle irait chercher du secours. L'état du gamin inquiétait vivement Marie. Si elle ne parvenait pas à faire baisser sa fièvre très vite, il pourrait très bien tomber en convulsions et Dieu sait comment il réussirait à en réchapper, si seulement il s'en sortait. Il lui fallait trouver, et très vite, un moyen de le ramener à la maison.

Alors qu'elle se torturait les méninges à la recherche d'une solution, elle entendit un bruit derrière elle. Se retournant, elle vit à une cinquantaine de pas un cavalier se promener tranquillement sur un cheval gris. N'écoutant que l'urgence du moment, Marie s'élança à sa rencontre, bien décidée à lui demander son aide. Déjà elle criait en agitant les bras et le cavalier tournait la tête vers elle. Comprenant le message, il donna des talons une pression sur les flancs de son cheval, qui se mit à trotter en direction de Marie.

Celle-ci stoppa net son élan en reconnaissant l'uniforme du cavalier. C'était un soldat du roi. Comme il était cependant trop tard pour faire demi-tour sans alerter ses soupçons, elle décida de jouer le tout pour le tout. Lorsqu'il fut un peu plus près, elle constata avec un certain soulagement qu'il n'appartenait pas à la marine – il aurait alors pu être lié d'une façon quelconque à Étienne – mais à la cavalerie, avec laquelle jusqu'à maintenant elle n'avait eu aucun démêlé. Et peut-être que les nouvelles ne circulaient pas si vite entre les différents corps de l'armée.

L'officier, c'en était un à en juger par ses galons, la regardait avec un air bienveillant, ce qui redonna courage à Marie.

— Mon capitaine…

— Lieutenant, la reprit-il avec un sourire.

— Lieutenant, je viens de retrouver mon petit frère étendu sur la plage, il est plutôt mal en point et j'aurais besoin d'aide pour le ramener à la maison.

Le sourire de l'officier s'effaça pour laisser place à une préoccupation réelle.

— Est-il blessé ?

— Non, je ne pense pas, mais il fait beaucoup de fièvre et devrait être soigné au plus vite. Il est un peu simple d'esprit et ça fait deux jours que je le cherche partout. Il a dû se perdre sans pouvoir retrouver le chemin de la maison.

Le lieutenant avait mis pied à terre et s'approcha de Mathieu.

— Habitez-vous loin ?

— Non, pas tellement, c'est une petite maison blanche en bordure de la route tout près du port. Pouvez-vous le ramener s'il vous plaît ?

L'officier avait déjà empoigné Mathieu et, avec une grande douceur, le coucha en travers de sa selle.

— Voulez-vous monter avec lui, madame ?

— Non merci, je marcherai plutôt, répondit Marie.

— Dans ce cas, je marcherai avec vous, répondit l'officier. Je me présente, Arnaud de Foy, lieutenant de la cavalerie royale. Je suis ici pour quelques jours, en attendant une nouvelle affectation. Vous avez été chanceuse de me rencontrer, je profitais de mes derniers moments de liberté avant de me joindre à mon nouveau détachement. Et j'ai l'honneur de parler à… ?

— Mar… guerite Duguay, répondit Marie en se reprenant juste à temps.

— Vous habitez ici ?

— Non, enfin oui, quelques mois. Nos parents sont décédés il y a un an et nous devons aller rejoindre une tante à Paris.

— Vous vivez seule avec votre jeune frère ? s'étonna l'officier.

— Oui, mais le frère de ma mère s'occupe beaucoup de nous. Il vient nous voir très souvent et veille à ce que nous ne manquions de rien.

Le cerveau de Marie fonctionnait à toute vitesse et elle inventait mensonge sur mensonge en espérant pouvoir en suivre le fil. De Foy était de taille moyenne, costaud sans dégager l'impression de force brute de Legoff. En marchant, il avait ôté son chapeau et son front haut laissait deviner une calvitie naissante, qu'il tentait de contrebalancer par une moustache bien fournie. Il avait des yeux doux et ses manières étaient posées. Il ne semblait pas être de l'étoffe des grands chefs, mais devait être un fidèle second.

Ils avaient maintenant quitté la plage et s'engageaient sur la route. Mathieu ne s'était toujours pas éveillé et c'était beaucoup mieux ainsi. Qui sait comment il réagirait à son réveil ! La fable de Marie risquait bien de voler en éclats à ce moment. Alors qu'ils se rapprochaient de la maison, Marie se mit à espérer que ni Legoff ni Saint-Yves n'y soient. Elle n'aurait pas le temps de les informer de leur nouveau rôle dans sa vie, et d'ailleurs elle n'avait parlé que d'un oncle à l'officier... mais elle s'inquiétait pour rien, la maison était tranquille et vide à son arrivée.

Le lieutenant souleva aisément Mathieu et le transporta dans la maison. Marie le guida vers sa chambre et le pria de déposer le garçon sur le lit. Celui-ci geignit un peu et Marie vit avec inquiétude des plaques rouges marquer ses joues. Heureusement, elle avait refait ses provisions d'herbes médicinales et était en mesure de faire baisser rapidement cette fièvre.

— Ce garçon a besoin de soins rapides, dit l'officier en brisant le silence. Je devrais peut-être vous amener le médecin de la garnison.

— Non, ça ira, répondit vivement Marie. Je suis capable de le soigner seule, je m'y connais assez bien. Ce n'est pas la première fois que cela lui arrive et je me suis toujours bien débrouillée, ajouta-t-elle en espérant mettre assez de conviction dans sa voix.

Arnaud de Foy fronça les sourcils :

— Vous êtes certaine ?

— Ma mère était sage-femme, enchaîna Marie, qui n'en était plus à un mensonge près, et elle m'a appris tout ce qu'elle savait avant de mourir. Non, je vous assure, je saurai très bien tirer mon frère de ce mauvais pas, à la condition que je m'en occupe immédiatement.

— Dans ce cas, je vous laisse. Mais si ça devait tourner mal, n'hésitez pas à venir me voir. Je regagne ce soir le campement de la marine, de l'autre côté du port.

Marie sentit une boule lui étreindre la gorge.

— La marine ? Vous ne m'aviez pas dit que vous étiez dans la cavalerie ?

— Mais je vous ai aussi dit que j'allais vers une nouvelle affectation, et je passerai les prochains mois sur le *Gergovie*. Le bateau est d'ailleurs revenu me chercher expressément.

Le bateau d'Étienne ! Il fallait absolument qu'elle se débarrasse de cet officier au plus vite. Et c'est bien sûr le moment que Legoff choisit pour entrer dans la maison. Marie courut vivement au-devant de lui.

— Ah, mon oncle ! Que je suis contente de vous voir, dit-elle avant que Legoff ait le temps d'ouvrir la bouche. J'ai retrouvé Mathieu, il était sur la plage mais il est plutôt mal en point. Heureusement pour nous, l'officier de Foy passait par là et il a pu ramener Mathieu sur son cheval. Il allait justement nous quitter pour regagner sa nouvelle affectation avec la marine sur le *Gergovie*.

La lueur d'étonnement avait rapidement disparu des yeux de Legoff.

— Ah ça, ma nièce, me voici bien soulagé ! répondit-il aussitôt. Je me faisais du souci pour le gamin. Merci beaucoup, officier, dit-il à de Foy en lui tendant la main. Vous nous avez rendu un fier service.

L'officier rendit sa poignée de main à Legoff.

— Ce n'est rien, c'est aussi mon devoir de venir en aide à tout le monde. J'avoue que je suis un peu soulagé de vous voir ici, j'hésitais à laisser cette dame seule avec son frère malade.

— Partez l'esprit tranquille, dit Legoff en raccompagnant le lieutenant à sa monture, je vais veiller sur eux.

Enfourchant son cheval gris, l'officier leur fit un léger salut.

— Monsieur, mademoiselle Duguay, mes hommages.

Et il lança sa monture au petit galop. Marie s'était déjà engouffrée dans la maison et cherchait avec précipitation les herbes requises par l'état de Mathieu. Legoff la suivit à l'intérieur.

— Eh bien, on ne peut pas dire que la vie soit ennuyeuse avec vous ! D'abord, qui est ce Mathieu ?

— Venez, répondit Marie, je crois que vous le reconnaîtrez.

Intrigué, Legoff suivit la jeune femme dans la chambre. Mathieu était là où elle l'avait laissé, les joues toujours rougies par la fièvre.

— Ah ça, par exemple ! s'écria Legoff. Ne s'agit-il pas du moussaillon… ?

— Oui, c'est lui, le coupa Marie, et il faut faire descendre cette fièvre au plus vite avant qu'il n'entre en convulsions. Déshabillez-le pendant que je vais chercher quelques herbes.

Ils passèrent les heures suivantes au chevet de Mathieu, lui administrant des compresses d'eau froide, que Marie trempait dans de la camomille. Elle lui avait préparé une infusion de fleurs de gentiane, dont elle le forçait à boire une tasse toutes les heures.

À la fin de l'après-midi, leurs efforts semblèrent porter fruit. Le garçon respirait plus calmement et ses joues avaient repris une teinte rosée moins inquiétante. Son sommeil était plus calme et la fièvre avait cédé du terrain. Marie et Legoff en profitèrent pour prendre quelques instants de repos. Saint-Yves arriva à ce moment-là.

— Bonjour à tous ! cria-t-il en rentrant, aussitôt interrompu par des froncements de sourcils et des signes de se taire.

— Que se passe-t-il ? répliqua-t-il sur un ton néanmoins plus doux, êtes-vous en train de veiller un mort ?

— Il s'en est fallu de peu que ce soit le cas, répondit Marie, qui entreprit de raconter à Saint-Yves les événements de l'après-midi.

— Je me souviens très bien de ce gamin, commenta l'ex-capitaine de l'*Imperator*. Un garçon intelligent qui apprenait vite. Beaucoup plus brillant que la plupart des imbéciles qui formaient l'équipage de ce bateau, sauf exception, s'empressa-t-il d'ajouter en voyant Legoff prêt à répliquer. Mais comment s'est-il retrouvé sur la plage, je me le demande. La dernière fois que je l'ai vu, il était toujours sur le bateau, malmené par Chamberlain, mais comme il n'avait nulle part où aller, il s'accrochait au bateau.

— Mais pourquoi Chamberlain s'en prenait-il à lui ? s'enquit Marie. C'était un bon moussaillon qui ne faisait pas de trouble.

— Chamberlain s'était mis dans la tête que le gamin savait quelque chose puisqu'il avait tissé certains liens d'amitié avec le mousse qui l'avait volé... Vous vous souvenez de celui-là ? demanda Saint-Yves avec une lueur taquine dans les yeux.

Mais Marie ne sourit pas.

— Y en a-t-il d'autres qui ont eu à payer pour ce que j'ai fait ?

— Rappelez-vous que vous étiez plutôt réservée sur le bateau et que vos contacts avec les hommes étaient limités. Ah, il y a bien le chirurgien qui a dû vous pleurer un peu…

— Très drôle, Saint-Yves !

Elle cherchait une réplique bien sonnée quand un bruit l'alerta dans la chambre. Ensemble, les trois amis furent sur leurs pieds et se précipitèrent dans la pièce voisine.

Mathieu était sur le sol, empêtré dans la couverture qui lui avait entravé les pieds au moment où il avait voulu se lever. Le jeune garçon pestait, mais s'arrêta net en voyant le trio qui le regardait.

— Où suis-je ? Qui m'a amené ici ? Capitaine ! s'exclama-t-il en reconnaissant Saint-Yves, prouvant ainsi que la fièvre n'avait en rien altéré sa mémoire. Et vous aussi, je vous connais, ajouta-t-il en se tournant vers Legoff. Et… madame ?

Legoff prit les choses en mains.

— Bon Dieu, mon garçon, tu vas trop vite ! Ménage-toi sinon cette fièvre va revenir à coup sûr. Habille-toi un peu plus décemment si tu veux causer devant une dame, et viens nous retrouver à côté, où une bonne soupe t'attend. Tu dois avoir faim.

Constatant qu'il était en fait dans le plus simple appareil, Mathieu rougit subitement, ce qui cette fois-ci n'avait rien à voir avec la fièvre, et tenta maladroitement de se couvrir avec la couverture, qui restait obstinément coincée entre ses pieds, ce qui fit rire Marie et les deux hommes. Le rire de Marie s'éteignit brusquement lorsqu'elle vit de vilaines zébrures rouges dans le dos du garçon, témoins mal cicatrisés d'un traitement dont elle n'avait aucune peine à deviner la nature. Mais ne voulant ajouter à la gêne du jeune homme, elle se détourna rapidement et sortit vers la cuisine.

Quelques instants plus tard, les trois hommes venaient la rejoindre. Mathieu s'était habillé avec les vêtements que Saint-Yves lui avait prêtés, les siens étant hors d'usage. C'était un peu grand pour lui, le capitaine le gagnant de quelques pouces et de quelques livres de muscles, mais au moins il était décent et au chaud.

Le bol de soupe qui fumait sur la table eut raison de toutes les questions qui lui montaient aux lèvres. Marie le regardait en se demandant quoi faire de ce nouvel invité. Il ne pouvait être question de l'abandonner puisqu'il était évident qu'il n'avait nulle part où aller. Mais pouvait-elle l'emmener avec elle ? Ne serait-il pas injuste de faire vivre une vie de hors-la-loi à ce jeune garçon ? Ses démons n'étaient pas les siens… Et alors qu'il buvait à même le bol les dernières gouttes de soupe, Saint-Yves prit la parole :

— Eh bien, mon garçon, si tu nous racontais ce qui t'est arrivé ?

— Y a pas grand-chose à dire, mon capitaine, répondit-il avec toute la déférence due au rang de son interlocuteur. Chamberlain, le diable l'emporte, ajouta-t-il en crachant par terre, a décidé que je savais où était passé le sale petit voleur qui se disait mon ami. Alors il m'a fait fouetter jusqu'à ce que je lui dise ce que je savais, et comme je ne savais rien, j'ai passé un bon moment accroché au mât de misaine. C'était après votre départ, mon capitaine, dit-il en se tournant vers Saint-Yves. Après qu'il vous a fichu dehors, Chamberlain, le diable l'emporte (un autre crachat suivit), est devenu comme fou. Très peu d'hommes sont restés près de lui. Plusieurs se sont sauvés pour ne pas subir le même sort que moi et ceux qui sont restés, eh bien, ce ne sont pas les marins dont vous seriez le plus fier. Ils avaient les seules qualités qui comptaient aux yeux de Chamberlain, le diable l'emporte, dit-il en crachant encore par terre, soit d'être bêtes et serviles.

Essoufflé par sa tirade, Mathieu avala une gorgée dans le gobelet de vin qui se trouvait devant lui, sans se soucier de savoir qui en était le propriétaire, puis il reprit :

— Après ça, le diable…

— Ça va, on sait de qui il s'agit, l'interrompit Marie, voulant éviter au plancher un autre crachat qui ne manquerait pas de venir.

Haussant le sourcil dans sa direction, le gamin continua néanmoins.

— Il m'a laissé attaché au mât trois jours, et je serais probablement mort là si l'un des hommes ne m'avait donné un peu d'eau et de pain de temps en temps. Ça m'a donné le temps d'apprendre que Chamberlain, je ne cracherai plus ! s'empressa-t-il d'ajouter en levant la main vers Marie, allait engager un autre capitaine, puis compléter son équipage pour aller se refaire sur la mer. Mais il a aussi promis de rechercher ce moussaillon qui l'avait escroqué aussi loin qu'il le faudrait et de ne jamais s'arrêter tant qu'il ne lui aurait pas mis la main au collet.

Alors qu'il tendait à nouveau la main vers le gobelet de vin, Marie s'empressa de mettre un verre d'eau fraîche devant lui :

— Ceci te désaltérera plus sûrement que le vin, dit-elle avec autorité, et avec la fièvre que tu as eue, il faut aussi en boire beaucoup.

S'apprêtant à protester, Mathieu jeta un coup d'œil du côté de Saint-Yves.

— Tu ferais mieux de l'écouter, mon garçon, lui dit-il. Elle s'y connaît plutôt en matière de guérison. Et sur beaucoup d'autres choses, d'ailleurs.

— Oui, je pense que c'est maintenant à mon tour de parler. En fait, dit Marie en regardant Mathieu droit dans les yeux, tu me connais beaucoup mieux que tu ne penses.

Et Marie se mit en frais de lui raconter l'histoire qu'elle avait rapportée, il y avait à peine quelques semaines, à Saint-Yves. Contrairement à Saint-Yves, comme il n'avait aucune idée de l'identité de la jeune femme, on pouvait lire tour à tour sur son visage l'étonnement, la stupéfaction, la colère d'avoir été trompé, l'amusement puis le soulagement.

Il n'avait pas bougé d'un poil durant tout le récit de Marie. Lorsqu'elle eut terminé, ce fut à son tour de prendre une gorgée d'eau fraîche. Personne ne disait plus un mot et tous les regards étaient tournés vers Mathieu. Celui-ci soupira profondément.

— Et moi qui croyais que j'avais vécu des aventures incroyables, soupira-t-il. Si je n'avais pas partagé moi-même tant de journées auprès de vous, madame, je n'aurais pas cru un mot de ce que vous m'avez dit. Mais il semble que je ne sois pas le seul à avoir été dupé, ajouta-t-il avec un petit sourire à l'adresse de Saint-Yves.

Marie ne souhaitait pas s'étendre sur le sujet :

— Bon, ce n'est pas tout. Que faisons-nous de toi maintenant ? Nous allons devoir partir d'ici quelques jours et tu dois retrouver ta famille. Pour te dédommager de tout ce que tu as enduré à cause de moi, je te donnerai quelques pièces qui te permettront de ne manquer de rien jusqu'à ce que tu arrives chez toi.

Le visage du garçon se rembrunit.

— Je n'ai pas de chez-moi. Je suis orphelin, et depuis longtemps il n'y a plus personne pour se soucier de moi. Mais, peut-être pourrai-je vous accompagner là où vous allez ?

— Il ne saurait en être question ! dit vivement Marie. Tu as eu assez de mésaventures comme ça et les prochains mois risquent d'être plutôt mouvementés pour nous.

— Eh bien, ça ne me fait pas peur ! répliqua-t-il bravement. J'en ai vu d'autres et surtout j'ai beaucoup appris. Et puis, n'oubliez pas que j'ai moi-même quelques comptes à régler avec Chamberlain. Laissez-moi faire partie de votre équipe.

— C'était un bon matelot, dit Saint-Yves. Je ne suis pas certain de la qualité des marins que j'ai embauchés à la va-vite. Un employé qui a une bonne connaissance du travail sur un bateau pourrait certes être utile. Et ce jeune homme a peut-être une certaine tendance à l'insolence, mais c'est un bon travailleur.

— Et d'avoir un autre allié de notre côté, même si ce n'est qu'un moucheron, ne peut pas nuire. Après tout, ce pauvre enfant n'a nul endroit où aller ! compléta Legoff en levant un sourcil moqueur.

Voyant que le vent semblait tourner en sa faveur, Mathieu décida de pousser son avantage :

— Et puis, ce serait un peu une façon de vous faire pardonner le tort que vous m'avez fait.

À ces mots, Marie manqua s'étouffer dans le gobelet de vin qu'elle venait de porter à ses lèvres.

— Ne va pas trop loin, jeune homme. Il semble que tu te sois trouvé des alliés de taille, mais de notre côté, qu'allons-nous faire de toi ? En tout cas, si les choses tournent mal, ne viens pas te plaindre…

Sur ces mots, Mathieu sauta sur ses pieds et s'empara de la main de Marie, qu'il secoua avec effusion.

— Merci ! Merci ! Vous ne le regretterez pas. Je serai loyal et vaillant, vous verrez ! Quand partons-nous ?

À ces mots, Marie, qui avait été amusée par l'attitude du gamin, se rembrunit. Leurs problèmes venaient brusquement de refaire surface :

— Bon. Nous savons que la marine française est ici et qu'Étienne… je veux dire, se reprit-elle aussi tôt, qu'il vaut mieux partir très vite si nous ne voulons pas attirer l'attention sur nous. Pouvez-vous rassembler les hommes rapidement ? demanda-t-elle en se tournant vers Saint-Yves.

— J'aurais besoin de trois heures tout au plus, répondit-il. Ceux que j'ai engagés savent que notre départ est imminent.

— Bien. Et vous, Julien, quand pensez-vous que nous puissions embarquer ?

— Demain matin. Je n'ai qu'à passer avec le paiement final et le navire est à nous.

— Bon. Voici ce que je suggère, continua Marie : nous embarquons ici rapidement et nous mettons les voiles vers Toulon, où nous nous approvisionnerons en vivres et en tout le nécessaire pour tenir quelques semaines en mer. Messieurs, préparons-nous !

Il y eut une activité particulièrement fébrile dans la maison cette nuit-là. Marie veillait soigneusement à ce que toutes leurs possessions soient empaquetées, voulant éviter à tout prix de laisser un indice compromettant derrière eux. Saint-Yves les avait quittés au début de la nuit pour aller avertir l'équipage qu'on allait prendre la mer, et dès les premières lueurs de l'aube, Legoff monta à cheval et se rendit au port pour régler les derniers détails qui feraient définitivement de Marie la propriétaire du bateau. Ils s'étaient tous donné rendez-vous à bord.

C'est avec une certaine émotion que la jeune femme ferma la porte derrière elle. Elle avait connu là quelques instants d'une paix relative et à nouveau elle se lançait tête baissée vers des périls inconnus. Presque par surprise, ses yeux s'embuèrent de larmes et elle ravala courageusement la grosse boule qui se nouait dans sa gorge. L'heure n'était pas aux regrets. Avec une voix qui se voulait ferme, elle dit à Mathieu qu'il valait mieux se dépêcher.

Chapitre 29

À sa grande surprise, il régnait une agitation fort convaincante sur le bateau lorsqu'elle arriva au port. À l'entrée de la passerelle, elle se sentit soudainement intimidée. Quelques hommes la regardaient et, avant qu'ils n'aient le temps de lui lancer quelques paroles grivoises ou sifflets bien sentis, Mathieu l'avait promptement enlacée et lui colla un baiser enflammé sur les lèvres.

Suffoquée, Marie tenta de se dégager mais Mathieu ne lui laissa pas le temps de protester et l'empoigna fermement par le bras, la poussant vers une ruelle sombre à quelques pas de là. Dès qu'ils furent hors de portée de vue, Mathieu relâcha son emprise et s'apprêta à faire face à la colère de la jeune femme. Celle-ci ne se fit pas attendre.

— Peux-tu me dire qu'est-ce qui t'a pris ? explosa-t-elle.

— Veuillez m'excuser, madame Marie, mais c'est la seule idée qui m'est venue à l'esprit pour tenter de sauver la situation.

— Et de quelle situation parle-t-on ? demanda-t-elle sur un ton glacial.

— Madame Marie, la coupa le jeune homme, il y a peut-être un détail qui vous a échappé dans votre organisation si parfaite. Vous n'ignorez pas que les marins sont très superstitieux quant à la présence d'une femme sur un bateau. Et je ne crois pas que Saint-Yves ait trop insisté sur votre rôle dans cette affaire lorsqu'il a recruté les hommes. Mieux vaut donc rendre votre entrée sur le bateau un peu plus... discrète.

Dans sa précipitation, Marie n'avait pas songé à cela et elle s'en voulut terriblement. Depuis quatre mois, elle avait délaissé ses habits d'homme, reprenant une identité féminine qu'elle n'avait alors plus de raison de cacher. Mais Mathieu disait vrai. Mieux valait attendre d'être en mer pour révéler sa véritable identité à l'équipage, et le faire aux côtés de Legoff et de Saint-Yves. D'ailleurs, elle s'étonnait de ce que ceux-ci n'y aient pas pensé non plus. Décidément, le gamin en avait dans la cervelle ! Radoucie, elle fit amende honorable.

— Tu as tout à fait raison, Mathieu, et je ne comprends pas que j'aie été aussi sotte, ajouta-t-elle, amusée de voir le soulagement se peindre sur le visage du jeune garçon. Mais avais-tu besoin de pousser la comédie avec autant de conviction ?

Mathieu rougit jusqu'à la pointe des cheveux.

— Ben... je... fallait donner le change...

— Était-ce si difficile ? continua Marie, bien décidée à le taquiner.

— Non, ce n'est pas ce que je voulais dire... mais si je voulais... enfin je ne voulais pas...

— Va vite me chercher quelques habits de moussaillon et montons à bord avant que nous ne soyons en retard, dit-elle en riant. Je te taquinais un peu. Tu as très bien fait et je te revaudrai ça !

Soulagé, Mathieu s'en fut en courant et revint très vite avec une culotte de coton, une chemise ample et un bonnet de laine à rayures. Marie grimaça en voyant le tout mais s'habilla néanmoins sans protester. Elle jeta ses vêtements féminins dans son sac et suivit Mathieu vers le bateau.

Cette fois-ci, c'est avec assurance qu'elle monta sur la passerelle derrière le rouquin. L'un des hommes qui les avait vus plus tôt apostropha le jeune homme.

— Alors, le coquin, on est allé faire ses adieux dans la ruelle ? Un petit en-cas pour le voyage ?

Deux ou trois hommes partirent à rire et Marie rougit bien malgré elle.

— M'est avis que ton compagnon n'a pas pris les mêmes précautions...

Il allait poursuivre sur le même ton quand Marie fut sauvée par l'arrivée *in extremis* de Saint-Yves.

— Bon, vous n'avez rien de mieux à faire que d'ennuyer ce pauvre garçon ? À vos postes, messieurs, nous appareillons bientôt. Quant à vous deux, ajouta-t-il en se tournant vers Marie et Mathieu, suivez-moi.

Saint-Yves les mena droit à sa cabine, se souciant peu des regards interrogateurs qui le suivaient. Lorsqu'il eut fermé la porte derrière Marie et Mathieu, il ne put s'empêcher de rire.

— Eh bien, pour une entrée discrète, c'est réussi !

— Nous avions négligé le détail de mon arrivée sur ce bateau, dit Marie un peu penaude, et n'eût été la présence d'esprit de Mathieu, j'aurais probablement rendu notre départ un peu chaotique…

— Je me demandais ce qui vous retardait quand je vous ai vus arriver à la passerelle… pour repartir aussitôt.

Ce fut au tour de Marie de rougir comme une pivoine. Saint-Yves partit d'un grand éclat de rire.

— Bravo, mon garçon ! Belle idée ! Tu as sauvé la situation. C'est ce qui s'appelle joindre l'utile à l'agréable… Bon, restez ici vous deux, je vais voir si Legoff est arrivé pour qu'on puisse enfin lever l'ancre.

Il avait à peine fermé la porte qu'il la rouvrit aussitôt.

— Mais restez tranquilles, n'est-ce pas ? C'est un bateau bien tenu ici.

La porte se referma sur lui, juste à temps pour qu'il évite la coupe d'étain qu'on lui avait lancée…

⚓

Legoff était enfin arrivé, tenant en main tous les papiers garantissant à Marie la propriété du bateau. Une autre entente avait été signée entre lui et la jeune femme stipulant que Legoff n'était qu'un prête-nom dans cette affaire et que la véritable propriétaire du bateau était Marie Galligan. Ce contrat, pour le moins inhabituel, était conservé dans un coffre soigneusement caché dans la cabine de Marie. Et c'était là qu'elle se trouvait, faisant l'inventaire de sa malle, qu'on lui avait apportée quelques instants plus tôt. Une lourde armoire trônait dans un coin de la pièce, meublée en outre d'un lit rustique et d'une solide table de travail. Contrairement aux autres meubles, seule la chaise n'était pas vissée au plancher. Marie avait cependant tenu à ce qu'elle soit capitonnée à maints endroits pour ne blesser personne si elle se mettait à glisser à cause d'une mer houleuse. La pièce était de bonnes dimensions, on reconnaissait là les goûts luxueux de Chamberlain, et il aurait certes été furieux de constater que c'était Marie qui en profiterait.

Celle-ci plaçait ses vêtements dans l'armoire ainsi que ses précieuses herbes, potions, onguents et bandages qui, elle l'espérait bien, ne lui seraient pas trop utiles sur le bateau. Elle s'affairait à tout et à rien, surtout pour s'occuper l'esprit et oublier que pour l'instant elle ne pouvait participer aux manœuvres du départ de son bateau. Son bateau ! La réalité la frappa tout d'un coup. Ce qui longtemps n'avait été qu'un rêve éloigné était maintenant palpable sous ses mains. En un éclair elle revit la longue route qu'elle avait parcourue pour en arriver là et l'angoisse lui étreignit le cœur quelques instants. Ses motivations étaient-elles légitimes ? Et celles de ses fidèles amis ? N'était-ce pas un peu fou que de se lancer à la poursuite d'un si gros gibier avec, somme toute, si peu de moyens ?

Elle s'approcha de l'un des deux hublots de sa cabine et vit que l'on s'éloignait déjà lentement du port. Son cœur se serra à la vue du *Gergovie*, amarré au quai, les voiles en panne, et il lui sembla voir sur le pont arrière une silhouette familière se découper dans la lumière matinale, une silhouette tournée vers la *Perle des mers*... mais ce n'était certainement là que son imagination qui lui jouait des tours.

Marie était impatiente de sortir de sa cabine, mais ils avaient tous convenu qu'elle y resterait jusqu'à ce qu'ils se soient approvisionnés à Toulon et qu'ils soient repartis en mer. Bien que

Saint-Yves soit à peu près sûr des hommes qu'il avait engagés, mieux valait ne prendre aucun risque que l'un d'entre eux soit tenté de se désister lors de l'escale. Pour l'instant, l'identité de Marie et son rôle sur le bateau devaient rester secrets.

Elle gardait également dans sa cabine ce qui restait de sa fortune sérieusement entamée par les dépenses du bateau. Elle n'aimait pas traîner autant d'or avec elle, mais pour l'instant il n'y avait pas d'autre solution. Ils atteignirent Toulon alors que le soleil était déjà très bas sur la Méditerranée. Il serait difficile de s'approvisionner le soir même, il faudrait donc mouiller au port, y passer la nuit et repartir dans la matinée. Ce qui voulait dire pour Marie encore plusieurs heures de réclusion.

Les manœuvres d'accostage réglées, les hommes eurent quartier libre jusqu'à minuit. Legoff, Saint-Yves et Mathieu se retrouvèrent dans la cabine de la jeune femme pour y prendre le repas et discuter des événements à suivre.

— Vous semblez avoir eu la main heureuse dans le choix des hommes, Saint-Yves, dit Legoff en servant une tournée de vin. Ça s'est plutôt bien passé aujourd'hui.

— Les mauvaises têtes ne se font généralement pas connaître la première journée, et encore moins quand on peut les virer dès la première escale le lendemain, répondit-il sérieusement. Mais j'espère ne pas m'être trop trompé.

— Quand pourrai-je aller enfin librement sur le bateau ? demanda Marie. Je trouve plutôt difficile d'être toujours enfermée ici.

— Il faut attendre le bon moment et surtout soigner votre présentation. Ce n'est pas courant pour ces hommes d'avoir une femme à bord, et encore moins d'être sous ses ordres. Si vous voulez asseoir votre autorité, il faudra le faire dès le début. Si les hommes vous manquent de respect en partant, ce sera très difficile de le regagner par la suite.

— Je me présenterai à eux comme l'un des leurs…

— … ce qui serait une grave erreur, compléta Saint-Yves. Vous n'êtes pas l'un des leurs, vous êtes le commandant de ce bateau. Vous avez droit de vie ou de mort sur eux et ils doivent le sentir dès votre premier contact. Sinon, ce sera bien difficile pour nous trois d'assurer votre sécurité. Nous vous avions prévenu que ce ne serait pas une entreprise aisée. Il est encore temps de renoncer, nous ne prenons vraiment la mer que demain.

Marie rougit subitement.

— Non ! Hors de question que je me désiste avant même de commencer.

— Vous pourriez mener les affaires à partir de la terre ferme pendant que nous…

— … que vous courez les mers en quête d'aventures et que je reste à broder des napperons au coin du feu. Très peu pour moi. D'ailleurs, je ne comprends même pas pourquoi nous avons cette conversation.

— C'est là notre dernière tentative, et vaine à ce que je vois, de vous épargner d'inutiles souffrances et des malheurs inévitables, constata Legoff.

— Aucune souffrance ne sera inutile si elle aboutit à la chute de Marek, trancha la jeune femme à qui le ton de la conversation déplaisait de plus en plus. Parlons plutôt de ma rencontre avec l'équipage.

Il fut entendu que Marie serait présentée à l'équipage le soir suivant avant le repas. Elle en profiterait pour offrir une tournée de rhum aux hommes, ce qui serait très certainement bien perçu. Et advienne que pourra.

⚓

La journée suivante se passa sans encombres sur une mer d'huile. Par le hublot de sa cabine, qui lui semblait de plus en plus petite, Marie vit les derniers goélands les accompagner, puis disparaître du ciel, signe que la terre était déjà loin. À mesure que le soleil descendait à l'horizon, Marie sentait sa nervosité s'accroître, plus qu'elle ne voulait se l'avouer. Elle choisit soigneusement les vêtements qu'elle devait porter, des vêtements d'homme, ce qui serait sa tenue pour les prochains mois. Elle porta d'abord une culotte de toile brune, de hautes bottes et une chemise beige sur laquelle elle jeta une veste sans manches. Jugeant que le tout manquait d'effet, elle opta pour un chandail ample qui tombait sur une culotte bouffante fermée au mollet par un gros bouton… mais, peu convaincue du résultat, elle envoya ces vêtements rejoindre les autres sur le lit. Finalement une chemise blanche très simple, une redingote bleue, serrée à la taille et modestement décorée de boutons dorés ainsi qu'une culotte marine dont l'ourlet se cachait dans ses bottes de cuir noires eurent sa faveur. Elle se regarda dans le miroir caché sur un côté de son armoire et jugea le résultat satisfaisant. Un chapeau surmonté d'une plume blanche compléterait l'ensemble. À défaut de lui donner du panache, cela lui donnerait de la hauteur !

Ce qu'elle dirait aux hommes, elle n'en savait encore trop rien. Elle improviserait sur le moment, s'ajustant à leur réaction. Saint-Yves et Legoff se placeraient derrière elle, comme pour lui donner un peu de poids… Elle venait à peine de compléter sa toilette qu'on frappa à la porte.

— Vous êtes prête ? demanda Legoff. Les hommes sont rassemblés sur le pont, on leur a dit que le commandant viendrait leur parler.

— Allons-y ! dit-elle bravement, masquant son anxiété du mieux qu'elle pouvait.

Lorsqu'elle s'avança sur le pont supérieur, Legoff la cachait aux hommes, mais lorsqu'il s'écarta, elle sentit plus qu'elle n'entendit un murmure.

— Messieurs, dit-elle avec toute l'assurance qu'elle pouvait, vous connaissez vos officiers Saint-Yves et Legoff, permettez-moi de me présenter, je suis votre commandant. J'exigerai de vous une totale loyauté et une grande franchise. Je me plierai donc dès lors moi-même à ces règles en ne vous cachant pas la vérité.

Enlevant son chapeau d'un large geste, elle poursuivit d'une voix un peu plus forte pour couvrir les réels murmures qui maintenant montaient de l'assemblée :

— Vous ne vous trompez pas, je suis une femme. Mais j'ai comme vous fait mes classes sur un bateau, j'ai nettoyé les poulaines et briqué le pont. Je me suis écorché les mains à rouler les cordages et je me suis pendue aux voiles pour les tendre aux haubans. J'ai vécu la promiscuité des entreponts, dormi comme vous dans des hamacs inconfortables et vécu la peur qu'engendrent les grandes tempêtes. Vous avez été engagés pour me suivre et vous serez bien traités, à la condition toutefois que vous respectiez votre part du contrat. Saint-Yves ne vous a pas tout dit, il y a des pans de notre « mission » qui doivent vous rester inconnus, mais pour l'essentiel vous savez que nous agirons comme des corsaires sans en avoir les lettres. Je saurai être reconnaissante envers ceux qui accompliront leur tâche, mais je serai impitoyable envers ceux qui se défileront ou qui n'obéiront pas en tout point à l'un de nous trois.

À ces mots, l'un des hommes murmura quelque chose et cracha sur le pont.

— Le nom de cet homme ? demanda Marie entre ses dents.

— Latourette, répondit Saint-Yves de la même manière.

— Latourette, dit-elle d'une voix claire en se tournant vers lui, vous me briquerez le pont seul ce soir plutôt que d'aller au dîner, où un demi-baril de rhum sera servi aux hommes pour célébrer notre départ.

— On ne m'avait pas dit que je devrais naviguer avec une ribaude, répliqua, l'œil mauvais, celui qu'elle venait d'apostropher.

— On vous avait dit que vous deviez naviguer et que vous seriez payé pour le faire. Depuis quand la source de votre solde vous importe-t-elle ? Et que je sois une femme n'a aucune importance. Que je sois votre commandant par contre en a beaucoup, et je ferai en sorte de vous le rappeler chaque jour que vous passerez sur ce bateau. Messieurs, ajouta-t-elle se retournant vers l'ensemble de l'équipage, qui la regardait maintenant avec une lueur d'intérêt et d'amusement dans les yeux, j'entends bien vous traiter. Nous vivrons en marge de la loi, mais sachez que si vous suivez la mienne, jamais je ne vous laisserai tomber. Je saurai être généreuse, je veillerai à ce que vous soyez bien nourris et bien soignés. Je n'aime pas les châtiments corporels, vous serez déjà soumis à suffisamment rude épreuve lorsque nous devrons engager le combat. Mais si votre conduite m'y force, je n'hésiterai pas. La loi de la mer fait de moi le seul maître à bord de ce bateau, ne m'obligez pas à me le rappeler trop souvent. Vous êtes sur le pont de la *Perle des mers*. Voici le pavillon que verront plutôt flotter nos ennemis…

À ces mots, Mathieu baissa le pavillon orné d'une huître entrouverte sur une perle nacrée et hissa un pavillon noir où, en lieu et place du traditionnel crâne qu'arborait celui des bateaux pirates, une magnifique tête de loup claquait au vent.

— Messieurs, voici la *Louve des mers*.

Les hommes regardaient vers le ciel le pavillon qui montait lentement au mât quand l'un d'entre eux s'exclama :

— Sauf votre respect, madame, vous avez bien un nom ?

— Le vôtre d'abord, monsieur.

— Chevigny, madame, répondit-il en enlevant son chapeau.

— Je suis enchantée de vous avoir à bord, comme vous tous d'ailleurs, reprit-elle en balayant tous les hommes de son regard. Quant à moi, je suis Marie Galligan, mais pour tout étranger à notre bateau, je serai Marc Duguay.

— Hourra pour Marie Galligan ! cria Chevigny.

Les hommes reprirent d'abord timidement le cri, puis celui-ci s'enfla avec plus de conviction, jusqu'à ce qu'il claque à la manière d'une vague qui éclate sur un rocher.

Marie se retourna vers Legoff et Saint-Yves, qui la regardaient en souriant. La partie était gagnée.

TROISIÈME PARTIE

Chapitre 30

Marie pouvait enfin quitter la réclusion forcée dans sa cabine et arpenter librement le pont. Elle appréciait ce retour à la liberté en humant à pleins poumons les effluves de la mer et s'intéressait de très près au travail sur son navire. Elle se faisait un devoir de déchiffrer chaque matin les cartes marines avec Saint-Yves et de tracer avec lui la route que devait emprunter le bateau au cours de la journée. Elle découvrit en son capitaine une rigueur de travail qu'elle ne soupçonnait pas. Il était méticuleux, appliqué et ne laissait rien au hasard, préférant vérifier trois fois un même calcul plutôt que de laisser subsister l'ombre d'un doute.

Saint-Yves avait choisi quelques hommes à qui il avait donné le grade de sous-officier. Toujours soucieux de protéger Marie bien malgré elle, il s'était assuré que ces hommes constituent un tampon entre elle et l'équipage, afin qu'elle soit au courant de tout ce qui s'y passait, sans pour autant avoir à s'y mêler. Chevigny comptait parmi eux. Il avait été le premier à s'exprimer en faveur de la jeune femme et semblait en plus avoir une bonne écoute auprès des hommes. C'était lui qui était en charge de la répartition des quarts de travail et qui veillait à ce que les équipes soient bien équilibrées, tant par la valeur des hommes qui s'y retrouvaient que par la compatibilité des caractères.

Si Saint-Yves menait les destinées du bateau, commandait les sous-officiers et restait sur le gaillard avant la plupart du temps, de son côté Legoff se mêlait à l'équipage, réglait les petites et grosses chicanes, houspillait ceux qui traînaient de la patte et félicitait les autres qui travaillaient bien. Avec son style bourru et ses manières carrées, Legoff n'y allait pas par quatre chemins lorsqu'il avait quelque chose à dire et il gagna bientôt le respect de l'équipage. Imbu d'une autorité naturelle, il naviguait très à l'aise dans cette horde humaine composée de ce que la société n'avait certes pas de meilleur à proposer. Mais Legoff semblait heureux, songeait Marie en regardant avec une certaine tendresse son curieux compagnon d'infortune. Pour sa part, Mathieu avait le titre pompeux de « sous-officier en charge des moussaillons ». En fait, il avait pris sous sa charge les plus jeunes de l'équipage et, bien qu'à peine plus vieux qu'eux, il leur montrait le métier et leur servait de grand frère à l'occasion.

Marie s'était opposée à ce que des enfants de moins de quatorze ans montent à son bord, mais Saint-Yves lui avait fait valoir que ce serait bien difficile de trouver des matelots plus âgés qui feraient les tâches traditionnellement réservées aux mousses et que, en plus, l'absence de cette jeune main-d'œuvre à bord pourrait surprendre n'importe quel observateur un peu attentif. La jeune femme avait fini par se rendre aux arguments de Saint-Yves mais en imposant toutefois une condition : il faudrait que ces jeunes soient enfermés dans une cabine lorsqu'un combat se préparerait. Pas question pour eux d'y participer. Saint-Yves se plia à ce qu'il considérait comme un caprice, mais il eut la sagesse de ne pas en dire un mot. Marie avait aussi insisté pour que Mathieu assiste chaque matin au traçage de la route et apprenne ainsi les principes de la navigation. Le gamin avait déjà un instinct très sûr et il se révéla un élève brillant et intéressé. Il apprenait rapidement : Saint-Yves trouva vite du plaisir à partager son savoir avec lui et était ravi de constater les rapides progrès de son élève.

La vie s'écoulait ainsi tranquille et le but réel de toute cette équipée semblait parfois bien lointain quand, le soir venu, Marie sirotait un verre de porto en compagnie de Saint-Yves et de Legoff, en regardant le soleil se coucher à l'horizon. La météo avait été clémente jusque-là et, à part quelques coups de vent un peu plus forts, ils avaient navigué sur une mer plutôt tranquille.

Ils s'approchaient des côtes de l'Afrique au large du Cap-Vert. La route était longue depuis Marseille.

Le calme devait pourtant être rompu quelques jours plus tard. Alors que Saint-Yves balayait l'horizon de sa lunette d'approche, il aperçut, au même moment que la vigie le cria, un navire de bon tonnage se profilant sous le soleil cru de l'après-midi. Marie s'approcha du capitaine.

— Il bat quel pavillon ?

— Pavillon anglais, répondit Saint-Yves sans quitter le navire des yeux.

— Quel type de bateau ?

— Navire marchand.

— Il faut donc l'arraisonner.

Saint-Yves abaissa sa lunette et regarda la jeune femme droit dans les yeux.

— En êtes-vous certaine ? Si vous franchissez ce pas, vous ne pourrez plus reculer ensuite.

— Je n'ai jamais eu autant de certitude dans ma vie qu'en ce moment même. Allez, Saint-Yves, hissez le pavillon de la *Louve des mers* et maquillez le bateau.

Marie affichait plus d'assurance qu'elle n'en ressentait en réalité. Ce premier abordage la terrifiait, mais elle eût préféré se faire couper un bras que de le montrer. D'ailleurs, la suite des événements ne lui laissa pas vraiment le temps de s'épancher sur ses états d'âme. Dès que le pavillon de la *Louve* fut hissé, les hommes laissèrent tomber le travail de routine qu'ils étaient en train d'accomplir et préparèrent le bateau au combat. Les sabords furent ouverts et les canons poussés dans les ouvertures. Le maximum de voiles fut déployé pour augmenter la vitesse du bateau et ne pas permettre à la proie de s'échapper. Mais celle-ci ne se méfiait pas, la *Louve des mers* n'était pas encore connue et son pavillon n'effrayait personne. Des hommes apportaient des boulets près des canons, d'autres allèrent chercher les grappins qui leur permettraient d'accrocher la *Louve* au navire anglais. Les armes commencèrent à circuler, principalement des poignards et des épées, et très peu d'armes à feu, car les combats au mousquet n'étaient pas très répandus et peu d'hommes savaient s'en servir adéquatement. De plus, la charge unique exigeait une grande précision, et le temps risquait de manquer pour recharger.

Marie agita la cloche de rassemblement. Elle avait agi d'instinct, sans consulter Saint-Yves, qui la regarda d'un air surpris. Empoignant la rampe du gaillard d'avant, elle se plaça bien en vue et resta immobile jusqu'à ce que les hommes se soient amassés sur le pont inférieur, les yeux levés vers elle. Dès qu'elle eut la certitude d'avoir l'attention de tous, Marie les harangua.

— Messieurs, dans quelques minutes, nous allons aborder un navire, notre première prise. Je sais que Saint-Yves vous a bien préparés à ce qui va suivre, et j'espère que chacun d'entre vous s'en tirera sans trop de mal. Il est presque impossible qu'aucun sang ne soit versé, mais je vais vous demander d'épargner les vies de l'équipage anglais, à moins que la vôtre ne soit directement menacée. Nous sommes de faux corsaires, mais nous ne sommes pas des pirates sans foi ni loi, nous ne tuons pas pour le simple plaisir de tuer. Notre but est de nous approprier la cargaison de ce vaisseau ennemi et de laisser l'équipage sur le bateau. Des hommes vivants contribueront beaucoup plus à établir notre légende, dont vous ferez partie, que des hommes morts, qui emporteront leur mémoire dans leur tombe. Soyez prudents, soyez efficaces, et nous célébrerons ce soir notre première victoire autour d'un baril de rhum. Bonne chance, messieurs !

Sur ce, Marie retourna au bastingage alors que l'équipage saluait d'un hourrah sa harangue. Saint-Yves l'accueillit d'un grognement.

— J'aimerais bien être mis au courant de vos initiatives lorsqu'elles concernent mes hommes.

— Vos hommes ? Il me semblait que c'était mon équipage.

— Vous savez très bien ce que je veux dire, dit-il en reprenant son observation du bateau de plus en plus proche. Et quant à laisser la vie sauve à tout le monde, c'est un peu naïf.

— Nous ferons ce que nous pourrons, dit Marie en haussant les épaules.

— Nous ? Il n'est pas question que vous participiez à la bataille !

— Peut-être pensez-vous m'enfermer dans la cale ?

— Dans la cale, non, mais dans votre cabine certainement. Vous ne nous serez d'aucune utilité et mieux vaut pour l'instant ne pas trop vous mettre à la vue de tous vos… survivants, sinon nous aurons toute la marine royale à nos trousses demain matin.

— Mais je n'ai pas l'intention de me soustraire au danger.

— Je vous en prie, Marie ! Ce n'est pas le moment de discuter. La prise est imminente, et je dois me concentrer sur les événements qui vont suivre et non sur le fait d'assurer votre sécurité. On en reparlera ensuite si vous le voulez bien.

Marie allait répliquer, mais Saint-Yves tourna les talons et lança quelques ordres brefs vers les hommes qui s'agitaient un peu au hasard. Pour plusieurs d'entre eux, il s'agissait d'un premier abordage et ils n'étaient pas loin de l'affolement. La vue de Saint-Yves les calma aussitôt, et c'est en rangs bien serrés qu'ils se préparèrent à prendre d'assaut le vaisseau anglais.

Marie était aussi incertaine que le plus néophyte de ses hommes. Le discours de Saint-Yves l'avait laissée sans voix et elle dut reconnaître au fond d'elle-même qu'il avait un peu raison. Elle ne serait d'aucune utilité dans la bagarre, n'ayant pas d'aptitude particulière au combat. Pis, elle risquait même d'être une nuisance si elle venait à avoir besoin d'être défendue. Elle se résigna donc à demeurer en retrait, non pas dans sa cabine où elle resterait à se ronger les sangs et à spéculer sur l'issue de la bagarre, mais plutôt sur le pont de dunette, une coquetterie empruntée aux navires de guerre par Chamberlain, d'où elle aurait une vue imprenable sur la scène.

Le navire anglais ne s'était pas méfié et avait laissé la *Louve* s'approcher. Quand à son bord on avait enfin compris que ce rapprochement n'était pas un effet du hasard, il y eut un peu plus d'agitation sur le pont. Et lorsque les premiers coups de canon furent tirés en guise de semonce, ce fut la panique générale. De toute évidence, le navire marchand ne s'attendait pas à être attaqué et y était fort mal préparé. Ses cales pleines lui enlevaient vitesse et maniabilité, et sa puissance de feu était pratiquement inexistante. Dès qu'ils furent suffisamment près, Saint-Yves s'empara d'un porte-voix et cria :

— Holà à bord du *Sweet Majesty*, nous allons vous aborder ! Nous sommes plus puissants et plus nombreux, mieux armés et plus dangereux. Ne nous résistez pas et il ne vous sera fait aucun mal.

Il ne put aller plus loin, échappant de justesse à une flèche qui venait d'être tirée dans sa direction. Le bateau ne semblait pas bien armé, mais les hommes à son bord ne manquaient pas de courage. Il allait donc falloir combattre. Recommandant à ses hommes de se mettre à couvert, Saint-Yves dirigea habilement les manœuvres d'abordage. Dès que le navire anglais fut assez près, l'équipage de la *Louve* lança les grappins qui arrimèrent les deux navires ensemble et qui lui permirent de passer sur le pont du bateau anglais. Il en résulta un tumulte incroyable. On n'entendait que cris et bruits d'épées qui s'entrechoquaient. De son poste d'observation, Marie voyait ses hommes se battre avec enthousiasme tandis que les Anglais se défendaient avec frénésie. Elle tentait vainement de reconnaître l'un ou l'autre des combattants, mais la mêlée était telle que tout se confondait. Le soleil inondait la scène, indifférent au drame qui se jouait là, et la chaleur qu'il répandait ajoutait à l'effort des hommes qui luttaient pour leur vie.

Toute concentrée sur le spectacle qui se déroulait devant ses yeux, Marie ne sentit pas l'homme s'approcher derrière elle, et ce n'est qu'au dernier moment qu'elle perçut sa présence. Son instinct l'avait avertie d'un danger imminent et elle se retourna vivement, juste à temps pour esquiver un coup d'épée qui déchira quand même la manche de sa veste. Son cœur battant lourdement à ses oreilles, elle cherchait une arme pour se défendre, sans quitter son adversaire des yeux. Mais le pont de dunette était désespérément vide et Marie se vit prise au piège avec un fou furieux devant elle. Son instinct combatif était trop grand pour qu'elle se rende sans tenter de se défendre. Tournant autour de son agresseur, elle réussit à esquiver les deux autres coups qu'il lança. Heureusement pour elle, il était plutôt lourd et peu agile, cela lui donnait le mince avantage de la rapidité. Il était quand même costaud, et sa force devait compenser largement son manque de souplesse. Il se mit à proférer des jurons en anglais qu'elle comprit en partie pour les avoir entendus dans la bouche de son père lorsqu'il était contrarié et qu'il ne la croyait pas dans les parages.

Or, l'heure n'était pas à la rhétorique mais plutôt à la défense. Elle sentit sous ses pieds un bout de cordage qui traînait là. Se penchant sans quitter l'homme des yeux, elle tenta de l'utiliser à la manière d'un fouet, espérant que le nœud qui en ponctuait l'extrémité aille frapper l'homme au visage. Mais, en dépit de sa stature, celui-ci avait de bons réflexes et, dès que le cordage siffla en sa direction, il l'attrapa et tira la jeune femme vers lui. Elle eut la sagesse de lâcher aussitôt mais pas assez vite pour éviter que l'homme lui agrippe le poignet. Elle lui balança alors un coup de pied au bas-ventre qui le prit par surprise. Poussant un grognement de douleur, l'homme la lâcha et Marie tourna les talons dans une tentative de fuite. Elle allait s'engager dans l'échelle qui la ramènerait vers le gaillard d'avant quand son agresseur, qui avait rapidement repris ses esprits, s'élança vers elle. Il réussit à l'accrocher par les cheveux, libérés par la chute de son chapeau et dénoués dans la bataille. Marie bascula vers l'arrière, perdit pied dans l'échelle et tomba, entraînant avec elle l'homme dans sa chute. Ils se retrouvèrent pêle-mêle sur le pont du gaillard avant, Marie coincée sous la masse opulente de l'Anglais. Elle le vit avec horreur lever son épée vers elle et pensa l'espace d'un instant que ses aventures allaient se terminer là, dans un bain de sang, sur le pont de son bateau… La seconde d'après, elle baignait effectivement dans le sang, mais ne ressentait aucune douleur et restait curieusement très consciente du monde qui l'entourait, assez pour sentir la masse inerte de l'homme s'affaisser sur elle et l'étouffer sous son poids. Ses yeux étaient grands ouverts dans une expression de surprise, et son haleine fétide lui balaya le visage dans un seul et dernier soupir.

Puis le soleil réapparut et Marie put respirer de nouveau. Saint-Yves se pencha vers elle et la remit sur ses pieds.

— Êtes-vous blessée ?

Un peu sonnée, Marie prit le temps de faire l'inventaire de ses membres avant de répondre.

— Il y a beaucoup de sang sur moi… mais ce n'est pas le mien.

Voulant repousser une mèche de cheveux qui lui retombait sur le visage, elle grimaça de douleur. Un regard à son bras gauche lui apprit que l'épée de l'homme lui avait fait une bonne estafilade, mais que, finalement, elle était chanceuse de s'en tirer à si bon compte. Regardant Saint-Yves qui tenait son épée ensanglantée à la main, elle lui dit :

— C'est la deuxième fois que vous me sauvez la vie…

— Si vous vous étiez enfermée dans votre cabine comme je vous l'avais suggéré, je n'aurais pas eu à le faire.

— Vous ne pouvez pas me demander de me cacher quand mes hommes se battent !

— Mais de vous faire tuer, ça je le peux ? répliqua Saint-Yves, de la colère plein les yeux. C'était stupide de votre part de vous montrer comme un étendard au soleil.

Détestant être prise en faute, Marie cherchait une réplique bien sentie quand Legoff arriva sur les faits.

— Dieu du ciel, que vous est-il arrivé ? Êtes-vous blessée ? s'écria-t-il. D'où vient cet homme ?

— Il a bien failli la tuer, répondit Saint-Yves, mais il n'embêtera plus personne maintenant.

— Et grâce à Saint-Yves ici, je suis encore en vie. Où en est-on dans la bataille ? s'enquit Marie, soucieuse de faire dévier la conversation.

— Elle est finie depuis belle lurette. Pendant que vous vous amusiez avec votre petit copain, les hommes ont maîtrisé l'équipage anglais, ont ficelé quelques-uns de ses membres et enfermé les autres dans la cale. Ils travaillent maintenant à faire passer la cargaison du bateau dans nos propres cales.

— De quoi est faite cette cargaison ?

— Principalement d'huiles, de parfums, de cuirs et de sacs de thé…

— Rien pour nous renflouer, soupira Marie, et tant de risques pour si peu. Mais comment vont les hommes ? demanda-t-elle soudain. Y a-t-il beaucoup de blessés ? Des morts peut-être ?

— La seule mort à déplorer, c'est celle de ce rustre ici. Les Anglais ont vite constaté que nous étions beaucoup plus nombreux qu'eux, et mieux préparés à nous battre.

— Je serai toujours étonné de l'insouciance de certains armateurs qui n'investissent pas pour mieux protéger leurs navires marchands, remarqua Saint-Yves. Les mers sont loin d'être sûres et, lorsque les bateaux rentrent au port les cales pleines, ils deviennent des proies faciles.

— Qu'allons-nous faire de cet homme ? demanda Marie.

— Le confier à la mer, dit Saint-Yves. Allez Legoff, aidez-moi, ajouta-t-il en soulevant les jambes du cadavre.

Marie était interloquée.

— Comme ça, tout simplement ? On le jette à l'eau pour que les requins s'en chargent ?

— Avez-vous une autre solution ? Le garder avec nous pour l'enterrer sur la terre ferme peut-être et espérer que les asticots ne se développent pas trop vite et qu'il ne répande aucune épidémie parmi nos hommes ? On pourrait peut-être l'installer dans votre cabine ?

La jeune femme rougit. Elle n'avait visiblement pas songé aux aspects plus triviaux d'une vie en mer ponctuée de combats et d'abordages.

— Faites comme vous pensez, dit-elle en tournant les talons, pressée tout à coup d'aller changer ses vêtements poissés de sang et de soigner sa coupure au bras. On se retrouve tout à l'heure.

— Euh… Marie, la rappela Legoff, j'ai oublié de vous dire qu'il y avait aussi, outre les feuilles de thé et les eaux de senteur, quelques coffrets de pièces d'or…

— Quelques ?

— En fait une dizaine…

Un lent sourire étirant ses lèvres, Marie poursuivit sa route.

Elle passa le reste de la journée à soigner les blessures de l'équipage. Les hommes, peu habitués à être si bien traités sur un bateau, étaient ravis, et plusieurs commencèrent à réellement apprécier la présence d'une femme à bord, d'autant plus qu'elle était dotée de talents médicaux.

Il n'y avait rien de bien terrible. Des coupures, certaines nécessitant quelques points de suture, beaucoup de contusions et un bras cassé. Marie ordonna que l'homme au bras cassé soit mis au repos, il fallait éviter que l'infection ne s'installe, et elle ne tenait pas du tout à diriger une amputation. L'équipage eut droit à un bon repas et à une grande quantité de rhum. Ils veillèrent tard ce soir-là et les prémices d'une curieuse camaraderie, née dans l'effort et l'adversité, virent le jour. L'équipage devenait tranquillement une équipe.

Marie, Saint-Yves, Legoff et Mathieu, ce dernier étant invité exceptionnellement à cette réunion, se retrouvèrent autour d'un repas servi dans la vaste cabine de la jeune femme. Ensemble, ils firent le bilan de la journée. Il était assez satisfaisant. Les coffrets d'or couvraient en partie les frais du bateau, mais Marie avait une autre nouvelle à annoncer à ses compagnons.

— Nous allons garder une partie de l'or pour le roi, leur annonça-t-elle.

C'était une décision qu'elle avait prise quelques mois auparavant mais dont elle ne leur avait pas encore fait part.

— Pour le roi ? s'étonnèrent les trois hommes en même temps.

— Oui, je ne veux pas que nous soyons complètement en dehors des lois. Lorsque l'heure de rendre des comptes sera venue, je porterai le blâme sur mes épaules, mais les choses seront facilitées pour vous si nous rapportons au roi sa part de butin, comme un corsaire devrait le faire. Donc, chaque fois que nous ramasserons des prises en espèces sonnantes ou en pierres précieuses, nous mettrons de côté ce que gardent les corsaires en bonne et due forme pour le Trésor royal.

Les trois compagnons se regardèrent, puis Legoff s'insurgea :

— Quel genre d'hommes pensez-vous que nous sommes ? Vous laisser porter le blâme seule ? Nous assumons nos actes, madame, et si réprimande il y a, et il y en aura sûrement une, nous partagerons le poids de la faute, comme nous aurons partagé les risques.

— Comme je suis une femme, on me condamnera peut-être seulement à la prison tandis que vous risquez la potence.

— Et comment expliquerez-vous que vous êtes seule responsable ?

— De toute façon, coupa Saint-Yves, l'idée n'est pas d'être pris ou quoi que ce soit, nous sommes tous ici pour régler nos comptes avec Chamberlain et ses acolytes, y compris Marek bien sûr, ajouta-t-il en se dirigeant vers Marie, et lorsque notre vengeance sera consommée, cet équipage n'aura plus de raison d'être. Si nous agissons avec suffisamment de doigté, nous remettrons son dû au roi sans qu'il sache nécessairement d'où cela vient, vous vendrez le bateau sous son autre nom et tout le monde s'en tirera élégamment. Les hommes se seront enrichis, certains pourront même envisager une vie plus régulière, et chacun pourra peut-être voir l'avenir sous de nouveaux auspices.

— Vous avez raison, Saint-Yves, laissons les événements nous mener d'eux-mêmes vers leur conclusion.

Ils levèrent leur coupe de vin et s'attaquèrent au repas odorant que le cuisinier avait réussi à préparer spécialement pour eux.

L'assaut surprise du marin avait fait prendre conscience à Marie qu'elle était bien mal outillée pour combattre si l'occasion se représentait, ce qui risquait fort d'arriver. Dès le lendemain, alors que le bateau voguait tranquillement vers le nord, elle s'approcha de Saint-Yves, accoudé au bastingage.

— Philippe, lui dit-elle doucement, j'ai quelque chose à vous demander...

Surpris, Saint-Yves se retourna. C'était bien la première fois qu'il entendait Marie l'appeler par son prénom, un prénom qu'il avait presque oublié tant il était peu employé. Cette nouvelle intimité le mit un peu mal à l'aise, non pas parce que le nom ne sonnait pas joliment dans la bouche de Marie, mais plutôt parce que cela annonçait qu'elle allait lui demander quelque chose qui ne lui plairait pas, il en était certain.

— Qu'y a-t-il ? répondit-il un peu sur ses gardes.

— Je voudrais que vous me donniez des leçons à l'épée, dit Marie presque timidement.

La réponse fusa, cinglante et sans appel.

— Jamais !

Sur ce, Saint-Yves voulut s'éloigner, montrant là qu'il était bien décidé à ne pas lui laisser la chance d'argumenter. Mais le refus sec de Saint-Yves avait fait s'envoler comme par magie toute trace de timidité chez la jeune femme, bien déterminée à recevoir ses leçons.

— C'est ça ! Ne m'aidez surtout pas ! Comme ça, la prochaine fois qu'on m'attaquera, je n'aurai qu'à incliner docilement la tête pour qu'on me la tranche plus aisément. À moins que je n'ouvre mon corsage pour qu'on me transperce la poitrine.

— La prochaine fois, gronda Saint-Yves bouillonnant de colère contenue, je vous enfermerai à double tour dans votre cabine ; ainsi, on aura la paix pour se battre bien tranquillement. Et si vous vous opposez à moi, je vous ferai mettre aux fers tout simplement.

Marie en eut le souffle coupé. Puis l'indignation monta à son tour en elle comme le feu qui court sur une mèche de baril de poudre.

— Me mettre aux fers ? Oubliez-vous que je suis le commandant de ce navire ? hurla-t-elle.

— Depuis quand un commandant doit avoir des tendances suicidaires ? hurla à son tour Saint-Yves, dont le teint prenait peu à peu une belle teinte cramoisie. À quoi nous servirez-vous lorsque vous baignerez dans votre sang, si toutefois on vous fait la grâce de vous tuer tout de suite sans vous passer sur le corps auparavant.

Marie repoussa bien vite l'image suscitée par la réplique de Saint-Yves et s'apprêtait à lui répondre quand Legoff apparut à leurs côtés.

— Eh bien, que se passe-t-il ici ? Vous êtes en train de vous donner en spectacle devant tout l'équipage et on doit entendre vos cris jusqu'à la côte africaine.

— Il y a que madame veut se mettre à l'épée ! cracha Saint-Yves en se retournant brusquement vers le nouvel arrivé. Comme si nous n'avions pas assez de problèmes comme ça.

— Et si nous allions en parler dans la salle des cartes ? suggéra sagement Legoff qui, sans attendre la réponse des deux belligérants, les entraîna dans son sillage.

Les mâchoires serrées, chacun étant bien décidé à remporter son combat, ils suivirent Legoff, qui referma la porte derrière eux :

— Et puis-je savoir quel est l'objet de cette dispute ?

— Il y a que madame ici présente s'est mis dans la tête d'apprendre le maniement de l'épée, une fort mauvaise idée, vous en conviendrez avec moi, Legoff.

— Au contraire ! Je pense que c'est là une très bonne idée, dit Legoff, alors que Marie ravalait subitement la réplique qu'elle allait lancer, surprise par cet allié inattendu.

Saint-Yves en écarquilla les yeux de stupéfaction :

— Vous ne pouvez être d'accord qu'elle participe aux combats, Legoff !

— Qu'elle participe ouvertement aux combats, non ! Mais qu'elle sache se défendre si on venait à l'attaquer, oui ! Et vous serez d'accord avec moi, Saint-Yves, qu'il y a plus de probabilités que ça lui arrive sur un faux bateau corsaire qu'en pavoisant à la cour. Quoique à la cour les attaques sont aussi nombreuses, mais d'une tout autre nature... bien que je ne sache dire lesquelles sont les plus dangereuses, finalement. Mais, poursuivit-il en se retournant vers Marie, que vous sachiez manier l'épée serait certes une précaution supplémentaire. J'y avais d'ailleurs déjà pensé alors que nous parcourions les routes, sans jamais avoir eu le temps de passer à l'action.

— Eh bien, puisque vous êtes du même avis tous les deux, occupez-vous-en, Legoff, devenez donc son maître d'armes. Moi, j'ai un bateau à mener ! dit-il en sortant de la pièce.

Marie et Legoff restèrent silencieux quelques instants. Ce fut la jeune femme qui brisa le silence.

— Alors vous êtes d'accord, Julien, vous allez me donner des leçons ?

— Je vais vous donner des leçons, quoique Saint-Yves soit bien meilleur que moi à l'épée. Mais qu'on s'entende bien, ça ne veut pas dire que vous allez vous lancer à l'abordage chaque fois que bon vous semblera. Ce n'est pas un passeport pour les combats que je veux vous donner, mais une chance de vous en tirer si on vous attaque. Que je sois très clair, ce n'est pas pour l'attaque que je vous enseigne, mais pour la défense.

— Ne dit-on pas que la meilleure défense c'est l'attaque ? risqua Marie.

— Ne faites pas la maligne, sinon je risque bien de changer d'avis.

— Bien sûr que non, Julien, je ferai comme vous direz. Quand commençons-nous ?

— Nous commencerons demain, ce qui laissera une journée de plus à mes vieux muscles pour récupérer de la bagarre d'hier.

Et là-dessus, ils sortirent sur le pont. Si Legoff avait vu l'éclair de jubilation dans les yeux de Marie, peut-être aurait-il changé d'idée…

⚓

Une curieuse routine s'installa sur le bateau. Les hommes vaquaient à l'entretien du navire au petit matin, s'arrêtaient pour un petit déjeuner copieux puis allaient se regrouper sur le pont principal pour voir Marie recevoir ses leçons d'escrime, dispensées par un Legoff bien intentionné mais un peu lourdaud. S'il connaissait bien les principes du combat à l'épée et les dominait assez bien, chez Marie, la souplesse et la rapidité compensaient l'inexpérience. Les armes qu'ils avaient dans leur arsenal étaient plutôt des armes d'abordage et rendaient la tâche de Marie un peu plus malaisée. L'épée était plus lourde et donc plus difficile à manier. Malgré tout, il devint vite évident que l'élève allait rapidement rejoindre, sinon dépasser le maître. Après deux semaines de leçons intenses, comme Marie n'aurait pour rien au monde voulu sauter une journée et que Legoff était bien trop orgueilleux pour avouer qu'il avait besoin d'un peu de repos, ils se retrouvèrent pour la leçon quotidienne.

Il faisait particulièrement beau et la mer clapotait mollement autour de la coque du bateau. Les voiles étaient en panne puisque le vent ne s'était pas encore levé et qu'il n'y avait aucune urgence à se rendre où que ce soit. Quelques hommes somnolaient sur les câbles enroulés, mais la plupart s'accoudaient au bastingage ou s'appuyaient sur les échelles et sur les mâts afin de voir les progrès de Marie. Ils en étaient venus à apprécier de plus en plus la jeune femme, et les réticences qu'ils avaient eues à son égard s'estompaient rapidement. Sans qu'ils arrivent à la compter réellement comme une des leurs, leur estime envers elle augmentait au fil des efforts qu'elle faisait pour se fondre dans la vie du bateau. Il faut dire également que les conditions de vie qu'ils y trouvaient étaient de loin les meilleures que la plupart d'entre eux avaient connues jusque-là. Seul Saint-Yves s'était tenu à l'écart de ces leçons, qu'il n'approuvait pas. Mais depuis deux ou trois jours, il les observait, un peu à l'écart, sans que personne ne le voie, impressionné malgré tout par l'application que Marie y mettait.

— Aujourd'hui, jeune dame, nous allons mettre en pratique ce que je vous ai enseigné, commença Legoff. Vous connaissez les attaques, les fentes et les parades, vous réussissez quelques feintes, de base peut-être mais tout de même, alors nous allons simuler un combat.

— Bon, enfin ! s'écria Marie. Nous allons passer aux choses sérieuses. Je croyais qu'on n'en finirait jamais avec les exercices !

— Madame, il faut apprendre à marcher avant de courir. Si vous n'avez aucune base solide, vous ne vaudrez pas cher dans un combat engagé. La maîtrise des mouvements est la seule clé lorsque le combat tourne au vinaigre et que vous vous retrouvez en fâcheuse posture. Il faut alors revenir à la base, ne pas paniquer et reprendre le contrôle du combat. Mais seule une parfaite connaissance de ces mouvements de base vous offre cette porte de sortie.

— J'ai compris, j'ai compris, on commence ? demanda Marie, déjà en garde.

Legoff soupira, se mit en garde à son tour et amorça le combat. Sa première attaque surprit un peu Marie, qui recula en vacillant, tout en parant le premier coup. Il était porté avec un peu plus de force que ce à quoi elle s'attendait, et elle vit brusquement la différence entre les exercices et la pratique. Mais son hésitation fut de courte durée et elle riposta rapidement. Legoff avait cependant l'avantage d'avoir quelques centaines de combats derrière lui, et si Marie se montrait inventive, il la menait là où il voulait. Les épées s'entrechoquaient avec des sons clairs, ponctués par les encouragements des hommes, qui allaient parfois à Marie, parfois à Legoff. Voyant qu'elle n'avait aucune chance de l'emporter devant un adversaire plus costaud et plus expérimenté qu'elle, elle opta pour la ruse. Marie manœuvra pour que son adversaire fît face au soleil, qui n'était pas encore à son zénith. Elle devenait ainsi une silhouette devant lui, puisqu'il avait la vue voilée par l'éclat du soleil. Legoff menait toujours, mais s'essoufflait rapidement. Marie sautait partout devant lui et, entre deux coups échangés, regardait sur le pont à la recherche de quelque chose. Elle vit soudain un cordage qui traînait par là et s'organisa pour que Legoff l'enjambe. Comme il était campé sur ses deux jambes au-dessus du cordage, Marie lança une attaque sur l'extrême gauche de son adversaire droitier, qui dut se déstabiliser pour la parer. Elle en profita pour se baisser vivement, ramassa le cordage sur lequel Legoff avait posé les pieds et tira de toutes ses forces. Déséquilibré par la secousse, il battit des bras et s'étala de tout son long sur le pont. Poussant un cri de victoire, Marie fonça vers lui… pour se retrouver quelques secondes plus tard désarmée et avec une pointe d'épée qui la tenait en respect. À la garde de cette épée se trouvait Saint-Yves, qui la regardait avec une ombre d'amusement dans les yeux.

— Pas mal, madame, mais vous avez profité d'un adversaire épuisé par son dévouement envers vous et bien trop orgueilleux pour vous dire que sa carcasse n'arrivait plus à suivre celle de vos vingt ans. Venez donc vous mesurer à moi maintenant. Reprenez votre épée et en garde !

Marie ne se le fit pas dire deux fois. Elle sauta sur son épée et se plaça devant son nouvel opposant. Ils engagèrent le combat, mais il devient bien vite évident à Marie qu'elle avait devant elle un tout autre adversaire. Il enfilait les coups aisément, sans aucun effort, se payant même le luxe de garder une main repliée dans son dos. Il se déplaçait avec souplesse, tournant autour de Marie, qui ne savait plus où donner de la tête. Les hommes saluaient les entrées de Saint-Yves avec des cris d'enthousiasme et d'admiration. Marie s'épuisait lentement. Elle parvenait toujours à bloquer les attaques de son capitaine, mais n'avait plus d'énergie pour la riposte. Le poids de l'épée semblait augmenter à chacun des échanges, et ses épaules élançaient douloureusement. Or, elle ne voulait pas s'avouer vaincue et se battait avec l'énergie du désespoir... ou d'un orgueil démesuré. Ce n'était pas suffisant face à la fine lame qu'était Saint-Yves. Il l'amena dans un coin du bastingage et, avec un petit sourire de suffisance, lui fit sauter l'épée des mains. Celle-ci fit un vol gracieux en tournoyant dans les airs avant de s'enfoncer dans la mer. Le geste était à la fois spectaculaire et élégant, et les hommes ne purent s'empêcher de le saluer d'un hourra sincère.

À bout de souffle, Marie s'appuya sur le bastingage puis se ressaisit et se courba devant Saint-Yves.

— Vous m'avez vaincue, monsieur, je m'incline !

Saint-Yves la salua.

— Vous avez été une bonne adversaire, madame, et je salue votre courage. Mais vous avez encore bien des choses à apprendre et, si vous le voulez, je vous enseignerai ce que je sais.

À ces mots, Marie fut bien près de lui sauter au cou mais se retint juste à temps, pensant que Saint-Yves n'apprécierait peut-être pas une telle marque d'affection devant ses hommes.

— Vous m'en verrez honorée, répondit-elle simplement, avec une lueur de triomphe dans les yeux, qu'elle s'empressa de cacher sous ses paupières baissées.

Saint-Yves se retourna vers les hommes.

— La pause est finie ! Retournez à vos postes, le vent se lève. Hissez les voiles et cap vers le large !

⚓

Trois jours s'écoulèrent avant qu'un peu d'action ne vienne marquer la vie de la *Louve des mers*. Battant toujours son pavillon marchand, la *Perle des mers*, le bateau naviguait au gré des flots, retournant tranquillement vers les côtes françaises, les cales chargées de sa première prise. Marie était sur le pont, humant l'air marin, quand elle entendit la vigie crier : « Navire à bâbord ! »

Elle s'approcha de Saint-Yves, qui scrutait déjà l'horizon de sa lunette.

— Quel pavillon ? demanda-t-elle.

— Espagnol. Bateau marchand bien profilé, assez récent.

— Que transporte-t-il, d'après vous ?

— Aucune idée ! Peut-être du vin, peut-être des étoffes, peut-être de l'or. Mais, ajouta-t-il en refermant sa lunette d'un geste sec, je ne crois pas que ce soit une bonne idée de l'intercepter. Il semble plus léger que nous, avec nos cales presque pleines, et comme le temps est parfaitement dégagé, nous ne pouvons le prendre par surprise. Ils nous ont certainement déjà vus.

— Oui, mais ils ne voient qu'un bateau marchand comme le leur. Ils sont loin de se douter de notre force de frappe.

— Force de frappe largement diminuée par notre manque de maniabilité, dois-je vous rappeler. Il serait plus sage de retourner vers la France et de décharger.

Une petite voix disait à Marie que Saint-Yves avait raison, mais elle ne se sentait pas encore prête à mettre la seconde partie de son plan à exécution. Retourner à La Rochelle la remplissait à la fois de plaisir et d'angoisse : il était peut-être encore trop tôt pour affronter son passé. Et ce bateau lui offrait l'occasion de retarder l'échéance…

— Moi, je pense qu'un peu d'action ferait le plus grand bien aux hommes, qui s'embêtent depuis quelques jours.

Comme pour lui donner raison, une querelle éclata sur le pont inférieur, et on entendit la voix grave de Legoff hurler au-dessus du tumulte.

— Vous voyez, dit Marie avec un geste large, si on ne les occupe pas, ils vont finir par se bagarrer. Alors bagarre pour bagarre, mieux vaut que ce soit contre quelqu'un d'autre !

— Je persiste à penser que c'est une mauvaise idée, insista Saint-Yves.

Malgré tout, il déplia sa lunette et regarda à nouveau le bateau, qui voguait tranquillement sans se douter qu'il était au cœur d'une discussion le concernant directement.

— L'équipage semble réduit au minimum, grommela-t-il, ce qui veut peut-être dire qu'ils ne transportent pas grand-chose…

— Dans ce cas, peu importe le butin, allons gagner de l'expérience tout simplement.

— Soit ! Mais si ça tourne mal, vous ne pourrez dire que je ne vous avais pas prévenue...

Le reste s'enchaîna rapidement. Saint-Yves lança quelques ordres et le bateau tourna lentement vers sa proie. Ne voulant pas éveiller les soupçons du navire espagnol, Saint-Yves augmenta à peine la voilure, et le bateau prit imperceptiblement de la vitesse. Les hommes étaient aux aguets, silencieux avant l'attaque. Les canons étaient chargés ; on n'attendait plus que l'ordre de Saint-Yves pour ouvrir les sabords et lancer une salve de semonce, qui annoncerait à la fois les intentions de la *Louve des mers*, alors transformée, et qui donnerait un indice sur la capacité et la volonté de réplique du navire espagnol.

Dès qu'il estima le moment propice, Saint-Yves lança l'attaque. Les canonniers tirèrent une première bordée, suivie rapidement d'une seconde bordée de boulets ramés, des boulets reliés entre eux par une chaîne et tirés vers le pied du mât de misaine, afin de le faucher. Il y eut un mouvement de surprise très net sur le bateau adverse, mais les Espagnols se ressaisirent rapidement, et l'agitation sur le pont n'avait rien de désordonné. À la surprise de Marie, qui observait le tout en retrait sur le pont avant car elle avait promis à Saint-Yves de se tenir à l'écart, les sabords du bateau espagnol s'ouvrirent et il répliqua. La majorité des boulets finirent leur course à la mer, sauf un, qui perça la coque de la *Louve* juste sous les pieds de Marie. Inquiète que personne ne s'en soit aperçu, elle se précipita à la cale, soucieuse de constater les dégâts.

Bien qu'elle soit dans les entrailles du bateau, Marie percevait le bruit de la bataille, et elle était forcée de reconnaître que la résistance offerte était d'une tout autre qualité que celle du bateau anglais. Cherchant son passage à tâtons dans le noir, elle sentit brusquement sur son visage une bouffée d'air frais, suivi aussitôt d'une douche d'eau salée. Le boulet avait frappé juste au-dessus de la ligne de flottaison, de sorte qu'à chaque roulis du bateau, l'eau s'engouffrait, et la force de l'impact était telle qu'elle menaçait d'ouvrir encore plus la voie d'eau percée dans la coque. Legoff avait eu soin de placer un peu partout dans la cale des coffres de réparation justement pour répondre à une situation similaire. Marie se mit en frais d'amorcer la réparation de fortune, espérant tout de même qu'un autre boulet ne vienne pas troubler son travail… et sa sécurité. Elle prit un marteau, quelques planches et des clous, et tenta de refermer l'ouverture. Ce n'était pas facile, d'abord parce qu'il lui était malaisé de manier le marteau et les lourdes planches, ensuite parce que le sol tanguait sous ses pieds et qu'elle se retrouvait toujours en équilibre précaire.

Un choc particulièrement rude la précipita en avant. Elle alla heurter la paroi du bateau, s'écorchant la main au passage. Puis le tangage cessa. Elle devina, aux cris qui lui parvenaient, que les hommes passaient à l'abordage. Les deux bateaux étaient donc arrimés l'un à l'autre, ce qui expliquait maintenant l'absence de mouvements. Arrachant un bout d'étoffe de sa chemise pour panser sa main, Marie profita de l'accalmie relative pour travailler sur l'ouverture de la coque. Une fois la planche clouée, elle en colmata le pourtour avec de l'étoupe. Enfin, après bien des efforts, elle jugea son travail satisfaisant. Il faudrait réparer de l'extérieur pour poser une plaque de métal sur le flanc du bateau, mais cela requérait un contexte un peu plus calme.

Dévorée par la curiosité et l'inquiétude, Marie se hâta de regagner le pont pour voir où en était la bataille. Un vacarme indescriptible y régnait. Le gros de la bagarre se déroulait sur le pont ennemi, où les cris et les jurons survolaient les chocs des coups d'épées. Trois marins espagnols avaient réussi à échapper aux hommes de Marie et couraient maintenant sur le pont de la *Louve*. Rapidement, ses hommes s'occupèrent de deux d'entre eux sans voir que le troisième s'était caché derrière une barrique, attendant patiemment que leur attention soit toute absorbée dans le combat.

Mais ce manège n'avait pas échappé à Marie, qui se mit à suivre l'Espagnol avec circonspection. Sa silhouette lui paraissait étrangement familière, mais l'ombre et la fumée de poudre à canon qui flottait sur le pont l'empêchaient de distinguer les traits de son visage. Il semblait chercher quelque chose du regard. Quand enfin il trouva ce qu'il cherchait, il se dirigea vers l'une des portes qui menaient à l'entrepont. Marie ne fut pas longue à se décider. Saisissant une épée dans l'un des coffres d'armement placés sur le pont, elle se mit à le suivre discrètement. Elle voulait d'abord savoir qui c'était, puis ce qu'il cherchait. Il était évident que cet homme marchait avec un but bien précis.

Une autre évidence lui sauta également aux yeux. Cet homme connaissait les entrailles d'un bateau et, malgré le fait qu'il soit sur un bâtiment inconnu, il savait bien s'y diriger. Tout à coup, Marie comprit. La sainte-barbe ! S'il trouvait l'endroit où étaient entreposées la poudre et les munitions, il pourrait tout simplement faire sauter le bateau pendant que tout le monde était occupé ailleurs. Comme pour lui donner raison, l'Espagnol sortit de sa poche une pierre à silex et une mèche. Serrant la garde de son épée dans sa main, Marie se rapprocha un peu plus. Elle ne pouvait prendre le risque de le laisser pour aller chercher de l'aide, elle allait devoir régler la situation toute seule.

Elle cherchait l'endroit propice pour se lancer à l'attaque. Son cœur battait à tout rompre. Elle avait remarqué l'épée pendant à son côté. Il lui faudrait profiter de l'effet de surprise pour agir. La perspective d'un combat à l'épée ne lui plaisait pas trop. Elle se doutait que cela n'aurait rien à voir avec ceux amicaux qu'elle engageait avec Legoff ou même Saint-Yves. Mais l'heure n'était plus au doute. L'homme qui ouvrait chacune des portes devant lui arriverait bientôt au but recherché. Alors qu'il poursuivait sa manœuvre, Marie s'élança sans un cri, l'épée brandie au-dessus de sa tête, dans l'intention de le déséquilibrer et de le maîtriser au sol. Mais c'était sans compter sur l'instinct d'un combattant aguerri et d'un marin qui avait développé le sixième sens de ceux qui vivent une vie de dangers et d'aventures.

Sentant l'attaque de Marie plus qu'il ne la vit, il ouvrit vivement la porte en se retournant et parvint à bloquer le coup de la jeune femme. N'ayant nullement le goût de décapiter son adversaire, Marie avait lancé son épée à plat, dans l'espoir de l'étourdir. Son arme rebondit lourdement contre la porte, et le coup se répercuta dans son bras. L'homme lâcha sa pierre de silex et empoigna son épée.

— *¡Puto!*

En un éclair, l'identité de son ennemi lui revint en mémoire. Il s'agissait de Manuel le passeur, et les souvenirs qui refluèrent vers elle n'étaient pas des plus agréables. Il ne l'avait pas reconnue. La bouche de Marie se dessécha, elle allait devoir maintenant combattre, non pas pour l'honneur, mais pour sauver sa vie. Que ne l'avait-elle tué au moment où il était à leur merci !

Lui lançant une bordée d'injures à la tête, Manuel tira une première attaque, que Marie réussit à parer. L'exiguïté des couloirs ne facilitait pas les déplacements de la jeune femme. Elle se mit à reculer, voulant entraîner son ennemi sur le pont, là où elle pourrait peut-être profiter de l'avantage de ses déplacements rapides et de la souplesse de ses mouvements.

L'homme attaquait toujours furieusement, et Marie se contentait de bloquer, de parer et d'esquiver. Lorsqu'ils débouchèrent sur le pont, le soleil frappa Marie en plein visage, l'aveuglant momentanément. Manuel aurait pu profiter de cet instant, s'il n'avait pas lui-même été stoppé par la surprise.

— *¿Tu? ¡Hija de puta!*

Ses cheveux tombant sur ses épaules, son chapeau ayant depuis longtemps disparu, la jeune femme n'avait pas été difficile à reconnaître pour l'Espagnol, qui, semblait-il, en avait gardé un vif souvenir. Cela donna à Marie tout juste le temps de se ressaisir et de lancer enfin sa première attaque. Surpris par la force et la précision du coup porté, l'Espagnol recula. Un deuxième coup lui fit une estafilade à la figure, ce qui exacerba sa rage. Il se lança à son tour, et les minutes suivantes auraient donné un fort beau spectacle si le combat eut eu lieu dans une arène avec des spectateurs. Mais personne ne les regardait et Marie ne pouvait compter que sur elle-même devant cet adversaire déchaîné.

L'épée commençait à lui peser au bout du bras. Manuel, plus rompu à l'exercice, se défendait bien, quoique ses attaques manquaient de finesse. Marie en vint à prévoir ses coups, et c'est ce qui finit par lui donner un avantage. Il attaquait comme un métronome, une fois à droite, une fois à gauche. Marie parait, attaquait à son tour. Mais alors qu'il se lançait sur la gauche, elle feinta un coup dans le même mouvement sur la droite et le déstabilisa. Voulant bloquer sur sa droite, il ouvrit ainsi son flanc gauche ; avec l'énergie du désespoir, Marie lança son épée et la lui enfonça entre les côtes. Les yeux écarquillés par la surprise, Manuel voulut riposter, mais la pointe de l'épée lui avait perforé un poumon et sectionné une artère. Il tomba à genoux, les yeux toujours rivés sur la jeune femme. On pouvait y lire de la haine, du dégoût… puis plus rien quand son regard se voila et qu'il tomba aux pieds de la jeune femme. À bout de souffle, Marie regarda Manuel mourir à ses pieds. Et ce fut à son tour de se laisser tomber sur le pont, à la fois épuisée physiquement et mentalement. Secouée, elle prit conscience qu'elle venait de tuer un homme de ses propres mains. Contemplant la mare de sang qui s'élargissait sous le corps de l'Espagnol, elle fondit en sanglots, sans se rendre compte qu'un silence épais enveloppait le bateau. Elle sentit qu'une poigne solide la relevait et la serrait fortement entre des bras rassurants.

— C'était lui ou vous, entendit-elle au travers d'un brouillard épais. Et mieux vaut pour la terre entière que ce soit vous.

Et Saint-Yves la ramena vers sa cabine.

Marie n'y passa que quelques instants, pressée d'aller retrouver ses hommes et de faire le point sur l'abordage. Lorsqu'elle sortit sur le pont, elle vit le navire espagnol dériver au loin, complètement démâté. Il régnait un calme lourd sur son propre bateau. Les hommes reprenaient leur souffle, certains pansaient maladroitement leurs blessures. Elle chercha Legoff et Saint-Yves des yeux. Mathieu vint vers elle.

— J'ai entendu parler de votre exploit. Bravo ! dit-il, avec une lueur d'admiration dans les yeux, malgré la fatigue visible qui l'accablait.

— Ce n'est jamais un exploit que de tuer un homme, répondit Marie. Où sont Legoff et Saint-Yves ?

Un peu mortifié par la réaction de Marie, Mathieu désigna du menton la cabine du capitaine.

— Par là. Ils doivent vous attendre.

— Merci.

Marie fit quelque pas puis s'arrêta.

— Veux-tu m'y accompagner ?

Un sourire éclaira immédiatement la figure du garçon.

— Bien sûr !

Marie entra sans frapper. Les deux hommes, penchés sur des cartes, relevèrent la tête à son arrivée. Sans s'embarrasser de préambules, Marie alla droit au but.

— Avons-nous beaucoup de dégâts ? Des pertes ? Legoff, votre main ! s'inquiéta-t-elle subitement à la vue d'un gros pansement taché de sang qui enveloppait sa main gauche.

— Il semble bien que j'aurai désormais besoin de gants à quatre doigts, répondit-il. Et je suis heureux que la main entière n'y ait pas passé.

— Comment… ?

— Une épée bien effilée, un mouvement maladroit, ce sont des choses qui arrivent en cours de combat. Et vous-même, ne deviez-vous pas rester sagement à l'écart sur notre bateau ?

— C'est ce que j'ai fait, mais une rencontre fortuite a modifié le cours des événements.

Elle se mit alors à leur raconter l'intrusion de l'Espagnol sur le bateau et ce qui l'avait amenée à livrer un combat malgré ses promesses. Saint-Yves, qui était resté silencieux jusque-là, jura entre ses dents.

— Vous nous avez certainement épargné un gros désastre, mais le risque que vous avez pris était trop grand. Pourquoi n'avez-vous pas demandé d'aide ?

— À qui ? se rebiffa Marie. Je devais le laisser partir, quitte à le perdre de vue, et quérir une aide que je n'aurais peut-être pas trouvée, tous étant mieux occupés ailleurs ?

— Je vous avais avertie que ce n'était pas une bonne idée d'attaquer ce bateau. Nous avons frôlé la catastrophe.

— Comment peut-on expliquer une si grande résistance de la part d'un navire marchand ?

— Parce que ce n'était pas un navire marchand, expliqua Legoff, mais un contrebandier.

— Voilà donc pourquoi Manuel était à bord…

— Manuel ?

— Oui, notre ami passeur du détroit de Gibraltar.

— Et c'est lui que vous… ?

— Oui.

Elle se tourna vers Saint-Yves.

— Et les hommes ? Y a-t-il des blessés ?

Le visage du capitaine se rembrunit.

— Les contrebandiers sont mieux préparés au combat que des marins marchands. Nous avons de nombreux blessés, et malheureusement un de nos hommes y a laissé sa peau.

— Lequel ? demanda Marie en pâlissant.

— Anselme le Borgne.

Les yeux de Marie s'emplirent de larmes. Anselme le Borgne était le doyen du bateau, et sa constante bonne humeur faisait oublier son visage ingrat. Le cache-œil qui couvrait son orbite vide était toujours déplacé, ce qui lui valait les quolibets des autres. Il les fusillait alors de son œil valide et s'en allait en maugréant. Si ses connaissances du travail à bord d'un navire étaient précieuses, on ne pouvait en dire autant de son habileté au combat. Il se faisait toujours surprendre du côté de son œil disparu et aujourd'hui cela lui avait coûté la vie.

Ravalant sa peine, Marie dit :

— Je vais aller soigner les blessés, à commencer par vous, Julien. Montrez-moi votre main.

— Ça va guérir tout seul ! Allez plutôt auprès des autres.

— Je ne veux surtout pas que la gangrène se mette là-dedans. Mathieu, va me chercher ma boîte de médecines, des pansements et mes instruments ! lança-t-elle au garçon en se mettant déjà à l'ouvrage.

Legoff abandonna sa grosse main dans celles plus menues de la jeune femme, qui fut horrifiée en voyant l'annulaire sectionné de son ami. S'il avait perdu les deux premières phalanges, la blessure avait au moins le mérite d'être nette, le tranchant de l'arme qui avait coupé le doigt devait être bien aiguisé.

Une larme glissa le long de la joue de la jeune femme.

— Oh, Julien, je m'en veux tellement de ne pas avoir écouté Saint-Yves ! Pourquoi n'en ai-je fait qu'à ma tête ? Tous ces blessés, Anselme disparu et maintenant vous !

— Allons, allons ! répondit-il en séchant la larme du bout de son pouce, nous savions tous que le chemin que nous allions emprunter était plein de risques et nous avons décidé de les assumer. Ce n'est qu'un bout de doigt, après tout ! Et Anselme, s'il avait eu à choisir sa mort, il aurait certainement choisi celle-ci. Quant aux blessés, ils ont la chance de vous avoir, ce que les autres pirates ne peuvent certainement pas dire.

— Et l'opération ne fut pas si mal, après tout, dit Saint-Yves, resté silencieux durant l'échange. Le bateau faisait la contrebande d'ivoire et de bois précieux. Ils avaient certainement déjà fait quelques ventes, à en juger par les coffres d'or retrouvés dans leur cale, et qui garnissent maintenant la nôtre. Mais le bateau a subi des avaries et nos hommes ont besoin de repos. Notre chargement nous alourdit, nous ralentit et nous rend plus vulnérables. Nous devons rentrer au port. Et je vous avertis, même si nous croisons une chaloupe avec un trésor à bord, nous ferons un détour pour ne pas l'attaquer ni même nous faire voir.

— J'ai bien compris la leçon, Saint-Yves. Rentrons à La Rochelle sans tarder ! Quant à vous, Julien, serrez les dents, ça va piquer un peu.

Chapitre 31

La rentrée à La Rochelle se fit sans encombre. La mer se mit au diapason des urgences du bateau et se fit toute douce sous la coque meurtrie du navire. Dans les jours suivant l'attaque du bateau espagnol, Marie eut fort à faire : panser, recoudre, soigner et nettoyer les multiples blessures de son équipage. Beaucoup d'écorchures, quelques coupures plus profondes, une épaule démise, qui lui causa bien des problèmes et fit souffrir la victime quand, après de multiples manipulations, tout revint enfin en place, bref elle eut de quoi s'occuper à temps plein.

Mathieu s'était chargé de faire le tour du bateau afin d'en répertorier les dégâts. Il revint auprès de Saint-Yves avec une liste qui fit froncer les sourcils du capitaine. Outre l'ouverture dans la coque colmatée hâtivement par Marie, deux autres boulets avaient endommagé la structure du bateau à la hauteur de la ligne de flottaison. Aussi inquiétant, le mât de misaine était fendu : bien qu'il restât encore vaillamment en équilibre, Saint-Yves ne voulait pas risquer de le voir s'écraser sur le pont. Il ordonna donc que l'on ramène sa voile, quitte à ralentir le rythme du bateau et prendre quelques jours de plus pour rentrer au port.

Finalement, au bout de quinze jours, La Rochelle fut en vue. Ce retour au pays étreignit Marie d'une émotion plus grande qu'elle ne l'aurait cru. Appuyée au bastingage, à cette heure où le jour commence à céder élégamment le pas à la nuit, elle regardait les nuances du soleil couchant se mêler sur l'eau. Caché timidement derrière les terres vallonnées de la France, il distribuait cependant généreusement ses reflets dans l'eau calme à cette heure.

Les souvenirs des derniers mois se bousculant dans sa tête, Marie était incapable de donner un ordre quelconque à ses pensées. Les images de Stevo s'emmêlaient à celles d'Étienne, la chevauchée au Maroc s'entrelaçait à celle de l'Espagne, les combats et les bruits d'épée se confondaient avec les musiques gitanes...

En revoyant son pays, elle se remettait à douter. Qui était-elle pour se lancer dans une entreprise aussi démesurée, aussi risquée ? Quelles justifications trouverait-elle lorsque l'heure des comptes aurait sonné ? Son honneur et celui de sa famille valait-il qu'on entraîne autant d'hommes dans un combat qui n'était pas le leur ?

Elle sentit soudain une présence à ses côtés.

— C'est beau, n'est-ce pas ? Il n'y a rien de tel que de retrouver son coin de pays après une errance de quelques mois.

Marie se retourna vers Saint-Yves :

— Même vous, Saint-Yves, êtes ému par un tel moment ?

Elle devina un sourire dans l'ombre.

— Eh oui, même les capitaines sans cœur ont des sentiments !

— Ce n'est pas ce que je voulais dire et vous le savez bien. Seulement, je pensais que, avec l'habitude d'être en mer, l'émotion du retour à la terre ferme ne se faisait plus sentir.

— Rien ne me destinait à être marin, répondit-il en s'accoudant aux côtés de la jeune femme. Je viens de la Savoie, là où les montagnes dominent le paysage et où les moutons donnent de la laine au lieu d'annoncer une tempête.

— Et comment se fait-il... ?

— Comme j'étais le plus vieux d'une famille de dix enfants, mon père avait décidé que je devais entrer au clergé. Il estimait ainsi que Dieu lui serait redevable d'avoir donné en offrande son fils aîné, et que l'ensemble de la famille bénéficierait de mon « sacrifice ». Mais j'étais jeune et nullement disposé à me cloîtrer pour chanter la gloire de Dieu toute ma vie. D'autant plus que les bergères du coin étaient bien jolies et que l'une d'entre elles ne fut pas bien difficile à entraîner derrière les buissons. Lorsque sa grossesse devint évidente, plutôt que de faire face à la colère de mon père et du sien, j'ai voulu m'enfuir avec elle. Mais notre projet fut découvert, et ce sont ses frères qui vinrent au lieu de rendez-vous que nous nous étions donnés. Ils voulaient que je me marie le soir même et me tuer ensuite. Ainsi, leur sœur serait veuve et pourrait donner naissance à son enfant dans la dignité sans qu'ils aient à s'encombrer d'un rustre de ma sorte. Je ne dus la vie qu'à un violent orage qui éclata à ce moment-là, on peut peut-être y voir une intervention divine… Le vent se mit à souffler avec force, un déluge nous inonda et le fracas du tonnerre rendit toute communication impossible entre les frères. J'en profitai pour prendre mes jambes à mon cou et ne cessai de courir que lorsque je fus arrivé au bord de la mer. J'y passai quelques jours à mendier et j'étais en piteux état quand un marin me trouva. Il eut pitié de moi et m'amena à bord de son bateau pour me nourrir. Le jour suivant, il m'offrait de m'embarquer comme matelot. Et c'est ainsi qu'un futur prêtre se retrouve aujourd'hui pirate…

Marie avait écouté avec grande attention. C'était certainement la conversation la plus personnelle qu'elle avait eue avec Saint-Yves. Elle était presque étonnée de découvrir que cet homme pouvait ne pas être né sur un bateau.

— Cela veut donc dire que vous avez un fils ou une fille.

— De quinze ans aujourd'hui. C'est une fille. J'ai toujours veillé de loin à ce que sa mère et elle ne manquent rien.

— Elle s'appelle comment ?

— Hortense. Mais je ne l'ai jamais rencontrée. J'ai instauré tout un système pour que l'argent que j'envoie arrive jusqu'à elles, et elles ne se doutent même pas que cela vient de moi. Elles croient qu'un oncle éloigné les a prises sous sa protection, un oncle qui va les voir de temps en temps et qui m'en rapporte des nouvelles. Cet « oncle » est en fait l'émissaire chargé de veiller sur elles.

— Et cela ne vous fait pas mal ?

— On s'y fait. Mais c'est pourquoi les retours au pays sont toujours aussi émouvants, même après des années en mer…

— Vous n'avez jamais tenté de les retrouver ?

Saint-Yves soupira :

— J'y ai songé bien souvent. Durant les premières années, ses frères les surveillaient de près, se doutant probablement que j'aurais pu être tenté de revenir vers elles. Mais la mer m'a gardée loin de la côte française et encore plus de la Savoie. Puis j'ai appris que la mère d'Hortense avait fini par rencontrer quelqu'un, un brave homme selon mon émissaire. Alors j'ai décidé de ne pas réapparaître dans leur vie et de ne pas bouleverser le bonheur qu'elles ont fini par trouver…

Le silence retomba sur eux, chacun évoquant ses propres démons et ses propres espoirs. Mais c'était maintenant un silence complice, et Marie appréciait la confiance que lui avait témoignée son capitaine. En dévoilant ainsi un pan de sa vie, il s'était révélé sous un tout autre jour. Marie ne le verrait plus jamais avec les mêmes yeux.

Pour l'heure, ses yeux étaient tournés vers la côte, où l'on distinguait des feux au fur et à mesure que l'obscurité gagnait du terrain. Comme s'il avait lu dans ses pensées, Saint-Yves lui dit :

— Nous ne mouillerons pas au port ce soir, je ne veux pas m'approcher de la côte en pleine obscurité. Le bateau a subi suffisamment de dommages sans qu'on en rajoute avec les pointes acérées des récifs qui bordent l'entrée du port. Profitez donc de cette dernière nuit, qui s'annonce plutôt calme si j'en juge par les étoiles qui illuminent le ciel. Demain sera certes une journée difficile pour vous. Bonsoir, madame…

Et dans un geste surprenant, il lui baisa la main avant de retourner vers sa propre cabine.

Marie resta quelques instants sur le pont, goûtant la fraîcheur et le calme de la soirée, et prit elle aussi le chemin de ses quartiers.

⚓

Le bruit et la secousse d'un choc sur la coque du bateau la réveillèrent en sursaut. Elle bondit hors du lit, cherchant vivement ses vêtements en se demandant par qui ils pouvaient bien être attaqués. Puis elle entendit des ordres fuser de toutes parts et, retrouvant peu à peu ses esprits, elle comprit que la barge de débarquement devait déjà être là pour un premier voyage à terre. Un peu honteuse d'avoir dormi aussi longtemps, elle acheva rapidement ses préparatifs et alla rejoindre Saint-Yves et Legoff sur le pont.

— Vous auriez dû m'appeler, leur reprocha-t-elle avant même de les saluer.

— Bonjour à vous aussi, répondit Legoff, visiblement de bonne humeur. Sans vouloir vous offenser, nous avons pensé que vous n'auriez été d'aucune utilité ici et qu'un peu de sommeil vous ferait du bien. Les dernières semaines n'ont pas été reposantes.

Marie allait répliquer mais finalement se tut devant le spectacle qui s'offrait à elle. Subitement toute son enfance venait à sa rencontre. Elle reconnaissait les bruits, les odeurs du port où elle s'était promenée tant de fois, désobéissant ainsi à son père qui voulait l'en éloigner à tout prix. Rien n'avait changé ou du moins ne semblait avoir changé. Elle voyait au loin les mêmes ateliers de réparation et de forgerons, les mêmes échoppes de vendeurs de cordages, les mêmes étals de poissons bordant les abords des quais. Elle avait l'impression d'être partie des siècles auparavant, et pourtant c'était il y avait à peine deux ans…

Lorsque la barge revint pour un deuxième chargement, Marie n'eut plus de raison de repousser le moment où elle mettrait pied à terre. Elle alla voir Saint-Yves pour s'entendre avec lui sur la marche à suivre.

— J'ai quelques visites à faire, lui dit-elle. J'imagine que ce ne sera pas difficile pour vous de vous occuper des réparations du bateau et de trouver de bons menuisiers pour les faire. Mais souhaiteriez-vous que je m'en occupe ?

Saint-Yves réprima un sourire.

— Je crois que je peux bien me débrouiller. Mais si je peux me permettre un conseil, si vous allez à terre, changez de tenue. On comprendrait mal la nature de votre habillement.

Marie se regarda et constata que Saint-Yves avait raison. Après des semaines au milieu des hommes sur le bateau, il lui avait été tout naturel de sauter dans ses vêtements masculins en s'habillant au réveil. Une telle tenue ne manquerait pas d'attirer l'attention dans la rue. Et Marie préférait rester discrète. La notoriété de la *Louve des mers* ne devait pas encore être parvenue jusqu'à La Rochelle, mais mieux valait ne pas prendre de risques inutiles.

Lorsqu'elle ressortit de sa cabine, vêtue d'une jupe ample à jupon de dentelle et d'une blouse bouffante au décolleté discret, tous les hommes occupés sur le pont cessèrent leurs activités. Pour la première fois, ils la voyaient vêtue comme une femme et s'en trouvèrent presque surpris.

Un peu intimidée, Marie ne s'attarda pas et traversa rapidement le pont pour descendre dans la barge qui la mènerait à la terre ferme. Tout comme son père plus de vingt ans auparavant, elle trouva curieux le contact avec le sol après plusieurs semaines de navigation. Mais elle retrouva rapidement son allant et décida de profiter pleinement de cette journée ensoleillée. En passant devant le Faisan doré, elle fut tentée d'y entrer et d'aller voir si maître Léonard menait toujours aussi rondement ses cuisines. Elle poursuivit néanmoins sa route, à la fois excitée et nerveuse à l'idée de revoir la maison et la boutique. Elle était aussi inquiète de l'accueil que lui réserverait Marguerite. Serait-elle fâchée parce que la jeune femme était partie sans un adieu, sinon une lettre pour le moins vague sur les motifs qui l'avaient amenée à prendre la route ? Ou lui en voudrait-elle de ne pas avoir donné de ses nouvelles – mais comment aurait-elle pu, durant tout ce temps ? Et comment trouverait-elle Marguerite ? Vieillie ? Malade ? Morte ? Imperceptiblement, elle s'était mise à hâter le pas, préférant affronter rapidement la situation plutôt que de se torturer avec de vaines hypothèses.

Elle ne croisa personne qu'elle connaissait dans la rue, ce qui faisait plutôt son affaire. La marche jusqu'à la maison était longue, mais l'activité physique lui avait toujours fait le plus grand bien.

Si cela lui servait parfois à mieux réfléchir, cela pouvait aussi engourdir son esprit et lui donner un peu de répit. Lorsqu'elle parvint enfin au dernier virage de la route, les battements de son cœur s'accélérèrent. Elle devinait la maison à l'ombre du chêne qui bordait la rue, celui où Étienne avait gravé son nom quand ils étaient enfants. Arrivée devant la boutique jouxtant la maison, elle eut un pincement au cœur. L'un des volets pendait à la fenêtre et l'ensemble aurait eu bien besoin d'un coup de pinceau. Une pancarte indiquait que la boutique était fermée et rien n'invitait d'ailleurs à s'y présenter.

Du côté de la maison, les mauvaises herbes avaient envahi le parterre, et des fleurs éparses amenaient tant bien que mal quelques touches de couleur. La porte était fermée et les rideaux tirés. La maison ne semblait pas à l'abandon comme la boutique, mais il s'en dégageait une indicible tristesse. Avec une certaine appréhension, Marie frappa à la porte. Ses coups restèrent sans réponse, bien qu'elle recommençât à quelques reprises. Elle jeta un regard par la fenêtre, entre deux rideaux mal fermés, mais elle ne vit rien. L'intérieur était trop sombre. Elle tenta d'ouvrir la porte et, à sa grande surprise, celle-ci s'ouvrit. La jeune femme pénétra à l'intérieur.

– Marguerite ? appela-t-elle doucement. Marguerite, es-tu là ?

Visiblement, il n'y avait personne dans la maison. Marie entreprit de faire le tour des pièces. Rien n'avait changé. La chambre qu'elle avait occupée durant toute sa vie était intacte, tout comme ses bibelots, sa vieille poupée reçue à son cinquième anniversaire, les coquillages qu'elle avait ramassés avec Étienne. Elle avait l'impression de se promener dans un mausolée. Elle passa dans ce qui avait été la chambre de son père et vit avec étonnement que là aussi les choses n'avaient pas changé, comme si on attendait tout simplement son retour de voyage. Marguerite avait préféré garder la petite chambre qu'elle occupait au grenier lorsqu'elle prenait soin de Marie. Cela attrista davantage Marie, qui sentait bien que sa vieille amie n'avait vécu qu'avec le souvenir des gens qu'elle avait chéris et qu'elle ne s'était pas bâti une vie pour elle-même, bien qu'elle aurait pu en avoir la possibilité.

Plongée dans ses pensées et ses souvenirs, Marie n'avait pas entendu la porte s'ouvrir. Elle s'apprêtait à ressortir de la chambre quand une présence menaçante lui barra la route.

— Qui êtes-vous, que faites-vous ici ?

Marie sursauta violemment et recula instinctivement devant la silhouette sévère d'un homme qu'elle ne reconnaissait pas.

— Pardonnez-moi, je venais rendre visite à Marguerite...

— Et vous vous introduisez comme ça chez les gens quand ils n'y sont pas ? reprit l'homme à la voix grave. J'ai plutôt l'impression que nous avons affaire à une voleuse.

Devant l'accusation, Marie retrouva instantanément ses instincts combatifs.

— Ce serait me voler moi-même puisque je suis ici chez moi...

— Vous ne manquez pas d'aplomb, jeune femme, c'est bien là...

Mais l'homme ne put finir sa phrase parce qu'il fut poussé sans ménagement sur le cadre de la porte par une femme fortement charpentée. L'instant d'après, Marie étouffait dans une paire de bras serrés autour d'elle, la tête coincée sur une poitrine généreuse, qu'elle ne reconnut que trop bien.

— Marie, Marie, mon enfant, est-ce bien toi ? Je te croyais morte, enlevée ou pire encore. Je me suis fait tant de soucis depuis ce jour où j'ai reçu ta lettre !

Pleurant et riant, Marguerite serrait Marie contre elle, embrassant tout ce qu'elle pouvait toucher de la jeune femme, qui ne savait plus trop bien comment se sortir de cet étau d'émotions.

L'homme qui avait accusé Marie d'être une voleuse rompit le moment :

— Vous la connaissez, Marguerite ?

— Ah ça, Bernard, si je la connais ! Je ne l'espérais plus, voulez-vous dire. Mais merci de votre assistance. On ne sait jamais être trop prudent.

Congédiant le Bernard en question d'un geste de la tête, Marguerite reporta son attention sur Marie :

— J'avais vu que quelqu'un était entré dans la maison et je ne voulais pas avoir de mauvaise surprise. Alors j'ai demandé à Bernard, un nouveau voisin, d'entrer avec moi. Mais je m'égare. Qu'es-tu devenue ? Qu'as-tu fait durant la dernière année ? Pourquoi ne m'as-tu pas donné de nouvelles ? J'ai cru devenir folle en imaginant tout ce qui aurait pu t'arriver…

— Et si on se faisait un grand pot de tisane ? suggéra Marie.

Un premier pot puis un deuxième passèrent tandis que la jeune femme se mettait en frais d'exposer une version un peu édulcorée de ses aventures. Une version plausible pour Marguerite, et qui lui permettrait de vivre sans arrière-pensée des profits de la boutique que la jeune femme s'apprêtait à mettre sur pied. Elle lui expliquait que ce qu'elle rapporterait de ses voyages serait vendu là, qu'avec les profits réalisés elle pourrait faire vivre son équipage, subvenir aux besoins de Marguerite et réparer son bateau lorsqu'il le faudrait.

Cela justifierait aussi ses allées et venues à La Rochelle, et Marguerite n'avait pas besoin de connaître les dessous de la marchandise qu'elle vendrait. Julien Legoff serait officiellement celui qui l'approvisionnerait. Une femme armateur susciterait trop de curiosité et de questions, ce que Marie voulait éviter. Marguerite, d'abord un peu surprise de la place qu'elle prendrait dans le projet de boutique, se montra ensuite enchantée. Cela lui permettrait de meubler les heures qui s'égrenaient parfois bien lentement et d'éviter que l'ennui ne la fasse vieillir prématurément. Il fut convenu que Julien viendrait la voir au cours des prochains jours pour régler les détails, et que l'ouverture officielle de la boutique pourrait se faire au cours des semaines suivantes avec la marchandise qui dormait pour l'instant dans les cales de la *Perle des mers*.

Les deux femmes parlaient sans cesse, pleurant et riant, confondant passé et présent, évoquant le futur de diverses façons. Il était déjà tard et une eau-de-vie parfumée avait depuis longtemps remplacé le pot de tisane, donnant libre cours aux dernières émotions retenues.

— Et Étienne ? demanda soudainement Marguerite.

Le cœur de Marie s'arrêta de battre :

— Quoi, Étienne ? Pourquoi me parles-tu de lui ?

Marguerite soupira.

— Il est maintenant capitaine d'un navire de la marine royale, le *Gergovie*. À chacune de ses permissions, il vient me voir pour me demander si je ne manque de rien. Il arrive toujours les bras chargés de présents et de nourriture, comme s'il avait peur que je ne vienne à en manquer, ce qui a déjà failli arriver. Mais il me demande aussi constamment de tes nouvelles. Quand tu es partie, au tout début, il est venu me voir, fou d'inquiétude. Il était persuadé que je savais où tu étais et ce que tu faisais, alors que moi-même je mourais d'angoisse. Puis, il a semblé se résigner, décidé à attendre que tu donnes signe de vie, mais sachant que les nouvelles passeraient immanquablement par moi, il est toujours venu me voir. Nos rencontres étaient amicales, presque familiales jusqu'à tout récemment, où il a changé de ton.

— Et pourquoi ça ? voulut s'étonner Marie, tout en devinant la cause de ce changement subit.

— Je ne sais pas, reprit Marguerite, mais ses questions étaient plus précises, comme s'il cherchait à savoir quelque chose. Ou mieux, comme s'il savait quelque chose sur quoi il voulait s'assurer de mon ignorance.

— Et que voulait-il savoir ? demanda innocemment Marie.

— C'est peut-être à toi de me le dire. Il semblait avoir un besoin urgent de savoir où tu étais, de te rencontrer.

— Je n'ai aucune idée de ce dont il peut s'agir, dit Marie en se levant. D'ailleurs, il est tard et j'ai l'esprit trop fatigué pour penser à toutes ces questions. Il faut que je retourne au bateau pour voir si tout est prévu pour les réparations et veiller à ce que mon second vienne te rencontrer demain pour organiser le transfert des marchandises et l'ouverture de la boutique.

— Il n'est pas question que tu partes ! s'insurgea Marguerite. D'abord il est très tard et tu ne peux te promener sans escorte dans les rues du port. Et puis ta chambre est prête et n'attend que toi. Tu me dois bien ça, dit Marguerite devant les protestations qui s'annonçaient. Je me suis suffisamment inquiétée ces deux dernières années pour que tu me donnes au moins une nuit de tranquillité.

Marie était fourbue et dut convenir qu'une nuit de repos dans ce refuge paisible était bien tentant. C'est donc sans protester outre mesure qu'elle prit le chemin de sa chambre d'enfant. Elle revint subitement sur ses pas :

— Marguerite, il faut que je te demande quelque chose.

— Tu sais bien que je ne peux rien te refuser.

— Il est trop tôt pour te donner toutes mes raisons, mais je t'assure qu'elles sont bonnes. Je voudrais seulement que tu taises ma présence ici à Étienne.

— Mais pourquoi ? Il meurt d'envie de te voir.

— Moi aussi, j'aimerais bien le revoir, et ne t'en fais pas, nos chemins se croiseront à nouveau. Mais pour l'instant, ce serait trop compliqué et cela n'engendrerait que des frustrations. Alors aussi bien remettre à plus tard une rencontre qui sera bien plus agréable lorsque nous aurons du temps à y consacrer. Il faut que je reparte très bientôt et j'aurai fort à faire au cours des prochains jours. Alors, s'il te plaît, si d'aventure il s'amène ici, ne lui dis pas que tu m'as vue, ne lui dis pas que je suis venue ici. Et d'ailleurs, pour l'instant, je préférerais que tu ne parles à personne de ma venue. Mon retour au pays doit rester secret.

— Pourquoi tant de cachotteries ?

— Je te jure qu'un jour tu sauras tout. Mais pour l'heure, au nom des liens qui nous unissent, garde le secret. Et ce Bernard ?

— Il a probablement déjà oublié qu'il t'a vue. Il vit depuis peu par ici et ne connaît rien de mon passé ni de celui de cette ville.

— Alors tu promets ?

Marguerite promit, bien qu'un peu à contrecœur, et les deux femmes allèrent se coucher.

Chapitre 32

Le lendemain matin, Marguerite força Marie à prendre un petit déjeuner copieux – elle fut intraitable sur le sujet –, puis la jeune femme reprit le chemin du port, prenant soin d'éviter les rencontres indésirables. Les deux femmes avaient établi un mode de fonctionnement pour la boutique ; il fut convenu que Marguerite engagerait une employée aussitôt que la marchandise serait entrée, ce qui devait se faire dans les prochains jours. Promue au rang de gérante de la boutique, Marguerite remettrait les étalages en bon état au cours de la journée et engagerait des hommes pour faire les petites rénovations qui s'imposeraient. Arrivée près du quai d'amarrage, Marie fut surprise de constater qu'on y avait déjà remorqué la *Perle*, en prenant soin d'en démonter les grandes vergues qui nuisait à l'entrée dans l'étroite embouchure de la baie. Malgré l'heure matinale, celle-ci regorgeait d'activité.

Montant rapidement à bord, elle chercha Saint-Yves, qu'elle trouva sans peine sur le pont principal.

— Tiens, vous voilà ! l'accueillit-il.

— Je suis désolée d'arriver si tard, s'excusa Marie, mais…

— Je vous taquinais, répondit immédiatement Saint-Yves. Nous n'avions nul besoin de vous ici, et je dois même dire que les négociations avec les menuisiers en ont même été facilitées.

— Comment ?

— Non, rien pour vous insulter, mais pour eux il est plus facile de parler avec le capitaine d'un bateau qu'avec *une* propriétaire. Et de toute façon, vous me faites confiance ?

Marie était plutôt soulagée que Saint-Yves ait pris en charge tout cet aspect de leur arrivée et commençait finalement à comprendre les avantages de garder un anonymat total.

— Vous le savez bien, répondit-elle, l'air dégagé. Puisque tout est si bien entamé, je vais vous laisser continuer. Savez-vous où est Julien ?

— En bas, dans la cale je crois, à moins qu'il ne soit dans la chambre des cartes...

— Je vais le chercher.

Marie trouva sans peine Legoff qui était penché sur un registre.

— Julien, que faites-vous ?

Le Breton sursauta.

— Tudieux, vous m'avez fait peur ! Je ne vous ai pas entendue venir.

— Pardonnez-moi, ce n'était pas mon intention.

— Je suis en train de faire l'inventaire de nos prises et de les inscrire dans un registre d'acquisitions afin d'éviter les questions gênantes, si jamais nous avions à faire face à un contrôle portuaire...

— Vous pensez vraiment à tout ! Que ferais-je sans vous ? dit-elle en le pensant sincèrement. Dès que vous aurez terminé cela, reprit-elle, je vais vous demander de faire livrer la marchandise, que nous mettrons en étalage à la boutique. Pour les besoins de la cause, vous en serez le pourvoyeur officiel. Marguerite est déjà au courant et va veiller de son côté à ce que tout soit prêt pour recevoir le tout.

Marie se leva.

— Je vous laisse là-dessus, j'ai une autre visite à faire.

Marie passa se changer et revêtit une tenue plus pratique. Elle enfila bottes et pantalons, chemise et justaucorps, puis descendit discrètement du bateau et loua un cheval à la poste. Elle eut de la chance. Comme on y était bien occupé, on ne lui prêta pas beaucoup d'attention. Marie enfourcha une monture qui avait certainement connu des jours plus fringants et prit le chemin de la plage.

Marie mit son cheval au pas et, lorsqu'elle arriva en vue de la vieille maison, les battements de son cœur s'accélérèrent. Tant de souvenirs y étaient associés ! Des souvenirs qu'elle tentait désespérément de réprimer mais qui revenaient obstinément hanter sa mémoire. La peine et la joie s'y mêlaient, la colère et la vengeance aussi. Attachant sa monture à un arbre maigrichon, Marie s'approcha de la maison. La porte était grande ouverte, comme dans son souvenir, et au fond, près du poêle à bois, une silhouette courbée brassait quelque chose dans une casserole.

L'émotion envahit Marie. Sarah était donc toujours bien là, peut-être un peu vieillie mais vivante. Elle resta là à la regarder travailler, ne sachant trop comment l'aborder. Ce n'était pas aussi simple qu'avec Marguerite : Marie savait qu'elle ne pourrait lui raconter n'importe quoi ni même déguiser une vérité qu'elle ne voulait pas dévoiler complètement. Sa vieille amie avait toujours eu un certain don de double vue… Et comme pour confirmer ses pensées, Marie entendit subitement :

— Comptes-tu rester là toute la journée à me regarder ? Pourquoi n'entres-tu pas ?

Puis Sarah se retourna, une certaine malice dansant au coin de ses yeux.

Il n'en fallut pas plus pour que la jeune femme se précipite dans les bras sa vielle amie et que, sans qu'elle sache pourquoi, elle se mette à pleurer subitement. Ses larmes n'arrivaient plus à se tarir, il lui semblait que des mois de douleur et d'angoisse sortaient de son corps pour être reçus par les deux bras frêles, mais en même temps si forts, qui l'entouraient. Sarah la berçait doucement, laissant couler le torrent de peine qui étouffait Marie depuis si longtemps.

— Ma pauvre enfant, dit-elle finalement, que de choses as-tu vécues !

Se détachant finalement de la jeune femme, Sarah la fit asseoir et lui servit une tasse d'une mixture calmante, qui comme par hasard chauffait dans la théière.

— Alors, dis-moi tout !

Et Marie se mit de nouveau à parler. Raconter son histoire une deuxième fois était un peu plus facile, mais l'interlocutrice n'était pas la même. Et bien que Sarah n'interrompît jamais Marie, celle-ci sentait que la vieille femme n'était pas dupe lorsqu'elle améliorait certains passages de son histoire. Et quand Marie sortit une bourse pour rendre à Sarah le prêt qu'elle lui avait fait, elle refusa :

— Tu t'es engagée dans une voie périlleuse, tu as choisi un destin fait d'embûches et de dangers. Je connais les raisons qui te motivent, mais je n'approuve pas les moyens que tu prends. Cet argent n'est pas propre. Je le prendrai quand tu l'auras gagné honnêtement et qu'il ne sera pas entaché de sang. Tu peux bien espérer que je croie aux histoires que tu inventes, mais je pense que tu me connais mieux que ça. En tout cas, moi je te connais mieux que ça, et je sais quand tu mens et quand tu dis la vérité. Et là, tu ne me dis pas tout. Tu as certainement tes raisons d'agir ainsi et je ne vais pas te juger, mais je ne t'approuverai pas non plus. La route que tu empruntes est dangereuse et tu n'es pas au bout de tes peines. Mais je sais aussi que rien de ce que je pourrais dire ne te fera changer d'idée. Je serai toujours là pour toi et je ne suis pas la seule dans ce cas. Il y a aussi un jeune homme qui vient me voir bien souvent en me pressant de questions à ton sujet. Ne creuse pas un fossé si grand entre vous que vous ne puissiez le combler. Ne laisse pas ton cœur se nourrir uniquement de haine et de vengeance. Laisse-y un peu de place pour l'amour et tu verras que ça panse bien des blessures…

Plus troublée par le discours de Sarah qu'elle ne voulait le montrer, Marie rempocha la bourse qu'elle lui avait offerte et se leva :

— Je dois partir, Sarah, mais je reviendrai. Je te remettrai cet argent et je peux t'assurer qu'un jour tu seras fière de moi.

— Je le suis déjà, ma chérie, mais je suis aussi très inquiète.

Marie l'embrassa sur le front.

— Ne le sois plus. Je suis bien entourée et je te promets que nous nous reverrons bientôt. J'ai une tâche à finir et je ne pourrais plus me regarder dans une glace si je n'allais pas jusqu'au bout. Et je sais qu'au fond de toi tu me comprends.

— Il y a tant de choses que je sais sur toi… mais va maintenant, et ne reviens me voir que lorsque tout sera dit.

Marie se leva, étreignit la vieille femme une dernière fois et sortit dans le soleil éclatant du matin.

⚓

La visite à Sarah avait troublé Marie plus qu'elle ne voulait l'admettre. Elle avait apporté quelques épices et des échantillons de bois précieux, qu'elle avait voulu donner à sa vieille amie en cadeau, mais ceux-ci étaient restés au fond des sacoches accrochées à la selle de son cheval. Elle ne se sentait pas la force d'essuyer un autre refus de la part de Sarah. Elle l'aurait plutôt pris comme un rejet et, plus que jamais, elle avait besoin d'amour et d'appui, et non de rebuffades et de reproches. Lentement sa peine se transformait en sourde colère. Sarah ne comprenait vraiment pas le calvaire par où elle était passée. Marie n'avait pas demandé ce qui lui était arrivé, elle n'avait pas voulu se faire violer par une bande d'horribles marins et être laissée pour morte sur la plage, elle n'avait pas souhaité écumer les mers pour assouvir une vengeance, qui aujourd'hui constituait sa principale motivation dans la vie. Une vie dont elle voyait l'avenir bien sombre…

En quête de réconfort, elle prit tout naturellement le chemin de la maison paternelle. Un chocolat chaud fait des mains aimantes de Marguerite lui ferait le plus grand bien. Et puis, elle voulait voir si Julien avait apporté à la boutique la marchandise qui garnirait les étagères et relancerait les affaires. Arrivée à proximité de la maison, elle fut surprise d'y entendre des rires et des voix. Laissant le cheval se repaître de l'herbe grasse qui poussait en liberté sur le côté de la maison, elle s'approcha doucement… et s'arrêta net en reconnaissant la voix de Legoff. Elle ne distinguait pas très bien ce qu'il disait, mais le ton était joyeux et Marguerite lui répondait de la même façon. À une réplique de Legoff, Marguerite éclata d'un grand rire, et Marie n'eut aucune peine à l'imaginer s'essuyant le coin de l'œil et cherchant à tâtons un mouchoir, qu'elle devait avoir dans la poche de son tablier. Il se dégageait de cette scène, bien que Marie n'en eût qu'une impression auditive, une telle intimité que la jeune femme n'avait pas le cœur d'entrer et de briser ce moment. Elle devinait que sa gouvernante n'avait pas eu beaucoup d'occasions de rire récemment. Et puis Marguerite et Julien… elle sourit à la pensée du couple que cela pourrait donner. Aussi doucement qu'elle était venue, elle repartit en interrompant les agapes de son cheval, qui semblait avoir décidé que c'était ici qu'il se renflouait les côtes.

Elle laissa sa monture à la poste et paya le prix dérisoire de sa location. Elle fut remerciée par un : « Merci, jeune homme ! » qui la rassura sur l'efficacité de son déguisement. Elle regagnait le bateau d'un pas nonchalant, goûtant le plaisir de marcher dans les rues poussiéreuses. Heureuse de se retrouver dans sa ville, dans son port, sur ses quais, elle savait qu'elle ne pouvait néanmoins en jouir pleinement, condamnée à garder un anonymat qui lui pesait en cet instant. Elle était tentée d'entrer en courant dans l'auberge de maître Léonard pour échanger quelques mots avec l'aubergiste et prendre avec lui une tasse de café fumant. Mais c'était trop risqué, mieux valait rester discrète pour l'instant.

Arrivée au quai où était amarrée la *Perle des mers*, Marie s'arrêta quelques instants pour contempler son bateau. Les réparations allaient bon train et, à ce rythme, ils pourraient peut-être reprendre la mer plus vite que prévu. Le navire avait fière allure, et Marie sourit intérieurement en pensant à la fureur de Chamberlain, s'il venait à apprendre qu'il avait lui-même mis en chantier le bateau qui un jour le pourchasserait. L'*Imperator* et l'*Orgueil de France* restaient dans sa ligne de tir, et elle n'aurait de cesse qu'elle ne les ait vaincus. C'est donc perdue dans ses pensées que Marie accéda au navire par la passerelle. Elle allait mettre le pied sur le pont quand une voix autoritaire lui fit suspendre son geste.

— Eh vous là, sur le bateau ! À qui appartient ce navire ?

Marie eut un grand frisson. Cette voix, elle l'aurait reconnue entre toutes. C'était celle d'Étienne. Prise de panique, Marie ne voulait surtout pas se retourner face à lui, elle se figea sur place. L'arrivée inopinée de Saint-Yves la sauva. Jaugeant la situation d'un coup d'œil rapide, il reconnaissait l'officier sans connaître l'homme, il intervint rapidement.

— Toi, là ! s'écria-t-il en s'adressant à Marie. Tu devrais être à ton poste depuis plus d'une demi-heure. Dépêche-toi d'y aller avant que je te colle une corvée.

Les joues en feu, la jeune femme s'empressa de poursuivre son chemin. Son regard croisa brièvement celui de Saint-Yves et elle y vit une lueur curieuse. Il y aurait certainement des questions auxquelles elle devrait répondre plus tard.

Elle se dirigea vers l'entrepont et s'y engouffra sans demander son reste. Le cœur battant, elle s'adossa à la porte pour reprendre son souffle. Heureusement, il n'y avait pratiquement personne à bord, tous profitant des quelques heures de liberté que permettaient les réparations faites par les menuisiers. Elle y resta tout le temps que dura la visite d'Étienne, ce qui lui parut interminable. Elle craignait qu'il n'exige de visiter le navire, de passer en revue l'équipage, de regarder ou de fouiller dans les livres de bord, autant d'hypothèses bien peu probables, car Étienne n'avait aucune raison de soupçonner quoi que ce soit des activités de la *Perle*, mais qui plongeaient néanmoins la jeune femme dans un état proche de la panique.

Après ce qui lui parut une éternité, Marie entendit des pas de l'autre côté de la porte, qui s'ouvrit doucement. Saint-Yves la regardait, un sourire narquois au bord des lèvres :

— Le grand méchant loup est parti. Vous pouvez sortir.

Vexée, Marie tenta de prendre une attitude hautaine.

— Je ne comprends pas vos allusions. Sachez que je ne crains pas cet officier…

— Pourtant, vous sembliez bien soulagée que j'intervienne.

À ce souvenir, Marie rougit imperceptiblement :

— Bon… merci de m'avoir tirée d'affaire, mais…

Elle fut à nouveau interrompue par Saint-Yves :

— Cependant, je ne comprends pas que vous n'ayez pas simplement joué votre rôle de mousse. N'aurait-il pas été plus simple de lui répondre ?

— Je ne voulais pas qu'il me voie de face. Il aurait pu me reconnaître, c'est un ami d'enfance.

— Eh bien, voilà qui ne va pas faciliter les choses !

— Pourquoi ? Je n'ai pas à le rencontrer.

— Non, mais lui a bien l'intention de revenir. Il a demandé à voir les papiers du bateau, le permis d'entrée au port, etc. Il voulait également rencontrer le propriétaire, mais je lui ai dit qu'il n'était pas à bord pour l'instant, Legoff n'étant toujours pas revenu de la future boutique.

— Mais pourquoi toutes ces questions ?

— Il dit que c'est pour la sécurité des bateaux et des commerçants. Qu'il y a eu beaucoup d'attaques en mer récemment et que la marine royale veut faire un recensement des bateaux français qui sillonnent les mers dans le but de mieux assurer leur sécurité. Qu'il faudra désormais remettre un plan de navigation à la guérite royale de chacun des grands ports que l'on visitera.

— Ces mesures sont nouvelles. Elles sont en vigueur maintenant ?

— Pas tout à fait. Il faudra encore quelques semaines pour installer les guérites, et le port de La Rochelle sera l'un des premiers où ce sera fait, étant donné son achalandage. De plus, on songe à détruire la petite tour de la Chaîne, ce qui permettrait enfin aux bateaux de plus grande envergure d'accoster directement aux quais plutôt que de jeter l'ancre dans les vases. Par le fait même le trafic maritime sera accru.

— Donc nous ne sommes pas encore obligés de nous y soumettre.

— Officiellement, non. Mais si un capitaine de la marine royale vient nous questionner, je ne vois pas comment nous pourrions ne pas lui répondre.

— Oui, sauf si on n'y est plus. Les réparations sont terminées ?

— Oui, mais...

— Et si nous levions l'ancre à l'aube, le temps de rapatrier nos hommes ?

— Qui n'apprécieront pas de voir leur permission levée subitement...

— ... à moins qu'on ne leur promette une compensation, coupa Marie, qui avait décidément réponse à tout.

— Et pourquoi devrions-nous nous enfuir ? Ce ne serait pas, au contraire, attirer l'attention sur nous ?

— Pas si Legoff va expliquer au capitaine qu'une affaire urgente nous appelle ailleurs et que nous devons partir sur-le-champ. Il trouvera certainement les mots pour convaincre ce capitaine.

— ... que vous ne tenez décidément pas à rencontrer.

— Si je ne le vois pas, je n'aurai pas à répondre à ses inévitables questions.

Marie soupira :

— Nous nous sommes croisés au Maroc, dans des circonstances un peu douteuses et, sincèrement, je préfère l'éviter.

Saint-Yves soupira à son tour :

— Laissons donc à Legoff le soin de démêler tout ça...

Là-dessus, ils ressortirent à l'air libre et Marie se dirigea vers sa cabine, histoire de reprendre enfin son souffle.

Marie s'était débarrassée depuis longtemps de ses vêtements poussiéreux et regardait les hommes revenir un par un sur le bateau, discrètement accoudée au bastingage derrière la roue du gouvernail. Elle espérait voir la silhouette de Legoff, mais il tardait à revenir et elle se demandait ce qui pouvait bien le retenir. Avec la présence d'Étienne à La Rochelle, Marie n'avait qu'une hâte, regagner le large. Elle voulait fuir un inévitable questionnement qui la mènerait, sinon à une arrestation, à tout le moins à une limitation de sa liberté de mouvement. Et elle devrait alors dire adieu à ses projets de vengeance. Par ailleurs, même si elle ne voulait pas se l'avouer, elle était troublée à l'idée que le jeune homme était en ce moment si près d'elle.

Le soleil descendait lentement sur l'horizon, qui commençait à se teinter de couleurs douces. Les vagues clapotaient sur la coque du bateau et quelques étoiles risquaient un œil timide dans un ciel encore un peu trop clair pour elles. Marie ne se laissait pas gagner par la quiétude de l'instant, torturée entre le désir de fuir et celui de revoir ne serait-ce qu'un instant les yeux verts d'Étienne. Elle faisait les cent pas sur le pont, bien à l'abri sur le gaillard avant et ne comprenait pas le retard de Legoff.

Puis, n'y tenant plus, elle décida d'aller à sa rencontre. Elle descendit précipitamment à sa cabine et chercha fébrilement ses plus vieux habits de garçon, ceux qu'elle réservait pour les travaux moins reluisants et les entraînements plus intenses. Elle enfila donc un pantalon usé et une chemise défraîchie, sur laquelle elle mit un pourpoint crasseux. Après s'être enfoncé un bonnet sur la tête, elle se barbouilla le visage avec de la suie prise dans une lanterne. S'assurant qu'il n'y avait personne en vue sur le pont, et surtout pas Saint-Yves, qui n'aurait pas manqué de s'étonner de sa tenue, elle se faufila jusqu'à la passerelle et se perdit dans l'agitation du quai.

Il n'y avait pas autant de monde qu'en plein après-midi, mais c'était loin d'être désertique. La faune humaine était plutôt composée de marins qui venaient sur la terre ferme pour la soirée, étirant une permission ou allant flâner dans les tavernes qui resteraient ouvertes jusqu'aux petites heures du matin. Personne ne la remarquait, on voyait en elle un mousse crasseux, comme il y en avait tant dans tous les ports du monde. Marie partait à la recherche de Legoff, pressée de rassembler les hommes et de lever les voiles à l'aube.

En passant devant le Faisan doré, elle ne put s'empêcher d'y jeter un coup d'œil. Un gros homme obstruait la fenêtre par où elle tentait de regarder. Il s'écarta brusquement, et le cœur de Marie s'arrêta net. Étienne était assis là, à quelques pas d'elle, séparé seulement par le mur de pierre et la fenêtre entrouverte. La raison de Marie lui disait de s'enfuir, mais ses pieds restaient cloués au sol. Une coupe à bière à la main, Étienne riait à la blague de l'un de ses officiers, que Marie reconnut comme étant Arnaud de Foy, celui qu'elle avait rencontré brièvement sur la plage de Marseille où elle avait découvert Mathieu inconscient. Étienne avait enlevé la veste de son uniforme, et son visage bronzé par les longues veilles en mer contrastait avec la blancheur du col de sa chemise. Son visage était détendu, sans cette rigueur que lui imposait son poste de capitaine de la marine française. Ses cheveux un peu longs étaient décoiffés, et Marie aurait tout donné à cet instant pour replacer d'une main caressante la mèche de cheveux qui retombait sur son front.

Elle était fascinée par le spectacle qu'il offrait. La dernière fois qu'elle avait réellement vu Étienne, c'était il y avait près d'un an, sur le bateau qui l'amenait à Marseille. Elle avait dû se dissimuler à ses yeux, mais cette rencontre était restée gravée dans son esprit. Le voir aujourd'hui, rieur et détendu, ajoutait à la torture de ne pas pouvoir aller lui parler. Elle perdit la notion du temps et resta longuement là, à le regarder rire, bouger, parler… jusqu'à ce qu'une grosse voix la fasse sursauter :

— Mais qu'est-ce que vous faites là ? Vous cherchez vraiment à vous faire remarquer ?

Marie se retourna vivement pour se retrouver face à un Legoff sérieux qui la regardait les deux poings fermés sur les hanches.

— Dieu du ciel, vous m'avez fait peur ! Quelle idée d'arriver ainsi sans crier gare !

— Et quelle idée de vous laisser aller à espionner les gens comme ça, quitte à être démasquée à n'importe quel moment.

— Comment m'avez-vous reconnue ?

— Je vous ai vu si souvent dans ce genre d'habits qu'ils ne peuvent plus m'abuser. Et que faites-vous à cette fenêtre ?

Marie se sentit rougir subitement, heureuse tout à coup de l'obscurité qui l'enveloppait.

— Tiens, vous rougissez... n'y aurait-il pas là un officier de la marine royale par hasard ?

L'officier en question s'était levé de la table qu'il occupait et s'était approché de la fenêtre, intrigué par le mouvement qu'il y devinait. Le voyant s'avancer vers la fenêtre, Legoff prit Marie par le coude et la tira tranquillement vers un coin sombre de la rue, évitant toute précipitation qui aurait pu éveiller l'attention d'Étienne.

— Alors, pouvez-vous m'expliquer la raison de cette mascarade ?

— En fait, j'étais partie à votre recherche. Il nous faut lever les voiles au plus vite.

— Et pourquoi cette précipitation ?

Marie lui expliqua la visite d'Étienne sur le bateau et sa décision de partir pour éviter une seconde confrontation. Legoff bougonna un peu devant le rôle qui lui était réservé – il savait que ce serait délicat de mentir à Étienne – mais il plia néanmoins, conscient du désespoir que cachait la supplique de la jeune femme. Ils reprirent le chemin du bateau quand Marie lui demanda tout à coup :

— Et vous, pourquoi avez-vous mis tant de temps à revenir ?

Legoff ne répondit pas immédiatement, feignant de ne pas avoir entendu.

— Julien ?

— J'ai accepté une invitation à dîner...

— À dîner ? Et de qui ?

— Ben... il restait certains points à discuter pour la boutique et...

— Marguerite ! Marguerite vous a invité à dîner !

— Strictement pour les affaires, se défendit Legoff.

Marie éclata de rire :

— Je n'aurais jamais pensé à une telle association, mais vous et Marguerite, ça fait un joli couple !

— Bon, jeune femme, ronchonna-t-il sans conviction, ne transférez pas sur moi vos espoirs romanesques déçus, parlons plutôt de cette fuite insensée.

Marie fut suffisamment convaincante ; le lendemain matin à l'aurore, la *Perle des mers* quittait le port.

Chapitre 33

Saint-Yves avait eu l'intention d'améliorer l'armement de la *Louve des mers*, mais le départ précipité de La Rochelle ne lui en avait pas laissé le temps. Aussi avaient-ils décidé de remonter le long de la côte française et de faire escale à Brest, où certains maîtres canonniers pourraient les aider à accroître leur puissance de feu.

Grâce à son accessibilité directe sur les rives de la rivière Penfeld, Brest était un port un peu plus développé que celui de La Rochelle. Richelieu en avait fait un port militaire en 1631, ce qui en avait accéléré le développement. Une main-d'œuvre abondante avait été nécessaire à sa construction, et une grande partie de celle-ci n'était jamais repartie, donnant à la ville un nouvel élan de prospérité.

Cette vocation militaire avait permis à Brest de développer une expertise reconnue en matière d'armement naval, et les meilleurs artisans maritimes y avaient établi leurs quartiers. Saint-Yves évita soigneusement ceux qu'il avait fréquentés du temps de son association avec Chamberlain et choisit un atelier modeste dirigé par un homme qui avait une solide réputation dans le monde maritime.

Les hommes de la *Perle* reçurent avec joie une permission supplémentaire de vingt-quatre heures, et Saint-Yves mit pied à terre aussitôt les amarres jetées. Il cherchait des canons plus légers, plus faciles à manier et plus rapides à recharger. Le combat contre les contrebandiers espagnols lui avait prouvé que l'équipement acheté à bon prix à Marseille n'était pas assez efficace et que, s'ils devaient se frotter à un adversaire plus coriace, il leur faudrait un armement plus moderne. Mathieu l'accompagnait, tant pour sa propre éducation maritime que pour donner plus de lustre à Saint-Yves, en jouant auprès de lui le rôle d'un aide de camp.

La prise du bateau anglais puis celle de l'espagnol leur avaient donné une certaine latitude pour l'achat de matériel de défense et d'attaque. Pour affronter un bateau aussi puissant que l'*Orgueil de France*, il fallait au moins être doté d'une puissance de feu semblable. Pendant que Saint-Yves et Mathieu négocieraient leurs achats, Marie et Legoff s'occuperaient du ravitaillement du bateau, tâche qui avait aussi été un peu écourtée par leur départ hâtif de La Rochelle. Legoff avait raconté à Marie que la conversation avec Étienne n'avait pas eu lieu, celui-ci n'étant toujours pas revenu à la caserne au moment où Legoff y était allé. Il avait plutôt parlé avec l'un de ses sous-officiers, lui présentant tous les documents officiels de la *Perle des mers*, y compris la liste de l'équipage, où Marie apparaissait sous le nom de Marc Duguay à titre de moussaillon, et cela avait semblé satisfaire l'homme. Une fois encore, ils avaient joué de chance. L'officier avait tamponné sans problème les papiers de Legoff, y compris le plan de voyage stipulant que son navire repartait vers l'Afrique, où des affaires pressantes l'attendaient. Voulant profiter de la marée et des vents favorables, l'urgence de partir à l'aube se justifiait.

Marie débarquait à Brest pour la première fois et, si elle trouvait la ville portuaire un peu trop agitée à son goût, elle en appréciait cependant l'animation, qui lui garantissait par contraste une certaine tranquillité. Vêtue en jeune garçon, elle passait totalement inaperçue aux côtés de Legoff, le laissant parler aux marchands de fruits, de légumes, de viande séchée et de denrées non périssables, et pouvait se laisser aller à observer la foule bigarrée qui se pressait dans les rues. Le voyage entre La Rochelle et Brest avait pris quelques heures, et le soleil du midi était à peine caché par quelques nuages vagabonds qui semblaient eux aussi pressés de voler vers d'autres cieux.

De retour sur le bateau, ils se permirent quelques heures de liberté. Alors que Legoff alla roupiller dans un hamac, Marie s'enferma dans sa cabine et s'affaira à écrire dans un journal de bord qu'elle tenait depuis le début de son aventure avec la *Perle des mers*. C'était un journal bien différent de ceux tenus par les capitaines marchands. Celui-là, c'était Legoff qui s'en chargeait et qui le présentait aux autorités portuaires, comme cela avait été le cas à La Rochelle. Dans son journal, Marie relatait plutôt l'essentiel de sa vie à bord, des décisions qu'elle prenait, expliquant parfois ses motivations, ses états d'âme, en s'adressant à un invisible interlocuteur, et traçant ainsi un plaidoyer inconscient de son aventure. Il n'était destiné à être lu par personne, mais c'était une assurance qui pourrait éventuellement lui servir un jour, même si elle ne l'écrivait pas dans ce but. Trempant sa plume effilée dans la bouteille d'encre, elle se mit à la tâche. Elle ne vit pas le temps passer et fut surprise de constater que la lumière déclinait. Elle s'inquiéta alors de l'absence prolongée de Saint-Yves. Elle mit de côté sa plume et le journal où elle avait noirci de nombreuses pages, passa une veste de laine et sortit sur le pont. Celui-ci était très calme. Visiblement, les hommes n'étaient pas revenus et devaient encore traîner en ville.

Un peu agacée, Marie chercha Legoff. Elle le trouva bien vite dans la salle des cartes, en compagnie de Saint-Yves et de Mathieu, qui finalement étaient là depuis un petit moment déjà.

— Tiens, vous voilà de retour ! Et ce rhum, ajouta-t-elle en fronçant les sourcils, on fête quelque chose ? Et Mathieu, pas un peu jeune pour boire un verre ?

— Mathieu est un marin, dit Saint-Yves en portant son verre à ses lèvres, et un marin ça boit du rhum.

— À quinze ans ?

— Est-ce que le fruit de nos recherches vous intéresse ou allons-nous poursuivre sur la nécessité de faire entrer Mathieu chez les moines ?

Soupirant, Marie s'assit à son tour en prenant une gorgée dans le verre de Mathieu :

— Avez-vous trouvé ce que vous cherchiez ? Quand allons-nous appareiller ?

— Pas tout de suite, j'en ai bien peur.

Et Saint-Yves raconta à Marie qu'il avait fini par mettre la main sur un stock de canons beaucoup plus légers que ceux qu'ils avaient, et que ça permettrait une bien meilleure mobilité dans les combats. Aussi, ils étaient plus sûrs et plus faciles à manœuvrer, cela éviterait les accidents fâcheux. Enfin, l'armurier qui leur vendait ces canons était prêt à prendre les leurs en échange et à leur consentir un rabais en conséquence. Le seul hic : l'opération prendrait la semaine.

— Encore une semaine ici ? Mais c'est trop long ! s'écria Marie.

— Je crains bien que nous n'ayons pas le choix, répondit tranquillement Saint-Yves. Nous avons besoin de faire ce changement. Les derniers combats nous l'ont prouvé. La *Louve* est lourde à manœuvrer avec ces canons de fonte, qui ajoutent un poids considérable, sans compter celui des cales pleines à l'occasion.

— Julien, dites quelque chose.

— Pourquoi n'en profitez-vous pas pour faire les boutiques et acheter de la dentelle ?

Devant l'air interloqué de Marie, les trois hommes partirent à rire.

— Bon, à ce que je vois vous vous liguez contre moi et je n'ai plus rien à dire. Alors je vous laisse entre hommes puisque vous vous entendez si bien.

Moins furieuse qu'elle n'en avait l'air, Marie sortit dignement. Finalement, le retard d'une semaine n'était pas pour lui déplaire complètement. Cela lui permettrait même de creuser une idée qui avait germé dans sa tête l'après-midi même. Elle regagna sa cabine et referma soigneusement la porte derrière elle.

⚓

Tout le monde fut très affairé les jours suivants. Pendant que Legoff et Saint-Yves supervisaient l'histoire des canons, Mathieu mettait à profit cette accalmie pour donner des leçons de nœuds aux mousses du bateau. Le grand air et la vie au large avaient profité aux garçons, qui étaient aujourd'hui bien plus solides qu'au moment où ils s'étaient embarqués sur le bateau. Il faut dire que le fait de les enfermer en sûreté lors des abordages et des combats les aidait à conserver cet air de santé. Mais ils n'étaient pas les seuls à avoir un emploi du temps chargé. Marie allait et venait sans cesse, multipliant les allers-retours sur terre. Aucun de ses compagnons ne s'inquiéta de ce qu'elle faisait, chacun étant trop pris par ses propres occupations.

La semaine passa rapidement et, un matin, Saint-Yves vint frapper à la cabine de Marie. Celle-ci entrouvrit la porte.

— Oui ?

— Tout est en place. Les canons sont installés. Il ne reste qu'à regrouper l'équipage et nous pourrons appareiller aujourd'hui même.

— Ah ? C'est très bien, dit-elle en faisant mine de fermer la porte.

Mais Saint-Yves avait été plus rapide en y glissant le pied.

— Comment ça « c'est très bien » ? C'est tout l'effet que ça vous fait ? Vous ne voulez même pas voir les nouveaux canons installés ? Et d'ailleurs, qu'est-ce que vous faites dans votre cabine depuis quatre jours ? C'est à peine si on vous voit sur le pont. Vous semblez vous être détachée complètement de la vie de ce bateau.

Le regard de Marie devint noir :

— Mais que sont ces manières ?

— Ce sont les manières d'un capitaine qui voudrait bien que son « commandant » soit au courant des modifications apportées à son navire. Vous voulez qu'on vous considère, vous voulez qu'on tienne compte de votre avis, mais tout à coup, ça ne vous intéresse plus et vous faites là je ne sais quelle activité de bonne femme plutôt que de vous mêler des choses sérieuses. Et si ce n'était que cela, peut-être aimeriez-vous savoir comment on dépense votre or.

— Je ne vous permettrai pas de me parler sur ce ton !

— Je vous parlerai sur le ton que je voudrai, s'enflamma Saint-Yves. Vous allez sortir de cette maudite cabine et me suivre sur-le-champ !

Marie resta interloquée, elle n'avait encore jamais vu Saint-Yves perdre son sang-froid. Elle jugea plus prudent de battre en retraite, d'autant plus qu'ils risquaient d'aller trop loin pour des broutilles. Ravalant les répliques cinglantes qui lui venaient à l'esprit, elle lui dit : « Donnez-moi deux minutes. » Elle referma la porte, Saint-Yves ayant fini par retirer son pied.

Ils descendirent au deuxième pont en silence. L'obscurité était épaisse dans la salle des canons. Saint-Yves avança à tâtons et ouvrit le premier sabord, ce qui laissa filtrer un peu de lumière et leur permit de mieux se mouvoir. Deux ou trois autres sabords ouverts, et Marie put contempler les vingt canons effilés qui semblaient endormis dans la pénombre. Elle ne s'y connaissait pas vraiment en armement de la sorte, mais elle était fascinée par la beauté morbide de ces canons. Ils étaient plus minces que les précédents et semblaient plus raffinés, voire plus élégants. À la vue de leur étain poli luisant doucement sous la lumière tamisée, il était difficile de penser que ces objets en apparence si innocents puissent dispenser la mort.

— C'est… impressionnant, dit Marie. Qu'avez-vous fait des autres ?

— Je vous en ai parlé lorsque j'ai ai conclu l'entente, répondit Saint-Yves un peu agacé. L'armurier qui me les a vendus a consenti un rabais sur la reprise des anciens. C'est de cette façon que nous avons pu nous permettre ces canons beaucoup plus légers, qui non seulement faciliteront le travail des hommes, mais allégeront aussi de façon notable le poids, et accroîtront donc la maniabilité du bateau. Il n'en avait que trente, nous gardons donc dix des anciens. Ils sont au troisième pont avec dix des nouveaux canons. Mais je vous ai déjà raconté tout ça il y a une semaine.

Marie soupira. Elle ne se sentait pas d'humeur à se quereller avec Saint-Yves et, obscurément, elle savait qu'il avait un peu raison. Elle n'avait pas vraiment prêté attention aux affaires du bateau récemment et s'en sentait un peu honteuse. Elle s'était investie totalement dans son mystérieux projet, négligeant tout le reste, et tout le monde autour d'elle.

— Mille excuses, Philippe ! Je sais que j'ai été un peu distante cette semaine. Mais permettez-moi mes petits secrets, ajouta-t-elle rapidement pour couper court à la question qui venait. Cependant, je dois vous dire que je suis impressionnée par ce que vous avez fait. Je n'ai nul doute que les performances de la *Louve* s'en trouveront grandement améliorées. Et qu'en pense Julien ?

— Il en pense le plus grand bien, répondit le principal intéressé en se joignant à eux. Et il pense aussi que nous ne devrions pas trop traîner ici, si tout ce que nous avions à faire est terminé. J'ai entendu dire ce matin qu'un navire royal était attendu au cours des prochains jours…

— Partons alors, puisque nous n'avons plus rien à faire ici, conclut Marie.

Chapitre 34

Ils naviguaient depuis une semaine et la vie à bord avait repris sa routine. Pis, les hommes semblaient s'ennuyer. La mer était calme, presque trop : pas le moindre nuage dans le ciel, un vent qui soufflait juste assez pour leur éviter de rester sur place. C'eût été le paradis pour une promenade de plaisance, c'était plutôt l'enfer pour des marins en mal d'action. À la moindre petite anicroche d'ailleurs, les querelles éclataient. Saint-Yves avait déjà dû mettre deux hommes aux arrêts à cause d'une dispute sur l'emplacement d'un hamac.

Mais deux jours plus tard, la solution à leur inactivité apparut au loin.

— Navire à tribord ! cria la vigie de sa voix fluette.

C'était l'un des moussaillons de Mathieu qui avait insisté pour tenir le poste quelques heures. Il justifiait maintenant la confiance qu'on avait bien voulu lui accorder.

— De quelle nationalité ? demanda Marie, qui s'était approchée au cri du gamin.

— Turc ! répondit Saint-Yves muni de sa lunette, portant secours du même coup à la vigie embêtée par le pavillon du bateau, qu'elle n'avait pas su reconnaître.

Il y avait encore du travail pour Mathieu !

— On y va ?

— Oui… j'imagine, répondit Saint-Yves avec une petite hésitation dans la voix.

— Et à quoi doit-on cette hésitation ?

— Les bateaux turcs sont souvent menés par des mécréants qui, plus souvent qu'à leur tour, ont navigué avec les pirates barbaresques. Ils sont solides, cruels et sans scrupules.

— De vrais pirates, quoi !

— De vrais pirates dans l'âme, consentit Saint-Yves avec un léger sourire flottant sur ses lèvres.

Derrière lui, deux hommes s'engueulaient à nouveau, ce qui parut mettre fin à son hésitation.

— Mais je pense que c'est aussi l'occasion de faire bouger nos propres troupes et d'essayer nos nouveaux canons. Advienne que pourra !

— Attendez-moi avant de sonner la charge ! cria Marie en virant rapidement sur ses talons.

— Que… ?

Il était trop tard, la jeune femme avait déjà disparu. Saint-Yves reporta son attention sur le bateau, dont ils se rapprochaient déjà, quand Legoff arriva à ses côtés.

— Une bagarre en vue ?

— Il semble bien, confirma Saint-Yves en lui passant la lunette.

Ajustant l'appareil à sa vue, Legoff grimaça :

— Hum… un bateau turc. Pas les clients les plus faciles.

— En mer, il n'y a rien qui soit facile, mais je vous concède que les méthodes de ceux-ci peuvent surprendre nos hommes.

— Il faudra s'assurer que Marie…

Il fut interrompu par le retour de la jeune femme, accompagnée de quelques moussaillons portant de grosses poches.

— Qu'est-ce que c'est que cela ? demanda Legoff en fronçant les sourcils.

— Ma surprise ! Appelez les hommes, Philippe.

Souscrivant à ce qu'il considérait comme un rare caprice de Marie, mais gardant tout de même un œil vigilant sur le bateau, qui était toujours à bonne distance sans être hors de portée, Saint-Yves appela l'équipage, qui s'amassa nonchalamment devant eux.

— Messieurs, j'apprécierais un peu plus de vigueur lorsque je vous appelle. Vous semblez avoir besoin d'action : vous en aurez ! Nous allons attaquer ce bateau turc, que vous voyez à tribord. Soyez prudents ! Les Turcs sont réputés pour être de solides combattants, mais leurs méthodes risquent de vous surprendre. N'oubliez pas : pas de mort inutile et, dès que nous sonnerons la fin du combat, vous revenez sur la *Louve*. Avant de hisser notre pavillon noir, écoutez ce que votre commandant a à vous dire.

— À mon tour d'appuyer ce que le capitaine vient de vous dire, dit Marie d'une voix assurée. Mais j'ai quelque chose pour vous. Je me suis aperçue que, dans le feu du combat, il n'est pas toujours facile de distinguer qui joue de l'épée près de vous. Ami ou ennemi ? Et ça peut faire la différence entre la vie et la mort. Alors les mousses vont vous passer des vestes, que vous revêtirez avant les combats, des vestes qui vont vous aider à reconnaître rapidement celui qui se bat à vos côtés et à savoir s'il a l'intention de vous trucider ou de vous aider. À moins que vous n'ayez des comptes à régler entre vous, auquel cas nous préférerions que vous veniez nous en parler plutôt que de régler ça à l'épée.

Quelques sourires coincés répondirent à la remarque, mais la curiosité des hommes était piquée. Lorsqu'ils virent les vestes courtes sans manches sortir des sacs, des grognements de satisfaction remplacèrent leurs habituelles jérémiades. Il faut dire que les vestes étaient magnifiques. Très simples, elles étaient faites d'un coton noir solide et affichaient dans le dos, une tête de louve en tous points semblable à celle arborée par le pavillon qui flotterait au mât principal dans quelques instants. Taillée dans un satin argenté, elle brillait doucement sur le noir de la veste. Déjà les hommes l'enfilaient, et une curieuse transformation s'opérait en eux. Ils se regardaient et prenaient peut-être conscience pour la première fois qu'ils formaient réellement un tout : que les marins avec qui ils se querellaient un peu plus tôt allaient peut-être leur sauver la vie dans l'heure qui viendrait. Un seul cri de mécontentement s'éleva du groupe.

— Il n'y en a aucune qui me va ! vociféra avec dépit celui qu'on surnommait Gros Jack en hommage à son imposante stature.

— Oh pardon, je ne vous ai pas oublié, répondit Marie en cherchant à ses pieds une petite poche, d'où elle sortit une veste surdimensionnée qui, si elle fit rire les hommes, rendit Gros Jack bien heureux.

Il y avait également dans le sac une dizaine de vestes plus petites, dont les couleurs avaient été inversées. Sur le coton gris se détachait une tête de louve noire.

— Celles-ci sont pour les mousses, dit Marie en en brandissant une sous les cris de joie des gamins. Et si pendant un combat vous voyez l'un des porteurs de cette veste à vos côtés, vous l'assommez et le lancez sans ménagement sur notre bateau. Vous n'avez rien à faire au combat, rappelez-vous, ajouta-t-elle en leur distribuant leur veste.

— En avez-vous une comme ça pour vous ? demanda Saint-Yves.

— Très drôle ! Nous porterons les mêmes que l'équipage. Inutile de nous distinguer et d'attirer l'attention sur nous.

Saint-Yves contemplait pensivement les hommes qui essayaient leur veste, heureux comme des gamins le matin de la Noël.

— Ce n'est peut-être pas une si mauvaise idée, j'avoue cependant que je n'y aurais jamais pensé.

— C'est même une très bonne idée ! rétorqua Marie. Regardez-les, ils ont maintenant le sentiment d'appartenir à quelque chose. J'ai même l'impression qu'ils vont se sentir plus solidaires les uns des autres.

— C'est bien beau tout cela, vos discussions de chiffons, mais il y avait un combat d'envisagé si je ne m'abuse, les interrompit Legoff, et si vous ne voulez pas que votre proie s'échappe, il serait peut-être temps de réagir.

Les choses s'enchaînèrent alors rapidement. Les transformations sur le navire se firent avec encore plus de rapidité qu'à l'accoutumée, le pavillon noir de la *Louve* fut hissé, et Saint-Yves, qui avait pris lui-même la barre du bateau, mit cap sur le navire turc. Les nouveaux canons avaient considérablement allégé le poids du bateau, plus encore que le capitaine ne l'avait espéré. La *Louve* répondait immédiatement à tout changement de gouvernail, et le navire déjà fort manœuvrable devenait maintenant redoutable pour ceux qu'il prendrait en chasse.

C'était le cas du bateau turc, le *Rüstu,* comme on pouvait le lire à la poupe. Leur vigie avait certainement noté le changement de cap de la *Louve,* et comme le pavillon noir flottait maintenant au mât principal, il n'y avait plus de doute sur ses intentions. Le combat n'allait pas être facile, comme en témoignait la réaction immédiate des Turcs, qui changèrent aussitôt de cap, eux aussi, pour faire face à la menace.

— Voiles au maximum ! hurla Saint-Yves.

Et la *Louve* sembla bondir en avant, fendant les vagues avec élégance et agressivité.

Alors qu'elle n'était plus qu'à une cinquantaine de brasses de sa proie, Saint-Yves ouvrit sa trajectoire de vingt degrés sur la gauche. Le flanc du bateau turc serait rapidement à portée de canons. Legoff, déjà prêt l'épée à la main, ordonna l'ouverture des sabords. Les canonniers et leurs aides poussèrent les canons dans les ouvertures en rugissant de contentement devant la facilité de la manœuvre. Ils battaient de vitesse les artilleurs turcs, qui ouvraient à peine leurs sabords. Les canons ennemis n'avaient pas encore montré leur gueule quand la première bordée fut tirée à partir de la *Louve*. On était à armer la seconde quand les canons turcs firent leur apparition. La seconde bordée de la *Louve* toucha durement le bateau ennemi sans que celui-ci ait eu le temps de riposter.

Cela avait permis à la *Louve* de se rapprocher considérablement, et les hommes se préparaient maintenant à l'abordage.

— Lancez les grappins ! hurla Legoff.

Dans l'instant qui suivit, les deux bateaux furent liés l'un à l'autre, et les hommes à la veste noire se déversèrent sur le pont ennemi. S'ils furent surpris par la rapidité de l'attaque, les Turcs réagirent rapidement. Certains portaient l'épée, d'autres le cimeterre, cette arme redoutable à la lame recourbée. Si elle était plus lourde, elle était cependant plus difficile à parer pour les hommes de Marie, qui avaient peu d'expérience dans ce type de combat.

Marie était restée légèrement en retrait, respectant la promesse faite à ses deux fidèles lieutenants. Elle ne prendrait de risques que si la situation l'exigeait absolument. Pour l'instant, tout le monde se débrouillait fort bien sans elle, et elle pouvait suivre beaucoup plus aisément l'évolution du combat grâce aux vestes portées par les hommes de la *Louve*. La bataille était féroce, barbare. Si les Turcs avaient moins de discipline que les Anglais ou les Espagnols, ils compensaient par une hargne qui rendait leurs gestes difficiles à prévoir et à anticiper. Mais les marins de la *Louve* n'avaient rien à leur envier en ce qui concernait l'ardeur au combat.

Marie chercha des yeux Saint-Yves et Legoff. Ce dernier se débrouillait fort bien, malgré son doigt en moins – sa blessure avait bien cicatrisé mais restait encore un peu sensible. Elle ne trouvait pas Saint-Yves. Serrant un peu plus fort son épée dans sa main, elle se rapprocha du bastingage. Par-dessus le tumulte, il lui sembla entendre sa voix. Le cherchant toujours du regard, elle crut le voir, à moitié caché par une porte qui battait au rythme du tangage du bateau. Elle prit une grande respiration et sauta sur le bateau ennemi, en prenant soin de rester hors de portée des épées qui faisaient des moulinets autour d'elle. Puis elle le vit. Il se défendait tant bien que mal devant deux hommes qui l'attaquaient avec un bel ensemble. Pour l'instant, il tenait le coup, mais visiblement, il se fatiguait et ce n'était qu'une question de temps avant qu'ils n'aient le meilleur sur lui.

Sans hésiter ni se poser de question, Marie vola à sa rescousse. L'important, c'était de réduire à un seul les attaquants de Saint-Yves. Elle fonça et frappa de son épée l'assaillant le plus proche, déchirant légèrement la manche de sa chemise sans lui entailler le bras. Surpris, l'homme se retourna rapidement l'arme levée au-dessus de la tête. Grimaçant intérieurement, Marie reconnut le redoutable cimeterre et se prépara courageusement à y faire face. Elle para le premier coup, et le choc se répercuta tout le long de son bras, lui faisant presque échapper son épée. Elle dut la prendre à deux mains pour parer le deuxième coup, qui arrivait rapidement. Les attaques incessantes l'obligeaient à reculer, et il était évident que son adversaire était non seulement plus lourd et plus puissant, mais aussi plus expérimenté qu'elle. Marie avait cependant gagné en expérience au cours des derniers mois, et c'était ce qui la sauvait pour l'instant. Elle ne faisait pas le poids en matière de force brute, mais elle compensait par la finesse de ses esquives. Elle tenta une attaque, qui ne réussit qu'à arracher un rire moqueur au Turc. Elle avait l'impression qu'il s'amusait avec elle, qu'il faisait durer le plaisir. Marie sentait son épée devenir de plus en plus lourde. Elle devait toujours la porter à bout de bras pour tenir l'adversaire le plus loin d'elle possible. Lassé de ce petit jeu, l'homme mit subitement plus d'intensité dans ses attaques et, d'un mouvement souple du poignet, fit voler l'épée de Marie au-dessus de sa tête. Complètement désarmée face à un taureau en furie, Marie sentit que sa fin était proche. Cherchant désespérément quelque chose autour d'elle qui aurait pu lui servir de défense, elle vit avec effroi le marin lever son cimeterre au-dessus de sa tête, avec une impression de déjà-vu terrible : elle avait vécu une situation semblable lors de son premier combat. Mais cette fois-ci, le miracle n'arriverait pas. Elle ferma les yeux et attendit le coup fatal… qui encore une fois ne vint pas.

Lorsqu'elle ouvrit les yeux, ce fut pour voir son assaillant s'effondrer devant elle, la pointe d'une épée sortant de sa poitrine et du sang coulant de sa bouche. Les genoux soudainement en guenille, elle tomba à son tour sur le pont, le tumulte autour d'elle devenant plus vague et plus flou. Les bruits s'éloignaient quand une main solide lui baissa la tête au niveau du plancher.

— Respirez profondément, ce n'est pas le temps de vous évanouir.

La voix lui parvint de très loin, comme désincarnée. Mais peu à peu, elle reprenait ses esprits, le sang lui revenait à la tête et le pont cessait de tourner follement pour retrouver tranquillement le tangage propre à la mer. La première chose qu'elle vit en ouvrant les yeux à nouveau fut la mare de sang qui s'élargissait sous le marin à ses pieds. Réprimant la nausée qui lui montait aux lèvres, elle se releva en prenant appui sur la main que lui offrait Saint-Yves.

— Vous m'avez sauvé la vie !

— Comme vous avez sauvé la mienne ! Vous avez fait preuve de beaucoup de courage en venant à mon secours, mais c'était très téméraire. Vous n'avez donc jamais appris à respecter des consignes ?

— De quoi vous plaignez-vous, je...

— Donner votre vie pour sauver la mienne ne serait pas un échange équitable, l'interrompit le capitaine. Mais quoi qu'il en soit, je vous remercie tout de même de votre intervention, irréfléchie, je le soutiens, mais qui me fut fort utile, j'en conviens, dit-il avec un petit salut. Nos hommes semblent avoir mis un terme à la bataille, ajouta-t-il en regardant autour de lui.

Effectivement, le calme revenait graduellement sur le pont. De nombreux blessés gisaient çà et là, et un groupe de Turcs désarmés gardaient les mains sur la tête en signe de reddition. Visiblement, l'équipage de la *Louve* avait encore une fois eu le meilleur, mais cela avait failli coûter bien cher. Laissant Legoff et Saint-Yves diriger le reste des opérations, la jeune femme traversa sur son bateau et alla se préparer à recevoir la cohorte des blessés. Encore secouée par sa mésaventure, elle se prit à se redemander si tout cela en valait bien la peine...

⚓

Le butin ramassé sur le *Rüstu* n'était pas très important. Quelques coffrets remplis de plats ouvragés, des théières en argent, des chandeliers et des pièces d'orfèvrerie de valeur, quelques huiles et épices que l'on pourrait aussi revendre, mais rien qui enrichisse réellement les coffres de la *Louve*. Par contre, l'expérience des vestes avait été concluante. On avait pu noter une différence appréciable sur le nombre de blessés de l'équipage français, ce qui renforçait la théorie de Marie selon laquelle un certain pourcentage des blessures provenaient des compagnons d'armes incapables de faire la distinction entre amis et ennemis dans le feu du combat.

Malgré la maigre récolte, une partie du butin fut réservée au Trésor royal, l'autre devant être partagée entre les membres de l'équipage, une fois qu'ils seraient revenus à terre. Saint-Yves avait décidé de reprendre les leçons d'épée de Marie. Comme il semblait évident qu'il serait impossible de la garder à l'écart du combat, mieux valait lui donner une formation adéquate et la préparer à toute éventualité.

Les habiletés de Marie à l'épée progressaient, tout comme ses qualités de navigatrice. Curieuse et intéressée, elle avait appris aux côtés de Legoff et de Saint-Yves à lire les cartes et à se repérer avec les étoiles. Dotée d'un instinct assez sûr, elle pouvait maintenant comprendre les courants et déchiffrer les nuances infinies de la mer. Elle savait deviner quand le vent allait tourner, et plus d'une fois elle avait commandé qu'on ramène la voilure juste avant qu'un grain ne les frappe... et que Legoff commande la manœuvre. Elle aimait l'océan, qui se mariait à sa nature sauvage et rebelle. Elle aimait cette mer indomptée et indomptable, qui pliait tous les bateaux du monde à ses caprices. Marie se prenait souvent à rêver en regardant l'horizon et en se demandant ce qui se cachait derrière cette ligne qui se défilait sans cesse à leurs avances.

Un soir à la brunante, alors que les dernières journées avaient été anormalement calmes et lourdes, Marie traînait sur le pont près de l'homme qui amorçait son quart à la barre de la *Perle*. Ils naviguaient au nord du Portugal, dans le golfe de Gascogne, un endroit qui charriait ses histoires et ses légendes de naufrages spectaculaires et de mers démontées. Elle sentait en elle une fébrilité qui ne lui était pas coutumière. C'était pourtant l'heure de la journée qu'elle préférait entre toutes, celle où les vents s'apaisaient, où les vagues s'alanguissaient et où les couleurs du ciel prenaient des teintes qui défiaient l'imagination. Mais aujourd'hui, rien de tout cela n'avait d'effet sur elle. Il y avait quelque chose d'indéfinissable dans l'air, une odeur presque imperceptible, un frémissement du vent qui refusait de se coucher. Enfin, sans s'en rendre compte, Marie avait tous les sens aux aguets, même si son inquiétude n'était pas encore consciente chez elle. Le vent s'élevait graduellement sur la mer, faisant claquer les voiles et soulevant des poussières d'eau à la crête des vagues, qui commençaient à grossir.

Les premières étoiles apparurent dans le ciel, qui virait tranquillement à l'indigo. La lune prenait son quart de veille dans le ciel, traçant des lignes argentées sur la mer maintenant plus agitée. Il n'y avait personne sur le pont, sauf elle et l'homme tenant la barre. Saint-Yves et Legoff étaient dans la salle des cartes, pris dans une autre de leurs interminables discussions. Mathieu, atteint d'un vilain rhume, avait regagné son hamac et dormait probablement d'un sommeil de plomb grâce à la tisane légèrement parfumée de rhum que lui avait fait boire Marie. La majorité de l'équipage était à la cantine, certains jouaient aux dés une partie du butin qu'ils n'avaient pas encore reçu.

Marie perçut un mouvement sur le pont inférieur. Elle s'agrippa à la rambarde du gaillard avant et vit l'un des cuisiniers jeter à la mer les restes du repas qu'il ne pouvait réutiliser. Elle allait lui crier de se mettre à l'abri, n'aimant pas l'allure que prenait soudainement la soirée, quand la lune fut tout à coup obscurcie. Surprise, elle se retourna tout en se demandant quel nuage pouvait bien avoir causé cette obscurité soudaine, alors que le ciel était pourtant dégagé. Elle vit avec horreur une gigantesque vague avancer vers le bateau. Elle arrivait de travers, sans déferlement ni écume, comme un mur d'eau sorti de l'enfer et qui fondait sur une proie sans défense. La vague s'étendait aussi loin que portait le regard de Marie vers le nord et vers le sud. Elle tenta un cri d'alerte qui s'étouffa dans sa gorge. La vague était maintenant à moins d'une cinquantaine de brasses du bateau et formait un mur presque vertical. Aucune échappatoire n'était possible. Marie vit que l'homme à la barre avait aussi aperçu le monstre qui fondait sur eux et qu'il tentait courageusement de changer la direction du bateau pour pouvoir prendre la vague de face. La *Perle* répondait à sa commande, mais le temps lui manquerait pour se dresser contre l'ennemi.

Marie eut à peine le temps de se lancer dans un placard à serpillières pour se mettre à l'abri que la vague déferlait déjà sur le bateau. La *Perle* gîta considérablement à bâbord et, pendant un interminable instant, la jeune femme fut certaine que le bateau allait être renversé. Des tonnes d'eau se dévidaient sur le pont, et le bateau se tordait sous l'attaque soudaine. Pendant ce qui lui sembla durer une éternité mais qui en réalité ne fut qu'un bref et horrible instant, Marie ne put qu'imaginer le spectacle qui se déroulait sur le pont, agrippée aux supports des balais et des serpillières qui volaient dans tous les sens. Le calme revint aussi subitement que l'attaque avait eu lieu, et le bateau avait repris une position normale. Mais dans quel état ?

Lorsqu'elle entendit des voix sur le pont, Marie se risqua à sortir de sa cachette. Le spectacle qui s'offrait devant elle la désola. Des tas de débris jonchaient le pont, le mât d'artimon semblait touché, d'innombrables cordages de voilure pendaient mollement et deux ou trois voiles avaient été déchirées. Elle entendit son nom hurlé au-dessus du tumulte des voix des hommes qui venaient aux nouvelles.

— Je suis ici ! s'empressa-t-elle de crier en se dirigeant sur le pont inférieur.

Une pensée la stoppa net cependant. Qu'était-il advenu de l'homme à la barre ? Elle remonta rapidement l'escalier, qui avait survécu, et se précipita vers le poste de garde. Il était là, assommé peut-être, mais bien attaché à la roue. Marie bénit mentalement Saint-Yves pour avoir exigé cette précaution de tous ceux qui prenaient la barre. Il ne voulait pas qu'un de ses hommes, à la merci d'un coup de vent ou d'une vague déferlante, soit emporté à la mer et par surcroît laisse le bateau errer à sa guise. Plusieurs avaient protesté devant ce qu'ils estimaient être une mesure exagérée, mais aujourd'hui elle venait de sauver à coup sûr la vie de l'homme qui émergeait peu à peu de son coma. S'assurant qu'il n'avait rien de grave, Marie l'aida à se rasseoir et s'empressa d'aller retrouver ses hommes.

Le premier qu'elle rencontra fut Legoff, qui l'étouffa dans une embrassade vigoureuse.

— Dieu merci, vous êtes là ! Je vous croyais emportée par la vague.

— J'ai pu me mettre à l'abri… mais le cuisinier ? dit-elle en se souvenant soudain de la présence de l'homme sur le pont.

— Quel cuisinier ?

— Il était venu jeter des ordures par-dessus bord et n'a certainement pas eu le temps de se mettre à l'abri.

Legoff lâcha Marie et cria : « Un homme à la mer ! » Aussitôt, tous ceux qui étaient venus sur le pont pour constater les dégâts s'approchèrent du bastingage pour scruter la mer. D'autres arrivèrent, des cordages à la main, prêts à lancer une ligne au malheureux s'ils parvenaient à le repérer. Saint-Yves ordonna qu'on mette la chaloupe à l'eau. Il détestait par-dessus tout perdre un homme en mer.

— De qui s'agit-il ?

— De Lilian, capitaine ! Il était de corvée ce soir, répondit un marin cuistot, venu lui aussi donner un coup de main.

Le visage souriant mais un peu ahuri revint en mémoire à Saint-Yves. Recruté depuis le début à Marseille, c'était un jeune homme plein de bonne volonté et totalement dépourvu de malice. Il n'était pas très brillant et ne comprenait rien aux nœuds, à la manipulation des voiles et aux caps à garder, mais il n'avait pas son pareil pour éplucher les légumes. De plus, il était toujours disponible pour les tâches qui rebutaient tous les autres. Mais le pire, c'était qu'il ne savait pas nager, comme la plupart des hommes sur le bateau d'ailleurs. Malgré le fait qu'ils vivaient sur la mer, la majorité des marins préféraient y voguer plutôt que d'y plonger, et c'était aussi pourquoi les naufrages faisaient bien souvent plus de victimes qu'ils n'auraient dû. Lilian avait bien peu de chances de s'en tirer, son seul espoir résidait dans le fait qu'il ait pu s'accrocher à un objet flottant tombé du bateau. Mais le remous causé par le passage de la vague avait dû l'envoyer par le fond.

La lune, qui avait repris ses droits dans le ciel, éclairait tant bien que mal les vagues qui peu à peu recouvraient une taille normale. Après les cris et les exclamations qui avaient ponctué l'arrivée des hommes sur le pont, c'était un silence tendu qui y régnait. La chaloupe toucha l'eau, et trois hommes lancèrent l'échelle de corde pour y descendre. Ils étaient à mi-chemin quand un cri retentit :

— Il est par là ! Regardez, on le voit qui s'agite !

L'homme pointait du doigt un petit point noir dans l'océan, situé complètement à la proue du bateau. Tous coururent dans cette direction en lançant à tout hasard des cris d'encouragement :

— Vas-y ! accroche-toi ! On va te chercher !

Marie s'approcha à son tour et se faufila devant les hommes. C'était bien Lilian qui était là et qui essayait de garder la tête hors de l'eau. Il avait dû s'accrocher au morceau de bois qui dérivait non loin de lui, mais dans sa panique il l'avait lâché et sa bouée était maintenant hors d'atteinte. On voyait sa tête s'enfoncer régulièrement sous l'eau, et lorsqu'il réussissait à émerger pour avaler une goulée d'air, il avalait aussi régulièrement une tasse d'eau. À ce rythme-là, il n'allait pas tenir bien longtemps.

Sans réfléchir, Marie se mit à retirer ses bottes. Elle enleva sa veste, sa culotte et sa chemise, qui lui tombait sur les jambes, et resta avec une simple camisole et une courte culotte de coton fin. Aucun des hommes autour d'elle ne remarqua son manège, tout préoccupés qu'ils étaient par la lutte de Lilian et par la lente progression de la chaloupe, qui avait fini par se détacher du bateau. Elle monta sur le bastingage, prit une grande inspiration et plongea dans l'eau froide. La surprise et l'étonnement saisirent les hommes. Lorsqu'ils comprirent que Marie s'était jetée à la mer pour sauver l'un des leurs, ce fut vers elle que les encouragements fusèrent.

Marie émergea de l'eau et se mit à nager en direction de Lilian. Depuis ses baignades avec Étienne, elle avait eu l'occasion de parfaire sa technique et était devenue une excellente nageuse. Elle progressait avec efficacité, relevant la tête de temps à autre pour situer le cuistot dans les vagues.

Lorsque Saint-Yves avait entendu les cris des hommes, il s'était précipité à son tour à la proue du bateau et pestait encore contre la témérité de la jeune femme. Réduit au rôle de simple spectateur, il ne pouvait qu'exhorter à son tour les hommes de la chaloupe afin qu'ils arrivent à temps pour les recueillir bien vivants tous les deux, et non deux cadavres flottant sur les vagues.

Marie commençait à se fatiguer. Elle s'obligeait à garder un rythme soutenu, mais ses bras devenaient lourds et son souffle raccourcissait. Elle regarda à nouveau devant elle et vit qu'elle n'était qu'à quelques brasses de Lilian. Il disparut soudain. Marie s'avança le plus rapidement possible et le vit prendre une dernière goulée d'air avant de couler à pic. Marie plongea à son tour. L'obscurité froide l'enveloppa aussitôt. Malgré l'eau salée qui lui piquait les yeux, elle chercha autour d'elle la silhouette de Lilian. Elle ne voyait rien en dépit de ses efforts et, les poumons en feu, elle dut faire surface pour respirer un grand coup. Elle replongea aussitôt, non sans avoir remarqué que la chaloupe se rapprochait. Un rayon de lune creva la surface de l'eau comme pour lui indiquer le chemin. Marie crut y voir une forme descendre lentement vers le fond. Piquant de la tête, elle fit de grandes brasses et lança sa main devant elle. Il lui sembla toucher quelque chose, mais la chose en question lui échappa. Alors que tout son corps lui criait de revenir à l'air libre et que ses poumons menaçaient d'éclater, elle s'enfonça plus profondément et finit par agripper un bout de tissu.

Assurant sa prise, elle se mit à remonter en traînant derrière elle le corps inerte de Lilian. Ses oreilles bourdonnaient et elle s'efforçait de garder la bouche close, malgré une envie insoutenable de l'ouvrir toute grande pour aspirer de l'air. Mais la surface était encore loin et, si Marie ouvrait la bouche, c'était la noyade assurée. Elle émergea enfin, respirant à grands coups, toussant et crachant en même temps. Nageant sur le dos, elle maintint la tête de Lilian hors de l'eau. Il ne semblait pas respirer. Des larmes de rage se mêlaient à l'eau salée de l'Atlantique. Aurait-elle fait tout cela pour repêcher un cadavre ?

Elle sentit soudain qu'on l'empoignait à son tour et qu'on lui retirait Lilian des bras. Assise dans la chaloupe, elle frissonnait dans l'air froid. L'esprit un peu engourdi par les événements, elle ne cessa cependant pas de se soucier de son rescapé.

— Est-ce qu'il respire ? demanda-t-elle péniblement.

— Il ne semble pas, répondit l'un des hommes.

Marie s'approcha de Lilian. Il devint évident qu'elle devrait tenter à nouveau la manœuvre qui avait ramené Legoff à la vie sur la plage espagnole. Pressant ses lèvres contre celles de Lilian, elle lui insuffla de l'air dans les poumons. Elle recommença encore et encore pendant ce qui lui parut une éternité. Il ne se passait rien, et les hommes commençaient à s'agiter autour d'elle. Concentrée sur sa tâche, elle ne sentait plus le froid mais ses gestes ralentissaient.

— Ça ne vaut plus la peine, madame Marie, dit doucement l'un des hommes, il n'est plus avec nous.

— Laissez-le partir, dit un autre en la prenant par les épaules, vous avez fait tout ce que vous avez pu.

Mais Marie ne voulait pas abandonner, elle ne pouvait tout simplement pas renoncer, dût-elle y passer la nuit. Elle sentit tout à coup un frémissement sous ses lèvres. Lilian se mit d'abord à tousser, puis à cracher et finalement roula sur le côté pour vomir de grandes quantités d'eau. Les hommes saluèrent cet exploit par de grands cris de joie. On redressa Lilian pour lui faciliter la tâche et, quand il eut fini de se vider de toute l'eau qu'il avait avalée bien involontairement, les hommes le calèrent entre les bancs et se mirent à souquer ferme en direction du bateau.

Épuisée, Marie frissonnait de plus belle. L'un des marins retira sa veste pour la lui passer sur les épaules. Comme ils ne ramaient plus contre le courant, le retour vers le bateau fut beaucoup plus rapide que l'aller. Personne ne parlait, chacun était encore secoué par les derniers événements. Marie ouvrit les yeux lorsque la chaloupe heurta la coque du bateau. Elle se sentait si lasse, si lourde. Elle n'opposa aucune résistance lorsque l'un des marins la chargea sur ses épaules pour monter le long de l'échelle.

Quelqu'un prit le relais sur le pont, et elle sentit qu'on l'enveloppait dans une épaisse couverture. Elle se laissa glisser dans un curieux bien-être et ferma bien malgré elle ses paupières alourdies. Quelques secondes plus tard, elle dormait.

⚓

Lorsqu'elle s'éveilla, le soleil était déjà très haut dans le ciel. Elle mit quelques instants à se remémorer les événements de la veille. Les images refluèrent soudainement dans sa tête, comme la vague qui s'était abattue sur le bateau. Le mur d'eau, les craquements sinistres du navire à travers la porte du placard, le cuistot disparu, sa nage folle dans les vagues froides, la chaleur d'une couverture… puis plus rien. Depuis combien de temps dormait-elle ?

Rejetant les couvertures au pied de sa couchette, elle voulut se lever mais fut prise d'un étourdissement qui la rejeta sur le lit. De plus, elle venait de constater qu'elle était nue sous ses couvertures. S'efforçant de réfléchir, elle était incapable de se souvenir de ce qui s'était passé entre le moment où on l'avait ramenée sur le pont et celui où elle s'était retrouvée dans son lit. Elle décida de faire une seconde tentative, mais plus tranquillement cette fois. Elle réussit à poser les pieds au sol de la cabine sans que celle-ci ne se mette à tourner. Avec des mouvements lents, elle alla chercher des vêtements et s'habilla au même rythme. Cette étape franchie avec succès, elle tenta de se rendre à la porte. Elle prenait de plus en plus d'assurance et découvrait avec étonnement qu'elle mourait de faim.

La lumière du jour l'agressa lorsqu'elle sortit sur le pont. En marchant à tâtons, elle percuta Legoff qui regardait les hommes s'affairer aux réparations du navire.

— Ah ben, ça alors ! Déjà prête pour vous lancer tête baissée dans une autre folie ? Ne devriez-vous pas être au lit ?

Agrippée au bras de Legoff, Marie reprenait peu à peu son aplomb.

— J'en ai assez d'être couchée et j'ai l'impression d'en avoir manqué de grands bouts... Et je suis morte de faim ! s'exclama-t-elle en lâchant le bras de Legoff, Quelle heure est-il ? Sommes-nous loin du repas ?

Legoff se mit à rire en serrant la jeune femme dans ses bras :

— Vous allez mieux, c'est certain. Allons chercher Saint-Yves, qui s'est fait bien du mouron pour vous, et rendons-nous dans la salle à manger. C'est bien le diable si on ne vous trouve pas quelque chose à vous mettre sous la dent.

Legoff envoya un mousse avertir Saint-Yves et demander qu'on apporte de la nourriture à Marie, et ils se dirigèrent vers la salle à manger, qui leur servait à la fois de lieu de rencontre et de discussion quand ils ne se réunissaient pas dans la cabine de Marie. Un peu plus grande que la salle des cartes, elle était pourvue d'une grande table en chêne, dont les pieds étaient vissés au plancher. Si les chaises restaient mobiles, elles n'en étaient pas moins lourdes, ce qui évitait qu'elles se promènent dans la pièce au gré des vagues et de la houle. Capitonnées de cuir, elles étaient confortables, et Marie s'y laissa tomber avec délice. Legoff ouvrit un petit cabinet placé sur un bahut et en sortit une bouteille de rhum vanillé. Il en servit un large verre à Marie. Celle-ci s'en étonna :

— Si tôt le matin ?

Legoff le lui mit d'autorité entre les mains et prit place à côté d'elle.

— Vos sens vous renseignent bien mal, madame, le soleil est déjà sur sa courbe descendante.

— Combien de temps ai-je dormi ? demanda-t-elle un peu surprise.

— Presque deux jours ! Vous pouvez vous vanter de nous avoir causé une sacré frousse. Lorsque vous êtes revenue sur le pont, vous avez sombré entre l'inconscience et le sommeil. Nous vous avons ramenée à votre cabine, enveloppée de vêtements secs et mise au lit. Vous dormiez toujours aussi profondément, alors nous vous avons laissée récupérer, en assurant une certaine surveillance. Toutes les quinze minutes, quelqu'un venait voir dans quel état vous étiez. Tout allait bien quand soudain le mousse qui s'assurait de votre bien-être revint alarmé. Il disait que vous déliriez et que vous transpiriez beaucoup. Je suis venu en courant et effectivement vous étiez mal en point. Vous étiez brûlante de fièvre et teniez des propos incohérents. J'y ai bien reconnu quelques noms, dit-il avec un petit sourire en coin, mais ce qui importait, c'était de faire baisser cet accès de fièvre inquiétant. Le pire, c'est que vous auriez su exactement quoi faire pour vous sortir de là, mais vous ne pouviez pas nous aider.

— Qu'avez-vous fait ?

— J'ai commencé par retirer les couvertures sous lesquelles vous vous débattiez. Après avoir fait sortir tout le monde de la pièce, je vous ai dévêtue et bassinée avec de l'eau froide. Vous n'étiez pas très réceptive au début, mais peu à peu, la méthode a semblé fonctionner. C'était ce que vous aviez fait pour Mathieu quand vous l'avez trouvé à Marseille. Vous aviez alors expliqué qu'il fallait abaisser la température du corps afin qu'il ne tombe pas en convulsions, et je ne voulais surtout pas vous voir en convulsions. J'essayais aussi de vous faire boire, vos lèvres étaient très sèches et vous sembliez assoiffée. Après deux heures de soins, vous avez fini par vous calmer, pour sombrer dans un sommeil profond beaucoup moins agité. Et vous avez dormi jusqu'à il y a quelques minutes.

Marie avait écouté le récit de Legoff sans broncher. Elle se sentait fatiguée, mais le rhum la plongeait dans un confortable bien-être. Sans compter qu'elle était toujours aussi affamée, ce qui n'était pas étonnant si elle avait dormi deux jours d'affilée ! Au moment où elle ouvrit la bouche pour le remercier de ses soins, la porte s'ouvrit sur Lilian, qui entra en portant un plateau chargé de victuailles. Il le déposa sur la table puis se précipita vers Marie, devant qui il s'agenouilla en lui baisant la main. Un peu gênée, elle tenta de se dégager la main, mais il lui encercla alors les genoux de ses bras et y posa la tête tout en éclatant en sanglots.

— Merci ! Merci !

C'était tout ce qu'il parvenait à dire. Legoff vint à la rescousse de la jeune femme, de plus en plus embarrassée.

— Allons, allons, jeune homme, ce n'est pas là une façon de remercier celle qui vous a sauvé, lui dit-il en l'aidant à se relever. Vous ne voyez pas que vous la mettez mal à l'aise ?

Marie s'était levée à son tour :

— Laissez, Julien ! Viens ici, Lilian, dit-elle au jeune homme confus en le prenant dans ses bras. Tu as passé un sale moment et je suis très heureuse que tu t'en sois sorti.

— C'est grâce à vous, madame Marie, je n'oublierai jamais ce que vous avez fait pour moi. Je sais que je ne suis pas très intelligent et je ne valais certainement pas que vous risquiez votre vie pour moi.

— Il n'y a aucune vie qui vaille plus qu'une autre, Lilian. J'aurais été bien malheureuse de te voir nous quitter de la sorte. Mais tu sembles bien aller, tu t'es remis de ton épreuve ?

— Je vais très bien, madame Marie. J'avais un peu mal partout au début, mais je suis fait fort, ajouta-t-il avec une pointe d'orgueil. Vous n'aurez pas à vous plaindre de mon service.

— C'est bien la dernière chose qui me préoccupe pour l'instant, répondit Marie. Tu devrais même te reposer un peu au lieu de travailler.

— On l'avait mis au repos, intervint Legoff, mais quand il a entendu qu'on devait vous apporter de la nourriture, il a insisté pour s'en charger lui-même.

— C'est tout à ton honneur, Lilian ! le remercia Marie.

La porte s'ouvrit à cet instant et Saint-Yves fit son entrée. En le voyant, Lilian, intimidé de se retrouver devant les trois principaux personnages du bateau à la fois, se retira discrètement vers la porte. Il fit un bref salut à Marie, puis s'en alla presque en s'enfuyant.

Saint-Yves alla directement au buffet et se servit un grand verre de rhum. Il en prit une longue gorgée et se retourna en s'appuyant sur le buffet.

— Eh bien, il semble qu'il soit beaucoup plus facile de mener un bateau peuplé de rustres que de vous garder tranquille.

Piquée au vif, Marie se redressa :

— Vous n'allez quand même pas me reprocher d'avoir sauvé ce pauvre garçon !

— Une chaloupe avait été envoyée à son aide.

— Elle serait arrivée trop tard, il avait déjà coulé.

— J'admets que votre intervention fut providentielle pour lui, mais vous avez quand même pris un risque insensé.

— Je n'aurais pas pu vivre en sachant que je n'avais pas tout tenté.

Saint-Yves soupira :

— C'est bien là le problème. Le sort de l'équipage ne repose pas uniquement sur vos épaules, bien que dans ce cas-ci vous étiez la seule nageuse du navire capable de réaliser cet exploit. Mais quand on vit à bord d'un bateau, on compose avec les risques qui s'y rattachent. D'autant plus lorsque ledit bateau s'adonne à la piraterie.

— Ça n'a rien à voir et vous le savez bien !

— Bon, bon ! intervint Legoff. Le principal, c'est que tout le monde soit sain et sauf. Plutôt que de vous disputer, il vaudrait mieux concentrer vos énergies sur les mesures à prendre pour le bateau.

— Les mesures, quelles mesures ? s'étonna Marie.

Ce fut au tour de Legoff de soupirer :

— Avez-vous oublié ce qui a conduit votre jeune ami à un bain forcé ?

Dans le feu de sa joute verbale avec Saint-Yves, elle avait effectivement oublié la vague gigantesque qui s'était abattue sur le bateau.

— Y a-t-il eu des dommages ? Et d'abord, qu'est-ce que c'était que cette vague soudaine ? A-t-on essuyé une tempête ?

— Jusqu'à présent, j'avais toujours pensé que ces vagues tenaient de la légende, dit le capitaine de la *Perle* et de la *Louve*. Je savais ce golfe dangereux, mais toutes les mers du monde le sont. J'avais entendu de vieux pêcheurs qui s'étaient aventurés en haute mer parler de vagues aussi hautes qu'un château et qui arrivaient comme ça sans crier gare, sans être précédées de vents ni de tempêtes annonciatrices. Elles se formaient subitement et fonçaient sur les bateaux pris au dépourvu. Selon les histoires, elles en auraient fait couler plus d'un par le fond. Mais ça, c'est bien difficile à prouver.

— Et pourquoi n'avons-nous pas coulé ? demanda Marie.

— Nous avons été chanceux dans notre malheur, poursuivit Saint-Yves. Kermarrec, qui était à la roue, a eu la présence d'esprit de changer le cap du bateau en voyant la vague arriver. Il n'aura pas eu suffisamment de temps pour l'amener face à la vague, qui d'après ses estimations devait bien faire quinze brasses. En étant légèrement de travers, le bateau a pu compenser l'assaut de la vague par un coup de gîte qui en a atténué l'impact. Cependant la force et le poids de l'eau ont causé des dommages à la structure. Nous avons été chanceux de nous en tirer sans voie d'eau, mais nous avons subi un affaissement du pont à certains endroits. Des fers de soutènement ont été fissurés et devront être réparés sans attendre. Le mât d'artimon a été affaibli, mais là encore, par chance, ce n'est que le mât de hune qui a craqué. Nous pourrons faire une réparation provisoire en mer, en attendant de regagner le port. Enfin, tout ce qui était sur le pont a été emporté, les lanternes de poupe et de proue sont au fond de l'eau, quelques bras du cabestan sont passés par-dessus bord, deux voiles se sont déchirées, bref nous avons du boulot.

— Pas de blessés ?

— Quelques bleus et des écorchures, sans plus.

— Le navire peut tenir la route ?

— On devrait pas mal s'en tirer, conclut Saint-Yves en vidant son verre. Alors, si vous le permettez, je vais aller retrouver les hommes et continuer les travaux de rafistolage. Legoff ?

— Je vous suis, dit le Breton en se levant.

— Et moi… commença Marie.

— Vous, vous vous remettez et vous faites honneur à ce plat déposé devant vous, répondit Saint-Yves sur un ton sans appel.

Sans lui permettre de répliquer, les deux hommes sortirent de la pièce, Legoff serrant l'épaule de la jeune femme au passage. N'ayant rien de mieux à faire, Marie s'attaqua au pain et au poisson mariné placés devant elle.

Chapitre 35

La mer fut exceptionnellement calme durant la semaine qui suivit, comme pour se faire pardonner sa saute d'humeur, qui causait maintenant tant de travail aux hommes de la *Perle*. Ils réussirent à consolider la hune du mât d'artimon pour pouvoir l'utiliser sans problème, à remplacer certaines lanternes par d'autres, que le bateau avait en réserve, à réparer les voiles et à raffermir tout ce qui pouvait l'être.

Saint-Yves exigea que l'on passe au peigne fin les positions des canons et l'étanchéité des sabords. Il y avait très peu de dommages à déplorer de ce côté, et le capitaine se félicita encore une fois d'avoir opté pour des canons plus légers et plus faciles à amarrer. Rien n'avait bougé. Les fissures des fers de soutènement étaient plus inquiétantes. Il faudrait une main-d'œuvre spécialisée pour faire une réparation efficace, mais en attendant, il avait ordonné qu'on double les supports. Le pont s'était enfoncé de trois pouces par endroits, et là aussi il faudrait attendre la rentrée au port pour faire la réparation.

— Nous irons à Brest, annonça Saint-Yves, alors que Legoff, Marie et Mathieu remis de son rhume dînaient ensemble. Le chantier marin y est supérieur et les ouvriers plus spécialisés.

— J'avais espéré aller à La Rochelle, dit Marie. Nous avons de la marchandise à aller porter à la boutique, et je voulais savoir comment les choses roulaient pour Marguerite.

— Peut-être plus tard, répondit Saint-Yves, mais pour l'instant il faut donner priorité au bateau.

— Rentrons-nous immédiatement ?

— Il vaudrait mieux, intervint Legoff. Nous sommes au large des Açores et il nous faudra plusieurs semaines avant d'arriver à Brest.

Ils s'entendirent donc là-dessus et terminèrent leur repas en parlant de choses et d'autres.

Ils naviguaient depuis quelques semaines sans que la *Perle des mers* ne donne de signes inquiétants. Le bateau était de bonne facture et tout l'équipage n'avait qu'à s'en réjouir. Un vaisseau de moindre qualité n'aurait pas aussi bien résisté aux assauts de la mer. Ils avaient croisé quelques navires sur leur chemin, mais Saint-Yves avait préféré que la *Perle* garde ses distances. Pourtant, le destin devait en décider autrement…

Le soleil venait à peine de se lever et la journée s'annonçait chaude. L'équipage émergeait tranquillement du sommeil alors que les hommes du quart de nuit regagnaient leur hamac. La routine de tout le monde fut bousculée par le cri de la vigie : « Navire à bâbord ! » Les hommes levèrent les yeux dans la direction annoncée, par habitude plus que par curiosité. N'avaient-ils pas laissé passer une demi-douzaine de navires dans les dernières semaines ? L'humeur de l'état-major ne semblait pas trop à la bataille ces temps-ci.

À son habitude également, Saint-Yves prit sa lunette d'approche et visa le navire repéré par la vigie. Il étouffa alors un juron, replia prestement sa lunette et jeta un coup d'œil autour de lui en s'assurant que Marie n'était pas dans les parages. Il ordonna à l'homme à la barre de s'écarter du bateau sans trop dévier de leur trajet et s'en alla à la salle des cartes. Il voulait tenter de deviner la destination de ce navire. Il voguait dans la même direction que la *Perle,* et il y avait de grandes chances qu'il rallie un port français…

La commande ne surprit pas le timonier puisque c'était le genre d'ordres qu'il recevait récemment. Cependant, il ne put s'empêcher de jeter un coup d'œil au lourd bateau marchand, en se disant que ses cales devaient être bien pleines. Il devait revenir soit de l'Espagne, soit de la côte africaine, et à sa ligne de flottaison, on devinait qu'il était lourdement chargé. La *Louve* était beaucoup plus légère, et son armement moderne lui donnait un sérieux avantage sur ces navires lourdauds. Mais il ne se serait pas risqué à contourner un ordre de son capitaine.

C'est pourtant ce qu'il fit quelques instants plus tard... ce qui ramena Saint-Yves au poste de commande au pas de course.

— Mais qu'est-ce que tu fais ? Ne t'ai-je pas dit cinq degrés à tribord ?

— C'est moi qui lui ai fait changer de cap, dit Marie, que Saint-Yves n'avait pas vue derrière l'homme de barre.

Elle tenait sa lunette d'approche à la main et ses yeux lançaient des flammes.

— Je suis certaine que vous aviez reconnu ce navire.

— Bien sûr que je l'avais reconnu ! Et bien sûr que je ne détesterais pas m'y frotter, moi non plus ! Mais avez-vous oublié que notre bateau a subi quelques avaries récemment et qu'il n'est pas au meilleur de sa forme pour s'attaquer à un tel adversaire ? répondit-il sur le même ton.

— Puisque vous êtes si observateur, répliqua Marie, vous avez aussi sûrement noté que leurs cales sont bien pleines et que le bateau est par conséquent très lourd et plus lent à manœuvrer, ce qui nous donne un sérieux avantage.

— Je sais aussi que c'est un bateau très bien armé...

— Dont nous connaissons fort bien toutes les caractéristiques, et...

— Avez-vous vu qui vogue à bâbord ? cria Legoff en arrivant sur les entrefaites.

— Oui ! L'*Imperator* ! répondirent furieusement Marie et Saint-Yves avec un bel ensemble.

— Eh bien, on dirait que le feu est déjà pris aux poudres ici, répondit Legoff, surpris de leur réaction.

— Nous divergeons d'opinion sur la marche à suivre, répondit Saint-Yves. J'estime que, même si l'occasion est belle, il serait imprudent de l'attaquer, la *Louve* est trop abîmée.

— Nous naviguons depuis des mois, rétorqua Marie, et c'est la première fois que nous croisons sa route. Quand le reverrons-nous ?

— Sans vouloir prendre le parti de Marie, reprit Legoff, je dois dire que même si la *Louve* a encore besoin de réparations, je suis certain qu'elle pourrait garder ses avantages face à l'*Imperator*. Votre prudence vous honore, Saint-Yves, mais comme le disait notre jeune amie, l'occasion est trop belle pour qu'on la laisse passer. Et je rêve moi aussi d'en découdre avec Chamberlain.

— Même le climat semble s'être mis de notre côté, ajouta Marie en constatant qu'une légère brume s'était levée sur la mer. Nous pourrions nous approcher sans trop être vus et, lorsqu'ils réagiront, il sera trop tard.

Mathieu arriva à son tour en courant :

— Avez-vous vu... ?

Il n'alla pas plus loin, Marie lui faisant signe de se taire. Saint-Yves reprit sa lunette d'approche et observa le navire de nouveau. Il était tenté lui aussi, mais le sort de son propre bateau lui importait également. Il parcourut des yeux l'*Imperator* de long en large, reconnaissant chacun des détails de la coque, du gaillard, du bastingage, de la dunette. En tant qu'officier à bord de ce navire durant des années, il le connaissait probablement mieux que l'actuel capitaine. Il savait à quel point la *Louve* lui était supérieure, avec sa coque effilée, ses canons légers et ses voiles plus larges et, sans s'en rendre compte, il évaluait déjà dans sa tête la meilleure façon de l'attaquer.

Sentant que Saint-Yves était sur le point de changer d'idée, Marie eut la bonne idée de ne pas insister davantage. Même si, selon les règles qu'ils avaient établies, elle avait le dernier mot en ce qui concernait la direction et les attaques du navire, elle avait aussi la sagesse de ne pas négliger la grande expérience de ses deux associés. Et si Saint-Yves avait émis une objection ferme à l'abordage de l'*Imperator,* Marie se serait inclinée.

— Probablement que le coup est jouable, murmura Saint-Yves entre ses dents. Soit ! On y va ! décida-t-il finalement. Mais au moindre doute, au moindre signe de faiblesse de la *Louve,* nous nous replions.

Croisant les doigts pour qu'une telle situation ne se produise pas, Marie assista, fascinée comme toujours, à la métamorphose du bateau et au changement de rythme sur le pont. Les hommes laissèrent toutes les tâches qu'ils étaient en train d'accomplir et se bousculèrent pour aller chercher une arme ainsi que leur veste et se mettre en position de combat. Ce fut Legoff qui les informa de l'identité de leur cible, expliquant que même s'il s'agissait d'un bateau français, comme en témoignait son pavillon, ils avaient de bonnes raisons de vouloir s'en prendre à lui. Sans connaître les motivations profondes de leurs chefs, plusieurs hommes manifestèrent bruyamment leur accord : ils avaient servi sous les ordres de Chamberlain et n'en gardaient pas un bon souvenir. Pour les autres, la réputation de l'armateur l'avait largement précédé, et si les histoires de leurs compagnons n'avaient pas suffi, tout ce qu'ils avaient entendu dans les tavernes aurait achevé de les convaincre de sa félonie. C'est donc avec une belle détermination qu'ils se préparèrent à la bataille.

Une précaution restait cependant à prendre. Saint-Yves, Legoff, Mathieu et Marie avaient navigué sous les ordres de Chamberlain. Comme leur parcours ne devait pas se terminer là, ils devaient éviter d'être reconnus, par Chamberlain lui-même ou par un de ses hommes, qui aurait pu avoir été l'un de leurs compagnons à une époque pas si lointaine. Ils enfilèrent donc un masque qui leur couvrait la moitié supérieure du visage.

La *Louve* se rapprochait, toujours à moitié voilée par la brume. Lorsqu'ils furent à distance raisonnable, les canonniers firent tonner une première bordée de boulets. La plupart tombèrent à l'eau, mais l'un d'entre eux arracha la figure de proue de l'*Imperator.* Marie y vit un signe encourageant. Il ne se passa rien du côté de l'adversaire, comme si ce coup de semonce ne l'avait pas alerté. Déjà les canonniers de la *Louve* armaient de nouveau alors que les sabords de l'adversaire n'étaient pas encore ouverts. Saint-Yves scrutait la scène avec sa lunette en fronçant les sourcils. Cette inaction le préoccupait. Chamberlain n'avait pas l'habitude de se laisser attaquer sans répliquer. Qu'est-ce que cela pouvait bien signifier ?

Au moment où il allait ordonner qu'on tire la deuxième bordée, il perçut un mouvement sur le pont. Quelques secondes plus tard, des flèches enflammées volaient au-dessus de la mer en direction de la *Louve*. Tout comme les premiers boulets lancés sur l'*Imperator*, la plupart des flèches allèrent s'éteindre dans l'eau, mais deux d'entre elles atterrirent sur le pont et une troisième enflamma le perroquet de fouque.

Les deux flèches sur le pont furent rapidement éteintes alors que le perroquet menaçait de s'embraser au complet. Au risque de se brûler lui-même, un gabier grimpa rapidement aux enfléchures jusqu'à la hune et, de son couteau, coupa les filins qui gardaient la voile hissée. En retombant, elle étouffa le feu naissant. Mais déjà, on préparait une seconde volée sur l'*Imperator*. Les canons de la *Louve* furent plus rapides et, l'espace entre les deux bateaux s'étant passablement rétréci, ils eurent plus de succès que la première fois. Les canonniers avaient visé en hauteur, et les boulets ramés s'abattaient sur le pont ennemi en faisant bien des ravages. On entendit un craquement au mât principal et, s'il tint debout, il n'en était pas moins fissuré à la base. Les canons postés à l'arrière du bateau avaient visé l'étrave et touché le gouvernail en en emportant une partie. L'*Imperator* pouvait maintenant difficilement tenir sa direction. Malgré tout, l'adversaire était féroce et surtout nullement sans défense.

Au moment même où l'on décochait la seconde volée de flèches enflammées, les sabords enfin ouverts permettaient aux canons de cracher leur première bordée. Les flammes crépitaient un peu partout sur la *Louve*, et nombreux furent les marins qui durent délaisser la bagarre pour aller éteindre les feux. Les canons de l'*Imperator* étaient moins puissants et surtout moins précis que ceux de la Louve, et ils firent heureusement peu de dégâts. Les deux équipages se préparaient au face-à-face qui devenait imminent. Les navires allaient se percuter d'un instant à l'autre. La *Louve* mit ses voiles en panne et se prépara à l'abordage.

Il était difficile de jauger qui avait le plus d'hommes, mais il allait devenir vite évident que ceux de la *Louve* étaient plus rompus à ce type de combat. Chamberlain s'enrichissait grâce aux prises en mer, mais habituellement c'était plutôt Marek et l'*Orgueil de France* qui s'en chargeaient. La *Louve* accrochait ses griffes aux flancs de l'*Imperator*. Les premiers hommes à sauter sur le pont ennemi furent durement reçus, mais déjà d'autres venaient les appuyer. Profitant de la confusion qui régnait toujours, Marie s'en fut à la proue du bateau, là où les deux navires étaient séparés de quelques brasses par la cambrure de leur pointe. Un sac à courroie sur le dos, elle lança à son tour un grappin et tendit une corde entre les deux lisses de gaillard. S'assurant que personne ne lui prêtait attention, elle s'accrocha à la corde, l'emprisonnant entre ses jambes et entre ses mains, et commença à progresser vers l'*Imperator*. Les soubresauts des deux bateaux ne lui facilitaient pas la tâche, et les mains lui chauffèrent rapidement. Mais elle serra les dents et poursuivit sa lente progression. Alors qu'elle pensait que ses muscles allaient lâcher, sa tête heurta la coque du navire. Un dernier effort et elle y était.

Empoignant la lisse d'une main qui n'allait pas tarder à être chargée d'ampoules, elle se retourna et finit par se hisser sur le gaillard. Il lui fallait maintenant s'orienter sur le bateau, mais cela ne lui prit pas grand temps, elle ne le connaissait que trop bien. Le salon du commandant était sous ses pieds, il lui suffisait de passer par l'échelle, qui l'amènerait directement à la porte d'entrée. En prenant soin de ne pas se faire voir, bien sûr. Mais personne ne songeait à lever les yeux vers elle. Sur le pont, ça bataillait ferme, et elle en profita pour se faufiler dans le salon du commandant.

Elle y entra en refermant la porte derrière elle. Elle venait chercher deux choses. D'abord, le plus important, les livres de bord. Avisant l'armoire d'acajou toujours aussi imposante, elle se hissa sur la pointe des pieds pour passer la main sur le dessus afin d'en retrouver la clé. Elle ne fut pas déçue, la clé était toujours là. Ouvrant la porte, elle retrouva les livres de bord à l'endroit même où ils étaient deux ans plus tôt. Un onzième s'était ajouté aux dix précédents, relié de cuir bourgogne lui aussi. Elle l'ouvrit rapidement pour constater que la dernière entrée datait de deux jours à peine. Elle ne pouvait emporter tous les livres avec elle et se contenta de ramasser ceux qui couvraient les deux dernières années, c'est-à-dire trois volumes. Elle les glissa dans le sac qu'elle avait prévu à cet effet et se le remit sur le dos en passant les bras dans les courroies.

Elle cherchait autre chose maintenant. Regardant rapidement les murs autour d'elle, elle vit une peinture représentant une scène de chasse qui remplaçait la gardeuse d'oies, qu'elle avait endommagée avec le pied-de-biche. Elle sortit de sa botte un couteau et prit le coin du cadre qui, à sa grande surprise, bougea sans peine entre ses mains. Maudissant sa naïveté, elle se demanda comment elle avait pu croire que Chamberlain garderait la même cachette pour son précieux coffret d'or ! L'avait-il mis dans une autre pièce ? Dans sa cabine peut-être ? Pestant contre la sagacité de l'armateur, elle fit néanmoins le tour de la pièce.

Tout était semblable à son souvenir. La table encombrée de cartes, les poches de tabac à demi éventrées, les chaises repoussées à la va-vite : peut-être lorsqu'on avait annoncé une attaque imminente, la statue représentant une sirène dans un coin… une minute ! Elle ne se souvenait pas d'avoir vu de statue de ce genre, au demeurant fort laide, lors de sa dernière visite. Consciente que le temps passait à une vitesse folle (elle en serait toujours quitte à devoir faire très vite lorsqu'elle serait dans cette pièce), elle s'approcha de la statue et l'étudia de plus près. La sirène reposait sur une queue très large, trop même selon les représentations classiques de la bête de légende. Avec le manche de son couteau, elle la frappa légèrement. Le son était creux, ce qui laissait supposer qu'il y avait un vide à l'intérieur de la queue. Elle passa ses mains sur le bois poli et ne sentit rien. Raclant la queue de la lame affûtée de son couteau, elle perçut à peine une fine rainure. Elle y inséra son couteau, et quelque chose bougea légèrement.

Avec le couteau, elle suivit la petite fente. La lame glissa jusqu'à ce qu'elle s'arrête sur quelque chose… ce quelque chose devait être le mécanisme d'une ouverture secrète. Ne voyant aucune serrure, elle se mit à jouer de la pointe du couteau sur ce qu'elle pensait être le mécanisme. Délicatement d'abord, puis avec beaucoup plus de force. La pointe rencontra finalement un obstacle. Marie tenta de presser dessus mais ça restait bloqué. Il fallait une action plus convaincante. Cherchant autour d'elle un instrument avec lequel frapper, elle trouva sur la table une lunette d'approche en laiton poli. Elle s'en empara et frappa de toutes ses forces sur le couteau fixé dans la fente. Le verre de la lunette se fendit mais, plus important, le mécanisme céda et la porte s'ouvrit brusquement. Marie passa sa main à l'intérieur et eut un grand sourire en sentant le coffre sous sa main.

Elle le sortit rapidement de sa cachette et l'ouvrit. Les recettes de Chamberlain avaient dû être bonnes : le coffre était aux trois quarts plein de pièces d'or. Pas question de les laisser sur place. Elle se réjouissait à l'idée de rejouer le même tour à l'un de ses ennemis jurés. Le coffre était trop lourd pour qu'elle puisse penser l'emporter. Elle en vida donc le contenu dans son sac et le remit à sa place. La porte ne fermait plus cependant, mais c'était là le dernier de ses soucis. Il lui fallait maintenant regagner la *Louve* au plus vite.

En sortant du salon du commandant et en revenant sur le gaillard, elle vit que la bataille avait perdu en intensité et que les hommes de la *Louve* semblaient avoir pris le pas sur leurs adversaires. Plusieurs d'entre eux avaient déjà rendu les armes et étaient ligotés au mât de misaine. Ceux qui se battaient encore étaient à deux doigts de la reddition. Elle chercha Saint-Yves du regard et le vit en train de se battre avec un homme de bonne taille, mais un peu enveloppé. Il ne lui fallut pas grand temps pour reconnaître Chamberlain, malmené par son ancien capitaine, dont il ne soupçonnait pas l'identité. Fascinée par l'échange, Marie devina le coup qui allait suivre. D'un geste preste du poignet, Saint-Yves désarma Chamberlain, qui hurla furieusement. L'instant d'après, la pointe de l'épée de Saint-Yves déchirait la chemise de l'armateur en lui laissant une légère entaille qui se mit à saigner.

C'est alors que se produisit quelque chose de très inattendu : Mathieu sonna la cloche de la retraite. Surpris, Saint-Yves se retourna et Chamberlain en profita pour tenter de l'agripper par-derrière. Mais le capitaine de la *Louve* était plus rapide que lui et se retourna à son tour, assénant un solide coup de poing qui assomma net l'armateur. Il lui donna un coup de pied dans les côtes pour faire bonne mesure, puis regarda à nouveau en direction de la *Louve*. Mathieu avait pris le porte-voix et criait quelque chose que Marie n'entendit pas. Elle remarqua cependant que le geste pointait l'horizon. Dans cette direction, elle vit un navire aux grandes voiles, qui venait rapidement vers eux. Elle ne mit pas longtemps à reconnaître le *Gergovie* et comprit immédiatement l'urgence de la situation. Si la *Louve* était prise ici en plein acte de piratage, l'avenir de tout l'équipage était scellé. Ils ne pourraient faire face à la puissance d'attaque du bateau royal, et il n'avait jamais été dans les plans de Marie d'affronter le *Gergovie* et son capitaine en combat. Le salut était effectivement dans la retraite. Ils avaient une chance de ce côté, la *Louve* étant plus rapide que le navire de guerre. Ils pourraient profiter du vent qui les pousserait rapidement loin de la scène de bataille. Mais si Étienne choisissait de les suivre ?

Marie reporta son attention sur le pont de l'*Imperator* et vit plusieurs hommes de son équipage s'enfoncer dans la cale une hache à la main. Ils en ressortirent quelques instants plus tard en courant vers les hommes qui les attendaient pour les aider à passer sur le pont de la *Louve*. Cela fit brusquement prendre conscience à Marie de la précarité de sa propre situation. D'ici quelques minutes tout au plus, la *Louve* allait partir et personne ne savait qu'elle était à bord de l'*Imperator*. Il lui fallait faire vite et rejoindre ses hommes, elle aussi. Repasser par son point d'entrée était impensable. Elle était maintenant lourdement chargée et comme les deux bateaux s'écartaient, la corde tendue entre les deux lisses allait se rompre, ce qui l'enverrait immanquablement à la mer. Il était tout aussi impensable que l'équipage de la *Louve* perde un temps précieux à tenter de la repêcher, en admettant que quelqu'un l'ait vue tomber.

Elle dévala les escaliers, descendit un autre étage et se retrouva enfin sur le pont. Elle n'osait crier, de peur que tous les hommes du bateau français n'eussent pas été maîtrisés. Cinq hommes encore devaient traverser, et elle voyait bien que Saint-Yves les pressait. Levant la main pour attirer son attention, elle s'étala de tout son long en trébuchant sur un cordage. En tombant, elle heurta le cabestan et se frappa durement près de l'œil.

Elle se releva aussi vite qu'elle le put, en s'assurant de ne pas avoir perdu son précieux chargement, et se remit à courir en criant, cette fois, à la vue de Saint-Yves qui sautait sur le pont de la *Louve*, après le dernier homme. Il ne sembla pas l'avoir entendue et tranchait de son épée tous les filins tendus entre les deux bateaux. À bord, on hissait les voiles, qui se gonflaient rapidement sous le souffle du vent. Déjà la *Louve* s'écartait. Désespérée, Marie cria plus fort, attirant l'attention d'un marin qui revenait à lui après avoir été assommé dans la bagarre. Comme il se redressait et tendait la main vers elle, elle l'évita en sautant de côté et arriva enfin au bord du bateau. Hurlant par-dessus le tumulte des vagues, Marie réussit enfin à attirer l'attention de Saint-Yves, qui eut un sursaut de surprise en la voyant. Cinq ou six brasses les séparaient. Saint-Yves appela quelques hommes à la rescousse et de nouveaux grappins furent envoyés sur l'*Imperator*. Les hommes bandèrent leurs muscles et réussirent à réduire l'espace à une brasse.

Saint-Yves cria :

— Il faut sauter, nous ne pourrons faire plus !

Marie grimpa sur le bastingage en jetant un coup d'œil derrière elle pour voir le marin qui s'était complètement relevé. Elle n'avait pas le choix : il fallait sauter. Mais sans élan, ce ne serait pas facile. Elle prit une grande inspiration et s'élança. Il lui manqua quelques pouces et elle glissa, réussissant tout juste à s'accrocher à la drisse de dunette. Lâchant les cordages, les hommes se précipitèrent vers elle et la hissèrent sur le pont.

⚓

La *Louve* s'éloignait rapidement de l'*Imperator* mais aussi du *Gergovie*, qui arrivait aussi vite que le lui permettait un fort vent arrière. La *Louve* bénéficiait cependant d'un vent largue qui l'aidait à fendre les vagues à vive allure et à creuser une distance entre les deux bateaux.

Saint-Yves et Legoff étaient partout à la fois, distribuant des ordres, criant des encouragements. Certains hommes avaient noué hâtivement des pansements de fortune autour des blessures subies pendant la bagarre, mais ils ne s'en activaient pas moins à la tâche. Nul n'avait envie de se faire cueillir par la marine royale. Quand il fut évident que la *Louve* était hors d'atteinte du *Gergovie* et que celui-ci se rapprochait plutôt de l'*Imperator*, Marie s'approcha de Saint-Yves.

— Je vous attends dans la salle des cartes, dit-elle.

— Je vous rejoins dans une minute, j'ai quelques questions à vous poser.

L'œil de Marie était maintenant presque fermé. Un bleu s'y étalait de la pommette au sourcil. Elle voulut aller chercher un peu d'arnica dans sa cabine pour s'en faire une compresse et, chemin faisant, elle croisa Legoff.

— Bien des questions ! Où étiez-vous passée ? Que vous est-il arrivé ? l'accueillit Legoff.

— Venez à la salle des cartes et vous aurez réponse à tout, dit Marie. J'y serai dans quelques instants.

Et le laissant là avant qu'il n'ait le temps de répliquer, la jeune femme descendit vers sa cabine. Elle y entra en refermant la porte derrière elle. Son lit semblait bien accueillant et elle fut tentée de s'y laisser tomber quelques instants. Son œil l'élançait, lui réclamant une compresse. Elle prit quelques feuilles d'arnica dans sa réserve et les fit macérer un instant dans un peu d'eau. Elle profita de ce moment pour faire le décompte de ce qu'il lui restait. Les événements des dernières semaines avaient sérieusement entamé ses provisions d'herbes médicinales, et il faudrait profiter de leur prochaine escale, dans quelque port que ce soit, pour se réapprovisionner. La réserve de pansements propres était presque à sec. Elle allait faire le tour des hommes et veiller à ce qu'ils lui remettent leurs pansements souillés afin qu'elle les lave à l'eau bouillante avant qu'ils soient tentés de les réutiliser tels quels.

Une fois ses feuilles bien infusées, elle les réduisit en bouillie dans un mortier poreux et appliqua avec soulagement la pâte sur son œil tuméfié. Une compresse d'eau fraîche tenue par-dessus compléta le traitement. Elle sortit de sa cabine et se rendit à la salle des cartes.

Legoff et Saint-Yves y étaient déjà, chacun un verre de rhum bien tassé à la main. Ils se retournèrent vers elle et se contentèrent de la regarder tenir sa compresse sur son œil. S'approchant de la table, Marie y déposa le lourd sac qu'elle avait traîné avec elle tout ce temps. Le bruit des pièces s'entrechoquant intrigua les deux hommes et eut raison de leur mutisme.

— Eh bien, il semble que nous ne soyons pas au bout de nos surprises avec vous ! soupira Legoff.

— Et qu'est-ce qui vous a valu ce beau coquard ? demanda Saint-Yves.

— Avant de répondre à vos questions, commença Marie, je prendrais bien moi aussi un verre de rhum… et j'aurais aussi quelques questions à vous poser, ajouta-t-elle en acceptant le verre que lui tendait Legoff.

Elle en but une longue gorgée et grimaça légèrement sous la brûlure de l'alcool qui lui coulait dans la gorge.

— D'abord, pourquoi le *Gergovie* ne nous a-t-il pas poursuivis puisque nous étions les assaillants et qu'en plus nous battions pavillon noir ?

Un léger sourire éclaira la mine renfrognée de Saint-Yves :

— Parce qu'il devait d'abord porter secours à un navire en danger de naufrage… c'est là une loi de la marine, que même un navire royal ne peut ignorer.

— De naufrage ? Mais comment…

Et tout à coup, la jeune femme revit en mémoire les hommes de la *Louve* descendre à la cale armés de haches et en remonter quelques instants plus tard.

— Génial ! s'exclama-t-elle. Vous avez ordonné qu'on ouvre une voie d'eau dans la coque du bateau, comme ça le *Gergovie* devait se porter à son secours et nous laisser partir. Vraiment, bien pensé !

— Merci, répondit modestement Saint-Yves.

— Et dans l'ensemble, reprit-elle, comment s'est déroulé l'affrontement ?

— Ils nous ont un peu surpris avec leurs flèches enflammées, dit Legoff, mais nos hommes ont bien réagi. Les canons de l'*Imperator* n'ont pas causé trop de dommages, alors que les nôtres ont été beaucoup plus efficaces. Et je dois aussi souligner que nos hommes ont été de beaucoup supérieurs dans le corps à corps. L'idée des vestes, que je trouvais farfelue au départ, est finalement très intéressante. Non seulement nos gars ne se frappent plus par mégarde, mais en plus ils s'entraident plus facilement durant le combat.

— Et Chamberlain ne vous a pas reconnu ? demanda Marie en revenant à Saint-Yves.

— Non, je ne crois pas. Mais j'aurais bien aimé pouvoir mener ce combat à terme, l'attacher au mat principal et le fouetter jusqu'au sang. On peut dire que l'arrivée du *Gergovie* a été providentielle pour lui.

— Ce fut un beau combat, mais qui n'aura rien donné au bout du compte. Les hommes qui sont allés ouvrir la coque du navire ont rapporté avoir vu des tas de richesses dans la cale, sauf que le temps nous aura manqué pour en profiter.

— Mais nous n'avons pas tout perdu, loin de là, répondit Marie en s'approchant du sac qui était resté sur la table. Voyez plutôt !

Elle ouvrit le sac et en sortit d'abord les livres de bord, puis répandit les pièces d'or sur la table.

Après avoir émis un petit sifflement admiratif, Saint-Yves se mit à rire :

— Par Dieu, vous ne cesserez jamais de m'étonner ! Je me demandais bien où vous étiez passée et par quel curieux hasard vous vous trouviez sur le bateau français alors qu'on s'apprêtait à le quitter. Alors, si vous nous racontiez ?

— Je m'étais dit qu'il pourrait peut-être nous être utile d'avoir en notre possession les livres de bord de Chamberlain. À ma dernière visite au salon des officiers, j'y avais lu des choses intéressantes, mais à ce moment-là je n'étais pas en mesure d'emporter les livres avec moi. Ils auraient été abîmés par le bain forcé que je m'apprêtais à prendre et à partager, ajouta-t-elle en regardant Legoff, et tout leur contenu aurait été perdu. Aujourd'hui, en voyant ce navire passer à proximité, j'ai compris que c'était la chance d'aller les récupérer. Vous verrez, poursuivit-elle en regardant Saint-Yves, vous y trouverez des choses fort intéressantes, qui pourraient un jour nous servir de sauf-conduit pour la liberté.

Elle s'arrêta un instant, prit une gorgée de rhum et continua son récit :

— Je me suis aussi souvenue que Chamberlain gardait dans cette pièce son or sonnant, et je me suis dit que ce serait bien dommage de le lui laisser. J'ai dû chercher un peu, il l'avait changé de place depuis la dernière fois, mais je crois que cela en a valu la peine. Nous n'avons peut-être pas vidé ses cales, mais ses poches, si !

— Et votre œil ? s'inquiéta Legoff. Quelqu'un vous a surprise ?

— Non ! rougit Marie. Je n'ai eu besoin de personne pour ce bel effet. Je suis bêtement tombée sur le cabestan en me hâtant de vous rejoindre.

Saint-Yves déposa son verre sur le bahut.

— Encore une fois, vous avez eu une veine de tous les diables. Cette chance ne vous courra pas toujours après, croyez-moi ! Votre tendance à la prudence n'est pas très prononcée, alors que votre goût du risque l'est, lui, et exagérément. Mais comme vous n'en faites qu'à votre tête, la note risque d'être salée un jour.

— Et si on discutait plutôt de notre retour à la terre ferme ?

— Je ne crois plus très avisé d'aller à Brest maintenant. Il y a de grandes chances que le *Gergovie* y retourne, puisque c'est son port d'attache, et qu'il y amène dans son sillage l'*Imperator*, qui est désormais incapable de naviguer par lui-même, à moins de passer de longues semaines à réparer en mer. Et dériver dans ces régions-ci, ce n'est pas très invitant.

— Je ne peux croire ce que je vais dire, reprit Saint-Yves après quelques instants de réflexion, mais je pense que nous irons à La Rochelle, ce qui fera votre affaire, madame, je présume.

La jeune femme se retint de trop sourire :

— Oh, vous savez, si cela peut servir les intérêts du bateau…

— Et les vôtres, certes ! Mais le fait de ne pas entrer jusqu'au quai nous donne un avantage en cas de fuite. De plus, il y a là d'excellents menuisiers capables de travailler sur un plancher qui fuit sous leurs pas ; ils pourront donc amorcer les travaux et, si nous avons besoin de plus, il sera bien temps d'aller à Brest un peu plus tard.

— Gardons donc cet or en lieu sûr, conclut Marie, et allons voir ce que le cuisinier nous a préparé !

Ils sortirent tous les trois sur le pont, conscients tout de même qu'ils venaient aujourd'hui de commettre bien plus qu'un abordage : en attaquant un bateau français, ils venaient véritablement de se faire reconnaître aux yeux de la France comme pirates.

Chapitre 36

Ils naviguèrent sans relâche pendant une semaine, gardant pleine voilure de jour et de nuit afin de conserver un maximum de vitesse et de mettre le plus de distance possible entre eux et le *Gergovie*. Mais cela devenait une précaution inutile, ils étaient hors d'atteinte depuis belle lurette.

Ils arrivèrent en vue de La Rochelle au petit matin, à une heure où le trafic maritime s'éveillait, de nombreux bateaux appareillant au lever du soleil. Marie était sur le pont, absorbée comme toujours par le spectacle des navires qui dansaient sur les vagues, leurs mâts dressés vers le ciel et fièrement endimanchés de larges voiles blanches qui claquaient au vent. Elle était vêtue d'une blouse blanche aux poignets de dentelle, sur laquelle elle portait une veste marine sans manches, serrée à la taille par une large ceinture noire, d'un pantalon blanc et de hautes bottes de cuir noires. L'épée à la taille, les cheveux coiffés en catogan et surmontés d'un large chapeau à plume, elle pouvait certes passer pour un jeune seigneur surveillant les manœuvres d'ancrage du bateau.

Depuis le gaillard, Saint-Yves la regardait pensivement. Elle avait beau faire des efforts pour prendre une apparence masculine, sa féminité transcendait sans mal tous ces artifices. Il était étonnant qu'elle réussisse non seulement à survivre sur un navire peuplé uniquement d'hommes, et pas des plus délicats, mais aussi à s'en faire respecter, voire vénérer. Ses talents de guérisseuse n'y étaient pas pour rien, mais il y avait surtout cette sincérité dans son contact avec eux. Et sans pouvoir le jurer, Saint-Yves avait bien l'impression que ces rustres s'amélioraient à son contact. Leurs réticences des débuts avaient disparu au fil des combats qu'elle avait menés à leurs côtés, des compagnons qu'elle avait sauvés d'une mort certaine par ses interventions médicales, qui tenaient parfois du miracle, et par ce sauvetage en mer, non moins miraculeux.

Mais il était aussi soucieux devant l'avenir. Non pas à bord de ce bateau – il était maintenant certain que chacun des hommes qui y naviguaient aurait donné sa vie pour elle – mais plutôt devant les événements qui ne manqueraient pas de survenir. Il aurait fallu être sourd et aveugle, en plus d'être complètement abruti, pour penser que l'attaque contre l'*Imperator* serait sans conséquences. Chamberlain était trop puissant – mieux aurait valu le tuer –, et ses alliances à la cour étaient trop profondes pour que l'affaire en reste là. Qu'en serait-il alors de cette jeune femme, en apparence si frêle mais en réalité si forte. Quel sort lui réserverait-on si les choses venaient à mal tourner ?

Ses pensées furent distraites par le sondeur qui cria : « Sable par le fond ! » Il était temps de jeter l'ancre. Saint-Yves se secoua et partit à la recherche de Legoff. La journée allait être longue !

Ils envoyèrent le signal pour qu'une barge de déchargement vînt les chercher. Ils avaient quelques marchandises à décharger, celles prises à bord du navire turc, qui iraient à la boutique tenue par Marguerite. Les hommes seraient de permission jusqu'à nouvel ordre. Saint-Yves et Legoff iraient chercher les meilleurs menuisiers et forgerons pour faire les réparations dont la *Louve* avait besoin. Si elle avait exceptionnellement bien réagi lors de la confrontation avec l'*Imperator*, ses structures n'en restaient pas moins affaiblies. Pendant ce temps, Marie irait vers la boutique.

La journée s'annonçait très belle et la jeune femme avait le cœur à la fête. Elle ressentait toujours une curieuse émotion à revenir à La Rochelle, qu'elle avait trop peu vue ces dernières années. Pour l'occasion, elle avait troqué la culotte contre une jupe ample, mais son teint bronzé trahissait la vie au grand air qu'elle avait embrassée. Il y avait aussi dans son regard une fierté et une défiance qu'elle n'avait pas auparavant, et dans ses pas, une assurance qui décourageait les importuns.

Lorsque la barge qui l'amenait à terre arriva au quai – elle précédait ses compagnons, qui arriveraient par la suite –, elle envoya l'un des mousses qui l'accompagnait chercher une charrette pour amener la marchandise à la boutique. Désireux de bien paraître devant elle et un peu intimidé de la voir ainsi vêtue en femme, le gamin fit diligence et, quelques instants plus tard, il revenait suivi d'un charretier et de son attirail.

Ils chargèrent rapidement la marchandise et Marie lui donna quartier libre, tout en lui glissant quelques piécettes dans la main, et lui recommanda d'être à bord pour le couvre-feu, une mesure imposée à tous les mousses pour éviter qu'ils ne fassent de mauvaises rencontres la nuit venue. Surpris de cette subite générosité, le gamin détala avant que Marie ne change d'avis.

S'installant aux côtés de l'homme à l'avant de la charrette, Marie profita de ces instants de répit avec délectation. Le vieil homme à ses côtés parlait sans arrêt, mais elle ne l'écoutait pas vraiment. Elle se laissait bercer par son accent rocailleux, qui évoquait pour elle à la fois son enfance et une époque révolue. Il ne l'avait pas reconnue, mais elle le connaissait bien. Il s'agissait d'Anselme Brunelle, qui avait élevé des cochons pendant une partie de sa vie et qui, à une certaine époque, avait eu un penchant prononcé pour la bouteille. Mais par un jour d'ivresse, il avait accidentellement mis le feu à son étable, et la ville avait senti le cochon brûlé durant une semaine. Cela avait mis fin à son commerce autant qu'à ses beuveries légendaires. Depuis, du moins jusqu'à ce que Marie parte de La Rochelle, il n'avait plus bu une goutte d'alcool. Il s'était refait une vie grâce à l'abbaye des Saints Pères, qui l'avait employé comme homme à tout faire et qui l'avait accompagné dans sa reconversion.

Pour l'instant, il parlait du climat qui n'était plus comme avant, des récoltes qui n'avaient rien de comparable avec celles de son temps, des jeunes qui désertaient le pays pour aller à Paris, de ceux qui revenaient parfois auréolés d'une gloire qu'ils étaient allés chercher ailleurs...

— ... comme Étienne, disait-il, qui courait partout comme un galopin, toujours à faire des tours pendables, et le voilà aujourd'hui à la tête d'un des plus beaux navires de la flotte française.

Cela arracha net Marie à sa rêverie.

— Ah, dit-elle d'un ton qu'elle voulait détaché, c'est là certes une belle réussite ! Il revient souvent ici ?

— Chaque fois que son commandement le permet. Il ne manque jamais d'aller rendre visite à la Marguerite, celle qui a pratiquement servi de mère à sa bonne amie, qui, elle, a disparu pour de bon.

Marie rougit sous le rebord de son chapeau, qu'elle enfonça un peu plus sur ses yeux.

— Et sait-on ce qu'elle est devenue ?

— Il y en a qui disent qu'elle est morte et que son esprit hante les dunes où elle aimait bien marcher. D'autres disent qu'elle vit à Paris, à la cour des Miracles. Enfin d'aucuns affirment qu'elle a marié un prince persan et qu'elle est partie vivre dans son harem. Allez donc savoir !

— Et vous qu'est-ce que vous pensez ?

— Qu'elle se cache quelque part comme un oiseau blessé. On sait pas trop bien pourquoi elle a disparu si soudainement, c'était pas longtemps après la mort de son père, mais je suis sûr et certain qu'on la reverra bien un jour. Et peut-être plus vite que l'on pense ! ajouta-t-il en coulant un regard vers elle.

Marie rougit de plus belle en feignant de s'intéresser aux labours des champs tout au loin. L'avait-il reconnue ? Allait-il lancer la rumeur de sa présence dans la ville ? La route n'en finissait plus de s'étirer et Marie n'avait qu'une hâte : laisser au plus vite le charretier retourner à ses occupations. Un silence épais s'était installé entre eux deux, chacun semblant perdu dans ses pensées. Alors que la boutique et la maison se dessinèrent au bout du chemin, le vieil homme sembla reprendre vie :

— En tout cas, ça fait plaisir de voir revivre la Marguerite. Après tant de mois à pleurer et à se morfondre, la voilà qui revient à la vie ! Faut dire qu'elle est devenue prospère avec sa boutique de choses qui viennent d'endroits que je ne connais même pas. D'ailleurs, je m'demande bien d'où ça lui vient tout ça, elle qui n'a jamais mis le nez en dehors de La Rochelle et qui se retrouve aujourd'hui avec des étagères pleines d'objets étranges qui sentent bizarre. Elles doivent lui arriver de quelqu'un qui se soucie d'elle… D'ailleurs, qu'est-ce qu'il y a dans vos caisses, mamzelle ?

Marie était figée, tiraillée entre le désir d'avouer son identité et le réflexe profond de continuer à se cacher. Si Étienne venait souvent ici, le vieil homme ne manquerait pas de lui faire part de sa rencontre et… et quoi finalement ? Elle sentait bien que toute son histoire était cousue de fil blanc et que tôt ou tard tout ce château de cartes s'effondrerait. Mais mieux valait tard que tôt. Elle pressentait qu'elle se rapprochait de son but et était bien décidée à affronter Marek et l'*Orgueil de France* à la prochaine sortie en mer. Pour cela, il fallait continuer de jouer le jeu quelque temps encore.

— Rien d'intéressant, mon brave, répondit-elle avec un fort accent marseillais. Quelques pièces de vaisselle, quelques figurines de faïence pour la boutique de dame Marguerite. Cela lui est envoyé par une cousine de Marseille.

— La Marguerite avec une cousine à Marseille ? Voilà qui est étonnant !

— Non pas une sienne cousine, mais une cousine à moi qui a entendu parler de sa boutique.

— Et qui envoie de la marchandise par bateau de Marseille plutôt que par la route ?

— Elle estimait qu'il y avait trop de risques de faire de mauvaises rencontres sur les chemins.

— Et c'est plus sûr par la mer, avec le roulis qui peut briser la faïence et les pirates qui menacent partout ?

Le vieil homme avait peut-être picolé une partie de sa vie, ça n'avait certainement pas amoindri ses facultés intellectuelles. Il la regardait avec curiosité quand la charrette fit une embardée dans un nid-de-poule.

— Holà, mon brave, plutôt que de poser des questions regardez la route !

Cela ramena l'attention de Brunelle sur la route, momentanément toutefois. Comme il semblait prêt à reprendre la conversation, elle sauta de la charrette et lui cria sans se retourner :

— Continuez jusqu'à la boutique ! Je vais m'assurer qu'il y aura quelqu'un pour aider à décharger.

Elle partit en courant sur le chemin, laissant là le vieil homme et la question qui lui brûlait les lèvres. Elle n'eut pas à courir longtemps, la maison et la boutique n'étaient plus qu'à quelques pas. Elle pénétra dans l'arrière-boutique en coup de vent et y trouva Marguerite en train de fourrager dans une pile de draps brodés.

— Mais que sont ces manières ? s'insurgea celle-ci sans reconnaître Marie sur-le-champ.

— C'est moi, Marguerite, mais on garde les effusions pour plus tard. Tu dis au vieil Anselme que tu ne me connais pas mais que tu attendais cette marchandise de Marseille. Et tu lui dis que j'ai dû aller aux latrines en vitesse.

Et elle disparut derrière pour revenir aussitôt :

— Et envoie-lui quelqu'un pour l'aider à décharger !

L'instant d'après, elle n'était plus là.

À peine reprise de son ébahissement, Marguerite entendit un cri à la porte.

— Madame Marguerite ! J'ai un chargement pour vous.

— J'arrive, j'arrive, répondit-elle tout en se ressaisissant.

Elle entra dans la boutique alors que le vieil homme scrutait la place des yeux.

— J'imagine que vous m'apportez ce que j'attendais de Marseille, dit-elle, les poings sur les hanches. C'est pas trop tôt !

— Où est la jeune fille qui m'accompagnait ?

— M'est avis que vous avez un peu perdu la main Anselme et que vous l'avez brassée un peu trop. Elle est entrée en coup de vent, en demandant où étaient les latrines. Mais laissons-la tranquille et déchargeons plutôt cette charrette. Il me tarde de voir enfin cette marchandise. Je vais apporter une brouette pour vous aider.

— Laissez, madame Marguerite, je suis peut-être vieux et plus bon à grand-chose, mais je suis encore capable de décharger ma charrette tout seul et de vous apporter vos caisses ici.

Il sortit de la boutique et Marguerite en profita pour jeter un coup d'œil derrière.

— Marie ? Où es-tu ?

La jeune femme sortit la tête du placard où elle se cachait :

— Chut, pas si fort ! Je suis censée être aux latrines.

— Mais pas pour y passer l'avant-midi quand même. Me diras-tu…

— Tout à l'heure ! Il revient.

Et Marie disparut à nouveau dans le placard.

Anselme entrait en portant avec peine une lourde caisse.

— Je pose ça où ?

— Où vous pourrez, juste là à vos pieds. Dieu du ciel, Anselme, laissez votre orgueil de côté et prenez cette foutue brouette, vous allez vous rompre le dos.

— C'est bien pour vous faire plaisir… grommela-t-il en empoignant ladite brouette.

Il déchargea rapidement les trois caisses restantes, mais ne semblait pas pressé de s'en aller.

— Elle est pas revenue, la jeune fille ?

— Ah ça, Anselme, que lui voulez-vous à cette pauvre enfant ?

— C'est qu'elle s'attarde, elle est peut-être malade.

— C'est vous qui me rendez malade. Vous avez beau être vieux garçon, ai-je besoin de vous rappeler que, à certaines périodes de la vie d'une femme, il se peut qu'elle s'attarde un peu plus…

— Bon, ça va, ça va ! dit-il en rougissant. Avez-vous des nouvelles de Marie ? demanda-t-il, désireux de faire dévier la conversation et aussi pour tester la réaction de Marguerite.

— Mais où avez-vous donc la tête aujourd'hui ? Vous savez bien que je ne sais rien d'elle depuis fort longtemps et que, juste d'en parler, ça me retourne les sens. D'ailleurs, tiens, je pense bien que je vais me mettre à pleurer… vous serez content, là !

— D'accord, d'accord, je m'excuse, dit-il en se retirant vivement. Et puis, je crois bien que je vais y aller. Faut que j'aille nourrir ma mule…

— C'est ça ! Et pensez-y à deux fois avant de venir tourmenter une vieille femme.

Il fut sur le point de rajouter quelque chose mais se ravisa et jugea plus sage de reprendre la route.

Quelques instants plus tard, après s'être assurée que le vieil homme ne reviendrait pas, Marie sortit de son placard en pouffant de rire.

— Vraiment, quelle comédienne ! Si jamais la boutique t'ennuie, tu pourrais t'essayer au théâtre, tu es très convaincante.

— Ce que tu me fais faire, toi ! Viens là que je t'embrasse. Mais quelle surprise de te voir ici, qu'est-ce qui t'amène ? Vas-tu rester cette fois-ci ?

— Que de questions, que de questions ! répondit Marie, à moitié étouffée sous l'embrassade de sa gouvernante. Ouvrons plutôt ces caisses que j'ai apportées pour toi.

Elles passèrent les deux heures suivantes à s'extasier sur le contenu des caisses que Marie découvrait en même temps que Marguerite. Ce qu'ils avaient pris sur le bateau turc était beaucoup plus intéressant que ce que n'avait cru la jeune fille de prime abord. Les théières ouvragées brillaient doucement dans le soleil qui entrait par la fenêtre de la boutique, fermée pour la journée. Les deux femmes découvraient les bijoux sertis de pierres semi-précieuses, les ceintures de cuir cloutées de laiton, les tapis aux motifs complexes et colorés, mais surtout les épices fines, évocatrices de ces contrées lointaines. La boutique se mit à embaumer le gingembre, le safran, la cannelle, la muscade et le poivre blanc.

Lorsqu'elles relevèrent la tête, midi était passé depuis longtemps, et elles se rendirent compte qu'elles mouraient de faim. Après un déjeuner composé de pain, de fromage, d'une soupe à l'oignon et de fruits frais, elles passèrent le reste de la journée à garnir les étagères de la boutique, qui commençaient à se vider sérieusement. Les affaires allaient bien, expliquait Marguerite, et la petite échoppe commençait à acquérir une réputation enviable. On venait de plus en plus loin pour y acheter l'un une huile rare, l'autre un présent original.

Marie était en train de nettoyer une étagère pour y ranger les pots d'épices quand on frappa à la porte. Surprise, elle suspendit son geste en jetant un regard du côté de Marguerite. À son grand étonnement, elle vit celle-ci rougir et ôter vivement le tablier qui lui ceinturait la taille. Marie se retourna et aperçut Legoff qui, les mains en visière, tentait de percer la pénombre de la boutique.

— Julien ? s'exclama la jeune femme. Mais qu'est-ce qu'il fait ici ? Allez ! Va ouvrir, Marguerite. Ne le laisse pas poireauter à la porte.

Le Breton entra dans la boutique et parut subitement en remplir tout l'espace.

— Alors, Julien, quelles nouvelles ? Je ne m'attendais pas à vous voir ici.

— Permettez d'abord que je salue dame Marguerite, dit-il en baisant galamment la main de la dame en question, qui se remettait à rougir.

— Monsieur Julien, ne faites pas tant de cérémonies avec moi. D'abord, avez-vous soif ? Puis-je vous servir à boire ou à manger ?

— Je prendrais volontiers un verre de cidre bien frais si vous en avez.

— Mais bien sûr ! J'en ai de l'excellent, gardé au frais dans la remise sous le vieux chêne. Donnez-moi quelques minutes et je reviens.

À la fois pour cacher son embarras et pour satisfaire son invité, Marguerite s'empressa d'aller chercher le pichet de cidre.

Aussitôt qu'elle fut sortie, Legoff se tourna vers Marie :

— Je voulais vous parler seul à seul.

Marie descendit de son escabeau.

— Qu'y a-t-il ? De mauvaises nouvelles ? Le bateau est... ?

— Non, le bateau va très bien. Nous avons trouvé les ouvriers pour le réparer et déjà à cette heure les travaux s'amorcent. Ce sont les mêmes que la dernière fois. L'avantage, c'est qu'ils connaissent déjà le bateau. Le désavantage, c'est qu'ils commencent à nous trouver bien malchanceux... Cependant, les dommages étaient trop importants pour qu'on les répare à flot, alors il a fallu remorquer la *Perle* au quai. Mais ce n'est pas de cela que je veux vous parler. On a signalé la présence du *Gergovie* dans la rade.

— Du *Gergovie* ? Mais l'*Imperator* ?

Legoff leva les mains en signe d'ignorance :

— Je n'en sais rien. En fait, je n'en sais pas plus que ce que je vous dis. Seulement, si effectivement le *Gergovie* devait mouiller à La Rochelle et son état-major débarquer à terre, il ne serait pas surprenant que son capitaine nous rende une petite visite.

— Pourquoi cela serait-il ?

— Parce que c'est son travail, morbleu ! Parce que, à l'heure actuelle, il doit chercher tous les bateaux ayant subi des avaries et qui sont en réparation, parce que j'imagine qu'il doit être en colère contre un certain bateau pirate à la tête de louve... Et il se trouve que nous avons subi des avaries.

Marie pâlit légèrement :

— Faut-il partir tout de suite ?

— Cela n'en serait que plus louche. Souvenez-vous que nous avons déjà brûlé la politesse à votre chaud capitaine. Deux fois, ce serait une de trop. Non, je pense que nous pourrons répondre à ses questions en jouant, nous aussi, la victime de ce mystérieux pirate. Mais ce qu'il faut éviter à tout prix, c'est qu'il vous voie. Et de peur qu'il ne fasse éventuellement fouiller le bateau, il est hors de question que vous vous y trouviez. Vous devrez donc rester ici jusqu'à ce qu'on puisse appareiller.

— Mais… que ferai-je ici tout ce temps ? Ma place n'est-elle pas auprès des hommes ?

— Vos hommes n'ont pas besoin de vous là où ils sont. Et profitez de ce temps pour coudre, pour broder ou pour faire toute autre activité, qui normalement devrait emplir votre quotidien.

Marie préparait une remarque coupante, qu'elle dut ravaler à l'arrivée de Marguerite.

— Voilà, voilà ! disait celle-ci un peu essoufflée. J'ai un peu tardé parce que la jarre était coincée derrière deux balles de foin. Mais le cidre n'en sera que plus frais. Passez donc à la cuisine, j'ai un excellent fromage de chèvre, qui sera délicieux avec un gobelet de cidre. Viens toi aussi, Marie, il est temps de prendre une pause.

Encore sous le choc de ce que venait de lui révéler Legoff, Marie les suivit docilement.

Finalement, la soirée fut plus agréable que prévu. Après le cidre et le fromage, Marguerite insista pour que Legoff reste à dîner et partage avec eux un copieux ragoût qui avait mijoté toute la journée, et dont les effluves furent le meilleur argument de persuasion pour le Breton. Durant le repas, on annonça à Marguerite que Marie resterait avec elle quelques jours, ce qui la remplit de joie. Mais Legoff et Marie insistèrent sur le caractère secret de ce séjour, ce qui chatouilla la curiosité de Marguerite, qui se plia tout de même de bonne grâce à cette exigence. Si c'était le prix à payer pour garder avec elle sa presque fille, eh bien elle le ferait !

Au moment de partir, Legoff plia sa grosse carcasse devant Marguerite et lui baisa la main un peu plus longtemps que ne se doit. Pour cacher son trouble, Marguerite rit en disant que sa moustache la chatouillait. Il fut sur le point d'ajouter quelque chose, mais se ravisa au dernier instant. Marie s'était discrètement éclipsée dans la cuisine, non sans avoir fait promettre à son ami de la tenir au courant des nouvelles.

⚓

Marie utilisa les trois jours suivants à mettre de l'ordre dans la boutique et dans les livres de Marguerite. Celle-ci avait fermé le commerce, prétextant un inventaire, et se repaissait de la présence de la jeune femme. La boutique prenait belle allure et elle devrait continuer sur sa belle lancée, à voir les étagères regorger de produits de toutes sortes, plus intrigants les uns que les autres.

Mais au bout de trois jours de ce régime, Marie n'en pouvait plus. Habituée au grand air et à une complète liberté de mouvements, cette réclusion la minait et son humeur commençait à s'en ressentir. De plus, elle était sans nouvelles de Legoff depuis le dîner qu'ils avaient partagé. Elle tournait en rond comme une bête de foire.

— Ma pauvre fille, cesse de te retourner les sangs, tu vas finir par avoir une attaque !

— Marguerite, il faut que je bouge, que je fasse quelque chose. Je n'en puis plus de cette inactivité !

Marguerite soupira.

— Je ne te comprends pas. Tu as enfin le temps de te reposer à ton aise et tu n'es même pas capable d'en profiter.

— Je ne profite de rien si je ronge toujours mon frein, il faut que je sorte. Mais comme je ne peux aller me promener en ville…

— Ça, toi seule sais pourquoi !

— … j'irai dans la campagne. Trouve-moi un cheval, Marguerite, pour que je puisse m'évader un peu à l'intérieur des terres.

— Un cheval ? Quelle drôle d'idée ! Qu'est-ce que tu ferais avec un cheval ? Tu veux aller quelque part ?

— Je veux juste me promener, humer l'air frais, sentir le vent et le soleil sur ma peau.

— Tout juste, ma fille ! Ce ne sont pas là des distractions de jeune fille.

— Peu m'importe, Marguerite, ma vie n'est pas non plus celle des jeunes filles.

— Je ne le sais que trop bien ! soupira la gouvernante. Déjà toute petite, tu me donnais bien du fil à retordre.

— Un cheval, Marguerite ?

— Et comment vais-je trouver un cheval, moi, qui n'en ai jamais fait usage ? Quelle fable pourrais-je inventer pour en justifier l'acquisition aux yeux des gens ?

— Tu as une boutique, pardi, et bien des affaires à mener…

— Et tu me vois, moi, à dos de cheval ?

À l'image de Marguerite tentant maladroitement de garder en selle ses formes généreuses, la jeune femme sourit.

— Mais tu sais bien que je n'ai jamais pu te résister, poursuivit-elle. Je vais voir ce que je peux faire…

Marie lui sauta au cou :

— Avec une selle, bien sûr !

— Bon, au moins tu souris ! Il me semblait qu'il n'y avait que des nuages sur ton visage ces jours-ci.

⚓

L'après-midi même, Marguerite s'en alla, prétextant quelques courses, et laissa Marie tenter de s'occuper en jardinant. Elle fut de retour deux heures plus tard et vint rejoindre la jeune femme dans le jardin. Celle-ci était en sueur, les cheveux collés au visage, quelques traces de terre sur le nez et sur les joues. Elle leva la tête lorsqu'elle sentit la présence de Marguerite. S'essuyant le front du revers de la main, en y ajoutant par le fait même une autre trace boueuse, elle accueillit sa gouvernante avec un air beaucoup plus serein.

— Tu sembles mieux que ce matin, constata Marguerite.

— L'effort physique m'a fait du bien, confirma la jeune femme. J'avais besoin de me dépenser un peu, et le contact avec la terre me permet de retrouver un peu mes racines, moi aussi. Et puis, ce jardin avait vraiment besoin qu'on l'aère un peu.

Je pense qu'il y avait plus de mauvaises herbes que de plantes comestibles.

— Il a en effet changé d'aspect. Que veux-tu ! Avec la boutique, la maison, je n'ai plus beaucoup de temps à y consacrer. Et puis, je ne suis pas aussi jeune ni aussi forte que toi.

— Ce n'est pas un reproche, s'empressa de répondre Marie. D'ailleurs, j'étais surprise qu'il y ait encore un jardin ici. Tu n'auras qu'à le laisser aller à sa guise, en attendant, ça m'a fait du bien de m'en occuper. Et comme il est en retrait de la maison, personne ne risquait de m'y surprendre à l'improviste.

Marie posa sa bêche sur le sol.

— Mais j'avoue que, pour l'instant, je prendrais bien une bonne limonade. Et toi ? Qu'étais-tu allée faire au fait ?

Totalement absorbée par son travail, la jeune femme en avait oublié sa requête.

— Oh, rien de bien important, quelques emplettes.

— Comme quoi ?

Marie entendit alors un hennissement parvenir du côté de la maison.

— C'est pas vrai ! s'exclama-t-elle accélérant le pas.

Elle contourna la tonnelle recouverte de vigne et découvrit une superbe jument baie qui broutait tranquillement quelques brins d'herbe.

— Elle est magnifique !

Marie s'était approchée du cheval, lui donnant la main à sentir. Les naseaux duveteux reniflaient l'offrande de la jeune femme et la jument se laissa caresser l'encolure.

— Où l'as-tu trouvée si vite ? demanda Marie en se retournant vers Marguerite.

— On me l'avait proposée il y a quelque temps, mais je l'avais refusée. Qu'allais-je faire d'un cheval ? Alors je n'ai eu qu'à dire que j'avais changé d'idée. Est-ce un bon cheval ? Je n'y connais rien.

— C'est une jument et elle est magnifique. Avec un bon étrillage et un bon brossage, tu verras qu'elle va avoir beaucoup d'allure. A-t-elle un nom ?

— Je n'en sais trop rien, répondit Marguerite en haussant les épaules. On m'a donné une selle et un harnachement. Le jeune garçon de la maison me les a apportés et les a laissés dans la boutique.

Marie courut les chercher et revint les bras chargés quelques instants plus tard. La selle était usée mais ferait parfaitement l'affaire. Une petite plaque métallique était cloutée sur la bride. On y avait gravé « Saskia ».

— Ben voilà ! Elle a un nom. Saskia, ma douce, nous allons faire de belles balades ensemble. Dès demain au lever du jour… pour que personne ne s'étonne en pensant voir Marguerite partir au galop ! Merci beaucoup, Marguerite, tu me sauves la vie !

Laissant Saskia attachée à un piquet, elles allèrent lui préparer une stalle dans le petit bâtiment qui jusque-là avait servi d'appentis. Marie avait déjà hâte d'être au lendemain.

⚓

Le jour était à peine levé que Marie était auprès de son cheval. Elle avait rempli une sacoche de nourriture et entendait bien partir pour toute la journée. Plaçant sur le dos de Saskia une couverture de laine qu'elle avait pliée en rectangle, et dont elle avait cousu les rebords, elle y hissa la selle et sangla la jument. Elle lui passa la bride sans mal et ajusta ensuite ses propres vêtements. Comme elle n'avait pas prévu de rester à la maison tout ce temps, elle n'avait rien apporté avec elle et avait dû puiser dans ses vieux vêtements, que Marguerite avait entreposés soigneusement. Évidemment, il n'y avait pas de culotte dans le lot et Marie ne voulait pour rien au monde monter en amazone. De toute façon, la selle obtenue par sa gouvernante ne le permettait pas. Alors, usant d'ingéniosité, elle avait pris une jupe ample, qu'elle avait fendue en plein milieu et dont elle avait fixé les deux pans autour de ses jambes en les attachant avec un long ruban. L'effet était un peu étrange mais elle ne prévoyait pas de rencontrer grand monde… Une large chemise retenue à la taille par une ceinture de cuir complétait sa tenue. La journée s'annonçait chaude et Marie considérait que cela lui suffisait.

Elle sortit Saskia de sa stalle, attacha la sacoche à l'arrière de la selle et enfourcha le cheval. La jument se cabra quelque peu. Visiblement, il y avait longtemps qu'on ne l'avait pas montée. Mais Marie était maintenant très sûre en selle, et c'est avec une main solide qu'elle la soumit à sa volonté.

Talonnant légèrement la jument, elle la mit au petit trot et elles sortirent de la cour. Marie humait avec plaisir les effluves du matin, de cette terre qui s'éveillait et dont les herbes s'ébrouaient de la rosée matinale. L'image fugitive de Stevo sur son cheval noir lui traversa l'esprit, mais elle s'empressa de la chasser. Même s'il ne s'était pas encore montré, le soleil s'annonçait par un déploiement de couleurs qui témoignait bien de ses intentions du jour. La plaine s'étendait à perte de vue et laissait deviner au loin quelques boisés où il ferait bon aller chercher de l'ombre. Enroulant ses jambes autour des flancs de Saskia, Marie la poussa au galop et bien vite elles disparurent en direction des arbres qui se profilaient à l'horizon.

⚓

La jument et sa cavalière étaient en nage lorsqu'elles finirent par entrer dans le sous-bois. Il y avait déjà deux ou trois heures qu'elles étaient parties et la faim commençait à tenailler la jeune femme. Elle avait mis son cheval au pas depuis un petit moment et la jument avait repris son souffle. Un peu plus loin, on entendait le murmure d'un cours d'eau. Marie y dirigea les pas de Saskia et mit pied à terre lorsqu'elles arrivèrent en bordure de la rivière responsable de ce chant.

Le sol était moussu et Marie s'y laissa tomber avec délice. La chevauchée avait été bonne, exaltante même, mais ses muscles avaient perdu l'habitude d'un tel exercice et commençaient à la faire souffrir. La jument ne manifestait aucune intention de s'éloigner, aussi Marie la laissa-t-elle libre d'aller à sa guise.

Saskia s'approcha aussitôt de l'eau, profitant d'un petit ruban de plage sablonneuse, et se mit à y boire à longues goulées. La sueur avait collé la chemise sur le dos de Marie. Elle l'enleva et la suspendit aux branches d'un saule. La rivière semblait l'inviter… elle ôta donc tous ses autres vêtements et se jeta dans l'eau fraîche, sous le regard, approbateur lui semblait-il, de sa jument.

Elle nagea avec joie pendant de longs instants, puis alla se coucher sur la mousse chauffée par le soleil. Fermant les yeux, elle profita de ce pur instant de bonheur et de tranquillité après tant de semaines de tumulte de toutes sortes. Encore une fois l'image de Stevo s'imposa à elle et encore une fois elle la repoussa. Il appartenait à un autre monde, à une autre vie, où il n'y avait pas de place pour Marie, pas plus qu'il n'y avait de place dans sa vie à elle pour lui. Mais un autre visage chassa celui du beau gitan dans son esprit et, cette fois-ci, son cœur se serra en l'évoquant. Elle tenta de le chasser également, mais l'image d'Étienne était beaucoup plus difficile à repousser, d'autant plus que, à La Rochelle, son souvenir était imprégné partout. Marie ne voulait pas gâcher ces instants de quiétude et s'efforça de faire le vide dans sa tête, de se concentrer sur le chant des oiseaux et du vent dans les arbres. Elle y réussit si bien que quelques minutes après, elle s'était endormie.

Quand elle s'éveilla, le soleil était très haut et Marie décida de casser la croûte. Elle se releva péniblement, cette brève inactivité lui ayant raidi les muscles, et chercha son cheval du regard. Marie ne vit Saskia nulle part. Un peu inquiète, elle alla chercher sa chemise et sa camisole, qui avaient eu le temps de sécher, et s'en revêtit. Elle s'enfonça dans le petit bois qui bordait la rivière, appela doucement l'animal et se trouva ridicule aussitôt. Comme si le cheval allait lui répondre ! Pourtant, un hennissement lui répondit. Marie s'avança dans cette direction et vit la silhouette de sa jument dans un buisson épineux.

Elle s'en approcha et constata que la bride de Saskia s'était détachée de la selle et qu'elle s'était accrochée à une branche, qui avait retenu la jument prisonnière. En tentant de se libérer, Saskia s'était enfoncée dans le buisson, qui s'enroulait maintenant autour de ses jambes, et chaque mouvement l'égratignait douloureusement.

— Mais qu'as-tu donc fait, ma belle ? lui murmura doucement Marie pour la rassurer. Ne bouge pas, je vais te déprendre.

Avec soin, la jeune femme réussit à sortir le cheval de sa fâcheuse position et la ramena vers la rivière, où elle nettoya les blessures superficielles à l'eau claire. Attachant cette fois-ci son cheval à une souche, Marie prit la sacoche et en sortit son goûter, qu'elle dévora à belles dents. Une fois repue, elle acheva de se rhabiller et remonta en selle. Elle reprit le chemin de la maison, mais au pas, cette fois. Ni elle ni son cheval n'auraient supporté une autre folle chevauchée. Mieux valait y aller doucement et, de toute façon, Marie ne voulait pas renter trop vite à la maison. Quand elles y arrivèrent, le soleil étirait des ombres basses sur la plaine.

⚓

Marie se laissa glisser au bas du cheval et enleva la selle du dos de Saskia. Elle prit un bouchon de paille et se mit à étriller la jument. Même si ses bras lui faisaient mal et que son dos était endolori, Marie estimait que Saskia l'avait bien mérité. Après un bouchonnage bien en règle, elle brossa le cheval jusqu'à ce que son poil brille doucement dans la pénombre de l'appentis. Un rayon de soleil tardif se faufilait à travers un carreau brisé et donnait au roux de sa robe une allure de cuivre. Elle brossa ensuite la crinière noire et la queue de la même couleur, et ne cessa que lorsque tout fut bien démêlé.

Marguerite était venue la rejoindre :

— Je commençais à être inquiète, tu es partie toute la journée.

— Je t'avais dit que je serais partie tout ce temps ! protesta Marie en apportant une balle de foin à son cheval. J'avais besoin de grand air et de liberté.

— À te voir bouger péniblement, j'ai l'impression que tu vas payer cette liberté demain.

— Demain, ça n'y paraîtra plus. C'est juste que j'ai perdu un peu l'habitude…

Marguerite eut un petit sourire en coin :

— C'est ce qu'on verra. En attendant, tu as eu de la visite.

— Qui ? s'informa Marie en relevant la tête.

— Julien est venu pour te voir.

— Pour me voir ou pour te voir ? la taquina la jeune femme.

Marguerite ne put s'empêcher de rougir :

— Oh, cesse ce petit jeu, veux-tu, je ne suis plus une jouvencelle !

— Pourtant, je trouve que le rouge te va très bien.

— Bon, ça va, si ce qu'il avait à te dire ne t'intéresse pas…

Elle fit mine de sortir de l'appentis et, comme elle s'y attendait, Marie la rappela aussitôt :

— Reste, je promets de ne plus rien dire. Quoique… non, reviens !

Marie riait et serra contre elle sa bonne amie.

— C'est que je vous aime bien tous les deux, alors je ne peux m'empêcher de rêver… Qu'est-ce qu'il voulait, Julien ?

— En fait, il ne m'a pas dit grand-chose et, pour dire vrai, je n'y ai rien compris. Il semblait un peu soucieux et encore plus quand il a vu que tu n'étais pas là. Je lui ai expliqué ton besoin de t'évader et qu'on t'avait trouvé un cheval, mais ça ne l'a pas rassuré pour autant. Il a poussé un très gros soupir en se demandant dans quel pétrin tu allais te fourrer cette fois. Il m'a fait promettre de te dire de te tenir tranquille demain. Qu'il y avait du mouvement au port et que, dès que possible, d'ici deux jours si tout va bien, il reviendrait te chercher. Est-ce que ça veut dire que tu vas repartir ?

Marie avait repris tout son sérieux :

— Du mouvement… je me demande bien ce qu'il voulait dire. Il n'a rien ajouté d'autre ?

— Non, et il a même semblé pressé de partir. J'ai voulu le retenir pour lui offrir à manger, mais il m'a dit qu'il n'avait pas le temps, qu'il devait aller jeter un dernier coup d'œil aux travaux, et avant que j'aie eu le temps d'ajouter quelque chose, il était déjà parti.

— Bon, il ne me reste plus qu'à attendre. À moins que j'aille faire un tour en ville…

— Ah non ! Il a été très clair là-dessus : « Surtout qu'elle ne se mette pas en tête de venir nous rejoindre, a-t-il dit, s'il le faut, Marguerite, attachez-la ! »

— Bon, on n'en arrivera pas là ce soir, je suis trop fourbue. Allons plutôt manger.

— Une bonne soupe te fera du bien, soutint Marguerite en entraînant la jeune femme. Mais pendant que je prépare le repas, si tu prenais un bain ? J'ai déjà fait chauffer de l'eau et tu sens le cheval à plein nez !

⚓

La jeune femme s'était laissée tremper avec satisfaction dans une eau parfumée d'huile de jasmin. Elle reconnut la fiole qui venait d'un navire « visité » par la *Louve*, mais garda ses réflexions pour elle. Le bain lui avait fait du bien. Elle passa ensuite une simple robe de coton crème, cintrée à la taille et légèrement décolletée. Elle avait relevé ses cheveux sur sa nuque, et Marguerite fut émue devant le charmant tableau qu'elle présentait.

— Tu sembles si fragile comme ça, dit-elle, les larmes lui montant aux yeux. Pourquoi cherches-tu tant d'aventures et cours-tu le risque de telle façon ?

— Mais que vas-tu imaginer ?

— Je sais bien que tu me caches des tas de choses, Marie. Mais je sais aussi que vouloir t'arrêter, ce serait comme vouloir attacher le vent.

— Un jour, tout cessera et je resterai près de toi bien tranquillement, tenta de la rassurer la jeune femme. Mais pour l'instant, si tu me présentais cette soupe dont tu me parlais ? ajouta-t-elle, changeant de sujet.

Pressée de restaurer la jeune femme, Marguerite s'affaira auprès de ses fourneaux.

Après un gros bol de soupe lardée, Marie engloutit la moitié d'un poulet et une salade arrosée de crème fraîche. Elle fit descendre le tout avec deux gobelets de vin du pays et compléta son repas par une généreuse portion de gâteau au chocolat.

— Eh bien, constata Marguerite, l'exercice et le grand air t'ont fait du bien. Je pense que jamais je ne t'ai vue manger autant !

— C'était délicieux, mais maintenant je peux à peine bouger.

Écrasée dans un fauteuil, Marie avait de la difficulté à tenir les yeux ouverts.

— Va donc te coucher, tu ne tiens plus debout. Viens, je vais t'aider.

Marie ne protesta pas et laissa Marguerite la border comme lorsqu'elle était enfant. Deux minutes plus tard, elle dormait.

⚓

Le soleil régnait déjà en roi et maître dans le ciel quand Marie s'éveilla. Honteuse d'avoir dormi aussi longtemps, elle voulut se lever rapidement et jeta les jambes hors du lit, ce qui lui arracha un cri de douleur. Elle avait mal partout, au dos, aux cuisses, aux bras, au cou, il n'y avait pas une partie de son corps qui ne lui rappelât douloureusement son existence. Elle passa péniblement un peignoir sur sa nuisette et marcha pieds nus vers la cuisine. Marguerite était en train de verser un café odorant dans une grande tasse.

— Il me semble que tu ne cours pas bien vite ce matin, dit-elle à Marie sans même lever les yeux.

— On dirait qu'une charrette m'est passée sur le corps…

— Voilà ce qui arrive quand on en fait trop d'un seul coup ! Il va falloir que tu apprennes à te modérer, ma fille, sinon tu ne feras pas de vieux os. Monter à cheval, et comme un homme en plus, aussi longtemps, sans habitude, c'était un peu fou. Mais tenter de te raisonner est absolument inutile. Alors tu paies aujourd'hui, conclut-elle en posant la tasse de café devant la jeune femme qui s'était assise avec précaution sur une chaise.

— Je pense que Saskia va avoir congé aujourd'hui…

— Voilà qui est sage ! Je te donne du pain ? Des œufs ? Du jambon ?

Marie grimaça en avalant une gorgée de café chaud.

— Il me semble que je n'ai pas fini de digérer mon dîner d'hier soir. Pour l'instant, le café et un petit bout de brioche feront l'affaire.

Marguerite laissa la jeune femme à son repas et s'en fut faire sa lessive.

La journée passa lentement. Marie s'était confectionné un onguent à base d'eucalyptus et avait demandé à sa vieille amie de frictionner ses muscles douloureux. Celle-ci ne demandait pas mieux que de s'occuper de la jeune femme, dont le séjour tirait à sa fin. Le traitement était efficace et Marie sentait que, peu à peu, ses muscles retrouvaient souplesse et légèreté. Dans l'après-midi, elle sortit Saskia de sa stalle, l'attacha à une longe et fit une longue promenade avec elle dans le champ voisin. Pas question de la monter cependant, à cette seule idée, ses cuisses protestaient. Elle aurait bien voulu retourner à la rivière, certaine qu'un peu de nage serait le meilleur remède à ses maux, mais pour cela il aurait fallu enfourcher son cheval…

La journée s'étirait ainsi et Marie retrouvait l'ennui des derniers jours. De plus, le manque de nouvelles la dérangeait terriblement. Elle envisageait de plus en plus sérieusement de se rendre au port sous un quelconque déguisement. Et si Legoff et Saint-Yves partaient sans elle ? L'idée était farfelue, mais l'imagination de la jeune fille s'emballa tout de même. Ne songeant qu'à sa sécurité et voulant la mettre à l'abri d'elle-même, ils pouvaient fort bien avoir déjà pris la mer, la laissant aux mains diligentes de Marguerite. C'était peut-être même ça que Legoff était venu lui annoncer la veille.

Marie retourna brusquement vers la maison, tirant sans ménagements la longe de Saskia et arrachant la jument à un festin d'herbe tendre, dont elle déracina une touffe pour la route. Elle marchait beaucoup mieux maintenant, et pour un peu elle se serait mise à courir. Mais juste au cas, improbable, où quelqu'un la regarderait dans les champs, elle conserva le pas du flâneur du dimanche.

Enfin arrivée à la maison, elle se dépêcha de rentrer sa jument dans l'appentis, prit quand même quelques minutes pour lui apporter de l'eau fraîche et une demi-botte de foin, et se précipita à la rencontre de Marguerite. Celle-ci était dans le petit salon en compagnie d'un visiteur. Devant le mouvement de recul de la jeune femme, elle l'invita à entrer dans la pièce.

— Viens sans crainte, ce jeune homme est venu pour toi.

Marie entra et sa curiosité se mua en étonnement lorsqu'elle reconnut Mathieu :

— Toi ici ? Il se passe quelque chose ?

— Non, non, s'empressa de la rassurer le gamin. Je suis juste venu prendre de vos nouvelles… et vous dire qu'on appareillera demain vers l'heure du midi.

— Tout est en ordre ?

Marie ne voulait pas poser de questions trop précises sur les réparations qu'avait nécessitées son bateau. Cela n'aurait pas manqué d'alarmer Marguerite et de susciter par le fait même d'autres questions, auxquelles elle ne souhaitait pas répondre. Mathieu la comprit à demi-mot.

— Oui, tout est prêt. Saint-Yves veut partir à midi pour profiter des vents dominants de la journée et, comme ça, on pourra aller chercher les courants qui nous mèneront plus sûrement vers l'Espagne.

— Pourquoi Julien n'est-il pas venu avec toi ?

— Oh, messire Legoff avait fort à faire, répondit évasivement le rouquin. Vous savez, la paperasserie, les permis, tout ça. Il lui fallait mettre tout en ordre pour que l'on soit prêt demain.

Marie fronça les sourcils. Quels permis ? Les mesures annoncées il y a quelques mois n'étaient pas encore en vigueur. Que tentait de lui dire Mathieu ?

— Et le bateau est-il toujours au quai ?

— Non, il a été remorqué dans la rade, comme ça nous pourrons partir plus facilement. L'équipage a déjà commencé à reprendre ses quartiers et tout le monde devrait être à bord ce soir.

— Peut-être que je devrais rentrer aussi tout de suite ?

— Non, non, dit précipitamment Mathieu. Messires Saint-Yves et Legoff ont été très clairs là-dessus. Vous restez ici et vous attendez qu'on vienne vous chercher au petit matin.

Il y avait plein de questions qui se bousculaient dans la tête de Marie. Mais il était dit qu'elle n'y trouverait pas réponse car, au moment où Mathieu se leva pour repartir au port, Marguerite se leva aussi et annonça qu'elle allait profiter de la voiture de location du jeune homme pour qu'il l'amène au centre-ville. Impossible, dès lors, pour Marie de profiter de quelques moments en aparté avec Mathieu. L'instant d'après, ils étaient partis.

Chapitre 37

La fermeture temporaire de la boutique, pour inventaire, avait évité à Marie des rencontres inopportunes. Le silence auquel la jeune femme contraignait Marguerite était pénible à cette dernière. Parfois elle ne savait plus quelle fable inventer pour expliquer sa si longue absence. L'ouverture de la boutique avait aussi suscité des questions, mais Marguerite était devenue experte dans l'art d'inventer une histoire et de s'y tenir. Legoff était devenu un cousin éloigné qui avait subitement fait fortune dans l'importation de produits rares et voulait aider sa cousine esseulée. Comme on l'avait vu arriver au port à quelques reprises, les gens n'avaient pas poussé plus loin l'investigation. Elle redoutait cependant un peu plus la prochaine visite d'Étienne, qui serait plus difficile à berner. Le jeune homme ne connaissait pas encore les nouvelles activités de Marguerite et son questionnement risquait d'être beaucoup plus pointu.

Le soleil prenait maintenant cette teinte dorée dont il se pare pour accueillir la nuit. Les oiseaux faisaient un vacarme terrible dans les arbres, se racontant sans doute les petits événements de leur journée. Marie tournait en rond dans la maison. N'ayant rien apporté avec elle à son arrivée, sauf les caisses de marchandise, elle n'avait rien à préparer pour son départ du lendemain. Comme Marguerite ne revenait toujours pas, Marie se mit à préparer le repas. Elle n'avait plus souvent l'occasion de cuisiner et elle aimait bien ça. Elle alla chercher un faisan, que Marguerite avait déjà plumé et vidé, puis mis à faisander. Elle le découpa en morceaux et le saisit à la poêle avec du beurre.

Elle déglaça ensuite le poêlon avec de la prunelle et y fit caraméliser un gros oignon. Y jetant des lardons, elle ajouta la volaille, qu'elle avait réservée, coupa quelques carottes, navets et champignons, les glissa dans la poêle, y saupoudra quelques assaisonnements et nappa volaille et légumes d'une crème épaisse. Le tout se retrouva au four, recouvert d'une pâte brisée qu'elle avait faite en un tournemain, toute concentrée à la tâche qu'elle s'était attribuée. Peu de temps après, le plat se mit à répandre une odeur alléchante dans la maison. Marguerite ne tarda pas à arriver.

— Il est tard, tu dois mourir de faim, ma pauvre petite, dit-elle en entrant précipitamment.

— Ne te préoccupe pas de ça, tout est prêt. Mais qu'as-tu fait tout ce temps ?

Marguerite parut surprise :

— Tu as préparé le dîner ?

— Tu sais, je ne suis pas complètement idiote dans une cuisine…

— Mais non, mais non, je sais. Je t'ai quand même enseigné quelques petites choses, c'est tout simplement que je ne croyais pas que ça t'intéressait.

— Mais tu avais raison, je meurs de faim ! Si on mangeait et si tu me racontais les derniers potins de la ville ?

Les deux femmes s'attablèrent et Marguerite sortit un pichet de vin pour l'occasion.

— C'est délicieux ! dit celle-ci la bouche pleine. Où as-tu appris cette recette ?

— Je l'ai plutôt inventée avec ce que j'avais sous la main… Heureuse que ça te plaise. Mais dis-moi, y a-t-il beaucoup d'activité en ville ?

Marguerite redevint sérieuse :

— En fait, plus que ce à quoi je m'attendais. J'ai vu pas mal de soldats dans les échoppes, et l'auberge du Faisan doré semblait pleine.

Le cœur de Marie manqua un battement.

— Des soldats ? De l'infanterie ou de la marine ?

— Ma pauvre fille, je ne m'y connais pas beaucoup. Je ne saurais te dire. Et comme je ne suis pas allée au port, je ne sais pas si l'agitation se portait jusque-là.

Marie, qui avait retrouvé un semblant de calme en cuisinant, sentit son cœur se serrer à nouveau. Une menace flottait dans l'air, elle le sentait. Mais ce qui la frustrait plus que tout, c'était l'inactivité à laquelle elle était confinée. Elle ne pouvait s'ouvrir à Marguerite de toutes ses craintes et appréhensions. D'abord, elle eût été bien en peine de les définir vraiment, puis cela n'aurait servi qu'à alarmer sa bonne amie, qui savait très bien se faire du mouron toute seule.

La soirée était exceptionnellement douce, et les deux femmes voulurent en profiter un peu plus. D'ailleurs, n'était-ce pas la dernière qu'elles allaient passer ensemble avant un bon bout de temps ? Marguerite prépara une tisane de verveine tandis que Marie ramassait les reliefs de leur repas. Il restait un bon morceau du gâteau au chocolat de la veille, et les deux femmes allèrent s'installer sous la tonnelle, leur tasse de tisane fumante à la main, pour y faire honneur.

— Je ne devrais pas manger de ce gâteau, soupira Marguerite, je suis bien assez ronde comme ça.

— Laisse donc, tu es parfaite ! Ça n'a pas empêché Julien de te jeter des regards appréciateurs…

— Bon, tu ne vas pas recommencer, grogna Marguerite, qui cacha son embarras en prenant une gorgée de tisane et en s'y brûlant les lèvres. Aïe ! dit-elle en reposant vivement sa tasse sur la table. Regarde ce que tu me fais faire !

Mais Marie riait, peu compatissante. Elle allait ajouter quelque chose quand on frappa à la porte. Les deux femmes suspendirent leurs gestes et se regardèrent.

— Tu attends quelqu'un ? demanda Marie, dont le cœur avait bondi dans la poitrine.

— Non, personne, répondit Marguerite.

— À moins que ce ne soit Mathieu qui revienne…

— Cela m'étonnerait. Quand il m'a laissée, il m'a dit qu'il retournait sur le bateau et ne remettrait pas pied à terre avant votre départ.

— Peut-être que notre départ est avancé ? Mais un départ de nuit, ça m'étonnerait beaucoup. D'ailleurs, il n'y a presque pas de vent.

Les coups redoublèrent à la porte. Puis on entendit une voix d'homme :

— Marguerite, Marguerite, êtes-vous là ?

Les deux femmes se regardèrent, estomaquées. En l'espace d'un instant, elles avaient reconnu à qui appartenait cette voix. Marie se leva vivement :

— Ne lui dis pas que je suis ici, ne lui dis pas que tu m'as vue.

— Mais…

— Marguerite je t'en prie, fais ce que je te dis ! Donne-moi encore un peu de temps. La prochaine fois que je te verrai, il n'y aura plus de zones d'ombre entre nous. Mais pour l'instant, j'ai encore besoin de ton aide.

La jeune femme étreignit sa gouvernante :

— Ne crains rien pour moi, j'ai de bons amis qui me sont fidèles.

— Tu pars donc ?

— Oui, c'était prévu. Mais je reviendrai vite. Va plutôt répondre à la porte avant qu'il n'ameute le quartier…

Et Marie disparut dans la nuit qui était finalement tombée, tandis que Marguerite se précipitait vers la porte pour calmer son hôte surprise.

⚓

Passant derrière l'appentis, Marie prit garde de ne pas déranger Saskia et contourna largement la maison. Elle s'appuya derrière un chêne et s'efforça de se calmer. Il lui fallait réfléchir et surtout ne pas paniquer. Se précipiter vers le port eût été une erreur :

qui savait qui elle allait y rencontrer ? De plus, elle n'avait pas vraiment de moyen d'entrer en contact avec ses compagnons du bateau, et si elle restait à errer entre les quais, on la remarquerait aussitôt. Presque sans s'en rendre compte, elle s'était remise à marcher et ses pas la dirigeaient instinctivement vers la plage.

La lune s'était maintenant levée et Marie traversait le petit champ qui bordait les dunes. Elle avait peine à ordonner ses pensées. Elle savait qu'elle avait de longues heures devant elle avant qu'on vienne la chercher à la maison, mais pour l'instant il lui fallait s'en éloigner. Encore une fois, à son grand désespoir, elle était condamnée à attendre.

Lorsqu'elle atteignit les dunes, les battements désordonnés de son cœur s'étaient un peu apaisés et elle retrouvait doucement ce qu'elle était venue y chercher : le calme et la sérénité. Elle avança entre les herbes qui perçaient les dunes et enleva ses chaussures et ses bas. Elle aimait par-dessus tout sentir le sable doux sous ses pieds et sa fraîcheur lui était apaisante. Passant le dernier rideau de dunes, elle atteignit la plage, où l'eau froide de l'Atlantique venait s'étendre à ses pieds. Marie s'avança et, pendant quelques instants, suivit la ligne des vagues, fascinée par le va-et-vient de cette eau, qui pouvait parfois être si douce et parfois si cruelle. Était-ce ce même océan paresseux qui était venu enlever Lilian d'un coup de colère sur le pont de son bateau ? Était-ce ce même océan, tout de douceur ce soir, qui broyait navires et équipages dans ses instants de furie ?

La dualité de ce monde étourdissait Marie. Chaque bonheur avait son revers, chaque ami avait son contraire. Cela faisait beaucoup de choses à comprendre, trop à découvrir. Elle alla s'asseoir sur le haut d'une dune et regarda l'océan, qu'elle connaissait si bien de jour mais qui lui faisait si peur la nuit. S'entourant les genoux de ses bras, elle y appuya la tête et tomba dans une torpeur bienfaisante.

Marie se mit à rêver sans vraiment dormir. Son esprit s'évadait dans un kaléidoscope de souvenirs. Elle le laissait errer à sa guise, portée par ces images disparates mais intimement liées à sa vie et à son passé. L'une d'elles se faisait plus insistante, une silhouette vague qu'elle ne parvenait pas à identifier, une silhouette familière qui...

— Je savais que tu étais ici, je le sentais...

Marie sursauta, brusquement tirée de sa rêverie. Elle leva la tête et vit Étienne penché sur elle. Dans un réflexe, elle voulut se lever mais il fut plus rapide qu'elle. La saisissant par le poignet, il la rassit doucement mais fermement.

— Non, cette fois tu ne m'échapperas pas !

Se laissant glisser à ses côtés, il la regarda droit dans les yeux.

— Tu as bien des choses à me dire, lui dit-il d'une voix grave. Et je voudrais bien savoir pourquoi tu mets tant de soin à me fuir.

Marie était totalement figée. Il lui semblait que son cœur avait cessé de battre et que l'air ne parvenait plus à ses poumons. Elle avait la gorge si serrée que, l'eût-elle voulu, elle aurait été incapable de dire un mot. Puis lentement, le sang lui revint au visage. Elle se mit à rougir si fort qu'elle bénit la lune de s'être cachée derrière un nuage à ce moment précis. Étienne se taisait, se contentant de lire sur le visage de Marie toute la gamme des émotions qui y passaient. Soudain, les yeux de la jeune femme se remplirent de larmes. Elle était incapable d'endiguer le flot d'émotions qui la submergeait. Surpris, Étienne cueillit du doigt l'une de celles qui roulaient sur la joue de Marie.

— Tu pleures ? Je voudrais tant comprendre...

Prenant son visage entre ses mains, il embrassa doucement le front de Marie, puis ses joues humides et presque sans le vouloir, il glissa sur ses lèvres.

Marie s'ordonnait de fuir, de ne pas laisser Étienne déclencher quoi que ce soit en elle. Elle n'y avait pas droit, elle n'y avait plus droit. Elle avait choisi de franchir la ligne qui séparait leurs deux mondes et la croiser à nouveau, ce serait entraîner le jeune homme à sa perte, ce qu'elle ne voulait surtout pas. Mais il semblait que son corps était bien indépendant de son esprit.

Le baiser d'Étienne se faisait de plus en plus insistant et lui aussi se laissa submerger par la passion. Marie oubliait tout en cet instant précis, tout ce qui n'était Étienne. La bouche gourmande du jeune homme la dévorait tout entière et Marie participait fiévreusement au carnage. Oubliés les mois de fuite sur les routes, oubliés les abordages sanglants, oubliées ses peurs de la marine royale. Tout ce qui comptait pour l'instant, c'était la délicieuse réalité qui l'enflammait de la tête aux pieds, c'était dans ce vertige qu'elle voulait s'enfoncer, qu'elle voulait se perdre.

Étienne coucha la jeune femme sur le sable doux, et ses mains quittèrent enfin son visage pour se perdre sur ce corps dont il avait trop souvent rêvé. Déjà vaincue, Marie s'offrait sans pudeur, aidant même Étienne dans son empressement à lui enlever ses vêtements. La chemise ouverte, elle sentait le souffle frais de la nuit sur ses seins, vite remplacé par celui beaucoup plus chaud de la bouche d'Étienne, qui embrassait passionnément sa poitrine. Ses jambes nues sous sa jupe trouvèrent leur pleine liberté lorsque celle-ci vola au pied d'une dune. Les yeux du jeune homme la détaillaient, leur éclat vert brillant avec éclat dans la limpidité de la nuit. Il se mit à se déshabiller à son tour, et Marie put enfin le contempler. Ses jambes musclées allaient se perdre à l'attache fine de ses hanches étroites, son regard se portait sur son ventre plat, dur comme de la pierre, son torse aux muscles définis, sur lequel moussait une légère toison noire, ses épaules larges, fortes, où il ferait si bon de s'abandonner, son cou solide et son visage aux traits tendus par la soif qu'elle pouvait lire sans peine dans ses yeux.

Il se coucha sur elle et l'embrassa à nouveau. Elle sentait le désir impérieux d'Étienne et savait que rien au monde, même un raz-de-marée, n'aurait pu l'arrêter. D'ailleurs, elle ne voulait pas qu'il s'arrête. Ses mains la caressaient, ses genoux lui écartaient les jambes avec autorité, et l'instant d'après il était en elle. Ce fut pour Marie comme si le ciel s'ouvrait au-dessus d'elle, comme si toutes les étoiles du firmament s'étaient mises à briller en même temps. Leurs corps bougeaient à l'unisson, enfin unis dans ce pas de deux unique qui, l'espace d'un instant, les réunissait hors de la tourmente, hors des poursuites et des malentendus. Lorsque l'univers se déchira sous leurs cris conjugués, ils atteignirent enfin ce paradis si longtemps recherché.

De longues minutes plus tard, ils reprenaient leur souffle devant la mer, seul témoin de leur ivresse. Aucun mot n'avait été échangé. Marie frissonna, mais pas de passion cette fois. L'air avait fraîchi et son corps trempé se hérissait devant cette agression subite. Étienne s'en aperçut et couvrit la jeune femme de sa veste.

— Il y a si longtemps que tu hantes mes rêves, souffla-t-il d'une voix rauque brisant le silence qui s'épaississait entre eux. Mais il y a aussi tant de mystère autour de toi. Que faisais-tu au Maroc ? D'où venaient les pièces d'or qui sont tombées à mes pieds ? Qui m'a assommé lorsque je t'ai retrouvée et où as-tu disparu ?

Tranquillement, l'officier prenait la place de l'amant. Et comme pour mieux marquer ce changement, il s'habillait de peur de succomber à nouveau aux charmes de la jeune femme. Marie soupira et parla pour la première fois depuis qu'il était apparu à ses côtés.

— Je sais qu'il y a bien des zones d'ombre… Si tu savais comment moi aussi j'ai pensé à toi, j'ai rêvé de toi…

— Mais alors pourquoi n'es-tu pas venue vers moi ?

— Il y a trop de choses à expliquer, Étienne… pas ici. Allons chez Sarah.

— Pourquoi chez Sarah ?

— Parce que nous y trouverons la paix dont nous avons besoin tous les deux. Même sa présence nous aidera…

— Nous avons besoin d'aide ?

— Moi, j'en ai besoin. Fais-le pour moi !

Étienne maugréa un peu en terminant de s'habiller. Mais finalement, peut-être était-ce une bonne idée. Il devinait que la conversation risquait de prendre des détours enflammés, et le calme de Sarah serait alors bénéfique.

Ils marchaient tous les deux côte à côte, à nouveau enfermés dans leurs pensées. Marie sentait que le pont qui s'était tendu entre eux deux s'effritait lentement. Elle réfléchissait à toute vitesse. Elle n'avait aucunement l'intention de raconter sa vie à Étienne, et encore moins de l'éclairer sur ces fameuses zones d'ombre. Ce qu'elle voulait, c'était gagner du temps. Lui révéler ses plans, c'était à coup sûr les voir réduits à néant, c'était sans doute l'arrestation pour elle et la saisie de son bateau. Marie voulait garder l'image d'un Étienne fou de passion et non pas celle d'un geôlier. L'ombre d'un plan commença à s'échafauder dans sa tête alors qu'ils arrivaient à la cabane de Sarah.

Même s'il était tard, de la lumière brillait dans la petite maison. Marie se souvenait que, lorsqu'elle avait vécu avec elle, elle s'était étonnée du peu de sommeil que prenait la vieille femme. Celle-ci avait l'habitude de dire qu'elle aurait l'éternité pour dormir mais que, sur cette Terre, il y avait beaucoup plus pressant à faire. La porte n'était pas verrouillée mais simplement fermée contre son cadre. Ils frappèrent néanmoins et entrèrent à l'invite de Sarah.

— Poussez la porte, les enfants…

Marie fut à peine surprise de voir que c'était comme si Sarah les attendait. La vieille dame avait toujours su deviner la moindre de ses pensées, et c'était bien ce qui l'inquiétait maintenant. Mais ce fut spontanément qu'elle se jeta dans les bras de son amie, qui l'étreignit avec émotion. Étienne restait près de la porte, un peu intimidé malgré lui.

— Et toi, mon garçon, tu ne viens pas me saluer ? le taquina Sarah en lâchant enfin Marie.

Il eut droit à son tour à une accolade chaleureuse.

— Eh bien, vous en aurez mis du temps à vous retrouver… Mais si la mer est sauvage, la terre, elle, est patiente. C'est sur son sol que vous réglerez vos différends.

— Comme peux-tu deviner que…

— Marie, tu sais bien que je peux lire en toi comme dans un livre ouvert… Mais asseyez-vous et parlez-moi de vous.

— Nous sommes ici, commença Étienne, parce que Marie a bien des choses à dire et que je pense qu'elle espère un peu de soutien de votre part.

— De soutien ? Devant qui ?

— Devant moi, j'imagine, répondit Étienne.

Marie se sentait mal à l'aise dans cette conversation. Elle ne voulait pas tout de suite ouvrir le débat :

— Sarah, puis-je faire une tisane ?

— Il y a toujours de l'eau qui chauffe dans l'âtre, tu dois bien t'en souvenir.

— Oui, et je sais où sont les feuilles.

La jeune femme se leva et alla fouiller dans l'armoire où Sarah gardait ses feuilles séchées pour les infusions, les pommades et les emplâtres. Elle les connaissait toutes, ayant eu pour cela le meilleur maître qui soit. Et ainsi, au travers des feuilles de tilleul et de menthe qu'elle prit sur les tablettes, elle en mêla une poignée dont les vertus sédatives étaient incontestables. Elle agissait vite, de peur que Sarah ne devine son manège. Pendant que le tilleul et la menthe infusaient dans une théière de grès, prétextant un manque de sucre, elle se rendit dans la réserve où, à l'abri des regards, elle écrasa dans un mortier les herbes sédatives. Ainsi pulvérisées, elles agiraient beaucoup plus vite.

Elle en mit deux bonnes pincées au fond des tasses destinées à Sarah et à Étienne et égrena quelques feuilles de menthe dans la sienne. Ainsi, toutes les boissons auraient de petites herbes à la surface. Pour masquer le goût un peu amer des herbes sédatives, elle mit une bonne mesure de sucre dans chaque tasse. Elle les plaça ensuite sur un plateau et y ajouta la théière de grès.

— J'ai servi la première tournée pour que ça refroidisse plus vite, dit-elle, plus joyeusement qu'il ne l'aurait fallu en donnant à chacun sa boisson chaude.

Était-ce un effet de son imagination ? Il lui sembla que Sarah lui jetait un regard étrange. Étienne souffla sur son infusion et en prit une petite gorgée. Il grimaça sous la brûlure de l'eau chaude.

— Attends un peu, tu vas te brûler, dit la jeune femme.

— Merci du conseil, répondit-il sarcastique.

— Et toi, Sarah, que s'est-il passé au cours de ces longs mois ?

Marie voulait gagner du temps, le temps que cette fichue infusion refroidisse et qu'ils la boivent tous les deux. Mais Sarah ne semblait pas disposée à l'aider.

— Tu sais, ici la vie est immuable. Le mois d'avant est semblable au mois d'après, il n'y a que les saisons de la terre pour nous aider à départager le temps.

— Vas-tu souvent à la ville ?

Étienne, que ce dialogue ennuyait, n'osait pas trop le montrer. Patiemment, il attendait que la vieille femme ait fini de répondre à Marie, ce qu'elle semblait s'être décidée à faire, et pour tromper son ennui but la tisane, qui avait enfin tiédi. Marie lui jetait des coups d'œil furtifs et buvait elle aussi sa tisane à longues gorgées afin d'inciter Sarah à faire de même. Elle se demandait dans combien de temps le sédatif agirait, mais ce devrait être assez vite avec la dose de cheval qu'elle avait utilisée. Effectivement, au bout de quelques minutes, elle vit qu'Étienne commençait à lutter pour garder les yeux ouverts. Même Sarah dodelinait doucement de la tête. Étienne tenta de dire quelque chose, puis tomba pesamment sur ses deux bras croisés sur la table. Sarah s'appuya sur le dossier de sa chaise et ferma les yeux.

Marie retint son souffle, de peur de les réveiller. Quand elle fut certaine qu'ils dormaient profondément, elle se leva doucement et s'en fut vers la porte. Elle leur jeta un dernier regard, un peu honteuse de ce qu'elle venait de faire. Elle avait trahi l'hospitalité de sa vieille amie et avait dressé irrémédiablement Étienne contre elle. Lorsqu'il se réveillerait et constaterait qu'elle s'était enfuie à nouveau, il devinerait ce qu'elle avait fait. Les soupçons qu'il nourrissait à son égard seraient confirmés, et ce rapprochement qu'elle avait cru possible quelques heures plus tôt ne le serait plus dorénavant. Étienne la traquerait jusqu'au bout du monde, non pas pour la ramener dans ses bras mais pour la jeter dans les cachots du roi. Les regrets n'en seraient que plus grands pour elle, qui avait entrevu ce qu'était l'amour véritable. Les quelques heures passées avec Étienne sur la plage n'avaient rien à voir avec ce qu'elle avait vécu avec Stevo. Même si le beau gitan l'avait initiée aux joies physiques de l'amour, Étienne l'avait amenée beaucoup plus loin. Il lui avait entrouvert les portes d'un paradis qui s'étaient refermées à tout jamais lorsqu'il s'était endormi sur ses bras croisés. Le cœur en miettes, Marie se retourna et ouvrit la porte.

— Sois prudente tout de même !

Ce cœur qu'elle croyait mort un instant auparavant tressaillit douloureusement dans sa poitrine. La main figée sur la porte, Marie n'osait pas se retourner.

— Ne t'en fais pas, il dort profondément. Ce que tu lui as donné aurait suffi à assommer un régiment !

Pivotant finalement sur elle-même, Marie vit Sarah qui la regardait, toujours assise à la table, les bras croisés sur sa poitrine, l'air grave.

— Sarah, je ne voulais pas...

— Tu ne voulais pas, mais tu l'as fait.

— Mais comment se fait-il...

— Que je ne me sois pas endormie ? Ah, ma brebis, pour qui me prends-tu ? Et crois-tu que je ne te connais pas assez bien ? Pourquoi aller chercher du sucre dans la réserve, alors que ce sucrier sur la table en déborde, si ce n'est pour trafiquer une boisson ? Et comme je ne crois pas que tu en veuilles à la vie d'Étienne ni à la mienne, il était facile de deviner ce que tu manigançais. Dès lors, je n'ai eu qu'à faire semblant de boire et je dois dire que comme comploteuse tu ne fais pas le poids, tout occupée que tu étais à surveiller ton beau capitaine, tu n'y as vu que du feu.

— Me pardonneras-tu...

— De te lancer encore une fois dans des aventures risquées où tu mets ta vie en péril ? Cette vie n'appartient qu'à toi, et malheureusement le destin ne te l'a pas tracée facile. Mais je sais qu'il serait vain de tenter de t'en détourner. Aussi va, va, mon enfant, mais sois prudente. Je regretterai seulement que tu n'aies pas eu assez confiance en moi pour me parler avec franchise plutôt que d'essayer lâchement de m'endormir.

Marie avait encore une fois les yeux pleins d'eau.

— Je ne savais que faire ! Sarah, je ne savais que dire ! Étienne ne pouvait entendre le pauvre récit de ma vie.

— Il sait pourtant ce qui s'est passé ce jour-là.

— Mais il ne connaît pas mes assaillants. Il ne sait pas qui est en cause et, si je le lui disais, par amitié pour moi il voudrait peut-être me venger. Et il serait alors un hors-la-loi, il n'y aurait plus d'avenir pour lui que la mort, qui l'attendrait et le rattraperait sûrement. Je ne veux pas de cela pour lui, Sarah. De nous deux, il est le seul qui puisse encore aspirer au bonheur.

— Tu dis vrai, mais un seul point est faux dans ton discours. Ce n'est pas par amitié qu'il te vengerait, c'est plutôt par amour. Ce capitaine aux yeux de feu se consume d'amour pour toi, Marie. Ton départ, il y a déjà si longtemps, avait failli le rendre fou. Il faut être aveugle comme toi pour ne pas s'en rendre compte.

Marie ferma les yeux, y écrasant les larmes qui ne cessaient d'en couler :

— Ne dis pas ça, Sarah, ne me rends pas la tâche plus difficile.

— Pars, Marie, puisque ta décision est prise, mais pars vite ! Tu as quatre ou cinq heures devant toi avant qu'il ne se réveille. Lorsque cela sera, je ne pourrai rien faire pour l'arrêter. Je doute de réussir à le retenir.

— Je t'aime, Sarah.

— Je t'aime aussi... Marie... et Étienne t'aime encore plus, si c'est possible.

Marie le regarda une dernière fois, puis elle se retourna et partit en courant.

Chapitre 38

La lune, parvenue à la fin de sa course, commençait à s'estomper dans le ciel. Ayant relevé sa jupe, Marie galopait sur les dunes, soulevant de petits jets de sable avec ses pieds. Elle réfléchissait en courant. Il lui fallait absolument regagner le bateau et faire en sorte qu'ils lèvent l'ancre plus tôt que prévu. Tout le monde devait déjà être à bord, il ne restait qu'à espérer que le vent se lève tôt ce matin. Cependant, la *Perle* était ancrée assez loin dans la rade, il ne fallait même pas penser y arriver à la nage, ce serait beaucoup trop long, et Marie n'était pas certaine d'y arriver. Il lui faudrait donc trouver une barque, mais ce ne serait pas facile. Les bateaux des pêcheurs étaient trop grands et trop lourds pour qu'elle puisse en manœuvrer un toute seule, en admettant qu'elle réussisse à prendre la fuite sans que personne ne s'en rende compte.

Une idée lui vint subitement. Le radeau qu'elle et Étienne avaient construit, bien des années plus tôt, avait fini par être délaissé mais pas détruit. Peut-être était-il encore là, quelque part sur la plage ? Obliquant vers les herbes hautes où ils avaient eu l'habitude de le cacher, Marie partit à la recherche du radeau, estimant avec réalisme que ses chances de le trouver étaient presque nulles. Mais c'était la première option qui lui était venue à l'esprit. Marchant précautionneusement – dans son empressement elle avait laissé ses chaussures chez Sarah –, elle se mit à fouiller dans les herbes, y trouvant quelques déchets et des morceaux de bois qui auraient fait le bonheur de Sarah, mais pas de radeau.

Elle sentait avec acuité le temps passer. D'ici quelques minutes, le ciel se mettrait à rosir et l'obscurité perdait rapidement de son épaisseur. Si elle ne partait pas tout de suite, elle serait rapidement repérable sur l'eau. Et on ne manquerait pas de s'étonner de la présence d'une jeune fille sur un radeau, voguant vers le grand large... Alors qu'elle sentait le découragement l'envahir, elle se frappa durement le gros orteil sur un bout de bois. Elle tomba à genoux sous le coup de la douleur et se mordit les lèvres pour ne pas crier. Dès qu'elle put reprendre son souffle, elle se retourna pour voir ce qui l'avait fait trébucher. Un bout de bois se dressait dans le sable, et lorsque Marie voulut tirer dessus, elle rencontra beaucoup de résistance. S'approchant, elle écarta les herbes qui l'encerclaient et entrepris de le dégager du sable. Elle reconnut rapidement la forme enfouie. C'était son vieux radeau, recouvert de sable qui s'était compacté au fil des années. Serait-il encore en état de flotter ? Marie ne pourrait répondre à cette question qu'en le dégageant complètement.

Elle y mit beaucoup d'efforts et ceux-ci furent récompensés au bout d'un moment. Le radeau avait perdu un peu de son allure, mais il semblait encore solide. C'était la seule option qui s'offrait à Marie. Il lui fallait maintenant trouver quelque chose qui pourrait faire office de pagaie. Regardant autour d'elle, elle vit une vieille planche qui ferait bien l'affaire. Poussant maintenant résolument le radeau sur l'eau, elle marcha à ses côtés jusqu'à ce que l'eau lui arrive à la taille. Elle était si tendue qu'elle sentait à peine la fraîcheur de l'eau. Elle grimpa sur le radeau... et recommença à respirer quand elle constata qu'il tenait bon. Elle se mit alors à pagayer férocement vers la rade. D'ici, elle ne pouvait pas reconnaître la silhouette de la *Perle* parmi tous les bateaux ancrés. Il fallait s'approcher un peu plus, pour ensuite ajuster son cap.

Elle estimait avoir perdu un peu plus d'une heure, il lui en restait donc trois, tout au plus quatre, avant qu'Étienne ne sonne l'alarme. Elle pagayait avec application mais forçait un peu le rythme et ne tarda pas à avoir les épaules en feu. De plus, la planche n'avait pas été polie par l'eau et lui meurtrissait les mains. Elle devinait déjà une ampoule au creux de son pouce droit. Elle alternait ses coups de pagaie, tantôt à gauche, tantôt à droite.

Elle était maintenant beaucoup plus près des bateaux. Il y en avait trois. Le plus proche était un immense bateau marchand aux lignes lourdes et qui semblait complètement déserté à cette heure. Plus loin sur sa gauche, un autre bateau, plus petit celui-là, trop petit pour être la *Perle*… ce qui ne laissait que le troisième, beaucoup plus loin. Elle en découvrit un quatrième, qui avait été en partie masqué par le bateau marchand. Elle n'eut aucune difficulté à l'identifier, il s'agissait du *Gergovie*. Luttant contre le découragement qui menaçait de l'envahir, Marie redoubla d'ardeur. Après ce qui lui parut une éternité, elle s'approcha enfin de la coque de la *Perle*. Elle croisait maintenant les doigts pour qu'on ait laissé l'échelle de corde pendre sur le côté, une habitude prise pour permettre aux retardataires de monter à bord par leurs propres moyens, s'ils rataient la barge qui devait les amener au bateau. Mais théoriquement, il n'y avait pas de retardataire, tout le monde étant censé être déjà à bord. Marie espérait de tout cœur, pour la première fois, qu'on ait fait preuve d'une certaine négligence sur le bateau.

Elle fut exaucée. L'échelle de corde pendait comme une invitation à la poupe de la *Perle* et Marie s'en approcha vivement. L'échelle n'arrivait pas jusqu'au radeau, elle devait tendre les bras au-dessus de sa tête pour l'atteindre. La montée ne s'annonçait pas facile, la longueur de l'échelle étant prévue pour une grosse chaloupe plutôt que pour un radeau. La jeune femme ne savait pas si elle aurait la force de se hisser avec les bras. Sa première tentative ne réussit pas. Elle perdit l'équilibre et tomba à la renverse sur le radeau. La corde, tissée entre les branches d'arbres et les bouts de bois qui le constituaient, gagna du mou, et le radeau perdit quelques pièces. Il flottait toujours, mais plus difficilement maintenant. L'étoupe qui remplissait les ouvertures entre les branches était depuis longtemps partie et toute la structure en était plus qu'affaiblie. Marie savait que sa prochaine tentative risquait d'être la dernière. Encore un saut et, si elle ratait son coup, tout s'effondrerait.

Personne ne se montrait à bord et elle n'osait crier pour attirer l'attention de l'homme de veille. Si on l'entendait à bord du *Gergovie*, on ne manquerait pas de s'étonner de voir une femme tenter de grimper à la coque du navire de cette façon. Et qui sait ce qu'on aurait pu y raconter à bord. Mieux valait éviter d'être vue. Une idée commença à germer dans sa tête. Considérant la corde qui menaçait de se défaire à un bout du radeau, elle décida d'activer les choses et de l'enlever complètement. Si elle y allait doucement, tout tiendrait en place quelques instants, et elle pourrait utiliser cette corde pour atteindre plus facilement l'échelle. Elle commença à l'enlever précautionneusement, retenant son souffle pour ne pas faire de mouvements brusques qui auraient accéléré le démantèlement du radeau. Lorsqu'elle eut toute la longueur de corde entre ses mains, elle y fit quelques nœuds, puis un plus gros à l'extrémité. Elle lança alors la corde au premier maillon de l'échelle et put en saisir le nœud qui revenait vers elle. Défaisant ce nœud, elle en fit un nouveau qui reliait cette fois les deux extrémités de la corde. Elle se retrouvait avec une longueur supplémentaire qui lui permettrait de se hisser jusqu'à l'échelle, en grimpant sur les nœuds qui en ponctuaient la longueur.

Le coup d'élan qu'elle se donna pour se hisser sur la corde suffit à défaire complètement le radeau. Elle y jeta un coup d'œil rapide, songeant que c'était autour de lui que s'étaient nouées ses relations avec Étienne. Et aujourd'hui, comme un symbole, il se défaisait pour disparaître complètement. La suite fut beaucoup plus facile. Elle grimpa agilement le long de l'échelle, ses muscles endoloris ayant comme par magie trouvé une nouvelle vigueur. Lorsqu'elle mit le pied sur le pont, elle poussa un long soupir de soulagement.

Mais il n'y avait pas de temps à perdre, il fallait agir vite. Courant à sa cabine, elle y entra en arrachant déjà les vêtements qu'elle portait. Malgré la baignade forcée au moment de monter sur le radeau, ils gardaient encore l'odeur d'Étienne. Refoulant les images qui lui montaient à la tête, elle jeta ses vêtements dans un coin et sortit une culotte de toile noire, une chemise serrée, sur laquelle elle mit une veste de tricot sans manches et un blouson marine. Ainsi vêtue, elle sortit de sa cabine pour aller frapper à celle de Saint-Yves. Elle espérait ardemment que le capitaine y soit, quoiqu'il n'apprécierait peut-être pas d'être tiré de son sommeil. En principe, ils ne prenaient la mer qu'un peu plus tard et il devait souhaiter profiter de ces derniers instants de repos.

Marie tambourina à sa porte sans ménagement. Comme il n'y avait pas de réponse, elle l'ouvrit et fit deux pas dans la cabine… pour s'arrêter net ! Saint-Yves était couché en travers de sa couchette, complètement nu. La tête piquée dans l'oreiller, les couvertures enroulées autour d'une jambe, l'autre pendant hors du lit, il dormait profondément sur le ventre, totalement exposé aux yeux de la jeune femme, qui en resta coite. Reculant précipitamment sur ses pas, elle referma la porte. C'en était trop pour une même nuit ! Un peu troublée par la vision qu'elle avait eue de son capitaine, Marie se remit à frapper à la porte.

— Saint-Yves, Saint-Yves, réveillez-vous !

Après un laps de temps qui lui parut interminable, Marie entendit finalement du bruit derrière la porte. Saint-Yves vint ouvrir, torse nu, en boutonnant sa culotte. Les cheveux en bataille et les yeux encore embrumés de sommeil, il soupira en voyant la jeune femme.

— Qu'est-ce qu'il y a ? On se fait attaquer ? demanda-t-il, la voix légèrement pâteuse.

Puis retrouvant peu à peu ses esprits, il s'étonna enfin de sa présence :

— Vous ? Que faites-vous ici ? Nous devions aller vous chercher plus tard. Comment êtes-vous arrivée ?

— C'est toute une histoire et je n'ai pas vraiment le temps de vous la raconter maintenant. L'essentiel est que vous réveilliez les hommes et qu'on mette les voiles aussitôt que possible.

Sentant une pointe de panique dans la voix de la jeune femme, il lui demanda :

— Me direz-vous ce qui se passe ?

— Il se passe que, si nous ne partons pas tout de suite, nous risquons d'avoir le *Gergovie* à nos trousses.

Saint-Yves ne dit rien mais regarda la jeune femme dans les yeux. Ce qu'il y vit le convainquit et il descendit réveiller discrètement l'équipage. Marie s'était chargée de Legoff, qui avait été fort difficile à tirer du sommeil, et de Mathieu, qui se retrouva à ses côtés en un rien de temps. Tout l'équipage savait maintenant qu'il fallait faire un départ furtif, et chacun s'était mis à la tâche le plus silencieusement possible. D'ici une vingtaine de minutes, le soleil se lèverait à l'horizon, et Saint-Yves espérait être déjà sorti de la rade à ce moment-là.

On mit toutes voilures au bateau et, après ce qui sembla une éternité à Marie, les voiles finirent par se gonfler et l'on put lever l'ancre. Lentement la *Perle* sortait de la rade, lentement Marie creusait un fossé irréparable entre elle et Étienne.

Aussitôt qu'ils se furent dégagés de la côte, le vent forcit et les aida dans leur fuite. Ils gagnèrent rapidement le large et mirent le cap vers le sud. Aucune autre voile n'était visible à l'horizon. S'ils réussissaient à mettre une journée pleine entre eux et le *Gergovie*, il serait très difficile pour le navire militaire de les retrouver. La tension diminuait graduellement à bord. Lorsque le soleil se coucha, il devint évident qu'ils avaient gagné leur pari.

Marie, Saint-Yves, Legoff et Mathieu se retrouvèrent pour le repas dans la salle à dîner. Ils en avaient pris l'habitude et c'était beaucoup plus pratique que dans la cabine de Marie. Comme ils venaient à peine de quitter la terre ferme, les vivres étaient abondants et ils eurent droit à un traitement princier. On leur apporta un faisan rôti, des tranches de bœuf mariné, des légumes grillés, des miches de pain frais, des fromages, des fruits et du vin en quantité. Affamés par une journée de grand stress, ils laissaient enfin la tension s'échapper, et l'humeur était plutôt joyeuse.

Quand Marie sentit qu'elle ne pouvait plus avaler une bouchée sous peine d'éclater, elle se cala dans son siège, une coupe de vin à la main et soupira d'aise :

— Il fait quand même bon d'être de retour parmi vous sur ce navire. La vie à terre ne me convient pas trop, je le crains. Si vous me parliez des réparations ? On n'en a guère eu le temps jusqu'à maintenant.

Legoff et Saint-Yves se jetèrent un coup d'œil qui n'échappa pas à la jeune femme.

— Quoi ? Il y a un problème ? demanda-t-elle en se redressant.

— Non ! s'empressa de la rassurer Legoff. L'essentiel a été fait, sauf pour le pont avant. Nous devrons nous résigner à le laisser ainsi, c'est-à-dire un peu incliné. Il était impossible de le redresser en restant au mouillage. Pour faire une réparation adéquate, il aurait fallu mettre le bateau en cale sèche pour au moins un mois. Mais ne vous inquiétez pas, toute la structure a été renforcée, et à part ce petit désagrément, il pourra recevoir toutes les tempêtes du monde sans broncher.

— Il faut souhaiter que nous n'ayons pas à le prouver, dit Marie. Mais encore, que s'est-il passé pour que vous me confiniez chez Marguerite ? Et d'abord, que faisait le *Gergovie* à La Rochelle ? Ne pensiez-vous pas, Saint-Yves, qu'il rallierait plutôt Brest ?

— C'est probablement ce qu'il aurait fait s'il n'avait pas rencontré un autre vaisseau de la marine royale, de plus faible tonnage, alors qu'il remorquait l'*Imperator*. Le *Gergovie* était resté deux jours auprès du bateau de votre ami l'armateur pour l'aider à réparer les dégâts faits à la hache par les « pirates ». Lorsqu'il est arrivé, ses hommes ont dû faire vite parce que l'eau entrait à grands flots dans la cale, et le navire aurait certainement coulé sans leur intervention. Les marins du *Gergovie* ont remplacé les blessés de l'*Imperator*. Ils ont réussi à écoper l'eau du bateau tout en colmatant une brèche assez importante. Puis, comme le mât principal et le mât d'artimon avaient eux aussi subi de sérieux dommages, l'*Imperator* était incapable de hisser les voiles. Il a donc fallu que le *Gergovie* le remorque. Ils étaient à quelques milles de la côte française quand le *Dauphin* est passé par là et que le capitaine du *Gergovie* lui a envoyé des signaux pour qu'il vienne prendre la relève.

— On faisait vraiment grand cas de ce bateau.

— N'oubliez pas que c'est l'un des armateurs les plus en vue à la cour de Louis XIV, souligna Legoff, et qu'il est au mieux avec le roi. Les navires de la marine royale sont tenus de lui porter assistance en cas de besoin.

— Donc, reprit Saint-Yves, soulagé de son rôle de remorqueur, le *Gergovie* pouvait alors se consacrer à des tâches plus... militaires. Son état-major a donc décidé de faire le tour des principaux ports pour voir si d'autres bateaux avaient été attaqués par ces pirates au pavillon à la tête de louve. C'est ainsi qu'ils ont débarqué à La Rochelle, moins de trois jours après nous.

— Mais comment savez-vous tout ça ? Vous l'avez entendu raconter au port ?

— Non, je l'ai appris de la bouche même du capitaine du *Gergovie,* venu nous rendre une petite visite à bord.

— Étienne ! sursauta Marie. Étienne est venu sur ce bateau ?

— Vous comprendrez maintenant pourquoi on ne voulait pas de vous dans les parages !

— Il est venu et de fort mauvaise humeur, raconta Legoff, qui prit le relais. D'abord, il se souvenait fort bien que nous lui avions faussé compagnie à Brest...

— Faussé compagnie ? Mais n'étiez-vous pas allé le voir pour l'avertir de notre départ ?

— Il était à terre à ce moment-là, et son retour n'était prévu qu'en début d'après-midi. Rappelez-vous que vous étiez pressée de prendre le large...

— Bon. Et puis ?

— Donc, il est monté en se souvenant fort bien de nous et en s'étonnant que notre bateau ait encore une fois subi des avaries.

On lui a d'abord parlé de la vague, puis, comme cela n'expliquait pas les dégâts laissés par des boulets de canon, nous avons dû lui dire que nous avions rencontré un bateau pirate mais que fort heureusement nous avions pu fuir.

— Ça l'a beaucoup intéressé, affirma Saint-Yves, et il s'est mis à nous poser des tas de questions. Il nous a demandé de décrire le bateau pirate, son tonnage, son profil, son armement. Heureusement que Legoff sait si bien parler, il a pu renseigner le capitaine, de façon satisfaisante semble-t-il, puisque au bout de deux heures il a finalement regagné son propre bateau.

— Mais nous avons pu apprendre, reprit Legoff, que sa seule et unique mission dorénavant est de traquer le bateau à la tête de louve. Maintenant que l'armateur préféré du roi a été attaqué, c'en est presque devenu une affaire d'État.

Marie soupira. La délicieuse euphorie du repas s'en allait rapidement.

— Mais l'océan est grand, ce sera quand même difficile de nous retrouver.

— Cela dépend de ce que nous ferons, dit Saint-Yves. Si nous voguons tranquillement vers la côte africaine sans faire de vagues, il est peu probable que nous le voyons dans notre sillage. Mais si nous restons dans les eaux où nage l'*Orgueil de France,* les risques de nous faire repérer sont décuplés.

— Il n'est pas question de laisser Marek continuer impunément son petit manège, de le laisser s'enrichir au détriment même des Français et de berner le roi de la sorte. Oui, nous sommes hors-la-loi, mais n'oublions pas que nous avons toujours réservé une part de nos prises pour le roi. N'oublions pas non plus que nous n'avons jamais attaqué de navire que les corsaires français n'ont pas le droit d'attaquer, sauf bien sûr l'*Imperator*. Mais nous avions de bonnes raisons de le faire et nous pourrons le prouver grâce à ses livres de bord, qui sont maintenant en notre possession. Nous ne fuirons pas devant le *Gergovie* !

— Ce qui veut dire que le temps finira par jouer contre nous, reprit Legoff. À moins que nous soyons chanceux et que l'*Orgueil de France* croise rapidement notre route. Si nous réussissons à l'arraisonner, puis à nous rendre de notre plein gré au roi, peut-être que vos arguments porteront.

– Eh bien, soit ! Soyons vigilants et cherchons ce fichu bateau.

Mathieu, qui n'avait rien dit jusque-là, toujours intimidé de se retrouver aux côtés de Saint-Yves, ajouta :

– Nous pourrions peut-être doubler les quarts des vigies ? On peut facilement monter un poste au mât d'artimon, et j'ai deux ou trois mousses dotés d'une excellente vue, qui pourraient nous donner un coup de main.

– Excellente idée, Mathieu ! le félicita Saint-Yves, ce qui fit rougir le gamin et mit encore plus en évidence ses taches de rousseur. Demain à la première heure, tu t'en occupes.

– À vos ordres ! répondit Mathieu, visiblement ravi.

Marie s'apprêtait à se lever pour regagner sa cabine quand Legoff l'arrêta, en mettant sa main sur celle de la jeune femme.

– Nous vous avons raconté ce qui s'était passé en votre absence et ce pourquoi nous vous avions laissée à terre, mais maintenant c'est à votre tour de nous raconter pourquoi il a fallu précipiter notre départ et donner une idée encore plus précise au capitaine Beauval du bateau qu'il doit rechercher.

Marie se rassit tranquillement. Que pouvait-elle leur raconter ? Elle ne voulait certainement pas entrer dans les détails mais, en même temps, elle ne voulait pas tromper leur confiance. Elle choisit de simplement taire certains passages de son aventure…

Elle leur raconta donc qu'Étienne était arrivé inopinément à la maison et qu'elle avait dû fuir pour ne pas le rencontrer. Mais que par la suite, il l'avait découverte sur les dunes alors qu'elle avait décidé d'attendre là qu'il ne reparte vers son bateau. Ne s'attardant pas sur ce passage, elle sauta tout de suite à la visite chez Sarah, à la conversation qu'Étienne voulait avoir avec elle, à la façon dont elle l'avait endormi et à son retour éperdu vers le bateau.

Saint-Yves éclata de rire :

— Vraiment, je n'ai jamais rencontré quelqu'un tel que vous. Vous avez le don de vous mettre dans les situations les plus inextricables…

— Et encore, ajouta Legoff, vous n'avez pas parcouru la moitié de la Terre avec elle à vos côtés !

— Bon, c'est bien drôle tout ça, reprit le capitaine de la *Perle*, mais si votre bel ami avait des doutes sur vos activités, il n'en a plus maintenant. Et il a eu le loisir d'examiner le bateau à sa guise, en s'étonnant d'ailleurs de nous voir si bien armés, alors il sait très bien qui poursuivre.

— Prions le Ciel que nos routes ne se croisent pas de sitôt ! dit Marie.

— Je doute que le Ciel veuille se mêler à cela, philosopha Legoff.

Sur ce, ils se saluèrent et chacun regagna ses quartiers.

⚓

Une semaine passa, puis une deuxième, enfin une troisième. Même s'il avait été décidé de patrouiller en quelque sorte les eaux où ils risquaient de croiser l'*Orgueil de France*, il avait bien fallu tracer une route à suivre. En consultant les cartes et en cherchant les meilleures eaux où naviguer, Saint-Yves avait déterminé un triangle dans lequel le bateau évoluerait. Au nord, ils ne dépasseraient pas le cinquantième parallèle, pour éviter de trop se rapprocher de l'Angleterre. À l'ouest, ils iraient jusqu'aux Açores et, au sud, les îles Madeira seraient leur limite.

Depuis plusieurs jours il pleuvait, une petite pluie ennuyeuse, « juste bonne à mouiller les imbéciles », disait Legoff, lui aussi touché par la morosité du temps. Les hommes égrenaient les heures en jouant aux dés, en se chamaillant un peu et en dormant beaucoup. Marie craignait qu'ils ne ramollissent. Cela faisait sourire Saint-Yves : selon lui, ils n'en seraient que plus d'attaque le moment venu.

Pour Marie aussi l'attente était longue. Elle passait d'interminables journées sur le pont en dépit de la pluie et arpentait le bateau enveloppée d'une longue cape de coton épais. Elle avait eu l'idée de la frotter avec de la cire pour la rendre plus résistante à l'eau. Cela fonctionnait mais l'alourdissait aussi beaucoup. Au bout du compte, elle n'y gagnait pas grand-chose, si ce n'était que de rester au sec un peu plus longtemps. Elle soupira en regardant le ciel. Cesserait-il de pleuvoir un jour ? Elle avait dû arrêter ses entraînements à l'épée, le pont étant trop glissant sous la pluie, et l'inactivité physique lui pesait beaucoup.

Elle avait donc du temps pour penser, beaucoup trop de temps, en fait. Elle s'efforçait de retenir sa pensée, qui volait irrémédiablement vers Étienne. Le souvenir de leurs ébats sur la plage lui mettait le feu aux joues. Il avait réveillé en elle des pulsions qu'elle avait espéré avoir enfouies très loin. Son corps était davantage fait pour l'amour que pour les combats et semblait se révolter devant la voie qu'elle avait choisie. Mais elle tentait de se raisonner, il lui fallait oublier Étienne et ne songer qu'à son objectif : battre Marek et l'*Orgueil de France*. Encore fallait-il qu'il se présentât…

— Navire à tribord !

Le cri de la vigie la tira de ses pensées. Elle pressa le pas vers le gaillard, où Saint-Yves apparaîtrait dans un moment, sa lunette à la main. Comme elle montait sur le dernier échelon qui menait au gaillard, il sortit sur le pont en pestant entre ses dents contre la pluie qui entrait dans son col. Décidément, il fallait espérer que le beau temps revienne vite avant que tout le bateau ne sombre dans la mélancolie.

Ajustant sa lunette dans la direction indiquée par la vigie, il voulut distinguer le nom du bateau.

— Et puis ? demanda Marie. Qui est-ce ?

Jurant affreusement, Saint-Yves essuya la lunette du revers de sa manche.

— Je n'y vois rien avec cette maudite eau qui embrouille tout.

— Voulez-vous que j'essaie ?

Il ne prit pas la peine de lui répondre et regarda encore une fois au loin.

Ne prenant pas le risque de le presser à nouveau, Marie s'arma de patience. Au moment même où elle n'en pouvait plus et allait ouvrir la bouche pour lui demander s'il voyait enfin quelque chose, Saint-Yves repliait sa lunette :

— C'est un bateau tunisien. Il a mis cap vers la Méditerranée et doit donc retourner à son port d'attache. Ses cales doivent être pleines.

Marie attendait, elle sentait que Saint-Yves n'avait pas fini de livrer le fond de sa pensée.

— Qui est-ce ? demanda à son tour Legoff en arrivant sur le gaillard. Peste soit de cette fichue pluie !

— Un marchand tunisien, répondit tranquillement Saint-Yves, en essuyant l'eau qui lui gouttait dans les yeux.

— Pas celui qu'on attend alors ! ajouta le Breton.

— Non. Et pour cette même raison, je pense que nous devrions le laisser aller. Mieux vaut ne pas se faire trop remarquer et attendre celui que nous cherchons. Pour deux raisons, dit Saint-Yves en levant la main pour stopper les protestations de Marie. D'abord, parce que nous devons garder la *Louve* dans le meilleur état possible et éviter qu'elle ne subisse d'autres dommages. Pour le combat que nous souhaitons livrer, nous devons mettre tous les atouts de notre côté. Et un gouvernail faussé ou un mât abîmé ne nous aideront pas. Ensuite, parce que moins il y aura de témoins de notre présence dans ces eaux, mieux cela vaudra pour nous. Les nouvelles courent vite sur les ondes bleues, et à moins que vous ne soyez disposée à ne pas laisser de survivants et à couler le bateau, ajouta-t-il en direction de Marie, notre présence serait vite signalée, dès que ce marchand réussirait à rentrer à un port quelconque.

— Je suis d'accord avec Saint-Yves, déclara Legoff. Pour une fois, refrénez vos ardeurs. Vous le voulez ce Marek, oui ou non ?

Marie sentait la moutarde lui monter au nez :

— Mais qui dit que je ne suis pas d'accord ? Si vous aviez la délicatesse de me laisser parler, vous l'auriez entendu. Comme vous le dites si bien, il faut respecter nos priorités. Et utiliser à bon escient le temps qu'il nous reste avant que la marine royale ne finisse par nous tomber dessus !

— Eh bien, se moqua gentiment Saint-Yves, est-ce que la sagesse commencerait à vous toucher ?

Avant que Marie ne puisse répliquer quoi que ce soit, Legoff décida de clore le débat :

— Bon. Puisque tout le monde est d'accord, allons nous mettre au sec et nous réchauffer !

Et ils se précipitèrent vers la salle des cartes pour y prendre un rhum bien mérité.

Il plut encore deux jours, puis on vit une éclaircie à l'horizon. Dans la grisaille du ciel, un timide rayon de soleil se frayait un passage. Encouragé par son succès, il s'enhardit et déchira l'épaisse couverture de nuages pour finalement en triompher, au terme d'une bataille de moins d'une heure. Vaincus, les nuages s'en allèrent bouder sous d'autres cieux.

Revenir sur le pont, sentir la chaleur du soleil, porter des vêtements secs, se secouer du voile d'humidité qui collait à tout comme une seconde peau fit le plus grand bien à tout le monde, équipage compris. Marie reprit ses échanges à l'épée avec Saint-Yves, et cela améliora considérablement son humeur. Mais rien ne venait perturber la routine quotidienne et une nouvelle indolence s'installa sur le bateau. Marie s'inquiétait un peu de l'inactivité de ses hommes. Aussi, avec Legoff, inventa-t-elle de nouvelles tâches pour les tenir occupés. On leur fit briquer le pont afin qu'il redevînt aussi lisse et clair que lorsque le bateau était neuf. On vérifia chacun des cordages, on nettoya les voiles pour éviter que le sel ne les abîme prématurément. On organisa aussi des courses, où les gabiers défiaient les autres hommes de l'équipage pour établir qui d'entre eux seraient les plus rapides à grimper aux haubans jusqu'à la vergue la plus haute, des épreuves de force avec des boulets de canon, des épreuves de souque à la corde sur le pont. Les gagnants remportaient un petit baril de rhum, qu'ils partageaient généreusement avec leurs compagnons.

C'est dans cette inactivité oiseuse qu'ils furent surpris par le cri d'une des vigies en devoir par une fin d'après-midi :

— Navire droit devant !

À force de ne rien voir et de ne pas combattre, le niveau d'alerte personnel de Saint-Yves était tombé au plus bas ; le capitaine prit sa lunette et observa le bateau. Marie monta le rejoindre sur le gaillard alors qu'il discutait avec Legoff.

— Il est difficile de l'identifier dans cette position, j'aimerais bien voir son profil.

— C'est bizarre, j'ai l'impression d'avoir déjà vu ce bateau, répondit Legoff, armé lui aussi d'une lunette.

— Est-ce que ce pourrait être l'*Orgueil de France* ? demanda Marie en se joignant à la conversation.

— Je ne crois pas, répondit Saint-Yves, celui-ci me semble un peu moins lourd, un peu plus effilé… Mais j'ai moi aussi l'impression de le connaître.

— Vous ne distinguez pas son pavillon ?

— Il est encore trop loin, le pavillon est à peine perceptible.

— Et ce qui est étrange, ajouta Legoff, c'est qu'il vient directement vers nous.

Marie s'approcha du pavois du gaillard et héla Mathieu, qui était sur le pont.

— Mathieu, envoie-moi Thomas. Qu'il fasse vite !

Legoff baissa sa lunette et regarda Marie d'un œil interrogateur.

— Thomas a un don, expliqua Marie, il a une vue très perçante et il est capable de distinguer des détails à une distance qui dépasse l'entendement. Peut-être qu'avec la lunette il verra des choses qui vous échappent.

Legoff haussa les épaules :

— On ne perd rien à essayer.

— D'ici une demi-heure nous serons fixés. Il s'en vient toujours vers nous.

— Je n'aime pas ça ! grommela Legoff.

Marie s'en fut accueillir le jeune garçon envoyé par Mathieu. Le gamin, un enfant de quatorze ans, aux cheveux couleur de paille qui s'échappaient d'un bonnet à la propreté douteuse, s'amena, intimidé de se retrouver en compagnie de tels personnages. Ses grands yeux gris un peu inquiets les regardaient tour à tour.

— Nous avons besoin de ton aide, lui dit simplement Marie. Prends ceci, ajouta-t-elle en lui tendant la lunette, et dis-moi ce que tu peux voir de ce bateau. Es-tu capable de distinguer son pavillon ?

Le mousse prit la lunette avec précaution, la monta à son œil droit et sursauta devant l'image qui se présentait devant lui.

— Quoi ? demanda immédiatement Legoff, qu'est-ce que c'est ?

— Rien encore, chef, répondit le gamin en rougissant, c'est juste qu'on y voit si près que j'ai été surpris.

Saint-Yves sourit :

— Tu n'as jamais utilisé de lunette ?

— Non, capitaine, c'est la première fois.

Thomas recolla la lunette à son œil et Saint-Yves l'aida à l'ajuster à sa vue.

— C'est comme s'il était au bout de ma main !

Fasciné, le jeune garçon regardait le bateau avec curiosité et, pris par le jeu, il en oubliait sa mission. Legoff était sur le point d'exploser.

— Nous diras-tu enfin…

Il fut coupé dans son élan par la main de Marie, qui lui serra fermement le bras.

— C'est vraiment formidable de regarder là-dedans, Thomas, dis-nous ce que tu vois.

— Ben, je vois la coque qui fend l'eau, le beaupré et le bout-dehors tout tendu devant, les voiles qui secouent les haubans, des hommes qui escaladent les enfléchures…

— Et au-dessus de ces voiles, sur le mât principal, vois-tu le pavillon qui y est accroché ?

— Il bouge beaucoup à cause du vent… mais voilà, j'y suis ! C'est celui de l'Anglais !

La mâchoire de Saint-Yves s'était un peu crispée :

— Peux-tu me donner quelques détails sur ce bateau ? Peux-tu lire son nom sur la coque ou me dire quelle est sa figure de proue ?

— Je ne vois pas le nom, il est caché par un grand drapeau. Mais la figure de proue, elle, je la vois bien. Oh, c'est vraiment magnifique, tous les détails…

— Peux-tu nous dire de quoi il s'agit ? l'interrompit doucement Marie.

— Un aigle, madame ! Un aigle formidable, avec les ailes déployées et le bec tout grand ouvert. On lui a même peint les yeux en jaune…

— Et il vient toujours vers nous ? demanda Saint-Yves.

— Toujours ! Ils viennent même de déployer les bonnettes… Ah, ce qu'ils vont vite !

Saint-Yves tendit la main vers la lunette et la reprit au mousse :

— Merci, mon garçon, retourne à ton quart de travail. Je te revaudrai ça !

Mais l'enthousiasme du gamin ne retombait pas pour autant :

— Eh ! Quand on le regarde comme ça, on croirait qu'il est encore très loin, mais pour sûr avec cette chose, j'avais l'impression de le tenir dans ma main.

— Ça va, ça va ! ronchonna Legoff en le poussant vers l'échelle. On te rappellera si on a encore besoin de toi.

Quand le jeune Thomas eut disparu, Saint-Yves avait repris sa lunette :

— Il a vraiment une vue perçante, ce mioche. Même en le sachant, je suis encore incapable de distinguer le pavillon.

— Et s'il s'était trompé ?

— Pas avec la description qu'il nous a faite, répondit Legoff. À ma connaissance, un seul bateau se promène avec un aigle aux yeux jaunes. Vous pensez à la même chose que moi, Saint-Yves ?

— Le *King's Eagle*. Le fer de lance de la course anglaise. Et si ce bateau s'en vient droit sur nous, ce n'est certainement pas avec des intentions amicales.

Marie ouvrit de grands yeux :

— Ils veulent nous attaquer ? Mais pourquoi ?

— Pour les mêmes raisons que nous attaquons les autres, pour la cargaison. N'oubliez pas que nous sommes en apparence un bateau marchand inoffensif et que nous nous trouvons devant un corsaire anglais.

— Pouvons-nous fuir ?

— Il est sous le vent, il a déjà augmenté sa voilure. En changeant de cap, nous ne nous éloignerons pas assez, il n'aura qu'à couper en notre direction. Et faire demi-tour nous ralentirait trop de toute façon. Mieux vaut se préparer à faire face. Legoff, vous allez sonner le branle-bas de combat. Je m'en vais à la barre.

Legoff et Saint-Yves disparurent sans plus s'occuper de Marie. Les mains accrochées au pavois, elle regardait au loin la menace qui pour l'instant n'était encore qu'un petit point grandissant à l'horizon. Puis une idée se forma dans sa tête… une idée ténue mais qui, à l'image de ce bateau, grandissait tranquillement. Une idée un peu folle… mais qu'importe, si ça fonctionnait ? Il n'y avait rien à perdre.

Marie descendit en vitesse l'échelle d'accès au gaillard et, dans sa précipitation, elle rata les deux derniers échelons et s'étala de tout son long sur le pont. Un peu mortifiée, elle se releva promptement et jeta un regard autour d'elle. Tout le monde était affairé par l'ordre de Legoff, et personne n'avait prêté attention à elle. Elle poursuivit sa course.

Pendant ce temps, on courait partout sur le bateau. Les canonniers poussaient les canons et leurs aides relevaient les sabords : sur le pont, toutes les caisses d'armes avaient été ouvertes et les hommes avaient revêtu leur veste de combat. Saint-Yves était auprès de l'homme de barre tandis que Legoff s'agitait avec les autres sur le pont.

Marie réapparut aux côtés de Saint-Yves.

— Vous ne devriez pas être ici, lui dit seulement celui-ci.

— Comment ça se présente ?

— Le pavillon anglais est maintenant nettement visible, et ce diable de mousse avait raison : il s'agit bien du *King's Eagle*. C'est le meilleur bateau corsaire de la flotte anglaise, l'équivalent de l'*Orgueil de France* en quelque sorte. Le combat ne sera pas facile, et je doute que nous nous en sortions indemnes.

Marie ne dit rien, maudissant le sort qui avait mis ce bateau sur leur route. Elle ne pouvait penser que toute sa quête s'arrêterait là, et que ses projets seraient anéantis par un bateau corsaire, anglais de surcroît.

Saint-Yves émit un bruit étouffé. Marie tourna les yeux vers lui et le vit froncer les siens.

— Que se passe-t-il ?

— Je ne sais pas, c'est étrange…

— Quoi ? Mais dites-moi !

— Ils ont ramené les bonnettes et réduisent leur voilure.

— Qu'est-ce que cela veut dire ?

— Qu'ils abandonnent la poursuite, dit Saint-Yves d'un air ahuri en rabaissant sa lunette. Mais qu'est-ce qui a pu les faire changer d'avis ?

Un coup de vent fit claquer les voiles et porta le regard de Saint-Yves au haut du mât principal… où flottait le pavillon de la *Louve des mers*. Haussant les sourcils, il le contempla un moment, puis regarda la jeune femme qui le dévisageait à son tour.

— Qui… ? commença-t-il.

— Moi, répondit Marie, je me suis dit que nous n'avions rien à perdre, et autant qu'ils sachent à qui ils ont affaire…

Saint-Yves partit alors à rire :

— Eh bien, madame, il semble que votre réputation sur les mers ne soit plus à faire… le *King's Eagle* fait demi-tour.

Legoff arriva sur les entrefaites :

— Qu'est-ce qui arrive ? Le gamin aux yeux gris me dit que l'Anglais abandonne.

Saint-Yves riait encore :

— Notre jeune amie que voici a eu une initiative qui nous fera gagner du temps. Il paraîtrait que la *Louve* s'est taillé une belle réputation sur la mer, assez pour que les Anglais remettent cette attaque à plus tard. Parce qu'il ne faut pas croire qu'ils abandonnent.

— Mais pourquoi ont-ils viré de bord ? demanda Marie.

— Il y a plusieurs raisons possibles. Peut-être que leurs cales sont pleines et que nous constituons un trop gros risque pour eux. Peut-être qu'ils sont un peu justes en munitions et que, s'il est facile d'attaquer un bateau marchand, par tradition moins bien armé, pour un bateau corsaire ou pirate, c'est une autre histoire. Par contre, pour nous, c'est un autre bateau qui sait que nous sommes dans ces eaux… et pas des moindres.

— Il faut espérer que l'*Orgueil de France* se pointe, et vite !

⚓

Deux autres journées passèrent. Pour tromper son ennui, Marie s'était mise à monter, elle aussi, au poste de vigie, ce qui rendait Legoff complètement fou :

— Vous finirez par tomber et vous rompre les os, tonnait-il, vous serez alors bien avancée !

Mais il se préoccupait pour rien. Agile comme un singe, Marie se promenait sur les vergues avec toute l'assurance d'un gabier confirmé, ce qui amusait les matelots, d'ailleurs. Le temps passait, les vivres aussi, et si le bateau attendu n'apparaissait pas d'ici deux semaines, il leur faudrait rentrer à un port quelconque pour se ravitailler. Et toute rentrée devenait périlleuse, maintenant qu'Étienne connaissait l'autre identité de la *Perle*.

Marie avait trop de temps pour penser, et dans ces moments-là le doute s'insinuait en elle. Elle savait le sort réservé aux pirates : on les pendait haut et court sans aucune forme de procès. Haut pour que tout le monde les voie et court pour épargner la corde. Or, elle espérait bien pouvoir sauver son équipage de ce triste sort en présentant les documents volés sur l'*Imperator*, qui prouveraient la collusion entre Chamberlain et Marek, et en remettant au roi sa part de leurs prises, comme tout corsaire possédant une lettre de marque, bien que Marie ne les eût pas. Mais si ça ne fonctionnait pas ? Si elle était tuée avant de ne pouvoir s'expliquer ? Elle serait responsable de la mort de son équipage, de ces hommes qui l'avaient finalement acceptée et suivie sans poser de questions. Elle craignait aussi le sort qui serait réservé à Saint-Yves et à Legoff. C'est dans ces moments qu'elle pensait à tout abandonner et à aller se constituer prisonnière elle seule.

Elle en était encore à broyer du noir quand un petit événement vint précipiter les choses.

Marie dénota une certaine agitation sur le pont. Curieuse, elle s'avança vers les mousses qui étaient penchés sur quelque chose.

— Que se passe-t-il ? demanda-t-elle.

— Un oiseau est tombé sur le pont, répondit un jeune garçon.

— Un oiseau ? Quelle sorte d'oiseau ?

— Un pigeon, je crois, répondit un autre.

— Plutôt étonnant en haute mer… montrez-le-moi !

Les gamins s'écartèrent et Marie aperçut effectivement un pigeon qui avait dû s'assommer sur le grand mât. Il avait un petit rouleau de papier attaché à la patte. Marie le souleva avec précaution. Il était tout chaud et son cœur battait encore.

Fronçant les sourcils, Marie le regarda pensivement.

— Je vais m'en occuper.

— Vous pouvez le soigner ?

— Je vais voir ce que je peux faire. Retournez à vos occupations !

Marie enveloppa l'oiseau dans une pièce d'étoffe et l'apporta dans sa cabine. Elle le plaça doucement sur sa table et entreprit de le palper. Il ne semblait avoir aucune fracture et ses ailes se mouvaient aisément. Il s'était probablement assommé sur l'un des mâts du bateau, à moins qu'il ne soit tout simplement tombé d'épuisement sur le pont. Comme le pigeon commençait à s'agiter, signe qu'il revenait à la vie, elle chercha fébrilement autour d'elle quelque chose où l'enfermer. Ne trouvant rien sous la main, elle l'enveloppa à nouveau, mais cette fois-ci un peu plus serré dans une écharpe, laissant sa tête à découvert pour qu'il puisse respirer.

Elle prit délicatement la patte de l'oiseau entre ses doigts et en retira le rouleau de papier. S'approchant du hublot pour avoir plus de lumière, Marie parvint à lire le message, qui y était écrit dans une calligraphie fine :

Charrette à trois bœufs d'oursins tire coq, fromages, raisins et balles de foin. SE pte flamenco. Moyen troupeau. Brutus.

La jeune femme n'y comprenait rien. Elle avait beau lire et relire le message, c'était du charabia pour elle. Pourtant, elle sentait qu'elle tenait là un indice important. S'assurant que l'oiseau était en sécurité et qu'il ne risquait ni de s'envoler ni de se blesser, elle alla chercher Saint-Yves. Elle le trouva sans peine sur le pont, discutant avec l'un des gabiers.

— Capitaine, je voudrais vous parler, l'interrompit-elle.

Se retournant vers elle, il l'interrogea du regard.

— Mais pas ici, poursuivit Marie, peut-on aller dans la salle des cartes ?

Intrigué, Saint-Yves la suivit volontiers. Lorsqu'ils furent arrivés, Marie referma discrètement la porte derrière eux.

— Est-ce que vous y comprenez quelque chose ? lui demanda Marie en lui présentant le papier.

Saint-Yves le saisit délicatement entre ses doigts et le déroula. Marie vit sa mâchoire se crisper et son regard se durcir.

— Où avez-vous eu cela ? demanda-t-il sèchement.

— C'était à la patte d'un pigeon qui est tombé sur le pont. Ce bout de papier vous dit quelque chose ?

— Marek et Chamberlain communiquent entre eux de cette façon. Et Brutus, c'est la signature de Chamberlain. Lorsque l'*Imperator* mouille dans un port, Chamberlain s'informe des autres bateaux qui sont sur le point de reprendre la mer, de leur plan de voyage et de leur cargaison. S'il flaire une proie intéressante, il le signale à Marek, qui s'en charge par la suite, peu importe la nationalité du bateau. La seule chose qui compte, c'est la richesse à bord.

— Et que veut dire ce message ?

— *Charrette à trois bœufs* signale un trois-mâts marchand, ce qui suit c'est la provenance du bateau, ici c'est *oursins*, il doit donc venir de Toulon. Le mot suivant donne la nationalité du bateau, *Coq*, c'est donc un bateau français. Le *fromage*, les *raisins* et la *balle de foin* indiquent la cargaison. Dans ce cas-ci, on a probablement de la maroquinerie, des pierres semi-précieuses – si elles avaient été de plus grande valeur il aurait spécifié des raisins rouges – et des tissus recherchés. *SE pte flamenco*, c'est que le bateau passera à la pointe sud-est de l'Espagne. Et enfin, le *moyen troupeau* indique la taille de l'équipage, et s'il n'a rien ajouté par la suite, c'est que le bateau n'est pas très armé. J'ajouterais que, si le pigeon est venu jusqu'ici, c'est que le bateau de Marek est dans les parages. Nous sommes assez loin de Toulon, environ trois cents milles, et dans les limites de ce qu'un pigeon peut atteindre. C'est probablement pour ça qu'il s'est effondré sur le pont de notre bateau.

— Avec un peu de repos, il peut reprendre la route ?

— Sans aucun doute ! J'imagine que vous avez une idée derrière la tête…

— Vous pourriez m'aider à changer un peu le message ?

— Pour… ?

— Pour appâter Marek ! Nous avons là une occasion en or. Donnons-lui rendez-vous en quelque sorte, et rendons notre bateau très alléchant, si alléchant qu'il ne pourra résister à l'idée de venir faire une prise facile et payante.

Saint-Yves la considéra longuement et se mit à rire :

— Vraiment, on ne peut dire que vous manquez d'imagination.

— Vous savez aussi bien que moi que le temps presse et qu'il nous est compté. À cette heure, tout ce que la marine royale a d'espions doit être à notre recherche, et les Anglais menacent maintenant de nous tomber dessus à n'importe quel moment. Autant en finir tout de suite avec Marek.

— Et ça ne vous fait pas peur ?

La jeune femme serra les poings et devint très rouge :

— Peur ? Pourquoi aurais-je peur ? Je ne rêve que du jour où il me sera donné le loisir de lui transpercer la gorge !

— Je ne parlais pas de combat, quoique ça aussi ça devrait vous effrayer. Il s'agit quand même de l'une des plus fines lames de France. Mais je pensais plutôt aux conséquences. Nous allons attaquer un corsaire de Sa Majesté, qui risque de fort mal le prendre, et si par miracle on en réchappait, il faudrait ensuite faire face au courroux du roi.

— Nous nous rendrons, mais avec les mains chargées de tant de preuves qu'il ne pourra que nous absoudre.

— Vous êtes vraiment décidée, n'est-ce pas ?

— Moi oui ! dit-elle fermement. Mais vous ? Reculez-vous ?

Saint-Yves redressa la tête :

— Je n'ai qu'une seule parole, madame. J'ai promis de vous assister dans votre combat et j'y serai jusqu'au bout… quelles qu'en soient les conséquences, ajouta-t-il avec l'ombre d'un sourire en coin.

— Alors écrivons ce foutu message et lançons le pigeon !

⚓

Lorsque Marie revint de sa cabine avec l'oiseau au creux de ses bras, Legoff avait rejoint Saint-Yves, qui lui avait raconté l'histoire.

— Et que sommes-nous censés transporter ? demanda le Breton.

— J'ai joué sur les faiblesses de notre ami, répondit Saint-Yves. Nous avons des pierres précieuses, des coffrets d'or et des vins raffinés. Notre bateau est français, ce qui attisera son goût du sang. Lorsqu'il attaque des Français, il ne peut laisser de témoins derrière lui. De plus, j'ai établi que nous avions un petit équipage peu armé.

— Ce n'est pas un peu étrange pour transporter une telle cargaison ?

— L'origine peut le justifier. Un bateau qui part de Toulon pour un court voyage peut compter sur la chance…

— Et l'oiseau va repartir vers Marek ? demanda Legoff.

Bien qu'il eût navigué quelque temps sur le bateau de Chamberlain, il n'avait jamais eu conscience du va-et-vient des pigeons.

— Ils vont d'un pigeonnier à l'autre. Il y en a un sur celui de Chamberlain et un autre sur celui de Marek. Ce sont des bêtes d'habitude, alors les navires doivent toujours se situer dans le même secteur lorsqu'ils relâchent les oiseaux, sinon ceux-ci pourraient se perdre en mer. Il est arrivé quelquefois d'ailleurs que des pigeons lâchés n'aient jamais atteint leur destination.

— Mais comment savent-ils que l'autre navire est à la bonne place ? s'enquit Marie.

— Oh, ils ont un réseau de communications terrestres assez efficace, répondit Saint-Yves. Ils se donnent des rendez-vous épisodiques et cela a toujours assez bien fonctionné. Ils ont des pigeons pour les mers plus au sud, d'autres pour des mers plus au nord.

— Eh bien ! avant que notre pigeon ne s'impatiente, dit Marie, attachons-lui son nouveau message et laissons-le repartir… en espérant qu'il arrive à bon port !

— C'est plutôt au milieu de l'océan qu'il se rendait, répondit Saint-Yves, puisqu'il arrivait de Toulon. Je suis certain que l'*Orgueil de France* ne doit pas être très loin.

Ils attachèrent précautionneusement le message rédigé par Saint-Yves, qui avait ajusté sa calligraphie à celle du message précédent. Puis Marie lâcha l'oiseau, qui s'empressa de s'envoler très haut dans les airs, de peur peut-être que ses geôliers ne se repentissent.

⚓

Deux jours passèrent. Puis un troisième. Marie craignait que le stratagème n'eût pas fonctionné. Le quart de vigie avait encore été doublé. Même Thomas avait été exempté de corvée et scrutait l'océan de ses yeux perçants, utilisant avec une joie évidente ce formidable objet qu'était la lunette d'approche. On naviguait avec le minimum de voiles afin d'être plus faciles à rattraper. Le pavillon de la *Perle* flottait au vent, aux côtés du drapeau français.

Au fur et à mesure que le temps passait, Marie sentait la nervosité la gagner, et elle craignait par-dessus tout de voir réapparaître le navire corsaire anglais, non pas parce qu'elle appréhendait le combat, mais plutôt parce qu'elle ne voulait perdre un temps précieux ni risquer d'endommager son bateau ou de perdre des hommes dans l'abordage. L'autre éventualité, toute aussi peu réjouissante, c'était de voir le *Gergovie* poindre à l'horizon. Elle savait que si le bateau d'Étienne apparaissait, elle ne pourrait cette fois y échapper. La frégate française était rapide, bien armée et avait à son bord un équipage entraîné au combat. De plus, il n'était pas question de combattre Étienne. Elle n'aurait alors plus qu'à se rendre et l'histoire s'achèverait là, sans connaître sa conclusion.

La quatrième journée s'était levée sur un matin brumeux. Moins d'une heure après le lever du soleil, la vigie qui venait tout juste de prendre son quart cria : « Navire droit devant ! »

Marie, qui était levée depuis l'aube, se précipita à la proue du bateau et tenta de voir le navire annoncé. Seule une épaisse brume s'étendait devant elle et, bien qu'elle la scrutât attentivement, aucune silhouette de bateau n'y était visible. Persuadée que la vigie s'était trompée, elle revint sur le gaillard arrière pour y trouver Saint-Yves, armé de son inséparable lunette.

— Avez-vous vu quelque chose ? demanda-t-elle en guise de salutation.

— C'est difficile avec toute cette brume, répondit le capitaine. L'homme à la vigie est mieux placé que nous et il peut voir des éclaircies dans cette purée de poix. Au niveau de la mer, tout est plus compact…

Comme pour lui donner raison, le cri retentit à nouveau :

— Navire droit devant, à cinquante brasses !

Saint-Yves jura entre ses dents :

— Mais bon Dieu, où est-il, ce satané navire ?

Marie était tendue, les mains agrippées au pavois. Legoff était apparu sur le pont, houspillant les matelots, qui traînaient un peu trop les pieds à son goût. La jeune femme ne pouvait entendre ce qu'il leur disait, mais ses gestes étaient assez éloquents. Efficaces aussi, puisque quelques instants plus tard tout le monde travaillait avec un peu plus de conviction. Legoff n'agissait pas ainsi à la légère, il voulait tenir ses hommes sur le qui-vive afin qu'ils soient prêts à sauter dans l'action si le besoin se présentait.

Une rafale de vent s'éleva subitement, balayant la brume, l'espace d'un bref instant, mais suffisamment pour que tout le monde puisse voir le navire, maintenant très proche, qui faisait route droit sur eux.

— Ou ils ne nous ont pas vus et vont nous percuter, ou ils viennent véritablement sur nous ! cria Marie au-dessus du tumulte des voiles qui s'étaient tendues sous le souffle du vent. Voyez-vous son pavillon ?

Saint-Yves referma sa lunette d'un geste sec.

— Je n'ai pas besoin de le voir, je connais trop bien ce bateau. Eh bien, vous allez être comblée, madame, l'*Orgueil de France* est devant nous.

⚓

Même si elle s'attendait à cette rencontre, même si toutes ses pensées étaient tournées vers ce bateau depuis plusieurs mois, Marie resta figée quelques instants. Elle avait tellement imaginé, anticipé ce moment, qu'elle se sentait tout à coup démunie et éprouvait de la difficulté à ordonner ses idées et à voir clair dans cette brume qui l'entourait.

— Navire droit devant, à trente brasses !

Le cri de la vigie lui fit reprendre ses esprits. Mais heureusement, Saint-Yves et Legoff n'avaient pas attendu sa réaction pour s'activer de leur côté. Déjà Legoff sonnait le branle-bas de combat et manœuvrait le bateau pour le préparer à un abordage imminent.

Marie était un peu inquiète. Jusqu'à maintenant, c'était la *Louve* qui avait pris l'initiative de l'abordage, aujourd'hui cela risquait d'être différent. Mais rapidement, son instinct combatif prit le dessus. Le bateau corsaire était suffisamment proche, et son intention d'attaquer était évidente. Le vent soufflait maintenant plus fort, balayant du même coup de larges bandes de brume et dégageant pour quelques courts instants la vue entre les deux adversaires. Marie en profita pour faire hisser le pavillon de la *Louve,* une petite pointe d'orgueil qu'elle ne put maîtriser et un avertissement à son ennemi que le combat ne serait pas aussi facile qu'il le pensait.

Les hommes de la *Louve* avaient revêtu leur veste et s'activaient partout sur le pont. Les armes étaient distribuées, les canonniers et leurs aides avaient regagné leur poste et devaient être en train d'armer la première bordée. La brume était revenue, Marie ne savait plus où se situait le bateau ennemi. Elle descendit sur le pont, armée de son épée et sentit les sabords s'ouvrir dans la coque du bateau. La première bordée la surprit, elle ne venait pas de la *Louve* mais de l'*Orgueil de France*. Un craquement sinistre suivit les premières détonations. Se retournant vivement, Marie regarda avec anxiété les trois mâts de son bateau. Aucun n'était touché.

La réplique de la *Louve* vint très vite. Même s'ils avaient eu peu de temps pour se préparer, les canonniers travaillaient bien, aidés par la légèreté et la maniabilité de leurs canons. La jeune femme ne put voir si les tirs avaient fait mouche. Elle s'approcha du bastingage pour scruter la brume, d'où se détachait la silhouette fantomatique de l'*Orgueil de France*, quand elle fut brusquement tirée par-derrière. Le visage rouge brique, Legoff la regardait furieusement :

— Vous courez au suicide ou quoi ? Votre place n'est pas ici ! Réservez-vous pour d'autres combats, ajouta-t-il en la poussant vers l'intérieur du bateau sans ménagement.

Un peu désarçonnée, Marie se mit à l'abri. En effet, elle ne risquait que d'être une gêne pour l'instant. Mais elle n'eut pas le loisir d'y songer bien longtemps. L'*Orgueil de France* était bien plus près qu'elle ne le croyait, et déjà les grappins fendaient l'air et venaient s'accrocher aux haubans, au bastingage et à toute surface à laquelle ils pouvaient s'accrocher. L'abordage était imminent.

L'instant d'après, crevant la brume comme des rapaces fondant sur leur proie, les hommes de Marek sautaient sur le pont. Mais ceux de Marie étaient prêts. Au vacarme du vent s'ajoutèrent les cris sanguinaires qui fusaient de toutes parts, le choc des épées qui occasionnellement perçait la grisaille du temps de quelques étincelles et le bruit sourd des corps à corps de ces hommes furieux.

L'accueil sur le pont de la *Louve* fut brutal pour les attaquants, qui ne s'attendaient pas à une telle résistance. Les hommes de Marie se battaient férocement, et il était difficile de dire qui avait l'avantage et encore plus de prévoir l'issue du combat. La jeune femme suivait fébrilement les échanges, cherchant des yeux le corsaire du roi. Se planquait-il quand ses hommes se battaient ? Regardait-il la bagarre bien à l'abri ? Son regard accrocha Saint-Yves qui se battait avec une belle maîtrise, toujours extrêmement efficace dans ses mouvements.

Un peu plus loin, Legoff se battait fougueusement lui aussi. Le Breton utilisait toute sa force et sa taille imposante pour contrer les hommes de Marek, deux à la fois. Marie sentit un mouvement derrière elle. Se retournant vivement, elle n'eut que le temps de lever son épée pour parer l'attaque lancée sur elle.

Répondant instantanément à la montée d'adrénaline qui courait dans ses veines, elle se lança devant avec une vigueur au moins égale à celle de ses hommes. Le combat fut assez bref. Surpris par une riposte qu'il n'attendait pas, l'assaillant de Marie fut rapidement désarmé et s'enfuit sans demander son reste. Lancée dans la bataille, Marie ne pouvait plus s'arrêter. C'était elle qui prenait l'initiative et qui allait prêter main-forte à son équipage. Autour d'elle, les hommes de Marek semblaient un peu dépassés par les événements, visiblement peu préparés à une telle riposte. Certains préféraient même mettre bas les armes et se rendre. Tranquillement, l'équipage de la *Louve* prenait le dessus. L'essentiel du combat se déroulait sur le bateau pirate, ce qui donnait à ses hommes un avantage, puisqu'ils connaissaient mieux le navire et qu'ils pouvaient mieux se mouvoir sur le pont encombré.

Subitement, un nouvel adversaire se retrouva devant Marie. Il venait de sauter à son tour sur le pont de la *Louve*, et l'épée à la main, il était prêt au combat. Il n'avait pas encore vu la jeune femme, mais celle-ci le reconnut sans peine. Marek venait aider ses hommes. Les joues de la jeune femme s'enflammèrent. Toute la colère qui couvait au creux de son ventre éclata violemment au grand jour. Elle avait tellement attendu ce moment, elle avait tellement voulu affronter celui qui avait d'abord été responsable de la déroute de son père et qui l'avait ensuite humiliée, déchirée, déshonorée. En quelques secondes à peine, elle revoyait la scène de la plage, la rencontre avec Chamberlain sur le pont, sa conversation dans la cabine de l'armateur cupide. Incapable de résister aux émotions qui déferlaient en elle, Marie se lança sur Marek.

— Lâche ! Défends-toi !

Surpris par l'algarade et par le ton de voix de son agresseur, Marek se retourna avec plus de curiosité que de frayeur.

— En garde ! lui cria Marie. Il ne sera pas dit que je vais attaquer un homme dans le dos.

Maintenant amusé, Marek tenait mollement son épée.

— Et pourquoi diable craindrais-je un moussaillon de ton espèce ?

Marie fit une fente rapide et de la pointe de son épée, déchira la veste du corsaire, lui faisant une jolie coupure sur la poitrine.

— Je t'ai dit en garde ! répliqua-t-elle en reprenant position.

Jurant affreusement, Marek regardait ses doigts tachés de sang, qu'il venait de porter à sa poitrine.

— Tu vas me le payer ! dit-il le regard mauvais, tu vas regretter de t'être mis sur mon chemin !

Levant son épée, il se lança à l'attaque. Tout de suite, Marie sut qu'elle avait devant elle un adversaire d'une tout autre trempe. Il était vif, souple, et chacun de ses gestes était assuré. Si elle n'avait été elle-même partie prenante du combat, elle eût admiré ce guerrier qui se déplaçait à la manière d'un fauve et chez qui on sentait un instinct et une maîtrise hors du commun. Mais Marie n'était plus une novice et elle savait maintenant se montrer inventive dans un combat.

Il se passa alors quelque chose de curieux sur le pont. Les deux camps qui combattaient avec force et intensité se trouvèrent irrésistiblement attirés par le combat qui occupait maintenant la scène centrale. Un à un, les hommes baissaient les épées, laissaient tomber les coutelas, et ceux qui tout à l'heure se battaient pour leur vie se retrouvaient côte à côte à observer le duel entre le corsaire et un adversaire qu'ils prenaient presque tous pour un jeune homme. Saint-Yves et Legoff s'étaient détachés, et leur première impulsion fut de voler au secours de Marie. Mais comme tous les autres, ils ralentirent le pas et furent fascinés par le spectacle qui se déroulait devant eux.

Marie et Marek échangeaient les feintes, paraient les attaques, créaient les ouvertures, contre-attaquaient dans un ballet étrange et captivant. Ils exécutaient devant leurs spectateurs improvisés un pas de deux où l'on en venait à oublier que l'enjeu était la mort de l'un des adversaires. Marek avançait et repoussait la jeune femme contre le mur du gaillard arrière. Elle se retrouva coincée entre son assaillant et la paroi de bois où elle était adossée. Son épée dressée à la verticale, elle tentait de repousser le corsaire, qui mettait toute sa force à lui faire plier les bras. Les yeux bleus du corsaire, froids comme de l'acier, lançaient des éclairs.

— Tu es moins faraud maintenant ! grinça-t-il entre ses dents.

Dans un ultime effort pour le repousser, Marie tourna la tête et son chapeau tomba sur le sol, libérant du même coup ses cheveux qui se répandirent sur ses épaules. Marek eut un imperceptible mouvement de surprise, suffisant pour que la jeune femme en profite et se glisse sous l'étau de ses bras. Encore sous le choc, Marek se retourna sans penser à armer une attaque.

— Une femme ? Tu es une femme ?

— En quoi cela change-t-il quelque chose ? lança-t-elle en se mettant en garde. Mais en fait cela change tout, tu vas payer aujourd'hui pour tout le tort que tu m'as fait.

Le corsaire avait repris la garde de son épée un peu plus fermement mais, maintenant sûr de sa supériorité, il tardait à reprendre le combat, intrigué par la tournure des événements.

— Et en quoi t'ai-je offensée ? demanda-t-il un peu moqueur.

— Tu es responsable de la déchéance de mon père. Tu as attaqué le bateau qui apportait sa marchandise même si c'était un bateau ami, même si ton code d'honneur te commandait de ne pas l'attaquer.

Marek se mit à rire :

— Et c'est pour ça que tu risques ta vie en me défiant ? Vois, les hommes de ce bateau ont bien compris qu'il valait mieux cesser le combat devant un adversaire plus fort qu'eux.

— Ces hommes me sont fidèles : un seul mot de ma part et ils reprendront les armes.

— Tu es dans une impasse ! Tu sais ce que ça signifie pour toi de t'attaquer à un corsaire du roi ?

— Et si le roi savait ce que tu fais dans son dos ? Serais-tu toujours dans une aussi belle position ?

Les yeux de Marek se rétrécirent :

— Je t'ai déjà vue quelque part…

— Cesse de chercher et bats-toi, mécréant ! jura Marie en fendant l'air de la pointe de son épée.

Cela parut réveiller le corsaire et on entendit à nouveau le bruit du choc des épées retentir sur le pont. Les deux adversaires tournaient l'un autour de l'autre sous les cris et les encouragements de leur équipage respectif. D'un geste large, Marek frappa du plat de son arme l'épée de la jeune femme avec une telle force que Marie en fut désarmée aussitôt. Mais une autre épée se retrouva entre ses mains comme par magie. Mathieu s'était déplacé jusqu'à elle et lui avait glissé la sienne dans la main.

Maintenant furieux, Marek multipliait les coups, auxquels Marie résistait vaillamment. Aveuglé par la rage qui montait en lui, le corsaire se mettait à faire de petites erreurs, dont la jeune femme profitait aussitôt. Elle savait pourtant qu'elle ne pourrait tenir le coup longtemps et que, tôt ou tard, son ennemi aurait le dessus. Il était plus fort qu'elle, et ses bras et ses épaules douloureux la faisaient souffrir. Sa main se fermait difficilement sur la garde de l'épée, un peu trop grosse et trop lourde pour elle.

Soudain, les choses s'accélérèrent. Un coup de canon prit tout le monde par surprise. L'instant d'après, le pont était envahi par de nouveaux arrivants. Ceux-ci portaient la jaquette de la marine royale… Personne n'avait vu le *Gergovie* surgir de la brume et s'approcher des deux belligérants. Les soldats envahissaient le pont de la *Louve,* et les hommes des deux camps posaient leurs armes sur le pont.

Marek profita de l'instant de stupeur pour passer derrière Marie et lui mettre le fil de son épée sur la gorge.

— Laisse tomber ton arme, lui susurra-t-il à l'oreille, tu es battue et tu en sais un peu trop.

Mais son discours fut interrompu par Étienne, qui venait à son tour de sauter sur le pont.

— Marek, laisse cette femme, elle appartient à la justice du roi. Il te sera d'ailleurs reconnaissant d'avoir mis fin aux activités de cette pirate et de son équipage, qui ont fait assez de dommages sur les mers.

— Pourquoi ne pas l'exécuter tout de suite ? répliqua le corsaire en faisant perler une goutte de sang sur la gorge de la jeune femme. De toute façon, comme pirate, c'est la corde qui l'attend.

Étienne s'était avancé jusqu'à lui :

— Laisse-la, te dis-je ! Elle doit être d'abord jugée.

À contrecœur, le corsaire relâcha la jeune femme, qui fut tout de suite empoignée par deux soldats. Sans lui jeter un regard, Étienne ordonna à ses hommes de la mettre aux fers dans la cale du *Gergovie*. Ils la traînèrent sans ménagement, bien qu'elle ne leur offrît aucune résistance. Les choses allaient trop vite, elle avait à peine conscience de ce qui se passait autour d'elle. Elle sentait l'agitation sans bien la voir et entendait les cris de protestation de son équipage, où pointait la voix grave et courroucée de Legoff. Elle fut bientôt plongée dans l'obscurité de la cale, où on la laissa, après lui avoir mis les fers aux poignets et aux chevilles. Marie se laissa tomber au sol et s'appuya la tête sur les genoux. C'en était fait, le sort en était jeté. Tout se jouerait dans les prochaines heures, à la condition toutefois qu'Étienne veuille bien l'écouter...

Chapitre 39

Marie était prostrée dans l'humidité sombre de la cale sans en sentir le froid, qui pourtant la faisait grelotter. Elle avait un peu de difficulté à ordonner ses pensées, encore prise dans l'émotion du combat qu'elle venait de livrer et son abrupte conclusion. Comme elle aurait aimé transpercer Marek de son épée, lui faire ravaler son insolence et son arrogance, et éteindre cette flamme de jubilation qu'elle avait vue au fond de ses yeux quand il avait compris qui elle était ! Mais le plus grave, c'était qu'il avait la voie libre auprès d'Étienne pour lui raconter ce qu'il voulait, la voie libre et la crédibilité auprès du capitaine du *Gergovie*. En tant que corsaire du roi, et son favori par surcroît, il bénéficiait d'une confiance absolue. Il serait très difficile de retourner la situation en sa faveur, elle le sentait bien maintenant.

Mais qu'espérait-elle ? pensait-elle en se blâmant elle-même. Qui était-elle pour penser venir à bout d'adversaires aussi redoutables que Marek et Chamberlain ? Ils avaient des atouts qu'elle ne pouvait même pas soupçonner, ils avaient leurs entrées à la cour alors qu'elle y était une parfaite inconnue ou, si on avait entendu parler d'elle, c'était comme hors-la-loi. Son propre sort ne la préoccupait pas trop, elle n'avait rien, ou si peu, devant elle. Ce qui la chagrinait, c'était la peine qu'elle risquait de causer à Marguerite. Elle avait pris soin d'écrire un document, où elle lui léguait la maison et la boutique, un document qu'elle avait soigneusement caché dans le grenier et qu'Étienne accepterait probablement d'aller chercher si besoin en était. Peut-être pas par amitié pour elle, mais plutôt par affection pour Marguerite.

Et ses hommes. Ses amis, qui s'étaient montrés si loyaux au cours des dernières années. Legoff qui s'était révélé à la fois un frère, un ami et un confident. Saint-Yves qui avait mis sa compétence et ses années d'expérience à son service. Mathieu qui, à peine sorti de l'adolescence, verrait peut-être son avenir s'éteindre devant lui parce qu'il l'avait suivie avec confiance. Et l'équipage. Son équipage, composé d'hommes issus des plus basses couches de la société et qui avaient néanmoins appris à vivre ensemble, à tisser entre eux des liens solides et qui avaient trouvé une certaine harmonie. Qu'adviendrait-il d'eux maintenant ? Ils ne méritaient certainement pas la corde qu'on destinait aux pirates. Marie se faisait la promesse de plaider leur cause. Mais quel poids aurait-elle face à la vindicte d'un Marek qui ne voudrait que l'effacer de la surface de la terre, avec tout ce qui lui touchait de près ou de loin ? Sentant les larmes lui piquer les yeux, Marie se ressaisit aussitôt. Elle ne voulait se laisser aller à aucune faiblesse, et pleurer serait bien la dernière chose à faire. Se giflant mentalement, elle serra les dents et ravala la boule douloureuse qui lui nouait la gorge.

Une bonne heure passa encore avant qu'on ne s'occupe de la jeune femme. Elle somnolait lorsqu'un bruit éveilla son attention. Quelqu'un venait vers elle, en fait au moins deux personnes, si elle en jugeait par le bruit des pas qu'elle entendait. L'instant d'après, deux soldats étaient auprès d'elle, tirant sans délicatesse sur ses chaînes pour la remettre debout. Marie crispa la mâchoire sous la morsure des cercles de fer à ses poignets et ne broncha pas quand on les secoua pour en détacher les chaînes.

— Allez, dépêche-toi ! dit un des soldats en la poussant dans le dos. Le capitaine veut te voir et, à en juger par son humeur, mieux vaut t'attendre au pire. Ce ne sera pas la première fois qu'on pendra un pirate au haut du grand mât.

— Moi, j'aimerais bien qu'il te laisse à nous quelques heures avant de te balancer au bout d'une corde, ajouta l'autre. Un dernier petit bonheur avant de mourir, ça ne te ferait pas de mal.

Et pour tâter la marchandise, le soldat promena ses grosses mains sur la poitrine de la jeune femme. Comme celle-ci avait les seins bandés, il fit une moue déçue…

— Ben ça ! On ne peut pas dire…

Il ne put aller plus loin, Marie lui avait lancé son poignet cerclé de fer sur la bouche, lui fendant la lèvre, qui se mit à saigner aussitôt.

— N'y songe même pas ! grinça Marie.

Interloqué, le soldat porta la main à sa bouche. Voyant le sang qui tachait son gant, la colère monta en lui comme un raz-de-marée :

— Putain, tu vas me le payer !

Il empoigna la jeune femme par les cheveux et la tira durement par-derrière. Marie résista en lançant un coup de pied à l'homme, lui atteignant le tibia. L'autre soldat essayait tant bien que mal de s'interposer et se trouva sur le chemin du poing que son collègue lançait à la figure de Marie. Il le reçut durement sur l'arcade sourcilière, qui s'ouvrit aussitôt, inondant de sang le côté gauche de son visage.

— Merde ! cria-t-il. Imbécile ! Regarde ce que tu as fait.

Il voulut le repousser à son tour, mais son compagnon résista à son empoignade. C'est à ce moment qu'Étienne apparut.

— Qu'est-ce qui se passe ici ? Ben ça, alors ! dit-il en écarquillant les yeux et en voyant la figure ensanglantée de ses deux soldats. Je vous envoie chercher une prisonnière et elle vous met en pièces tous les deux ?

— Mon capitaine, fit le premier en rectifiant sa position, ce n'est pas comme ça que ça s'est passé.

— Mon capitaine, je…

— Ça suffit ! coupa Étienne visiblement courroucé. Amenez-la à ma cabine et présentez-vous au quartier-maître en lui disant que vous êtes de corvée. Et que je n'entende plus parler de vous !

Ravalant leur rancœur, les deux hommes empoignèrent Marie par les bras et l'amenèrent jusqu'à la cabine de leur capitaine. La poussant dans la pièce, ils refermèrent la porte derrière elle, non sans lui avoir lancé qu'elle n'aurait que ce qu'elle méritait. Marie goûta ces brefs instants de solitude. Elle jeta un coup d'œil à ses poignets, que le fer avait entamés, et grimaça en voyant sa peau à vif. Si elle pouvait mettre la main sur son onguent d'arnica, cela lui ferait le plus grand bien... mais comme elle n'y pouvait rien, elle se mit à regarder aux alentours.

La cabine d'Étienne était meublée simplement, pour ne pas dire de façon austère. Un lit simple encombré d'une lourde couverture était tassé dans le coin de la pièce, et une armoire construite à même le mur occupait tout un pan de la cabine. Marie ouvrit l'un des battants de la porte, curieuse de voir ce qui s'y trouvait. Sur plusieurs étagères, des rouleaux de cartes et des instruments de navigation. L'autre moitié était consacrée à la garde-robe du jeune capitaine, constituée de bien peu de choses, en fait. Que des vêtements utiles, appropriés pour la dure vie en mer. Le seul signe de coquetterie consistait en un miroir accroché à l'intérieur de l'un des battants. Marie sursauta à son image. Les cheveux en bataille, une égratignure sur la pommette, dont elle ne gardait aucun souvenir, le visage noirci par la poudre à canon, la chemise déchirée sur l'épaule et le pantalon taché de sang et de poussière, elle faisait bien piètre figure. Devant ce spectacle désolant, elle préféra refermer l'armoire

Sous le hublot, il y avait une table et deux chaises. La veste d'Étienne était accrochée sur le dossier de l'une d'elles. Marie s'en approcha et en caressa rêveusement l'étoffe rugueuse. Elle la prit entre ses mains et y enfouit son visage. L'odeur du jeune homme était emprisonnée dans les fibres du vêtement, et subitement elle se retrouva sur la plage par un soir étoilé. Des images bien précises lui revenaient en tête, des images qu'elle ferait aussi bien d'oublier. Elle avait dressé entre eux des barrières insurmontables. À nouveau, les larmes lui montèrent aux yeux. Qu'en était-il de sa vie ? Ça lui importait si peu il y avait à peine une heure, et voilà que maintenant, à cause d'une vague odeur de cuir tanné, de sel de mer et d'un soupçon de lavande, elle mesurait toute l'étendue de sa perte.

— Puis-je savoir ce que tu fais là ?

La voix sèche d'Étienne la tira de sa rêverie. Les joues en feu, elle cligna des yeux en tentant bravement de refouler les larmes qui menaçaient de glisser sur ses joues. Elle déposa la veste sur la chaise et se retourna vers lui. Il était là, très grand, très droit, les jambes écartées et les mains tenant quelque chose derrière lui. Son regard la détaillait durement, mais elle eut l'impression d'y voir l'éclair fugace de quelque chose d'autre. Elle n'eut pas le temps de s'y attarder : déjà il attaquait. Brandissant devant lui le bout d'étoffe qu'il avait gardé caché, il lui demanda :

— Peux-tu m'expliquer ceci ?

Le drapeau de la *Louve* pendait mollement au bout de son poing fermé. L'étendard qui avait fait frémir tant de bateaux avait maintenant perdu toute sa superbe, devenant un bout de chiffon inerte et sans vie dans les mains d'Étienne. Mais Marie pensa à ce qu'il avait signifié pour elle et pour les hommes qui avaient combattu sous ce drapeau. Elle revit les vestes portées fièrement par son équipage et entendit le pavillon de la *Louve* flotter et claquer bruyamment au vent. Cela lui rendit tout son courage et elle releva la tête devant l'attaque du capitaine du *Gergovie*.

— C'est le pavillon de mon bateau, la *Louve des mers*.

— Un bateau pirate !

— Plus près du corsaire que de la piraterie. Et sûrement plus honnête que celui de Marek.

— C'est un corsaire du roi, il en a les lettres et il travaille pour le Trésor de la France.

— Sache que je n'ai attaqué que des ennemis de la France et que j'ai toujours gardé la part du roi, que je comptais bien lui remettre. Mes livres sont là pour le prouver et la part du roi, un joli magot d'ailleurs, est bien en sécurité sur la terre ferme. J'ai tout fait selon les règles mais sans les lettres : exactement le contraire de ton cher ami Marek.

Étienne fronça les sourcils :

— Que veux-tu dire ?

— Que Marek vous trompe tous depuis belle lurette. Qu'il a mis au point avec Chamberlain un commerce bien lucratif, qui tient les profits loin du roi et qui ne laisse pas de témoins derrière lui. Marek ne se contente pas d'attaquer les bateaux pour lesquels il est autorisé. Bien des commerçants amis et même français ont été victimes de sa collusion avec Chamberlain. Le roi ne voit qu'une infime part de ce qui lui revient, et il a lui-même les mains tachées du sang des navigateurs qui ont eu le malheur de croiser le chemin de l'*Orgueil de France*.

La mâchoire d'Étienne se durcit :

— Ce sont là de bien graves accusations !

— Que je peux étayer, il suffit de m'en donner la chance !

Étienne demeura silencieux quelques instants. Puis, à la grande surprise de Marie, il se mit à rire :

— On peut dire que tu as de l'imagination et que tu maîtrises l'art de retourner une situation à ton avantage. Oublierais-tu toutes tes tromperies au fil des ans ? Quand je t'ai trouvée au Maroc sous un costume invraisemblable et avec des pièces d'or qui venaient d'un bateau… français, si je ne m'abuse ? Et quand, quelques semaines plus tard, j'ai été assommé sur une plage parce que je m'étais trouvé pour mon grand malheur un peu trop près de toi ? Et ce bateau qui me semblait familier et que je ne cessais de croiser au fil des mouillages à La Rochelle… sans jamais pouvoir le reconnaître ? Et les réponses évasives de Marguerite quand je la voyais.

— Non ! Pas Marguerite ! Elle ne savait rien !

— Et quand tu as si bien joué la comédie entre mes bras sur la plage, continua-t-il en ignorant l'interruption de Marie, avant de m'endormir, avec Sarah qui était sûrement ta complice elle aussi, pour mieux t'enfuir une fois de plus. J'ai compris bien des choses ce soir-là.

— Non, Étienne, tu n'as rien compris !

— Ça, je te l'accorde. Ça m'a effectivement pris bien du temps à comprendre qui tu étais. Et dire que, pendant des mois, des années, je n'ai rêvé qu'à toi ! Que mes escales et mes permissions n'avaient de saveur que parce que j'espérais, toujours en vain, t'y retrouver. Que j'ai même parfois pensé t'apercevoir sur un bateau, alors que ce n'était qu'un mousse qui ne te ressemblait même pas. Je courais après un mirage, un miroitement sur l'eau que le plus faible vent parvenait à effacer. Je voudrais oublier cette nuit sur la plage, parce que finalement ce n'était qu'un mirage de plus. Mais maintenant tu m'as ouvert bien grand les yeux, et je devrais presque t'en remercier. Je ne perdrai plus ni temps ni énergie à des chimères, je t'ai enfin vue telle que tu étais : menteuse, fourbe et hors-la-loi. S'il n'en tenait qu'à moi, je te ferais fouetter devant tous les hommes avant de te pendre haut et court, comme le méritent tous les gens de ton espèce. Mais parce que tu as attaqué un corsaire du roi, tu appartiens à la justice du roi, et ce sera à lui de décider de ton sort. Peut-être regretteras-tu alors la corde à laquelle tu aurais dû être destinée…

Marie releva la tête et croisa les bras sur sa poitrine.

— Ça te va bien, les grands discours ! Et qu'est-ce qui te permet de parler comme ça, alors que tu refuses de m'entendre ? Que sais-tu de moi, que sais-tu de ma vie depuis ce jour où tu m'as laissée à moitié morte chez Sarah ?

— Je ne t'ai pas laissée, j'ai dû obéir aux ordres qui m'avaient été donnés et rejoindre mon bateau. Et quand je suis revenu, tu avais disparu.

— Peu importe ! Comment peux-tu juger mes actes si tu n'en connais pas la source ? Que sais-tu de l'honneur si le tien n'a jamais été bafoué ? Que comprends-tu de l'amour filial si tu n'as jamais connu ton père ? Comment peux-tu supporter les agissements d'un véritable mercenaire sans foi ni loi, alors que tu ne veux même pas m'entendre, moi qui ai fait partie intégrante de ta vie ?

— À une certaine époque, peut-être, mais certainement plus aujourd'hui, répliqua sèchement le jeune homme, que la riposte de Marie avait rendu encore plus furieux. Et tu devrais laisser Marek en dehors de cela. Ton acharnement sur lui ne t'amènera nulle part.

Marie vit rouge :

— Quand donc cesseras-tu de lui donner un statut de demi-dieu et ouvriras-tu les yeux sur ce qu'il est réellement ? Il a fait plus de veuves et d'orphelins que bien des soldats de ton armée. Si tu voulais seulement te donner la peine de m'écouter, je pourrais te prouver ce que j'avance. Et je pourrais te prouver que Chamberlain est de connivence avec lui. J'ai tout noté dans mes livres…

— Pures inventions !

— … et j'ai aussi récupéré ceux de l'*Imperator*, où tout est consigné, ajouta-t-elle sans relever l'interruption. Et je pourrais aussi…

Mais des coups frappés vigoureusement à la porte avaient distrait l'attention d'Étienne.

— Capitaine, capitaine ! On vous demande sur le pont.

D'un geste vif, Étienne ouvrit la porte.

— J'avais demandé qu'on ne m'interrompe pas.

Penauds, deux soldats trituraient leur couvre-chef.

— C'est que le vent se lève, et nous ne pouvons garder le bateau pirate amarré à nous plus longtemps. Et le capitaine de l'*Orgueil de France* aimerait bien savoir s'il peut lever les voiles.

— Tu vas le laisser partir ? cria Marie.

Étienne lui lança un regard furieux :

— Madame, je ne crois pas que vous soyez en position de donner des conseils à qui que ce soit. D'ailleurs, notre entretien est terminé. Messieurs, emmenez cette femme dans ses nouveaux quartiers et dites au lieutenant que j'arrive.

Les deux hommes empoignèrent Marie par les bras et, sans lui laisser le temps de riposter, ils la sortirent de la pièce. La jeune femme était trop accablée pour réagir. Elle se laissa emmener docilement, indifférente au lieu où on la conduisait. Elle sentait bien qu'Étienne s'était muré dans une attitude officielle et qu'il resterait campé sur ses positions. Ses arguments n'avaient pas porté et, prisonnière comme elle l'était, il lui était impossible de faire plus pour tenter de le convaincre.

Les soldats la traînèrent dans une petite pièce exiguë, dont ils verrouillèrent la porte derrière elle. Il n'y avait aucun meuble, sinon une paillasse qui devait servir de lit. La paille n'était pas de la première fraîcheur, mais Marie s'y laissa tomber néanmoins. Elle jugea encourageant qu'on ne l'eût pas ramenée à la cale. Elle n'y gagnait pas beaucoup en confort, mais c'était moins humide et elle ne risquait pas de se faire mordre par les rats. Et puis, n'était-ce pas là un signe qu'Étienne n'était pas totalement indifférent à son sort ? Elle se raccrochait à cette pensée, se disant que tout n'était peut-être pas perdu. Elle aurait seulement souhaité qu'on lui enlève les fers qui lui blessaient les poignets. Un bruit à la porte lui fit relever la tête. Un mousse costaud entra, un pichet d'eau et un gros biscuit à la main. Il les posa par terre, près de la jeune femme, et sortit de sa poche une grosse clé. Sans dire un mot, il prit le poignet de Marie et fit jouer la serrure du cercle de fer. Il enleva le premier, puis le second. Toujours sans dire un mot, mais non sans avoir souri brièvement à la jeune femme, il se retira en emportant les poignets de fer.

Marie en aurait pleuré de bonheur. Prenant un peu d'eau au creux d'une main, elle nettoya délicatement la plaie sur le poignet opposé, puis répéta l'opération de l'autre. Elle jeta un coup d'œil à ses vêtements, espérant en trouver un bout dont elle pourrait se faire des pansements, mais leur saleté repoussante l'en découragea. Mieux valait laisser les blessures sécher à l'air.

Il y avait un petit hublot dans la pièce mais situé très haut, à quelques pouces du plafond et totalement hors de portée de Marie. Elle vit cependant filtrer un peu de lumière entre deux planches du mur extérieur de la cabine. Elle y colla son œil, espérant voir quelque chose. C'était impossible, l'ouverture était trop petite. La jeune femme chercha des yeux un outil avec quoi agrandir l'ouverture, mais bien évidemment il n'y avait rien. Elle défit alors sa ceinture et, avec la pointe de la boucle, entreprit de travailler la fente. Au prix de bien des efforts et de quelques échardes, elle réussit à élargir l'ouverture, suffisamment pour y coller l'œil. Son champ de vision était restreint, mais elle voyait la *Louve* flotter juste devant elle. Elle vit qu'on lâchait les amarres qui la retenaient au *Gergovie* et qu'on montait les voiles de son bateau. Lentement, la *Louve* s'éloignait. Qui était à son bord ? Marie doutait qu'Étienne en eût confié le commandement à Saint-Yves et se demanda d'ailleurs ce qui était advenu de son capitaine et de ses compagnons. Trop de questions qui restaient sans réponses et sur lesquelles elle ne pouvait rien, du moins pour l'instant.

Elle se laissa retomber sur la paillasse et, faute de mieux, mangea le biscuit, qu'elle fit passer avec quelques gorgées d'eau. Puis, jugeant qu'elle devait reprendre des forces, dont elle risquait bien d'avoir besoin, elle se coucha sur la paille. Les émotions de la journée ne tardèrent pas à avoir raison d'elle et elle s'endormit.

⚓

Lorsqu'elle se réveilla, elle était dans l'obscurité la plus totale. Un peu désorientée, elle mit quelques secondes à rassembler ses idées et à se rappeler où elle était. Tout lui revint très nettement. Elle se leva et tenta de regarder par la fente entre les planches, mais ne distingua rien. C'était une nuit d'encre et la lune n'y était pas pour donner cette luminosité argentée aux moutons des vagues.

Elle se laissa retomber sur la paillasse et essaya d'oublier les grognements de son estomac. Le biscuit était de l'histoire ancienne et elle aurait bien volontiers avalé quelque chose de plus soutenant. Devinant qu'elle aurait à attendre jusqu'au matin pour que quelqu'un se souvienne d'elle, elle s'efforça de se rendormir. Peine perdue. Son esprit était trop actif, ses idées partaient dans toutes les directions. Où allait-on ? Que ferait-on de son bateau ? Qu'adviendrait-il d'elle ? Et l'équipage ? Pourrait-elle revoir Étienne ?

Elle ne pouvait juger avec exactitude de leur position sur la mer parce qu'ils avaient un peu tourné en rond au cours des deux dernières semaines. Elle savait tout de même qu'ils n'étaient pas très loin de la côte française et qu'une semaine de navigation, au plus, suffirait à les ramener sur la terre ferme. Elle devait se préparer à ce qui l'attendait en quittant le navire. La prison à coup sûr, mais laquelle ? Elle ne croyait pas que leur destination soit La Rochelle. Brest semblait plus logique, étant donné sa vocation militaire, mais là encore elle ne savait quelles étaient les intentions d'Étienne. Elle ne put spéculer encore bien longtemps. Le sommeil la reprit, presque par surprise, et la garda avec elle jusqu'au début de la matinée...

Le bruit de la porte qui s'ouvrait réveilla Marie en sursaut. Un peu penaude d'être ainsi surprise, elle se redressa vivement et grimaça lorsque la blessure à son poignet droit se rouvrit. Elle avait de la paille dans les cheveux, et sa chemise trahissait le plus grand désordre. Le soldat qui portait une écuelle et un pot d'eau fraîche ne perdait rien du spectacle. Marie rougit sous le regard qui la détaillait et se réajusta vivement.

— Tiens, la fille, voilà ton déjeuner ! Mais tu pourrais améliorer ton ordinaire si tu vois ce que je veux dire... Il te suffirait d'être gentille un peu.

Prenant à deux mains l'écuelle avant que le soldat ne change d'avis, elle répliqua :

— Non, je ne vois pas du tout ce que vous voulez dire. Et cette nourriture me convient parfaitement !

— Après quelques jours de ce régime, ricana-t-il, tu changeras peut-être d'avis. Ou peut-être qu'il n'y aura plus rien pour toi à la cuisine.

— Et peut-être que le capitaine pourrait être mis au courant de vos agissements...

— Il a d'autres chats à fouetter, ma belle !

Mais le soldat sortit ensuite sans insister. Marie jeta un coup d'œil dans l'écuelle. Les cuisiniers de la *Louve* n'avaient certes rien à envier à ceux de la marine royale... Une bouillie peu appétissante et tiédasse remplissait le bol de bois. Mais Marie n'allait pas faire la fine bouche. Son estomac lui criait que ce menu ferait parfaitement l'affaire. Elle n'avait jamais été dédaigneuse et dans ce cas-ci, la faim justifiait les moyens...

Une fois sa ration avalée, elle se rassit sur la paille. L'inactivité commençait déjà à lui peser. Ces longues heures d'emprisonnement qui se dessinaient devant elle la rendaient folle à l'avance. Elle se releva et colla l'œil à la fente. Il n'y avait que la mer bleue qui se dessinait à l'infini. Pas même un nuage pour rompre l'uniformité du ciel en harmonie avec celle de la mer. À en juger par les vaguelettes qui en ridaient à peine la surface, pas un souffle de vent ne devait gonfler les voiles. C'était à la fois une bonne nouvelle, son arrivée dans les geôles de France en serait retardée, et une mauvaise parce que ça voulait aussi dire que ce voyage s'éterniserait inutilement.

Elle se mit à marcher dans son petit réduit qui lui permettait à peine de faire cinq pas d'un côté et quatre de l'autre. L'image de son combat avec Marek lui revint en tête et, presque inconsciemment, elle se mit à le revivre. Une épée imaginaire au poing, elle reproduisait les fentes et les attaques, récréait les parades et les blocs, sautant, tournoyant sur elle-même, avançant, reculant. Elle était tellement prise dans son combat fictif qu'elle ne se rendait même pas compte qu'elle faisait un boucan d'enfer... jusqu'au moment où la porte s'ouvrit brusquement, laissant place à un Étienne en furie.

— Peux-tu me dire ce que tu fais ? On a l'impression que tu te bats contre une armée. Ne peux-tu pas rester tranquille, comme tout prisonnier dans ta situation ? lui jeta le jeune homme sèchement.

Marie rougit d'un seul coup, un peu honteuse de s'être fait surprendre dans son délire imaginaire. Mais sa nature combative prit le relais aussitôt :

— Qu'est-ce que tu t'imagines ? Que je vais rester sagement assise en attendant que tu décides de mon sort, alors que tu ne veux même pas m'entendre ?

— Je t'ai déjà suffisamment entendue, comme tout ce bateau d'ailleurs. Et ce n'est pas moi qui déciderai de ton sort. S'il n'en tenait qu'à moi, ce serait réglé depuis longtemps. Alors tu vas me faire la grâce de te tenir tranquille, sinon je vais te renvoyer à la cale avec les fers aux mains et aux pieds. Et je vais aussi t'envoyer des vêtements pour que tu te vêtes enfin décemment… comme devrait l'être une femme.

Et là-dessus il claqua la porte, dont Marie entendit le verrou glisser. Encore essoufflée, la jeune femme regarda sa tenue et vit que sa chemise ne cachait plus grand-chose de sa poitrine. Pour plus de confort, et aussi parce qu'elle était confinée à un isolement solitaire, elle avait abandonné les bandes qui lui comprimaient les seins, et ils pointaient insolemment sous le vêtement déchiré en maints endroits. Peut-être cela expliquait-il la lueur qu'elle avait cru voir dans les yeux d'Étienne et son empressement à refermer la porte…

Tout son enthousiasme retombé, elle se laissa choir à nouveau sur la paillasse. Elle avait encore faim. Comme le menu semblait plutôt frugal, elle jugea plus prudent de restreindre à l'avenir ses dépenses physiques, qui ne servaient qu'à lui ouvrir l'appétit. Et puis, la perspective de se retrouver dans la cale ne lui souriait guère. Elle était certaine qu'Étienne n'attendait que l'occasion pour lui prouver son autorité et sa puissance. Mieux valait se concentrer sur ce qui l'attendait et préparer sa défense. Elle espérait vivement qu'elle aurait l'occasion de plaider sa cause… à qui que ce soit. Son discours avait échoué devant Étienne, mais elle sentait que l'attitude du jeune homme reposait aussi sur autre chose : il pensait que sa fierté d'homme avait été trahie, et les sentiments qu'il avait éprouvés pour Marie embrouillaient son jugement. Quant à ses sentiments à elle envers le capitaine du *Gergovie,* Marie préférait ne pas y penser. C'était une porte qu'elle voulait garder close de peur que des émotions de toutes sortes ne l'envahissent, des émotions qu'elle ne voulait pas identifier et qui risquaient de la placer en position de faiblesse.

Elle décida de revivre dans sa tête toutes ses aventures des deux dernières années. Le fait de tout revoir en détail lui permettrait d'être prête le jour où l'on voudrait bien l'entendre. Elle passa ainsi les deux journées suivantes, et l'exercice fut une réussite. D'abord, plongée à l'intérieur d'elle-même, elle ne voyait plus le temps passer et était surprise à chaque fois que la porte s'ouvrait pour qu'on lui apporte à manger. Elle s'était changée, grimaçant d'abord devant la jupe de toile et la chemise grossière qu'Étienne lui avait fait apporter, mais appréciant néanmoins de passer des vêtements propres. D'autant plus qu'on avait eu la délicatesse de lui apporter également un seau d'eau et un morceau de savon afin qu'elle puisse faire une toilette sommaire.

Un matin où elle était plongée au plus profond de ses souvenirs, elle entendit des cris et des bruits inhabituels. Collant son œil à la fente entre les lattes de bois, elle eut la surprise de constater qu'ils entraient dans un port. Elle en voyait trop peu pour pouvoir l'identifier, mais on allait accoster d'un moment à l'autre. Marie s'adossa au mur. On était arrivé. Le voyage était fini.

Chapitre 40

Ils avaient accosté depuis au moins deux heures quand on vint finalement chercher Marie. Deux autres soldats se tenaient à la porte, deux soldats que Marie n'avait pas encore vus. Lorsqu'ils voulurent lui passer les menottes aux poignets, ils arrêtèrent leur geste en voyant les blessures encore ouvertes.

— Ça va te faire mal, la prévint l'un d'entre eux.

— Alors ne les mettez pas ! répondit-elle.

— On n'a pas le choix, répondit l'autre, mais on peut remplacer les menottes de fer par une corde moins serrée, si tu promets de te tenir tranquille.

— Où pourrais-je aller et que pourrais-je tenter, si bien entourée ? répondit-elle d'un air moqueur.

— Nous, on dit ça pour être gentils, se renfrogna le premier. Si tu veux, on en reste à la consigne.

— Non, pardonnez-moi. J'apprécie beaucoup, se reprit Marie. C'est juste que je suis un peu nerveuse.

— On peut comprendre…

Les deux soldats lui attachèrent les poignets ensemble, en ayant soin d'éviter le plus possible les zones blessées. Ils ne pouvaient s'empêcher de ressentir de la sympathie pour cette jolie fille, qui n'avait rien du pirate sanguinaire qu'on dépeignait, et de regretter le sort qu'on lui réservait. Lorsqu'ils sortirent sur le pont, Marie fut éblouie par le soleil qui inondait la journée. Après la pénombre de son cagibi, la lumière l'aveuglait. Mais elle respira avec joie l'air salin et les effluves d'iode, qui lui avaient bien manqué.

Il y avait de l'agitation sur le pont, mais pas de trace d'Étienne. Les deux soldats la dirigèrent vers la passerelle, et elle put enfin regarder le port où ils avaient mouillé. À sa grande surprise, elle reconnut les fortifications de Saint-Malo. Elle s'était tellement attendue à voir Brest qu'elle n'avait même pas envisagé d'autres possibilités. Saint-Malo était un port important, mais pas vraiment une place militaire. Elle y vit aussi un signe ironique du sort. N'était-ce pas là que sa vie en mer avait débuté ? En revenant ainsi à Saint-Malo, à pied et sans bateau, elle bouclait la boucle en quelque sorte.

— Où m'emmenez-vous ? demanda-t-elle.

— Je suis désolé, répondit l'un des soldats, mais le capitaine nous a ordonné de ne pas répondre à tes questions.

Ils marchaient vers la porte de la ville. Marie ne put s'empêcher de jeter un coup d'œil autour d'elle, voyant dans l'effervescence matinale une occasion de peut-être se fondre dans la foule.

— Il nous a aussi dit, reprit l'autre en resserrant son étreinte sur le bras de la jeune femme, qu'on devait t'empêcher de t'enfuir de quelque façon que ce soit, même si pour ça, on devait te blesser ou pire.

— Vraiment charmant, votre capitaine, grinça Marie.

— On est arrivés.

— Arrivés ? Où ça ?

Ils s'étaient arrêtés au milieu de la rue, et Marie avait beau regarder autour d'elle, elle ne voyait pas du tout ce qu'ils voulaient dire. Une voiture tirée par quatre chevaux s'arrêta devant eux. La porte s'ouvrit et un homme armé en descendit.

— C'est elle, la prisonnière qu'on doit conduire à Paris ? demanda-t-il aux deux soldats. Pas bien grosse ni bien méchante…

— Mais pleine de ressources pour ceux qui veulent tenter de mettre leurs sales pattes sur elle ! répliqua prestement Marie.

L'homme la regarda, un peu surpris, puis éclata de rire :

— Peut-être pas grosse, mais la langue bien pendue ! Allons, viens, la donzelle, on a un voyage à faire ensemble, autant qu'on soit amis.

Les soldats l'aidèrent à monter dans la voiture, saluèrent brièvement l'homme, qui referma la porte derrière lui.

Marie était assise inconfortablement sur le siège de bois, à peine rembourré et grossièrement recouvert de toile. Ses mains liées dans le dos l'empêchaient de s'adosser, et elle voyait le voyage vers Paris, certainement au moins trois jours de route, comme une véritable torture.

— Si tu promets de bien te tenir, je vais te délier les mains, lui dit son geôlier. Mais à la première incartade, je te ficelle comme un veau.

— Je serai tranquille, soyez sans crainte. D'ailleurs, quelle menace puis-je représenter ? Vous l'avez dit vous-même, je ne suis pas bien grosse ni bien méchante.

— Pourtant, j'ai comme l'impression que tu peux me réserver des surprises, répondit l'homme en coupant ses liens. Sinon, on n'aurait pas pris autant de précautions pour t'amener.

Pour corroborer ses dires, il écarta de la main le rideau qui masquait l'unique fenêtre de la voiture.

— Comme tu vois, on t'a fourni une bonne escorte.

Se penchant à la fenêtre, Marie vit deux soldats à cheval suivre la voiture.

— Ils viennent avec nous jusqu'à Paris ?

— Il y en a deux autres de l'autre côté. Si jamais l'envie te prenait de nous fausser compagnie, tu n'irais pas bien loin, conclut-il en laissant tomber le rideau. Mais bon, autant essayer de rendre ce voyage le plus agréable possible. Je m'appelle Julien, Julien Bécancourt.

Marie lui sourit. Il lui parut de bon augure que son gardien portât le même prénom que son ami Legoff. Il était sympathique et finalement il ne faisait que son travail. Il aurait pu se montrer très désagréable avec elle mais, visiblement, avait opté pour une tout autre attitude. C'était un solide gaillard complètement chauve et au cou aussi épais que celui d'un taureau.

— Moi, c'est Marie. Merci de vous montrer aimable avec moi.

— J'ai vu tant de choses dans ma vie, ma petite demoiselle, que plus rien ne m'étonne. Enfin, je le pensais jusqu'à ce que je vous voie, ajouta-t-il en prenant inconsciemment le parti de la vouvoyer, la distinguant du même coup des mécréants qu'il avait l'habitude d'escorter. Qu'est-ce qui a bien pu pousser la marine française à mettre en garde à vue une jeune femme comme vous ? Difficile à croire que vous êtes la pirate sanguinaire qu'on nous a dépeinte.

— Déjà ? dit Marie en souriant.

— Le capitaine du *Gergovie* semblait en avoir bien long sur le cœur.

Marie s'appuya au fond de la calèche en soupirant :

— Ah ça, monsieur Bécancourt, c'est une longue histoire !

— Julien. On a trois jours pleins avant d'arriver à Paris, alors on a amplement le temps. Et moi, j'aime bien les longues histoires.

— Sans vous offenser, je vais prendre un peu de repos avant de m'y mettre. Je n'ai pas beaucoup dormi ces derniers jours.

— Vous avez tout votre temps, ma belle.

— Mais j'aurais une question à vous poser…

— Dites toujours.

— Savez-vous ce qu'il est advenu de l'équipage de la *Louve* ?

— Non. À ce que je sache, il n'y avait que vous comme prisonnière à bord du *Gergovie*, le *Gergovie* qui est entré au port avec un équipage réduit d'ailleurs.

— Je vous remercie. Je vais essayer de dormir un peu.

Marie se cala sur la banquette inconfortable et ferma les yeux. Elle n'avait pas réellement sommeil, mais elle voulait mettre de l'ordre dans ses pensées. On l'emmenait à Paris. Pour y être jugée certainement, mais par qui ? Le roi lui-même ? Marie en doutait. Comment un si puissant monarque pourrait-il s'intéresser de si près à son sort ? Qu'était-il arrivé à Legoff, à Saint-Yves et à tous les autres ? La jeune femme était certaine qu'on ne pouvait pas tous les avoir pendus comme ça, sans nulle autre forme de procès. Elle savait bien que c'était là la loi de la mer en ce qui concernait les pirates. Mais si on s'était donné la peine de l'emprisonner, elle, pourquoi aurait-on disposé des autres si sommairement ? Elle se sentait terriblement responsable de leur sort, oubliant qu'ils avaient fait le choix délibéré d'entrer dans son aventure et qu'ils avaient eux-mêmes des comptes à régler avec ceux qu'elle poursuivait. Et peut-être même que leurs intentions étaient moins nobles que les siennes. Ils avaient toujours douté qu'elle puisse faire la lumière sur les agissements de Marek et auraient probablement accepté favorablement une issue plus sanguinaire et plus définitive.

Restait maintenant à débattre d'une autre question : allait-elle raconter à Julien Bécancourt toute son histoire, comme il le lui réclamait ? L'homme lui inspirait confiance, ce serait peut-être une bonne occasion de rassembler ses idées et d'éprouver son récit sur une personne qui était complètement en dehors de tout ça. Étienne avait trop de rancœur personnelle pour lui accorder quelque crédit que ce soit et, si les arguments de Marie se heurtaient au cœur fermé du jeune homme, peut-être trouveraient-ils écho auprès de son gardien ? En tout cas, ça valait le coup d'essayer, et puis ça aiderait aussi à passer le temps. Mais cette conversation fut remise à plus tard parce que Marie s'était endormie.

Lorsqu'elle se réveilla, elle avait mal partout. La lumière pâlissait à l'horizon et le fourgon cellulaire était arrêté. Bécancourt n'était plus là, mais la portière était verrouillée. Marie vit par la fenêtre que les soldats étaient toujours postés autour de la voiture. Décidément, on ne laissait rien au hasard. Ils étaient dans la cour d'une auberge et Marie se prit à espérer qu'ils y passassent la nuit. Mais ses espoirs furent de courte durée. Bécancourt revenait les bras chargés de victuailles, et l'aubergiste le suivait avec quelques coussins dans les bras. Ils ouvrirent la porte et Bécancourt jeta sur la banquette un panier plein à ras bord et une bouteille de vin, qu'il déposa plus soigneusement. Se tournant vers l'aubergiste, il prit les coussins et les tendit à Marie.

— Voilà, jeune dame, qui devrait vous assurer un peu plus de confort !

— J'avais osé penser que nous pourrions dormir ici...

Bécancourt se mit à rire :

— Votre présence est bien trop réclamée à Paris ! Mais si vous le souhaitez, vous pouvez quand même sortir vous délier les jambes. De toute façon, nous ne repartons pas tout de suite, la relève de notre escorte n'est pas encore arrivée.

— D'autres soldats ?

— Trois jours sans dormir à rester en selle, c'est bien trop, même pour les plus aguerris.

Marie n'ajouta plus rien et profita de l'offre qu'on lui faisait pour aller faire quelques pas dans la cour. Aussitôt qu'elle sortit, deux soldats mirent pied à terre et la suivirent, ce qui eut le don de l'agacer souverainement. Non pas qu'elle pensât s'enfuir, c'eût été totalement inconscient de sa part, mais cette surveillance absolue l'étouffait au plus haut point. Elle se tourna vers eux :

— Messieurs, j'ai besoin de quelques instants d'intimité, si vous voyez ce que je veux dire. Me suivrez-vous jusqu'aux latrines ?

— Ben, madame, rougit le plus jeune, nous ne devons pas vous quitter d'une semelle...

Bécancourt surgit comme par magie :

— Ça va, messieurs, je prends la relève. Allez-y, jeune dame, vous aurez toute l'intimité nécessaire.

Marie trouva sans peine le bâtiment réservé aux domestiques accompagnant leurs maîtres en déplacement, qui était pourvu d'un petit lieu d'aisance. C'était en fait une cabane sommaire dont le plancher de bois était percé d'un trou d'où émanaient des odeurs assez révélatrices. Marie y entra et, tout en retenant sa respiration du mieux qu'elle put, goûta tout de même ces quelques instants de solitude. La cabane n'était pas solide et le mur arrière, face à la porte, semblait pourri. Marie y appuya une main, avec quelque répugnance, et la planche céda tout de suite sous la pression. Risquant un œil dans l'ouverture, elle vit que la forêt n'était pas très loin et que, d'où elle était, elle serait à couvert pour la rejoindre. La voix de Bécancourt la fit sursauter :

— Une autre que vous pourrait être tentée de s'enfuir par-derrière, mais vous êtes trop intelligente pour risquer une telle entreprise, irrémédiablement promise à l'échec. Les soldats connaissent cette région comme le fond de leur poche, et la forêt elle-même est truffée de pièges.

Marie ouvrit la porte en finissant de rajuster son ample jupe, qui la gênait dans ses mouvements.

— Il faudrait être bien folle en effet, dit-elle en passant devant le gardien qui la regardait les yeux plissés. Alors, la relève est-elle arrivée ? Ne perdons plus de temps, partons !

Et Marie regagna à grands pas la voiture et s'y engouffra vivement. Bécancourt ne la rejoignit pas aussitôt, ce qui laissa à son cœur le temps de se calmer. Elle avait été tentée de s'enfuir, de foncer tête baissée sous le couvert protecteur de la forêt, mais la voix du gardien l'avait ramenée à la réalité. Non armée et nullement équipée pour une telle entreprise, on n'aurait pas tardé à la rattraper. Elle aurait alors gâché toutes ses chances, si minimes fussent-elles, de se faire entendre et de confondre Marek et ses agissements. Et de se justifier aux yeux d'Étienne. Le mépris qu'elle y avait lu lui avait fait mal au cœur, et elle souhaitait plus que tout au monde réussir à regagner sinon son estime et son amour, du moins sa considération. Après cela, elle pourrait bien mourir, c'était le moindre de ses soucis.

La porte s'ouvrit à nouveau et Julien Bécancourt monta à son tour dans la voiture, qui se mit en branle aussitôt.

— Bon, ces quelques heures de voyage m'ont affamé, pas vous ? demanda-t-il en ouvrant le panier posé sur la banquette.

— Je n'ai pas très faim.

— À votre guise, moi, je meurs de faim ! dit-il en s'attaquant à une cuisse de poulet et à un gros morceau de pain frais.

Il les fit passer avec une bonne gorgée de vin prise à même la bouteille et soupira d'aise.

— Ça fait du bien !

Malgré elle, la jeune femme se mit à saliver, ce que ne manqua pas de remarquer son geôlier.

— Allez, ne vous retenez pas ! lui dit-il en lui tendant un morceau de poulet. Il y a aussi du fromage, des œufs cuits et des fruits.

Incapable de résister plus longtemps aux cris de son estomac, Marie mit de côté sa fierté et entama de bonne grâce le repas offert. Miraculeusement, Bécancourt avait sorti une autre bouteille de vin, qu'il tendit à la jeune femme. Ce repas convivial eut pour avantage d'alléger considérablement l'atmosphère et, n'eût été la prison qui l'attendait au bout du voyage, Marie se serait sentie presque joyeuse. Les joues rosies par le vin, repue et légèrement euphorique, elle s'appuya sur les coussins et ferma les yeux quelques instants.

— Vous avez encore sommeil ?

— Non pas, répondit-elle vivement. Je goûtais simplement ces quelques instants de bien-être, peut-être les derniers que j'aurai à vivre...

— Holà ! Vous êtes bien dramatique, jeune dame, il faut parfois faire confiance à l'avenir. Mais si vous n'êtes pas fatiguée, et comme nous n'avons rien à faire, pourquoi ne pas me raconter votre histoire ?

— Elle est très longue !

— Je vous l'ai déjà dit, nous avons tout le temps.

Marie écarta le rideau qui masquait la fenêtre et regarda quelques instants le paysage défiler sous ses yeux. Ils sortaient du village et entraient en terrain découvert. Le martèlement des sabots des chevaux qui tiraient le fourgon, mêlé à ceux plus fringants des chevaux des nouveaux soldats qui s'étaient joints à eux faisaient une mélodie rythmée, presque apaisante. Le soleil avait déjà disparu à l'horizon et le ciel s'habillait d'un bleu profond, éclairé au loin par les derniers rayons de l'astre couchant. C'était une heure qu'elle avait toujours aimée, une heure où les rêves se vivaient encore éveillés. Elle laissa retomber le rideau et se tourna vers Bécancourt, qui n'avait pas cessé de l'observer. Sa résolution était prise : elle allait tout lui raconter. Après tout, qu'avait-elle à perdre ? Elle l'observa quelques instants et pensa qu'il était bien curieux que, deux fois au cours des deux dernières années, elle eût à raconter son histoire à deux hommes prénommés Julien. Mais à celui-ci, elle n'épargnerait aucun détail et ne passerait pas sous silence le triste épisode du viol qui avait fait débouler sa vie. D'autant plus qu'il mettait en relief le fleuron de la marine française, son ennemi juré Marek.

⚓

Elle parla pendant des heures. Parfois Bécancourt lui tendait la bouteille de vin, mais jamais il ne l'interrompit. Il posa bien une question ou deux, pour vérifier un détail de lieu ou de navigation, fronça les sourcils à quelques passages mais n'opina jamais. Ni quand elle raconta la conversation surprise à bord de l'*Imperator*, ni quand elle lui dit avoir intercepté un message envoyé par un pigeon. Lorsque, après de longues heures, elle eut enfin achevé son récit et laissa la fatigue la gagner, elle dit simplement :

— Voilà ! Vous savez tout ! Je ne vous ai rien caché.

— Et ces preuves que vous dites avoir, elles existent toujours ?

— Les livres de bord de l'*Imperator* sont cachés à bord de la *Louve*, si on ne l'a pas fait brûler à l'heure actuelle.

— Peut-être les a-t-on trouvés ?

— Cela m'étonnerait, ils sont vraiment bien cachés.

— Et si vous me disiez où ils sont ?

— Qu'aurais-je à y gagner ?

— Une preuve de plus pour étayer un récit qui peut sembler à la fois romanesque et rocambolesque. Une jeune femme déguisée en garçon parmi un équipage, ce garçon qui se transforme en chirurgien, une fuite à la nage dans des eaux dangereuses, une traversée du Maroc, où la plupart d'entre nous auraient laissé la vie, un camp gitan surgi miraculeusement, une fuite un peu nébuleuse de ce même camp qui pourtant, à vos dires, vous avait bien accueilli (Marie avait préféré taire l'épisode de Stevo, cela ne regardait qu'elle et elle ne voulait pas en souiller le souvenir), l'achat et l'armement d'un bateau, l'embauche d'un équipage qui accepte de travailler avec une femme... Bref, ce ne sont pas les invraisemblances qui manquent dans votre récit. Mais, s'empressa-t-il d'ajouter en levant la main pour couper court aux protestations de la jeune femme, je vous laisse le bénéfice du doute. Seulement, je vous dis que des preuves écrites pourraient vous aider.

— Et qui me dit qu'on n'irait pas les détruire ?

— Rien, je vous le concède. Mais c'est là votre seule chance. Et ce billet accroché à la patte du pigeon, il existe toujours ?

— Oui, avec les livres.

— À vous de voir ! Moi, je dis ça pour vous aider.

Marie réfléchit quelques instants :

— Et qui irait chercher ce matériel ?

— Une personne de confiance.

— Qui est ?

— Laissez-moi voir. De toute manière, vous ne pouvez plus rien faire. Dans quelques heures, vous serez emprisonnée à la Bastille et n'aurez qu'à attendre la suite des événements. Et je ne vous cache pas que la fin peut être tragique, malgré toute la sympathie que je peux avoir pour vous. Alors, s'il n'existe qu'une infime petite chance d'améliorer votre sort, moi, si j'étais vous, je la saisirais.

Marie savait qu'il avait raison. Et qu'elle n'avait rien à perdre, sinon des documents précieux qui ne lui seraient plus d'aucune utilité si elle se balançait au bout d'une corde. Mieux valait, peut-être pour la dernière fois de sa vie, faire confiance.

— Très bien ! Je vais vous dire où j'ai caché ces documents. Mais si vous me trompez, vous en porterez le poids en votre âme et conscience.

Et Marie lui expliqua où elle avait caché les documents.

⚓

Épuisée par une nuit de confidences, la jeune femme ne tarda pas à s'endormir, quoique le vin qu'elle avait bu, tant pour s'arroser la gorge que pour se donner confiance, n'était peut-être pas étranger au lourd sommeil dans lequel elle sombra. Bécancourt restait songeur et ne troubla en rien le repos agité de la jeune femme.

L'équipage ne s'arrêta qu'une seule fois pour changer les chevaux de la voiture et permettre une nouvelle relève de l'escorte, sans que Marie ne s'éveille. Il faisait grand jour lorsqu'elle ouvrit enfin les yeux. Un léger mal de tête lui martelait les tempes.

— Bien le bonjour ! lui dit Bécancourt. Je ne croyais pas que vous finiriez par vous réveiller.

Marie se redressa péniblement. Les coussins avaient procuré un peu de confort, mais elle était quand même courbaturée.

— Où sommes-nous ?

— À quelques lieues de Paris. Nous avons fait plus vite que prévu et nous devrions entrer dans Paris à la fin de la journée.

Le cœur de Marie se serra à cette pensée. Pour l'instant, elle vivait dans une bulle, une espèce de parenthèse dans sa vie tumultueuse, mais très bientôt la réalité allait la rattraper.

— Voulez-vous manger quelque chose ?

À cette seule pensée, le cœur de Marie se souleva :

— Non, mais si je pouvais boire de l'eau…

Avec un sourire entendu, Bécancourt lui passa une gourde d'eau, que Marie vida d'un trait.

Le reste du voyage se passa dans le silence, chacun respectant les pensées de l'autre. Bécancourt n'avait pas modifié son attitude face à la jeune femme depuis son incroyable récit et gardait pour elle une politesse teintée d'une certaine réserve. Sentant un peu plus d'agitation autour du fourgon, Marie entrouvrit le rideau. La circulation était beaucoup plus dense. Il y avait maintenant des marchands qui tiraient leur charrette, des voitures fermées, menées par des cochers à fière allure. Des gens aussi qui allaient à pied, portant de lourdes charges et qui jetaient un regard désabusé sur la voiture où voyageait Marie bien malgré elle.

La chaleur devenait étouffante. Ne bénéficiant plus du vent qui soufflait dans la plaine, l'air se chargeait d'odeurs et de relents de toutes sortes, une moiteur pesante envahissait la cabine.

— Peut-on ouvrir la fenêtre ? demanda Marie à Bécancourt.

— Ce n'est vraiment pas conseillé, jeune dame, ce serait une invite à tout ce qu'il y a de racaille dans la ville, et Dieu sait qu'elle n'en manque pas. Mieux vaut avoir à souffrir de la chaleur que de faire face à une horde déchaînée. On ne sait jamais quand la foule s'agitera et il est préférable de rester discrets. Même avec une escorte bien armée, tout peut toujours se produire.

Marie soupira en rabattant le rideau et s'éventa de la main.

Le fourgon cellulaire contourna Paris pour se diriger vers la porte Saint-Antoine, à l'est de la ville. La sombre silhouette de la Bastille ne tarda pas à se profiler à l'horizon. L'édifice avait d'abord eu une vocation militaire, puis avait été transformé en prison d'État sous Richelieu. On y enfermait les criminels d'État, les traîtres, les espions ou toute personne qui déplaisait au pouvoir. Les prisonniers n'y entraient pas par jugement mais par lettres de cachet, signées du roi ou de l'un de ses ministres, qui autorisaient l'emprisonnement d'un criminel. La prison était assez confortable pour les notables qui devaient y séjourner, et qui y disposaient de grandes pièces bien meublées, de repas fins et des services d'un domestique. Mais il y existait aussi des quartiers moins agréables pour les prisonniers communs, et c'est vers ceux-là qu'on emmenait Marie.

Marie regardait, avec curiosité plus qu'avec crainte, les huit tours de la Bastille qui complétaient la construction lourde et sans attrait. Entourée de fosses de vingt-quatre pieds de profondeur, elle restait une prison imposante, bien qu'elle eût été une forteresse difficile à défendre dans sa première vocation. Ils pénétrèrent dans la cour par le pont-levis et traversèrent une haie impressionnante de soldats en faction. Enfin, la voiture s'immobilisa. Marie sut qu'on arrivait au terme du voyage et que ses véritables ennuis n'allaient pas tarder à commencer.

Bécancourt ouvrit la porte et, aussitôt, deux soldats accoururent. En le voyant, ils se mirent au garde à vous.

— Salutations, lieutenant, vous avez fait bon voyage ?

— Oui, merci ! Je vous amène une prisonnière. Conduisez-la à la tour de la Liberté et veillez à ce qu'elle soit bien traitée.

Marie fronça les sourcils. Lieutenant ? Bécancourt ne serait pas celui qu'il prétendait être ? Mais elle n'eut pas le temps de se questionner bien longtemps : déjà on l'emmenait sans qu'elle eût le temps de se retourner vers celui qui lui avait fait office de gardien durant tout ce temps.

Les ombres s'étiraient bien bas dans la cour. Lorsqu'ils s'engouffrèrent à l'intérieur des murs de la prison, l'un des soldats prit une torche pour éclairer leurs pas dans l'escalier étroit où ils s'engageaient. Ils montaient rapidement l'escalier en colimaçon et, après toutes ces journées d'inactivité, Marie s'essouffla bien vite. Le soldat qui était derrière elle la poussa avec brusquerie, ce qui l'envoya percuter celui qui la précédait.

— Eh ! cria-t-il en se retournant.

— Désolée, on m'a poussée…

— Tu n'as pas entendu ce qu'a dit le lieutenant ? Il faut bien la traiter, dit-il à l'autre soldat.

— Il veut protéger sa marchandise…

— Ça ne te regarde pas et moi non plus ! Obéis tout simplement si tu ne veux pas avoir d'ennuis.

Ils poursuivirent leur montée dans un silence chargé de rancœur. Finalement, alors que Marie n'en pouvait plus d'aligner marche après marche dans cette atmosphère confinée, ils s'arrêtèrent à un palier donnant sur quatre lourdes portes. Le premier soldat prit un trousseau de clefs à sa ceinture et ouvrit l'une d'entre elles. Il se poussa sur le côté pour laisser passer Marie.

— Voilà, vous êtes arrivée ! Bienvenue dans votre palais ! ajouta-t-il d'un ton moqueur.

Marie y entra et tout de suite détesta l'endroit. Non pas que ce fût sale ou repoussant, mais c'était le symbole de la perte de sa liberté qui la heurtait plus que tout.

— Pourrais-je avoir de quoi me laver ? demanda-t-elle avant qu'on ne claque la porte.

En guise de réponse, les deux soldats se mirent à rire et lui lancèrent quelques mots qu'elle ne put entendre puisque la porte se refermait avec un grincement de pentures rouillées. Soupirant, Marie regarda autour d'elle. Une chaise bancale, dans un coin, un lit de bois sur lequel on avait répandu un ballot de paille, un seau dont l'utilité n'était pas difficile à imaginer et une fenêtre unique qui perçait la muraille. Voilà, elle avait fait le tour du propriétaire. Les journées y seraient longues et les semaines sans fin, si son séjour devait s'y prolonger. Elle alla s'étendre sur la paille et s'endormit aussitôt.

Lorsqu'elle se réveilla, l'obscurité avait envahi la pièce. Un peu de lumière y était tout de même diffusée par la pleine lune, qui trônait dans le ciel. Marie se leva, balayant du revers de la main les fétus de paille qui s'étaient attachés à sa jupe, et approcha la chaise de la fenêtre. En montant dessus et en se hissant sur la pointe des pieds, elle parvenait à voir dans la cour, son nez passant à peine le rebord de la fenêtre. Il devait être tard parce qu'il n'y avait aucune activité dans la cour intérieure de la prison. Les grognements de son estomac rappelèrent à la jeune femme qu'elle n'avait plus mangé depuis longtemps. Redescendant de la chaise, elle regarda à nouveau autour d'elle. On avait déposé près de la porte une écuelle et un pichet d'eau pendant son sommeil. Elle prit l'écuelle dans ses mains, s'assit sur le sol et s'appuya sur la muraille en contemplant son plat. Même dans l'obscurité, elle pouvait voir que ce n'était pas très appétissant. Une bouillie immonde, qu'elle devrait avaler avec ses doigts. Mais il ne fallait pas qu'elle perde de forces et elle devait conserver son esprit éveillé. Pour cela, il fallait manger. La première bouchée lui causa un haut-le-cœur, mais la deuxième passa mieux. Elle s'appliqua à finir toute sa portion et but ensuite l'eau. Puis, comme il n'y avait rien de mieux à faire et qu'il faisait toujours nuit, elle se recoucha.

La journée suivante lui parut interminable et elle la passa juchée sur son perchoir. Seuls les repas venaient ponctuer les heures mais, s'ils marquaient le temps, ils n'apportaient aucune variété au menu. Marie s'appliquait à manger en s'imaginant qu'elle dégustait des rôtis, des volailles, des gâteaux crémeux, des pains moelleux… La nuit s'installa à nouveau sans qu'elle n'eût aucune nouvelle de personne.

Après une semaine de ce régime, elle pensa devenir folle. Comme toujours, l'inactivité lui pesait, elle se sentait crasseuse au plus haut point et aurait donné dix ans de sa vie pour savoir ce qui se tramait. Enfin, si quelque chose se tramait. Peut-être l'avait-on mise là pour l'oublier, et elle y mourrait d'ennui bien avant que de vieillesse. Elle verrait sa peau se ternir, ses cheveux tomber à cause de la malnutrition, elle maigrirait et s'affaiblirait, pour en arriver à n'être plus capable de monter sur la chaise et de regarder dehors, la seule distraction qui lui restait. Elle en était là, à broyer du noir, quand la porte s'ouvrit. Marie fronça les sourcils, elle avait pourtant reçu son deuxième repas du jour peu de temps auparavant. Sa surprise fut complète quand elle vit Étienne franchir le seuil de sa cellule et refermer la porte derrière lui. Ils se contemplèrent quelques instants sans rien dire.

Si l'aspect de Marie était plutôt piteux, celui d'Étienne était resplendissant. Son uniforme de capitaine était propre et sans un pli, et ses bottes cirées à la perfection. Ses cheveux chatouillant le col de son uniforme découpaient son visage, où perçaient ses yeux verts dans un visage bronzé. Jamais il n'avait paru à Marie plus beau ni plus inaccessible. Il avait tout de son côté, le pouvoir, la loi et la prestance, alors qu'elle était là, complètement démunie et désarmée, d'une saleté repoussante avec l'odeur qui l'accompagnait certainement. Ce fut Étienne qui rompit le silence :

— Pourquoi ne m'as-tu pas fait confiance ?

La question la prit par surprise. De quoi parlait-il ?

— Pourquoi ne m'as-tu pas raconté ce qui t'était arrivé sur la plage quand je t'ai ramenée à la maison de Sarah ? Pourquoi m'as-tu caché les causes de la disgrâce de ton père et de la perte de ses espoirs avec la cargaison disparue ? Pourquoi t'es-tu enfuie alors que je ne demandais qu'à t'aider ?

Marie était abasourdie. Elle s'attendait à tout sauf à cela.

— Comment… commença-t-elle, mais elle se tut aussitôt.

Elle comprenait maintenant l'insistance de Bécancourt à ce qu'elle lui raconte toute son histoire.

Comme pour répondre à son interrogation muette, Étienne reprit la parole :

— Bécancourt n'était pas un simple geôlier, il est lieutenant sur le *Gergovie*, un homme très droit, en qui j'ai toute confiance. Je voulais arriver à comprendre ce qui t'avait conduite à être arrêtée comme une vulgaire pirate et à risquer la corde aujourd'hui, et je sentais bien que tu ne m'avais pas tout dit… et que tu ne me dirais pas tout. Mais encore une fois, pourquoi ne m'as-tu pas fait confiance ?

Il restait là, très droit près de la porte, alors que Marie de son côté avait les jambes si molles qu'elle dut se laisser choir sur la paillasse du lit. Elle se prit le visage entre les mains et, à son grand désespoir, ne put retenir les larmes qui roulaient sur ses joues. Étienne fit un mouvement vers elle mais se retint. Marie parla d'une toute petite voix, une voix où perçait l'accablement, la fatigue et la résignation.

— Si je t'avais tout raconté, tu aurais voulu me venger. Tu aurais voulu affronter Marek, et à l'époque tu n'étais pas celui que tu es aujourd'hui. Tu avais beaucoup plus à perdre que moi, qui n'avais alors plus rien. C'était mon combat et non le tien.

— J'en aurais fait le mien.

— C'était justement ce que je ne voulais pas. Marek était trop fort et trop puissant, il t'aurait écrasé comme une mouche et c'en aurait été fini de ta carrière, et peut-être même que cela t'aurait mené à la potence. Je pouvais vivre avec les horribles souvenirs qu'il m'avait imposés, mais je n'aurais pas pu vivre avec ta mort sur la conscience.

— Qui te dit que je n'aurais pas gagné ?

— Tu parles comme l'homme que tu es devenu aujourd'hui.

— Un homme qui ne demandait qu'à se rapprocher de toi et que tu as constamment écarté de ton chemin.

— Que pouvais-je faire d'autre ? Nous étions chacun d'un côté opposé de la loi, et si je t'avais dit ce que je voulais faire, tu m'en aurais empêchée.

— Mais regarde où cela t'a menée aujourd'hui !

— Peu m'importe, Étienne ! J'ai bien l'intention de plaider ma cause si on m'en donne l'occasion, même si la parole d'une femme, reconnue comme pirate par surcroît, ne pèsera pas lourd face à celle du corsaire favori du roi.

Étienne fit quelques pas et tira vers lui l'unique chaise de la cellule, qu'il enfourcha en s'appuyant les bras sur le dossier. L'ombre d'un sourire éclaircit ses traits :

— Peut-être bénéficieras-tu malgré tout d'un peu d'aide.

La jeune femme écarta quelques mèches de cheveux qui collaient à ses joues mouillées. Les larmes avaient laissé des sillons dans la crasse qui recouvrait son visage.

— De l'aide ? Et de qui ?

Étienne soupira :

— Il semble que tu aies fait forte impression sur Bécancourt. Aussitôt qu'il t'a laissée ici, il a demandé à ce qu'on selle un cheval et est reparti, bride abattue, vers Saint-Malo. Il a galopé jour et nuit, s'arrêtant seulement pour changer ses montures épuisées et, arrivé au port, il a usé de son autorité de lieutenant du *Gergovie* pour forcer les scellés posés sur ton bateau et y a passé quelque temps. Puis il est revenu, tout aussi vite, et m'a fait demander hier matin. Il avait, disait-il, des preuves que tout n'était pas aussi simple dans ton cas et des documents suffisamment sérieux pour qu'on les considère.

— Il est allé chercher les livres de bord de l'*Imperator*…

— Pourquoi ne m'en avais-tu pas parlé ?

Le sang de Marie ne fit qu'un tour. Elle se leva d'un coup sec et retrouva subitement toute la fougue qu'elle avait perdue au cours des derniers jours.

— Étienne Beauval, tu es bien placé pour parler ! s'écria-t-elle, les poings sur les hanches. J'ai essayé tant et plus de te dire ce qui en était, mais tu ne pensais qu'à ton honneur prétendument bafoué. Là-bas, sur le *Gergovie*, tu ne m'as jamais écoutée. J'ai tenté de te dire que j'avais des preuves de ce que j'avançais, mais tu étais enfermé dans tes idées et tu m'avais déjà jugée sans m'entendre. Tu as tout confondu, tu as même mêlé Marguerite et Sarah à tout cela.

— Mais…

— Il n'y a pas de « mais » qui tienne !

Marie était déchaînée. Toute la fureur qu'elle accumulait depuis près de deux semaines éclatait enfin au grand jour. Ses yeux flamboyaient et ses joues étaient rouges de colère.

— Qu'est-ce qui m'attend maintenant ? poursuivait-elle. La justice des hommes, faite par eux et pour eux ? Penses-tu que je ne sais pas que Marek a tout ce qu'il faut de son côté pour s'en sortir la tête haute, tant qu'il continuera d'engraisser le Trésor royal comme il le fait ? On se fout bien qu'une grande partie aille dans ses poches au détriment du roi et de son équipage, tant que les apparences sont sauves. Et Chamberlain ? Je sais bien qu'il pourra continuer ses petits commerces lucratifs et sanguinaires sans être inquiété. Qui suis-je, moi, pour faire tomber ces puissances bien à l'abri du pouvoir ?

Étienne s'était levé et tentait vainement d'apaiser la jeune femme :

— Marie, calme-toi…

— Non, je ne me calmerai pas ! rugit-elle. C'est ma tête et ma vie qui sont en jeu, et je ne laisserai pas…

Elle ne put continuer, Étienne l'avait saisie dans ses bras et taisait ses cris furieux par un baiser passionné. D'abord surprise, Marie laissa peu à peu tomber ses réserves et s'abandonna dans les bras du jeune homme. Toute sa colère s'estompa et elle retrouva subitement les émotions qu'elle avait vécues avec lui sur la plage. Mais la raison lui revint, et avec fermeté elle s'écarta de lui.

— À quoi joues-tu ? lui demanda-t-elle doucement. Pourquoi me tourmenter ainsi ?

Mais il ne la laissa pas s'éloigner.

— Ici au moins, je suis certain que tu ne t'enfuiras pas, dit-il un peu moqueur. Mais, poursuivit-il en redevenant sérieux, nous devons parler avec sincérité. Je veux que tu fasses comme avec Bécancourt et que tu me racontes tout.

— Mais il t'a déjà tout dit.

— Oui, mais je veux l'entendre de ta voix.

Et pour la troisième fois, Marie relata son histoire. *Je ferais mieux de l'écrire,* pensa-t-elle. Mais elle se remit à la tâche avec d'autant plus de grâce qu'Étienne l'avait gardée dans ses bras en l'asseyant sur le lit. Et c'est bien à l'abri, la tête appuyée sur l'épaule du jeune homme, qu'elle entama son récit.

Elle ne savait pas combien de temps elle avait parlé : cela devait faire longtemps parce la pénombre envahissait doucement sa cellule. Pour la première fois, elle avait tout dit, même l'épisode avec Stevo. Elle ne voulait pas qu'il reste de zones d'ombre entre eux. Elle avait cependant senti le jeune homme se crisper quelque peu à l'évocation du beau gitan, aussi n'avait-elle pas insisté sur les détails. Honnête, bien sûr, mais pas folle…

En se tournant vers Étienne, elle vit avec surprise que le jeune homme avait versé quelques larmes au cours de son récit. Il la serra contre lui et lui embrassa la tempe.

— C'est assez incroyable que tu soies encore en vie aujourd'hui pour me raconter tout ça.

— Mais je ne resterai peut-être plus en vie bien longtemps, s'attrista Marie.

— Il faut avoir confiance…

— Que va-t-il se passer ?

Étienne se leva et étira ses longues jambes, courbaturées par la longue station assise et l'immobilité qu'il s'était imposée pour ne pas perturber le récit de Marie.

— Demain, tu seras reçue par le roi, qui statuera sur ton sort.

— Le roi lui-même ? s'étonna la jeune femme. Mais comment peut-il s'intéresser à quelqu'un d'aussi obscur que moi ?

— N'oublie pas que tu t'es attaquée à son corsaire favori, qui s'est empressé d'aller raconter sa version des faits à la cour. Et il a reçu l'appui inconditionnel de Chamberlain. Le roi aime bien s'occuper lui-même de la justice, surtout quand elle concerne des gens qui sont près de lui. De plus, si sous Henri IV et même Louis XIII les parlements, états provinciaux, hôtels de ville avaient un certain poids, il les a tranquillement poussés de côté pour prendre toute la place.

— Ma cause est donc perdue d'avance ! dit tristement la jeune femme.

— Peut-être pas. Je peux t'assurer que le roi n'agit pas par passion, par caprice ou par méchanceté. Aussi curieux que cela puisse paraître, il garde dans ses actes arbitraires et ses voies d'autorité un esprit de justice et de modération. Enfin, Marek et Chamberlain sont forts mais ils n'ont pas que des amis à la cour, et plusieurs personnes haut placées aimeraient les voir tomber. Et puis, il semblerait que tu aies la faculté de t'attirer la loyauté des gens. Après ces hommes qui ne jurent que par toi, voilà que Bécancourt se conduit comme un chien fidèle et clame ton innocence à qui veut l'entendre.

— Legoff, Saint-Yves, Mathieu, l'équipage ! Qu'adviendra-t-il d'eux ? s'écria Marie, honteuse de les avoir oubliés pour se concentrer sur son propre sort.

— Leur sort dépendra du tien. Si on te reconnaît coupable, ils le seront aussi pour t'avoir suivie et seront complices par le fait. Si tu es acquittée, ils seront relâchés, mais certainement sous condition. Ce serait étonnant que tout le monde s'en tire indemne.

— Où sont-ils ?

— Ils sont restés à Saint-Malo. Legoff et Saint-Yves ont été emmenés dans une petite prison de la marine tandis que le reste de l'équipage a été confiné sur l'un de nos bateaux.

— Pourquoi pas les avoir gardés sur la *Louve* ?

— Parce qu'on estimait qu'ils connaissaient trop bien le bateau et que ça les aurait avantagés face à leurs gardiens. Mais je dois dire qu'ils se sont montrés étonnamment dociles. Pourtant, on ne peut dire que tu aies recruté des anges, j'en ai reconnu quelques-uns qui avaient déjà eu des démêlés avec la justice. Faut croire que Saint-Yves est réellement un bon meneur d'hommes.

La porte s'ouvrit subitement sur un soldat de faction portant une écuelle et un pichet d'eau dans les mains.

— Tiens, la fille, voilà ta pitance ! dit-il en regardant Marie sans voir Étienne, caché par la porte. Si tu veux mieux, tu sais ce que tu as à faire.

— Et si vous me l'expliquiez à moi, soldat ? l'interrompit Étienne en surgissant devant lui.

Le soldat rougit et se mit à bafouiller.

— Mon capitaine, je ne savais pas... je m'excuse... je ne voulais pas dire...

— Ce sera suffisant pour aujourd'hui ! le coupa Étienne, glacial, en prenant de ses mains l'écuelle et le pichet, et en refermant la porte sur lui d'un coup de pied vigoureux.

Jetant un regard dégoûté sur le contenu de l'écuelle, il dit à Marie :

— N'y touche pas, je vais te faire envoyer quelque chose de mieux. Et aussi un peu d'eau chaude pour que tu puisses faire une toilette, et des vêtements plus présentables que ceux-là. Autant mettre toutes les chances de ton côté demain.

Marie rougit sous sa crasse. Elle devait effectivement être repoussante.

— Tu t'en vas ? dit-elle d'une petite voix, effrayée à l'idée de se retrouver à nouveau seule.

En deux enjambées, il avait réduit l'espace qui les séparait et l'avait reprise dans ses bras.

— Je te reverrai demain. Sois forte !

Il fit quelques pas vers la porte et mit la main sur le verrou, entrouvrit la porte puis marqua un temps d'arrêt. Sans se retourner vers elle, il lui demanda :

— Ce Stevo, tu y penses encore ?

La question surprit Marie. Il n'avait émis aucun commentaire à ce passage de son histoire, et comme Marie n'avait pas insisté outre mesure sur l'intensité de leurs relations, elle avait pensé qu'Étienne n'y avait pas accordé d'importance.

— Je... il fait partie du passé. Il est arrivé à un moment où j'avais besoin d'aide et c'est tout. Je n'ai plus jamais repensé à lui, mentit-elle un peu.

Toujours sans se retourner, Étienne hocha la tête et sortit de la cellule.

⚓

Étienne tint sa promesse. Un autre soldat lui apporta un repas beaucoup plus décent, fait de pain, de viandes froides, de fromage, de quelques fruits et, luxe suprême, d'un petit pichet de vin. La nourriture et le vin firent entrevoir à Marie l'avenir avec plus d'optimisme. Alors qu'elle s'écrasait sur le lit, le ventre plein, une sensation qu'elle n'avait pas connue depuis longtemps, la porte s'ouvrit de nouveau, livrant le passage à trois soldats chargés d'une grande cuve vide et de quatre seaux d'eau chaude. Un quatrième venait derrière, portant des vêtements, une serviette et un morceau de savon. Laissant là leur attirail, ils sortirent sans dire un mot.

Marie s'empressa de verser le contenu des seaux dans la cuve. C'était loin de la remplir, mais ça ferait l'affaire. Rejetant avec plaisir ses vêtements sales devenus inconfortables, elle s'assit dans la cuve, les genoux repliés. L'eau lui arrivait à peine aux hanches, mais la sensation était tout de même délicieuse. Elle entreprit de se savonner énergiquement et s'arrosa la tête à l'aide de son pichet d'eau. L'eau noircissait au fur et à mesure que les couches de saleté s'effaçaient de son corps. Se savonnant les cheveux, elle les rinça ensuite du mieux qu'elle put et sortit l'eau, à présent beaucoup moins invitante. Puis, elle s'enveloppa dans la serviette et se mit à se sécher. Fouillant dans les vêtements, elle eut l'heureuse surprise d'y découvrir un peigne en nacre et une chemise de nuit, qu'elle enfila avec délice. Ainsi, les vêtements qu'Étienne avait prévus pour sa rencontre du lendemain ne seraient pas froissés par une nuit de mauvais rêves… mais les mauvais rêves ne furent pas au rendez-vous cette nuit-là. Propre et repue, les cheveux démêlés et presque secs, elle sombra dans un sommeil de plomb, que ne parvinrent même pas à déranger les soldats qui entrèrent chercher la cuve, les seaux et les assiettes de son repas.

Chapitre 41

Lorsque Marie ouvrit les yeux, un rayon de soleil se glissait par l'étroite fenêtre qui éclairait son réduit. Les souvenirs de la veille lui revinrent comme un raz-de-marée. Étienne, les confidences, le changement d'attitude du jeune homme, le repas, le bain… et la terrible approche de sa rencontre avec le roi. Elle n'avait aucune idée du moment où l'on viendrait la chercher et décida donc de commencer à se préparer tout de suite. On avait laissé à sa porte un plateau de fruits et quelques croissants avec un petit pot de lait. Décidément, la visite d'Étienne avait fait des merveilles sur son ordinaire !

La veille, elle n'avait pas prêté attention aux vêtements qu'on lui avait apportés. Aujourd'hui, elle les regardait avec intérêt : une robe d'un bleu gris qui s'accordait parfaitement avec la couleur de ses yeux, au décolleté très discret, avec des manches mi-longues. Aucun artifice ne venait enjoliver la simplicité du vêtement, et c'est justement ce dépouillement qui en faisait tout le charme. Une redingote bleu marine venait compléter l'ensemble. Dans la poche de la redingote, elle trouva un ruban avec lequel elle pourrait s'attacher les cheveux.

Elle essaya le tout et constata avec ravissement que c'était parfaitement à sa taille, s'étonnant de pouvoir se réjouir de choses aussi futiles lors d'une journée capitale pour son avenir, voire sa vie. La visite d'Étienne avait tout changé. Leur réconciliation avait eu l'effet d'un baume sur ses plaies, et si on décidait de l'envoyer à la corde aujourd'hui, elle accepterait son sort l'âme en paix. Mais si on lui laissait le choix…

Elle était prête depuis longtemps et tournait comme un ours en cage dans sa cellule quand enfin la porte s'ouvrit. Son cœur se mit à battre à tout rompre, mais elle fut déçue de constater que ce n'était pas Étienne qui venait la chercher. Cette déception se mua en surprise quand Bécancourt entra dans sa cellule. Vêtu de son uniforme de lieutenant de la marine, il avait bien plus fière allure qu'en gardien de prisonnier.

— Eh bien, comme on se retrouve, jeune dame ! Vous voilà bien différente, un peu amaigrie peut-être, mais le bleu vous va à merveille ! dit-il en esquissant une petite salutation.

Heureuse de voir un visage qu'elle considérait maintenant comme ami, Marie lui étreignit chaleureusement les mains.

— Ainsi, c'est vous qui m'accompagnerez...

— J'ai cet honneur ! Le capitaine Beauval était retenu et m'a demandé de le remplacer auprès de vous. J'ai l'impression, ajouta-t-il avec un demi-sourire, que son attitude à votre égard a quelque peu changé.

Un peu de rouge monta aux joues de Marie. Pour masquer son embarras, elle reprit aussitôt :

— Comment cela va-t-il se passer ?

— Eh bien, nous allons rencontrer Sa Majesté, expliqua Bécancourt en redevenant sérieux, et le capitaine va nous rejoindre là-bas. Vous serez reçue en audience privée et aurez à répondre aux questions de Sa Majesté. Vous ne parlerez que lorsqu'on vous y invitera. D'ailleurs il est temps de partir, il ne faudrait pas être en retard. Montrez-moi vos poignets.

Un peu surprise, Marie tendit les bras devant elle. Bécancourt releva ses manches et regarda la peau rosée qui gardait quelques traces des blessures faites par les fers.

— Je vois que cela a bien guéri... Tant mieux, parce que vous devez venir avec moi les mains liées.

Furieuse, Marie voulut retirer ses mains de celles de Bécancourt, mais il avait prévu sa réaction en lui serrant fermement les poignets.

— Je suis désolé, mais c'est la règle. Malgré toute la sympathie que je peux avoir pour vous, vous êtes tout de même une prisonnière, et tout prisonnier doit se présenter devant le roi les mains liées. Mais ça ne se verra pas trop, la rassura-t-il, avec ces longues manches qui retombent sur vos mains. Il semble que quelqu'un ait veillé à protéger votre orgueil… Sergent, veuillez lier les mains de cette dame, mais pas trop serré tout de même.

Marie se laissa faire de mauvaise grâce mais elle n'avait pas le choix.

— Partons !

La descente de la tour fut beaucoup plus aisée que la montée. Malgré ses mains liées, Marie enfilait les marches, aisément portée aussi par une excitation qu'elle avait peine à comprendre. En fait, c'était le goût de l'action qui lui revenait. Elle préférait mille fois affronter les dangers que de ronger inutilement son frein, emprisonnée dans une cellule lugubre.

Un fourgon noir les attendait dans la cour. Marie y pénétra, suivie de Bécancourt, et tout comme lorsqu'on l'avait amenée à La Bastille, quatre soldats à cheval les escortèrent.

— Où allons-nous ? demanda-t-elle, la gorge un peu serrée.

— Au Grand Trianon. C'est là que le roi va vous recevoir. Il serait cependant étonnant qu'il prenne une décision aujourd'hui sur l'affaire qui vous occupe. Il a manifesté le désir de vous rencontrer, et c'est plutôt une audience privée qu'il vous consacre aujourd'hui.

— L'avez-vous déjà rencontré ?

— Une fois, mais pas en privé. C'était lors d'une réception donnée pour la marine, et tous les officiers y étaient invités. Je dois dire que l'on sent sa présence lorsqu'il entre dans une pièce. Il a près de soixante-huit ans aujourd'hui, mais il émane encore de lui une telle autorité que c'en est étonnant.

Marie n'ajouta plus rien. La perspective de se retrouver face à face avec le roi la terrifiait plus qu'elle ne voulait se l'avouer. Pourtant, elle avait vécu des situations bien plus délicates au cours de sa vie : mais en ce moment même, elle eût choisi volontiers un combat à l'épée sur le pont de son bateau plutôt qu'une rencontre privée avec le souverain le plus puissant d'Europe, et peut-être du monde.

Le trajet entre la Bastille et le Grand Trianon passa trop rapidement à son goût. Cette fois-ci, les rideaux n'étaient pas tirés, mais elle regardait sans le voir le paysage qui défilait sous ses yeux. Bécancourt respectait son silence. La voiture stoppa, tirant Marie de sa rêverie. Se penchant à la fenêtre, elle vit qu'ils étaient devant une haute grille que les soldats faisaient ouvrir. Ils passèrent l'entrée et suivirent un chemin de petits gravillons bordé de bosquets fleuris. Au bout de ce chemin, émergeait le Grand Trianon, imposant comme toute construction commandée par Louis XIV. En 1670, le roi avait fait raser le village de Trianon, situé au nord-ouest de Versailles, pour y construire une résidence qui lui permettrait de fuir Versailles de temps à autre. En 1687, le Grand Trianon prit sa forme définitive, faite de pierre blonde et de marbre rose du Languedoc. Le roi aimait à s'y retirer, mais y venait un peu moins depuis plusieurs années, l'imposante demeure étant plutôt occupée par le Dauphin.

Évitant l'entrée principale, la voiture contourna l'aile est du château pour s'arrêter devant une porte abritée par l'un des pilastres roses. Bécancourt descendit du fourgon et prit Marie par le coude pour l'aider à descendre à son tour. Réprimant un geste de recul instinctif – elle aimait bien faire les choses toute seule –, Marie s'appuya cependant sur la main amicale que lui tendait le lieutenant. Ils entrèrent dans l'édifice, et tout de suite, la fraîcheur de la place fit contraste avec la chaleur du mois de juin, qui montait rapidement à l'extérieur. Un majordome s'approcha vivement vers eux. Il portait une perruque poudrée et un costume tout en raideur et en plis amidonnés. Il adressa un salut rigide au petit groupe :

— Si ces messieurs veulent bien me suivre, dit-il avec hauteur, ignorant délibérément Marie.

Il lui fut antipathique sur-le-champ. Mais elle n'était pas là aujourd'hui pour juger de l'amabilité des domestiques du roi. Ils enfilèrent passages et corridors pour se retrouver dans le salon privé du souverain, qui jouxtaient le salon des Glaces. Il n'y avait personne dans la pièce, dont les fenêtres donnaient sur un jardin d'une grande beauté. Marie aurait bien voulu s'en approcher, mais Bécancourt lui tenait toujours fermement le coude. Quelques marines ornaient les murs, témoignant de la passion que vouait Louis XIV à la navigation. Sous son règne, la flotte de la marine royale avait pratiquement quintuplé.

Peu de meubles dans la pièce, si ce n'était quelques chaises généreusement capitonnées, un bureau imposant, sur lequel nageaient quelques papiers, et une causeuse de soie rose, élément un peu disparate dans une pièce aussi résolument masculine. Le majordome avait disparu, les laissant là sans les inviter à s'asseoir. Personne ne pipait mot, tous étant imprégnés par la solennité de l'endroit.

Puis, sans qu'on l'eût entendu revenir, le majordome était à nouveau dans la pièce.

— Messieurs, le roi !

Et Louis XIV fut là, emplissant la pièce comme si soudainement elle était devenue trop petite. Les mains moites et le cœur en bataille, Marie était beaucoup plus impressionnée qu'elle ne l'aurait voulu. Et elle retint un hoquet de surprise quand elle vit qu'Étienne marchait dans la foulée du roi. Il s'installa debout, à côté du souverain, mais légèrement en retrait, les mains jointes derrière le dos. Son visage était totalement inexpressif. Bécancourt obligea Marie à plonger dans une révérence, qu'elle exécuta de façon fort maladroite, par manque d'habitude certainement. Réprimant un sourire, le roi rompit le silence tendu de la pièce :

— Ainsi, c'est vous qui avez mis la marine royale en alerte pendant de si longs mois !

Louis XIV était vêtu tout aussi simplement que pouvait l'être un roi. Une chemise blanche sous un cache-poussière de velours bleu profond, une culotte du même tissu, dont l'ourlet était cintré par des bas de soie blanche. Des souliers à gros talons, ornés d'une boucle dorée, et l'inévitable perruque qui donnait le ton officiel à leur rencontre. Pas de bijoux, sinon une bague gigantesque à son annuaire droit. *Si je tombais à l'eau avec ça au doigt,* pensa absurdement Marie, *c'est sûr que je coulerais !*

— Majesté, je... commença-t-elle en amorçant un pas en avant.

Mais elle fut coupée net dans son élan par Bécancourt, qui referma sa poigne sur elle tout en se raclant la gorge.

— Que puis-je attendre d'une femme qui a sillonné les mers sur un bateau pirate, sinon un peu d'indiscipline ? Lâchez-la, Bécancourt, il me surprendrait fort qu'ici, au milieu de vous tous, elle fût d'un quelconque danger pour moi. Et au contraire, il m'intéresse de l'entendre et d'avoir sa version des faits. Mais avant que vous ne parliez, madame, poursuivit Louis XIV, laissez-moi vous dire de quoi on vous accuse. D'abord de traîtrise envers le roi, puis d'avoir joué les corsaires sans les lettres de marque, ce qui équivaut à de la piraterie. Et vous avez également pillé l'un de nos plus grands armateurs et combattu notre plus valeureux corsaire, ce qui équivaut, encore une fois, à vous en prendre directement à moi. Ce sont là des crimes sérieux, qui ne peuvent certainement pas rester impunis.

À l'évocation de ses pires ennemis, qui semblaient toujours avoir la confiance du roi, le sang de Marie ne fit qu'un tour.

— Puisque Sa Majesté veut bien me permettre de prendre la parole, je lui dirai qu'elle a été trompée durant des années et que ses ennemis ne sont pas ceux qu'elle pense. Je sais que les apparences sont contre moi et que je pèse bien peu face à des monuments comme Chamberlain et Marek, mais c'est pourtant vers ceux-ci que Sa Majesté devrait porter sa méfiance.

— Le capitaine Beauval, avec qui je me suis entretenu quelques instants avant notre rencontre, m'a un peu parlé de votre passé torturé et des malheurs de votre père.

— Malheurs auxquels Marek est directement associé, Votre Majesté.

— Dans ce cas, puis-je voir dans vos agissements des motifs de vengeance ?

— La vengeance n'est certainement pas étrangère à tout cela, admit honnêtement Marie, mais si elle explique en partie mes motivations, elle n'excuse en rien les crimes de Marek et de Chamberlain.

— Nous avons là un corsaire qui rapporte énormément à l'État, s'impatienta Louis XIV, et qui est par surcroît un excellent guerrier. Il est normal qu'il fasse des victimes. N'est-ce pas là le propre de son emploi ?

— S'il s'en tient aux termes du contrat de sa lettre de marque, certainement, sire !

— Et qu'est-ce qui vous fait dire qu'il l'outrepasse ?

— J'ai des preuves de tout cela, Votre Majesté, et je ne demanderais qu'à les produire si je les avais en ma possession.

— Tiens donc ! Où sont ces fameuses preuves ?

Étienne, qui avait été muet jusque-là, toussota pour attirer l'attention du roi.

— Ici, sire ! dit-il en sortant de derrière son dos une liasse de documents parmi lesquels Marie reconnut entre autres les livres de bord de l'*Imperator*. Je n'ai pas eu l'occasion de les présenter à Sa Majesté et j'attendais le moment propice pour le faire.

— Qu'est-ce donc ? demanda le roi en prenant les documents.

— Les livres de bord de l'*Imperator*, le bateau marchand de Chamberlain. Marie Galligan, ici présente, a réussi le tour de force d'aller les chercher elle-même à bord du navire lors de l'une de leurs... rencontres. De plus, Sa Majesté y trouvera la correspondance que Chamberlain a entretenue avec Marek, qui elle, était à bord de l'*Orgueil de France*. Lorsque nous avons arraisonné les bateaux, l'un de mes soldats a surpris une estafette du corsaire qui voulait brûler ces papiers, ce qui lui a paru suspect. Il les a saisis, et je pense que, de peur d'être sévèrement punie, voire exécutée, l'estafette n'en a rien dit à Marek, qui n'a jamais su que nous étions en possession de ces documents.

Marie était abasourdie. Jamais Étienne ne lui avait parlé de cela. Elle ne connaissait pas le contenu des documents, mais si

Marek avait exigé qu'on les brûle, ils devaient être suffisamment compromettants pour aider la cause de la jeune femme. Elle se mit à reprendre espoir.

— Eh bien, madame, il semble que votre cause ne soit pas aussi claire qu'il ne le paraissait à première vue. Je poursuivrais bien cette petite conversation avec vous, mais le temps me presse. Je garderai donc ces documents avec moi et je les étudierai un peu plus tard, à tête reposée. Je vous reverrai vendredi prochain, à la grande salle d'audience à Versailles, où je vous ferai connaître ce que j'aurai décidé en ce qui vous concerne.

— Mais, sire, protesta-t-elle, j'aurais bien voulu vous expliquer…

— Suffit, madame ! s'impatienta le roi. J'ai dit ce qu'il en était et on en restera là. Cependant, s'adoucit-il, je veillerai à ce que vous ayez des vêtements convenant à la cour pour vous y présenter.

— Sire, ajouta Marie avec une petite révérence, si je peux formuler une demande…

— Quoi donc ? soupira le roi.

— J'aimerais subir mon jugement dans les habits avec lesquels j'ai accompli les méfaits dont on m'accuse plutôt qu'en robe à dentelles, ce qui ne me correspond pas. J'assume tout ce que j'ai fait et je suis prête à en supporter les conséquences. Mais je souhaiterais me présenter devant Sa Majesté telle que j'étais sur mon bateau.

Le roi sourit à ce qu'il considérait comme un caprice :

— Eh bien, soit ! Qu'on aille vous quérir ces vêtements auxquels vous semblez tellement tenir, et tant pis pour vous si vous détonnez parmi les autres dames, qui ne manqueront pas de vous jauger des pieds à la tête ce jour-là.

— Je remercie Sa Majesté, répondit Marie avec une autre petite révérence.

L'instant d'après, le roi avait disparu.

Étienne s'était adressé brièvement à Bécancourt puis s'était retiré lui aussi. Marie en fut déçue. Elle espérait qu'il revienne avec elle dans la voiture, ce qui lui aurait permis de discuter des événements avec lui. Pourquoi ne lui avait-il pas parlé de ces documents, hautement compromettants, qui étaient entre ses mains ? Lorsqu'il était venu la voir dans sa cellule, il avait déjà une bonne idée de ce qui s'était passé. Pourquoi jouer ainsi la comédie ? Et en plus, la jeune femme était peinée qu'il ne montre pas plus d'intérêt à se retrouver seul avec elle. Est-ce que sa question, apparemment innocente, sur Stevo cachait un ressentiment plus profond ? Autant de questions qui resteraient sans réponse, puisque Étienne continuait à jouer les courants d'air. Faute de l'un, elle se contenta de l'autre et se mit à cuisiner Bécancourt.

— Vous étiez au courant pour la correspondance de Marek ?

— Le capitaine ne me dit pas tout. Je savais qu'il avait certaines choses par-devers lui, mais j'en ignorais la teneur.

— Qu'est-ce que vous avez pensé de notre rencontre ?

— Que vous ne connaissez absolument rien du protocole de la cour, que vous êtes impertinente et effrontée, mais que, heureusement pour vous, cela a semblé amuser le roi. Pourtant, quand il avait appris que vous vous en étiez prise à deux de ses gloires de la marine, il était furieux.

— Mais puis-je espérer un jugement juste ? Ne sera-t-il pas conseillé par des gens qui appuient Chamberlain et Marek ?

Bécancourt répéta en d'autres mots ce que lui avait expliqué Étienne la veille :

— S'il y a une chose en laquelle vous pouvez avoir confiance, c'est en la justice du roi. L'État c'est lui, et lui seul prend ses décisions. Il regardera sérieusement les preuves qui lui ont été amenées et en tirera les conclusions qui s'imposeront, devraient-elles ou non lui faire plaisir.

— Et vous, qu'est-ce que vous en pensez ?

— Que vous posez beaucoup trop de questions et que j'en ai assez d'y répondre.

— Une dernière cependant.

Bécancourt soupira :

— Avec vous, il y a toujours une dernière chose, une dernière requête. Même avec le roi ! Dites toujours.

— Qu'advient-il des hommes qui étaient à mes côtés ? Et de l'équipage de la *Louve* ?

— Je pense bien que vous les verrez vendredi, ils seront tous jugés en même temps que vous. Bon, ça suffit maintenant ! Permettez que je profite des derniers instants de ce voyage pour faire une petite sieste.

Et là-dessus, Bécancourt se cala dans un coin du fourgon et ferma résolument les yeux.

Marie le soupçonnait de vouloir ainsi échapper à ses questions mais, de toute façon, elle doutait de pouvoir en tirer quoi que ce soit de plus. Ils arrivèrent à la Bastille environ une heure plus tard. La circulation était dense aux alentours de Paris, et l'équipage avait dû se mettre au pas à maintes reprises.

Marie était presque soulagée de réintégrer sa cellule. Bécancourt s'était contenté de la déposer, et les soldats l'avaient raccompagnée jusqu'à son perchoir. Lorsque la porte se referma sur elle, elle ôta sa redingote et alla s'allonger sur la paillasse. L'émotion de la rencontre l'avait épuisée, et un léger mal de tête semblait vouloir poindre dans son crâne. Elle avait besoin d'un peu de repos pour y voir clair. *Je vais fermer les yeux quelques instants,* se dit-elle. C'est ainsi que le sommeil la gagna.

Elle s'éveilla lorsqu'on vint lui apporter son repas du soir. Comme elle avait sauté le repas du midi, Marie était affamée et constata avec plaisir que la consigne de mieux la nourrir n'avait pas été levée. Des tranches de bœuf épaisses, arrosées d'une sauce odorante, quelques carottes au beurre et une miche de pain frais, voilà qui la mit en appétit ! Lorsque le soldat vint chercher son plateau, elle lui demanda s'il était possible d'avoir de quoi écrire. Il parut surpris de sa requête mais lui dit qu'il allait voir ce qu'il pouvait faire. Marie voulait envoyer une lettre à Marguerite. D'abord pour la rassurer, en lui faisant savoir qu'elle était toujours vivante. Elle commencerait sa lettre, mais attendrait le résultat de son audience pour en rédiger la conclusion. Et puis, ça l'occuperait. Avant d'arriver à vendredi, il lui faudrait encore passer trois interminables journées dans cet endroit.

⚓

Si Marie espérait voir Étienne au cours de ces trois jours, elle en fut quitte pour une vive déception. Pas de visite, pas de message. Le jeudi soir, cependant, elle put constater que le roi n'avait qu'une parole. On lui apporta ses vêtements, qu'on était allé chercher sur le bateau. Tout était propre et ses bottes étaient bien cirées. Marie retrouva avec émotion cette tenue dans laquelle elle était à son aise et qui de plus lui donnait une assurance qu'elle n'avait pas lorsqu'elle portait jupes et falbalas. Sans qu'elle le demande, on lui apporta à nouveau une cuve et de l'eau chaude, et Marie put se laver pour être parfaitement d'attaque la journée du lendemain.

Le vendredi finit par arriver. Marie se réveilla avec une boule dans l'estomac et ne put rien avaler. La seule vue des œufs cuits durs dans le plateau lui soulevait le cœur. Elle se hissa sur la chaise et regarda dehors. Le ciel hésitait entre le soleil et la pluie. De gros nuages gris faisaient place à des taches de ciel bleu, qui aussitôt perdaient la bataille devant leurs envahisseurs cotonneux. Il avait plu un peu plus tôt, comme en témoignaient les flaques d'eau qui s'accrochaient ici et là dans la cour.

Elle commença à s'habiller et, aussitôt, se sentit beaucoup mieux. Elle retrouvait tout son aplomb dans ce pourpoint masculin, ce pantalon enchâssé dans ses bottes de cuir, la ceinture qui lui cintrait la taille, mais d'où son épée était cependant douloureusement absente. Elle soupira. *On ne peut pas tout avoir !* pensa-t-elle.

On vint finalement la chercher. Pas d'Étienne, bien sûr, ni de Bécancourt cette fois. Elle allait affronter le voyage toute seule. Le trajet vers Versailles serait un peu plus court, mais elle aurait amplement le temps d'y développer des idées plus sombres les unes que les autres. Les mains à nouveau liées, Marie suivit docilement les soldats qui la précédaient et embarqua dans le même fourgon que la première fois.

Arrivés à Versailles, ils évitèrent à nouveau l'entrée principale. La salle des audiences était située dans l'aile arrière du château, et on contourna tout le vaste complexe architectural pour y parvenir. Marie regardait avec curiosité les jardins, qui faisaient la réputation de l'endroit. Le Nôtre s'était vraiment surpassé lorsqu'il en avait dessiné les grandes lignes et supervisé les travaux.

Ils contournèrent une dernière fois l'édifice et l'équipage stoppa à un endroit où quelques voitures étaient déjà arrivées. Marie se demanda si d'autres personnes seraient jugées aujourd'hui. Mais elle n'eut pas le loisir de se poser des questions bien longtemps, puisqu'on la pressait d'entrer à l'intérieur du bâtiment. On la fit passer dans une petite pièce, et Marie vit avec soulagement que Bécancourt était là et l'attendait visiblement. Il haussa un sourcil en la voyant ainsi habillée, mais ne fit aucun commentaire. Marie était nerveuse mais s'efforçait de le cacher du mieux qu'elle pouvait.

— Le roi a reporté l'audience d'une heure, dit-il. Le capitaine Beauval a été demandé et ils discutent depuis ce matin.

— Est-ce bon signe ? s'enquit la jeune femme.

— Je n'en ai aucune idée, avoua Bécancourt. Mais ça montre bien la perplexité du roi. Dans ce sens, ce n'est peut-être pas une mauvaise chose. Si votre cas avait été si facile à juger, ce serait déjà réglé. Et la première idée du roi, c'était que vous étiez coupable sans appel. Il semble que ce ne soit plus aussi évident maintenant.

— Il ne nous reste plus qu'à attendre…

C'est le moment que choisit l'estomac de Marie pour émettre quelques gargouillements disgracieux.

— Qu'est-ce que vous avez mangé ce matin ? demanda Bécancourt.

— Rien, je ne pouvais rien avaler.

— C'était une sottise ! Vous devez être parfaitement lucide lorsque vous entrerez dans cette salle. Ce ne sera certes pas le moment d'avoir une attaque de faiblesse. Je reviens.

Et avant qu'elle eût pu dire quoi que ce soit, Bécancourt était sorti, pour revenir aussitôt avec un plateau de pâtisseries, un pot de café et deux tasses.

— Puisqu'il n'y a rien à faire pour l'instant, autant se restaurer, philosopha-t-il.

Il détacha les poignets de Marie. La jeune femme s'attaqua avec appétit aux pâtisseries et passa le temps en parlant de tout et de rien avec Bécancourt, dont la présence était une véritable bénédiction. Il lui faisait de plus en plus penser à Julien Legoff et, à la pensée de son vieil ami, ses yeux s'emplirent de larmes. Bécancourt s'interrompit aussitôt :

— Ah non ! Vous n'allez tout de même pas pleurer ! Vous avez été si forte jusqu'à maintenant.

— Non, c'est juste que je pensais à mes amis et que je m'inquiétais pour eux.

— Contentez-vous de vous inquiéter pour vous-même, grogna Bécancourt, vous en avez assez comme ça.

Sur ces entrefaites, la porte s'ouvrit et un autre majordome, tout aussi antipathique que celui du Trianon, apparut.

— La Cour va vous recevoir, dit-il pompeusement.

Marie se leva d'un coup sec, ce qui fit basculer le plateau de pâtisseries et lui valut un regard sévère du vieil homme poudré.

— Doucement ! Pas de précipitation. Vous allez entrer bien sagement derrière moi, dit Bécancourt en lui liant à nouveau les mains.

— Comment ? Je vous suis ?

Subitement, Marie perdait tous ses repères. Cette carapace qu'elle s'était soigneusement construite menaçait de s'écrouler à tout moment. Deux soldats ouvrirent la porte, et la rumeur de la salle d'audience lui emplit soudain les oreilles.

Effrayée, Marie recula d'un pas.

— Quoi ? Nous ne serons pas seuls ? Il y a combien de personnes là-dedans ?

Bécancourt partit à rire :

— Une femme pirate jugée par le roi. Vous ne pensez tout de même pas que les vautours de la cour allaient se priver d'un tel spectacle ? Mais allez, vous valez beaucoup plus que la majorité d'entre eux ! Gardez la tête haute et ne leur faites pas le plaisir de flancher. Le roi a semblé apprécier votre audace et votre assurance, ne le décevez pas !

Prenant une grande respiration, Marie emboîta le pas du lieutenant d'Étienne et pénétra dans la salle des audiences.

Lorsqu'ils passèrent le pas de la porte, on annonça Marie en criant son nom.

— Prochaine accusée : Marie Galligan, pirate !

Cela eut pour effet de faire cesser immédiatement toutes les conversations. Toutes les têtes se tournèrent vers elle, et Marie dut traverser une haie de gens qui la détaillaient de la tête aux pieds pour se rendre devant le roi, qui siégeait à l'autre bout de la salle. Les murmures reprenaient sur son passage, mais Marie n'y distinguait rien Ce n'était qu'un fond sonore un peu bizarre, dont les battements de son cœur marquaient le tempo.

Lorsqu'ils arrivèrent devant le roi, l'escorte de Marie, Bécancourt, s'écarta et la laissa seule au milieu de l'allée. Marie suivit des yeux le lieutenant et vit qu'il allait prendre place aux côtés d'Étienne, ce qui n'arrangea en rien son rythme cardiaque. Le jeune homme lui semblait un peu pâle. Était-ce dû à son éloignement de la mer et de son soleil de plomb, ces derniers jours, ou parce qu'il avait une idée de l'issue de cette rencontre ? Leurs regards se croisèrent quelques instants, et les yeux d'Étienne atteignirent Marie au plus profond de son âme. Ils étaient trop éloignés l'un de l'autre pour qu'elle puisse y lire quelque chose, mais elle se prit à espérer y avoir vu une forme d'encouragement. Déglutissant avec peine, elle se fit un point d'honneur de ne pas laisser voir sa nervosité et redressa bravement les épaules.

Un secrétaire lut au roi la liste des accusations.

— Marie Galligan, ici présente, est accusée d'avoir armé un bateau pour comploter contre Sa Majesté le roi de France, d'avoir commis des actes de piraterie et d'avoir attaqué des commerçants et des corsaires de la France. Le vol, le meurtre et la trahison sont les actes que l'on reproche à ladite Marie Galligan et qui sont passibles de pendaison.

Ces accusations parvinrent à Marie comme à travers un brouillard, un brouillard qui se dissipait rapidement pour faire place à la fureur qui montait, comme la lave d'un volcan, dans son ventre. Le secrétaire se tourna vers Marie :

— Madame, vous comprenez ces accusations ?

C'est alors que Marie explosa. Ignorant résolument le secrétaire, elle regarda le roi bien en face et dit d'une voix forte :

— Sa Majesté me déçoit !

Une rumeur, qui s'amplifia rapidement, envahit la salle à tel point que le secrétaire dut réclamer le silence à plusieurs reprises, en frappant le sol de la canne ouvragée qu'il tenait à la main. Avant que le roi n'eût pu se ressaisir, Marie enchaîna :

— Je croyais que Sa Majesté avait compris que les apparences sont parfois trompeuses, j'avais confiance en sa perspicacité, qu'on m'a abondamment vantée d'ailleurs, et surtout en sa volonté d'aller vraiment au fond des choses et de découvrir la vérité. Il semblerait que je me sois trompée. Ces accusations, qu'on me lance à la face encore aujourd'hui, je les ai justifiées cent fois devant tant de personnes que j'en perds le compte.

— Madame… coupa le roi.

Mais Marie était lancée, et rien ne pouvait l'arrêter :

— Sire, vous avez eu entre vos mains des documents prouvant que Marek n'est pas le corsaire sans peur et sans reproche que vous aimez nous présenter, que Chamberlain est l'un des êtres les plus vils et les plus corrompus que cette terre ait portés…

La clameur dans la foule s'était à nouveau élevée, nécessitant une autre intervention du secrétaire, mais Marie n'en avait cure. Si ses mains n'avaient été liées devant elle, elle se serait mise à gesticuler avec force et passion.

— C'est vrai que j'ai pillé, moi aussi, mais toujours selon les règles que vous avez édictées, et j'ai gardé sur chacune de mes prises la part qui vous revient, ce que l'on ne peut dire de Marek. Ses trafics avec Chamberlain ont coûté beaucoup de sang à la France, et brisé combien de vies ? Sur mon bateau, des hommes à qui la société ne promettait plus rien ont retrouvé une dignité et, j'ose le penser, sont devenus meilleurs, alors que Marek n'a joué que sur les plus bas instincts de ses équipages. Et quant à Chamberlain, demandez à n'importe qui ayant servi sur son bateau s'il était traité avec justice et équité. Je suis allée selon mon cœur, sachant que je jouais avec la loi, mais en mon âme et conscience, je n'ai rien à me reprocher aujourd'hui, et si c'était à refaire, je recommencerais. Si Sa Majesté estime que je mérite la corde, eh bien, qu'elle me fasse pendre ! Mais je lui demanderai d'être clémente pour mes hommes qui…

— Madame, il suffit !

Furieux, le roi s'était levé, figeant l'assemblée dans un silence apeuré.

— Pour une fois dans votre vie, ne pourriez-vous pas suivre les règles d'une société à laquelle malgré tout vous appartenez ? poursuivit-il, courroucé. Tout ce que l'on vous demandait, c'était si vous compreniez les accusations, et non pas d'offenser votre roi en mettant en doute sa clairvoyance et son intégrité. Malgré tout ce que vous pensez, j'ai en effet lu ces documents. Je les ai recoupés avec quelques témoignages, notamment celui du capitaine Beauval, qui a plaidé ardemment votre cause.

Marie aurait bien voulu glisser un regard vers Étienne, mais elle n'osa pas. Elle était prise sous celui du roi, qui l'enveloppait totalement, et ne voulait surtout pas risquer de lui déplaire à nouveau.

— Je me suis aussi entretenu avec certains de vos compagnons d'aventure : un Breton fougueux qui vendrait sa mère plutôt que vous voir pendre, et un capitaine qui aurait trouvé place sur n'importe lequel de mes navires s'il n'avait choisi de s'acoquiner avec vous. J'ai découvert, à travers ces discussions, que chacun d'entre eux donnerait sa vie pour sauver la vôtre, ce qui en dit long sur la valeur que vous avez à leurs yeux.

Marie retenait son souffle. L'entretien prenait une tout autre direction.

— Bien qu'il m'ait été très douloureux de l'apprendre, et surtout de le reconnaître, continuait le roi, j'ai vu dans tout cela qu'une grande partie de ce que vous avanciez était vrai. Si vos manières étaient un peu abruptes, vos intentions n'étaient peut-être pas complètement louables mais au moins étaient-elles honnêtes. Les preuves que vous nous avez apportées viennent corroborer ce que certains des hauts gradés de la marine soupçonnaient depuis quelque temps. Je ne voulais pas y croire, mais force m'est de me rendre à l'évidence, et un double mandat d'arrêt a été émis sur les têtes de Marek et de Chamberlain.

Marie avait peine à croire ce qu'elle venait d'entendre. Marek confondu ! Marek arrêté ! Son père vengé ! Mais le roi poursuivait :

— En conséquence de quoi, je ne peux vous condamner à la corde, mais ne croyez pas que vous vous en tirerez indemne. Il vous sera interdit de reprendre la mer et surtout de réarmer un bateau. Le vôtre sera confisqué et, après quelques modifications, ira rejoindre la flotte française. Vous serez dépouillée de tous les biens qui s'y trouvent et ceux-ci, avec la part que vous dites nous avoir gardée, seront versés au Trésor royal. Capitaine Beauval, venez ici ! ajouta le roi en appelant Étienne.

Celui-ci s'avança aux côtés de Marie, qui ne put s'empêcher de jeter un regard vers lui. Il était tendu et crispé, mais s'arrangea pour effleurer le bras de la jeune, ce qu'elle prit pour un encouragement.

— Capitaine, depuis que vous avez intégré les rangs de la marine royale, je n'ai reçu que de bons commentaires à votre sujet. On m'a toujours dépeint un homme droit, loyal et aimé de ses hommes, et vos états de service parlent d'eux-mêmes. Dans cette affaire, bien que, semble-t-il, vous soyez lié à cette jeune dame depuis l'enfance, vous avez fait preuve d'une impartialité qui vous honore. De plus, vos connaissances de la navigation et des routes commerciales, et votre capacité à relier entre eux certains événements dans le temps m'ont grandement aidé à voir clair dans toute cette triste histoire. J'ai l'habitude de récompenser ceux qui me servent bien et aujourd'hui, Étienne Beauval, je vous fais baron et vous donne des terres dans la région de La Rochelle, une région qui vous est chère.

Ignorant les murmures qui survolaient l'assemblée, le roi avait pris des mains de son secrétaire l'épée qu'il lui tendait et l'avait posée sur chacune des épaules du jeune homme, qui s'était agenouillé devant lui. À voir la stupéfaction qui se peignait sur le visage d'Étienne, Marie sut qu'il n'était au courant de rien.

— Étienne, baron de Beauval, vous intégrez aujourd'hui la noblesse de ce pays. Que Dieu et le roi vous accompagnent. Relevez-vous ! Je dois ajouter, poursuivit le roi, que l'idée de laisser cette jeune femme en totale liberté me préoccupe un peu. Je serais beaucoup plus tranquille si je la savais sous bonne garde, sinon d'un geôlier, au moins d'un époux, qui veillerait à ce que ses aventures désormais se réduisent à élever une famille et à faire le bonheur de son mari. Et je vous verrais très bien dans ce rôle, ajouta-t-il avec un petit sourire.

— Sa Majesté me fait trop d'honneur ! réussit enfin à dire Étienne en s'éclaircissant la voix. Je me ferai toujours un devoir de mettre mon épée à son service et ferai de mon mieux pour bien mener les bateaux qu'elle me confie. Et en ce qui concerne sa dernière suggestion, dit-il en portant les mains liées de Marie à ses lèvres, je ne pourrai m'y plier que si la principale intéressée veut bien de moi, ce que je souhaite de tout mon cœur ! termina-t-il en se tournant vers la jeune femme.

Marie avait les yeux pleins d'eau.

— Majesté, dit-elle à son tour, je m'en veux de vous avoir si mal jugée. J'aurais dû savoir que vous ne seriez pas le souverain que vous êtes sans...

Elle s'arrêta, l'émotion la prenant à la gorge mais reprit aussitôt :

— En fait, Votre Majesté, j'aurais une dernière requête.

— J'aurais dû m'en douter ! soupira le roi.

— Je suis prête à aliéner ma liberté ainsi que ma vie auprès de l'homme que j'aime, dit-elle en regardant Étienne dans les yeux, en échange de la liberté des hommes qui ont combattu à mes côtés. Ils m'ont suivie dans un combat qui était le mien et, pour certains, un peu le leur, et je ne pourrais vivre en les sachant en train de croupir au fond d'un quelconque cachot.

— Ah ça, madame ! Vous n'aurez donc jamais confiance en moi ? Faites-les entrer ! cria le roi aux soldats au fond de la salle.

Et Marie vit avec stupéfaction Legoff, Saint-Yves et Mathieu ouvrir la marche devant les hommes de la *Louve*, qui, pour l'occasion, avaient tous revêtu leur veste à la tête de louve.

Ils s'arrêtèrent derrière Marie et Étienne, et la jeune femme constata avec plaisir qu'ils n'avaient pas trop l'air mal en point. Legoff lui fit un clin d'œil appuyé, qui lui arracha un sourire et qui menaça de faire basculer les larmes qu'elle contenait à grand-peine.

— Julien Legoff et Philippe Saint-Yves, vous êtes graciés des méfaits dont on vous accusait, à la seule condition que vous rejoigniez les rangs de notre marine, annonça Louis XIV d'une voix forte. Nous n'avons pas les moyens de nous passer d'officiers de votre valeur. Quant à vous, Mathieu Deschamps, sous la recommandation de celui qui fut votre capitaine, vous rejoindrez l'école des officiers de la marine et y entamerez une carrière que nous espérons aussi longue que fructueuse. Et vous, l'équipage, vous n'aurez pas d'autre choix que de vous retrouver sur mes bateaux. Votre première année sera sans solde, en paiement de tous les petits crimes et larcins que vous avez commis au cours de vos vies, mais une fois cette dette payée, vous aurez le choix de rester à notre service, ce qui est notre plus vif souhait, ou de chercher fortune de votre côté. Cela vous convient-il, madame ? conclut le roi en se retournant vers Marie.

Marie ne savait plus que dire. Si elle n'avait eu les mains liées, elle aurait bien été tentée de sauter au cou du roi, mais elle devinait que ce n'était pas la chose à faire… Elle avait fait suffisamment d'entorses au protocole pour alimenter les potins de la cour des mois durant. Elle se contenta donc de plonger dans une profonde révérence devant son souverain.

— Je serai éternellement reconnaissante à Sa Majesté de sa grande bonté. Je la prie de voir en moi une fidèle sujette qui la servira de son mieux et qui s'efforcera de ne plus jamais lui déplaire.

— Ça, je l'escompte bien, répondit le roi. Baron, ajouta-t-il en se tournant vers Étienne, coupez donc les liens qui entravent cette dame.

Étienne prit la dague qu'il portait à la ceinture, trancha les liens aux poignets de Marie et, laissant tomber par terre le couteau, l'enlaça au mépris des bonnes manières et l'embrassa passionnément sous les murmures soutenus des courtisans.

Épilogue

Plus d'une année avait passé depuis cette journée incroyable à la cour. Marie y repensait en marchant sur la plage, dans ces dunes qu'elle aimait tant. Si ses calculs étaient bons, l'équipage de la *Louve* avait fini son temps de pénitence, et elle ne doutait pas que la grande majorité des hommes poursuivraient leur vie à bord des bateaux du roi. Ils ne laisseraient pas passer la chance que la vie leur offrait. Saint-Yves avait reçu le commandement d'un navire et, quant à lui, Legoff avait déclaré en avoir assez de la vie en mer et avait demandé au roi la permission de se retirer en Bretagne, ce à quoi le roi avait acquiescé. Mais Legoff avait fait un détour par La Rochelle et avait plutôt décidé de s'installer sur les terres du nouveau baron, avec une Marguerite qui ne demandait qu'à faire le bonheur du géant breton. Cela faisait maintenant six mois qu'ils étaient mariés.

Le roi n'avait pu se résoudre à faire pendre Marek, bien que les preuves contre lui fussent accablantes. Mais il l'avait trop aimé et s'était trop longtemps délecté de ses aventures en mer pour en arriver à une solution si définitive. Il l'avait donc condamné aux travaux forcés et déporté vers une lointaine colonie. Marie était certaine que le corsaire trouverait une façon de s'en sortir et aurait préféré le voir naviguer ailleurs que sur terre.

Chamberlain croupissait dans l'une des tours de la Bastille. Tous ses biens avaient été confisqués, et le jour où il recouvrerait sa liberté, il ne serait plus qu'un vieillard sénile et ratatiné. Mathieu progressait bien et, aux dernières nouvelles, avait été affecté au bateau de Saint-Yves. Marie en était heureuse pour tous les deux, c'était ce qu'il pouvait leur arriver de mieux.

Le cours de ses pensées fut interrompu par une violente douleur qui lui vrilla les reins. Le souffle coupé, elle s'assit sur le sable et tenta de se calmer. Puis, elle sentit un liquide chaud inonder sa jupe. Elle perdait ses eaux et elle était là, seule sur cette plage, malgré les réticences d'Étienne à la voir partir dans son état. Une autre contraction lui amena les larmes aux yeux.

— Étienne, cria-t-elle faiblement, Étienne, viens à mon secours !

Elle se releva et entreprit de retourner vers la maison, mais à nouveau une contraction la força à se plier en deux. La naissance était imminente, elle le sentait.

C'est alors qu'elle entendit son nom flotter au-dessus des dunes :

— Marie ! Marie, où es-tu ?

— Ici ! parvint-elle à articuler.

L'instant d'après, Étienne était à ses côtés.

— Le bébé, lui dit-elle, il arrive.

— Mais qu'est-ce que je peux faire ? s'affola le jeune homme.

— Va chercher Sarah, grimaça-t-elle.

Marie était terrifiée. Le bébé ne devait pourtant pas naître avant deux semaines. Et que faisait Étienne ? Après ce qui lui parut des heures, mais qui en réalité ne prit que quelques minutes, il était de retour avec la vieille femme.

— Ça fait mal, Sarah ! gémit Marie.

— Je sais, ma douce, mais ce ne sera pas long, on voit déjà la tête du bébé. Allez, pousse !

Soutenue par Étienne, Marie poussa de toutes ses forces et retomba, épuisée par l'effort. Une nouvelle contraction la fit se relever et, l'instant d'après, on entendit les vagissements furieux du nouveau-né.

— C'est un garçon ! annonça fièrement Sarah.

Étienne pleurait en serrant la jeune femme épuisée dans ses bras.

— Je n'ai jamais été si heureux, mon amour !

Marie serrait le petit garçon dans ses bras. La vie continuait, cette vie qui lui avait réservé tant de surprises et qui lui offrait aujourd'hui le plus beau des cadeaux. Son fils était né là même où elle avait vu le jour, et elle le sentait, son destin à lui aussi serait aussi étroitement lié à la mer. Sarah emmaillota la mère et l'enfant, et Étienne les porta tous les deux dans ses bras. Bercés par un bonheur immense, ils prirent le chemin de la maison.

Remerciements

Un merci tout spécial à mon comité de lecture de la première heure. Simone, Constant (mon père et mon plus fidèle admirateur), Marie-Josée, Jean, Thérèse (ma toute première lectrice), Lise, Marie D., Martine, Sylvie H., Fleurette et Jonathan (pour ses conseils culinaires), vos encouragements et votre enthousiasme ont mené ma *Louve* à bon port. Merci à Simon, dont l'amour et le soutien me permettent de toujours aller plus loin, et à mes trois fils, Nicolas, Marc-Antoine et Gabriel, qui sont ma fierté et mon inspiration.

Cet ouvrage a été composé en Cochin 12,25/14,7
et achevé d'imprimer en septembre 2008 sur les presses
de Quebecor World Saint-Romuald, Canada.

Imprimé sur du papier Quebecor Enviro 100 % postconsommation,
traité sans chlore, accrédité Éco-Logo et fait à partir de biogaz.

certifié

procédé sans chlore

100 % post-consommation

archives permanentes

énergie biogaz